小学館文庫

テムズ川の娘

ダイアン・セッターフィールド
高橋尚子 訳

小学館

＊主な登場人物＊

リタ・サンデー……………………………… 看護師。
ヘンリー・ドーント………………………… 写真家。
アンソニー・ヴォーン……………………… バスコット・ロッジに住む実業家。
ヘレナ………………………………………… アンソニーの妻。
アミーリア…………………………………… アンソニーとヘレナの娘。
ルビー………………………………………… ヴォーン家の子守。
ロバート・アームストロング……………… ケルムスコットの農場主。
ベス…………………………………………… ロバートの妻。
ロビン………………………………………… アームストロング家の長男。
アリス………………………………………… ロビンの娘。
リリー・ホワイト…………………………… 牧師館の家政婦。
アン…………………………………………… リリーの妹。
ハブグッド…………………………………… 牧師。
コンスタンタイン…………………………… オックスフォードに住む教授夫人。
ベン…………………………………………… バンプトンの肉屋の息子。
イーヴィス夫人……………………………… 売春宿の主。
ヴィクター…………………………………… 密造酒の売人。
マーゴット・オックウェル………………… 〈白鳥亭〉の女主人。
ジョー・ブリス……………………………… マーゴットの夫、語りの名手。
ジョナサン…………………………………… マーゴットとジョーの息子。

テムズ川の娘

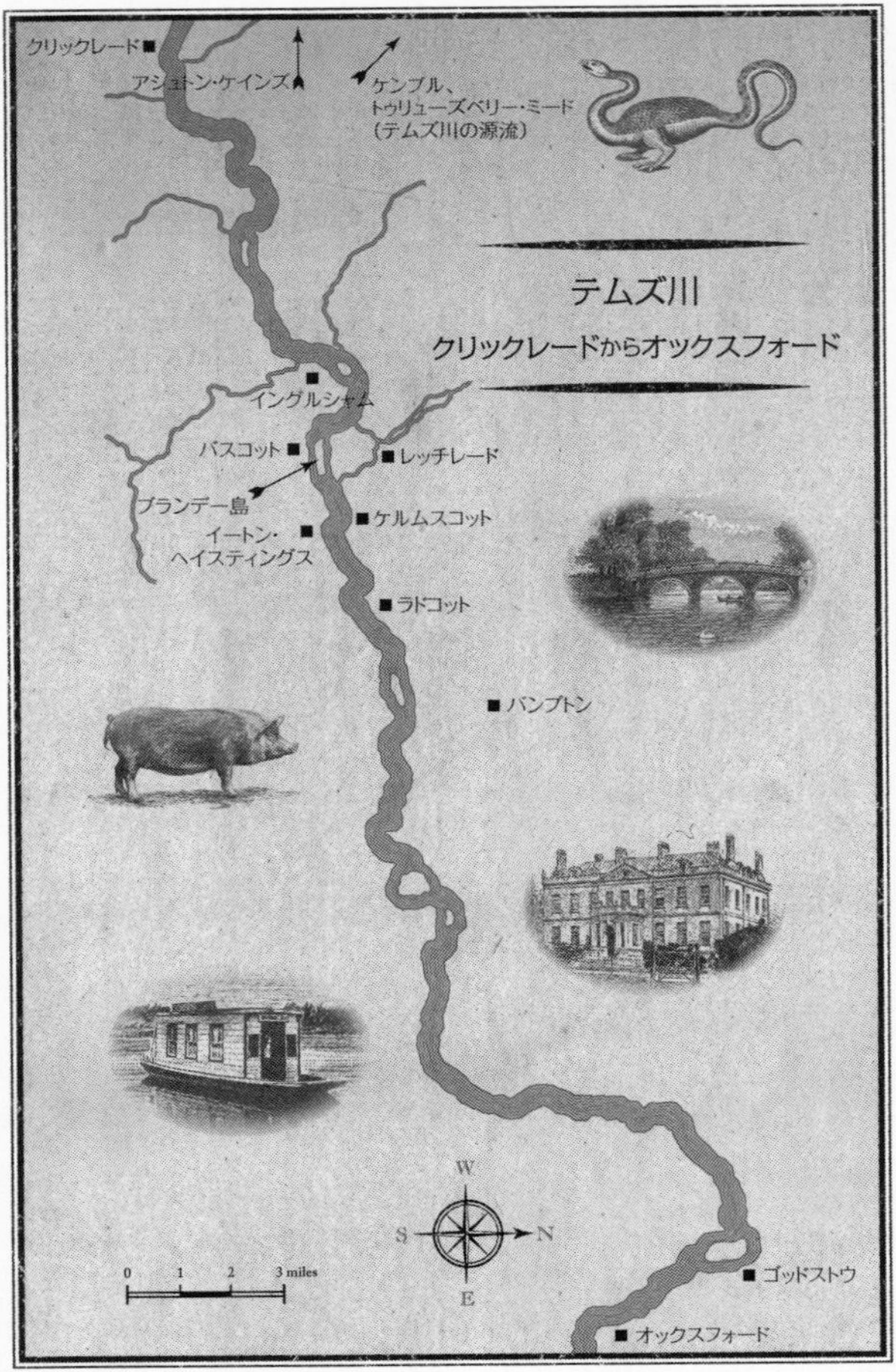
テムズ川
クリックレードからオックスフォード
クリックレード
アシュトン・ケインズ
ケンブル、
トゥリューズベリー・ミード
（テムズ川の源流）
イングルシャム
バスコット
レッチレード
ブランデー島
ケルムスコット
イートン・
ヘイスティングス
ラドコット
バンプトン
W
S
N
E
0 1 2 3 miles
ゴッドストウ
オックスフォード

マンディとポーラへ。
あなたがたがいなければ、今の私はいなかった。

この世の最果てに隣接するように、別の世界が広がっている。
境界線を越えて行くことのできる場所もある。
これは、そんな場所のひとつで起こる話。

第一章

物語はかくして始まる……

その昔、ラドコット村のテムズ川岸、川の水源地から、歩けば一日がかりの散策になるところに、とある宿屋兼酒場《イン》が静かにたたずんでいた。この物語の当時、テムズ川上流に沿って実に多くのインが立ち並んでおり、そのどこへ行っても酔っ払うことができただけでなく、それぞれの店がお決まりのエールビールやシードルのみにとどまらず、客を楽しませる固有の呼び物を用意していた。そのひとつがケルムスコットの〈赤獅子亭《ザ・レッド・ライオン》〉のミュージカル――宵のうち、艀《はしけ》の船頭たちがヴァイオリンを弾き、チーズ作りの男たちが失った恋を物悲しげに歌った。イングルシャムには〈青竜亭《ザ・グリーン・ドラゴン》〉、たばこの煙漂う瞑想《めいそう》のオアシスがあった。ギャンブル好きにはイートン・ヘイスティングスの〈雄鹿亭《ザ・スタグ》〉があつらえ向きで、乱闘好きにはバスコットのはずれにある〈北斗亭《ザ・プラウ》〉に勝るところなし。ラドコットの〈白鳥亭《ザ・スワン》〉にも専売特許があった。語り聞かせ、客はそれを求めて〈白鳥亭〉に足を運んだ。

〈白鳥亭〉は非常に古く、おそらくはそこに立ち並んだインの中で最も古かった。三つの部分から構成されていて、一部は古く、一部はとても古く、一部はさらに古かった。この異なる三要素が、屋根に葺《ふ》かれた茅《かや》や、老いた石に生《む》した苔《こけ》、壁を這《は》い上がるようにして伸びた蔦《つた》によって見事に調和していた。夏のあいだ、新しく敷かれた鉄道にのって町々から日帰り旅行者たちがやってきては、〈白鳥亭〉でパント（長い棹で操る、四角い平底の小舟）やスキフ（櫂で進める、船首の尖った平底の小舟）を借り、エールビールひと瓶と軽食を携えて午後を川の上で過ごしたが、冬に訪れる客は地元の人間ばかりで、みな〝冬の間《ま》〟に集《つど》った。そこは〈白鳥亭〉の最古の部分にある飾り気のない部屋で、分厚い石壁を貫くようにして窓がひとつ設《しつら》えられているだけの部屋だった。日が出ているうち、ラドコット橋と、その橋の穏やかな三つのアーチのあいだをテムズ川が流れていくさまをこの窓から見ることができた。夜になると（そしてこの物語が始まるのも夜だ）ラドコット橋は暗闇に溺れるのだったが、そうなってはじめて、大量の水が移動する低くのっぺりとした音が耳に届くようになる。その音を聞くだけで、窓の向こうで変化し、起伏し、己の発する力によって暗い輝きを纏《まと》いながら流れる、ひと続きの黒い液状の塊を感じることができるほどだった。

〈白鳥亭〉での語り聞かせという伝統がいかにして始まったか、本当のところは誰にもわからないものの、〝ラドコット橋の戦い〟に関わりがあるという説もある。一三八七年、この物語の始まる夜から遡ること五百年、ふたつの偉大な軍隊がラドコット橋で戦った。どのような人たちがいかなる理由で戦ったかについては長くなるため触れないでおくが、結果として三人の男たち――王、従者、少年――が命を落とし、逃亡を企てた八百の魂が沼に沈み、失われた。そう、八百の魂だ。なんとも大それた物語ではないか。彼らの骨は、今やクレソンの生息地となった湿地の底に眠っている。ラドコット周辺ではクレソンが育てられ、収穫され、木箱に詰められ、艀に積まれて町へと送られるが、村人たちがそのクレソンを食べることはない。苦い、彼らはそうぼやく。あまりに苦くて食べた後でひどい目に遭うし、幽霊に育まれた葉を誰が食べたいというのか。こうした戦《いくさ》がごく身近で行われ、死者が飲み水を汚染したとなれば、それを人に話したくなるのは、何度でも話したくなるのは、いたって自然なこと。そうして繰り返すうち、気づけば語りの熟練者となっている。その後、危機的状況が去り、興味が別のさまざまな物事に移ったとき、新たに獲得したこの技術をほかの話に適用させることになる、これは至極自然な流れではないだろうか。

〈白鳥亭〉の女主人はマーゴット・オックウェルだった。みなの記憶に残っている限りずっと、〈白鳥亭〉の建ったその日からということも十分考えられるが、〈白鳥亭〉にはオックウェルの人間がいた。マーゴットは結婚していたため法律上はマーゴット・ブリスという名前であったが、法律などというものは町や市に住む人たちのためのもの、〈白鳥亭〉においてはオックウェルで通っていた。マーゴットは五十代後半の凜々《りり》しい女だった。誰の手も借りずに樽《たる》を持ち上げることができたし、強靭《きょうじん》な両脚のおかげで椅子に腰を下ろす必要を感じたことがなかった。彼女は立ったまま眠るのだという噂《うわさ》さえあったが、十三人の子どもを生んだのだから、当然、体を横たえたことも一度ならずあったはず。マーゴットは前女主人の娘で、それ以前はマーゴットの祖母、そして曽祖母《そうそぼ》がここを切り盛りしていたが、ラドコットの〈白鳥亭〉を仕切るのが代々女性であることに誰も疑問を抱いてはいなかった。みな、そういうものだと思っていた。

マーゴットの夫はジョー・ブリスという男だった。ジョーはラドコットから四十キロメートルほど上流に位置するケンブルという村、テムズ川がちょろちょろと地表に姿を現すところ、といってもあまりに微量のために土の一部が湿り気を帯びているにすぎないかのように見えるところから目と鼻の先にある村で生まれた。ブリス家のひとびとは代々肺が弱かった。みな小さな体で生まれ、病に苦しみ、ほとんどが成人する前にこの世を去った。ブリス家の赤ん坊は、背が伸びるにつれて痩せ細り、青白くなり、やがて完全に息を引き取った。たいていの子が十歳にならずして亡くなったが、二歳を迎えることなく命を落とす子も少なくなかった。ジョーを含めた生存者たちは、平均よりも背が低く、華奢《きゃしゃ》な体のまま成人期を迎えた。冬になると肺がガサガサと音を立て、鼻水が垂れてきて、目は涙ぐんだ。穏やかな目を持ち、しばしば悪戯《いたずら》っぽい笑みを見せる、親切なひとびとだった。

両親がおらず、肉体労働に不向きだったジョーは、十八のとき、何をしてかはわからぬもののの一旗揚げようと思い立ちケンブルを去った。世界中どんな場所でも同じことだが、ケンブルからは実にさまざまな方向に道が続いていた。それでも、川には惹《ひ》きつける力があった。頑として譲らぬ意固地さなしには、追いかけずにいるのは無理というもの。ラドコットまでやってきたジョーは、喉の渇きを感じ、何か飲もうと酒場に立ち寄った。だらりと垂れ下がった黒髪と対比をなす青白い顔をしたひ弱そうなその男は、誰にも気づかれることなく席に着くと、一杯のエールビールをちびちびと時間をかけて飲みながら、女主人の娘を惚《ほ》れ惚《ぼ》れと眺め、聞こえてくる物語をひとつ、またひとつと楽しんだ。少年時代から絶えず自分の頭の中に浮かんでいたような物語をはっきりと声に出して語る連中に囲まれているというのは、なんとも魅惑的だった。盛り上がりがいったん静まったところで、ジョーは口を開き、言葉を発した。「その昔……」

ジョー・ブリスはその日、自らの運命を見いだした。テムズ川に導かれるようにラドコットに辿《たど》り着き、そしてそこにとどまることを決めた。少し練習さえすれば話しぶりを変えることができることに気づき、それが四方山《よもやま》話であっても、歴史上の話、昔話、民話、おとぎ話であっても、どんな話にもふさわしい話し方をすることができた。よく動く彼の顔は、驚きや恐怖、安堵《あんど》や疑い、そのほかどんな感情でも、どんな役者にも劣らずうまく伝えることができた。そしてその眉がまた実に良い。黒々と生い茂り、言葉と同じだけ物語を伝える力を持っていた。二本の眉は、物語が重要な局面に差しかかると互いに引き寄せられ、細心の注意を必要とする細部ではぴくぴくと動き、登場人物の思いもよらぬ本性が明らかになりそうなところではつり上がった。彼の眉に目を向け、その複雑な舞に注意を向けていると、本来であれば聞き流してしまいかねないあらゆる要素に気づくことができた。〈白鳥亭〉で飲むようになってから数週間のうちに、ジョーは魔法のごとく聞き手の心を虜《とりこ》にする方法を心得るようになっていた。マーゴットの心も虜にしていたし、反対に虜にもされていた。

ある月の終わり、ジョーは百キロメートル弱の距離を歩き、テムズ川からかなり離れたところまで赴き、とある大会に参加して物語を披露した。当然のことではあったが見事優勝し、もらった賞金で指輪を買った。疲労のために灰色の顔をしてラドコットに戻ってきたジョーは、ベッドに倒れ込んだままそこで一週間を過ごし、その週の終わりには両膝をついてマーゴットに結婚を申し込んだ。

「どうかね……」マーゴットの母親は言った。「あの人、働けるのかい？　生活費は稼げるの？　どうやって家族の面倒を見るっていうんだい？」

「売り上げを見てごらんよ」マーゴットは指摘した。「ジョーが物語を披露するようになってから、店がどんだけ忙しくなったことか。あたしがあの人と結婚しなかったらどうなると思う、ママ。あの人はおそらくこの店からいなくなるだろうね。そしたら店は？」

それは事実だった。そのころ客たちは以前よりも頻繁に店を訪れるようになっていた。遠くからやってくる客もいたし、みなジョーの語る物語を聞くために、それまでよりも長い時間店に滞在するようになっていた。客たちはみな酒を飲んだ。〈白鳥亭〉は繁盛していた。

「それでもだよ、店に来る強くてハンサムな若者たちがみんなあんたにうっとりしてるってのに——そのうちの誰かのほうがいいってことはないの？」

「あたしが欲しいのはジョーなんだよ」マーゴットは断固とした口調で言った。「あの人の物語が好きなんだ」

結局、マーゴットは言い分を通した。

でもそれもみんな、この物語における事件の起こる四十年ほど前の話。そのあいだにマーゴットとジョーは大家族を築いた。二十年のあいだに丈夫な娘たちを十二人世に送り出した。どの娘もマーゴットの豊かな茶色の髪の毛とたくましい脚を受け継いだ。そしてみな屈託のない笑みと尽きることのない陽気さを持った豊満な女性へと成長した。今や全員が既婚者だった。ひとりはわずかに太り気味で、ひとりはわずかに痩せ気味、ひとりは少し背が高く、ひとりは少し背が低く、ひとりはやや色黒で、ひとりはやや色白だったものの、どう見ても彼女たちはそっくりで、客たちには誰が誰だか見分けがつかなかった。店の忙しいときに娘たちが手伝いに戻ってくるようなとき、姉妹はリトル・マーゴットの名で呼ばれるものと相場が決まっていた。十二人の娘たちを生んだ後、マーゴットとジョーの生活に束《つか》の間《ま》の静けさが訪れ、夫婦ともに、マーゴットの出産期は終わりを迎えたのだと思っていたところに、最後の妊娠がわかり、ジョナサンが、唯一の男児が家族に加わった。

短い首にまん丸の顔、大袈裟《おおげさ》なまでにつり上がった切れ長の目、小ぶりの耳と鼻、絶えず笑っている口には大きすぎるように見える舌。ジョナサンはほかの子たちとは違って見えた。そして大きくなるにつれて、容姿以外の点においてもほかの子たちと違っていることが明らかになってきた。ジョナサンは十五歳になったが、同年代の少年たちが成人する日を今や遅しと待っているというのに、彼だけは母親と父親とともに、この店で一生暮らしていくことを信じ、そのことに満足し、ほかには何も望んでいなかった。

マーゴットは依然として強く凜々しい女性のままだったし、ジョーはといえば髪の毛が白くなってはいたものの、眉は相変わらず黒々としていた。ジョーは六十歳になっていたが、六十といえばブリス家の人間にとっては大変な年寄り同然だった。ジョーが長生きできているのはマーゴットの尽きることのない心配りのおかげだ、みなそう考えた。ところがここ数年、ジョーは非常に弱っていて、一度ベッドに入るとそのまま二、三日横たわったままになることがあった。それも目を閉じた状態で。しかし眠っているのではなかった。そう、そのあいだにジョーが訪れていたのは、眠りの向こう側に存在する場所だった。マーゴットはそうしたジョーの一時的な衰弱を冷静に受け止めた。空気を乾燥させるために火を絶やさぬようにし、冷ましたスープをそっと夫の唇のあいだに流し、髪にブラシをかけ、眉をなでつけた。ジョーがようやっと不安定な息をひとつ、またひとつとつくだけの状態で休眠しているのを見てみな心配したが、マーゴットは気にする様子も見せずにこう言うのだった。「心配いらないよ、あの人は大丈夫だって」そして実際、その通りだった。ジョーはブリス家の人間だというだけのこと。テムズ川の湿気が体に入り込み、肺を湿らせてしまうのだ。

冬至《とうじ》の夜、一年で一番長い夜のことだった。数週間のうちに、はじめはのんびりと、やがて大慌てで日が縮んでいき、気づけば午後の半ばにはすでに空は暗くなっていた。よく知られていることだが、月の出ている時間が長くなると、人間は、機械が刻む時間の規則性から切り離されて漂うことになる。正午にうとうとし、起きている時間に夢を見て、漆黒の夜にぱちりと目を見開く。魔法がかかる時間だ。昼と夜の境界線がこれ以上ないほどに薄く引き伸ばされ、同時に、この世とあの世の境界線も非常に薄くなる。夢と物語が生身の経験と融合し、死者と生者が往来の途中で互いの体にそっと触れ、過去と現在が接触し重なり合う。予期せぬ出来事が起こり得《う》る。〈白鳥亭〉で次々と起こった奇妙な事件は、冬至が引き寄せたものだったのだろうか。ご自身で判断していただくよりほかあるまい。

さあ、知っておくべきことはこれで全てだ。物語を始めることにしよう。

その晩〈白鳥亭〉に集まっていたのは、常連の酒飲みたちばかりだった。そのほとんどが砂利の採取人やクレソンの栽培人、艀の船頭だったが、ボート修理のベザントも来ていたし、オーウェン・オルブライト——半世紀も昔に川に沿って海に出て、二十年経《た》って金持ちになって戻ってきた男——も来ていた。オルブライトは関節炎を患っており、強いエールビールと語り聞かせだけが彼の骨の痛みを和らげることができた。客たちは空から明るさが消えたころから店に集まっていて、グラスを空にしてはおかわりを注《つ》ぎ、パイプを叩《たた》いて灰を落としては刺激臭を放つたばこを詰め直し、そして物語を語った。

オルブライトはラドコット橋の戦いについて語った。五百年という時が経過すれば、どんな物語でも古臭くなりがちだが、語り手たちは語りをより面白くする術《すべ》を心得ていた。この物語のある決まった部分——ふたつの軍、会戦、王と従者の死、そして八百の溺れていった男たち——は昔から変わらずに伝えられていたが、少年の死に関しては別だった。それが少年で、そのときラドコット橋にいて、そこで命を落としたということ以外、彼に関しては何ひとつとして知られていなかった。この空間を埋めるように逸話が創造されるようになった。〈白鳥亭〉でこの物語が語り直されるたび、常連客たちはこの未知の少年を蘇《よみがえ》らせ、彼に新たな死を与えた。少年は長い年月の中で幾度となく殺され、より突飛で、より人を驚かせる最期を与えられた。語り手がある物語を伝える際、その物語に手を加えることは自由だ。しかし〈白鳥亭〉をはじめて訪れる客の中で、常連客たちと同じようにそれをやろうとする者たちには、それが誰であれ、災いが降りかかった。あの少年が、繰り返される自らの復活について何を思ったか、本当のところはわからない。しかしここで重要なのは、〈白鳥亭〉においては死者を蘇らせることがそれほど珍しいことではなかったという点だ。そしてこの点こそ、覚えておいていただきたい事実なのである。

今回の物語を語るにあたりオルブライトは、若き芸人を魔法のごとく呼び起こし、出陣を待つ部隊の気を紛らわす役目を彼に与えた。ナイフを使ってジャグリングを披露する最中《さなか》、彼はぬかるみで足を滑らせて転倒し、ナイフが彼の周囲に雨あられのごとく降り注ぎ、次々と湿った大地に突き刺さった。一本を除いては。最後のナイフは彼の片目目がけて垂直に落ちていき、戦がまだ始まりもしないうちに彼は即死した。新たに採用されたその挿話をひそひそと称賛する声が聞こえてきたが、物語の続きを促すように、そうした声もすぐに消えていった。そしてそこからは、従来とほぼ同じように物語が進んでいった。

オルブライトが語り終えると、わずかに沈黙が流れた。ここでは、前の物語が完全に消化されぬままに、急いで新しい物語に飛びつくようなことにはならないのが常だった。

一心に聞き入っていたジョナサンが口を開いた。

「ぼくにも、物語が語れたらいいのに」

その顔には笑みが浮かんでいた――彼はいつでも笑みを浮かべていた――が、その声には物悲しい響きがあった。ジョナサンは頭の悪い子ではなかったものの、学校は彼を悩ませるものだった。生徒たちは彼の一風変わった顔や奇妙な行動を見て笑い、そのために彼は数ヶ月で通うのを断念した。読み書きを習得することはなかった。冬の間に集う常連客たちは、オックウェルの人間たちに、彼らの奇妙さに慣れていたのだったが。

「やってみればいいさ」オルブライトは促した。「今ひとつやってみな」

ジョナサンは考えた。口を開け、そして待った。そこから飛び出してくる何ものかが自分の耳に届くのを期待して。しかし何も出てこなかった。ジョナサンは笑い声とともにくしゃっと顔をゆがめ、自分のことをひどく面白がるように肩をよじらせた。

「できないよ！」冷静になると、ジョナサンは声を上げた。「ぼくにはできない！」

「じゃあ、また別の日にだな。ちょっとばかし練習が必要なんだよ。お前さんの準備ができたら、俺たちが聞いてやっから」

「父ちゃんの話、聞かせてよ」ジョナサンは言った。「ねえ！」

その夜は、ジョーが今回の一時的な衰弱から復帰してはじめて冬の間に戻ってきた日だった。ジョーはその晩ずっと、青白い顔で口を開かずにいた。そんな弱々しい状態のジョーから物語が聞けるなどとは誰も期待していなかったが、息子に促されるとジョーは穏やかな笑みを見せ、部屋の天井の隅、長年にわたる薪《まき》の煙とたばこのせいで黒く変色している辺りを見上げた。ここここそが父親の物語が湧き出てくる場所なのだ、ジョナサンはそう信じていた。ジョーの目が再び部屋に向けられた。準備が整ったのだ。ジョーは口を開けて話し始めた。

「その昔、ある――」

ドアが開いた。

一見《いちげん》の客が来るにしては遅い時間だった。それが誰であれ、客はすぐには店に入ってこないらしかった。冷たい風がろうそくの炎をちろちろと揺らし、冬の川特有のつんとくるにおいを煙たい部屋に運んだ。酒飲みたちは顔を上げた。

全ての目がそこに向けられた、にもかかわらず、しばらくは誰も反応を示さなかった。みな自分が目にしているものを理解しようとしていた。

その男は——もしそれが男であるのならば——背が高く、がっしりとした体つきをしていたが、頭部は醜怪で、みなそれを見てぎょっとした。あれは民話に出てくる怪物だろうか。自分たちは今眠っていて、悪夢でも見ているのだろうか。鼻はひん曲がっていて平らで、その下にはぽっかりと穴が開いていて、血で黒く染まっている。それだけでもう十分恐ろしいところへもってきて、視線を移動させていくと、その身の毛もよだつような生き物の両腕には、大きな人形が、ろう製らしき顔や四肢を持ち、本物と見紛《みまが》うばかりに着色された髪の毛のついた人形が抱えられているのがわかった。

みなが再び動き出すきっかけを作ったのはその男だった。男はまず雄叫《おたけ》びを上げたのだった。その凄《すさ》まじい鳴き声は、それの出どころであるいびつな口と同じくらいにいびつだった。それから男はふらふらとよろめき、体を前後に揺り動かした。ふたりの作男が椅子からさっと飛び起き、間一髪のところで男の両脇の下をつかんで男が転倒するのを阻止したおかげで、男の頭が石畳の床を打ちつけることにはならずにすんだ。同じ瞬間、暖炉のそばにいたジョナサンは、とっさに両腕を伸ばして前に向かって跳び出していた。その広げた両腕にずっしりと重い人形が落ちてきた。ジョナサンの関節や筋肉は、その重さに不意を突かれた。

我に返ると、酒飲みたちは意識を失った男を抱え上げてテーブルにのせた。男の脚をのせるためにテーブルがもう一台運ばれてきた。さて、男の体が真っすぐに横たえられた今、みな男を取り囲むようにして立ち、ろうそくやランプを掲げて男を見た。男の瞼《まぶた》はぴくりともしなかった。

「死んじまったんか？」オルブライトは言った。

ひそひそと話す不明瞭な声があちらこちらで聞こえ、しかつめらしい顔をする者もたくさんいた。

「顔、はたいてみいや」誰かが言った。「それで持ち直すか見てみりゃいい」

「ちょいと酒をやりゃいい」別の誰かが提案した。

マーゴットが肘で客たちを押し分けてテーブルのそばまで進み、男をじっと観察した。

「叩いちゃいけないよ。顔がこんな状態のときにはいけないね。なんだって喉に流し込むのもだめだ。ちょっとばかし待つんだよ」

マーゴットは振り返って暖炉のそばに置かれた椅子のところまで行った。椅子の上にはクッションがあり、マーゴットはそれを手に取るとテーブルに戻った。そしてろうそくの灯《あか》りを頼りに、クッションの綿地の表面に、針であけたようにごく小さな白い点を見つけた。それからその点を爪でつまむと、そこから一本の羽根を引き抜いた。男たちは何が何やらわからぬ様子で目を丸くしてそれを見守った。

「くすぐったって死んだ男が目覚めるとは思えねえけどな」砂利の採取人が言った。「生きてる奴だって無理だろうよ、こんな状態じゃあな」

「くすぐろうってんじゃないのさ」マーゴットは応じた。

マーゴットは羽根を男の唇にのせた。みな固唾《かたず》をのんで見守った。しばらくは何も起こらなかったが、やがて羽根のふさふさと柔らかい部分が微《かす》かに震えた。

「息しとる！」

安堵はすぐに影を潜め、新しい戸惑いが取って代わった。

「しかし、こいつは一体誰なんだ？」艀の船頭が言った。「誰か知っとるか？」

それからしばらく客たちはがやがやと騒がしく言葉を交わしたが、そうしながらも、この男に見覚えはないかと考えていた。そのうちひとりが、自分はテムズ川沿いのキャッスル・イートンからダックスフォード――百六十キロメートルほどの距離がある――に住む人間をみな知っているが、この男のことは絶対に知らないと言った。別の客は、レッチレードに姉がいるが、そこでこの男を見かけたことは一度もないと言った。三人目は、どこかでこの男を見たことがある気がすると思いながらも、じっくりと見れば見るほど、そのことに金を賭けようという気が薄れていくのだった。四人目は、男は川のジプシーではないかと怪しんだ。というのも、一年のこの時期はジプシーのボートがひとびとに訝《いぶか》しげな眼差《まなざ》しを向けられながらこの長い川を下ってくる時期で、夜になると誰もが必ず家の扉に鍵をかけ、持ち上げることのできるものを全て家の中に運んだからだ。しかし男の身につけている上等な毛織物の上着や高価な革のブーツを見るかぎり――やはり違う。ジプシーの男などではない。五人目の客はじっと男を見てから、この男はワイティの農場で働くリディアードと同じくらいの背格好で、髪の毛も同じ色じゃないかと勝ち誇ったように話した。六人目が、リディアードなら今テーブルの向こう端にいるじゃないかと指摘すると、五人目の男は言われたほうに目をやり、結果、否定することができなくなった。こういった主張がさらに続いたのち、ひとり、ふたり、三人、四人、五人、六人、そしてそこに居合わせた全員が、誰もこの男のことを知らない――というか少なくとも、知っているとは思えないということで意見を一致させた。しかしそのときの男の見た目から、そう断言できる者などいただろうか。

　この結論に続いて沈黙が訪れたが、七人目の客がその沈黙を破って口を開いた。「にしても、どんなひでぇ目に遭ったってんだ？」

　男の服は濡《ぬ》れそぼり、川の苔臭さやら泥臭さが体から漂っていた。水上でなんらかの事故に遭った、それだけは確かだった。客たちは川における危険について、しごく賢明な川の男たちさえをもペテンにかける水の恐ろしさについて口々に話した。

「ボートはあるのかね？　ちょっくら行って、あるかどうか見てきやしょうかね」ボート修理のベザントが言った。

　マーゴットは手際良く丁寧に手を動かして男の顔から血を拭っていたが、口元のひどい切り傷があらわになると顔をしかめた。傷は男の上唇を裂くように走り、皮膚を両断し、その隙間から何本もの折れた歯と血まみれの歯茎が見えていた。

「ボートはおいときな」マーゴットは命じた。「重要なのはこの人なんだから。あたしひとりじゃ手に負えないほどやることがたんとあるんだ。リタのとこまでひとっ走りしてくれる人はいない？」それから部屋を見回して、作男のひとり、貧しくてあまり酒を買うことのできない男に目を留めた。「ニース、あんた足が速いよね。〈イグサのコテージ〉までひとっ走りして、看護師を連れてきてくれない？　転ばずにね。災難《ラッシュ》はひと晩にひとつで十分」

若者は出ていった。

そのあいだジョナサンはというと、みなから離れたところにいた。ずぶ濡れの人形はあまりに重くて扱いにくかったため、座り込んで人形を膝の上に置いた。前の年のクリスマスに、仮装した役者の一行が芝居の道具として持ってきた張り子の竜が思い起こされた。その竜は軽くて硬く、指の爪で打つとコッコッコッという軽やかな音がした。この人形はその竜と同じもので作られてはいないようだ。次にジョナサンは、以前見たことのある、中に米の詰まった人形を思い出した。重みがあって柔らかい人形だった。でもこれほどの大きさのものは見たことがなかった。頭のにおいを嗅いでみた。米のにおいはせず、川のにおいだけした。本物の髪の毛が使われているらしかったが、どうやって頭にくっついているのかまではわからなかった。耳は本物と見紛うばかりで、型を取って作られたのではないかと思えるほどだったし、まつ毛の完璧なまでの精巧さには驚嘆するばかりだった。柔らかく、湿った、くすぐったいようなまつ毛の先をそっと指先で触れると、瞼がわずかに動いた。これ以上できぬほど優しく瞼に触れてみると、その奥に何かがあるのが感じられた。ぐにぐにと動く球形のもので、柔らかくもあり、硬くもあった。

仄暗《ほのぐら》く理解しがたい何かが、ジョナサンの心を捉えた。両親と酒飲みたちの背後で、ジョナサンはそっとその体を揺さぶってみた。片方の腕が、肩のところからだらりと垂れ下がり、振れた。人形の腕であればそんな振れ方はしないはず。自分の内部で、穏やかに、力強く、急速に、水が湧き上がるのを感じた。

「これは、女の子だ」

負傷した男を取り囲んで議論が繰り広げられる中、誰もその声を聞いていなかった。

もう一度、さっきより大きな声で。「これ、女の子だ！」

みな振り返った。

「この子、起きないよ」そう言ってジョナサンは、みなが自分の目で確かめられるように、濡れそぼったその小さな体を抱え上げた。

客たちはジョナサンの周りに集まった。驚きに打たれた十数対もの目が、小さな体に向けられた。

その肌は水のようにちらちら光っていた。綿のワンピースの折り目は手足の滑らかな線に沿って張りついていて、頭は操り人形師には習得しえない角度に傾いていた。確かにそれは小さな女の子だった。しかしその瞬間まで誰も、誰ひとりとしてそのことに気づいていなかった。これほど明白だというのに。貧しい娘に着せるような綿のワンピースを着せるためだけに、これほどまでに完成度の高い人形を作るために労を惜しまない作り手などいるだろうか。一体誰が、あんな不気味で生気のない顔を描くというのか。神以外で、あの頬骨の曲線やすねの直線、それぞれ異なる形や大きさで精密に作られた五本の指のついた繊細な足を作る能力のある作り手などいただろうか。当然、これは小さな女の子に決まっている！　一体どうしたらそうでないと考えることができたのだろう。

　いつもなら言葉が飛び交う騒々しい部屋が静かになった。客のうち、子どものいる父親は自分たちの子どものことを思い出し、人生最後の日が来るまで彼らに愛情を示し続けようと固く心に決めた。もう年を取っていながら子どもというものを知らずに生きてきた男たちは、ひどい欠落感に心を痛めたし、まだ子どものいない若い男たちは、自分の子を腕に抱きたいという憧れに胸を突かれた。

　やがて沈黙が破られた。

「なんてこった！」

「死んじまったか、かわいそうにな」

「溺死だ！」

「母ちゃん、この子の唇に羽根を置いてよ」

「ああ、ジョナサン。その子には遅すぎるんだよ」

「でも、あの人ではうまくいったじゃない！」

「だめなのさ、ジョナサン。あの人はもともと息をしてたからね。あの羽根は、あの人の中でまだ消えずにいた命をあたしたちに見せてくれただけなんだ」

「この子の中でも消えてないかもしれないよ！」

「その子が死んでるのは明らかさ、かわいそうな子だよ。呼吸をしてない。それにね、肌の色を見るだけでもわかるってもんさ。誰か、このかわいそうな子を奥の部屋に運んでくれない？　ヒッグス、頼んだよ」

「でも、あそこは寒いよ」ジョナサンは抗議した。

マーゴットは息子の肩をそっと叩いて言った。「この子には気にならないよ。実際のところ、もうここにはいないんだから。それにね、この子が行っちゃった先では、寒くなることがないんだ」

「ぼくに運ばせて」

「ランタンを運んで、ヒッグスさんのために鍵を開けてやっておくれ。この子、あんたには重すぎるよ」

砂利の採取人はジョナサンの弱りつつある腕から少女の体を引き取ると、一羽のガチョウを抱えるかのように軽々と持ち上げた。ジョナサンはランタンで道を照らしながら外に出て、建物の脇を回って小さな石造りの離れに向かった。厚みのある木製の扉の先は、窓のない狭い貯蔵室になっていた。床は地面がむき出しで、その壁は未だかつて、漆喰《しっくい》が塗られたことも、化粧板が張られたことも、塗装されたこともなかった。夏のあいだは、すぐには食べるつもりのない、羽むしりを終えたカモやマスを置いておくのにぴったりの場所だったが、この晩のような冬の晩には寒さが厳しかった。壁の一面から分厚い石板が突き出ていて、ヒッグスはそこに少女を横たえることにした。張り子の竜の脆《もろ》さを思い出したジョナサンは、少女の頭が石に接するときには頭を手で支え、「痛むといけないから」とつぶやいた。

ヒッグスの持つランタンが少女の顔に円形の光を投じた。

「母ちゃんが、この子は死んじゃったって」ジョナサンが言った。

「その通りさ、坊主」

「母ちゃんが、この子は別のところに行っちゃったんだって」

「そうさな」

「ここにいるみたいに見えるんだけどな、ぼくには」

「この子の頭やら心やらはもう空っぽなのさ。魂が行っちまったんだから」

「眠ってるってことはないの？」

「いんや、坊主。だったら今ごろ、目を覚ましてる」

ランタンが少女の動かぬ顔に揺れる影を落とし、その光の温かさで真っ青な肌を覆い隠そうとしていたが、その光も、生あるものに宿る内なる光の代わりとはならなかった。

「昔ね、百年も眠っていた女の子がいたんだよ。キスで目が覚めたの」

ヒッグスは激しく目を瞬《しばた》かせた。「そりゃ、ただの物語だろうよ」

再びふたりが外へ向かって歩き出すと、光の輪は少女の顔を離れ、ヒッグスの足を照らした。しかしドアまできたところでヒッグスは、ジョナサンが隣にいないことに気がついた。振り返ってもう一度ランタンを掲げると、ジョナサンが暗がりの中で前かがみになって少女の額に口づけていた。

ジョナサンは一心に少女を見つめていた。が、やがてがっくりと肩を落とし、少女に背を向けた。

ふたりは部屋を出て鍵をかけ、その場を後にした。

物語なき死体

ラドコットから三キロメートルほど離れたところに医者がいたが、誰もその医者を呼びにいこうとは考えなかった。その医者は年寄りであるうえに高くつき、彼に診《み》てもらった患者のほとんどが命を落としていた。それではあまり気乗りがしないというもの。代わりに彼らは良識ある判断を下していた。リタを呼びにやったのだ。

男の体をテーブルに横たえてから三十分が経過したころ、外で足音がした。ドアが開き、ひとりの女が姿を現した。マーゴットとその娘たち以外、といっても彼女たちは店の床板や石の壁と等しく〈白鳥亭〉の一部とみなされていたのだったが、この店で女の姿を見ることはまれだったため、部屋に入るその女の姿に全ての視線がじっと注がれた。リタ・サンデーは中背で、髪の色は明るくもなく暗くもなかった。しかしほかのあらゆる面において、リタの容姿は平均的ではなかった。男たちはリタを品定めするようにしげしげと眺め、ほとんどあらゆる点に欠点を見いだした。頬骨は高く尖《とが》りすぎているし、鼻はやや大きすぎ、顎の幅はやや広すぎ、顎先はやや前に出すぎている。最良の特徴は目で、形は十分良いのだが、灰色で、端整な額の下から真っすぐすぎるほどの眼差しで物事を見据えていた。リタはもう若者のように振る舞う年ではなく、同年代のほかの女たちはすでに評価対象者名簿から除外されていたというのに、そしてリタ自身は地味で、三十年以上のあいだずっと処女でいたにもかかわらず、どこか人を惹きつける力があった。過去が関係しているのだろうか。地元の看護師兼助産師であるリタは、修道院で生まれ、大人になるまでそこで暮らし、彼女の医術は全てその修道院付設の病院で身につけたものだった。

リタは〈白鳥亭〉の冬の間に足を踏み入れた。そして自分に注がれる視線には気づかぬ素振りでくすんだ色の毛織物の外套《がいとう》のボタンを外し、両腕を袖から引き抜いた。外套の下には、黒っぽく、飾り気のないワンピースを着ていた。

リタは真っすぐに、血まみれで、まだ意識のない状態でテーブルの上に横たえられている男のそばに向かった。

「お湯をあっためておいたよ、リタ」マーゴットが言った。「それから布きんはこっち、全部きれいだよ。ほかには何が必要？」

「もっと灯りを。もしあるなら」

「ジョナサンが階上《うえ》に予備のランタンとろうそくを取りにいってる」

「それからおそらく」言いながらリタは手を洗い、丁寧な手つきで男の唇の切り傷の程度を調べて続けた。「剃刀《かみそり》と、手元が安定していて、丁寧にひげを剃《そ》ってくれる男の人が必要」

「ジョーがいいんじゃない、どう？」

ジョーは頷《うなず》いた。

「それからお酒も。店にある一番強いやつね」

マーゴットは特別な食器棚の鍵を開けて緑色の瓶を取り出した。マーゴットがその瓶をリタの鞄《かばん》のそばに置くと、酒飲みたち全員の視線がそこに向けられた。ラベルが貼られていないことから密造酒であることがわかるのだが、それはつまり、男ひとりを気絶させるほど強い酒だということを意味していた。

ランタンを男の頭上にかざしていたふたりの船頭は、リタがぽっかり開いた穴を、つまりは男の口の中を指で探るのを見ていた。リタは血でべとべとになった二本の指で、折れた歯を一本取り出した。それからすぐにもう二本、取り出した。探る指は次に、男のまだ湿っている髪へと移動し、男の頭皮をくまなく探った。

「頭部で傷を負っているのは、顔だけみたい。このくらいで済んで良かったということね。じゃあ、まず、この濡れたものを脱がせましょう」

部屋中が驚きでびくっと振動したように思えた。未婚の女性が自然の秩序を乱さずして男の着衣を脱がせることなどできない。

「マーゴット」リタは動揺を見せずに言った。「男性陣に指示を出してくれない？」

それからリタは男に背を向けると、鞄の中から道具を取り出しにかかった。マーゴットは男の服を脱がせるよう客たちに指示を出したが、その際、そっと作業をするようにと注意することを忘れなかった――「ほかのどんな場所にけがしてるか、まだわからないんだ。これ以上ひどくしたくはないからね！」客たちが、飲みすぎたせいで、あるいは元々不器用なために手間取る場面では、マーゴットが母親的な指でボタンを外し、紐《ひも》を解《ほど》いた。男の衣類が床に積み上げられた。艀《はしけ》の船頭のものと同じようにたくさんのポケットがついているが、それより上等な布で作られた濃紺色の上着。靴底の新しい、丈夫な革で作られたブーツ。川で働く男がロープで代用するのとは異なる、本物のベルト。分厚いジャージー素材《ロング・》の長袖長ズボン《ジョーンズ》の下着。フェルト生地のシャツと、その下に着ていたニットの肌着。

「誰なの？　知ってる人？」リタは男に背を向けたまま言った。

「見かけたことがあるのかないのか、それすらわからないんだよ。まあ、難しいってもんだろう、こんな状態じゃ」

「もう上着は脱がせた？」

「脱がせたよ」

「ジョナサンにポケットを調べてもらおうかしら」

リタが再びテーブルのほうに顔を向けると、患者は裸で、彼の慎み深さとリタの面目を保つための白いハンカチが体の一部にかけられていた。

リタには、みなが自分の顔を盗み見て、それからまた視線をそらしたのがわかった。

「ジョー、できるだけそっと唇の上を剃ってくれないかしら。完璧にはできないでしょう、でも精一杯やってみて。鼻周辺は気をつけてね——折れてるから」

リタは診察を始めた。まず男の足に手を当て、それから足首、脛《すね》、ふくらはぎへと上に向かって手を移動させ……男の黒っぽい肌の上、リタの白い手が際立って見えた。

「外仕事の男だな」砂利の採取人が気づいたように言った。

リタは骨や靭帯《じんたい》、筋肉を触診していったが、そのあいだ、目線は男の裸体に向けられていなかった。指先のほうが目よりもよく見える、とでも言わんばかりに。少なくとも今のところ万事うまくいっている、すぐにリタはそう確信し、迅速に作業を進めた。

男の右臀部《でんぶ》の辺りでリタの指が白いハンカチに触れそうなところまで進み、そして止まった。

「ここを照らしてちょうだい」

男の一方の脇腹に沿ってひどい擦《す》り傷ができていた。リタは緑色の瓶を傾けて布切れに酒を染み込ませると、それを傷に当てた。テーブルを囲んでいた客たちは少しばかり同情するような表情を浮かべて唇をゆがめたが、患者本人は微動だにしなかった。

男の手は臀部のそばにあった。その手は本来の二倍の大きさに膨れていて、血だらけで変色していた。リタはこの手にも酒をかけたが、一部の汚れだけが落ちずに残ったため、何度か繰り返し拭ってみた。インクのように黒い染みなのだが、打撲傷のような黒さでもなく、乾いた血とも違っていた。興味を引かれたリタはその手を持ち上げ、顔を近づけて指を観察した。

「写真家なんだわ」そして言った。

「たまげたね！　どうしたらわかるのさ？」

「指よ。ここの汚れ、わかる？　硝酸銀でできた染みだわ。硝酸銀は、写真を現像するのに使われるの」

リタは、このニュースにみなが驚きに打たれている隙を見て、白いハンカチの周囲の診察に取りかかった。そっと患者の腹部を圧迫すると、内臓に損傷の兆候は見られなかった。リタが手を上へ上へと移動させていくと、灯りもそれを追って上に移動した。やがて白いハンカチが暗闇に消えると、そこでようやく男たちは、リタが再び礼儀の範疇《はんちゅう》に戻ってきたことを知って安堵した。

濃い顎ひげが半分なくなっても、男は依然として不気味なままだった。変形した鼻がより一層目立つようになっていたうえ、唇を引き裂いて頬にまで走る傷は、見えていないときの十倍は悲惨に見えた。本来であれば人の顔に人間味を与える役割を果たすはずの目は、腫れ上がり、固く閉じられていた。額の皮膚が膨れてそこに血の塊ができていて、リタはそこから黒っぽい木の破片のようなものをいくつも引き抜くと、額をきれいに拭った。それから唇の傷に注意を向けた。

マーゴットは酒で消毒した針と糸をリタに手渡した。リタは針の先を裂け目に当てると、針を皮膚に刺した。作業するリタのそばでろうそくの炎が揺れた。

「必要のある人は、今すぐ腰を下ろして」リタは言った。「病人はひとりで十分だから」

しかし誰も、座る必要があることを認めようとはしなかった。リタはきれいに三針縫ったところで針を引き抜いた。男たちの中には目を背ける者も目を離さぬ者もあったが、みな一様に、人間の顔が破れた襟か何かのように繕われていく光景に心を奪われた。

縫合が終わると、安堵の音が聞こえてきた。

リタは自らの仕事を眺めた。

「さっきよりかマシに見えるな」艀の船頭のひとりが言った。「俺たちの目が、こいつを見るのに慣れちまったってだけの話じゃなきゃな」

「そう」リタは半分納得するように応じた。

それから男の顔の真ん中辺りに手を伸ばすと、親指と人差し指で男の鼻をつかんで力いっぱいねじった。軟骨と骨の動く音が――ばりばりという音とともに、びちゃっという音が――はっきりと聞こえてきて、ろうそくの炎が激しく震えた。

「受け止めて！　早く！」リタが叫び、作男たちは、その晩二度目のこととなったが、倒れてくる仲間の重みを両腕で受け止めた。砂利の採取人の膝が抜けてしまったのだった。そうこうするうち三人の男たちが持っていたろうそくが床に落ち、そのまま炎が消え入り――舞台は暗転した。

「やれやれ」ろうそくに再び火がともったところでマーゴットが口を開いた。「なんて夜なんだい。このかわいそうな人は、〝巡礼者の間〟に寝かせるのが一番いいだろうね」テムズ川を横断できる地点がラドコット橋以外には何キロメートルも先までなかったころ、多くの旅行客が旅の途中でこの〈白鳥亭〉に立ち寄った。近ごろは使用されることもめったになくなっていたが、廊下の突き当たりに、今でも〝巡礼者の間〟と呼ばれている部屋があるのはそのためだった。リタは自分の患者が別室に運ばれ、ベッドに横たえられ、体に毛布がかけられるのを見届けた。

「帰る前に、あの子を見ておきたいの」リタは言った。

「哀れなおチビちゃんのために祈ってあげたいよね。当然さ」地元の人たちは心の中で、リタを良い医者であると考えていただけでなく、彼女が修道院で過ごしたことに鑑《かんが》みて、緊急時には牧師の代わりを務めてくれる人物だと考えていた。「はい、これが鍵。ランタンを持っていきな」

再び帽子と外套を身につけ、マフラーを顔に巻きつけると、リタは〈白鳥亭〉の母屋《おもや》を出て離れに向かった。

リタ・サンデーは死体を恐れてはいなかった。幼少時代から死体というものに慣れていた、というより、そこから生まれた。事の経緯《いきさつ》はこうだ。三十五年前、絶望に打ちひしがれた出産間近の女が、川に身を投げた。艀の船頭が気づいて引き上げたときには、女はもう溺死しかけていた。船頭が女をゴッドストウの修道女たちのところへ運ぶと、修道女たちはその哀れで貧しい女を女子修道院付設の病院で手当てした。女は陣痛が始まるまではどうにか生きながらえた。溺死しかけた衝撃で弱っていた女には子を生み落とす力が残っておらず、子宮に強い収縮が起きて腹部に張りが生じると、女は息絶えた。シスター・グレイスは袖をまくり上げると、メスを取り、死んだ女の腹部に緩やかな赤い曲線をつけ、そこから生きた赤ん坊を取り上げた。母親の名前を知る者はいなかったが、いずれにしてもその子に母親の名前が与えられることはなかっただろう——故人は、姦通、自殺行為、子殺し未遂の三つの罪を犯していたため、いつまでもその母親を覚えているような名前をその子に与えるのは罪深い行為だとみなされた。修道女たちはその赤ん坊に、聖マーガレット（アンティオキアの聖マルガリタとも）にあやかって〝マーガレッタ〟という名を与えた。やがてその名が短縮されて〝リタ〟と呼ばれるようになった。名字に関しては、血を分けた父親がいなかったため、女子修道院のほかの孤児たちと同様、父なる神の日である日曜日《サンデー》にちなんで〝サンデー〟と呼ばれることになった。

若きリタは優秀な学び手で、病院に関心を示していたため、そこで手伝いをするよう勧められた。病院には子どもでもできるような仕事がいくつもあった。八歳のとき、リタはベッドを整える仕事や、血まみれになったシーツやタオルを洗う仕事を手伝った。十二歳になると、湯の入ったバケツを運んだり、遺体を安置したりするのを手伝った。十五歳になるまでには、傷口を洗浄したり、骨折部位に添え木を当てたり、皮膚を縫ったりするようになっていたし、十七歳になるころには、看護に関してリタにできないことはほとんどなくなっていて、ひとりで赤ん坊を取り上げることさえできるようになっていた。リタにとっては、そのまま修道院にとどまり、修道女になり、一生を神と病める者たちに捧《ささ》げることは何ら苦痛ではなかった。川岸で薬草を摘んでいたある日、あんな考えが心に浮かびさえしなければ。この世の向こう側には別の世など存在しない、ふとそんな考えが浮かんだのだった。それまでに教わってきたあらゆることに照らし合わせると、それは邪悪な考えだった。しかしリタは罪の意識を感じる代わりに、安堵で胸がいっぱいになるのを感じた。天国が存在しないのであれば地獄も存在せず、地獄が存在しないのであれば、顔も名も知らぬ母は永遠の拷問の中で苦しんでいるのではなく、単に命が尽き、いなくなったのであり、苦痛とは無縁であるはず。リタはこの心変わりを修道女たちに伝えると、彼女たちが狼狽《ろうばい》から立ち直るのを待つことなく、ネグリジェとブルーマー（裾口をゴムで絞ったゆったりしたズボン）を一緒に丸め、ブラシも持たずに出ていった。

「あなたの務めはどうなります！」シスター・グレイスがリタの背中に向かって呼びかけた。

「神と、病めるひとびとに対する務めは！」

「病める者はどこにでもいます！」リタは大きな声で返した。

「神もどこにでもおられます」シスター・グレイスは応じたが、ひどく小さな声で発せられたその言葉はリタの耳には届かなかった。

若き看護師はまずオックスフォード病院で働き、そこで才能が認められると、ロンドンに住む、とある賢明な医師のもとで看護師兼助手として働くことになった。

「君が結婚したら、私にとっても、この職業にとっても、実に大きな損失になるよ」リタに好意を寄せる患者がいることに気づくたびに、医師はこう言った。

「結婚ですか？　私はしませんよ」リタはいつもこう答えるのだった。

「それはまた一体どうして？」同じ返答を何度も聞かされた医師は、こう問いただした。

「私は、看護師としてのほうが、この世界の役に立ちますから。妻や母親としてじゃなく」

しかしこれは理由の半分でしかなかった。

この数日後、医師は残りの半分を知ることになった。ふたりは、リタと同じ年ごろの若い母親を診ていた。患者は三度目の妊娠中だった。それまでは全てが順調に進んでいて、最悪の事態を恐れるべき理由など何もなかった。胎児が不自然な位置にいたということもなければ、陣痛が極度に長引いたわけでもなく、鉗子《かんし》を使う必要もなかったし、胎盤はきれいに剥がれた。ただ、出血を止めることができなかった。血は次から次から次から次から流れ、母親は息絶えた。

医師が部屋の外で亡くなった妊婦の夫と話をするあいだ、リタは熟練した技術で血まみれのシーツを集めた。もうずっと前に、出産で命を落とした母親の数が数え切れなくなっていた。

医師が部屋に戻ってきたときには、リタは出発の準備を全て整えていた。ふたりは家を出て静かに通りを歩き始めたが、ほんの数歩進んだところでリタが口を開いた。「私は、あんなふうに死にたくない」

「君を責めたりしないさ」医師は言った。

この医師にはある友人がいたのだが、彼は紳士《ジェントルマン》で、頻繁に夕食に呼ばれ、次の日の朝になるまで帰らなかった。リタがそのことを口にしたことはなかったものの、医師は、自分がこの友人に抱いている恋心にリタが気づいていることを知っていた。リタがそのことに動揺している様子はなかったし、彼女は非常に口が堅い人間だった。数ヶ月間じっくりと考えたのち、医師はある驚くべき提案を持ちかけた。

「私と結婚してくれないか？」ある日、次の患者を診るまでのあいだに医師がリタに言った。「もちろんその……あれはなくていい。ただ、私にとって都合がいいんだ。それに、君にとっても有益かもしれない。患者たちは喜ぶだろうね」

リタはそのことについて考え、そして同意した。ふたりは婚約したが、結婚が成立する前に医師は肺炎にかかり、亡くなった。早すぎる死だった。人生最後の数日間、彼は弁護士を呼んで遺言を変更した。その遺言書には、自分の家と家具をかの友人に譲る、そしてリタにはかなりの額の金を残すと記されていた。リタがささやかに自活するのに十分な金額だった。そのうえ、蔵書までをもリタに残してくれていた。リタは医学と科学に関する以外の本を売り払い、残りを鞄に詰め込んで、川を上った。ボートがゴッドストウまでやってきて、通りがかりに懐かしき女子修道院を目にしたとき、リタは予期せぬ心の痛みを感じ、失った神を思い出した。

「ここで下りるんですか？」リタの表情の厳しさを勘違いした船頭が訊《き》いた。

「進んでください」リタは答えた。

ふたりは進み続けた。もう一日、もう一晩と進み、やがてラドコットまでやってきた。リタはその場所の雰囲気が気に入った。

「下ります」リタは船頭に言った。「ここでいいわ」

リタはコテージを買い、本棚に本を並べると、自分はロンドン屈指の医師からの推薦状を持つ看護師であると地域の良家のひとびとに知らせた。数人の患者を手当てし、六人の赤ん坊を取り上げると、リタの名はその地域のひとびとのあいだで知れ渡るようになった。裕福な家庭は、この世に新しい命を迎える瞬間にも、この世から旅立つ瞬間にも、そしてそのあいだに直面するありとあらゆる病との戦いの際にも、リタ以外の者に頼ろうとはしなくなっていた。この仕事で得られる報酬は大きく、相続した遺産を手つかずのまま維持するのに十分な収入を得ることができた。患者の中には、病気不安症になって何度も診察に訪れるほど金銭的に余裕のある者たちもいたが、リタは彼らの自己耽溺《たんでき》を大目に見た。そのおかげで、治療費を払う余裕のない患者たちを、わずかな治療費で――あるいは無償で――診ることができていたのも事実だったから。仕事のないとき、リタは質素に暮らし、医師から譲り受けた本を隅から隅まで読むことで自らを高め、薬を作った。

リタがラドコットに住むようになって十年近くが経過していた。リタは死を恐れてはいなかった。何年ものあいだ、死に瀕《ひん》したひとびとの世話をし、彼らの死を見届け、埋葬の準備をしてきた。病死、出産時の死、事故死。悪意による死も一度か二度あった。高齢者たちに歓迎すべき訪問者として迎えられる死もあった。かつて過ごしたゴッドストウの病院は川岸にあったため、必然的に水死体にも見慣れていた。

冷たい夜気の中、足早に離れに向かうリタの頭に浮かんでいたのは〝溺死〟だった。溺れ死ぬのはたやすいこと。川は毎年、数人の命をのみ込んでいた。余分な一杯、慌てて踏み出した一歩、注意を怠った一秒、川はそのどれをも見逃さなかった。リタが最初に目の当たりにした水死体は、その当時のリタより一歳だけ年下の、十二歳の少年の体だった。少年は歌いながら水門の上でふざけていて、足を滑らせたのだった。次に見たのは夏のことで、飲めや歌えのどんちゃん騒ぎをしていた男が誤ってボートの外に足を踏み出し、こめかみを強打して川の中に落ちていったが、友人たちは酔っ払いすぎていてまともに救助に向かうことができなかった。そして金色に輝くある秋の日、ウォルバーコート橋の一番高い地点から飛び込む姿を見せびらかそうとした学生がいたが、彼は結局、水の深さと流れに恐れおののくこととなった。季節に関係なく、川は川だ。リタの母親同様、若い女たちも川で命を落とした。恋人からも家族からも見放され、この先に待ち受ける恥と貧困に向き合うことに耐えられない哀れな者たちが、全てに終止符を打つべく川に向かった。それから赤ん坊たち。望まれぬ小さな肉の塊。小さな命の新芽。彼らはこの世を生きる機会を与えられぬまま溺れ死んだ。リタはそれら全てを見てきた。

貯蔵室のドアまできたリタは錠に鍵を差し込んだ。部屋の中の空気は外よりいっそう冷たく感じられた。空気は、鼻の穴から額へと通じる通路と空洞の鮮明な地図を描いた。土と石のにおいが、それから圧倒的に強烈な川のにおいが冷気にのって漂ってきた。瞬時に気持ちが引き締まった。

ランタンの弱い灯りが、石造りの部屋の隅まで届かず、それよりずっと手前で小さくなったが、それでもその小さな遺体は淡い青緑色の光に包まれ、ちらちら輝いて見えた。それは肌の極度なまでの青白さが引き起こした特異な効果だったが、想像力に富む者ならば、その小さな四肢そのものがその光を発しているのだと考えたかもしれない。

リタは自らの中で湧き上がるただならぬ警戒心を感じながら近づいていった。この子は四歳くらいだろうか。肌は白かった。腕とくるぶしがむき出しの、この上なく簡素なワンピースを着ていて、まだ湿っている布地はさざ波のような模様を残して体に巻きついていた。

リタは無意識のうちに、修道院付設病院で行われていた、あの決まった手順を始めていた。まず呼吸を確認した。次に二本の指を子どもの首に当てて脈を確認した。それから瞼を裏返し、瞳孔を確認した。この手順を進めるリタの頭の中で、診察の際に捧げる祈りの言葉を唱和する穏やかな女たちの声が響いていた。天にましますわれらの父よ……リタはその祈りを聞いたが、一緒に唇を動かすことはしなかった。

呼吸なし。脈なし。瞳孔散大。

それでも異様な警戒心は消えずに残っていた。リタは小さな体のそばに立ち、こんなふうに自分を緊張させるものの正体は一体何なのかと考えた。冷たい空気のせいにすぎないのかもしれない。

嫌というほど見さえすれば、死体を読むことができる。そしてリタはもう、うんざりするほど見てきた。見方さえわかれば、いつ、どのようにして、どうして死に至ったか、死体から全て読み解くことができる。リタは死体を調べ始めたが、あまりに徹底的にじっくりと取り組んだため寒さを忘れるほどだった。ランタンの揺らめく炎の中、リタは目を凝らしたり細めたりしながら少女の肌をつぶさに調べた。腕や足を持ち上げると、関節が滑らかに動いた。耳や鼻の中をのぞいた。口の中を調べた。指一本一本――足指の爪までも――観察した。そしてその全てを終えると、少し離れて顔をしかめた。

何かがおかしい。

リタは首をかしげ、当惑したように口をゆがめて、知り得る全ての知識を頭の中で確認していった。水死体は、しわしわにふやけ、水を吸ってむくみ、ガスによって膨れ上がる。皮膚や爪は剝がれやすく、髪は抜けやすくなる。この死体にはそのどの変化も見られなかったが、それはつまり、この死体はそれほど長くは水に浸《つ》かっていなかったということ。そうなると、粘液の問題があった。水死体の口角や鼻孔からは泡沫《ほうまつ》が出ているものだが、この死体の顔に泡は見られなかった。しかしそれに関しても説明できないことはなかった。少女は、川に落ちたときにはすでに死んでいたのだろう。であれば、ここまでのところに問題はなさそうだ。リタを困惑させるのはここからだ。もし溺れて死んだのでないとしたら、少女に一体何が起こったというのだろう。頭蓋骨に損傷はないし、手足に痛めつけられたような痕跡もなかった。首にあざもない。骨折もない。内臓損傷の兆候もなし。人間の邪悪さがどれほどのことをなし得るかを心得ていたリタは、少女の性器を調べ、少女が非道な侵入の被害者ではないことも確認した。

少女が自然に亡くなったなどということがあり得るのだろうか。目に見える病気の兆候は何もない。それどころか、少女の体重、肌や髪の毛の様子から判断するに、少女はこの上なく健康だった。

こうしたさまざまがすでにリタを十分困惑させていたが、問題はまだあった。仮に少女が自然死を迎え――死因については想像すらできないが――川に遺棄されたのだとしても、死後についた傷があるはずだ。砂や砂岩が皮膚を擦《こす》り、石が皮膚を削り、川底の岩屑《がんせつ》が肉を切る。水は人間の骨を折りかねないし、橋は頭蓋骨を打ち砕きかねない。しかしこの少女のどこを見ようとも、傷痕も、あざも、擦り傷も、切り傷も見当たらない。その小さな体には、染みひとつなかった。「お人形さんみたい」ジョナサンは自分の腕の中に落ちてきた少女をそう説明していたが、なぜそんなふうに思ったのかが理解できた。リタは少女の足の裏や親指の外縁に沿って指先を走らせてみたが、それはあまりに欠点がなく、その足で地を踏んだことなどないのではないかと思えるほどだった。爪は、新生児のものと同じくらいに美しく、真珠のような光沢を放っていた。死が少女になんの痕跡も残さなかったことだけでも十分奇妙であるが、生の痕跡も残っていないということは、リタの経験からすると特異だった。

体はいつでも物語を語る――しかしこの少女の死体は白紙だった。リタは吊《つ》るしてあったランタンに手を伸ばした。そして少女の顔に灯りを向けたが、ほかの部分と同様、そこにはなんの表情も浮かんでいなかった。生前は、この無愛想で不完全な顔立ちにかわいらしさや、臆病な用心深さ、茶目っ気のある悪戯《いたずら》っぽさなどが浮かぶことがあったのだろうか。判断しようがなかった。仮にそこに好奇心や安らぎ、苛立《いらだ》ちなどが浮かんだことがあったのだとしても、それを刻み込んで永続性を与えるほどには命が続かなかった。

ほんの少し――二時間かそこら――前まで、この幼い少女の肉体と精神はしっかりと結びついていたのだ。そう考えると、これまでのあらゆる訓練や経験をよそに、リタは突如として激しい感情の嵐に襲われた。別々の道を歩み始めてからこれがはじめてというわけではなかったが、リタは神に祈った。自分の幼少時代には、全てを見、全てを知り、全てを理解していた神に。無知で混乱していたとはいえ、万物を完全に理解し得る父なる神を信じることができていたころは、世界はどれほど単純だったことか。何か理解できぬことがあったとしても、神はご存じだと確信していたころは、それを受け入れることができた。しかし今……。リタは少女の手を――五本の完璧な指と、完璧な爪のついた、完璧な手を――取ると、自らの手のひらにのせ、その上からもう片方の手をのせてふたをした。

間違ってる！　何もかも完全に間違ってる！　こんなふうであっていいはずがない！

そしてそのとき、それは起こった。

奇跡

マーゴットが男の衣類をきれいな水の入ったバケツに押し込む前に、ジョナサンは男の服のポケットをまさぐった。いくつかのものが引き出された。

水を吸って膨れ上がった財布ひとつ。治療費を賄い、さらに、体調が良くなってから、そこにいた全員に一杯おごってやれるだけの金が入っていた。

濡れそぼったハンカチ一枚。

パイプ一本――壊れてはいなかった――と、たばこの缶ひとつ。なんとか缶のふたをこじ開けると、中身は濡れていないことがわかった。「少なくとも、喜べることがひとつはあるってことだ」客たちは言った。

たくさんの繊細な道具やら器具のついた輪ひとつ。一同はこれについて頭を悩ませた――この男は時計の修理工なのか？　鍵師なのか？――しかしそれも次のものが引き出されるまでのこと。

写真一枚。そこでみなは、男の指についていた黒っぽい染みと、男は写真家かもしれない

と言ったリタの言葉を思い出した。この写真によってリタのその説の信憑性《しんぴょうせい》が高まったように思えた。この道具は男の職業に関係があるはずだった。

ジョーは息子の手から写真を取ると、毛織物の袖口をそっと写真に押し当てて水分を拭き取った。

野原の片隅、一本のトネリコの木。ほかには取り立てて言うほどのものは写っていなかった。

「もっときれいな写真、見たことあるけどな」誰かが言った。

「教会の尖塔《せんとう》だとか、茅葺き屋根のコテージなんかが欲しいところだな」別の誰かが言った。

「なんかを撮った写真、ってふうにゃ見えんがね」三人目が、困惑したように頭を掻《か》きながら言った。

「トゥリューズベリー牧草地《ミード》だ」唯一この場所に見覚えのあったジョーが言った。

みなはなんと応じてよいものかわからず、肩をすくめ、乾かすために写真を炉棚に置き、男のポケットから出てくる次なる、そして最後となるものに興味の矛先を向けた。出てきたのは――

ブリキ缶ひとつ。中には小さなカードの束が入っていた。一番上のカードが取り出され、みなの中で一番読むのが得意なオーウェンに手渡されると、オーウェンはろうそくを掲げて声に出して読み上げた。

ヘンリー・ドーント　オックスフォード
肖像写真、風景写真、都会・田舎の景色
絵葉書、ガイドブック、写真立ても
十八番《おはこ》はテムズ川の風景

「当たってたじゃねえか」みな大声を上げた。「さっきの看護師、こいつは写真家だって言ってたよな。これがその証拠だ」

オーウェンがオックスフォードのハイ・ストリートの住所を読み上げた。

「明日、オックスフォードに行く人はいない？」マーゴットが言った。「誰か知らない？」

「妹の旦那が、艀《はしけ》でチーズを運んでる」砂利の採取人が言った。「今晩家に寄って、頼んできてもいい」

「艀じゃ、二日はかかるだろ？」

「この男の家族を二日間も心配させておくわけにはいかんだろ」

「明日出発するってことはないんじゃないの？　あんたの妹さんの旦那さんだろ？　行ったら、クリスマスまでに戻ってこられないじゃないか」

「だったら、鉄道がいい」

結局、マルティンスが行くことに決まった。明日彼は農場で必要とされていなかったし、彼にはレッチレードの駅から五分のところに住んでいる姉がいた。これから姉の家に行き、明朝早い時間の列車にのることになった。マーゴットが列車代を渡すと、マルティンスは住所がしっかり頭に入るまで何度も声に出してから、ポケットに一シリングと口先に最新の物語を携えて出発した。そしてその物語の予行演習を繰り返しながら十キロメートルほど離れた目的地まで川岸を歩いていったのだから、姉の家に着くころには完璧な物語に仕上がっていたはず。

ほかの酒飲みたちはそのまま居座った。通常の語り聞かせは、その晩はもう終わりとなったが――実際に目の前で物語が起こっているときに、それ以外の物語について語ろうとは思わないだろう――客たちはビールジョッキやグラスにおかわりを注ぎ、パイプに火をつけ直し、木製の丸椅子に腰を下ろした。ジョーはひげ剃り道具を片づけてから自分の席に戻ったが、時折遠慮がちに咳《せき》をした。ジョナサンは窓のそばに置いた丸椅子に座って、炉の中の薪をじっと見つめたり、ろうそくの燃え具合を観察したりしていた。マーゴットはバケツの中の、川で濡れた衣類を古びた洗濯べらでつついたりかき回したりしてから、香辛料で香りづけしたビールの入った平鍋をコンロの上に戻した。立ち上るナツメグやオールスパイスの香りが、たばこや薪の燃える香りと相まって、川のにおいは弱まった。

酒飲みたちはその夜の出来事を物語へと変換する言葉を探しながら話し始めた。

「奴が戸口に現れたとき、俺は驚いたね。いんや、仰天したね。そうさ、そうだった。仰天したんだ！」

「おいらは、唖然《あぜん》とした。そう、おいらはそうだった」

「俺だってそうさ。仰天して、しかも唖然としたよ。あんたはどうだい？」

多くの砂利採取人たちが化石の収集家であるのと同じように、彼らは言葉の収集家だった。彼らはいつだって、珍しく、ありふれておらず、独特な言葉を集めるべく、神経を耳に集中させているのだった。

「吃驚仰天《きっきょうぎょうてん》しとった、そう思う」

みなその言葉を舌の上にのせ、重みを測りながら味わった。良い言葉だった。男たちは仲間を称賛するように頷いた。

客の中のひとりに、〈白鳥亭〉に来るのも、語り聞かせを経験するのもはじめてという男がいた。男はその場に馴染《なじ》もうとしているところだった。「面食らった、ってのはどうですかね？　そんなふうに言うこともできますかね？」

「いいじゃないか」みな首を縦に振った。「面食らった、そう言やいいさ、あんたの気に入ったんなら」

ボート修理のベザントが戻ってきた。一艘《そう》のボートも物語を語る。ベザントは、ボートが何を語るかを確認しにいっていたのだった。酒場にいた全員が目を上げ、耳を傾けた。

「あったぜ」ベザントは報告した。「舷縁《ガンネル》に沿って完全にペシャンコで。なんかひでえもんを擦って、水が入ってきちまったんだな。半分沈んじまってたよ。ひっくり返して岸に置いてみたけど、手の施しようがねえ。あの船はもう終わりだあな」

「何が起こったと思う？　やっこさんが突っ込んだのは、波止場かね？」

ベザントは厳然と首を振った。「何かがボートに激しくぶつかってきたんだろうな。上から」それから片方の手を空中で力いっぱい振り落とし、もう片方の手のひらの上に叩きつけて見せた。「波止場、そら違うな――それだったら、ボートの側面がペシャンコになってるはずだ」

酒飲みたちはしゃべりにしゃべった。頭の中でテムズ川を遡ったり下ったりしながら、一メートルごとに、ひと橋ごとに立ち止まり、そこで生じ得る危険と、男とボートに及ぼす被害について想像した。男たち全員が川になんらかの関わりを持っていて――職業としてではなく、長年親しんできたという意味においてであったとしても――何が起こったのかという謎を解明すべく、誰もが意見を述べた。頭の中で、川の上流でも下流でも、小さなボートをありとあらゆる桟橋や波止場、橋や水車にぶつけてみたが、どれも違っていた。そうしてみながが辿り着いたのが〈悪魔の堰《デヴルズ・ウィア》〉だった。

頑丈なセイヨウトネリコを用いた立派な垂直材が川を横切るように一定間隔で並べられた堰《せき》で、垂直材のあいだを埋めるように木材が取りつけられて壁のようになっていて、流れの変化によってその壁が上がったり下がったりした。堰を迂回《うかい》して向こう側の水に入るためには、ボートから下りて、迂回用に設置されている斜面を、ボートを引っ張りながら上ることになっていた。岸に上がればそこには酒場があったため、たいていは一杯の飲み代と引き換えに手を貸してくれる誰かを見つけることができると期待して良かった。しかし時に――板が上がっていてボートが勢いよく進んでいるとき、そして川が穏やかでボートの漕《こ》ぎ手が熟練者である場合――ちょっとばかり時間を節約するために、そのあいだを通り抜けていくこともできた。といっても、ボートが斜めにならないように慎重に真っすぐ進まなければならないし、立派な垂直材にぶつかって壊れるのを避けるために櫂《かい》をボートに引き上げなければならないし、それに――水位が高いときには――身をかがめるか、ボートの中で仰向《あおむ》けに身を横たえるかしなければ、堰の梁《はり》に頭を打ちつけてしまう。

酒飲みたちはこうしたあらゆる要素を男とボートに照らし合わせてみた。

「じゃあ、これが正解なのか?」ジョーが言った。「この男が災難に遭ったのは、悪魔の堰なんだろうか?」

ベザントが小さな山からマッチ棒ほどの大きさの木の破片をつまみ上げた。黒く硬いその破片は、リタがけが人の額から抜き取った破片の中で最も大きなものだった。ベザントが指先でその破片に触れると、それは長時間水に浸っていたにもかかわらずまだ硬さを保っていた。おそらくはセイヨウトネリコだった。悪魔の堰も、セイヨウトネリコで造られていた。

「だろうね」

「悪魔の堰なら俺もくぐったことがある、一度じゃないぜ」作男が言った。「お前さんもあったよな？」

ボート修理のベザントは頷いた。「川が人を通してくれるような気分のときにはな、ああ、あるよ」

「夜にも試したりするんか？」

「数秒稼ぐために命をかけるかって？　そこまでばかじゃねえ」

その晩の事件の、少なくともひとつの点だけでも解決したことで、みなのあいだには満足感が漂っていた。

「しかしだ」ジョーがひと呼吸おいてから口を開いた。「もしこの男が事故に遭ったのが悪魔の堰なんだとしたらだ、どうやってそこからここまで来たっていうんだ？」

そこで小さな会話がいくつか展開された。次から次へと説が持ち上がっては、質問がなされ、不十分だと判断された。あの事故の後、男がここまで自力でボートを漕いできたのだとしたら……あのけがで？　まさか！　では、男は生死の狭間《はざま》を彷徨《さまよ》いながらボートに横たわったまま流されてきたのだとしたら……流された？　あんなに歪《ゆが》んだ状態のボートで？　暗闇の中、ボートが独りでにさまざまな障害物をうまく切り抜けた？　そのあいだもずっと水がボートに侵入してくるに任せて？　あり得ない！

みなは堂々巡りをしながら、真相の半分に対する解釈を見つけるかしたが、それらの説は〝何か〟を説明しながら〝どのように〟を説明しておらず、〝どこで〟を説明していながら〝なぜ〟を説明してはいなかった。そうして全員の想像が尽きるまで続けられたが、答えに近づくことはできなかった。男はどうして溺れずにすんだのだろう。

しばらくのあいだ、川の声だけが聞こえてきた。ジョーが軽い咳をして、ひと息吸い込んでから口を開いた。

「静かなる人《クワイエットリー》の仕業に違いない」

そこにいた全員が視線を窓に向け、窓の近くにいた者は外をのぞいた。柔らかく均一な夜の中、勢いよく流れていく一帯の闇が、ぬめやかな光とともに輝いていた。渡し守のクワイエットリー。誰もが彼を知っていた。酒飲みたちの語る物語に時折登場する人物で、彼に会ったことがあると断言する者もいた。クワイエットリーは誰かが水上で窮地に陥ったときに現れる、痩せこけて細長い人物で、櫂をあまりに巧みに操るため、彼のパント船はこの世ならざる力によって動かされているかのように滑らかに移動して見えるのだった。クワイエットリーが言葉を発することはなかった。危機に瀕《ひん》した人間を無事に岸まで導き、明日を生きる命をつなげてくれる。しかし運のない者は――みなそんなふうに言った――クワイエットリーによって全く別の岸に連れていかれた。そんな哀れな魂は、〈白鳥亭〉に戻ってきてエールビールを掲げ、思わぬ巡り合いについて話すこともできなくなるのだったが。

クワイエットリー。その名が話題に上れば、話はすっかり別の種類のものになってしまう。マーゴットの母親と祖母はともに、亡くなる前の数ヶ月間、クワイエットリーの話をしていた。マーゴットは顔をしかめて話題を変えた。

「このかわいそうな人にとっては、気の毒な目覚めになるね。子どもを亡くすなんてさ――こんなに痛ましいことはないよ」

賛同する声がひそひそと聞こえてきて、マーゴットは続けた。「しかし、こんな夜も更けた時間に父親が子どもを連れて川に出るなんて、一体どういうわけがあったんだろうね？　それもこんな真冬にだよ！　父親がひとりで出てたってばかげてるってのに、子どもと一緒だなんて……」

部屋にいた子を持つ父親たちは頷き、隣の部屋で意識を失ったまま横たわっている男の特徴に〝軽率〟という項目を付け足した。

ジョーが咳をして言った。「なんだかおかしなおチビさんだったなあ」

「不思議だった」

「普通じゃなかった」

「奇妙だった」三つの声が同時に言った。

「あれが子どもだってことすらわからんかったが」誰かが訝しげな声で言った。

「あんただけじゃないさ」

男たちがボートや堰について議論しているあいだずっと、マーゴットはそのことを考えていた。マーゴットは十二人の娘たちや孫娘たちのことを思い、自分を戒めた。生きていようが死んでいようが、子どもは子どものはず。

「どうしてわからなかったんだろうねえ？」マーゴットのその言葉に、みなが恥じ入った。

男たちは暗い部屋の隅に目を向け、記憶を辿った。頭の中で負傷した男を呼び起こし、もう一度戸口に立たせてみた。そして改めて衝撃を体験し、実際にそれが起こったときには考える余裕がなかったことについて考えてみた。夢のようだった、いや、悪夢のようだった。男は昔話から飛び出してきた何ものかのように、怪物か悪鬼かのように見えた。そしてあの少女は、操り人形《パペット》かお人形さんのように見えた。

ドアが開いた。先ほどとちょうど同じように。

酒飲みたちは男の記憶を頭から追いやって目を向けた。

リタだ。

リタが、先ほど男が立っていたのと同じ場所に、戸口に立っていた。

死んだ少女が、その腕に抱えられていた。

またしても？　時の歪みだろうか？　自分たちは酔っているのだろうか？　正気を失っているのだろうか？　あまりにいろいろなことが起こりすぎて、脳の容量が限界に達してしまったのだろうか？　男たちは、世界が自《おの》ずから正常の状態に戻るのを待った。

死体が、目を開けた。

少女の首が回った。

少女の熱い眼差しはその部屋に強烈な波を引き起こした。そのあまりの激しさに、全ての眼《まなこ》がそのさざ波にさらされ、全ての魂が係留されたまま揺れ動いた。

どれほどの時間が流れたかはわからない。ついに沈黙を破ったのは、リタの声だった。

「わからないの」リタは言った。

それは、みながあまりの驚きに訊くことのできなかった質問の答えだった。それは、リタが自らではとても訊くことのできない質問の答えだった。

みなが自分の舌がまだ口の中にあり、まともに動くと確認できるようになったころ、まずマーゴットが口を開いた。「肩かけで包んであげようね」

リタが警告するように手を出した。「あまり急激に温めないであげて。寒いところを通ってここまで来たから。少しずつ温めてあげたほうがいいわ」

そうしてリタは少女を窓際の席に座らせた。少女は死人のように青ざめていた。瞬《しばたた》いたり、見据えたりする目以外、どこも動いてはいなかった。

川で働く男もクレソンの栽培人も砂利の採取人も、老いも若きも、硬い手と赤らんだ指で、汚れた首とごつごつした顎先で、身をのり出すようにして座り、思いやるような優しい眼差してその小さな少女を見つめた。

「目が閉じてくぞ！」

「また死んじまうのか？」

「胸が上がったの、見たか？」

「おお！ 見たさ。そら、また下がった」

「また上がった」

「眠りかけてる」

「しっ！」

男たちは声を潜めて話した。

「おいらたちのせいで眠れんのかな？」

「ちょいと脇に寄ってくれないか？ 息するところが見えんよ！」

「これで見えるかい？」

「息を吸ってるな」

「吐き出した」

「吸った」

「吐いた」

酒飲みたちはつま先立ちになって体を前にのり出し、前に立つ人の肩越しから少女をのぞき込み、リタが眠っている少女を照らすようにかざしているろうそくの描く光の輪に目を細めた。男たちの視線は少女の呼吸ひとつひとつを見守り、知らず知らずのうちに、少女が息を吐き出すのを待って男たちも息を吐き出すようになっていた。たくさんの胸がひとつの大きな吹子《ふいご》となり、少女の小さな肺を膨らませているかのようだった。部屋そのものが、少女の呼吸とともに膨張し、収縮した。

「世話しなきゃならねえ小さな子どもがいるってのは、いいことに違いねえ」赤い耳をした骨ばったクレソン栽培人が、思い焦がれるような、半分裏返ったような声で言った。

「これ以上にいいことなんてねえ」仲間たちは切々の情を込めて同意した。

ジョナサンはずっと少女から目を離さずにいた。そしておもむろに部屋を横切ると、少女のそばに立った。それから自信なげに手を差し出したが、リタが頷いたのを確認すると、その手で少女の髪の毛にそっと触れた。

「どうやってやったの？」

「私は何も」

「だったらどうして、この子は生き返ったの？」

リタは首を振った。

「ぼくかな？　ぼく、キスしたんだ。物語に出てくる王子さまみたいに、起こそうと思って」ジョナサンはリタに説明するように、少女の髪の毛に唇を運んだ。

「現実では、そんなふうにはならないの」

「奇跡なの？」

リタは答えることができずに眉をひそめた。

「今そのことについて考えるのはよすんだね」ジョナサンの母親が言った。「暗闇の中じゃとても理解できなくても、お日さまの光を浴びたら自分からはっきりと姿を現すものってのが山ほどあるんだよ。このおチビちゃんは少し眠る必要があるんだから、あんたにそわそわそばを動き回られちゃ困るんだ。さあ、こっちへおいで、ちょっと仕事を手伝っとくれ」

マーゴットは再び食器棚の鍵を開けると、先ほどとは別の瓶を取り出した。それからお盆の上に小さなグラスを十二ほど並べ、それぞれのグラスに少しずつ酒を注いでいった。

ジョナサンがそこにいた全員にそのグラスを配った。

「父ちゃんにも一杯やっとくれ」冬のあいだ、肺の調子が悪いとき、いつもならジョーは飲まないのだが。「リタ、あんたはどう？」

「いただくわ、ありがとう」

みな一斉にグラスを唇に持っていくと、ひと息に飲み干した。

本当に、奇跡だったのだろうか。黄金の詰まった壺《つぼ》の夢を見て目覚めると、枕元に実際にその壺を見つけた、そんな気分だった。妖精のお姫さまの登場する物語を語り終えてふと部屋の隅に目をやると、そこにそのお姫さまが座っていて、自分の物語に耳を傾けていた、そんな気分だった。

それから一時間ほど、みな静かに座ったまま、眠る少女を眺め、その晩の出来事について思いを巡らせた。その晩、ラドコットの〈白鳥亭〉以上に興味深い場所など、国中どこを探しても見つからなかったはず。そしてその場にいた全員が、**自分はその場に居合わせたんだ、**そう言うことができるのだった。

最終的にはマーゴットがみなを家へ帰した。「長い夜だったし、ちょっとばかり眠るよりほか、あたしたちのためになることなんてなんにもないよ」

ビールジョッキの中の残りが飲み干され、酒飲みたちがおもむろに外套や帽子に手を伸ばした。みな酒と魔法でふらつく足で立ち上がると、床の上を重い足取りで歩きながらドアに向かった。ひとしきりおやすみの言葉を交わし合った後、ドアが開けられ、ひとり、またひとりと、店の中を振り返りながら夜の闇に消えていった。

物語は旅する

マーゴットとリタは眠っている子どもを抱き上げて、袖なしの服を頭から脱がせた。それから湯に浸した布を絞って川のにおいを拭い去ろうとしたが、髪の毛からにおいを取り除くことはできなかった。水が体に触れると少女は微かに満足げな音を漏らしたが、目を覚ましはしなかった。

「おかしなおチビちゃんだよ」マーゴットはささやいた。「どんな夢を見てるんだい？」

マーゴットが、泊まりにくる孫娘たちのために用意してあるネグリジェを取ってくると、ふたりは協力してその小さな手と腕を袖に通し始めた。少女は目を覚まさなかった。

そのころジョナサンは、ビールジョッキを洗い、拭いていた。そしてジョーは、その夜の売上金をいつもの場所にしまい込んで、床を掃除していた。日が暮れて間もないころに人知れず店に入り込んでいた猫を部屋の隅から追いやると、気分を害した猫は怒ったような足取りで暗がりから出て、暖炉の前に向かって歩いていった。燃えさしがまだ赤い光を放っていた。

「ここで落ち着こうなんて考えないことだね」マーゴットは猫に向かってそう言ったが、ジョーが仲裁に入った。

「外は死ぬほど寒いんだ。この生き物をここにおいてあげようじゃないか、ひと晩だけでも」

リタは少女を巡礼者の間に連れていき、眠っている男の隣に横たえた。「今夜はここに残って、ふたりを見ておくわ」リタが言うと、マーゴットはキャスターつきの低いベッドを持ってこようと申し出た。しかしリタは「椅子で十分。慣れてるから」と答えた。

家中が落ち着いた。

「考えさせられるよねえ」ようやく枕に頭をのせることのできたマーゴットがささやき声で言った。

ジョーもぼそりとつぶやいた。「ああ、全くだ」

ふたりは声を落として互いに考えを共有した。見たこともないあのふたりは、一体どこからやってきたのだろう。そしてなぜここに、自分たちの店、〈白鳥亭〉にやってきたのだろう。今夜、正確には一体何が起こったのだろう。**奇跡**、ジョナサンはその言葉を口にした。ふたりもその言葉を舌の上で試してみた。聖書の中ではよく耳にする言葉であったが、それはつまり、途方もなく遠い昔、その存在すら不確かだと思われるほどに遠く離れた場所で起こる、信じがたい出来事を意味していた。この〈白鳥亭〉に置き換えて考えてみれば、ボート修理のベザントがこれまでのツケを全額払うという、笑えるほど見込みの低い出来事がそれに相応するだろうか。それはそれで本当に申し分ない奇跡だと言えるのだが。しかしその冬至の夜、ラドコットの〈白鳥亭〉においては、その言葉はまた別の重みを持って響いた。

「このことに頭を悩ませていちゃ、眠れないな」ジョーは言った。奇跡であったにせよ、そうでなかったにせよ、ふたりはよくやったのだから……。夜も半分以上明けていた。ふたりはろうそくの炎を吹き消した。夜がふたりに覆いかぶさるのとほぼ同時に、知りたがりの心も消え失《う》せた。

階下《した》の巡礼者の間で、ふたりの患者が、男と子どもが並んで眠る中、リタは眠らずに肘掛け椅子に座っていた。男はゆっくりと、ゼーゼーと音を立てて呼吸をしていた。肺を出入りする空気は、腫れた粘膜に触れながら、乾きつつある血で埋め尽くされた空洞を通過していかなければならなかった。その通路は、数時間のうちにねじ曲がり、また元に戻されたのだ。鋸《のこぎり》の歯で木を切るような音がしても不思議はない。男の吸う息と吐く息の変わり目に部屋が一瞬静まると、消え入りそうに震える少女の呼吸が聞こえてきた。そのふたつの呼吸の背後で、身を潜めるように繰り返される川の呼吸が、川が果てしなく吐き出す音が聞こえていた。

少し眠ったほうが良いとわかってはいたものの、ひとりになって考える時間ができるのをリタはずっと待っていた。理路整然と、冷静に、その晩の出来事を最初から全て思い返してみた。いつも通りの死亡判定を行う自分の姿が見えた。教えられた全ての兆候を確認している。どこで間違えたのだろう。一度、二度、三度までも、細部に至るまで丁寧に全てを思い返してみた。落ち度はなかった。

では、どうしたというのだろう。

知識は用をなさないとわかった今、解明のために経験を頼みにすることにした。患者の生死の判断に迷ったことなど、これまでにあっただろうか。死の入り口に立っているとき、人は、あたかもそこに生と死を分かつ線が実際にあるかのように、その境界線にしばらくのあいだ立っているというのはよく言われることだ。しかしリタは、患者が境界線のどちら側にいるのか見極められないような状況に立たされたことがこれまで一度もなかった。病がどれほど進行しようとも、衰弱がひどく進んでいようとも、死ぬ瞬間まで患者は生きている。ふたつのあいだを彷徨《さまよ》うことはない。中間もない。

マーゴットは、夜明けがくれば真理が明らかになるだろうという期待に満ちた考えを持ってみなをベッドに送り込んでいた。ほかの問題に関してはリタも同じ気持ちだったが、この点に関しては違っていた。リタの心に浮かんでいる疑問は肉体に関することだった。そして肉体は、自然の法則に支配される。リタの中にある全ての知識が、今晩自分が経験したことは起こるはずのないことだと告げていた。死んだ子どもは息を吹き返さない。考えられる可能性はふたつ。子どもは生きていないか——耳を澄ましてみる。するとそう、微かな息づかいが聞こえる——あるいは、死んではいなかったか。リタは確認した全ての死の兆候についてもう一度考えてみた。ろうそくのように白い肌。呼吸停止。心拍停止。瞳孔散大。記憶の中の貯蔵室に立ち戻ってみても、全てをひとつひとつ確認したことに間違いはない。あらゆる死の兆候がそこに表れていた。リタに過失はなかった。それならば、どこにあったというのか。

リタは集中力を高めるために目を閉じた。まだ少女だったころから看護に携わってきたが、知識に関してはそうした経験を超えていた。外科医が読むために書かれた本で夜遅くまで勉強し、解剖学を記憶し、薬学を修得した。実地の経験によって、この知識の泉は、深みのある理解の貯水池へと姿を変えていた。ようやくリタは、その晩の経験を知識のそばに並べて置いてやることにした。説明を追い求めようとせず、無理をして考えをつなぎ合わせようともしなかった。恐怖と高揚感に興奮が高まるのを感じながら、深い淵《ふち》の底で入念に準備を整えた結論が自然と浮かび上がってくるのを、ただ待った。

生と死の法則は、リタがこれまでに学んだところによると、完全なものではなかった。命にも、死にも、医学が知り得る以上のものが潜んでいる。

リタを新たな知識へと誘《いざな》うように、神秘の扉が開いた。

リタは再び神を恋しく思った。かつては神と全てを共有していた。幼いころからずっと、疑問や疑念があるとき、喜びや勝利を得たときにはいつでも神に伝えた。リタの考えがどのように進展しようとも、神はそれに付き添い、絶えず協力者として存在していた。しかし神はもういない。これは自分自身で解決しなければならない問題だった。

何をするべきだろうか。

リタは耳を傾けた。少女の息づかい。男の息づかい。川の息吹。

川……そこから始めよう。

リタはブーツの紐を結ぶと、外套に身を包んでボタンを留めた。鞄の中を手探りしてあるものを――薄いブリキ製の箱だった――取り出し、それをポケットに入れて静かに外に抜け出した。ランタンの灯りの周囲にひんやりとした大いなる闇が広がったが、道の縁《へり》を認識することができた。リタはそこから外れて草地に足を踏み入れた。そして視覚と同じくらい感覚に頼りながら土手のほうへと進んでいった。冷たい空気がボタンの穴やマフラーの編み目をそっとすり抜けた。自らの吐く息が作る温かい蒸気を浴びて歩くと、その蒸気で顔が湿り気を帯びるのが感じられた。

草の上に逆さまになったボートが横たわっていた。片方の手から手袋を脱いで慎重に指を走らせていくと、木が割れてギザギザになっている部分に触れた。もう少し指を進めると、しっかりと安定した部分があった。そこにランタンを置いた。

ポケットから箱を取り出し、少しのあいだそれを口にくわえた。そうしながら――寒さを気にも留めず――スカートのひだを集めて、ひとつにまとめた裾を、ブリキの箱を入れていたのと同じポケットに押し込んだ。これでワンピースを濡らさずにしゃがみ込むことができる。眼前では、川の水面《みなも》に浮かぶ黒い光がちらちらと揺らめいていた。手を前へ、下へと伸ばしていくと、川が指の肉に激しく食らいついてくるのがわかった。よし。箱を開け、暗闇の中では確認することができないほど複雑な、ガラスと金属でできた小瓶を取り出した。感覚を頼りに、凍りつくような冷水の中にガラス管を沈め、数を数えた。それから立ち上がると、かじかむ指で、できる限り慎重に、その管を保護用の容器にしまい込んだ。それからワンピースの裾を元に戻そうともせずに、急いで〈白鳥亭〉に向かって歩き出した。

巡礼者の間に戻ったリタは、計測器の目盛りを読むことができるところまでガラス管をランタンに近づけ、鞄の中からノートと鉛筆を取り出した。そして水温を書き記した。

これ自体はたいしたことではなかった。しかし、これが始まりだった。

リタは少女をそっとベッドから抱え上げると、椅子に腰を下ろして、自分の膝の上に少女をのせた。小さな頭がこくりと頷き、リタの胸にもたれかかった。今は眠らない、少女と自分の体を包むように毛布をかけながらリタは思った。これだけのことがあったんだから。この椅子では眠らない。

しばしばする目と痛む背中を抱えながらも徹夜する心構えをしていると、自分が名前をもらった人物のことが心に浮かんできた。聖マーガレット――生涯処女であることを神に誓い、あまりに頑《かたく》なに結婚しない決意を突き通したため、妻になるよりもひどい拷問の苦しみを負わなければならなかった人。聖マーガレットは妊婦、出産の守護聖人だった。若かりしころ、女子修道院で血まみれのシーツを洗い、出産時に命を落とした女たちの遺体を並べながら、リタは、自分には神の花嫁としての未来が待っているのだと考えて安堵した。自分の腹から出てきた子どもと引き離されることは絶対にないのだから。神はリタのもとを去った。しかしリタの処女の誓いが揺らぐことは決してなかった。

リタは目を閉じた。両腕で少女を包んでいた。眠る少女の重みがどっしりと感じられた。

少女が呼吸するたびに胸が上がったり下がったりするのを感じながら、自分の息を吸い込むタイミングを計った。そうすれば、リタの胸が下がったときに、少女の胸が膨らみ、少女の胸が下がったときに、リタの胸の膨らみがその空間を埋めることができる。ぼんやりとした喜びに捉えられ、夢現《ゆめうつつ》でその感覚の正体を探り、名前をつけようとしたが、できなかった。

暗闇の中、ある考えがリタに向かって流れてきた。

もしこの子が、この男性の子どもでなかったとしたら。もし誰もこの子を欲しがらなかったら。そしたらこの子は私のものに……。

そんな考えを心に刻みつける余裕もないままに、低く絶え間のない川の音が心を満たした。その音は、揺るぎない覚醒状態にあるリタを優しく押し動かし、夜の流れの中へと運んでいった。何が起きているのかわからぬまま、リタは漂い……漂い……眠りの暗い海へと落ちていった。

＊

しかし、みなが眠っていたわけではない。酒飲みたちと語り手たちは、その夜に体を横たえるベッドに辿り着くまでに少し歩かなければならなかった。そのうちのひとりは〈白鳥亭〉を出るとすぐに川に背を向けて歩き出し、畑の周囲に沿って進み、三キロメートルほど先にある小屋を目指した。男はそこで馬と寝床を共有していた。男は、自分を待っている者が誰ひとりとしていないことを、揺り起こして「今さっき、信じられないことが起こったんだぞ！」と伝える相手がいないことを残念に思った。その晩に目撃した出来事を馬たちに聞かせている自分を想像してみた。馬たちは疑うように大きく目を見開いている。ネイ（英語でのいななきは neigh（ネイ）と表現され、否定を表す no の古語 nay（ネイ）と発音が同じ）、そんな訳ねい、奴らはそう言うだろうな、男は考えた。こりゃ面白い、覚えとこう。しかし男が語りたい相手は馬ではなかった。その話は、動物の耳に向けてまき散らすには上等すぎた。男は目的地に通じる道を外れて、遠回りしてガーティン家の畑のそばにある、いとこの住むコテージへ寄っていくことにした。

ドアを叩いた。

誰も答えなかった。物語が男にもう一度、ドアを叩かせた。今度は握りしめた拳で強く。隣のコテージの窓が勢いよく上がり、ナイトキャップをかぶった女が頭を突き出して男に抗議した。

「まあ待て！」男は言った。「俺が何を伝えにきたか、まずそいつを聞くんだな。小言はそれからだ！」

「フレッド・ヒーヴィンズ、あんたなの？」女は声の聞こえてくるほうをじっと見た。「酔っ払いの話ね、驚きもしないさ！」女はぼやいた。「そういう話なら、もうたくさん！一生分は聞いちまってるよ！」

「酔っ払っちゃいねえ」男はむっとして言った。「見ろ！　真っすぐ歩けるぞ、な？」そして、やすやすとやってのけていると見えるように苦労しながら、片足をもう片方の足の前に出した。

「それがなんの証明になるってのさ！」女は夜空に向かって笑い声を上げた。「照らす光がない中じゃ、どんな酔っ払いだって真っすぐに歩けるよ！」

男のいとこの家のドアが開いて、口論は中断された。「フレデリックかい？　一体どうしたっていうの？」

フレッドは、簡潔に、飾りを施すことなく、〈白鳥亭〉での出来事を語った。

窓から身をのり出して聞いていた隣の女は、最初は渋々、しかしだんだんと話に引き込まれていき、奥にいる誰かに呼びかけた。

「来なよ、ウィルフレッド。これを聞きなって！」

やがて、叩き起こされたフレッドのいとこの子どもたちが寝間着姿のまま起き出してきて、近隣中の人たちも起きてきた。

「で、どんな子だったの、その女の子は？」

フレッドは少女の肌を、祖母の台所の窓台に置いてあった釉薬《ゆうやく》のかかった水差しのように白かったと説明した。そして少女の髪の毛については、真っすぐなカーテンのように垂れ下がり、その色は濡れているときも乾いているときも同じ色をしていた、と。

「目の色は？」

「青……なんにしても、青っぽかったな。それか灰色か」

「何歳なの？」

フレッドは肩をすくめた。どうしてわかるはずがあろう。「俺のそばに立ったとしたら、頭はきっと……この辺りだろうな」フレッドは手を使って示した。

「だったら、四歳くらい？　どう思う？」

女たちはそれについて意見を交わし、賛同した。四歳くらい。

「それでその子、なんて名前なんだい？」

フレッドはそこでまた途方に暮れた。物語にはこれほどまでに詳細が必要だなんて考えたこともなかった。出来事が起こっている最中には考えも及ばない細々とした情報が必要だなんて。

「さあなあ。誰も訊いとらんからなあ」

「誰も名前を尋ねなかったって！」女たちはあきれ返った。

「うとうとしてる感じだったんだ。マーゴットとリタが、眠らせてやれってよ。でも父親の名前はドーントだ。ヘンリー・ドーント。ポケットから見つけたのさ。写真家だってよ」

「それで、その人が父親なんだね？」

「俺はそう思ったけどよ……違うか？　あの子を連れてきたのはその男なんだ。ふたりは一緒にやってきたんさ」

「その子の写真を撮ってただけかもしれないよ？」

「そいで、写真を撮ってる途中に、ふたりとも半分溺れちまったって？　どうしたらそんなことがわかる？」

窓越しに会話が飛び交い、ちょっとした騒ぎとなった。物語について意見が交わされるうちに、どんな情報が欠落しているかが明らかになり、みなはその部分を埋めようと試みて……フレッドは自分が、自分で始めた話の蚊帳《かや》の外にいるような気分になってきた。それは自分の手中から逃れ、予期していなかった方向に発展していった。それは、捕まえはしたものの訓練してやらなかった生き物のようで、今となっては手綱を抜け出し、誰のものにでもなり得た。

フレッドはふと、急《せ》かすようなささやき声が執拗《しつよう》に繰り返されていることに気づいた。

「フレッド！」

隣のコテージの下の階の窓から、女がフレッドに向かって手招きしていた。フレッドが近くまで行くと、女はろうそく片手に身をのり出した。黄色っぽい髪の毛がナイトキャップからはみ出ていた。

「見た目は、どういう子なの？」

フレッドはもう一度、少女の白い肌と、これといった特徴のない髪の毛について説明したが、女は首を振って言った。「いやね、誰みたいに見えるか、ってことだよ。連れの男に似てるの？」

「男の状態を考えりゃ、奴に似てる人間がこの世にいるとは思えねえ」

「髪質は、男も同じなの？　柔らかくって、ネズミ色で？」

「男のは、黒くて、ごわごわだ」

「そーお！」女は意味ありげに頷くと、フレッドを見つめたまま大袈裟に間を置いてみせた。

「その子を見て、誰か思い出したりしなかった？」

「お前さんがそう訊くなんて妙だな……あの子を見て、誰かを思い出したような気がしてたけど、誰だったか思いつかなくってな」

「それって……」女はフレッドをさらに近くまで呼び寄せると、耳元である名前をささやいた。

女から離れたとき、フレッドの口はぽかんと開き、目は丸くなっていた。

「ああー」フレッドは言った。

女はフレッドに目くばせした。「あの子なら、四歳くらいになってるころじゃない？」

「ああ、しかしな……」

「あんたの胸にしまっておきな」女は言った。「あたし、あそこで働いてるんだ。朝になったら伝えてみるよ」

別の誰かがフレッドに呼びかけた。悪魔の堰をくぐれるほど小さなボートに、どうやったら男と少女とカメラが収まったのか。カメラはなかった、フレッドは説明した。カメラがなかったのなら、どうして男が写真家だとわかったのか。男のポケットに入っていたものからわかったのだ。男のポケットには何が入っていたのか。

フレッドは要求に屈し、物語をもう一度語った。二回目にはより詳しい情報を加え、三回目には質問が上がるより先にそれを予期することができるようになっていて、四回目になると物語を見事にまとめることができた。黄色い髪の女から吹き込まれた情報については省いておいたが。到着から一時間が経過し、芯まで冷え切ったころになってようやく、フレッドはみなに別れを告げた。

小屋に着くと、フレッドはもう一度、馬相手に物語をささやくような声で語った。物語が始まると、馬たちは目を大きく開いて、驚きもせずに聞いていた。物語の半ばまでくるころには馬たちは再び眠りについていて、結末を迎えることなくフレッドも眠りに落ちた。

再びフレッドのいとこのコテージ。コテージの外に、部分的に低木に覆い隠されている離れがあった。その離れの裏に、つばのある帽子ののった古い布の山があった。が、よく見るとそれは、薄汚くはあるものの人間の男だった。男はやっとのことで立ち上がると、フレデリック・ヒーヴィンズの姿が見えなくなるのを待って出発した。川に向かって。

＊

オーウェン・オルブライトは、海での実入りの良い冒険から戻ってきた際にケルムスコットに購入した、住み心地の良い我が家を目指して川に沿って進んでいった。寒さは感じなかった。いつもなら、〈白鳥亭〉から家までの道のりは後悔の時間だった。関節がひどく痛むことを悔やみ、飲みすぎたことを悔やみ、人生における最良の時が過ぎ去り、自分にはもう痛みと苦しみしか残されておらず、ついに墓に身を埋《うず》めるその日まで少しずつ衰退の一途を辿るしかないことを悔やんだ。しかしひとつの奇跡を目撃した今、オーウェンはあらゆるところに奇跡を見た。前の晩まで何千回と見過ごしてきた暗い夜の空が、壮大なる永遠の謎を秘めて彼の頭上でその姿を広げていた。オーウェンは立ち止まって空を見上げ、驚嘆した。川は水を跳ね上げ、銀食器でグラスを打ったような音を響かせていた。その音が耳の中に入り込み、自分の内に存在することすら知らなかった心の小部屋に響き渡った。オーウェンは頭を低くして川を見た。そして川のそばで過ごす生涯ではじめて気がついた——本当の意味で、気がついた。月のない空の下、川は水銀のごとき光を自ら放つ。光は闇であり、闇は光だ。

いくつかの物事が——常に知覚してはいながらも、人生における日々に埋もれていた物事が——心に深く染み入ってきた。例えば父を恋しく思っていること。オーウェンの父親は、六十年以上も前、彼がまだ少年だったころに亡くなっていた。それから、自分はこれまでの人生を通してずっと幸運に恵まれていて、感謝すべきことがたくさんあるということ。家のベッドで自分を待っている女は、親切で愛情深い魂の持ち主だということ。そして何より、膝にいつものような痛みがなかった。胸に雄大な広がりを感じて、若さというのがどういうものだったかが思い起こされた。

家に着くと、衣類を脱ぎもせずにコナー夫人の肩を揺さぶった。

「妙なこと考えるんじゃないよ」コナー夫人は不満そうにつぶやいた。「それに、冷気を部屋に持ち込むのもやめとくれ」

「まあ、聞いてくれよ！」オーウェンは言った。「いいからこいつを聞いてくれって！」そうして物語が彼の口からあふれ出た。少女とよそ者、そして死と生と。

「一体何を飲んだっての？」コナー夫人は訝しんだ。

「ほとんど何も飲んじゃいないさ」それからオーウェンはもう一度、物語を繰り返した。コナー夫人は理解していなかったから。

コナー夫人はオーウェンをもっとしっかり見ようと、半分体を起こした。三十年ものあいだ仕え、二十九年ものあいだベッドをともにした男が、そこにいた。まだ服を着たまま、真っすぐに立っていて、その口からは言葉がほとばしっている。何が何やら理解ができなかっ

ないか。彼は話し終えた後でさえ、魔法にかかっているかのようにそこに立ち尽くしているでは
た。

コナー夫人はベッドから出て、オーウェンが服を脱ぐのに手を貸した。オーウェンがべろべろに酔っ払い、ひとりでボタンを外すことができない状態になるというのは珍しいことではなかった。しかしこの日のオーウェンはふらついておらず、夫人に寄りかかってくることもなかったうえに、ズボンのボタンを外してやると、酔った男には持続させられるはずのない、はち切れんばかりの活力がみなぎっているのがわかった。

「いやだねえ」コナー夫人が半分たしなめるように言うと、オーウェンは、一緒に過ごすようになった最初の数年間にしかしなかったような熱烈な口づけをして夫人を抱きしめた。ふたりはしばらくのあいだベッドで転がったりひっくり返ったりしていたが、事を終えても、仰向けになって眠ろうとはしなかった。代わりにオーウェン・オルブライトは、コナー夫人を抱きしめたまま、その髪に口づけた。

「結婚してくれ、コナー夫人」

コナー夫人は笑った。「一体どうしちゃったってのさ、オルブライトさん？」

オーウェンは彼女の唇に唇を合わせた。コナー夫人には、そうしながらオーウェンがほほ笑んでいるのがわかった。

オーウェンが再び口を開いたとき、コナー夫人はもうほとんど眠っていた。「自分のこの

目で見たんだ。ろうそくを掲げたのは俺だったんだ。あの子、死んでたんだ。その瞬間はな。なのに次の瞬間には——生きてたんだ！」

コナー夫人の鼻にオーウェンの息が届いた。酔ってはいない。それならば、気でも触れたのだろう。

ふたりは眠りについた。

ジョナサンは服を着たまま、〈白鳥亭〉に静けさが訪れるのを待った。それから二階の部屋から抜け出して、外階段を下りた。気温に相応《ふさわ》しくないほど軽装だったものの、気にはならなかった。胸に抱えている物語が彼を温めていた。ジョナサンはオーウェン・オルブライトとは反対の方向へ進んだ。川の向こう岸へ渡り、上流に向かって歩いていった。頭の中に考えがあふれていて、その考えをまるまる全て聞きたがってくれるであろう人物に余すところなく届けられるようにと急ぎ足で進んだ。

バスコットにある牧師館に到着したジョナサンは、牧師館のドアを激しく叩いた。誰も出てこないとわかるともう一度、さらにもう一度ドアを叩き、やがて遅い時間であることなどお構いなしに止《や》むことなく叩き続けた。

ドアが開いた。

「牧師さん！」ジョナサンは大声で叫んだ。「牧師さんを呼んで！　話さなきゃならないことがあるの！」

「しかしね、ジョナサン」ガウンとナイトキャップ姿でドアを開けた人物は、目を擦りながら言った。「牧師は私だよ」男がナイトキャップを取ると、ぼさぼさに乱れた白髪がもっさりと出てきた。

「ああ。これなら牧師さんってわかるよ」

「誰か死にそうなのかね？　お父さまかな？　私を呼びにきたのかな？」

「違うよ！」自分がここに来たのはそれとは真逆の理由からなのだと説明しようとしたジョナサンは、急いで伝えようとするあまり言葉に詰まった。牧師が唯一理解できたことは、誰も死んではいないということだけだった。

牧師は眠そうな声でジョナサンの話を遮った。「ジョナサン、理由もなく人を眠りから覚ましてはいけないよ。子どもが外にいていいような夜ではないしね——恐ろしく寒い夜だ。君だってベッドの中にいるべきだよ。家に帰って、休みなさい」

「でも牧師さん、同じ話なんだよ！　蘇りだよ！　イエスさまみたいに！」

牧師は訪問者の顔が寒さで青くなっていることに気づいた。彼のつり上がった目からは涙が流れていて、涙はのっぺりとした頬の上で凍りかけていた。顔全体が牧師に会えた喜びで輝いていて、いつでもその口には大きすぎて、時には発話の妨げになる舌は下唇にのせられていた。そんなジョナサンを見て牧師は思った——彼は善良な少年ではあるものの、自分の面倒を自分で見ることができないのだ。牧師はドアを大きく開き、少年を招き入れた。

牧師は台所に向かうと、鍋で牛乳を温め、客人の前にパンを置いた。ジョナサンは食べて飲んだ——どんな奇跡もその行為を妨げることはなかった。それからもう一度、物語を語った。死んだ子どもが再び息を吹き返した物語を。

牧師は耳を傾けた。二、三、質問もした。「ここに来ようと思い立ったとき、君はベッドにいて、眠っていたのかな？　……違う？　……ふむ、それならば、君のお父さまかオルブライトさんだったのかな、今晩〈白鳥亭〉でこの物語を話したのは？」牧師はその出来事が——ジョナサンが説明するところによると、普通ではない、とても信じがたい出来事が——実際に起こった何かに基づいているのであり、少年の夢や酒飲みたちが披露したほら話ではないことを確信するに至り、頷いた。「つまり、実際にはその小さな女の子は死んでなどいなかった。しかし誰もが彼女は死んでいると思い込んでしまった、ということだね」

ジョナサンは激しく首を縦に振った。「ぼくがその子を受け止めたんだ。ぼくがその子を抱えたんだ。目に触れてみたんだ」そして重たい何かを受け止め、抱え、指先でそっと触れる動作をしてみせた。

「何かひどく恐ろしいことが起こった後、人が死んだように見えることがあるかもしれない。そういう可能性はある。死んでいるように見えるだけで、実際にはただ、なんというか——眠っているような状態ということが」

「白雪姫みたいに？　ぼく、キスしたの。あの子の目を覚ましたのは、そのキスかな？」

「ジョナサン、それはおとぎ話の中だけだよ」

ジョナサンは考えた。「だったら、イエスさまみたいに、だ」

牧師は眉をひそめただけで言葉が出てこなかった。

「あの子、死んでたんだ」ジョナサンは続けた。「リタだってそう思ったんだよ」

それは驚きだった。リタは、牧師の知る限り最も信用できる人物だった。

ジョナサンはパンくずを集めて口に入れた。

牧師は立ち上がった。その話は、彼の理解できる範囲を超えていた。

「寒いし、もう遅い。朝が来るまでのあいだ、ここで眠りなさい。いいね？　毛布はほらそこ、見てごらん、この椅子にかかってる。もうくたくただろう」

ジョナサンはまだ何かを必要としていた。「ぼく、合ってるよね、牧師さん？　イエスさまみたいに、蘇りなんだよね？」

牧師は考えた。運が良ければ、ベッドにはまだ牧師形の温《ぬく》もりが少し残っていることだろう。そして頷いた。「君が私に説明してくれた通りだとしたら、そうだね、ジョナサン。類似点があることは否定できないだろうね。しかし今夜は、脳を苦しめるのはやめておこう」

ジョナサンはにやりと笑った。「このお話を伝えたのは、ぼくだからね」

「ああ、覚えておこう。君から最初に聞いたんだ」

ジョナサンが幸せそうに台所の椅子に身を沈めると、その目はだんだんと閉じていった。牧師はぐったりして階段を上り、自分の部屋に向かった。夏のあいだは、彼はこんな男ではなかった。快活で機敏で、実際の年齢よりも十歳は若く見られた。しかし冬になると、空が暗くなるにつれて沈んでいき、十二月になるころにはいつでも疲れていた。床に就くと眠りに溺れた。そして索漠たる深みから引きずり出され、その眠りから目覚めたとき、どういうわけかいつも気分がすっきりとしていなかった。

何かということまではわからなかったものの、その晩、ラドコットの〈白鳥亭〉で妙な出来事が起こった。明日になったら行ってみよう。ベッドに潜り込みながら、六月だったら今ごろはもう外が明るみ出しているだろうに、そんなことを考えた。しかし冬の暗さはまだ数時間残っていた。

「どうかその子どもが――もし本当にそんな子がいたのだとしたら――無事でありますように」牧師は祈った。「そして早く春が訪れますように」

そうして眠りについた。

そうすることで寒さから身を守ることができると信じてでもいるかのように、浮浪者はくたびれた外套をしっかりと抱きかかえて川へと続く道を進んだ。耳にしたばかりの話は、金のにおいがした――そしてその話を買いたがるはずの人物を知っていた。道は良くなかった。

地面からいくつも岩が突き出ていて、しらふの人間であってもブーツをひっかけてしまうような状態だったし、平らなところは滑りやすくなっていた。浮浪者は時折よろめき、そのたびにバランスを求めて両腕を放り出すのだったが、奇跡的にバランスの獲得に成功した。闇の中に霊たちが漂っていて、彼の冷え切った手をつかんでは無事に立たせてくれているのかもしれなかった。くすぐったい気がして含み笑いを漏らした。少しのあいだ、つまずきながら歩いた。この道を進むのはなかなかの肉体労働だった。男の舌には苔《こけ》が生えていて、死後三日経過したネズミのようなにおいを放っていた。男は立ち止まると、ポケットに入れていた瓶から酒を飲み、それからまたもう少しよろめきながら歩いていった。

そして川までくると方向を変えて上流に向かった。暗がりの中では、役に立つような目印も見えなかったが、ブランデー島《アイランド》付近まで上ってきたはずだと確信したのとほぼ同時に、見覚えのある場所に到着した。

ブランデー・アイランドという名前は新しいものだった。かつてはただ〝島《アイランド》〟と呼ばれていて、誰も別の名前をつける必要性を感じていなかった。そこを訪れる者は皆無だったし、そこには見るに値するものが何もなかったから。しかし新しいひとびとが――はじめにヴォーン氏が、のちに若き妻が――バスコット邸《ロッジ》にやってきたとき、彼らはその地に多くの変化をもたらしたのだったが、そのうちのひとつが、川で隔たれたこの細長く小さな島に巨大な蒸留酒製造所と硫酸工場を建設することだった。そうしてこの島は現在の名前で呼ばれるようになった。ヴォーン氏の所有している広大な原っぱがテンサイ畑に変わり、軽便鉄道が導入され、その鉄道が小島にテンサイを運び、ブランデーをのせて戻ってくるようになった。ブランデー・アイランドには酒造りに関わる仕事が豊富にある。というより正しくは、あった。なんらかの事情があった。ブランデーの出来が良くなかったのか、蒸留酒製造所がうまく機能しなかったのか、あるいは、ヴォーン氏が興味を失ったのか……。そうして名前だけが残った。建造物はまだそこにあり、機械だけが静かにたたずんでいた。線路は今でも川縁まで敷かれていたが、向こう岸に渡るための線路は取り壊されていた。もしも今日《こんにち》その線路の上を川に向かって走ってくる幽霊のごときブランデー入りの木箱があれば、それは川の底に沈むことになるだろう……。

それならばどうしたらいいか。岸に立って大声で叫ぼうかと考えたりもしていたが、こうして岸辺に立ってみると、それが意味のない行為であることがわかった。すると——なんたることか！——川縁に、小さな手漕ぎボートが係留されているではないか。女性が漕ぐような小さなボートで、自分が必要としたまさにその瞬間に、偶然にも目の前に置き去りにされているなんて。幸運に恵まれた自分を祝福した——今夜は神々が味方についているらしい。

浮浪者はボートにのり込んだ。ボートは足元で驚くほど揺れ動いたが、あまりに酔っていたために慌てることもなかったし、あまりに長いこと川の子どもであったためによろめいて落ちるということもなかった。体を落ち着けると、昔からの習慣が勝手にボートを漕ぎ進め、やがて小島の岸に接触した感覚があった。そこは船着場ではなかったものの問題はない。ボートから這い出ると、膝の辺りまで濡れた。傾斜をよじ登って進んでいった。島の中央には三階建ての蒸留酒製造所がそびえ立っていた。そしてその東側には硫酸工場、その裏には倉庫が立っていた。男はできる限り音を立てないよう注意していたが、十分ではなかった――ブーツが何かにぶつかってよろめくと、どこからともなく現れた手が彼のうなじを強く締めつけ、自由を奪った。親指と四本の指が、痛みを感じるほど強く彼の腱《けん》を圧迫した。「俺だ」浮浪者は息をのみ、苦しそうに呼吸をした。「俺だって！」

指の力が緩んだ。ひと言たりとも発せられなかったが、浮浪者は音を頼りにその男の後を追い、やがてふたりは倉庫に辿り着いた。

窓のない部屋で、空気中に芳《かぐわ》しい香りが充満していた。酵母と果物、そしてほろ苦さを含んだ、人を酔わせるような甘い香り。その香りはあまりに強烈でとても吸い込めそうになく、体に取り入れるためには飲み込む必要さえあるほどだった。焚《た》き火《び》台から放たれる光が複数の瓶や銅の容器、樽《たる》を照らしていたが、全てが無秩序に組み立てられているようだった。それはかつてその工場に存在していたような近代的で工業規模の設備とはまるで違っていた。同じ工場から盗んできた部品が使われていて、作られた目的は同じだったとしても。酒の製造、それがその設備の目的だった。

男は訪問者に一瞥《いちべつ》をくれることもなく丸椅子に腰を落ち着けた。焚き火台から放たれる橙《だいだい》色の灯りが、男のほっそりした華奢な体の影法師を映し出した。男は目深にかぶった帽子のつばから顔を上げることなく、パイプの火をつけ直すのに神経を集中させていた。そして火がつくと吸い込んだ。息を吐き出し、部屋に安物のたばこの香りを微かに漂わせると、ようやく口を開いた。

「誰に見られた？」

「誰にも」

沈黙。

「人っ子ひとりうろついちゃいません。寒すぎる」浮浪者は断言した。

男は頷いた。「それで？」

「女の子が」浮浪者は言った。「ラドコットの〈白鳥亭〉で」

「その子がどうした？」

「今晩、川からその子を引き上げた奴がいましてね。死んでる、みんなそう言ってます」

わずかに沈黙があった。

「それが？」

「その子、生きてるんです」

それを聞いて男は顔を上げたが、そうする前と変わらず顔は見えなかった。「生きてるのか？　死んでるのか？　そのどっちかのはずだろ」

「死んでたんです。今は生きてるんですよ」

男はおもむろに首を振り、にべもなく言った。「夢を見ていたんだろ。それか、あれを飲みすぎたか」

「みんなそう言ってるんですよ。俺はただ、奴らが言ってることを伝えにきただけです。川から連れてきたときには死んでいて、今はまた生きてるんですよ。〈白鳥亭〉で」

男は焚き火台の中をじっと見つめた。伝達人はさらに何らかの返答があるかどうか待ってみたが、一分が経過しても何も返ってこなかった。

「ちょっとばかり示してくれても……結構苦労したんですから、見返りに。寒い夜ですぜ」

男は低くうなった。それから立ち上がると、ちらちらと揺れる黒い影が壁に映し出された。暗がりに手を伸ばすと、その手はコルク栓をした小さな瓶を引き抜いた。男がその瓶を浮浪者に渡すと、浮浪者はそれをポケットに突っ込み、自分の帽子のつばに触れてその場を後にした。

〈白鳥亭〉に戻ろう。暖炉を取り囲む壁に、猫が丸めた体をくっつけて眠っていた。壁はまだほのかに暖かさを放っていた。夢の中の映像に連動して瞼《まぶた》がぴくぴく動いたが、猫の見る夢というものは、夜ごと人間の脳が作り出す物語などよりも、人間にとっては得体の知れぬ類のものなのであろう。耳が引っ張られたように動き、直ちに夢は薄れた。音が——ほとんど聞こえないに等しいが、足が草を踏みつける音が――したときには、すでに猫は四本足で立っていた。猫は速やかに、静かに部屋を横切ると、窓台に跳びのった。ネコ科動物の暗視能力はやすやすと夜を見通した。

〈白鳥亭〉の裏から人目を忍んで現れたのは、つばのある帽子を目深にかぶり、長過ぎる外套を身にまとった華奢な体つきの人物だった。その人物は忍び足で壁伝いに進み、窓を通り過ぎ、ドアの前まできて足を止めた。そっと取っ手に触れてみると、かたかたと小さな音がした。閂《かんぬき》がしっかりかけられている。ほかの場所であれば施錠されていないこともあろうが、ここは酒場だ。誘惑的な樽を数多く抱えるこの場所が夜に施錠されていないはずがない。そこで不審者は窓のところまで引き返した。見られていることに気づかぬまま、感覚を頼りに窓枠の周囲に指を走らせていった。だめだった。マーゴットは抜かりなかった。マーゴットの頭は、閉店時間にドアを施錠することを忘れないだけでなく、毎年夏が来るたびに窓の漆喰を塗り直し、窓枠の腐敗を防ぐために塗装面を維持し、割れた窓ガラスを取り替えることを覚えていられるような頭だった。顔を覆わんばかりの帽子のつばの下から憤怒《ふんぬ》の息が吐き出された。動きを止めると、ひらめきが目に宿った。しかしそれも一瞬のこと。うろつくには寒すぎた。不審者はくるりと向きを変えて、大股で急いで去っていった。暗闇の中でも、どこに足をつけばいいのか正確にわかっていた。溝を避け、大きな岩をかわし、橋を見つけ、橋を渡り、向こう岸に着くと道を外れ、木々に分け入った。

侵入者が視界から消えてからもしばらく、猫はその人物を耳で追った。小枝が毛織物の外套を引っかく音、石のように冷たくなった地面に踵《かかと》が接する音、目を覚ました森に住まう動物たちのざわめき……そして、やがて何も聞こえなくなった。

猫は床に跳び降りて暖炉の前に戻っていった。そして再び暖かい石に体を押しつけ、また眠りについた。

信じがたい出来事が起こった後、まずは戸惑いと驚きの時間が流れ、やがてみな〈白鳥亭〉を出てさまざまな方角へ向かい、物語をはじめて語る瞬間が訪れた。しかし最後には、夜がまだ明けぬうちに誰もがようやくベッドに潜り込み、物語は澱《おり》のようにみなの――目撃者たちの、語り手たちの、聞き手たちの――心に沈んでいった。眠らずにいる唯一の人間は、当の少女だけだった。物語の中心人物であるその少女は、浅い息を吸っては吐いてを繰り返しながら、暗闇に目を据え、勢いよく流れる川の音を聞いていた。

支流

地図上の川は複雑さを欠く。我らがテムズ川はトゥリューズベリー・ミードを始点に、およそ三八〇キロメートル流れてシューベリーネスの海に到達するように描かれる。しかしボートであれ徒歩であれ、この川を辿っていこうとする者は誰でも、進めば進むほどに、その川の最もわかりやすい特徴が〝方向の単一性〟などではないということに気づかざるを得ない。途中から、川には目的地に達する気がそれほどないのではないかと思えてくる。代わりに川は、輪を描くように同じ場所を何度も回ったり、迂回路へ進入したりを繰り返しながら、時間を浪費し、曲がりくねって流れていく。度重なる流れの方向の変化はしばしば人を苛立《いらだ》たせる。旅の途中、川はその時々で北へ流れもすれば、南へ、西へ流れることもある。あたかも目的地は東に位置するのだということを忘れてしまったかのように――あるいは、少しのあいだそのことから目を背けているのか。アシュトン・ケインズであまりに多くの細流に分かれるため、その村では、どの家も正面玄関に通じる橋を架けておく必要があったし、さらに進んでオックスフォードの辺りでは、川は、市《まち》の周囲をゆっくりと時間をかけて大きく迂回する。気まぐれな悪戯《いたずら》はほかにも密《ひそ》かに用意されていて、所々で流れが緩やかになり、大きな水たまりの中でぼんやりと流れているかと思えば、次の瞬間には勢いを取り戻し、再び速度を上げる。バスコットで川は双子の細流に分かれ、細長い領土の一部を孤立させるように取り囲むと、再び合流してひとつの流れとなる。

　ここまでの話を地図から理解するのが難しいのだとすれば、ここから先はさらに難しくなる。ひとつ例を挙げると、川は絶えず前進し続けるが、同時に、脇へ染み出していき、田畑や両岸の土地に水を引く。井戸にも入り込み、ペチコートを洗うための、あるいは紅茶用に沸かすための水としてくみ上げられる。植物の根の細胞膜を通過し、細胞から細胞へと進んで表面にまで達する水は、クレソンの葉の中にとどまり、そうかと思えばいつの間にか地方の食堂で提供されるスープの中やチーズの盛り合わせの上で発見される。ティーポットの中からにせよスープの皿からにせよ、水は人の口の中に入り、体内の複雑な水路網──それ自体が世界となっている──に水を引き、やがて便器を通って大地へと戻っていく。また別の場所では、川面《かわも》に触れるほどに垂れ下がる柳の葉に川の水がまとわりつき、太陽が昇ると滴は空気中に姿を消すように見えるが、実際には姿を隠したまま旅を続けて雲に、浮遊する広大な湖に加わり、やがて雨になってまた地面に落ちる。これこそが地図に描くことのできないテムズ川の行路だ。

それからまだある。我々が地図上に見ているのは、川の半分でしかない。物語が最初のページから始まるのではないのと同様、川の始まりはその源にあるのではない。トゥリューズベリー・ミードを例に挙げてみよう。あの写真を覚えておられるだろうか。酒飲みたちがひどくあっさり関心を失ったあの写真だ。絵にならないという理由で。どこにでもあるような草地に立つ、どこにでもあるような一本のトネリコの木、男たちはそう言った。確かにそうではあるのだが、もっとよく見てもらいたい。木の根元の辺り、地面にくぼみがあるのがわかるだろうか。そのくぼみこそが、浅く、狭く、目立たない水路の始まりで、水路はトネリコから遠ざかるように伸び、やがて写真からすっかり姿を消しているのがわかるだろうか。このくぼみの中、ここを見てもらいたいのだが、何かが光を受けて、ぬかるんだ土のむらのある灰色の中に、表面のでこぼこした銀がいくつか浮かんでいるように見えるのがわかるだろうか。その明るい部分は水で、おそらくはとてつもなく長い時間の中ではじめて日の光を見ているのだ。その水は地下から上がってくる。我々の足元のあらゆる空間の中、岩の裂け目や割れ目の中、空洞や亀裂や溝の中、どこにでも、数えきれないほど多くの水の通り道が存在し、それは地上の水路に劣ることなく曲がりくねり、迂回する。テムズ川の始まりは、始まりではない――というよりむしろ、それは我々人間にとって始まりのように見える、というだけのこと。

実際のところ、トゥリューズベリー・ミードはどのみち始まりなどではないという可能性もある。そこは正しい源流ではないと主張する人たちがいるのだ。その〝始まりとも呼べない場所〟は、トゥリューズベリー・ミードではなく別の場所、クリックレードでテムズ川に合流するチャーン川の源流である七つの泉《セブン・スプリングス》と呼ばれる場所にあると。しかし、本当のところは誰にわかるというのか。北へ南へ西へ、そしてようやく東へと向かうテムズ川、緩やかに流れると思えば勢いよく駆け抜け、海を目指して蛇行する途中に空へと消えるテムズ川、その本質は始まり云々《うんぬん》ではなく、動きそのものにある。もしも始まりと呼べる場所があるのだとすれば、それは、暗く、接近不可能な場所であるはず。どこから来るかよりも、どこへ向からのかについて学ぶほうがずっと良い。

ああ、支流！ まさにそこに辿り着きたいと思っていたのだ。チャーン川、キー川、レイ川、コルン川、リーチ川、それにコール川。どれも細流であり、あらゆる場所からテムズ川上流までやってきて、そこでその川に自らの水量と勢いを捧げながら合流していく。この物語にもそろそろ支流が合流するころだ。夜明け前のこの静かな時間に、この川と、長かった夜から少し離れてみよう。支流を遡り、始まりを――神秘に満ちた不可知の場所を――探るのではなく、もっとわかりやすく、前日のみなの様子を探ることにしよう。

どう解釈すべきか

冬至の日の午後三時半を過ぎたころ、ケルムスコットにある農場の家屋の勝手口からひとりの女が飛び出し、やけに慌てた様子で芝生を横切って納屋に向かっていった。女のブロンドの巻き毛はボンネットの中に丁寧にしまわれていて、着ている青いワンピースは多忙な農家の妻に相応しく飾り気のないものだったが、それをかわいらしく着こなしているところに彼女の気持ちの若々しさが表れていた。体を左右に揺らすような歩き方で、二歩進むごとに左側に腰を落とし、その次の一歩を踏み出すごとに体を起こしながら歩いた。しかしそのことで歩みが遅くなることはなかった。右目を覆っている眼帯にも悩まされることはなかった。眼帯はワンピースと同じ青い布で作られていて、白いリボンがその布をあるべき場所に固定していた。

納屋までやってきた。血と鉄のにおいがした。中には男がいて、ドアに背を向けて立っていた。頑強な体つきの、並外れて背の高い男で、背中は広く、髪の毛はごわごわで黒々としていた。女はドア枠に手を置いた。男は深紅色に染まった布を地面に放り投げ、砥石《といし》に手を伸ばした。男が刃物を研ぎ始めると、甲高い音が鳴り響いた。男の向こう側には、鼻から尾まで丁寧に手入れされた死骸が一列に並んでいた。死骸から流れる血は、地面の中に行き場を見つけた。

「あなた……」

男は振り返った。その肌の黒さは、生涯を通してイングランドの日差しを浴びて野外で仕事をしてきたことによってもたらされた褐色などではなく、全く別の大陸に起源を持つ種類の黒さだった。鼻は幅広く、唇は厚かった。妻を見ると、男の茶色の目が輝き、顔がほころんだ。

「スカートの裾にお気をつけ、ベス」血の小川はベスに向かってちょろちょろと流れていた。「靴だっていいものを履いているじゃないか。ここの作業はもうほとんど終わりだから、すぐに中に戻るよ」

男が妻の表情を目にした途端、ナイフと石の二重奏が止んだ。

「何があった？」

ふたりの顔には多くの相違点があったにもかかわらず、その表情を動かしたのはひとつの同じ感情だった。

「子どもたちか？」男は訊いた。

妻は頷いた。「ロビンよ」

最初に生まれた子どもだった。男の表情が曇った。「今度はどうしたというのかな？」

「この手紙……」

男は妻の手に視線を落とした。その手にあったのは、折りたたまれた紙ではなく、細かく破られた紙の破片の山だった。

「スーザンが見つけたの。最後にロビンがここに来たとき、スーザンに繕わせるのに上着を持ってきたんです。あの子、針を使うのがとっても上手でしょう、まだ十二歳だっていうのに。すごく上等な上着だったみたいで、どのくらい高価なんでしょう、考えるのも恐ろしいわ。スーザンが言うには、上着にひどい裂け目があったらしいの。今じゃもう見えないでしょうけど。ちょうどいい色の糸が必要だったから、ポケットの縫い目をほどかなきゃならなかったみたいなのね。それでその作業をしていたときに、この手紙を、びりびりに破られた紙を見つけたって。私が見かけたとき、あの子、客間にいたんです。ゲームでも解こうとしているみたいだったわ」

「見せておくれ」男はそう言うと、妻のスカートを少し持ち上げて、裾に血がつかないよう気づかった。それからふたり一緒に、内壁のひとつに沿って設えられている棚に向かった。妻はそこに紙の破片を並べた。

「**家賃**」妻は破片のひとつに軽く触れて読み上げた。その手は働き者の手で、結婚指輪のほかはひとつも指輪をはめていなかったし、爪はこぎれいに短く切ってあった。

「**愛**」男も読み上げたが、読んでいる紙に触れることはなかった。爪のあいだにも指にも、血がついていた。

「**も尽きて……**何が尽きたのだと思う、ロバート？」

「さて……どうしてこんなふうにばらばらに引き裂かれることになったのだろうか」

「ロビンが破ったのかしら？　ロビンが受け取った手紙だったけど、気に食わなかったとか？」

「これとあれをつなげてみよう」男は言った。しかし、だめだった。ふたつはうまくつながらなかった。「女性の字だな」

「それも上手な字よ。私の手紙だったら、こんなふうにうまくはまとめられないでしょう」

「お前も十分上手だよ」

「でもほら、こんなに真っすぐ書けてる。染みひとつついてないし。あなたの字と同じくらいきれいだわ。何年も学校に通ったあなたのですよ。どう思う、ロバート？」

男はしばらく黙ったままその手紙をじっと見つめた。「全体を復元しようとしても無駄だろう。私たちの手元にあるのは、ほんの一部なのだからね。別の方法を試してみよう……」

ふたりは切れ端をあちこちに移動させた。ベスの器用な手が夫の指示に従って動き、やがて紙の破片は三つのグループに分類された。最初のグループは、短すぎて意味をなさないもの。単語の半分だったり、〝その〟や〝の〟だけ、あるいは余白だったり。ふたりはそのグループを脇へよけた。

ふたつ目のグループには句が含まれていた。ふたりは読み上げていった。

「愛して」

「全くない状態で」

「子どもは間もなく本当に」

「どこからも援助はないけれどあなた」

「家賃」

「これ以上待つ」

「の父親」

「も尽きて」

最後のグループに集められた破片にはどれも同じ言葉が書かれていた。

「**アリス**」

「**アリス**」

「**アリス**」

ロバート・アームストロングは妻のほうを向き、妻は夫のほうに顔を向けた。ベスの青い瞳は不安げに見開かれていたが、アームストロングの目には厳《いかめ》しさが宿っていた。

「なあお前、教えてくれないか」アームストロングは言った。「お前はこのことを、どう思う？」

「気になるのは、このアリスですよ。はじめは、アリスっていうのは彼女の、つまりはこの手紙を書いた人ですけどね、その人の名前だと思ったんです。でも手紙を書いているときって、自分の名前をそんなに何度も繰り返したりはしないものよね。たいていは、**私**って言葉を使うもの。このアリスって人は、別の人間ということね」

「ああ」

「**子ども**」ベスは訝しげに繰り返した。「**父親**……」

「ああ」

「私、わかりません……ロバート、ロビンには子どもがいるのかしら？　私たち、孫がいるの？　どうしてロビンは私たちに教えてくれないの？　この女性は一体誰なのかしら？　こんな手紙を書くなんて、彼女に一体何があったというの？　それにこの手紙、こんなふうにびりびりに破られるなんて。なんだか怖いわ……」

「恐れてはいけないよ、ベス。恐れが何をもたらす？　子どもがいるとしたら？　恋人がいるとしたら？　若い男だ、恋に落ちるよりずっと悪い過《あやま》ちを犯すことだってあるさ。その過ちによって子が生じたのだとしたら、私たちはその事実を歓迎する最初の人間になってあげようじゃないか。私たちの心はそれを受け入れるのに十分強い、違うかい？」

「でも、どうして手紙は半分破壊されたような状態なのかしら？」

「何か問題が生じているとしても……愛によって正すことのできないものなどほとんどない。そしてこの家で愛が尽きることはない。愛のないところでは、お金があればたいていはどうにかなるだろうがね」

アームストロングはベスの左目を見据えた。美しい青い目だった。そうしてじっと待っていると、やがてその目から不安の色が薄れ、確信の色が戻ってきた。

「その通りね。これからどうしましょう？　あなたからロビンに話す？」

「いや、ともかく少し待とう」アームストロングはそう言うと、再び手紙の断片に向き直った。そして意味のつかめない断片のひとつを指さして訊いた。「これについては、どう思う？」

ベスは首を振った。単語のちょうど真ん中を横切るように、水平に裂け目が走っていて、上の部分が下の部分から切り離された形で残っていた。

「バンプトン、だと思うんだけれど」

「バンプトン？　おお、それならここから七、八キロしか離れていないじゃないか！」

ロバート・アームストロングは時計を見やって考えた。「これから出るにはもう遅いな。掃除も、死骸の処理もまだ残っている。急いでやらなければならないね。でないと豚に餌をやるころには、暗くて自分が何をやっているのかさえ見えなくなってしまうだろうよ。明日の朝早く起きて、朝一番でバンプトンに発《た》とう」

「わかりましたよ、あなた」

ベスは納屋を出ようとアームストロングに背を向けた。

「裾に気をつけなさい！」

家に戻ったベス・アームストロングは、自分の書き物机に向かった。鍵が錠の中でぎこちなく回った。そこに修理を施して以来、ずっとそんな調子だった。ベスはロビンが八歳だったある日のことを思い出していた。家に帰ってきたベスは、書き物机がこじ開けられていることに気がついた。紙が散乱し、お金や書類がなくなっていた。ロビンはベスの手を取ってこう言った。「ぼくがこそ泥を追いやったんだよ、乱暴な顔した奴をね。それでね、お母さん、ほらここ、この開いてる窓から逃げてくのを見たんだよ」夫のロバートは直ちに外へ飛び出し男を探しにいったが、ベスは後を追わなかった。代わりに、両手で眼帯に触れ、回してそれを横に動かした。良いほうの目が眼帯で覆われ、常に横を向いているほうの目が、普通の目では見ることのできない物事を見ることのできる目があらわになった。それから息子の肩をつかむと、その見える目を彼に向けた。アームストロングが、乱暴な顔をした泥棒の痕跡を見つけられないまま帰ってくると、ベスは言った。「当然、見つからなかったでしょうね。そんな男、存在しないんですから。泥棒はロビンよ」

「まさか！」アームストロングは反論した。

「ロビンなの。自分で作った話に大満足してるようだけど。ロビンなの」

「私は信じない」

ふたりの意見が一致を見ることはなかった。そうしてその出来事は、過ぎていく日々の重みに埋もれてしまった。それ以降、いくつもの出来事が同じように埋もれていった。それでもこの机の鍵を回すたびに、ベスはその日のことを思い出さずにはいられなかった。

ベスは一枚の紙を封筒の形に折った。意味のつかめないグループの断片を全てその封筒に入れると、句をなすものたちを集めて、それをまた封筒に入れた。それから最後の三枚を指のあいだに挟むと、それを手放すことを決めかね、気が進まない様子で躊躇《ちゅうちょ》した。そしてようやく封筒に入れた。ひとつ入れるごとに呪文のようにつぶやきながら。

「アリス」

「アリス」

「アリス」

書き物机の引き出しを開けたが、折りたたんだ紙をしまい込む直前、本能的に手が止まった。手紙のせいではなかった。書き物机と、こじ開けられた錠にまつわるあの昔の記憶のせいではなかった。別の何かだ。胸をざわつかせる目に見えぬ何ものかが、さざ波のように空気中に広がっていった。

ベスはその感情の尾を捕らえ、名前をつけようとした。ほんの束の間ではあったものの、すんでのところでそれを手にすることができた。誰もいないその部屋の中、自分の舌が送り出す言葉が聞こえた。

「何かが起こる」

納屋では、ロバート・アームストロングがナイフを研ぎ終えていた。アームストロングは二番目と三番目の息子を呼び、血抜きのために死骸を溝の上に吊り下げる作業をともに行った。三人はバケツにたまった雨水で手を洗うと、バケツの水を地面に空けて食肉解体現場に残る血をきれいに流した。アームストロングは息子たちにモップがけをするよう指示を出してから、自らは豚に餌をやりにいった。三人はたいてい一緒に仕事をしたが、気がかりなことがあるようなとき、アームストロングはひとりで豚に餌をやることを好んだ。

アームストロングはこともなげに飼料袋を持ち上げると、餌入れいっぱいに穀物を注いだ。

それから豚たちの好みに応じて、ある雌豚は耳の後ろを掻いてやり、別の雌豚は脇腹をさすってやった。豚というのは優れた生き物で、ほとんどの人間は気づいていないものの、知性を持ち、それが目に表れている。アームストロングは全ての豚が独自の性格、独自の才能を持っていると信じていて、繁殖用の雌の小豚を選定する際、彼はその豚の身体的な質の高さだけでなく、知性や洞察力、優れた勘といった、良い母親に相応しい性質を見極めるようにしていた。餌をやりながら豚たちに話しかけるのが習慣になっていて、その日もいつものように、一四一四、異なる言葉をかけていった。「そんなに気難しい顔をして、一体何があったんだい、ドーラ？」「年を感じているわけじゃないだろうね、ポル？」まだ子を生んでいない豚も、出産を経験した母豚も、みな名前がつけられていた。食用に飼育されている豚には名前がなく、みな一様に〝小豚《ピグレット》〟と呼ばれた。新しく種豚候補を選定すると、アームストロングはその豚に、母豚の名前の最初の文字から始まる名前をつけることにしていた。そうしておけば血統を遡るのが簡単だった。

一番奥の豚小屋のマーサのところまでやってきた。マーサは間近に出産を控えた妊娠中の豚だった。アームストロングは彼女の餌入れを穀物で、水入れを水で満たした。マーサは藁《わら》の寝床から体を起こすと、重たそうに体を揺らしながら、入り口付近に置かれた餌入れのところまでよたよたと歩いた。しかしすぐに食べたり飲んだりしようとはせず、柵の横棒に顎をのせて、顎を擦った。アームストロングが頭の上、両耳のあいだをさすってやると、マーサは満足そうに鼻を鳴らした。

「アリス」アームストロングは考え深げにつぶやいた。手紙のことがずっと頭から離れなかった。「マーサ、お前はどう思う？」

雌豚は思慮深さをたたえた眼差しを向けた。

「私自身、どう理解すべきかわからないのだよ」アームストロングは白状するように続けた。「はじめての孫——それだけかな？　それにロビン……ロビンの身に何が起こっているのだろうか？」そして深いため息をついた。

マーサは一瞬、アームストロングの泥まみれのブーツに視線を落とした。そして再びアームストロングを見つめ返したとき、その視線は鋭かった。

アームストロングは頷いた。「その通りだ。モードにならわかるだろうね。しかしモードはここにはいない、違うかい？」

マーサの母豚であるモードは、アームストロングが知る限りにおいて最も優れた雌豚だった。モードは何度も出産を経験し、数え切れないほどの小豚を生んだが、事故や育児放棄によって失われる命はひとつたりともなかった。それだけでも素晴らしいことだったが、さらにモードは、ほかのどの豚にもできない方法でアームストロングの話を聞くことができた。辛抱強く、穏やかに耳を傾けるモードを前に、アームストロングは本音を語った。彼が子どもたちのことで喜んでいるときには、モードの目も喜びに輝き、彼が悩みを——ロビンの話だった、悩みの種はほとんどいつだってロビンだった——打ち明けるときには、モードはその目に分別と思いやりをたたえた。モードの元を去るとき、アームストロングは決まって、気持ちが楽になったように感じていた。モードが静かに、優しく耳を傾けてくれるおかげで、アームストロングは自分の考えを声に出して話すことができた。時には、言葉にしてみてはじめて、自分の中にそんな考えがあったのだと気づかされることもあった。秘密を打ち明けることのできる健全な友人が現れるまで、人の意識が半分埋もれた状態であるという事実には驚かされる。そしてモードこそ、そんな友人だった。モードがいなければ、自分自身と息子に関して知らずに過ごしていたであろうこともある。何年か前、アームストロングはこの場所で、ロビンと書き物机を狙った泥棒を巡って妻と意見が対立したことをモードに打ち明けたことがあった。その悲しい話を語るうち、彼はその話を改めて見つめ直すことになり、心に浮かんでいながら注意を留めずにいたあることについて考えるに至った。ぼく、男を見たんだ。ロビンはそう言っていた。男のブーツが窓の向こうに消えるのを見たんだ。人の最も優れたところを見るというのはアームストロングが天から授かった性質で、その少年への信頼は自然に生まれたものだった。しかしモードに訝しげな視線を向けられると、少年がその話を終えてから用心深い表情でじっと待っていたことが思い出された。それが何を意味するのか、心の中ではわかっていた。ロビンは、自分の嘘《うそ》がばれなかったことを確認しようとしていたのだった。アームストロングはそれを認めることに心を痛めたが、その件に関してはベスが正しかった。

ふたりが結婚したとき、ロビンはすでに、別の男とのあいだにできた子どもとしてベスの胎内に宿っていた。ロバート・アームストロングはその事実を考えないことに決めた。そうするのは難しいことではなかった。アームストロングは心の底からこの少年を愛していた。ベスとともに家族を、散り散りばらばらになることなく、欠けたところのないひとつにまとまった家族を築き上げよう、そう心に決めた。家族の誰ひとりとして、その外側に置き去りにされることを許してはいけない。アームストロングの心は、家族全員に与えるに足る愛に満ちていた。愛が、家族をひとつにまとめるはずだった。しかし書き物机を破壊し、引き出しの中身を荒らした犯人が息子のロビンであると知り、アームストロングは泣いた。モードは問うような視線を向けた。さて、どうする？　アームストロングは答えを見つけた。少年をこれまで以上に愛すること、そうすれば全て元通りになる。その日からアームストロングは、よりいっそう積極的にロビンを擁護するようになった。

モードはもう一度、アームストロングを見つめた。本当に、それでいいのね？　そんな声が聞こえてきそうだった。

モードのことを思うと、突然涙があふれ出た。涙のひと滴がマーサの太い首に落ち、ほんの一瞬、そこに生えている赤毛にぶら下がったかと思うと、すぐに泥に向かって転がるように落ちていった。

アームストロングは袖口を顔に持っていき、濡れた部分を拭った。「ばかげたことだ」そして自分をたしなめた。

マーサは赤色のまつ毛に囲まれた目でアームストロングを見据えた。

「だが、お前もモードが恋しいだろう?」

マーサの目が涙でかすむのを見た気がした。

「もう、どのくらいになる?」頭の中で過ぎ去った歳月を数えた。「二年と三ヶ月。ずいぶん経ってしまったな。一体誰があの子を盗んでいったんだろう、うん? お前も一緒にいただろう、マーサ。奴らがやってきてお前の母さんを盗んだとき、どうして叫び声を上げなかったんだね?」

マーサは真剣な眼差しでじっとアームストロングを見つめた。アームストロングは彼女の表情を観察し、読み取ろうとしたが、はじめてそれに失敗した。

立ち去る前に最後にもう一度マーサの頭を掻いてやっていると、マーサが柵から顎を上げ、川の方向に顔を向けた。

「どうした?」

アームストロングも同じ方向を見やった。何も見えなかったし、何も聞こえてこなかった。それでも、何かがあるはず……。ひとりと一匹は顔を見合わせた。見たこともない表情がマーサの目に浮かんでいた。それが何を意味しているのかを知るには、彼女のその目の表情と自分の胸のざわめきを照らし合わせてみるだけで良かった。

「お前は正しいと思うよ、マーサ。何かが起こる」

ヴォーン夫人と川の小鬼《ゴブリン》

真珠のような涙がひと粒、目頭にあふれた。ボートに横たわる若い女、それがその目の持ち主だった。その水の玉は、ピンク色の瞼の内側が、腫れて、繊細で複雑な涙の管となっているところにのっていて、ボートの揺れとともに震えた。しかし上からも下からも生えているまつ毛に支えられて、玉は割れることも、落ちることもなかった。

「ヴォーン夫人?」

若い女は川に出てボートを漕ぎ、櫂《かい》をボートに引き上げて、小さなボートが流れるに身を任せ葦原《あしはら》に入り込んでいた。そして今ボートは、葦原の懐にいだかれていた。川岸から発せられる言葉は、川に立ち込める白く濃い靄《もや》に揉《も》まれ、彼女のもとに届くころにはそれの持つ切迫感が薄れてしまっていた。言葉は耳に流れ込み、押し流され、浸水して身動きが取れなくなり、頭の中にちらつく考えと同じくらいの音量で聞こえてくるだけだった。

ヴォーン夫人……私のことだわ、ヘレナは思った。その名前は、まるで別の誰かのものであるかのように響いていた。ヴォーン夫人という人を思い描こうとすれば、自分とはまるで違った人物が浮かんでくる。自分より年上の人物。三十歳くらいだろうか。夫の家の玄関ホールにかかっている肖像画に描かれた女性のような顔をした人。ほんの数年前までヘレナ・グレヴィルだったのだと考えると妙な気がした。もっとずっと昔のことのように思えた。あの少女のことを思うと、かつて知っていた誰かのことを、とてもよく知っていたのにもう二度と会うことのない誰かのことを考えているような、そんな気分になった。ヘレナ・グレヴィルは完全に消えてしまった。

「外で過ごすには寒すぎますよ、ヴォーン夫人」

寒い、そうね。ヴォーンは寒さを数えた。外套も、帽子も、手袋も身につけていない寒さ。ワンピースを湿らせて肌にまとわりつかせ、胸や四肢に鳥肌を立たせる空気の寒さ。空気が体内に入ってくるときにも寒さを感じた。冷たい空気が鼻孔を刺し、肺を震わせた。そして最後にやってくるのは川の寒さだった。それはボートの厚い板を通してゆっくりと時間をかけて伝わってくるのだったが、伝わったときには、肩甲骨の突起や頭蓋骨の後ろ、胸郭、脊柱の底部など、木の曲線にぴったりと押しつけている体のあらゆる部分に焼けるような痛みを与えた。川がボートを小突くと、眠気を誘うその揺れがヘレナの体から温かさを奪っていった。ヘレナは目を閉じた。

「そこにいるんですか？　もう、お願いだから答えてくださいよ！」

答え……、その言葉が数年前の記憶を蘇らせた。イライザ叔母は〝答え〟について話していた。「考えてから答えなさい」叔母はそう言っていた。「こんな好機は毎日やってくるわけじゃないんですからね」

イライザ叔母はヘレナの父親の妹だった。四十代で夫を亡くした後、子どものいなかった彼女は、兄と、兄が晩婚で授かった子どもと一緒に住むようになり、ヘレナの意見では、ふたりを混乱に陥れ、苛立たせた。ヘレナの母親はヘレナがまだ赤ん坊のときに他界した。姪《めい》には母親のように世話を焼いてくれる存在が必要だ、イライザはそう考えた。イライザの兄は変わり者で、子どもにきちんとした躾《しつけ》をすることを怠り、少女はほとんど教育を受けずに育った。イライザは努力したが、少女にそれほど影響を及ぼすことはできなかった。はじめのころヘレナは、父に、叔母についての不満をこぼした。すると父親はウィンクをしてこう言った。「叔母さんはほかに行くところがないんだよ、小さな海賊《パイレート》さん。叔母さんが何を言ってきても、頷いて〝はい〟とだけ言っておけばいいんだ。そしてその後で好きなようにするといい。父さんはいつもそうしているんだよ」その戦略は功を奏した。固い友情で結ばれた父娘はそれからも仲良く暮らし、川とボート小屋で過ごす彼らの日々をイライザに邪魔されることをどちらも許さなかった。

庭での説教の合間に、少し空気を和らげるつもりなのか、イライザ叔母はヘレナに、ヘレナ自身もうすでに十分承知している——というのもそれは彼女自身に関することだったから

——非常に多くの事柄について話してきた。叔母はヘレナに、あなたは母親のいない子どもなのだと言い聞かせた（まるでヘレナがその事実を忘れてしまっているとでも言うかのように）。それから、父親が高齢であり、健康状態が良くないことを示唆した。ヘレナがおざなりに聞き流しながら叔母をある方向へ導くと、自分の語る話に夢中になっていたイライザ叔母は導かれるままについていった。ふたりは川までやってきて岸辺を歩いた。ヘレナはぞくぞくするような冷たく明るい空気を吸い込み、生き生きと輝く水面《みなも》に浮かぶ鴨《かも》たちがお辞儀をするように頭を上下させるのを眺めた。櫂のことを思って肩がうずいた。川にのり出した最初のひと漕ぎを想像すると腹の中がざわついた。ボートが流れに接触するあの瞬間の感覚……。「流れを遡るかい？　それとも下ろうか？」父親はいつもそう言っていた。「そっちでないなら、こっちに進むしかない——どちらを選ぶにしても、冒険が待っているに違いない！」

イライザ叔母はヘレナに、父親の財政状況が健康状態にも増して不安定であると話し、続けて——ヘレナの思考は川とともに漂っていたから、何か聞き逃していたかもしれなかったが——ヴォーン氏について、彼が親切で良識のある人物であるということ、彼の事業がうまくいっていることについて話した。「でもあなたのお父さまは、もしあなたが望まないのであれば、そう言えばいいからと言っています。そうあなたに伝えておくようにと言われたの。そうすればそのことは忘れ去られて、ひと言も触れられないようになるから、と」イライザは話し終えた。ヘレナは最初、話を理解していなかった。しかし不意に、その意味がはっきりと理解できた。

「そのヴォーンさんって人は、どの人なの？」ヘレナは知りたがった。

イライザ叔母はあきれたように言った。「もう何度もお会いしてますよ……もっと関心を持ったらどうなの？」しかしヘレナの目には、父親の友人や仲間たちは誰もみな同じ種類の人間に見えていた。男性で、年長で、面白味がなくて。父親のように興味深い人間は誰ひとりとしておらず、父親がそんな連中と少しでも一緒の時間を過ごしていることに驚いていた。

「ヴォーンさんは今、お父さまと一緒なの？」

ヘレナは急に駆け出すと、叔母が止めるのも聞かずに屋敷に向かって走っていった。庭までくると、シダの茂みを飛び越えてこそこそと書斎の窓ににじり寄った。大きな飾り壺の台座によじ登って窓台にしがみつくと、部屋の中をのぞくことができた。父親がひとりの男とたばこを吸っているのが見えた。

ヘレナはヴォーン氏に見覚えがあった。ヘレナはこの人を、よくこの屋敷にやってくるような鼻の赤い、あるいは白髪交じりの年寄りのひとりではなく、父が遅くまで起きて一緒にたばこと酒を楽しむ、にこやかな若者として認識していた。ヘレナが寝室に入ると、父とヴォーン氏の笑う声が聞こえてきた。夜のあいだ、父親を元気づけてくれる相手がいることを嬉《うれ》しく思った。ヴォーン氏は茶色い髪の毛に茶色い目、そして茶色いひげが特徴の男だった。

しかし何よりも彼を際立たせているのは、その声だった。ほかのイギリス人男性と同じような話し方をしていたものの、時折、聞き慣れない響きを持つ言葉がその口から滑り出ることがあった。ヘレナはその妙な響きに興味を持ち、ヴォーン氏に尋ねてみたことがあった。

「ニュージーランドで育ったんです」ヴォーン氏は答えた。「家族がそこに鉱山を持っていましてね」

ヘレナはそのどこにでもいるような男を窓から注意深く観察した。強い反感は覚えなかった。

飾り壺の台座からゆっくりと踵《かかと》を外していき、窓台にしがみついたまま心地良さそうに体を揺らし、肩と腕が伸びる感覚を楽しんだ。イライザ叔母が近づいてくるのに気づき、地面に降りた。

「私、家を出なくちゃならないんでしょう？　もしヴォーンさんと結婚するのだったら」

「どちらにしても、近いうちに家を出なくちゃならないんですよ。お父さまは本当に良くないんですからね。あなたの未来は不確かなんです。お父さまが、あなたが身を固めるのを見届けたくてたまらないと思うのも当然のこと。あなたがヴォーン氏と結婚することになれば、あなたは彼と一緒にバスコット・ロッジで住むことになります。でももしあなたが――」

「バスコット・ロッジですって？」ヘレナは動きを止めた。その場所なら知っていた。バスコット・ロッジ――川からぞくぞくするほど近くにある、大きな屋敷。その一帯の川は、流れに淀《よど》みがなく穏やかなところでは長く広大な姿を見せるが、川が分岐して島を取り囲むようにして流れるところもあれば、ちょうどその直前、流れが自らは川であることをすっかり忘れてしまったかのように動きを止め、小さな湖でしかないように見えるところもあった。水車にボート小屋、それから聖ジョン水門……。一度、ボート小屋の近くまで漕いでいったことがあった。ひとりのりのボートの中、不安定な状態で立って小屋の中をのぞき込んだ。まだ十分に物を置ける空間があった。

「私のボートを持っていくことは許されるかしら？」

「ヘレナ、これは真剣な問題なんですよ。結婚には、ボートも川も一切関係ないの。結婚は拘束力のある契約なの。法律上の契約でもあるし、神の御前《みまえ》における契約でもあるの――」

しかしヘレナはその場を離れ、全速力で芝生を駆け抜けて家のドアへ向かった。

ヘレナが書斎に飛び込むと、父親は娘の姿に目を輝かせた。「このばかげた思いつきについてどう思うんだね？　もしこれが君にとって意味のない行為にほかならないのだとしたら、遠慮なくそう言っておくれ。しかし一方で、意味のない行為こそがまさに何より必要とされるものであるということもあり得る……。流れを遡るかい？　それとも下ろうか、小さなパイレート？」

ヴォーン氏は椅子から立ち上がった。

「私のボートを持っていってもいいかしら？」ヘレナはヴォーン氏に訊いた。「毎日川に行ってもよくって？」

ヴォーン氏は戸惑い、すぐには返事ができなかった。

「あのボートはもうそろそろ寿命がくる」父親が言った。

「そんなに悪くないわ」ヘレナは反論した。

「最後に見たときには、何個か穴が開いていたよ」

ヘレナは肩をすくめた。「水を汲《く》み出すわ」

「まるでふるいだよ。あれにのって、それほど遠くまで行けるなんて驚きだよ」

「あんまり深く沈んでしまったら、岸に戻って、ボートをひっくり返して、それからもう一度出発するの」ヘレナは譲歩した。

ふたりは、溺死することの決してない不死身の人間の立場からボートについて議論した。ふたりが意見を交わし合うあいだ、ヴォーン氏は父娘の顔を見比べた。そしてだんだんと、目の前で繰り広げられる議論におけるボートの重要性を理解するようになった。

「修理させますよ」ヴォーン氏は言った。「それか、あなたさえ嫌でなければ、新しいボートを買いましょう」

ヘレナは考えた。そして頷いた。「いいですよ」

遅れて議論の場に到着したイライザ叔母は、ヘレナに鋭い視線を送った。何かが結論づけられたようだけれど、何が？　ヴォーン氏はイライザを気の毒に思い、事の次第を説明した。

「グレヴィル嬢が、私が彼女のために新しいボートを買うことに同意してくださったんです。この問題は解決したので、ここからはそれほど重要ではない問題について協議できます。グレヴィル嬢、あなたを妻にする栄誉を私に与えてくださいませんか?」

どちらを選ぶにしても、冒険が……。

「いいですよ」ヘレナは力強く答えた。

イライザは、これではしかるべき結婚の申し込みにも、しかるべき返答の仕方にも程遠いと感じ、口を開いてヘレナに言葉をかけようとした。が、ヘレナが先手を打った。

「わかっているわ。結婚は神の御前においても、法律上においても、拘束力のある契約、なんでしょ」ヘレナは叔母の言葉を繰り返した。ヘレナはそれまでに、大人たちが重要な契約を結ぶ姿を目にしたことがあった。それがどのように行われるかを知っていたヘレナは、握手を求めてヴォーン氏に手を差し出した。

ヴォーン氏はヘレナの手を取ると、その手の甲が上に向くようにそっと返してから、頭を下げてそこに口づけた。突然、ヘレナのほうが当惑する番になった。

ヘレナの婚約者は約束を果たした。新しいボートを注文し、古いボートは〝暫定的に〟修理に出した。間もなくヘレナは、ボートふたつとそれを収納するボート小屋、それに自分のものと呼べる川を――それから新しい名前も――手にした。その少し後でヘレナの父親は亡くなった。イライザ叔母はウォリングフォードに住む弟のもとへ越していった。それからさまざまな出来事が起こり、ヘレナ・グレヴィルは流れに漂ってどこかへ消えてしまった。ヘレナ・ヴォーンさえも、彼女を忘れてしまった。

このところヘレナが川へ持ち出すのは、決まって古いボート――ヘレナ・グレヴィルのボート――だった。遠くまでは行かなかった。川を遡る？　それとも下る？　いいえ。彼女は冒険を求めてはいなかった。ただただ川の向こう側まで漕いでいき、ボートが葦原に迷い込んでいくに任せるだけだった。

「まあ、なんて靄なの！　旦那さまはなんとおっしゃることでしょう」再び、水の中から聞こえてくるような声が聞こえてきた。

ヘレナは目を開けた。空気はめいっぱいに蒸気を含んでいて不透明で、目頭にたまった液体を通してそれが見えた。この世界に存在するはずのものが何ひとつ――空も、木々も、ボートを取り囲んでいる葦さえも――見えなかった。川とともに左右に上下に揺れながら、空気中の水分を吸い込み、半分淀んだ支流の流れのように、あるいは夢の中でよく知っている川のように緩慢に動く靄をじっと見つめた。冷たくなった彼女自身とヘレナ・グレヴィルのボートだけを残して、世界全体が水に沈んでしまっていた――そしてボートの下で川は、命あるもののごとく流れを変え突き進んでいた。

瞬《まばた》きをした。涙が膨らみ、目にたまり、そして平らになった。しかし目に見えぬ膜にしっかりとしがみついてこぼれなかった。

ヘレナ・グレヴィルはなんと怖れ知らずの少女だったことか。海賊《パイレート》、父は彼女をそう呼んでいた。そして実際、彼女は海賊だった。イライザ叔母は絶望していた。

「川には別の世界があるのよ」イライザ叔母はよくこんな話をした。「昔あるところに、川岸からずいぶんと近いところで遊ぶわんぱくな娘がいたの。ある日、娘が目を離している隙に、川の中から小鬼《ゴブリン》が現れ出たの。ゴブリンは娘の髪の毛をひっつかんで川の中に引きずり込んで、水を蹴り、しぶきを上げながら、川底のゴブリンの世界にその子を連れていった。嘘だと思うのなら……」叔母の話を信じたのだっただろうか。今となってはもう、わからない。「嘘だと思うのなら、聞いてみるといいわ。ほら、耳を傾けてごらんなさい。水が跳ね上がる音が聞こえるかしら?」

ヘレナは頷いた。なんとも胸躍る話ではないか。ゴブリンたちが、川底にある彼らの世界で生きているなんて。なんて素敵な話!

「水の跳ねる音が途切れる瞬間に耳を澄まして。聞こえる? ぶくぶくって泡立つ音よ。とってもとっても小さい泡が水面に浮かび上がって弾《はじ》ける音。その泡はね、行方をくらました子どもたちからの伝言なのですよ。もしあなたの耳が十分良ければ、その小さなわんぱく娘と、お母さんとお父さんに会いたくて悲しみの涙を流しているほかの子どもたちみなの叫び声が聞こえるでしょう」

ヘレナは耳を傾けた。聞こえたのだっただろうか。もう覚えていなかった。でももしもゴブリンがヘレナを水の底に連れ去るようなことがあれば、父が連れ戻しにきてくれるだけのこと。それはあまりに明白だった。叔母はそんなことにも気づかないのだと思うと、わずかに軽蔑の念が湧いた。

ヘレナ・グレヴィルは何年ものあいだ、ゴブリンと、川のあちら側にあるという彼らの世界についてのその物語を忘れてしまっていた。しかし今、ヘレナ・ヴォーンがその物語を覚えていた。毎日、古いボートにのって川へ出ては、その物語を思い出していた。川がボートを舐《な》め、ボートに吸いつく中、気ままに打ち寄せる水の音が半規則的に聞こえていた。ヘレナはその音を聞き、音の切れ間に耳を澄ました。消えた子どもたちの声を聞くのは難しいことではなかった。これ以上ないほどはっきりと、彼らの声を聞くことができた。

「ヴォーン夫人！　風邪を引きますよ！　出てきてください、ヴォーン夫人！」

波が打ち寄せ、ボートは浮かんでは沈んだ。川の奥底にあるゴブリンの世界から両親に向かって呼びかける小さくくぐもった声が、止むことなく聞こえてきていた。

「大丈夫よ」ヘレナは青白い唇でささやいた。冷たくなった筋肉をこわばらせ、手脚を動かす準備を整えた。「ママが行くから！」

ヘレナはボートから身をのり出した。船体が傾くと同時に、涙の滴が目を離れ、より大きな水の塊である川へと落ちていった。涙を追って身を投げ出すのに十分なほどに体重を移動させようとしたそのとき、何かが傾いたボートを立て直し、ヘレナはボートの中に戻された。

顔を上げると、灰色の朧《おぼろ》げな何かがヘレナのボートの船首に向かって腰をかがめ、索止めをしっかりと握っていた。靄の中のその影がやがて真っすぐになると、長く伸びたその影はパント船の上に立つ男のように見えた。そして影は、川床に向かって棹《さお》を落とすときのような動きで片方の腕を掲げた。次の瞬間、ヘレナは強い力で引っ張られるのを感じた。水の中を進むその速度は、影の悠々とした動きとは奇妙に矛盾していた。川の力が緩み、驚くほどの速さで岸に向かって後方に引きずられた。

最後の力がボートを引いたとき、桟橋の灰色の輪郭が視界に入ってきた。家政婦長《ハウスキーパー》のクレア夫人がそこで待っていて、そのそばには庭師がいた。庭師はロープに手を伸ばしボートを係留した。ヘレナは立ち上がり、クレア夫人の手に支えられながらボートの外に出た。

「骨の髄まで冷え切っているじゃないですか！　一体全体、どうしてこんなことをなさったんです？」

ヘレナは川のほうを振り返った。「いなくなってしまったわ……」

「誰がいなくなったんです？」

「渡し守よ……。彼が私をここまで引っ張ってきてくれたの」

クレア夫人は当惑し、ヘレナの呆然《ぼうぜん》とした顔を見つめた。

「誰か見ました？」それから声を落として庭師に訊いた。

庭師は首を振った。「ただし——静かなる人《クワイエットリー》のことを言っているのであれば別だがね」

クレア夫人は眉根を寄せて顔を左右に振った。「奥さまの頭に空想を吹き込むのはよしてくださいね。そうでなくったって、もうすでに十分ひどい状態なんですから」

ヘレナの体が急に激しく震えた。クレア夫人は自分の着ていた外套を脱ぐと、それを女主人の肩にかけた。「みんな死ぬほど心配したんですよ」そうして女主人を叱った。「さあ、中へ入りましょう」

クレア夫人がヘレナの片腕をしっかりとつかみ、もう一方の腕を庭師がつかみ、三人は足を止めることなく庭を横切って屋敷へと向かった。

玄関のところまでくるとヘレナはまごついたように立ち止まり、肩越しに振り返り、庭と、遠くに見える川を見やった。日の光が空から薄れ、靄が濃さを増す、そんな午後の時間帯だった。

「なんなの？」ヘレナは半分自分自身に問うようにつぶやいた。

「何がなんなんです？　何か聞こえました？」

ヘレナは首を振った。「聞こえなかったわ。聞こえなかった」

「だったら、どうしたというんです？」

ヘレナは首をかしげると、まるで知覚の範囲が広がりでもしたかのように急に目の表情を変えた。新たな関心事が心を捉えたかのように。クレア夫人もそれを見いだそうとし、庭師も首をかしげて考えた。その感覚が――予期、あるいはそれに近いものが――三人のもとを訪れ、三人は声をそろえて言った。「何かが起こる」

繰り返し披露された物語

この場所だ。ヴォーンはオックスフォードの立派な邸宅《タウンハウス》が立ち並ぶ通りでためらいがちに足を止めた。左右を見回したが、立派な家々の窓に引かれているカーテンはあまりに分厚く、窓辺に立って外を見ている人間がいるかどうか判断することは難しかった。それでも、つばのある帽子をかぶっているし、空気はわずかに湿気を含んでいる。誰にも気づかれることはないだろう。どちらにせよ、中に入ろうというのではない。しばし鞄《かばん》の持ち手をいじり、立ち止まったもっともらしい理由を自分自身に与えようとしていた。それから帽子のつばの下から〝十七番〟の番号を見上げた。

その邸宅は、近隣の家々と同じように、きちんとした正しい雰囲気を漂わせていた。それが最初の驚きだった。周囲から浮いて見える何かがその場所にはあるはず、そう思っていた。その通りに立つ家はどれも、互いに少しばかり違っていた。それもそのはず、建築者が苦労してそうなるよう造ったのだから。彼が立ち止まった邸宅の玄関の上部には、とりわけ人目を引く魅力的な照明が設えられていた。しかし彼の思っていた〝違い〟とはそういう類のものではなかった。玄関ドアがけばけばしい色で塗装されている、あるいは窓にかかったカーテンにどことなく劇場を思わせる雰囲気がある、そういったことを予期していた。しかし決してそのような家ではなかった。奴らだってばかじゃない、ああいう人間というのは。ヴォーンは考えた。尊敬に値する人間に見られたがるだろうよ。

　この場所に関する話題を持ち出したのはヴォーンのちょっとした知り合いだったが、その男自身はその話を、友人の友人から聞いたと話した。又聞きで耳にしたその話についてヴォーンが覚えている限りでは、ある男の妻が、母親の死をきっかけに錯乱状態に陥り、亡霊のようになり、ほとんど眠らず、食べることもできず、夫と子どもたちの愛すべき声さえも耳に入らなくなった。医者たちも彼女の衰弱を食い止めるには力及ばず、ついにあらゆる可能性が尽きたとき、夫は半信半疑ではあったものの、妻をコンスタンタイン夫人のところへ連れていった。この謎めいた人物と二度ほど面談すると、件《くだん》の妻は健康を取り戻し、以前までと同じ情熱を持って、家庭生活そして結婚生活における責任を果たすようになった。その話がヴォーンに伝わったとき、その話からは多くの部分が排除されていて、真実とはほとんど関係のない横道にそれた部分だけが残されているように思われた。それはヴォーンにはちんぷんかんぷんのでたらめな話に聞こえたうえ、彼は超能力などといったものを信じていなかった。しかし――ヴォーンはその知り合いがこう話していたと記憶していた――そのコンスタンタイン夫人なる人物がどんな手を使ったにせよ、そして〝その力を信じようが信じまいが〟、それは効果的だった。

その家の正しさは非の打ちどころがなかった。門、小道、ドアに至るまできれいそのものだった。塗装の剝がれている部分もなければ、ドアの取っ手が錆《さ》びついているということもなく、玄関前の段差に汚れた足跡もなかった。ここを訪れる人間は、中に入る気を挫《くじ》かれるようなことも、抵抗を感じて引き返すこともないのだろう。全てがすっかりきれいで、不信が根を張る余地は残されていなかった。その場所は、普通のひとびとにとって豪華すぎることはなく、裕福なひとびとにとって質素すぎるということもなかった。当然、素晴らしいと思わずにはいられないさ、ヴォーンはそう結論づけた。相手は、全てがまさしくそう見えるように仕向けているのだから。

ヴォーンは指先で門に触れて体を傾け、ドアの横についている真鍮《しんちゅう》の表札を読んだ。〝コンスタンタイン教授〟。

笑みを漏らさずにはいられなかった。自分を大学教授の妻として通そうとするなんて、なんと妙なことを思いついたものだ！

ヴォーンは門から手を離そうとしたが、指先が門を離れるより先に——実際のところ、家に背を向けて立ち去ろうという彼の意志が実行されるまでには、不可解なほど時間がかかっていた——十七番の家のドアが開いた。戸口に、かごを抱えた使用人が現れた。使用人は折り目正しく清潔な普通の女で、ヴォーン自身が自分の屋敷で雇いたいと思うような女だった。使用人は、折り目の正しい、きれいで平凡な声で話しかけてきた。

「おはようございます。コンスタンタイン夫人をお探しですか？」

いやいや、ヴォーンはそう言った――つもりだったが、その言葉は彼の耳には聞こえてこなかった。その言葉は自分の唇にさえ届いていなかったのだから。そこにいる理由を釈明しようとする試みとは裏腹に、その片手は門の閂《かんぬき》を開け、両脚は玄関ドアへと続く小道を進んでいた。使用人が持っていた買い物かごを下に置くと、ヴォーンは自分の手が彼女に鞄と帽子を渡すのを、そして使用人がそれを玄関ホールのテーブルに置くのを見た。蜜ろうの香りがして、階段の手摺子《てすりこ》が放つ光に気づき、家の温もりに体が包み込まれるのを感じた――そのあいだずっと、自分がいるべき場所にいないことに、大股で遠ざかって通りに出て、門の外側でふと足を止めて鞄の留め具を確認していないことに驚いていた。

「旦那さま、こちらでコンスタンタイン夫人をお待ちになりますか？」使用人が部屋の入り口を示して言った。そこからは、燃え盛る炎や革張りの肘掛け椅子に置かれたゴブラン織りのクッション、それにペルシャ絨毯《じゅうたん》が見えた。部屋の中に足を踏み入れると、そこにとどまりたいという欲望に圧倒された。大きなソファの端に腰を下ろすと、厚みのあるふかふかの座面にすっぽりと包み込まれるのを感じた。ソファのもう一方の端に大きな茶トラ猫が眠っていたが、猫は目を覚ますと喉を鳴らした。ヴォーンは手を伸ばして猫をなでた。

「こんにちは」

穏やかで耳に心地良い声だった。品が感じられた。振り向いて見ると、白髪交じりの髪の毛を広く平らな額から引き詰めて後ろでまとめた女がいた。濃い青色のワンピースを着ていて、そのため灰色の目がほとんど青色に見えていた。襟は白く、飾り気がなかった。突如として母親の記憶がヴォーンの心を突き刺し、ヴォーン自身を驚かせた。というのも、この女性は母とは似ても似つかなかったから。この世を去ったとき、彼の母親は、もっと背が高く、細く、若く、肌が浅黒かったし、これほどまでにきれいではなかった。

ヴォーンは立ち上がり、謝罪の言葉を口にし始めた。「私のことを、大変なばか者だと思われることでしょう。ひどくお恥ずかしいことですし、最悪なことに、どうやって説明を始めたらいいのかわからずにいるのです。私はお宅の外におりました、ご存じでしょうが、しかし中に入ろうなどというつもりはなかったわけでありまして――いずれにしても今日のところはまだ、鉄道の時間がありまして……つまりその、うまく説明できていないことはですね、鉄道の待合室にいることができませんで、時間を少しつぶさなければならなくてですね、あなたの住んでいるところを見にくるにはちょうどいい機会だと考えまして、今度来るときのためにですね、私はそういうつもりでいたのですが、私が到着したまさにその瞬間にお宅の使用人がちょうどドアを開けましてね、そこで当然彼女は私を――彼女を責めようなどというつもりは微塵《みじん》もありませんよ、タイミングが悪かったんです、それだけです、よくある間違いでして……」そうして長々としゃべり続けた。理由をなんとかつかもうとし、論理的であろうと躍起になればなるほど、紡げば紡ぐほど言葉は彼のもとから離れていった。ひと言発するごとに、本来言わんとしていることからかけ離れたところに話を進めていってしまうのに気づいていた。

　ヴォーンが話しているあいだ、女の灰色の目はじっと彼の顔を見つめていて、その顔に笑みこそ浮かんではいないものの、その表情に豊かさを与えている目の周りの皺《しわ》を見ていると、優しく励まされているような心地がした。やがて言葉も尽きた。

「なるほど」女は頷いた。「今日は私に時間を取らせるつもりはなく、ただ通りかかって住所を確かめようと思っただけなのですね……」

「その通りです！」いとも容易に立ち去ることができるとわかり胸をなで下ろしたヴォーンは、女が別れの挨拶をするのを待った。頭の中にはすでに、玄関ホールから帽子と鞄を取ってきてもらい、いとまを告げる自らの姿が浮かんでいた。玄関から続く格子縞《こうしじま》の小道を踏む自らの足が、塗装された門の閂に伸びる自分の手が浮かんでいた。しかし実際に自分の目が見ていたのは、じっと動かぬ穏やかな灰色の目だった。

「それでも結局、あなたはここにいらしたんです」女は言った。

　ここに来た。その通りだった。突如として自分がその場所にいるのだということが強く実感された。それどころか、部屋自体が鼓動しているように感じられた。彼の胸も鼓動していた。

「どうぞおかけになってください、えー……」

「ヴォーンです」その目の表情からは、彼女がその名前に気づいたかどうかを判断することができなかった。落ち着いた用心深さだけが変わらずそこに浮かんでいた。ヴォーンは座った。

コンスタンタイン夫人は微細加工《エッチング》が施されたデキャンタから透明な液体をグラスに注ぐと、そのグラスをヴォーンのそばに置き、ソファに対して角度をなして置かれた肘掛け椅子に自らも腰を下ろした。そして待ち構えるようにほほ笑んだ。

「助けていただきたいのです」ヴォーンは認めた。「妻のことで」

夫人の表情が緩み、同情するような悲しげな色が浮かんだ。「お気の毒に。お悔やみ申し上げます」

「いえ！　そういう意味ではなくて！」

苛立《いらだ》ったような声だった。実際、苛立っていた。

「それは失礼いたしました、ヴォーンさん。見知らぬ方がこの家を訪れるとき、たいていは誰かを亡くした後なもので」その表情に変化はなく、落ち着いていて、かといってよそよそしいわけではなくむしろ親切そのものであったが、相手に本題をはっきりと述べさせるという揺るぎない目的を持っているような態度で待っていた。

ヴォーンはため息をついた。「その、子どもを失ったんです」

「失った?」

「奪われたんです」

「ごめんなさいね、ヴォーンさん。でも私たちの言語では、死者について語るときに非常に多くの婉曲表現《えんきょく》を使います。失った、奪われた……こういった言葉には複数の意味がありますよね。私はもうすでに一度、間違えてしまいました。あなたの奥さまについてですが。また同じ過ちを繰り返したくはありません」

ヴォーンは唾をのみ、緑色のベルベットのソファの肘掛けに置いた自分の手を見つめた。ベルベット地に爪を走らせると、添毛《パイル》が潰れてひと筋の線がついた。「おそらく、この話をご存じでしょう。新聞で読んだでしょうし、もし読んでいなかったとしても、オックスフォードシャー中で噂されていましたから。二年前。バスコットで」

コンスタンタイン夫人はヴォーンから視線を外して少し遠くをじっと見つめ、記憶を探っているようだった。ヴォーンは指先でベルベットをなぞり、パイルについた線を消して平らな状態に戻した。そして夫人がその話を知っていると認めるのを待った。

夫人の視線が再びヴォーンに注がれた。「あなたご自身の言葉で説明していただいたほうがいいようですね」

ヴォーンは肩をこわばらせた。「すでに知られている以上の話はありませんよ」

いた。

「ふーん」なんとも曖昧模糊《あいまいもこ》とした音だった。完全に同意するわけでもなく、かといって反対しているようにも聞こえなかった。まだあなたの話す番は終わっていない、そう示唆していた。

ヴォーンはその話を再び語る必要がないようにと願っていた。二年が経過した今、誰もがこの話を知っていると思っていた。驚くほどの速さで広まるような内容の話だった。立ち寄った先々で——仕事の打ち合わせや馬丁の面接、近隣農家との社交の場やオックスフォードやロンドンで開かれる大規模な催しの場で——それまでに一度も会ったことのなかったひとびとから、彼自身のことだけでなく、彼の家族にまつわる話は知っていますと言わんばかりの視線を投げかけられたことが幾度となくあった。今ではそんな視線を当然のものとして期待するようにさえなっていた——しかしその視線に慣れるようなことはなかった。「ひどい目に遭ったね」見知らぬ人間が握手をしながらこうつぶやくのだった。その言葉には、「このことに関してこれ以上口にするのはよそう」という含意があるのだということをやがて理解するようになった。

事件のあった当初、ヴォーンは事件について何度も繰り返し説明しなければならなかった。一番はじめに伝えたのは使用人だった。ヴォーンは男の使用人たちを起こすと、荒々しい音を猛烈な勢いでほとばしらせながら、あたかも言葉そのものを馬の背にのせて侵入者と消えた娘の後を追わせるかのような勢いで、彼らに説明した。捜索に協力してくれた近所の人たちにも。胸に締めつけられるような痛みを感じて息を切らしながら説明した。数時間かけて田舎道を馬で進みながら、出会った全ての男に、女に、子どもに、その話を何度も繰り返した。「娘が連れ去られたんです！　誰かよそ者を見た人はいませんか？　二歳の小さな女の子を連れて、逃げるようにここを駆けていった何者かを見た人は？」翌日、身代金を調達するために緊急で訪れた銀行家にも話した。そしてクリッククレードから駆けつけた警察官にも話した。そこでようやく事件の時系列が整理されることとなった。そのころ夫婦ともにまだ衝撃にとらわれたままだったが、ヘレナも警察に状況を語る必要に迫られた。ふたりは部屋を行きつ戻りつしては腰を下ろし、また立ち上がって歩き出し、ひとりずつ口を開くこともあれば、同時に口を開くこともあった。どちらも黙り込んで互いの顔を見つめ、言葉を見つけられずにいることもあった。ヴォーンがなんとか忘れようとしているように見受けられる瞬間もあった。一方のヘレナは、発見したときの様子を「ドアを開けて、部屋に入ったら、いなかったんです。そこにいなかったんです！　そこにいなかったんです！」と説明した。いかにも不思議そうに「そこにいなかった」という言葉を繰り返し、あちこちに顔を向けながら、視線を天井の隅に向けた。まるで天井と壁のつなぎ目に設けられた蛇腹の中に娘が隠れている、あるいはその向こう、屋根の梁《はり》に娘が腰かけているとでも思っているかのように。しかし娘は現れなかった。娘の不在はヘレナという器を浸水させ、夫婦を浸水させ、ふたりは言葉を使って水を汲み出そうと試みた。しかし言葉は卵立てほどの大きさで、ふたりが描写しようと試みているのは不在という大洋ほど広大なものだった。それほど慎ましい器にそれを収めることは不可能だった。ヘレナは汲んで、汲んで、汲んだが、どれほど努力を重ねようと、底に到達することはできなかった。「そこにいなかったんです」喪失に溺れながら、ヘレナは延々と繰り返した。ヴォーンには、人間に出し得るとは思いもよらなかったような声で。麻痺《まひ》したような状態に陥っていたヴォーンには、妻を救うために声をかけることも、何かをしてやることもできなかった。警察官がいたのは幸いだった。ヘレナに頼みの綱を投げたのは警察官で、彼は次の質問でヘレナが握りしめている綱をうまく手繰り寄せた。

「ベッドに眠った痕跡があったのは確かなんですよね？」

警察官の言葉が音となってヘレナの耳に届いた。放心状態だったヘレナは、少しずつ正気を取り戻しながら頷いた。弱々しく疲れ切った声ではあったものの、ヘレナは再び自らの声を取り戻していた。「ルビーがあの子を寝かしつけました。我が家の子守です」

そこでヘレナは黙り込み、ヴォーンが代わりに説明しなければならなかった。

「ゆっくりお願いします、もし差し支えなければ」聞き手は鉛筆片手に筆記帳に顔を近づけ、熱心な学生のように必死に全てを書き留めていた。「そこのところをもう一度お願いできますか？」警察官が時折話を止め、書き留めた内容を読み返すと、ふたりがそれに訂正を入れ、忘れていた詳細を思い出し、ふたりの知る事実に矛盾点を見いだし、互いに意見を交換して情報を正した。どんなささいな事実が娘を取り戻す手がかりになるかわからなかった。わずか数分間の出来事を書き記すのに、何時間も要した。

ヴォーンはニュージーランドにいる父親に手紙を書いた。

「だめよ、よして」ヘレナは反対した。「お父さまを動揺させてなんの意味があるの？　あの子は明日か、明後日にも帰ってくるかもしれないっていうのに」

しかしヴォーンは手紙を書いた。警察官に説明した内容を覚えていて、それを基に手紙を書いた。慎重に書いた。手紙に、失踪における事実を全て記した。**素性のわからぬ悪党が夜にやってきて、**手紙にはそう書かれていた。**子ども部屋の窓に梯子《はしご》をかけて、そこから家の中に侵入し、子どもを連れて立ち去りました。**改行。**翌朝、身代金の要求を受けました。金を払ったにもかかわらず、娘は私たちのもとに戻ってきておりません。捜索を続けています。みな全力を尽くしています。娘が見つかるまで私たちの気が休まることはないでしょう。警察は川を下るジプシーを追跡中で、彼らのボートを探しています。新しい情報が入り次第またお知らせします。**

手紙からは、息もつけぬほどの興奮は感じられなかった。苦しそうな息づかいは聞こえてこなかった。恐怖は一切排除されていた。事件から四十八時間も経過しないうちに、ヴォーンは机に向かい、彼なりの説明を記した手紙を作成した。手紙には単語が並び――たいていは一直線に並び――文を構成し、そして段落を構成していた。そしてその中に、娘の喪失が説明されていた。全ては情報量の多い二枚の手紙に収められた。

手紙を書き終えたアンソニー・ヴォーンは、それに目を通した。伝えなければならないことは全て伝えているだろうか。伝えられることは全て伝えている。全て書き切ったと満足したところで手紙に封をし、呼び鈴を鳴らして使用人を呼んだ。使用人は手紙を受け取り、投《とう》函《かん》した。

ヴォーンは仕事仲間や知り合って間もない人間のために、その簡潔で無味乾燥な説明を幾度となく繰り返してきた。そして今ここでも、その説明を採用しようとしていた。もう何ヶ月も披露していなかったが、それでも一言一句覚えていた。灰色の瞳を持ったその女に事件をすっかり説明するのに、一分とかからなかった。

話を語り終えたところで、脇に置いてあったグラスからひと口水を飲んだ。思いがけず、さっぱりとしたキュウリの味がした。

コンスタンタイン夫人は、どっしりと構えた親切な表情でヴォーンを見つめた。何かがおかしい、ヴォーンはそんな思いに駆られた。この話を終えると、たいていの人は驚いて声を失うか、不器用な慰めを口にするか、適切な言葉を探そうとする。あるいは気まずい沈黙が流れて、ヴォーンのほうで会話の流れを変えるための言葉を次から次へと並べなければならなくなる。しかし、そのどれも起こらなかった。

「なるほど《アイ・スィー》」夫人はそう言うと頷いた——まるで本当に何かが**見え《スィー》て**いるかのように。しかしそこに見るべきものなどあっただろうか。いいや、何もないはず——「ええ。それで、奥さまについてはどうなさいましたか？」

「妻？」

「ここにいらしたとき、奥さまのことで助けてほしいと、そう最初におっしゃっていましたよ」

「ああ、そう言いましたね」

この家に到着した時点まで、コンスタンタイン夫人と最初に言葉を交わした瞬間まで、長い道のりを後戻りしなければならないように感じた。しかしそれはほんの十五分ほど前のことではなかっただろうか。目を擦りながら、時間や記憶のさまざまな障害をすり抜けつつ、遡って考えてみた。そして自分がここへ来た目的を思い出した。

「ですからその、こういうことです。妻は――ごく自然のことと思いますが――慰めようがないほどに打ちひしがれておりまして。状況を考えれば無理からぬことです。娘が戻ってくること以外には何も考えられないようで。彼女の精神状態は嘆かわしい状態です。彼女の目には誰も映りません。苦悩から目をそらすことを拒否しています。食欲はなく、眠りにつくと、このうえなく恐ろしい悪夢に追いかけられるからと眠ろうとしません。だんだんと行動も奇妙になってきていて、今では彼女自身を危険にさらす恐れがあるほどです。ひとつだけでも例を挙げて説明しますと、妻はここのところ手漕ぎボートで川に出ることに専心しているのですが、ひとりきりで出かけていき、自らの身の快適さや安全のことなどお構いなしなのです。どんな天候であっても、彼女の身を守るべくもない服を着たまま、何時間でもそうして川に浮かんでいるのです。どうしてそんなことをするのか、妻はその理由を説明することができずにいますし、そんなことをしたって何の役にも立ちませんよ。害しかない。旅に出れば妻も自分を取り戻すかもしれないと思い、どこかへ連れていってあげようと提案したんです。私のほうでは、何から何まで全て売り払って、この悲しみに汚染されていないどこか全く新しい場所でやり直す覚悟もできているんです」

「それで、奥さまはなんと？」

「それはとてもいい考えで、娘が家に帰ってきたら、その通り実行しましょう、と。おわかりでしょう？　私にはわかるんです、もしこのまま何も変わらなければ、妻は悪化の一途を辿るだけです。あなたはお気づきのはずです、妻を苦しめているのは悲しみではなく、もっと恐ろしい何かなのです。妻が心配です。このままいけば、彼女は何か悲惨な事故で最期を迎えるか、さもなくば精神科病院で生涯を終えることになってしまうでしょう。それを阻止するためなら私はなんだって――本当にどんなことだって――やるつもりです」

灰色の目は依然としてヴォーンを見つめていた。ヴォーンは気づいていた。夫人は親切な表情を見せてはいるものの、その実、自分を注意深く観察しているのだと。今度こそヴォーンは、自分はこれ以上語るつもりがないことを、そして次は彼女の話す番だということを（これほどまでに口数の少ない女に会ったことがあっただろうか）はっきりと態度で示した。

ようやく夫人は口を開いた。「あなたはひどく孤独を感じていらっしゃることでしょうね」

アンソニー・ヴォーンは落胆を隠すことができずに言った。「そんなことは重要ではないんです。あなたにお願いしたいのは、妻に話してもらうことです」

「何を話すのです？」

「娘は死んだと話してください。彼女にはその言葉が必要なんです」

コンスタンタイン夫人は二度、目を瞬かせた。それは別の人間であればなんということもない仕草にすぎなかったが、これほどまでに冷静沈着な人間がそれをしたとあっては驚かずにはいられなかった。

「説明させてください」

「ぜひお願いします」

「私はあなたに、娘は死んだと妻に伝えてもらいたいのです。あの子は幸せだと。天使と一緒にいるのだと。あの子の言葉を伝えるとか、声を真似《まね》るとかしてください。準備があるのであれば、煙やら鏡やらを使って」そう言いながらもう一度部屋を見回した。この上品な客間が、妙な仕掛けや緞帳《どんちょう》——茶番にはそうした小道具が必要なはずだと思っていた——を用いた小芝居を行う場所に変わるとは思えなかった。おそらく、そうした芝居は全て別の部屋で行われるのだろう。「いいですか、あなたの仕事に口を出そうなどとは思っていません。何が効果的か、あなたのほうがご存じでしょうから。私がお伝えできるのは、どうしたらへレナを信じさせられるかということです。彼女と私だけが知っていることです。それで……」

「それで？」

「それで、妻と私は悲しみにくれ、謝罪を口にし、涙を流し、祈りを捧げて、そして——」

「そして奥さまが死を悼んだ後には、再び人生に——あなたのもとへ——戻ってくると？」

「その通りです！」アンソニー・ヴォーンは完璧に理解されていると感じ、感謝で胸がいっぱいになった。

コンスタンタイン夫人は頭をほんのわずかに片側に傾けた。そしてほほ笑んだ。親切そうに。理解のある表情で。そして言った。「残念ですが、それは難しいかと」

アンソニー・ヴォーンは驚いて跳び上がった。「なぜだめなんです？」

コンスタンタイン夫人は首を振って答えた。「まず、あなたは誤解されている——あるいは間違った情報を信じておられるのかもしれませんね、ここで何が行われるかについて。そのように勘違いされるのも無理はありません。しかしそれだけでなく、あなたのご提案は、誰の利益にもならないでしょう」

「料金はお支払いします。お望みならば、二倍お支払いしますよ」

「お金の問題ではありません」

「理解できませんね！　いたって単純な取引ですよ！　希望の額をおっしゃってください、

お支払いしますから！」

「ヴォーンさん、あなたが苦しんでおられること、心から気の毒に思いますよ。子どもを失うというのは、人間が耐え得る中でも最も重い苦しみのひとつです」夫人はわずかに眉根を寄せた。「しかし、あなたはどうです、ヴォーンさん？　あなたは、娘さんは亡くなっているとお思いですか？」

「そうでしょうね」ヴォーンは答えた。

灰色の瞳がヴォーンを見ていた。突如としてヴォーンは、彼女には自分の魂を見透かす能力があり、彼自身にさえ暗闇の中にあるようで見ることのできない彼の存在におけるさまざまな側面を見透かしているのではないかと感じた。心臓が不快な鼓動を刻み始めた。

「お名前を教えていただいていませんでしたね」

「ヘレナです」

「奥さまのお名前ではありませんよ。お嬢さまのです」

アミーリア。その名前がヴォーンの内部で大きく膨らんだ。ヴォーンはそれをのみ下した。胸が痙攣《けいれん》を起こした。咳《せ》き込み、あえぎ、もう一度水に手を伸ばして半分飲んだ。胸の違和感が取り除かれたかどうか確認するために、息を吸い込んでみた。

「なぜです？」ヴォーンは言った。「なぜ助けてくれないのですか？」

「助けたいと思っています。あなたには助けが必要です。このままの状態で生きていくことはできないでしょう。しかし今日あなたが私に依頼したようなことでは、私にはそれを実行することができないだけでなく、誰も助けることができません」

ヴォーンは立ち上がると、腕を振って憤りを身振りで示した。ばかげたことではあるが、一瞬、自分が両手のひらを目に押しつけて泣き出すのではないかと思った。ヴォーンは首を振った。

「それでは、もう行きます」

コンスタンタイン夫人も立ち上がった。「もしもまたここを訪れたいと思うようなことがあれば、ぜひおいでください。いつでもお待ちしていますよ」

「どうしてまた私がここに来ると思うのです？　あなたは私に何もしてくれない。あなたはそうはっきりとおっしゃったではありませんか」

「そう言ったわけではありませんが。よろしければ、気分をすっきりさせていってください。向こうに、お水ときれいなタオルが置いてありますから」

夫人が部屋を出ると、ヴォーンはばしゃばしゃと顔に水をかけてから、柔らかい木綿のタオルにその顔を埋めた。気分がわずかに良くなったように感じた。懐中時計を取り出して見た。列車は毎時三十分に発車することになっていて、これから出発すればちょうど次の列車に間に合いそうだった。

通りを急ぎながら、アンソニー・ヴォーンは己の愚かさを悔いた。あの女が自分の提案に飛びついていたとしたら？　ヘレナをあの場所に連れていって、そのことが噂になったら？　あの話に登場した妻にとっては良い結果をもたらしたかもしれないが、相手がヘレナでは……ヘレナはほかの男たちの妻とは違っていた。

駅のプラットフォームには列車を待つ人がほかにも何人かいた。ヴォーンは彼らから少し離れたところに立った。人に気づかれたくはなかった。それほど親しくない顔見知りとの世間話はできる限り避けるようにしていたし、見知らぬ人間の――時々、彼のほうでは顔も見たことのない人間が彼の顔を知っているということがあった――好奇心はさらに嫌なものだった。

駅の時計によると、列車はあと一、二分で到着するはずだった。列車の到着を待ちながら、すんでのところで逃げおおせたことを喜んだ。金を断るなんて、あの女が何をたくらんでいるのかは定かではなかったが、あの手この手を使って、『ヴェニスの商人』の高利貸しシャイロックよろしく〝肉一ポンド〟を要求してくるつもりであることは疑いようもない。

終えたばかりの妙な面談について深く考え込んでいたため、静かに心を引きつける胸のざわめきにすぐには気づくことができなかった。ようやくそれに気づきはしたものの、依然として〝十七番の家〟での出来事の異様さに動揺していて、その新たに芽生えた感覚と、つい先ほどまで胸を騒がせていた感覚が別のものであると理解するのにしばし時間を要した。ようやくそれを理解したとき、その感覚の正体も明らかになった。予期だ。頭を左右に振って疲労を振り払おうとした。長い一日だった。自分は列車を待っていて、列車は間もなくやってくる。それだけのこと。

列車が到着した。のり込んで、一等客車に空席を見つけ、窓際に腰を下ろした。プラットフォームで芽生えたあの期待はなかなか薄れなかった。それどころか、列車がオックスフォードを出発し、暗くなりつつある霧に目を凝らして、薄暗がりの中に身を横たえている川を眺めていると、その予感が強くなった。線路を走る車輪のリズムが疲れ果てた脳に言葉を提示してきて、その言葉は、目に見えぬ何者かが実際に声に出したかのようにはっきりと耳に聞こえてきた。**何かが起こる。**

リリーの悪夢

ヴォーン家の立派な屋敷から川を隔てた向こう岸、八百メートルほど下流に、クレソンさえも育たぬほどに湿気の多い小さな土地があった。その土地の川から奥まったところにナラの木が三本生えていて、根はその湿った土壌からぐいぐいと水を吸い上げていたが、親の体を離れて川側に落ちてしまったドングリは、発芽することもできぬまま腐る運命にあった。

それは神に見捨てられたような場所で、犬を溺れさせることにしか適していないような場所であったが、過去には川がもう少し従順だったこともあったらしく、その昔、水辺とナラの木に挟まれたその土地にコテージを建てた人間がいた。

その小家屋は苔生《こけむ》した石造りのずんぐりとした箱形で、部屋がふたつに窓がふたつ、そしてドアがひとつあるだけの建物だった。寝室はなかったが、台所から伸びる梯子が、藁《わら》のマットレスを敷くのにちょうど良い広さのロフトに続いていた。この寝棚の一方の端は煙突に接していて、火がついていれば、夜の最初の数時間は眠っている人の頭か足を暖めてくれた。

貧しいところで、幾度居住者が替わろうとも常に空っぽだった。というのもあまりに寒く、あまりにじめじめとしていたため、そこに住みたがるのは絶望した人間だけだったから。名前がつけられるはずもないほど小さなコテージだったため、実際には名前がふたつもあるという事実は驚きとして受け止められた。正式には〈沼地《マーシュ》のコテージ〉という名がついていたが、みなの記憶にある限りではずっと〈かご職人《バスケットマンズ》のコテージ〉として知られていた。その昔、ひとりのかご職人が十余年、あるいは三十年にわたって――その期間については、誰に話を聞くかによって異なった――そこに住んでいた。そのかご職人は夏中ずっと葦《あし》を集め、冬中ずっとかごを作った。かごを必要とする人は誰でもその職人からかごを買った。彼の作るかごは良質だっただけでなく、彼は自分の作ったかごにそれほど高い値をつけることがなかった。そのかご職人には、失望させられる子どもも、口うるさく文句を言ってくる妻も、その心を打ち砕く恋人もいなかった。物静かではあるが気難しいわけではなく、みなに愛想よく朝の挨拶をし、誰とも口論することがなかった。借金もなかった。人に知られているような罪もなければ、そんなものがあろうなどとは誰にも想像できなかった。ある朝、彼は川に入っていった。ポケットに石をたくさん詰め込んだ状態で。波止場で荷積みを待っていた艀《はしけ》の一艘に彼の遺体がぶつかってきたとき、船頭たちは彼のコテージに赴き、そこで石壺《いしつぼ》いっぱいのジャガイモと、そのそばにチーズを見つけた。瓶に入ったシードルと、炉棚の上には中身の半分詰まったたばこの缶もあった。彼の逝去は世間を驚愕《きょうがく》させた。彼には仕事があり、食料があり、慰みがあった――それ以上何を望むというのだろう。答えは謎に包まれていた。〈マーシュ・コテージ〉は一夜にして〈バスケットマンズ・コテージ〉と呼ばれるようになった。

かご職人《バスケットマン》のいた時代から、川は砂礫《されき》を運び、岸を削り落とした。これにより、一見頑丈そうに見えるものの、人ひとりの重みに持ちこたえることのできない危険な突出部が形成された。その突き出た部分が崩れると、川を食い止めるために残された唯一のものは緩やかな斜面となった。そこではミソハギやセイヨウナツユキソウ、ヤナギソウのもろい根が絡み合って土壌を固めようとするのだったが、その根は潮が満ちるたびに洗い流されてしまうのだった。昼と夜の長さがほぼ等しくなる分点の日、豪雨の後、焼けつくような太陽に続いて降る穏やかな雨の後、雪解けの時期、時には自然の悪意以外にはなんの理由もないでたらめなタイミングで、川はこの浅い斜面にあふれ出た。この斜面の中腹に何者かが杭《くい》を打ち込んでいた。杭は時の経過とともに灰色化し、度重なる浸水によりひび割れていたが、そこに付着した水位を示す線は今でも目に見えていて、その線を見れば洪水の起こった日付を知ることができた。非常に多くの洪水痕跡が杭の下部についていたが、真ん中辺りにも上部にも、同じだけ多くの痕跡が見受けられた。もう少し最近になって、斜面をもっと上がったところに二本目の杭が出現した。どうやら最初の杭を丸ごとのみ込むほどの洪水が起こったらしかった。新しい杭には線が二本――八年前と五年前の洪水によるものだった――ついていた。

その日、ひとりの女が低い位置にある杭のそばに立ち、川を眺めていた。女は手袋をしていない手で外套を抱えていた。その手にはあかぎれがあり、寒さで赤くなっていた。少なすぎるヘアピンからあふれた髪の毛が数本顔の辺りに落ちてきていて、そよ風になびいていた。白銀に近い金髪で、姿を現し始めた白髪はほとんど誰にも気づかれないほどだった。女の髪は四十数歳にしては若々しく見えていたかもしれないが、顔については違っていた。その顔には苦悩の色が浮かんでいて、額には不安が刻みつけた生涯消えることのない皺が残っていた。

川は杭から十分離れたところを流れていた。今日明日に洪水が押し寄せることはなさそうだ。にもかかわらず、女の目は怯《おび》えていた。明るく、冷たく、高速で流れる川は、息を吐き出しながら女の目の前を通過していった。不規則な間隔で唾が吐き出され、水がブーツのそばまで飛んでくると、女は跳び上がってじりじりと数センチほど後退《あとずさ》りした。

その場に立ち尽くし、あのかご職人の話に思いを巡らせていると、ポケットを石でいっぱいにして川の中へと入っていった彼の勇気に身震いがした。川に住まうと言われる死せる魂に思いを馳《は》せ、たった今目の前を通過し、自分に唾を吐きかけたのはどの魂だろうかと考えた。川に住まう死せる魂について、いつか牧師に訊いてみようと思った——そしてそう思ったのはこれがはじめてではなかった。それは聖書の中には書かれていなかった——少なくとも、女が知る限りにおいては——が、だからといってどうということはない。この世には聖書に書かれていない現実が山のようにあるはず。確かにそれは大きな本ではあったが、だからといってありとあらゆる真実を包含しているはずがなかろう。

女は川に背を向け、コテージに向かって斜面を上っていった。夏に比べて冬の労働時間が短くなるということはなく、家に着いたころには辺りはほとんど真っ暗だった。しかしまだ動物の世話が残っていた。

リリーは四年前からこのコテージに住んでいた。リリーは姓をホワイトと名乗り、自分は未亡人であるとみなに説明していたが、過去の人生に触れるようなどんな質問にも曖昧な返答をしたうえ、相手が友好的な関心を示そうものならびくびくしながらそれを拒絶したため、当初はひとびとから信用できない人間だと思われていた。しかしリリーは毎週日曜日には必ず教会に姿を現したし、控え目な買い物をするときには、一度たりともつけ払いにすることなく、わずかばかりの硬貨を財布から出して支払った。そうして時とともに彼女に対する疑惑は薄れていった。リリーが牧師館で働くようになるのにそれほど時間はかからなかった。最初は洗濯婦として働いていたが、努力を惜しまず、仕事の早かったリリーは、少しずつより多くの仕事を任されるようになった。二年前に家政婦長《ハウスキーパー》が退職すると、牧師館を快適に保つ全責任をリリーが担うことになった。牧師館には家政婦のために用意された居心地の良い部屋がふたつあったが、リリーはバスケットマンズ・コテージに住み続けた——動物の世話があるから、リリーはその理由をこう答えるのだった。今ではひとびとはリリーに親しみを感じるようになっていたが、それでもやはり地元住民のあいだには、リリー・ホワイトにはどこか妙なところがあるという考えが消えずに残っていた。彼女は本当に未亡人なのだろうか。予期せず話しかけられたときにあれほどまでにびくびくとするのはどういうわけなのだろうか。良識のある人間であれば、牧師館の壁紙を張った快適な部屋で過ごすことを断り、一頭のヤギや数匹の豚のためだけに、人里離れた湿気だらけのコテージに住むことを選ぶなどということがあるだろうか。それでも、彼女の親しみやすさと牧師との良好な関係が相まって、ひとびとの疑惑は薄れ、今ではむしろ哀れむべき人間に近いとみなされるようになっていた。非常に優れた家政婦には違いない、それでもやはり、リリー・ホワイトは少しばかり頭が足りないのではないか、そんな噂がささやかれていた。

ひとびとがリリー・ホワイトについて推測することにはいくつか真実も含まれていた。法律においても、神の御目から見ても、リリーは誰の妻でもなかった。数年間は実際にホワイト氏という人の存在があったことは確かだったが。リリーはホワイト氏のために、妻が夫のために果たすことが常となっている務めを果たした。ホワイト氏のために食事を作り、床を磨き、シャツを洗い、おまる《チェンバーポット》を空にし、寝床を温めた。そしてその見返りとしてホワイト氏は、夫としての一般的な義務を果たした。妻を金に困窮させ、妻の分のエールビールを飲み干し、気分次第でひと晩中家を空け、そして妻に手を上げた。リリーの見解ではそれはまさしく結婚生活そのものだった。そのため五年前、リリーが考えないようにしているある事情によって彼が姿を消したとき、リリーはためらわなかった。彼の窃盗行為や酒癖の悪さ、ほかの悪行を考えれば〝ホワイト〟というのは彼にはもったいない名前だった。リリー自身にとってもそれが身に余る名前であることは承知していたものの、思いつく限りあらゆる名前の中でリリーが一番欲しいと思ったのがこの名前だった。そこでその名前を頂戴した。リリーはその家を出て、川に沿って進み、偶然にこの地に、バスコットにやってきた。「リリー・ホワイト」道すがらそう小声でつぶやいた。「私はリリー・ホワイト」そしてその名にふさわしく生きようと努力した。

ヤギに腐ったジャガイモをいくつかやってから、豚の餌やりに向かった。豚は古い薪小屋で飼われていた。それはコテージと川の中ほどに立つ石造りの建物で、コテージ側に人が出入りするための高く狭い開口部が設けられていて、川側には背の低い開口部があり、豚たちはそこを通って自分たちの部屋と泥地を行き来した。小屋の中には低い壁があって、空間がふたつに仕切られていた。リリーの立っている側の壁に薪が積み上げられていて、その隣には、穀物袋と残飯が半分まで入った古いブリキのたらいが置いてあった。バケツもふたつ置いてあって、棚の上のりんごは腐敗が始まっていた。

リリーは両手にひとつずつバケツを持ち上げると、外に出て、小屋の周囲を回って豚の泥地に向かった。そこでバケツをひっくり返し、バケツいっぱいに入っていた半分腐敗したキャベツと、茶色くなりすぎて正体が判別できなくなった野菜らしき物体を柵の向こう側の餌入れに放ると、年季の入った水入れを水で満たした。雄豚が藁を敷いた薪小屋から出てきて、リリーに一瞥《いちべつ》もくれずに頭を下げて食べ始めた。続いて雌豚が出てきた。

雌豚はいつもの癖で柵に横腹を擦りつけた。耳の裏を掻いてやると、リリーのほうを見て目を瞬かせた。その赤毛のまつ毛の下、雌豚の目はまだ半分眠っているように見えた。豚も夢を見るのかしら？　リリーは考えた。見るのだとしたら、現実よりも何か素敵なものの夢を見るのでしょうね。そんな様子だわ。雌豚は完全に目を覚まし、奇妙にも心に訴えかけるような眼差しでリリーをじっと見つめた。豚というのはおかしな生き物だ。彼らが人間に向ける目つきを見ていると、彼らも人間なのではないかと思えてくることがあるほどだった。あるいは、この雌豚は今、何かを思い出しているのかもしれなかった。そう、それだ、リリーは思った。その雌豚は失われた幸せを回想しているかのように見えていた。記憶の中の喜びは、現在の悲しみに覆われてしまっていたから。

リリーもかつては幸せだったことがあった。しかし苦痛を伴わずにその記憶を呼び覚ますことはできなかった。物心がつく前に父親は亡くなっていて、十一歳になるまでは母親と静かな暮らしを送っていた。ほとんど無一文で、食料もわずかしかなかったが、母娘はどうにか食いつなぎ、夕食にスープを口にした後は互いに体を寄せ合って毛布をかぶり、火を節約した。母親が子ども向けの聖書を読み聞かせてくれるあいだ、リリーは母親の頷くところでページをめくった。リリーは字を読むのが上手ではなかった。〝b〟と〝d〟の区別がつかなかったし、彼女の視線が触れると文字はページの上で震え出した。しかし母親が穏やかな声で読み上げると文字たちは静まり返り、そうなるとリリーにも話の筋を追うことができるようになり、母親の読む調子に合わせて言葉を口にすることができた。母親は時々、父親についで話してくれた――彼がどれほど幼い娘を愛していたか、そしてその娘からいつまでも目を離さずにいたか。自分の健康に陰りが生じ始めると、彼はこんなことを口にした。「ぼくの持つ最良の部分をここに残していくよ、ローズ。それは、ぼくたちがともに作り上げたこの子の中で生きている」やがてイエスとリリーの父親は、別の顔を持つ同一人物のような存在になった。リリーを包み込み、保護してくれるその存在は、目には見えないけれど現実味のある存在であることに変わりはなかった。あの毛布、あの本、リリーを深く愛してくれた母親の声とイエスと父――そうした幸福な思い出は、それ以降の人生における苦難をより過酷なものにするだけだった。絶望せずにあの輝かしい日々を思い出すことはできず、あの日々を生きたことなどなければ良かったと願いそうになるほどだった。雌豚の目に宿っていた失われた幸福への叶《かな》うことのない憧れは、過去を思い出すリリー自身の目に宿っているものであるに違いなかった。今リリーを見守っている唯一の神は、非情なる怒れる神だけで、もし父親が天国から成長した娘を見下ろすことがあったとしたら、苦痛を伴う失望を感じて顔を背けることだろう。

雌豚はリリーを見つめ続けた。リリーはその鼻先を乱暴に押しやると、コテージに向かって斜面を上りながらつぶやいた――「ばかな豚」

コテージに入ると、火をつけ、少しばかりのチーズとりんごをひとつ食べた。ろうそくをじっと見つめていると、短くなったろうそくは自らの身からあふれ出るろうで溶かされ、割れたタイルに溶け込んでいった。もうしばらくろうそくなしで過ごすことにしよう。火のそばには、座面が沈み込んだ椅子が置かれていて、その座面は不釣り合いな毛織物の布片で何度も補修されていた。リリーはその椅子にぐったりと座り込んだ。疲れていたにもかかわらず、神経が高ぶっていて警戒心が解けずにいた。今晩、彼はやってくるのだろうか。昨日会ったばかりだから今日は来ないはず。でも確信はない。一時間ほどそうして椅子に座ったまま、足音に警戒して耳をそばだてていた。やがて少しずつ瞼《まぶた》が閉じていき、頭がこくりこくりと上下し、眠りに落ちた。

川は今、複雑なにおいを吐き出していて、そのにおいはドアの下の隙間をすり抜けて小さなコテージの中に入り込んできていた。リリーの鼻が急にぴくぴくと動いた。土のようなにおいに、芝や葦、スゲなどのにおいが混ざっていた。石に含まれる鉱物のにおいも漂っていた。それから、より暗く、より茶色く、より腐敗したような感じも含まれていた。

次の呼吸で、川は子どもを吐き出した。その子はコテージに流れ込んだ。灰色がかった青緑色の冷たい体をして。

リリーは眠りながら眉をしかめた。呼吸が苦しくなってきていた。

少女の色のない髪の毛がその頭皮と肩にぺったりと張りつき、衣服は川縁で付着した汚い浮きかすの色になっていた。少女から水が流れ落ちていた。髪の毛から外套に滴り、外套から床に滴っていた。しかしコテージの外に流れ出ることはなかった。

リリーは恐怖に喉が締めつけられるような感覚を覚えながらすすり泣いた。

ぽたっ、ぽたっ、ぽたっ……水は止めどなく滴り落ちた。永遠に、川が涸《か》れるまで滴り続けるかのように思われた。宙を漂うその少女は、椅子で眠るリリーに邪悪な視線を向け、ゆっくりと――そう、ゆっくりと――消え入りそうな手でリリーを指さした。

突然体がびくっと動き、リリーは目を覚ました――

川の子どもは消えていた。

リリーはしばらくのあいだ怯えたような表情で、少女が浮かんでいた宙を凝視した。

「ああ！」そしてあえいだ。「ああ！　ああ！」脳裏に浮かぶ少女の姿を隠そうとするかのように両手で顔を覆いながらも、指のあいだからのぞき見て、少女がそこにいないことを確かめようとしていた。

これまでずっと続いてきた。それでも少しも和らぐことはなかった。少女は今も激しく怒《いか》っていた。もう少しだけでも長くとどまってくれたならば、話をすることができるのに。申し訳なく思っている、そう伝えることができるのに。あの子が望むいかなる代償をも払うつもりでいることを、いかなるものでも諦めるつもりでいることを、いかなることでもやってのけるつもりでいることを伝えられるのに……。しかしリリーがようやく口をきけるようになるころには、少女は消えてしまっていた。

まだ恐怖に怯えながら、前かがみになって、川の子どもが浮遊していた辺りの床板をじっと見つめた。そこには黒っぽい染みがあり、薄暗がりの中でどうにか認識することができた。椅子から体を引き離し、気は進まぬものの、すり足で床を横切った。そして手を伸ばし、広げた指で染みに触れた。

床は濡れていた。

リリーは両手を組み合わせて祈った。「私を泥沼から救い出し、沈まないようにしてください。深い水から私を助け出してください。大水が私を押し流すことがなく、深い沼が私をのみこむことがないようにしてください」（詩篇六九）口早に同じ祈りを繰り返し、やがて呼吸が正常に戻ると、苦しげな様子で立ち上がった。「アーメン」

不安を感じていた。しかし原因は川の子の出現の余波だけではなかった。川が増水しているのだろうか。窓のそばに立った。輝ける闇からコテージまでの距離は、先ほどまでと変わらなかった。

それならば彼だ。あの人がやってくるのだろうか。外で動くものはないかと目を見張り、足音が聞こえてこないかと耳をそばだてた。何もなかった。

そのどちらも違っていた。

それならば一体どうしたというのだろう。

答えが出たとき、それはリリーの母親のような声で耳に響いてきた。不意を打たれてはっと驚いた。が、すぐに気がつくことになる。それは自分自身の声なのだと。「何かが起こる」

バンプトンのアームストロング

何かが起こる、みながそう思った。そしてその直後、ラドコットの〈白鳥亭〉でそれは起こった。

それで？

一年で最も長い夜が明けた最初の朝、敷石の上に響いてくる蹄《ひづめ》の音がバンプトンの村に訪問者を告げた。それほど朝早くだというのにすでに屋外にいた数人は、眉をしかめて顔を上げた。これほど狭い通りを馳せ散らすなんて、なんという愚か者か。馬とのり手の姿が見えてくるとみな好奇心を募らせた。馬にまたがっているのは、顔見知りの未熟で威勢の良い若者などではなく、よそ者だった。そしてそれだけではない。男は黒人だった。男は深刻な顔をしていて、寒い朝の空気に吐き出す蒸気の雲がその男に憤怒に満ちた雰囲気を与えていた。男が速度を緩めると、みな男に一瞥をくれてから飛ぶように戸口に駆けていき、中に入り、しっかりとドアを閉めた。

ロバート・アームストロングは、自身が見知らぬ人間に与える影響に慣れていた。同胞である人類は、最初に彼を見た瞬間には決まって彼を警戒した。肌の黒さが彼をよそ者にし、背の高さと屈強さが――この二点は白人男性であれば長所ととらえられるらしかったが――ひとびとを一層用心深くさせた。しかし実際には、人間以外の生き物は重々承知のことだったが、彼ほど心穏やかな人間はいないほどだった。例えばフリート。彼女はあまりに野生的で飼いならすことが不可能だと言われていた。そこでロバート・アームストロングが二束三文で買い取った。彼がフリートにまたがると、三十分と経たずして彼らは親しい友人同士になっていた。それにあの猫。片耳を失った痩せっぽちが、ある冬の朝、彼の納屋にやってきた。猫はありとあらゆる人に悪態をつき、邪悪な視線を向けていた――それがどうしたことか、猫は庭にいるロバート・アームストロングのもとへ駆け寄ると、尾を垂直に立て、顎の下をなでてもらおうと猫なで声を出した。夏に人の髪の毛に舞い降りては顔の上を這い回るてんとう虫でさえ、アームストロングという人間は、ひどくくすぐったいと感じても彼らを払いのけるために鼻に皺を寄せることしかしないとわかっていた。野原や農園の庭に住まう動物たちの中で、彼を恐れるものなど皆無だった。しかし人間ときたら――ああ！　しかしそれはまた全く別の問題。

アームストロングは人伝《ひとづて》に聞いた話だが、とある人物が、最近書いた本の中で、人間は〝賢い猿〟のようなものであるという説を唱えた（チャールズ・ダーウィン著『種の起源』）。その説に対しては多くの笑いと怒りが巻き起こったが、アームストロングの気持ちはそれを信ずるほうに傾いていた。というのも彼は、人間と動物界を隔てる境界線が穴だらけであることに気づいていたから。人間が自分たち特有だと考えているもの――知性やいたわり、意思の伝達――が、豚や馬、牛たちのあいだを跳ねながら歩き回るミヤマガラスにさえもあることをアームストロングは知っていた。それにまだある。彼が動物相手に用いるやり口は、人間に応用しても大概実を結んだ。アームストロングはいつも最後には人間たちを味方につけることに成功するのだった。

ほんの一、二分前までそこにいたひとびとが唐突に姿を消したことによって、状況は厳しくなった。アームストロングはバンプトンの村を知らなかった。数メートル歩いて四つ辻までやってくると、ひとりの男の子が道しるべのそばの草地に、鼻を地面に擦りつけんばかりに近づけた状態で大の字に寝そべっているのが見えた。少年はたくさん並んだビー玉の位置を観察するのに夢中になっているあまり、寒さにも、アームストロングが近づいていることにも気づいていないようだった。

ふたつの表情が少年の顔をよぎった。最初の表情――警戒――は束の間のものだった。アームストロングのポケットからまるで魔法のようにビー玉が現れたのを見たとき、その表情はさっと消え去った。（アームストロングは、大きく、補強したポケットのついた服を作ってもらっていた。習慣的に持ち歩いている、生き物を手懐《てなず》け安心させるためのさまざまなものを入れておくためだった。普段から、豚のためにドングリを、馬のためにりんごを、小さな少年のためにビー玉を、そして年配者のために酒を持ち歩いていた。人間の雌に対しては、礼儀正しさと適切な言葉づかい、ぴかぴかに磨き上げた靴とボタンを頼りにしていた。）アームストロングが少年に見せたビー玉は普通のビー玉ではなく、中にオレンジ色と黄色の波のような模様が入っていて、その模様はまるで炎の光彩のように見えたため、それで暖を取ることができるかのように思われた。少年は興味を持ったようだった。

すぐに勝負が行われたが、どちらも熟練者のような集中力でそれに挑んだ。少年には地形を知っているという強みがあって――ビー玉が通るとき、どの辺りの草がたわむか、どの辺りに根が密集していて、ビー玉の進路が変わってしまうか、それを知っていた――勝負が終わると、アームストロングが意図した通り、そのビー玉は少年のポケットに入っていた。

「公明正大な戦いでしたね」アームストロングは言った。「強いほうが勝ったのです」

少年は動揺しているようだった。「あれって、一番いいビー玉だったの?」

「ほかにもまだ家にあるんだよ。さあ、ここで正式に自己紹介をさせてもらおう。私の名前はアームストロング。ケルムスコットで農場を経営しているよ。少し君から情報を得られないかと思っているのだが、どうだろう? アリスという名前の小さな女の子が住んでいる家への行き方を知りたいんだ」

「それなら、イーヴィス夫人の家ですよ、アリスのお母さんがそこで下宿してるんだ」

「それで、そのお母さんの名前は……?」

「アームストロング夫人ですよ──あ! ──それって、あなたの名前と同じですね!」

アームストロングは幾分ほっとした。アームストロング夫人ということは、ロビンはその人と結婚したということだ。状況は恐れていたほど悪くはないのかもしれない。

「それで、イーヴィス夫人のお宅はどこかな? 道を教えてくれないかな?」

「案内しますよ、それが一番いい、だって近道を知ってるから、そこにお肉を運んでるのは、ぼくですから」

ふたりは歩き出し、アームストロングはフリートの手綱を引いた。

「私の名前は君に教えたね。そしてこの馬は、フリートと呼ばれていると伝えておこうか。

これで私たちが何者かわかったね。君のほうは？」

「ぼくはベンです、肉屋の息子です」

アームストロングは、ベンが答える前に必ず一度大きく息を吸い込み、ひと息で言葉を言い切る癖があることに気づいた。

「ベンか。君は一番下の息子さんなんじゃないかな。ベンジャミンというのはそういう意味のある名前だから」

「一番小さくて一番最後って意味で、父さんがその名前をつけたんだけど、母さんは言ってます、実際にそうなるようにするには名前をつけるだけじゃダメだって、それでぼくの下にもう三人、それからもうひとりはもうすぐ生まれてきます、でもぼくの前にも五人先に生まれてるんです、でも父さんが店を手伝うのに必要としてるのはひとりだけで、それって一番上の兄さんのことなんですけど、それ以外のぼくたちは必要ないのに生まれてきちゃった余りにすぎないんです、だってぼくたちは役に立つわけでもなく儲《もう》けを食いつぶすだけだから」

「それで、君のお母さんはなんと言っているの？」

「たいていは何も、でも何か言うときにはだいたい、儲けを食べるのは儲けを飲むよりいい、みたいなことを言っていて、そしたら父さんは母さんを殴って、それから何日か、母さんは口を利かなくなります」

少年が話すあいだ、アームストロングは少年を横から眺めていた。額にも両手首にも、うっすらとあざが残っていた。

「いい家ではありませんよ、イーヴィス夫人の家」少年は言った。

「どういう意味で、いい家ではないのかな？」

少年は一心に考えた。「悪い家なんです」

数分後、ふたりはその家に到着した。

「ぼくはここで待って、馬の手綱を持っていたほうが良さそうですね」

アームストロングはフリートの手綱をベンに渡してから、りんごもひとつ渡した。「これをフリートにやれば、君は生涯の友を得ることになるよ」そうしてベンに背を向けて、大きく、飾り気のない家のドアを叩いた。

ドアがわずかに開き、開いた隙間と同じくらいに幅の狭い顔が垣間《かいま》見えた。女はアームストロングの黒い顔を見るなり、その鋭い顔を引きつらせた。

「しっ！　消えな、小汚い悪魔が！　あんたたちみたいな連中の来る場所じゃないんだよ！　消え失せな！」女は必要以上に大きな声で、ゆっくりと――まるで頭の鈍い人間か外国人にでも話しかけるかのように――話した。

女はドアを閉めようとしたが、アームストロングのブーツのつま先がそれを阻んだ。そのブーツがいかにも高価な光沢のある革製だったためか、あるいはアームストロングにひと言文句を言ってやろうと思ったせいかはわからないが、女は再びドアを開いた。女が口を開けて再びしゃべり出す前に、アームストロングが話を始めた。その口調は柔らかく、表情は威厳に満ちていた。まるで女が彼のことを〝小汚い悪魔〟と呼んだ事実など、ブーツが今ドアに挟まれているという事実などないかのように。

「不躾《ぶしつけ》な訪問をお許しください。お忙しいでしょうことは承知しております、一分も無駄にお引き留めするつもりはございません」女はアームストロングの声の背後に高い教育を感じ取り、良質な帽子と洗練された袖なしの外套《クローク》に気づいた。どうやら女は結論を下したらしく、アームストロングのつま先に加わっていた圧力が弱まった。

「なんです？」女は言った。

「アームストロング夫人という名前の若い女性がここに下宿していると思うのですが？」

勝ち誇ったような嘲笑が唇の両端を引きつらせた。「ここで働いてます。まだ新入り。追加料金が必要ですよ」

ベンの言う〝悪い家〟とはこういうことを意味していたのか。

「ただ彼女と話がしたいだけなのです」

「手紙のことかしら？　あの娘《こ》、もう何週間も待ってたわ。もうほとんど諦めてたけど」

鋭く細い顔をした女は、鋭く細い手を差し出した。アームストロングはその手を見て首を振った。

「差し支えなければ、ぜひ彼女に会わせていただきたいのですが」

「手紙じゃないの？」

「手紙ではありません。彼女のところへ案内していただくことは可能でしょうか」

女はアームストロングの先に立って階段を一段、もう一段と上りながら、しきりにぶつぶつとつぶやいていた。「手紙だと思うじゃない、そのことばかり聞かされていたんだから。〝イーヴィス夫人、私宛に手紙は届いていませんか？〟、〝私宛の手紙は届きましたか、イーヴィス夫人？〟ってのを、今月はもう一日に二十回は聞かされてたんですからね」

アームストロングは何も言わず、夫人が振り返って自分に視線を向けるたびに穏やかで従順な表情を見せた。入り口付近はかなりおしゃれで豪華な造りになっていたものの、吹き抜けの階段を上に行けば行くほどみすぼらしく、冷え冷えとしていた。階段を上っていると、いくつかの部屋のドアが開いていることに気づいた。開いたドアから、乱れたベッドと床の上に散らかった衣類が垣間見えた。ある部屋では、半裸の女が腰をかがめてストッキングを膝まで上げているところだった。女はアームストロングに気づくと口元に笑みを浮かべたが、目は笑っていなかった。アームストロングの心は沈んだ。ロビンの妻はこういうところに行き着いてしまったのだろうか。

塗装のはげかけた、がらんとした最上部の踊り場までくると、イーヴィス夫人は足を止め、ドアを激しく叩いた。

応答はなかった。

もう一度、どんどんと叩いた。「アームストロングさん？　立派な殿方がおいでだよ」

何も聞こえてこなかった。

イーヴィス夫人は眉をひそめた。「どうしたんだろうねえ……。今朝は外出してないはずなんですけどね、してたら物音を聞いたはずだから」それから突然何かに気づいたように跳び上がって、「そうか、ずらかったんだね！　この売春婦めが！」と言うと同時に、ポケットから鍵を取り出してドアを開け、中に飛び込んだ。

イーヴィス夫人の肩越しに、その向こう側の光景が目に飛び込んできた。鉄製のベッドの上に広がる染みのついたしわくちゃのシーツ、それと対比をなす恐ろしいまでの白さ。広げた腕と、広がった状態で硬直した指。

「おお、なんということだ！」アームストロングは大声で叫ぶと、片方の手で両目を覆った。そうすれば目撃した事実を取り消すことができるとでも思っているかのように。イーヴィス夫人が愚痴をこぼし続けるあいだ、アームストロングはそのまま数秒ほど、目をきつく閉じたまま立ち尽くした。

「このあばずれが！　二週間分の家賃を滞納してるんだよ！　イーヴィス夫人、手紙が届いたら必ず！　ああ、ほら吹きの女狐《めぎつね》め！　あたしはどうしたらいいってんだい、あん？　うちの飯を食って、うちの布団で寝てたってのに！　自分じゃ、金のために働くほど落ちぶれちゃいないって思い込んでたんだろうね！　〝今すぐに払わなきゃ出てってもらう〟、あたしはそう言ったんだ。〝無償で女の子を泊まらせてるわけじゃない！　払えないんだったら、働くしかないんだ〟ってね。あの娘が働けるよう取り計らったんだよ。わからないねえ、平気で借金を重ねておきながら、自分で支払いをするような人間じゃないと思い込んでるような女ってのは。最後には落ちぶれていくのに。みんな同じさ。あたしはどうしたらいいっていうんだい、ええ？　小生意気な盗人《ぬすっと》が！」

覆っていた手を離して目を開けたとき、アームストロングの顔は全く別人の顔のようになっていた。悲しみをたたえた表情で、小さくみすぼらしい部屋を見回した。壁は板がむき出しで隙間が開いていて、割れた窓からは身を刺すような冷気が入り込んでいた。漆喰《しっくい》には穴や気泡があった。わずかにでも色や温かみ、人間にとっての慰めが感じられるような部分はどこにも見当たらなかった。ベッド脇の台の上に茶色の薬瓶が置いてあった。空っぽだった。アームストロングは瓶を手に取ってにおいを嗅いだ。そういうことだ。自ら命を絶ったのだ。アームストロングはポケットに瓶をしまった。このことは人に知られなくともよいことだろう。この娘のためにしてあげられることはほとんど残っていないが、最期の迎え方を隠すことくらいならできる。

「それで、おたくはどちらさんなの？　ん？」イーヴィス夫人は続けたが、その声には打算的な響きが含まれていた。明らかに可能性がほとんどないにもかかわらず、夫人は期待するようにこう尋ねた。「家族？」

答えはなかった。男は手を伸ばして死者の瞼を閉じると、頭を下げて一分間祈りを捧げた。イーヴィス夫人は苛立たしげに待っていた。アームストロングと一緒に〝アーメン〟を唱えることはなく、祈りが終わるやいなや先ほどの会話の続きを始めた。

「もしもおたくが家族なら、おたくが責任を負うべきだって言ってるんだよ。借金のね」

アームストロングは不快そうに顔を歪めながら外套のポケットに手を入れると、そこから革製の財布を取り出した。そして硬貨を数えながら夫人の手のひらにのせていった。アームストロングが財布をしまおうとしたところで、イーヴィス夫人が「三週間だったよ！」とつけ加えた。アームストロングが嫌悪感を抱きながら追加の硬貨を夫人に渡すと、夫人は硬貨を握りしめた。

訪問者はもう一度ベッドに目を向け、死んだ娘の顔を見た。

顔に対して歯が大きすぎるように見えていて、頬骨がひどく突き出しているところを見れば、イーヴィス夫人がなんと言おうと、この若い娘は女主人の食事の恩恵をそれほど受けてはいなかったことがわかった。

「きれいな人だったのでしょうね」アームストロングは悲しげにそう言った。

その質問はイーヴィス夫人を驚かせた。男は死んだ娘の父親くらいの年齢ではあるものの、娘の白さと男の黒さを考えると、ふたりが親子であることはまずあり得ない。男は娘の愛人でもないという気がしていた。もし男がそのどちらでもないのだとしたら、そしてこれまでに一度も彼女を見たことがなかったのだとしたら、なぜ家賃を肩代わりしたりするのだろう。別にどうでもよいことだが。

イーヴィス夫人は肩をすくめた。「きれいな人ってのは、行いもきれいな人のこと。色白だったよ。細すぎたけど」

それから夫人は踊り場に出た。アームストロングはため息をひとつつくと、最後にもう一度、ベッドに横たわる死体に悲しげな視線を送った。それから夫人の後に続いて部屋を出た。

「子どもはどこに？」アームストロングは尋ねた。

「溺死させてるといいんだけど」イーヴィス夫人は冷淡にも肩をすくめただけで、階段を下りる足を止めることはなかった。「そしたら葬式ひとつ分の出費で済むからね」そして悪意に満ちた調子でこう続けた。「いずれにしても、それだけでもついてるってもんよ」

溺死？　アームストロングは階段のてっぺんで立ち止まった。そして部屋のほうに体を向け、もう一度ドアを開け、部屋の上下、左右を見回した。あたかもどこかに――床板の隙間か、使い物にならなくなったカーテンの小さな束の後ろ、あるいは冷え冷えとした空気そのものの中に――小さな命が隠されているかのように。それからシーツをはがした。ふたつ目の小さな体が――死んでいる体だろうか、生きている体？――薄っぺらいシーツの折り目に隠れているといけないから。しかしそこにあったのは、母親の骨、包み込む肉に対しては大きすぎる骨だけだった。

外では、ベンが新たにできた友達フリートのたてがみをなでていた。フリートの飼い主が家から出てきたとき、その顔は別人のようだった。先ほどより血色が悪く、年老いて見えた。飼い主は手綱を受け取りながら、心ここにあらずの様子で言った。「ありがとう」

少年はふと、自分にはこれが――通りに現れた興味深いよそ者との出会いや、燃え上がるようなビー玉を自分にもたらした勝利、そしてイーヴィス夫人の悪い家に住むアームストロングさんへの謎めいた訪問が――どのような目的を持って行われたかを知ることができないかもしれないと感じた。

男が片足をあぶみにかけたところで動きを止めると、わずかに希望が湧いた。「あの家にいた小さな女の子を知っているかい？」

「アリスのことですか？　ふたりともあまり外に出てこないんですけど、アリスはいつもお母さんの後ろから、半分隠れながらついていっていますよ、臆病な感じの子で、誰かに見られてると思ったときにはお母さんのスカートを引っ張って顔を隠すんです、でも一度か二度、ちらっと顔を見せてたのを見たことがあります」

「何歳くらいの子かな？」

「四歳くらいかな」

アームストロングは悲しげに顔をしかめて頷いた。ベンは、自分の理解を超えた何か複雑なものが空気中を漂っているのを感じた。

「最後にその子を見たのはいつのことかな？」

「昨日、午後遅くに」

「どこで見たのかな？」

「グレゴリーさんのお店のところで。お母さんと一緒に出てきて、ふたりで小道を進んでいきましたよ」

「グレゴリーさんのお店というのは、どういうお店なのだい？」

「薬屋です」

「何か手に持っていた？」

ベンはじっくりと考えた。「何かの包みを」

「どんな大きさかな？」

ベンが手で大きさを示すと、アームストロングにはそれが、先ほど部屋で見つけて、今は自分のポケットに入っている瓶と同じような大きさであるということがわかった。

「その小道だけどね。それはどこに続いている道なのかな？」

「特別どこってわけじゃありません」

「どこかには続いているだろう」

「どこにも、川だけかな」

アームストロングは何も言わなかった。哀れな若い娘が薬屋を訪れ、毒の瓶を購入し、それから川へと続く小道を進んでいくところを想像した。

「ふたりが戻ってくるところを見たかい？」

「いいえ」

「それとも――もしかしたら、アームストロングさんはひとりで戻ってきたかな？」

「そのころにはもう、儲けを食いに家に帰ってました」

ベンは当惑した。何か重要な事件が起こっているような気がしているにもかかわらず、それがなんなのかがわからなかった。アームストロングを見つめ、自分はこの人の役に立ったのか否か確かめようとした。どんなことが起こっているにせよ、その一員になりたいと感じた。顔立ちの美しい馬にりんごを与え、ポケットにビー玉を隠し持ち、恐ろしい外見とは裏腹に思いやりに満ちた声をしているこの男のそばでこの件に加わりたいと。しかし見事な馬を持つその男は少しも幸せそうには見えず、ベンは失望した。

「その薬屋まで案内してくれないかな、ベン？」

「いいですよ」

歩きながら、男は物思いにふけっている様子だった。ベンのほうでも自分ではそうとは気づくことなく、ずっと考えていたに違いない。男の陰鬱《いんうつ》な表情の何かが、彼らが巻き込まれている劇的な出来事は絶望的なものであると語っていたから。

ふたりは小さな背の低い建物までやってきた。煉瓦《れんが》造りの建物で、黒ずんだ小さな窓がひとつあり、その上部に〝薬屋〟の文字がペンキで書かれていたが、書かれたのはずっと以前のことでもう色が消えかかっていた。ふたりが店内に入ると、カウンターにいた男が顔を上げた。華奢な体格の男で、まばらな顎ひげが生えていた。男は新来の客を見てぎょっとしたが、ベンの顔を見て安堵の表情を浮かべた。

「どのようなご用件で?」

「これについてなのですが」

男はその瓶をろくに見ようともせずに言った。「詰め替えですかね?」

「多くはいらないんです。むしろ少ないほうが、みんなのためになるでしょう」

薬屋は素早く不安げな視線をアームストロングに向けたが、アームストロングの含みのある言葉には応じなかった。

アームストロングは瓶の栓を抜いて、その瓶を男の鼻の下に近づけた。瓶の中身は四分の一弱残っていた。においが強烈に放たれ、鼻孔の奥から脳に立ち上るのに十分な量だった。警戒の必要もなかった。においそのものが警告を発していた。

薬屋は落ち着きをなくしていた。

「これを売ったのは覚えていますか?」

「あらゆる種類を売っていますから。これを求める人もいますし」――薬屋はアームストロングがテーブルの上に置いた瓶を顎で示した――「ありとあらゆる理由で」

「例えば？」

薬屋は肩をすくめた。「アブラムシとか……」

「アブラムシ？　十二月に？」

薬屋は潔白を装った目をアームストロングに向けた。「十二月のこと、とはおっしゃいませんでしたよ」

「当然、十二月のことですよ。あなたは昨日、若い娘さんにこれを売りましたね」

薬屋の喉仏が上下した。「あなたは、その若い娘さんの友人ですかね？　若い女性を覚えているというわけではありませんがね。ええ、特別には誰も。若い女性たちは来ては去っていきますからね。彼女たちはみんなありとあらゆる種類のものを求める。ありとあらゆる理由で。見たところ、あなたは父親ではありませんよね……」薬屋はそこで言葉を切ったが、アームストロングが答えそうもないのを見ると、意味ありげに大袈裟な口調で続けた。「それでは、支援者ですかね？」

アームストロングほど穏やかな人間はいなかったが、そうすることが有益である場合には、別人のように見せる術を心得ていた。含みのある表情で見つめると、薬屋は急に怖気《おじけ》づいた。

「何をお望みなんです？」

「情報です」

「なんでも訊いてください」

「その娘さんは、子どもを連れていましたか？」

「小さな女の子ですか？」薬屋は驚いたようだった。「はい」

「ここを出てから、どこへ向かいましたか？」

薬屋は手振りで示した。

「川のほうですか？」

薬屋は肩をすくめた。「どこへ行ったかなんて、私にわかるわけないじゃないですか」

アームストロングの声は穏やかだったが、そこには威嚇するような響きが含まれていた。

「無防備な母親がここへやってくる、小さな子どもを連れて。そして毒を買っていく。この先彼女がどこへ向かうのか、あなたは自問することもありませんか？　これから彼女は何をするつもりなのだろう、と？　あなたが、あんなものを販売することで、たかが数ペンスの哀れな儲けを求めた結果がどのようなものになるか、それを考えたことはないと？」

「旦那、見も知らぬ女が苦境に陥っていたとして、その女をそこから助け出してやるのは誰の仕事でしょう？　私ですか？　それとも、そもそも彼女をそこへ追いやった人間の仕事では？　もし彼女があなた、えーっと……名前がなんであれ、あなたにとって意味のある人であるならば、そのことについてこそ考えるべきなのではないでしょうかね。女を破滅に導き、見捨てた人物のところにいくんですね。そこではじめて、その後に起こった出来事の責任の所在が明らかになるでしょう。何が起こったのか、私が知っているというわけではありませんがね。私は自分で生計を立てていかなければならない男にすぎず、私がやっているのはそのための行為にほかなりません」

「世界中で誰ひとりとして助けてくれる人のいない女子どもに毒を売る？　十二月に咲く冬《ふゆ》薔薇《そうび》についたアブラムシ駆除のために？」

薬屋はうろたえているように見せるだけの礼儀はわきまえていたが、それが罪の意識からなのか、アームストロングに店の外で嫌がらせされることを恐れてなのかは判断しがたかった。

「園芸における害虫の発生時期について、私が知っておかなければならないということは法律では定められていませんからね」

「次はどこへ向かいますか？」ふたりが再び通りに出ると、ベンが期待を込めて尋ねた。

「ここにはもう用はない。何にせよ、今日のところは。川へ行ってみよう」

ふたりが歩いていると、ベンの歩みがだんだんと遅くなり、足元がふらつき出した。川に近づいたところでアームストロングは、少年はどこへ行ってしまったのかと視線を走らせた。ベンは青ざめた顔をして木の幹にもたれかかっていた。

「どうしたんだい、ベン？」

ベンは涙を流した。「おじさん、ごめんなさい、おじさん、ぼく、あなたからフリートにあげるようにと渡された緑のりんごを少し食べてしまったんです、それで今、お腹《なか》が痛くて気持ち悪いんです……」

「酸っぱいりんごなのだよ、あれはね。だから無理もない。今日何を食べたか、教えてくれないかい？」

「何も」

「朝ごはんも？」

少年は首を振った。アームストロングは、子どもにごはんを与えることを怠った肉屋に対して怒りが込み上げてくるのを感じた。

「空っぽのお腹には刺激が強い」そう言ってアームストロングは腰に下げていた水筒の蓋を開けた。「これを飲むんだ」

少年はそれを飲んで顔をしかめた。「すっごくひどい味です、おじさん、もっと気分が悪くなる」

「そのために飲むんだ。冷たいお茶ほど悪どいものはないからね。全部飲んでしまいなさい」

ベンは水筒を傾けると、顔を歪めて残りのお茶を喉に流し込んだ。それから草の上に激しく嘔吐《おうと》した。

「いいぞ。まだ吐けるかい？　うん？　いいぞ。吐き出してしまうんだ」

フリートに見守られながら川岸でベンがあえぎ、うめくあいだ、アームストロングは来た道を引き返して目抜き通りまで戻り、パン屋で丸いパンを三つ買った。それから川岸へ戻ると、ふたつをベンにあげ——「さあ、空腹を満たすんだ」——最後のひとつを自分で食べた。

ふたりは川辺に腰を下ろした。ベンがパンを食べるあいだ、アームストロングは川が力強く流れていくのを眺めていた。このようなときの川は、緩慢に流れているときよりも静かだ。流れの途中で無意味に水を跳ねることもせず、強い意志を持って前方に押し進んでいた。水際の砂利に寄せる水の甲高い音の背後で、低くうなるような音が聞こえていた。それはまるで、ハンマーで鐘を打ち、はっきりと耳に聞こえてくる音が消滅した後で耳の奥に響いてくるような音だった。音の形をしていながら実際の響きを欠いており、色のない素描のようでもあった。アームストロングはそれに耳を傾けた。意識は川とともに流れていった。

木でできた簡素な橋が見えた。その下を流れる川は、水位が高く、流れが速かった——そこに落ちたものはなんであれ押し流されてしまうだろう。そこに子ども連れの若い女の姿を見た。日が暮れていて、辺りは暗く、寒かった。女が子どもを川に落とすところは思い描くまいとしたものの、彼女の苦悩が自然と思われて、恐怖と悲しみで心が激しく揺さぶられるのを感じた。顔を上げて、川下のほうをぼんやりと見やった。そこに何が見えることを期待していたのだろう。小さな子どもではない、それはわかっていた——少なくとも今は。

ふと我に返ると、ほんの数時間前と比べて冬の寒さがひどく厳しくなっていた。アームストロングの体は寒さにそれほど強くなく、外套と、その中に重ねた服の甲斐《かい》なく、皮膚が冷たくなっているのを感じた。木の下には草が生え、陰ができていた。秋特有の褐色や濃い金色はもうずっと以前に姿を消していて、春の柔らかさが数ヶ月先まで近づいてきていた。枝はこれ以上ないほどに黒かった。この裸の梢《こずえ》に再び生命が宿り、繁茂する新緑を身にまとうようになるには、奇跡の力に頼るよりほかないように思われた。今日《こんにち》、生命は永遠に失われてしまったかのように見えていた。

アームストロングは心を占める悲しい考えから気をそらそうとした。ベンのほうを向くと、その少年が昔の自分と重なって見えた。

「大きくなったら、父上の肉屋を手伝うつもりなのかい？」

ベンは頭を左右に振った。「逃げるつもりです」

「それは、良い計画だろうか？」

「うちの習わしなんです、最初にやったのは二番目の兄さんで、その後に三番目の兄さんが続いて、次はぼくの番なんです、だって父さんが必要とする息子はひとりだけだから、残ったぼくたちは必要とされていませんから、そう遠くない将来、ぼくは逃げ出して——きっと天気が良くなったら、かな——ひと儲けするんです」

「何をして？」

「やっているうちに見つかるんじゃないかな」

「逃げ出すのに適したときがきたらね、ベン、私のところに来てほしい。私はケルムスコットで農場を経営していてね、正直で労働をいとわない少年のためにはいつだって仕事があるんだ。ケルムスコットまで来てごらん、そうしてアームストロングの家を訪ねておいで」

この予想だにしなかった幸運に啞然としたベンは、ひとつ大きく息を吸い込んでから、「ありがとうございます、おじさん！ ありがとう、おじさん！ ありがとう！」と何度も繰り返した。

新たな友人たちは互いに手を握り合って契約を締結させ、別れを告げた。

ベンは思考が混乱したままの状態で家に向かって一歩踏み出した。まだ十時にもなっていなかったというのに、たとえようがないほど冒険的な日だった。突如として、アームストロングの悲しみの重さが少年の若い心に押し入ってきた。

「おじさん？」そう言いながらベンはアームストロングのもとに駆け寄った。アームストロングはすでに馬にまたがっていた。

「なんだい？」

「アリス――死んじゃったの、おじさん？」

アームストロングは川のほうを、あてもなく移動する川面を見やった。

死んでしまったのだろうか。

それから手綱をゆったりとつかむと、あぶみに足をかけた。

「私にはわからないのだよ、ベン。わかるといいのだが。彼女の母親は死んだよ」

ベンはアームストロングを見つめたまま、彼がさらに言葉を続けるかどうか確認しようとした。しかしアームストロングはそれ以上何も言わなかった。ベンはアームストロングに背を向けると家に向かって歩き出した。ケルムスコットの農場主のアームストロングさん。頃合いを見て家を出る——そして物語の一員になるのだ。

アームストロングはフリートの腹をそっと蹴って発進させた。軽い速歩《はやあし》で進みながら、アームストロングは涙を流した。これまで存在すら知らなかった孫を失った悲しみに、涙した。

アームストロングにとって、生き物が苦しんでいると知るのはいつでも心の痛むことだった。自分の飼っている動物が苦しむことに耐えられなかったアームストロングは、動物を解体する際には、作男たちに任せることなく、自身で作業を行った。必ずナイフの切れ味が良いことを確認し、落ち着いた言葉で豚をなだめ、ドングリで気を引いているあいだに、素早く熟達した手つきで刺したナイフをひとひねりする。それで十分だった。恐怖も痛みもない。子どもが溺死する？　冷静に考えることができなかった。同じ方法で病畜を処分する農家もあれば、望まれずに生まれてきた子猫や子犬を袋に入れて溺死させるというのはよくあることだった。しかしアームストロングは一度たりともそんなことをしたことがなかった。農場に〝死〟はつきものかもしれないが、〝苦しみ〟は——必要ない。

アームストロングは泣いた。そして進みながら気がついた。ひとつの喪失はほかの喪失を呼び覚ますのだと。突然、一番のお気に入りだった豚、三十年に及ぶ農場経営の中で最も賢明で、最も思いやりにあふれていた豚への思いが、新たな苦しみとして襲いかかってきた。二年以上も前、あの豚が消えてしまったことに気づいたあの朝と同じくらいに強烈な苦しみだった。「フリート、モードに一体何があったのだろう？　このまま納得するというわけにはいかないのだよ。誰かがあの子を連れ去ったんだ、フリート。しかし物音ひとつ立てずに連れ去るなんて、一体誰にできたのだろうか？　お前もあの子がどんな子か知っているだろう。もしも見知らぬ人間がやってきてあの子を捕まえようとしたら、金切り声を上げていたはずだ。それに、なぜ若い雌豚だったのだろうか？　食卓に並べるための豚であれば、私にも理解できる。人はお腹が空くからね。しかし繁殖用の豚とは——あの子の肉は堅くて苦い。それを知らない人間の仕業なのだろうか？　私には理解できないね。なぜモードほど大きな豚を盗む？　すぐそばの囲いには、食用豚がいたというのに」

このうえなく耐えがたい考えが頭をもたげ、アームストロングの胸は締めつけられるように痛んだ。小さくて甘味のある豚ではなく、一番大きな豚を奪っていくほど無知な人間であれば、食肉解体用の刃物の扱いも不得手なはず。

アームストロングは自らの幸運を十分に認識していた。健康で、強さと知性を持ち、出生の〝非正統性〟によって苦労することも一度ならずあったが——父親は伯爵で、母親は使用人で黒人だった――それによってもたらされる利点もあった。孤独な幼年時代を過ごしはしたものの、立派な教育を受けさせてもらい、人生の進路を選択した際には、それを始めるにあたって惜しみない金を授かった。肥沃な土地を所有し、ベスの愛を勝ち取り、ともに概《おおむ》ね幸せな大家族を築いてきた。アームストロングは自分がいかに恵まれているかをよく考える人間であったが、同時に、喪失というものを何よりも痛切に感じる人間でもあり、今、彼の心は苦悶《くもん》していた。

川の中でもがく子ども、不器用な何者かに切れの悪いナイフで突き刺されるモード……。暗い心象に引き裂かれんばかりだった。そう、ひとつの悲しみはまた別の悲しみをひとつ、またひとつと解き放ち、やがてモードの喪失が残した傷口が引き裂かれると、意識は最も痛ましい喪失に向けられ、さらに大量の涙が頬を伝った。

「ああ、ロビン。フリート、私は一体どこで間違えてしまったのだろうか？　おお、ロビン、私の息子よ」

今では、最初の子どもとのあいだに途方もない距離があり、のしかかってくる悲しみの重さに胸が押しつぶされんばかりだった。二十二年間愛情を捧げた結果が、どうだ？　この四年間、息子は農場で暮らすことを拒否し、弟や妹たちと離れてオックスフォードに住んでいた。家族は何ヶ月も彼を見ないこともあった。彼は欲しいものがあるときにだけ姿を現した。

「やるだけやってみたんだよ、フリート――しかし、努力が足りなかったのだろうか？　どうすれば良かったのだろう？　もう遅すぎるのだろうか？」

　ロビンのことを考えているうちに、再び子どものことが――ロビンの子どものことが――頭をもたげ、また最初から堂々巡りを繰り返した。

　それからしばらく後、杖《つえ》にもたれかかって歩く年老いた男の姿が視界に入ってきた。アームストロングは袖で顔を拭い、ふたりの距離が縮まったところでフリートの歩みを止めて男に声をかけた。

「バンプトンで、小さな女の子の行方がわからなくなりました。四歳くらいの子です。このことを村の人たちに広めてくれませんか？　私の名前はアームストロングです。ケルムスコットで農家をしていまして……」

　言葉を発した瞬間から、男の顔色が変わったように見えた。

「それでは、気の毒な知らせをお伝えすることになりますな、アームストロングさん。昨晩、闘鶏場で耳にした話なんですがね。朝の列車をつかまえるためにレッチレードに向かっていた男が、わしらみんなに話してくれたんです。小さな少女が川から引き上げられたんですと、溺死だそうな」

　つまり、彼女は死んでしまったのだ。当然、そういうことだ。

「どこでの話ですか？」

「ラドコットの〈白鳥亭〉です」

思いやりのない老人ではなかった。アームストロングの悲しみを見てとると、こうつけ加えた。「その子が、あなたの探している子どもだとは言っておりませんぞ。おそらく、別の少女じゃないだろうか」

しかしアームストロングがフリートに呼びかけ、ラドコットへ向かって駆け出すと、老人は首を振って口元をすぼめた。老人は昨晩、一週間の稼ぎを闘鶏で失ったばかりだった。しかしそれでも、自分よりも悲惨な人間というのもいるものだ。

三つの主張

リーチ川、チャーン川、コルン川――これらの支流は、テムズ川に合流してその水かさを増やす以前、それぞれに別個の旅をしてきている。そして同様に、ヴォーン家、アームストロング家、リリー・ホワイトは、この物語の一員になる以前、長い歳月の中でそれぞれの物語を生きてきた。しかしついに彼らが合流を果たした今、支流のその合流点をのぞいてみようと思う。

世界がまだ闇に覆われている時間帯、すでに目を覚まし、川辺をうろついている者がいた。ずんぐりとした体型のその女は、外套の上から自らの体を抱きしめ、小走りで、苦しそうに白い息を吐き出しながらラドコット橋のほうへ向かっていた。

女は橋のところまで来て足を止めた。

たいていの人間は橋の頂点で立ち止まる。そこで止まることが至極自然だったため、ほとんどの橋は――わずか数百年前にできた若造の橋でさえ――一番高い地点は足元が平らになっていて、そこには、いつまでも居残る者や無駄に時間を費やす者、当てもなくうろつく者や待つ者の姿が見られた。それがリリーには理解できない点だった。リリーは川岸で、橋の袂《たもと》の石の上、橋の残りの部分を支えている巨大な石片のところで足を止めた。リリーは工学というものに戸惑いを抱かずにはいられなかった。リリーの考えでは、石が当然のように宙にとどまっているなどということはあり得ないことで、橋が浮かんだままの状態でいるということは、リリーには理解できないまた別の事柄だった。いつ何時、やはりそれは幻想でしたと明かされるかもしれず、ちょうどそのときに橋の上に居合わせたりなどしたら、宙に放り出され、川に突き落とされ、死者の魂の仲間入りを果たすことになる。リリーは可能な限り橋を避けるようにしていたが、渡る必要が生じることもあった。スカートを握りしめて大きく深呼吸をしてから、重い足取りで駆け出した。

ドアを叩く音で目を覚まし、最初に起き出してきたのはマーゴットだった。緊急を知らせるかのようにドアが執拗《しつよう》に叩かれるのを聞いて、マーゴットはベッドから出て、ガウンに腕を通しながら訪問客を確かめるために階下《した》へと下りていった。階段を下りていると、前の晩の記憶たちが、まとっていた夢のような雰囲気を振り払い、驚くべき現実としての姿をマーゴットの前にさらけ出した。マーゴットは訝しげに首を振った――そしてドアを開いた。

「あの子はどこ?」戸口に立つ女が訊いた。「ここにいます? 聞いたんです、あの子が……」

「ホワイトさんじゃないの? 川の向こうからわざわざ?」**ここに何があるっていうの?** マーゴットは考えた。「さあ、お入りよ。何かありました?」

「あの子はどこにいます?」

「眠ってると思いますよ。急ぐわけではないでしょう? ろうそくに火をつけましょうね」

「ろうそくならここにあるわ」リタの声が聞こえてきた。ドアを激しく叩く音で目を覚ましたリタは、ベッドから出て、〝巡礼者の間〟の戸口に立っていた。

「誰です?」リリーはびくびくしながら尋ねた。

「私です――リタ・サンデーです。おはようございます。ホワイト夫人ですよね? 確か、ハブグッド牧師のところで働いているのではなかったですか?」

ろうそくに炎がともると、リリーは落ち着かなげに足を動かしながら部屋のあちこちを見回した。「小さな女の子が……」リリーは再び口を開いたが、マーゴットとリタを見ているうちに、その表情に不安の色が浮かんできた。「あの、私……夢を見ていたのかしら? 私、その……もう帰ったほうが良さそうです」

リタの背後で軽い足音が聞こえた。少女だった。目を擦りながら、ふらふらと歩いていた。

「ああ！」リリーは先ほどまでとはすっかり異なる声を上げた。「ああ！」

ろうそくの頼りない灯りの下でさえ、リリーの顔が青ざめるのがわかった。リリーはさっと片手で口元を押さえると、驚愕の表情で少女の顔を見つめた。

「アン！」そして感情のこもった声で叫んだ。「許してちょうだい！ 私を許すと言ってちょうだい、愛《いと》しい妹！」それからその場にひざまずいて少女に向かって震える手を伸ばしたが、実際に触れようとまではしなかった。「戻ってきたのね！ ああ、神よ、感謝します！ 許すと言って……」執拗なまでの憧れの眼差しを少女に向けたが、少女のほうは一向に無関心な様子だった。「アン？」リリーは訴えかけるような目でそう尋ね、応答を待った。

しかし何も返ってこなかった。

「アン？」リリーはもう一度、怯えて震える声でささやいた。

やはり少女は何も答えなかった。

リタとマーゴットは驚いて顔を見合わせたが、女が涙を流しているのを見ると、リタは彼女の震える肩に両手を置いた。

「ホワイト夫人」そしてなだめるように言った。

「このにおいは何？」リリーが突然大きな声を上げた。「川ね！ わかっていたわ！」

「この子は、昨日の夜、川で見つかったんです。まだ髪の毛を洗ってあげていなくて——あまりにもぐったりしていたものだから」

リリーは再び少女に視線を向けてじっと見つめたが、その表情は愛情から恐怖へと変化し、また愛情のこもった表情に戻った。

「行かせてください」そしてささやくように言った。「もう行かせてください！」

それからふらつきながらも決然とした態度で立ち上がると、戸口を離れ、謝罪の言葉をつぶやきながら外へ歩いていった。

「さあ」マーゴットはやや当惑した様子で声を張った。「もう何かを理解しようとするのはやめにするよ。お茶でも入れようかね。それくらいしか、あたしにできることはなさそうだからね」

「それはとてもいいことでもあるわ」

しかしマーゴットは紅茶を入れには行かなかった。少なくとも、すぐには行かなかった。窓から外を眺めると、リリーが寒空の下、両手を胸のところでしっかりと握りしめてひざまずいているのが見えた。「まだいるよ。祈ってるみたいに見えるね。祈りながら、こっちをじっと見てる。どう思う？」

リタは考えた。「ホワイト夫人に、あんなに幼い妹がいるってこと、あり得るかしら？彼女、何歳くらいだと思う？　四十歳？」

マーゴットは頷いた。「それで、この小さなかわいこちゃんは——四つ？」

「そのくらいね」

マーゴットは店の帳簿をつけるときのように指を使って数えた。「ふたりの年の差は、三十六。仮にホワイトさんの母親が十六歳で彼女を生んだとして、三十六年後には、五十二歳か」そして首を振った。「無理だね」

巡礼者の間に戻ったリタは、男の手首をつかんで脈を数えた。

「この人、大丈夫かね？」マーゴットが尋ねた。

「悪い兆候はないわ」

「で、この子は？」

「この子が何？」

「この子……良くなるんだろうか？　少しおかしい、だろ？　まだひと言もしゃべってないよ」マーゴットは少女のほうを向いて言った。「かわいこちゃん、あんたのお名前は？　あんた、一体誰なんだい？　ん？　マーゴットおばちゃんに、〝こんにちは〟って言ってごらん」

反応はなかった。

マーゴットは少女を抱き上げると、子をなだめすかすような母親らしい声で彼女の耳元で励ましの言葉をささやいた。「どうしたのさ、かわいいおチビちゃん。少し笑ってみたら？

こっち見てごらん?」しかし少女は依然として関心を示さなかった。「この子、あたしの声が聞こえてるんだろうか?」

「私もそれを考えたわ」

「事故で頭をやられちゃったんじゃない?」

「頭部に打撲痕はなかったの」

「頭が弱いのかね?」マーゴットは不思議そうに言った。「神のみぞ知る、だね。簡単なことじゃないけどね、変わった子を育てるってのは」そして少女の髪を優しくなでた。「ジョナサンが生まれたときのこと、話したことあったかな?」〈白鳥亭〉に住むことのできる人間は、代々その血を受け継ぎ、物語を語ることのできる者だけだった。普段はそんなことをする暇もなく忙しく働いているマーゴットだったが、その日の特異性によって習慣から引き離され、手を休めてひとつ物語を語ることにした。「あんたが来る前にいた、助産師のビーティー・リデルを覚えてる?」

「私がここに来る前に亡くなっているの」

「うちの子は全員、彼女に取り上げてもらったんだ。娘たちは全員、なんの問題もなく生まれてきたんだけど、最後にジョナサンを生むときには――あたしが年を取ってたせいなんだろうけど――そう簡単にはいかなかった。一ダースもの娘を生んだ後だったけど、あたしもジョーもまだ男の子が出てくることを期待してた。だからようやっとビーティーが赤ん坊を取り上げてあたしに見せてくれたとき、あたしの目に映るのはあの子のちっちゃな息子だけだったよ！ ジョーは喜ぶはず、そう思ったし、あたしも嬉しかった。ビーティーがあたしの腕の中にあの子をのせてくれるだろうと思って、あたしはあの子に向かって手を伸ばしたんだけど、ビーティーはあの子を少し離れたところに置いて身震いしたんだ。〝どうすればいいかわかるから〟、ビーティーはそう言ったよ。〝心配しないで、オックウェルさん。これは簡単なことで、必ずうまくいくから。すぐに坊ちゃんを元に戻すからね、やきもきしないで〟。

そこでようやく目にしたよ。あの子のつり上がった目と、小さすぎる丸顔、それに好奇心をそそる耳をね。なんとも変てこな子でね、なんていうか……繊細な生き物で……本当にあたしの子なの？ あたしのお腹から出てきたの？ どうやってあたしのお腹に入り込んだの？ そんなことを考えたよ。あんな赤ん坊は見たことがなかったね。でもビーティーは、あの子がどういうものなのかわかってた」

話しながらマーゴットはずっと少女を腕に抱いていて、少女の重さを全く感じていないかのように、そして実際よりもずっと小さな子どもにするように少女を優しく揺らしていた。

「当ててみましょうか」リタは言った。「取り替え子《チェンジリング》（人間の赤ん坊や子どもが妖精や小鬼などと取り替えられるというヨーロッパの伝承）ね？」

マーゴットは頷いた。「ビーティーは台所に下りていって、火をたいたんだ。彼女が何をしようとしてたか、あんたにはわかると思うけど——あの子を火にかけて、体がちょっと熱くなって悲鳴を上げれば、仲間の妖精たちがあの子を連れ戻しにやってきて、代わりに盗んでいった私の息子を返してくれるって。ビーティーは階段の上に向かって大きな声で言ったんだ。〝もっと焚きつけが必要だし、大きな深鍋も！〟それから裏口から出て木材置き場に向かう音が聞こえてきた。

目が離せなかったよ、あの小さな妖精みたいな生き物からね。あの子、瞬きをしたんだけど、その瞼《まぶた》がさ――あんたにもわかるだろう、あたしのとかあんたのとかみたいに真っすぐじゃなくって、斜めについてるんだ――普通の赤ん坊とは違った感じで閉じるんだよ、全く違うってわけじゃないんだけどね。思ったよ、生まれ落ちたこのおかしな世界のことを、この子はどう思ってるんだろう？　あたしのことを、この里母のことを、どう思ってるんだろう？　ってね。それからあの子は腕を動かしたんだ。娘たちがやってたような動きとは全然違ってて、もっとふにゃふにゃした動きだった――泳いでるみたいにね。あの子が不快そうに顔を歪めたのを見て、今にも泣き出しそう。この子、寒いんだ、そう思ったよ。ビーティーはあの子を布でくるんだりしてあげてなかったから。妖精の子どもだって、あたしの知ってるほかの子どもとそれほど変わりはないはず。あたしはそう考えた。だってあの子が寒がってるって、あたしにもわかるんだから。指先であの子の頰に触れてみたら、あの子、戸惑っちゃって。すっかり驚いたみたいでね！　それで、あたしが指を離したら、ちっちゃな口を開けて子猫みたいな声を出したんだ。指を戻せ、ってね。あの子の泣き声を耳にしたら、母乳があふれてくるのを感じたよ。ビーティーは半端じゃなく腹を立ててたよ。戻ってきて、あの子が乳を飲んでるのを目にしたときにはね。人間の乳なんて！〝やれやれ〟、ビーティーは言ってた。〝もう遅いわ〟。それでおしまいってわけ」

「なんてことなの」物語が終わるとリタは言った。「チェンジリングの話なら聞いたことがあるけど、それは物語にすぎないわ。ジョナサンは妖精の子どもなんかじゃない。そんなふうに生まれつく子もいるってだけのこと。ビーティーにとってははじめてのことだったのかもしれないけど、私はそういう子を見たことがあるわ。この世にはジョナサンと同じような子どもがまだほかにもいる。同じようなつり上がった目と、大きな舌と、だらりとした手足をした子どもたちがね」

マーゴットは頷いた。「ジョナサンは人間の子どもだよね？　今ならわかるの。あの子はあたしとジョーの子ども。あたしが今チェンジリングのことを考えてたのはね、このおチビちゃんのことがあるからなんだよ。この子はジョナサンとは違うよね？　別の意味で違ってるんだ。変わった子を育てるっていうのは、たやすいことじゃあないよ。でもあたしはやってきたんだからね。どうやればいいか、わかってるよ。だから、たとえこの子の耳が聞こえなかったとしても、口が利けなかったとしても……」マーゴットはさらに強く少女を抱き寄せ、ため息をひとつついたが、突然、ベッドで眠る男のことが思われた。「でもこの子、あの人のものなんだよね」

「じきにわかるでしょう。もうすぐ目を覚ますはずよ」

「ところで、リリーは一体何をしてるんだろうね？　まだあそこにいるなら、表へ出て、中に連れてこなくちゃ。寒すぎて、外でお祈りなんてしてたら体がもたないよ――カチコチに固まっちまう」

マーゴットは少女を腕に抱えたまま窓のそばへ行き、外をのぞいた。

そのとき、マーゴットはそれを体で感じ、リタはそれを目撃した。少女が急に活発になったのだ。頭を持ち上げ、眠たそうだった目は急に鋭くなった。そしてあちこちを見やり、興味に目を輝かせて景色を見渡した。

「何かしら？」リタは急いで立ち上がると、部屋を横切りながら言った。「ホワイト夫人？」

「もういないよ」マーゴットは言った。「なんにも見えないけどね。あるのは川だけ」

リタはふたりのそばに立った。少女を見やると、少女はその目で飲み干さんばかりの勢いで川に見入っていた。「鳥がいたとか？　白鳥？　何か彼女の注意を引きつけるものでも？」

マーゴットは首を振った。

リタはため息を漏らした。「きっと光に魅了されたんだわ」そして何か――それがなんであれ、本当にそこに何かあるのであれば――見つけられることを期待してしばらくそこに立っていた。しかしマーゴットは正しかった。そこには川以外、何もなかった。

　マーゴットは着替えを済ましてから夫を起こしたが、ジョナサンがすでに起きて外にいることに気づいていため息を漏らした――ジョナサンは慣習的に認められている睡眠時間と覚醒時間というものに敬意を払ったためしがなかった。それから紅茶と粥《ポリッジ》を作り始めた。鍋をかき混ぜていると、ドアを叩く音が聞こえてきた。酒飲みたちが来るには早すぎる時間だったものの、昨晩の出来事があった後だ、物見高い連中がふらりと立ち寄っても不思議はない。マーゴットは錠を開けたが――挨拶の言葉が口の先まで出かかっていた――ドアを開けた瞬間、半歩後退りした。戸口に立っていた男は、黒い肌をしていた。ほとんどの男たちに比べて頭ひとつ分は大きく、たくましい体つきをしていた。警戒すべきなのだろうか？　マーゴットは口を開いて夫を呼ぼうとした。が、彼女が言葉を発するより先に、男が帽子を取って頭を下げた。それも威厳のある礼儀正しい態度で。

「このような朝早くにお邪魔してしまい、申し訳ありません」

　突如として、そして不可避的に、男のまつ毛の上で涙が震え出した。男は片手を顔に当てて涙を拭った。

「一体なんなの？」マーゴットは叫んだ。しかし男を中に招き入れているときにはもう、危険かもしれないなどという考えはすっかり消え去っていた。「さあ。座って」

　男は親指で片方の目尻を、人差し指でもう片方の目尻を押さえながら鼻をすすり、喉を詰まらせた。「お許しください」マーゴットは彼のその話し方に衝撃を受けた。まるで紳士のようだった——使用する言葉だけでなく、その発話の仕方までもが紳士的だった。「昨晩、ひとりの子どもがここへ連れ込まれたのですよね。川で溺死した状態で見つけられた子どもが」

「そうですよ」

男は息を大きく吐き出した。「私の孫娘かもしれないと考えております。もし差し支えなければ、その子をひと目見たいのですが」

「あの子なら別の部屋にいますよ、父親と一緒に」

「息子が？　私の息子がここにいるんですか？」その考えに男の胸は跳び上がらんばかりで、体は実際に跳び上がった。

マーゴットは困惑した。この黒い男が、ベッドに横たわる男の父親のはずがない。

「看護師が、ふたりについてますよ」答えにはなっていなかったものの、マーゴットはそう応じた。「ふたりともかなり弱ってます」

男はマーゴットについて巡礼者の間へ向かった。

「息子ではありません」男は言った。「息子はこれほど背が高くありませんし、これほどがっちりとした体つきはしていません。いつもひげはきれいに剃っています。髪の毛は薄い茶色で、このように癖のある髪ではありません」

「それじゃ、ドーントさんはあなたの息子さんじゃないんですね」

「息子の名前はアームストロングです。私も同じく」

マーゴットはリタに言った。「この紳士がおいでになったのは、あのおチビちゃんのためなんだって。あの子が自分の孫かもしれないとお思いで」

リタが脇に寄ると、アームストロングはようやく少女を目にした。

「これはまた！」アームストロングはどう捉えて良いかわからぬという様子で声を上げた。

「なんと……」

アームストロングはなんと言うべきかわからなかった。頭の中では――すぐにそんな自分のばかさ加減に気づくことにはなったが――自分と同じように、褐色の肌をした子どもを思い描いていた。しかしこの子が自分と違っているのは当然だった。この子はロビンの子どもなのだから。最初はその髪の色の薄さと肌の白さに面食らったが、それほどまでに自分と違っているにもかかわらず、親しみを感じずにはいられなかった。どこに親近感を覚えるのかはわからなかったものの。鼻はロビンの鼻とは違っていた――でももしかしたら似ているかもしれない、少しだけ……。それから、こめかみの膨らみは……。数時間前、死んでいる姿を目にした若い女の顔を思い浮かべようとしたが、その女の顔とこの少女の顔を比べるのは難しかった。生きているときに会えていたならば、比較もできたかもしれない。しかし死はものすごい速さで人間らしさを失わせ、通常の方法ではその顔の細部を思い出すことは難しかった。それでもアームストロングは、この子とあの娘のあいだにはなんらかのつながりがあるはずだと考えた。どんなつながりか、はっきりとは言うことができなかったが。

アームストロングは女たちが自分の反応を待っているのに気がついた。

「困ったことに、私はまだ孫に会ったことがないのです。息子の娘は、母親と一緒にバンプトンに住んでいて、私たち家族とは別に暮らしていました。私の希望から遠くかけ離れてはいましたが、そういうことになっていたのです」

「家族っていうのは……簡単なことばかりじゃありませんよね」マーゴットは思いやるようにつぶやいた。当初の恐怖から一転して、今では自分がこの大きな黒い男のことをすっかり認めるようになっていることに気がついた。

アームストロングは軽く頭を下げて感謝の意を示した。「昨日、我が家が重大な局面に立たされているかもしれないという事実が明らかになりました。そして今日の朝早く、孫娘の母親である若い女性が――」

アームストロングはそこで言葉を切り、心配そうに少女の顔を見やった。子どもからじろじろと見られることには慣れていたものの、この少女の視線は漂うようにしてこちらに向かい、とどまることなく漂い続け、どんどん、どんどん、あたかもこちらなど見えてはいないかのように離れていった。それは恥ずかしさからくるものなのかもしれない。猫も同じように、見慣れない人間と目を合わせることを嫌うではないか――こちらを見たかと思えば、すぐにそっぽを向く。アームストロングはポケットの中に羽根を結びつけた紐を忍ばせていて、それは子猫には驚くほど効果があった。小さな女の子のためには木製のペグ人形を用意していた。コートかけの先端部分に顔を描き、ウサギの毛皮のコートを着せた人形だった。アームストロングはその人形を取り出して少女の膝の上にのせた。少女はそこに何かが置かれたことに気づいたらしく、下を向いた。少女の手が人形をつかんだ。リタとマーゴットは、アームストロングと同じだけ神経を集中させて少女を観察した。そして視線を交わした。

「何か言いかけてませんでした、かわいそうなこのおチビちゃんの母親のことで……」マーゴットが声を落として続きを促すと、少女が人形に夢中になっているのを確認したアームストロングはささやくような声で言った。

「その若い女性が、昨晩、亡くなりました。子どもがどこへ行ったのか、誰も知りませんでした。引き船道で最初にすれ違った男性に尋ねてみましたところ、ここへ来て、あなたに尋ねるようにと言われました。男性は事実とは真逆の話をしていましたから、ここに到着したとき私は、この子は溺死しているものと思い込んでいたのですが」

「溺死してたんですよ」マーゴットは言った。「リタがこの子の命を取り戻すまでは。それからはこの子、生きてるんです」何度この話を自らの口で繰り返しても、耳には妙な話として聞こえてくるのだった。

アームストロングは眉をひそめると、明確な説明を求めてリタを見た。リタは表情をほとんど変えずに答えた。「この子は、死んでいるように見えていたのですが、死んではいませんでした」簡潔で明確なその論述からは、どの点にも増してその不可能性が排除されていた。当面のあいだは、これがリタにとっての説明となるはずだった。言葉数は少ないものの、それが事実だった。言葉を増やそうとすれば、不合理に直面することになるのだから。

「そうですか」納得してはいなかったものの、アームストロングはそう言った。

三人は再び少女に目を向けた。人形はそばに放り出されていて、少女はまた何にも関心を示さない状態に戻っていた。

「おかしなおチビちゃんですよ」マーゴットは浮かない表情で言った。「みんなそう思ってる。それなのに、どういうわけかは説明できないんだけど、この子のことを好きにならずにはいられないんです。昨日の夜ここにいた砂利の採取人たちだって――情にもろい連中ってわけじゃありませんよ――心をつかまれちゃってましたよ。ねえ、リタ、そうじゃなかった? あのヒッグスさえ、もし誰もこの子を引き取ろうとしなかったら自分の家に連れて帰るって。迷子の子犬じゃあるまいしね。それに、もしこの子に行くところがないんだったら、あたしだって引き取りたいと思ってるよ。心配しなきゃならない子どもたちやら孫たちがぎょうさんいるってのに。あんたもそうなんでしょ、リタ?」

リタは答えなかった。

「あたしたちは、この子を連れてきたあの男が、この子の父親だと考えてたんですけどね」

マーゴットが言った。「あなたの話を聞くと……」

「その方のお加減は？　その、ドーントさんの？」

「良くなるでしょう。傷は実際よりもひどく見えていますけど。呼吸が不安定になることもないし、時間が経つにしたがって顔色も良くなっています。もうすぐ目を覚ますと思いますよ」

「それでは、私はオックスフォードへ行って息子を探してまいります。黄昏時《たそがれどき》までには息子はここに来られるでしょう。そして日が暮れるまでには、この件は解決しているでしょう」

アームストロングは帽子をかぶり、立ち去った。

マーゴットは晩に備えて〝冬の間〟の準備を始めた。噂が広まっているはずで、忙しい日になるだろうと期待していた。大きな〝夏の間〟を開けなくてはならないかもしれない。リタは少女とベッドに眠る男のあいだを行きつ戻りつした。少しのあいだ、ジョーが部屋に来ていた。少女はジョーに視線を向けると、ジョーがリタのカップに紅茶を注ぎ、光がベッドで眠る男の目を覚まさないようにカーテンを整えるのをじっと見ていた。ジョーがそれらの作業を終えてから少女の様子を見ようとそばへ寄ると、少女は彼に向かって両腕を伸ばした。

「おやおや！」ジョーは大きな声で言った。「なんとおかしなお嬢ちゃんだね！　年寄りのジョーに興味を示すなんて」

リタは立ち上がるとジョーを椅子に座らせ、その膝の上に少女をのせた。少女は顔を上げてジョーの顔をじっと見つめた。

「この子の目の色、何色だろうか？」ジョーは不思議そうに言った。「青？　灰色？」

「緑がかった青かしら？」リタは言った。「光の加減で違って見えるわ」

ふたりがこの問題について意見を交わしていると、突然、ドアを激しく叩く音が聞こえてきた。その日、三度目のことだった。ふたりは驚いて跳び上がった。

「次は一体なんだっていうの！」マーゴットの叫ぶ声と同時に、ドアに向かって慌ただしく床を駆けていく足音が聞こえてきた。「今度は誰なんでしょうね？」

ドアが開く音が聞こえた。それから——

「まあ！」マーゴットは声を張り上げた。「まあ！」


パパ！

ヴォーンはブランデー・アイランドの硫酸工場にいた。競売に備えて工場にあるあらゆる物品の目録を作成していた。骨の折れる仕事で、別の誰かに委託することもできたが、ヴォーンはその作業の反復性が気に入っていた。状況が違っていれば、ブランデー事業を放棄することは辛《つら》いことだっただろう。この事業に大きな投資をしていた――広い原っぱと小島も含めてバスコット・ロッジを購入し、計画を立て、調査をし、貯水池を建設し、何エーカーにもおよぶ広さの畑にテンサイを植え、テンサイを運ぶ目的で鉄道と橋を建設した。加えて、島での仕事自体にも投資が必要だった。酒造やら硫酸の製造の仕事やら……。それは独身時代、新婚時代、それから新米父親時代を通して、精力的に取り組んできた野心的な試みだった。実際のところ、事業がうまくいっていないということは全くなかった。ただこれ以上この事業のことを考えている余裕がなくなったというだけのこと。アミーリアを失ったと同時に、仕事への熱意も失った。ほかの事業で十分に儲けていた。農場経営はうまくいっていたし、父親の採掘事業の分け前のおかげで裕福に暮らせていた。手離してしまったほうがずっと楽だというのに、これを成功させるために、次々に生じる問題に脳みそを絞らなければならない理由があろうか。あれほど時間とお金をかけて築き上げてきた世界を解体し、競売にかけ、溶融し、まき散らすことに、妙な達成感すら覚えていた。詳細な目録を作成するのは忘れるための良い機会になった。数え、測り、書き込みながら、その退屈さに心が落ち着いた。そうしていればアミーリアを忘れることができた。

その日ヴォーンは、夢の尾を追ってつかまえようとしながら目を覚ました。はっきりと覚えてはいなかったものの、それは、あの喪失の日から数日間、頻繁に自分を苦しめた夢――口にするのも恐ろしいあの夢――ではないかという気がしていた。夢によって空虚感に苛《さいな》まれていた。後になって庭を歩いていると、風が、どこか遠くでつかまえた子どもの甲高い声を耳元まで運んできた。どの子どもの声でも、遠くから聞こえてくる声は同じように聞こえるもの。理由はともあれそういうものなのだ。しかしこのふたつの出来事に心を乱され、退屈な作業を求めずにはいられなくなった。

そして今ヴォーンは倉庫にいて、あるものに視線が釘《くぎ》づけにされていた。それは過去へと通じる深い裂け目を作り、ヴォーンを縮み上がらせるもの、埃《ほこり》っぽい部屋の隅にある大麦糖でできた杖《キャンディケイン》の形をした飴の入った瓶だった。突如として、そこにあの子が現れた——瓶の口に指を伸ばし、取り出した飴が、ふたつの杖が溶けてしっかりとくっついている状態だったために引き離すことができず、ふたつ一緒に食べても良いと言われて喜んでいた。鼓動するたび胸が痛んだ。瓶は指のあいだから滑り落ち、コンクリートの床に叩きつけられた。それが決定打となった。今日はもう、心の平穏を取り戻すことはできないだろう。この倉庫であの子が姿を現したとあれば、もう。

ヴォーンは床を片づけるためにほうきを持ってくるよう頼んだ。走ってくる音が聞こえてきたとき、ヴォーンはそれが助手の足音だと期待していた。が、そこに現れたのが屋敷の作業を行う使用人のひとり、庭師のニューマンだと気づいて驚いた。ニューマンは息を切らしながらも話し始めた。大きく息を吸い込まなければならない状態だったために言葉が震えていて、何を言わんとしているのか理解するのは難しかった。ヴォーンの耳は**溺死**という言葉を捉えた。

「落ち着くんだ、ニューマン。ゆっくりでいい」

庭師がもう一度はじめから話し始めると、今回は話のおおよその内容が浮かび上がってきた。死んでから生き返った少女、そのような内容だった。「ラドコットの〈白鳥亭〉で」ニューマンはそこで話を終えると、口にしていいものかためらうような様子で声を潜めてつけ加えた。「四歳くらいの子だそうです」

「なんてことだ！」ヴォーンは頭に両手をやろうとしたが、途中でその手を下ろして自分自身の体を抱え込んだ。「妻の耳には入らないようにしてくれないか？」ヴォーンは言った。

しかし庭師が再び口を開く前に、もう手遅れだということがわかった。

「奥さまはすでに向かわれています、おひとりで。洗濯婦のジェリコーがこの知らせを持ち込みまして――昨晩、〈白鳥亭〉の常連客のひとりから聞いたのだそうで。彼女が奥さまに何を言おうとしているのか我々にはわかっていませんでしたから――もしわかっていたら、奥さまの近くに寄らせたりしなかったでしょう。しかし我々は、彼女が退職の申し出をするつもりなのだと思っていまして。気づいたときには奥さまはボート小屋に向かってものすごい速さで駆けているところで、奥さまを止める手立ては何ひとつありませんでした。我々がボート小屋に着いたときには、奥さまは古い手漕ぎボートにのっていらっしゃって、もうほとんど視界から消えかかっていました」

ヴォーンが家まで走ると、自分が必要とされることを予測していた馬丁の少年がそこに立っていて、すでに馬を用意していた。「追いつくには飛んでいかなくちゃですよ」少年は警告した。ヴォーンは馬にまたがると、ラドコットに向かって出発した。最初の数分間、ヴォーンは全速力で馬を走らせたが、やがて速度を落として小走りで走った。飛ぶだって？ヴォーンは思った。妻に追いつくことはないだろうな。結婚して間もないころ、よく妻と一緒にボートを漕いだ。妻はボート漕ぎの名手で、彼女ほど上手にボートを漕ぐ人間をヴォーンはほかに知らなかった。彼女はほっそりとした体をしていて体重が軽く、それでいて力があった。父親の影響で、歩けるようになる前からボートの中や近くで過ごしてきた。彼女の持つ櫂《かい》が水に入るとき、しぶきが上がることはなかったし、櫂が水から出るときには飛び跳ねる魚のように滑らかだった。ほかの者たちが顔を真っ赤にして汗を流して努力する中、彼女の頬はほのかに薔薇《ばら》色に染まるだけで、川が流れにのせてくれるのを感じて満足感から顔を輝かせていた。悲しみのあまり弱々しくなる女もいるが、ヘレナの場合、娘の誕生以来形成されつつあったわずかばかりの柔弱さもすでに燃え尽きてしまっていた。ヘレナは筋肉と筋ばかりの体つきで、決意に燃えていて、三十分先に出発していた。その彼女を飛んでいってつかまえる？　あり得ない。ヘレナは手の届かないところにいる。もうずっと長いこと、手の届かないところにいた。

ヘレナをヴォーンから遠く離れたずっと先に進めるものは、決まって希望だった。ヴォーンのほうではもうずっと以前に希望との縁を切っていた。もしもヘレナも自分と同じように希望に別れを告げる日がくれば、やがて幸せがふたりのもとに戻ってくるかもしれない——そう思っていた。ところがヘレナは希望に栄養を補給した。手に入れられるものであればどんな小さなものでも希望に餌として与え、与えるものが何もないときには自己流の頑ななまでの信念で希望に栄養を与えた。ヴォーンは妻を慰め安心させようとしたが、無駄だった。別の未来、別の人生を思い描かせようとしたが、無駄だった。

「外国に行って、そこに住んだっていいんだ」ヴォーンは提案した。結婚当初、ふたりは数年後を見据えてそんな話をしたことがあった。「いいわね」当時、ヘレナはそう答えていた。アミーリアが失踪する以前、アミーリアが完全に存在していたころには。そこでヴォーンはもう一度この話を持ちかけてみることにしたのだった。ニュージーランドで一年——二年でもいい——過ごすのもいいだろう。それから戻ってくるのだろうか。いや、その必要はない。ニュージーランドは仕事がしやすく、住みやすい場所で……。

ヘレナは驚き嫌悪するように言った。「そんなことしたら、アミーリアはどうやって私たちを見つけるっていうの？」

ヴォーンは妻に、ふたりがいつも待ち望んでいた二人目以降の子どもの話をした。しかし未来の子どもは今のヘレナにとっては実体のない、抽象的なものでしかなかった。その子どもたちはヴォーンの目の前にだけ人間の姿をして現れた。夢の中でも、目覚めている時間にも。夫婦の愛情行為は、娘が姿を消したあの夜にぱたりと止み、それから二年経った今も再開していなかった。ヘレナに出会うまでは独身生活を送っていて、何年ものあいだ大体は禁欲を守っていた。ほかの男たちは金で女を買ったり、後で捨てるつもりの女と関係を持ったりしていたが、ヴォーンはひとりで寝床に入り、自らの欲望を拠《よ》り所《どころ》とした。そんな生活に戻る気は毛頭なかった。妻が自分を愛することができないというのであれば、それまでのこと。精気は衰えていった。もはや自分の体にも妻の体にも喜びを期待しなくなった。ひとつ、またひとつと希望を捨てていった。

ヘレナはヴォーンを責めた。ヴォーンは自分自身を責めた。子どもを危険から守るのは父親の務め。しかし自分にはそれができなかった。

ヴォーンは自分が固まってしまっていることに気がついた。馬が鼻面を地面に擦りつけて、冬のワラビの中に何か甘いものはないかと探していた。「お前のためのものなんて、そこには何もないぞ。ぼくのためのものだってないがね」ものすごい疲労感に打ちのめされていた。一瞬、自分は病にかかっているのではないかと思った。本当にこのまま生きていけるのだろうか。そういえばつい最近、誰かに同じようなことを言われたのではなかったか……。このままの状態で生きていくことはできないでしょう。ああ、あれはオックスフォードで会った女だ。コンスタンタイン夫人だ。なんとばかげた調査旅行となってしまったことか。しかし彼女は正しかった。このまま生きていくことはできない。

ヴォーンは馬を走らせ続けた。

この季節の、しかもこの時間帯だということに鑑みると、あり得ないほど多くの客がこの〈白鳥亭〉に集っているではないか、男はそう思った。客たちは顔を上げて男に好奇の眼差しを向けた。何か面白いことがすでに始まっていて、さらに興味をそそる何かが始まるに違いないと期待している様子だった。男は客たちに目もくれず、真っすぐにカウンターに向かった。カウンターにいた女は男をひと目見るなりこう言った。「ついといで」

女は短い羽目板を張った廊下を通って、ナラの木でできたドアの前まで男を案内した。それからドアを開けると、脇に寄って男を先に部屋に通した。

あまりにも多くの衝撃が襲ってきて、男はそのひとつひとつを切り離すことができなかった。一斉に押し寄せてきたたくさんの印象を少しずつほぐして、別々の束にし、それらに言葉と指示を与えられるようになったのは、しばらく経ってからのことだった。最初は、そこに自分の妻を見つけることを期待していたにもかかわらず、その人を見つけることができなかったことに戸惑った。次に、もう長いこと見たことのなかったとても懐かしい顔をそこに見つけ、混乱した。そこにいたのは、辛うじて子ども時代に別れを告げたばかりの若い娘だった。かつて自分が結婚を申し込んだ娘、その申し込みに笑顔で〝いいですよ〟と答えた、〝私のボートを持っていっても構わないのなら、いいですよ〟と答えた娘だった。娘は嬉々《きき》とした顔を男に向け、ほほ笑んだ。口元はゆったりとした幸福感から大きく開き、目は愛情をたたえて明るく輝いていた。

ヴォーンはその場に立ち尽くした。ヘレナ。ぼくの妻――かつてのような、大胆で、陽気で、華麗な妻。

ヘレナは笑った。

「まあ、アンソニー！　一体どうしたっていうの？」

ヘレナは視線を落とした。何かを抱きかかえていて、いつだったか聞いたことのある、甘えるような、歌うような声で「見てごらん」と言ったが、もう自分に話しかけてはいなかった。「誰だと思う？」

三番目の衝撃だった。

ヘレナは小さな人間をヴォーンのほうに向かせた。

「パパが来たわよ！」

男、目覚める

同じころ、指先に黒い染みのある、顔に破壊的な傷を負った男は、ラドコットの〈白鳥亭〉の巡礼者の間で眠っていた。頭をマーゴットの羽毛の枕にのせた状態で仰向けに身を横たえていて、胸は上がったり下がったりを繰り返していたものの、体は動かなかった。

眠りというものを想像する方法はいくらでもあるが、そのどれもが正確さを欠いているに違いない。我々は睡眠状態に入る瞬間の感覚を知ることができない。というのも、眠りについてしまったときにはもう、それを記憶に収容する能力が失われてしまっているから。しかし我々はみな、入眠の瞬間に先んじて訪れる、ゆっくりと落ちていく感覚を知っていて、それに名前をつける。

十歳のとき、ヘンリー・ドーントは『運命の乙女たち』という題の絵画を見たことがあった。一本のトネリコの木が、人魚や、泉や川の精《ナーイアス》の住む地下を流れる川に根を伸ばしているところを描いた絵だった。眠りに落ちていくところを想像するとき、ドーントはいつもこれと同じような地下水脈を思い浮かべるのだった。まどろみの中にいる感覚は、長時間にわたって泳いでいるときと同じような感覚だった。その中でドーントは普段よりも濃厚な水をゆっくりとかき分けて進み、努力を要さぬ心地良い動きで、あちらへこちらへと生き生きと当てもなく突き進んでいく。時には水面が頭よりほんのわずかに上にくることもあったが、困難と喜びに満ちた昼の世界はまだ水の向こうに存在し、あちら側から自分に呼びかけてくる。こんなときドーントは全く眠らなかったかのような気分で目を覚ますのだった。しかしたいていは、ドーントはすぐに眠りにつき、清々《すがすが》しい気分で目を覚ました。眠りの中で友人たちに会ったかのような、あるいは夜のあいだに母親（すでに死去していたものの）が現れて、愛情のこもった言葉を伝えてくれたかのような、幸せな感覚のまま目を覚ますこともあった。そのこと自体は嫌ではなかった。ただ、そこから目を覚ますことが嫌だった。わくわくするような夜の冒険の残り香が潮にのみ込まれてしまうかのようで、嫌だった。

ラドコットの〈白鳥亭〉では、そのいずれも起こらなかった。命が彼の中で働いていた——深い傷を血で覆い隠し、悪魔の堰であれほどまでにひどい痛手を受けた頭蓋骨という箱の中では、あらゆる種類の入り組んだ働きが行われていた。その中でヘンリー・ドーントは深く、深く、さらに深く沈んでいき、自らの内部に潜む、水面下の巨大な洞窟の最深部まで沈んでいった。そこでは何ものも満ちも引きもせず、全てが暗く、墓場のような静けさに包まれていた。計り知れぬほど長い時間そこにとどまったのち、ようやく記憶が目を覚まし、静かなる深淵《しんえん》が震え、命を取り戻した。

たくさんの経験が、これといった順序なく心に流れ込んでは再び流れ出ていった。

鈍い感覚は、失意のうちに終わった結婚の記憶。

指先に感じる刺すような痛みは、昨日トゥリューズベリー・ミードで感じた冷たさ。テムズ川の一部である水の滴りを人差し指で止めたときだった。指の下で水が湧き上がり、水量が増してあふれ出すまでそうしていた。

急降下し、滑っていく体——二十歳の青年が凍ったテムズ川でスケートをしている。妻に出会ったのはその日だった。そしてそれから何週間にもわたって、春の始まりの日が訪れるまでの冬の残り時間、ずっと滑走は続いた。そして春の始まりの日が、結婚式の日となった。開いた口が塞がらぬほどの驚き、脳を拳で殴られたかのような衝撃。古びた修道院の門番小屋の屋根があったはずのところに、ぽっかりと空間が空いているのを目にしたあのとき——六歳だった。あのときはじめて、物質世界というものがこれほどまでに変化し得るのだということを思い知ったのだった。

ガラスの割れる音。父、ガラス職人、庭から聞こえる罵《ののし》りの言葉。

頭蓋骨の内容物たちは、自分たちがすっかり、何ひとつ欠けるものもなく、あるべき場所に収まっていることに満足していた。

最後に、ほかの全てとは異なるものが訪れた。それはほかとは全く別の部類に属するものだった。馴染みのないものではなかった——自覚しているよりもはるかに多く、それを夢に見たこともあった。その夢はいつでも焦点がずれてぼんやりとしていた。現実世界ではまともに目を向けたことがなく、いつも想像の中だけで見ていたから。それは子どもだった。ドーントの子どもだった。マリオンとのあいだに作ることができず、彼女以外のどんな女とも作ろうとしなかったもの。それは未来の子どもだった。子どもの像は目の前を漂っていき、近づいてきたかと思えばまた去っていった。子どもは眠っている男から反応を引き起こし、男はその浮遊する像をとらえようと、鉛のように重たい四肢を持ち上げようとした。しかしそれは手の届かないところに漂っていった。今回の夢はいつもよりも差し迫ったものだという印象を後に残して。いつもよりも鮮やかではなかったか。あれは小さな女の子ではなかったか。しかしその瞬間は過ぎ去ってしまった。

ヘンリー・ドーントの心に浮かぶ場面は再び別の場面に移り変わった。馴染みがなく、心が乱されるような、極めて個人的な風景だった。荒廃した地形。鋭く尖った岩石の露頭《ろとう》。地面に走る複数の激しい割れ目。球根状の突起の数々。そこでは何かが──でも何が？　戦争？　地震だろうか──起こったに違いなかった。

意識がぼんやりとした明かりを放ち、思考が徐々にヘンリー・ドーントを目覚めへと導いた。この風景は、目にしたものではなく、別の何か……想像などでもない、いいや、違う。そうではなく、脳へと伝わった情報……。伝えたのは自身の口だった……。岩石は破壊された歯へと姿を変えた。ぐちゃぐちゃに引き裂かれた大地は口元の肉へと変わった。

目覚め。

驚きで体が硬直した。手足に走る痛みに不意打ちを食らった。

何が起こったんだ？

目を開くと──暗闇。暗闇？　あるいは……目隠しをされているのだろうか。

狼狽《ろうばい》して両手で顔に触れると──さらなる痛みが走った──顔があるはずのところに何か異質なものがあるのを指先で感じた。目元の傷に当てた布だろうか。皮膚よりも分厚く、感覚はなく、骨を覆うようにかぶせられている。その布を引き剝がそうと必死で端を探すものの、指先が太くて不器用に感じられて……。

にわかに音が、声が聞こえてきた――女の声だ。

「ドーントさん！」

誰かの手が自分の手を握る感覚があった。その手は驚くほどに力強く、彼が目隠しを剝ぎ取ろうとするのを制止した。

「引っかいてはいけませんよ！　けがしてるんですから。きっと感覚がないでしょう。もう大丈夫ですよ。ここはラドコットの〈白鳥亭〉です。事故に遭ったんですよ。覚えています？」

突然言葉が心に湧き上がり、舌の先まで出かかったが、そこに到達すると言葉は口内の瓦《が》礫《れき》につまずき、音となって発せられたときには自分ではそれと気づくことのできないものになっていた。もう一度やってみた。今度はもっと力を込めて。

「目！」

「目が腫れているんです。事故で頭を打ったんですよ。腫れが引きさえすれば、すっかりよく見えるようになりますから」

何者かの手が、自分の両手を顔から引き離すのがわかった。液体が注がれる音が聞こえてきたが、耳だけでは、その液体が何色で、水差しが何で作られていて、液体を入れた器はどのくらいの大きさなのかわからなかった。誰かがベッドの端に腰を下ろすと、マットレスが傾く感覚があった。しかしその人がどのような人間であるかまではわからなかった。世界が突如として不可知なものと化し、その中にひとり取り残されてしまったように感じられた。

「目！」

女が再び自分の両手を握りしめたのがわかった。「ただの腫れです。少し治れば、またすぐに見えるようになります。さあ、飲み物をどうぞ。ぎこちなく感じるでしょう。唇の感覚が鈍くなっていると思いますけど、私が飲み物を口に注ぎますから」

女は正しかった。なんの前触れもなく、唇の縁《へり》に触れる感覚もなく、突然、口の中に甘く湿った感覚が訪れた。低いうなり声を上げてもっと飲みたいと示したが、女は「少しずつ、何度にも分けて」と言った。

「ここに来たことは覚えています？」女は訊いた。

ドーントは考えた。記憶がよそよそしいものになってしまっていた。その表面に断片的に映像が映し出されたが、それらは自分の記憶の中から出てきたものとは思えなかった。ドーントは音を発し、確信がないことを示した。

「あなたが連れてきた小さな女の子——あの子について教えてくれませんか」

ドアを叩く音に続いて、ドアが開く音が聞こえた。

また別の女の声がした。「声が聞こえたと思ってね。ほら、連れてきたよ」

そばに座っていた女が立ち上がると、マットレスが平らに戻った。

片手を顔に持っていくと――今はもう、感覚のない布に思われたものが自分の皮膚であるとわかっていた――一列に並ぶ、先の尖った何かに触れた。それはまつ毛の先端で、腫れ上がった瞼に埋もれて長さが半分になってしまっていた。一列に並ぶまつ毛の上下に圧力をかけて力ずくで皮膚を引き離そうとする――「だめ！」女が叫び声を上げたが、間に合わなかった。光が目を突き刺し、ドーントはあえいだ。彼に衝撃を与えたのは痛みだったが、それだけではなかった。光の波動にのってある姿が現れた。それは夢で見たあの姿だった。漂う少女、未来の子ども、想像より出《い》づる幼な子。

「この子、あなたの娘さん？」新しく来た女が訊いた。

テムズ川の色をした無表情の目を持つ子ども。

そうだ、跳び上がる胸がそう訴えていた。そうだ。そうだ。

ドーントは言った。「いいや」

悲劇的な話

日の出ているあいだ中、酒飲みたちは〈白鳥亭〉で起こった出来事について議論を交わしていた。店の裏手にあるブリス家の居間にヴォーン夫妻がいて、アミーリアとの再会を楽しんでいることを誰もが知っていた。金持ちの黒人、ケルムスコットのロバート・アームストロングが午前中にやってきて、彼の息子が後で到着するらしいという話もすでに広まっていた。みなロビン・アームストロングの名を知っていた。

酒飲みひとりひとりの内なる劇場の幕が開かれ、それぞれの語り聞かせ魂に火がついた。どの舞台にも同じ四人の登場人物が——ヴォーン氏、ヴォーン夫人、ロビン・アームストロング、そして少女が——立っていた。多くの頭の中で繰り広げられる場面は、印象的なメロドラマであふれていた。煮え返るような目つき、陰鬱《いんうつ》な一瞥《いちべつ》、打算的な流し目。言葉は、ささやき声で、厳格な礼節を持って、そして甲高い驚きの声で伝えられた。少女は、嫉妬深い子どもたちのあいだで奪い合いになった人形のように、ヴォーン夫妻とアームストロング氏のあいだを行ったり来たりした。銭勘定好きのある作男は、無意識のうちに少女を競売にかけることを想像している自分に気がついた。一時的に〈北斗亭〉を見捨ててこの店に来ていた喧嘩《けんか》っ早《ぱや》い連中は、ヴォーン氏が内ポケットから武器を——拳銃だろうか？　短剣だろうか？——取り出し、自らこそが本物の父親であるという決意を持ってアームストロング氏に襲いかかることを想像して喜んだ。ある独創的な頭は、物語の緊張感が最も高まる瞬間に少女の発話能力を回復させた。「パパ！」少女はアームストロング氏に向かって両腕を投げ出しながらそう叫び、ヴォーン夫妻の希望を永遠に打ち砕くのだった。夫妻は互いの体を抱きしめながら涙を流す。この芝居におけるヴォーン夫人の役割は、ほとんど泣くことだけだった。時には椅子に座って涙を流し、多くの場合は床の上で涙を流し、最後には大概気を失って終わりを迎える。話の脚色に自信のあるクレソン栽培の若い男は、ベッドで意識を失ったままの男に役割を与えるべく想像を膨らませた。長い眠りから覚め意識を取り戻した男は、隣の部屋から聞こえてくる口論を耳にした。男は立ち上がると、居間（舞台左手にある）に入り、そこでソロモン王のごとき言葉を言い放った――その子をふたつに裂き、半分をヴォーン夫妻に、もう半分をアームストロングに分け与えよ（旧約聖書、列王記上三章より）。それで解決するだろう。

太陽が空からすっかり姿を消し、午後五時を過ぎたころ、川は暗闇の中で輝きながら流れていた。ひとりの男が〈白鳥亭〉に到着し、のっていた馬から下りた。冬の間の騒々しさは耳をつんざくばかりで、男がドアを開けて中に入り、そしてドアを閉めるのに気づく者は誰ひとりとしていなかった。誰にも存在を気づかれぬまま、男はしばらくそこに立ち尽くした。がやがやと言葉が飛び交う中、自分の名前が聞こえてきた。ようやく男の姿をそこに認めたところで、酒飲みたちにはそれが自分たちの待っている人物だとはわからなかった。年長者のアームストロングがどのような容姿の男であるかを知っている者は――彼が、伯爵と奴隷の娘のあいだに生まれた非嫡出子であるという噂はすでに広まっていた――背が高くて屈強な、肌の黒い男が来るものと思い込んでいた。戸口に立つ男こそがその人物であると気づくことができなくても無理はない。男の肌は青白く、体つきはほっそりとしていて、明るい茶色の髪の毛が襟に触れる辺りでゆるやかにカールしていた。男にはどこか少年らしいところがあった。瞳は驚くほどに淡い青色で影のようにしか見えず、肌は少女のように柔らかだった。最初に男に気づいたのはマーゴットで、その姿に刺激されたのが母性的な本能であったか女性的な本能であったかは定かではなかったものの、彼が青年であれ成人男性であれ、その姿が目の保養になることに変わりはなかった。

男はマーゴットのほうに向かって歩き出した。そして小声で名前を告げると、マーゴットは彼を客のいる部屋から連れ出し、店の奥にある、一本のろうそくで照らされた小さな通路に案内した。

「なんと言っていいのか、アームストロングさん。かわいそうな奥さままで亡くしてしまったんだものね。その、あなたのお父さまが来たときから――」

男はマーゴットを遮った。「いいんです。ここへ来る途中、こちらの教区の牧師さんにお会いしました。牧師さんは私を呼び止めて、私がなぜこの場所に向かって急いでいるかを言い当てて、そして……」男はそこで言葉を切った。通路の暗がりの中で男が涙を拭い、なんとか気持ちを持ち直して先を続けようとするのがマーゴットにはわかった。「牧師さんが全て説明してくれました。結局、アリスではないのですよね。別のご家族がその子の親であると名乗り出たのですから」男はうつむいて続けた。「それでも、こちらに顔を出したほうがいいと思ったのです。すぐそこまで来ていましたし、私が来ることを待ってくださっていたでしょうから。でもそろそろお暇《いとま》したほうが良さそうです。くれぐれもヴォーン夫妻にお伝えください。本当に……」——そこでまた声が震えた——「本当に良かったです、と」

「ああ、でも、せめて何か飲んでいってくださいよ。エールビールにします？　ホットパンチ？　遠くから来たんです、少し座って休んでいって。ヴォーン夫妻は居間にいて、あなたにお悔やみの言葉を捧げたいそうですよ……」

マーゴットはドアを開けて男を招き入れた。

ロビン・アームストロングはぎこちなく申し訳なさそうな態度で部屋に足を踏み入れた。この態度に、ヴォーンは張り詰めていた気持ちを緩め、自分でそうすると気づくより先にロビンに向かって手を伸ばし、彼の手を握っていた。

「すみません《アイム・ソーリー》」

「お気の毒に《アイム・ソーリー》」

ふたりは同時に口を開き、続けて「お恥ずかしい」と声をそろえて言った。どちらが先に話し始めたかを見極めることは不可能だった。

男ふたりがまごつく中、ヴォーン夫人が気持ちを落ち着けて言った。「アームストロングさん、ご不幸があったと聞いております。本当にお気の毒でしたね」

ロビンは不意に夫人のほうに顔を向け——

「なんです？」一瞬の間を置いて、ヴォーン夫人は言った。「なんなんです？」

ロビンは夫人の膝に座る少女を見つめていた。

若きアームストロングの足元がふらついたかと思うと、彼はマーゴットにぐったりともたれかかり、ヴォーンがどうにか間に合うように背後に持ってきた椅子に倒れ込んだ。それから瞬きを繰り返して目を閉じ、床に崩れ落ちた。

「まあまあ！」マーゴットは大声で叫ぶと、写真家の眠る部屋にいるリタを呼びに大急ぎで部屋を出ていった。

「長旅をしてきたから」ヘレナはそう言いながらかがみ込み、いたわるような表情で気を失った男を見た。「大きな希望を抱いていたというのに――その子はここにはいなくて……ショックよね」

「ヘレナ」ヴォーンの声にはいさめるような響きがあった。

「看護師さんなら、この人を回復させる方法を知ってるでしょう」

「ヘレナ」

「丁香《クローブ》だとか気つけ薬を持っているはずだわ」

「ヘレナ！」

ヘレナは夫の顔を見た。「なんなの？」

ヘレナの額からは皺が消え、目は透き通るほどに澄んでいた。

「愛しい妻よ」ヴォーンの声は震えていた。「若い青年が倒れてしまったのには、別の理由があるとは考えられないかい？」

「どんな理由？」

　妻の顔に浮かぶ無邪気な困惑を見て、ヴォーンはたじろいだ。

「例えば……」言葉が続かず、代わりに、椅子の上で無関心な様子で眠そうに座っている少女のほうを示した。「例えばだよ、やはり……」

　ドアが開き、マーゴットがリタを連れて部屋に駆け込んできた。リタは自信に満ちた落ち着きを持って若い男のそばに腰を下ろすと、片手で男の手首をつかみ、もう片方の手に時計を握った。

「意識が戻ってきたよ」男の瞼が震えるのを見てマーゴットが言った。それから力のこもっていない男の手を取って、さすった。

　リタは患者の顔に鋭い視線を向けた。「もう大丈夫でしょう」それから抑揚のない声でそう言いながら時計をポケットにしまった。

　若者は目を開けた。浅く不安定な呼吸を二度ほど繰り返してから、両手のひらで放心状態の顔を覆った。手を下げたときにはもう、本来の自分を取り戻しているようだった。

　ロビンはもう一度少女を見た。

「この子は、アリスではない、そう、頭では、わかっているんです」そして途切れ途切れに言った。「この子は、あなたがたの子どもです。牧師さんが、そう言っていました。あなたがたも、そう言っています。つまり、そうなのです」

ヘレナは首を縦に振りながら、この若い父親への同情からくる涙を瞬きで払った。

「別の人の子どもを、それほどまでに簡単に自分の子どもと間違えてしまうなんて、どうしたらそんなことがあるのかとお思いでしょうね。娘を最後に見てから、もう一年近く経っているんです。おそらく、私が現在どのような状況に置かれているかご存じないでしょう。説明すべきですね。

私たちの結婚は秘密裏に行われました。私たちが互いに思い合い、婚約するつもりでいることを知ったとき、妻の家族は私たちの行く手に立ちふさがりました。私たちは若く、愚かでした。秘密のうちに結婚することによって、私たち自身と、家族までをも傷つけることになることを理解していなかったのです。そして実際、その通りになりました。私たちは一緒に暮らすために駆け落ちし、一年と経たずして子どもが生まれました。孫の存在が妻の両親の頑なさを和らげるだろうと望んでいました——というよりむしろ、信じていました——が、そんな望みは打ち砕かれ、彼らはこれまで通り断固とした姿勢を取り続けました。時が経つにつれ、妻は、以前の生活では当たり前だった快適さに未練を感じて気難しくなっていきました。生活を楽にしてくれる使用人のいる家庭で育った彼女には、その恩恵を受けずに子どもを育てていくことは難しかったのです。妻を元気づけるために、そして彼女が愛の力を信じることができるように、できる限りのことはしました。でも妻は、前に進むための唯一の方法は、私がひとりオックスフォードに行くことだと確信するようになりました。そこで影響力のある地位についている友人を何人か知っていましたから、私もそこで運を試し、順調にことが運べばより多くの収入を得られるようになり、そうなれば一年か二年後には、妻の求める有閑な生活が送れるようになるだろうと。私は重い心を抱えたままバンプトンを去り、オックスフォードの部屋を転々とするようになりました。

私は運に恵まれました。仕事が見つかり、すぐにそれまで以上に稼ぐことができるようになりました。妻と子どもに会えないことは本当に辛かったですが、こうするのが一番いいのだと自分に信じ込ませようとしました。妻からの手紙を読む限り、といってもそれほど頻繁に送られてくるわけではありませんでしたが、彼女も以前より幸せを感じているという印象を受けました。可能な限りふたりに会うためにバンプトンに戻り、そうして半年が過ぎました。一年ほど前に一度、思いがけず仕事で川の上流のほうに行くことがあったので、予告なく家を訪ねてふたりを喜ばせようと思い立ちました」そこでロビンは唾をのみ込み、椅子の上で腰の位置を変えた。「そこで私は、妻との関係を永遠に変えてしまうことになる、ある事実に直面したのです。妻はひとりではありませんでした。妻はある男といたのです――その人については、あまり多くを話さないほうがいいでしょうね。その男に対する子どもの態度を見れば、彼があの家に馴染みがあって、家族と親しくしていることがわかりました。辛辣な言葉が飛び交い、私はその家を立ち去りました。

その少し後で、私がまだどうしたらいいものかと途方に暮れていたところへ、妻から一通の手紙が届きました。その手紙には、これから自分はあの男の妻として生きていく、私との関係はこれっきりにしたいと書かれていました。これに抗議することもできました、当然、できました。誓いに従うよう要求することもできました。結果論にはなりますが、そうしておけば良かったと後悔しています。そうしていれば、誰にとってもより良い結果になったはずです。しかし混乱していた私は、それが望みなのであればその取り決めに同意する、しかしアリスにちゃんとした家を提供するのに必要な金が稼げたらアリスを迎えにいくと返事を書きました。今年中にそれを実行するつもりであるとも書きました。その日から私は、それを実現させるべく仕事に打ち込んできました。

そのときから妻には会っていませんが、最近になって私は一軒家を借りまして、そこで娘と暮らすための準備を整えているところでした。私の妹の誰かが一緒に住んでくれて、娘の母親になってくれることを期待していました。今朝、この計画を実行に移そうとしていたまさにそのときに、父の訪問を受け、妻の死を知らされました。そして同時に、アリスの行方がわからなくなっていることを知りました。別の人たちから聞いたところによると、妻は数ヶ月前に愛人に見捨てられ、そのとき以来、彼女と娘は生活に困っていたようです。妻が私に連絡をよこさなかったのは恥ずかしさのため、そうとしか考えられません」

話しているあいだ中、ロビン・アームストロングの視線は少女の顔に執拗なまでに引き寄せられていた。途中、話の筋道がわからなくなり、少女から視線をそらして、どこまで話したかを思い出すことに意識を集中させなければならないことが一度ならずあった。しかし二文、三文と話したところでまた視線が漂い始め、少女のところに戻っていくのだった。

ロビンは深いため息をついた。

「進んで人に話すようなお話ではありませんよね、哀れな妻の悲しい愚かさを世間にさらしてしまうことになりますし、私自身の立場も悪くなりますから。どうぞ妻を責めないでやってください、若かったんです。彼女に、内密に結婚しようとけしかけたのは私なのですから。危機的状況における私の弱さが、彼女の身を滅ぼし、死に追いやり、娘を行方知れずにしてしまったのですから。あなたがたのような善良なひとびとの耳にはそぐわぬ悲話です。もっと繊細さを持って話をするべきでしたね。私が冷静でいられたならば、この話も、伝えるうちにぼんやりとしたものになってしまうことを避けられたでしょう。しかし大きな衝撃を受けた男が立ち直るには少し時間が必要でして。なので、もしも私が必要以上に率直な話し方をしてしまっていたのならば、どうかお許しください。今日の私の反応がどうして起こってしまったのかについて、あなたがたに妥当な説明をする必要に迫られていたことをどうぞお忘れなく。

あなたがたのお嬢さんを見て、まるで愛しいアリスと顔を突き合わせているように感じたのは事実です。でもどう見ても、彼女は私を知らないようだ。アリスに似てはいますが――

それも非常に驚くほどに——彼女にはもう十二ヶ月近くも会っていないのだということを自分自身に言い聞かせなければなりません。それに、子どもというものは、変化するものですよね？」

ロビンはマーゴットのほうを見て続けた。

「女将《おかみ》さん、きっとあなたにもお子さんがおられるのでしょうね。これに関しては、私の言っていることが正しいと支持していただけますよね？」

マーゴットは急に注意を向けられて跳び上がった。ロビンの物語を聞きながら目にあふれてきた涙を拭うと、いくらか戸惑った様子を見せ、すぐには答えることができなかった。

「私は正しいですよね？」ロビンは繰り返した。「小さな子どもというのは、十二ヶ月という歳月のうちに変化するものですよね？」

「まあ……そうですね、子どもっていうのは、確かに変わりはしますよね……」マーゴットの話しぶりには不確かな響きがあった。

ロビン・アームストロングは椅子から立ち上がると、ヴォーン夫妻に向かって口を開いた。

「理性を置き去りにして、あなたがたのお嬢さんを自分の娘と思い込んでしまったのは、悲しみのなせる業です。驚かせてしまったのであれば謝罪します。悪気はなかったのです」

ロビンは唇に指をあてると、片手を差し出し、視線を交わすことでヘレナから許可を得てから少女の頬にそっと口づけた。目に涙が浮かんだが、それが頬を伝うより早く女性陣に向かって頭を下げ、別れの言葉を告げて出ていった。

ロビン・アームストロングの退出に続く静けさの中、ヴォーンはみなに背を向けて窓から外を眺めた。ニレの木の枝は消炭色《けしずみ》の空を背景に黒々と浮かんでいて、自分の思考がその迷路のような梢の中でもつれてしまっているように思えた。

マーゴットは当惑して目を瞬《しばた》かせながら、口を開いて何か言いかけてはまた閉じるという行為を六度ほど繰り返した。

ヘレナ・ヴォーンは少女をしっかりと抱き寄せ、ゆらゆらとその体を揺すった。

「なんてかわいそうな人でしょう」そして小さな声で言った。「あの人が娘のアリスちゃんを見つけられるようにお祈りしなくてはね――私たちが愛しいアミーリアを見つけ出したのと同じように」

リタはどこか一点をじっと見つめているわけではなく、かといって瞬《まばた》きをしたり口を開いたりもしなかった。ロビンが自らの身に起こった出来事について語るあいだ、部屋の隅に置かれた丸椅子に腰掛けて、じっと耳を澄まし、観察していた。ロビンのいなくなった今もリタはそこに座り続け、頭の中でやや難易度の高い割り算の問題を解いている人間のような空気を漂わせていた。一体どういう人間なのだろう、リタは考えていた。失神したように見えたと思ったらすぐに意識を取り戻した。そしてそのあいだずっと脈が弱まることがなかったなんて。

しばらく後、沈思の時が終わりを迎えたと見え、リタは考え深げな表情を取り払って立ち上がった。

「ドーントさんの様子を見てこなくちゃ」そうして静かに部屋を出ていった。

渡し守の話

ヘンリー・ドーントは眠り、目を覚まし、再び眠った。意識を取り戻すたびに戸惑う感覚が薄れ、自分自身を取り戻していった。人生で一番ひどかった二日酔いと全く同じ感覚というわけではなかったものの、経験したことのある感覚の中ではそれが最も近いものと言えた。自らの瞼が上下互いに、そして眼球をも圧迫していたせいで、まだ目は見えなかった。

ドーントは五歳になるまで毎晩執拗に泣いた。暗闇の中、母親は息子の慰めがたいほどの泣き声で目を覚ました。しかし息子が暗闇を恐れて泣いているのではなく、別の理由から泣いているのだと気づくまでにはずいぶんと長い時間を要した。「何も見えないの」ドーントがあるときついに悲嘆に暮れた様子でこう言ったとき、母親の誤解はようやく終わりを迎えた。「何も見えなくて当然だよ」彼女は言った。「夜だもの。夜は眠るための時間だよ」ドーントは納得しなかった。父親は言った。「あいつは目を開けたままこの世に生まれてきて、それから一度も閉じたことがないんだ」しかし息子に解決策を見つけたのはこの父親だった。「瞼の裏の模様を見てごらん。きれいな形が漂っているのが見えるだろう。ありとあらゆる色でね」ドーントはだまされているのではないかとびくびくしながら目を閉じた。そして恍《こう》惚《こつ》とした。

ドーントはのちに、目を閉じたままの状態で記憶から映像を呼び起こし、日中、目を覚ましているときに視線の先に存在していたときと同じくらい自由にその映像を楽しむ方法を自ら習得した。いや、目を開けているときよりもさらに自由に楽しんでいたかもしれない。やがて、夜の慰めに『運命の乙女たち』を呼び起こす年齢に達した。地下の人魚たちは逆巻く水より現れ出《い》でて、丸みを帯びた線が彼女たちの胴を半ば隠している。それは波かもしれないし、豊かな巻き毛かもしれないし、ことによると（十四歳の少年であれば当然想像するであろう）覆いなど何もない、実際の胸の、実際の丸みかもしれなかった。暗くなった時間にドーントがいつまでも想像するのは、こういうものだった。半分女で、半分川のその生き物が、髪をなびかせて自分と戯れている。その抱擁があまりに陶酔的で、現実の女が与えるであろう影響と同じものを彼に与えた。片手で自分自身を握ると、櫂《かい》のように硬かった。数漕ぎで十分だった。ドーントは流れに引き入れられ、彼自身が流れになり、恍惚状態に陥った。

そうしたことに思いを馳せ、『運命の乙女たち』を思い出していると、ふと看護師のリタ・サンデーはどんな容姿の女なのだろうという疑問が心に浮かんだ。彼女がこの部屋にいることはわかっていた。ベッドの足元の斜め左、窓のそばに椅子が置いてあった。どうにかそこまではわかった。今彼女はその場所で、静かに、じっと動かずに座っている――ドーントは眠っているものと信じているに違いない。小さな情報の断片をつなぎ合わせてリタの姿を想像してみようとした。ドーントの手を目から引き離そうとしたとき、その手にはしっかりとした力が込められていた。強い女に違いない。背が低くないことはわかっていた。彼女が立っているとき、その声は部屋の高い地点から聞こえてきていた。足音と動きからは自信が感じられて、従って、ひどく若くもなければ、ひどく年寄りでもないこともわかった。肌は白いのだろうか、黒いのだろうか。器量は良いのだろうか、悪いのだろうか。不器量に違いない、ドーントは思った。そうでなければ結婚しているはず。結婚しているのだとしたら、たったひとりで見ず知らずの男の寝室で看病にあたっているはずがない。おそらくは椅子に座って本でも読んでいるのだろう。あるいは考えにふけっているか。何を考えているのだろう。十中八九、少女にまつわるこの妙な一件についてだろう。どこから始めるべきかわかりさえすれば、自分もそのことについて考えていただろう。

「どう思います?」リタが訊いた。

「どうして目が覚めてるってわかったんです?」彼女は心が読めるのだという考えが一瞬頭をよぎったが、そんな考えを振り払ってドーントは答えた。

「あなたの息づかいが教えてくれたんですよ。昨晩何があったのか教えてください。事故があったところから、教えてください」

あれはどうして起こったのだったか。

ひとりで川に出るというのは良いことだった。そこには自由があった。ひとところにとどまるのではなく、絶えず動き続け、狭間を漂う。全てから逃れ、誰にも所有されない。ドーントはあの感覚を思い出していた。自身の体が、水の流れにのるように、逆らうように、風を受けるように、抗《あらが》うように変化するのには喜びが伴った。川が挑んできて、筋肉がそれに反応するときのあの振動と不安定さは快感だった。昨日はそんな快感に浸っていた。自分自身に没頭していた。目には川だけが映り、彼女の気まぐれを予測することにすっかり心を奪われ、四肢は彼女のあらゆる動きに反応する機械と化していた。体とボートと川がバレエのごとき踊りの中で結びつく、栄光の一瞬も訪れた。自制と授与、緊張と弛緩、抵抗と流動……崇高な瞬間だった――そして崇高なものに気を許してはならない。

悪魔の堰のことが頭になかったわけではない。どのようにして越えていくべきだろう。ボートを引き上げ、向こう側に引っ張っていくのを手伝ってくれる人間は近くにいるだろうか。もうひとつの可能性についても承知していた。冬ということもあり、落下の可能性はほとんどないはず……。やり方はわかっていた。櫂をボートに引き入れて、向こう側に抜けたときにボートを安定させるためにすぐに出せるよう準備しておき、同時に――素早く淀みのない一瞬の動きで――体をのけぞらせて仰向けに横たわる。失敗すれば、頭を打ちつけるか、肩甲骨を粉々にされるか、あるいはその両方だ。それはわかっていた。前にもやったことがあった。

どこで狂いが生じたのだろう。川に誘惑され、自己を超越した状態にあった――それこそが間違いだった。そこから逃れることもできた。もしもあのときに――今になってようやく思い出した――三つの事柄が同時に起こりさえしなければ。

第一に、いつの間にか時が経過していて、気づいたときには空から光が消え、辺りが薄暗い灰色になってしまっていた。

第二に、何かの姿が――正体の特定しがたいぼんやりとした形が――目に留まり、最も集中しなければならない瞬間に気が散ってしまった。

第三に、悪魔の堰。突然、目の前にあった。

水の流れが彼のボートを手中に収め――ドーントは体を後ろに投げ出し――川の水量が急激に増し、巨大な液体の手が下からドーントを持ち上げ、突き上げ――黒く湿った、木の幹ほどに硬い堰の下面が鼻を目がけて突進してきて――ああ！　と声を上げる間もなく――

ドーントはこれを全て看護師に説明しようとした。自分の口がよその国にあり、あらゆる言葉が新しく、険しい道を経由してアルファベットに到達するように感じられる今、説明するのはひと苦労だった。ドーントは最初、ゆっくりと話した。ぎこちない話しぶりで、説明の不足部分を補うために両手で信号を送りながら続けた。時折リタが口を挟み、彼の言わんとすることを理性的に予測すると、ドーントは、そう、その通り、と示すように低いうなり声を上げた。少しずつ自分の出すべき音に近づける方法を見いだし、より流暢《りゅうちょう》に言葉を発することができるようになった。

「それで、あの子を見つけたのは、その場所だったんですか？　悪魔の堰？」

「いいや。ここ」

ドーントが意識を取り戻したのは夜空の下だった。あまりの寒さに痛みを感じなかったものの、動物的本能で自分がけがをしていることはわかった。生き延びるつもりであれば、暖かさと、どこか避難できる場所が必要だと理解した。凍えるほど冷たい水の中に落ちてしまうことを恐れて、慎重にボートから這い出た。白い姿がドーントのほうに押し流されてきたのはそのときだった。瞬時に、それは子どもの体だとわかった。両腕を伸ばすと、川は少女の体をちょうどその腕の中へと運んだ。

「あなたは、あの子が死んでいると思った」

ドーントは、はい、と言うように低くうなった。

「ふーん」リタがひと息ついて、ある考えを後々のために一旦脇に追いやったのがわかった。「でも、どうやって悪魔の堰からここまで来たんです？　これほどひどいけがをした人が、壊れたボートにのっていたんじゃ――ひとりで来られたはずありません」

ドーントは頭を左右に振った。全く覚えていなかった。

「あなたが見たものはなんだったんでしょう？　悪魔の堰であなたの気を迷わせたものは」

ドーントは見たものを映像として記憶にとどめることのできる人間だった。映像がひとつ浮かんできた。川の上に浮かぶ青白い月。また別の映像が見えた。暗くなりつつある空を背景に迫りくる巨大な堰。そしてまた別の映像も見えてきたが、それを解明しようとすると顔に痛みが走った。ドーントは顔をしかめた。ドーントの心にはたいてい、写真乾板《かんぱん》（写真の感光材料のひとつ）のように、目にしたものの輪郭だけでなく細部まで、そして明暗や遠近感までもがはっきりと記録されていた。しかしこの映像だけは、ぼんやりとしたものが見えるだけだった。一瞬間をとらえたと錯覚させるために必要な十五秒の露出時間のあいだに、被写体が動いてしまったかのような写真だった。できるのであればその瞬間に戻り、その瞬間を体験し、それを広げ、これでもかというほど引き伸ばしてみて、自分の網膜にこのような不鮮明なものを残したものの正体を暴きたかった。

ドーントは答えることができずに首を振った。そしてその動きに顔をしかめた。

「人でしたか？　もしかしたら、事故を目撃して、あなたを助けてくれた誰かとか？」

そうだったろうか？　ドーントはためらいがちに頷いた。

「川岸に？」

「川」これには自信があった。

「ジプシーのボートかしら？　この時期、いつもこの辺りにいるから」

「一艘の船」

「別の手漕ぎボートですか？」

「いや」

「艀《はしけ》？」

目に浮かぶ曖昧なそれは、艀ではなかった。もっと細く、数本の線がただ……、「パント船、かも？」そう言った自分の言葉を耳にしてみると、その曖昧なものがわずかに自ら正体を明かした。背の高い痩せた姿に操られる、細長く背の低いボート……。「そう、それだ」

看護師が半ば笑いながら答えるのがわかった。「その話をする相手に気をつけることですね。中には、あなたがクワイエットリーに会ったと噂する人もいるでしょうから」

「誰？」

「クワイエットリーです。渡し守の。クワイエットリーは川で困った状況に陥った人を見つけると、その人が安全に家まで帰れるよう取り計らってくれるんです。その時が来ていない人に限って、ですけど。その時が来た人間の場合は、クワイエットリーがその人を川のあちら側に連れていくんです」リタは最後のほうの言葉を、半ばおどけるようにあえて厳粛な調子で発した。

ドーントは笑った。裂けた唇に引きつるような痛みを感じて、はっと息を吸い込んだ。足音が聞こえた。しっかりと、しかしそっと、顔に布が押し当てられた。ひんやりとした感覚。

「しばらくおしゃべりはやめにしましょう」看護師は言った。

「あなたのせいだ。あなたが笑わせた」

ドーントは会話を終わらせたくなかった。「クワイエットリーのことを、教えて」

椅子に戻っていく足音が聞こえてきて、ドーントは彼女の姿を想像した。不器量で、背が高く、力強く、若くも老いてもいない女。

「十通り以上の説があるんですよ。始めてみて、どんな話になるか見てみましょうか。もう何年も前のこと、テムズ川に今ほど多くの橋が架かっていなかったころ、クワイエットリー家のひとびとが、ここからそう遠く離れていない岸辺に住んでいました。この家族には一風変わった特徴があって、その家の男たちは口を利くことができませんでした。彼らがクワイエットリーと呼ばれるようになったのはそのためで、誰も彼らの本当の名前を覚えていないんです。彼らはパント船を造って生計を立てていて、船を製造し保管する場所《ボートヤード》からパント船を出して、手頃な運賃でひとびとを川の向こう側へ渡し、向こう側から呼び止められれば、彼らをのせてまたこちら側へ送り届けていました。そのボートヤードは祖父から父へ、そして息子へと代々受け継がれ、同時に、口の利けない性質も代々受け継がれました。

話すことができないというのは、恋愛においては障害になると思うかもしれませんね。でもクワイエットリー家の男たちは頼もしく、思いやりがありましたし、平穏な生活を好む女性というのもいるものです。どの世代の男たちのもとにも女性が現れて、会話をせずに暮らすことを喜んで受け入れ、次の世代のパント船製造者を生みました。生まれてきたどの女の子も話すことができるのに、話すことのできる男児はひとりもいませんでした。

　この物語の舞台となった当時、クワイエットリー家にひとり娘がいました。その娘はクワイエットリーにとって目の中に入れても痛くない存在で、両親も祖父母も彼女に深すぎるほどの愛情を注いでいました。ある日、その娘がいなくなりました。家族はありとあらゆるところを探し回り、近所の人たちにも呼びかけたので、夜の帳《とばり》が下りるまで、少女の母親と近所の人たちが彼女の名前を呼ぶ声が川岸に鳴り響いていました。少女は見つかりませんでした――その日も、その次の日も。そして三日目、わずかに川を下った辺りで、哀れな少女の溺死体が回収されました。そして少女は埋葬されました。

　時は過ぎました。冬の残りの日々、春、夏、秋を通して、少女の父親は以前と同じようにパント船を造り続け、必要とされるときにはひとびとを川の向こう側へと運び、夜になると暖炉のそばに座ってたばこを燻《くゆ》らしました。しかし彼の沈黙には変化がありました。かつてはその静けさの中に温かさと気さくさがあり、親しみに満ちていたのに、その静けさは少しずつ陰鬱な色を帯び始め、灰色の影ばかりになってしまいました。丸一年が経過し、少女が消えた日からちょうど一年後の日になりました。

　その日、クワイエットリーの妻が市場から戻ってくると、客が待っていました。〝川を渡りたいのでしたら、夫にお任せください。ボートヤードにいると思いますよ〟。妻は客の男に言いました。ところが男の顔に目をやってはじめて、その顔が青ざめていることに気づきました。男は言いました。〝もう会ったよ。俺をのせて川を半分渡って、川の最も深い地点についたところで、俺に棹《さお》を手渡して、パント船から飛び降りたよ〟」

リタはそこで言葉を切って紅茶をすすった。

「それで、今日《こんにち》に至っても、彼が川に出没すると？」ドーントは訊いた。

「話にはまだ続きがあるんです。それから三日後、クワイエットリーの妻が真夜中に暖炉のそばで涙を流していると、ドアを叩く音が聞こえてきました。そんな時間に自分を訪ねてくる人間など誰ひとりとして思いつきませんでした。川を渡りたい人だろうか？　そう思って彼女はドアのほうへ向かいました。恐怖心からドアを開けることはせず、向こう側に声をかけました。〝もう遅い時間です。朝まで待ってください、そうすれば義理の父が向こう岸へお渡ししますから〟

声が返ってきました。〝ママ！　入れてぇ！　お外は寒いの〟

震える手でドアを開けると、玄関先に、愛しい我が子が、一年前に埋葬した小さな娘が、生きて、健康な体で立っていました。そして娘の背後には夫のクワイエットリーが。彼女は両腕で少女を抱きしめ、少女が戻ってきたことに涙を流しました。はじめは喜びがあまりに大きくて、どうしたらこのようなことが起こるのかと不思議に思うことさえありませんでした。しかしやがて思いました、そんなはずがない。そして腕を思い切り伸ばして少女を自分から遠ざけると、じっとその子を見つめました。でも間違いなく、その子は十二ヶ月前にいなくなった娘そのものでした。

〝一体どこから来たの？〟驚いて尋ねると、少女は答えました。〝川の向こう側にあるところからよ。パパが迎えにきてくれたの〟

女の人は夫に目を向けました。クワイエットリーは少女から少し離れたところ、玄関先ではなく小道に立っていました。

〝入ってちょうだい、あなた〟彼女はそう言うと、ドアを大きく開いて暖炉のほうを手で示しました。そこでは火が燃えていて、炉棚の上にはまだ彼のパイプが置かれていました。でもクワイエットリーは前に踏み出そうとしません。夫が変わってしまったことに気づかずにはいられませんでした。といっても、どのように変わったかをはっきりと言うことはできませんでしたが。以前より青白く、細くなっていたかもしれません。あるいは、変わってしまったのは目で、以前よりも色が暗くなっていたのかもしれません。

〝入ってちょうだいよ！〟女の人は繰り返しました。クワイエットリーは首を振りました。

そこで彼女は理解しました。彼はもう二度と、入ってくることができないのだと。

その善良な女の人は、娘を家に引き入れるとドアを閉めました。ひとびとが川でクワイエットリーを見かけるようになったのはその日からです。娘を取り戻すためには代価が必要で、彼はそれを払ったのです。彼は永遠に川を見守らなければなりません。そこで困難に直面する人が現れるのを待ち、その人がまだその時を迎えていなければ安全に岸まで送り届け、その時が来た人間は安全に向こう側のあの場所へ、彼が娘を探しに訪れた場所へと送り届けます。そこに送られた人はそこにとどまらなければならないのです」

ふたりはそこで、その物語にふさわしい無言の休憩を与えた。物語が終わると、ドーントが再び口を開いた。

「私はまだその時を迎えていなかった。それでクワイエットリーは、私をラドコットまで引っ張ってきた」

「この物語が信じられるものであれば」

「あなたは、信じる？」

「当然信じません」

「それでも、いい話です。愛情深い父親が、自らの命を犠牲にして娘を助けた」

「命以上のものを犠牲にしましたよ」リタは言った。「死まで犠牲にしたんですから。クワイエットリーに永遠の眠りが訪れることはありません。彼は永遠にふたつの場所の狭間に存在し、その境界線を監視しなければならないのです」

「あなたは、そのことも信じてはいない」ドーントは言った。「この辺りの人たちは、信じてる？」

「ボート修理のベザントは信じていますよ。見たことがあるって思っているみたいです。若いころ、桟橋の上で滑ってしまったときに見たって。クレソンの栽培人の男は、クワイエットリーは、川の水かさが増して田畑がぬかるむのを防いでくれているのだと考えています。砂利の採取人のひとりは、はじめ懐疑的でしたが、それも彼の足首が水中で身動き取れなくなってしまったある日までのこと。彼は今では、自分の足に手を伸ばして解放してくれたのはクワイエットリーだと信じて疑いません」

会話をするうちに、ふとあの少女のことが思われた。「あの子、死んでると思った」ドーントはリタに言った。「腕の中に流れてきた。白くて、冷たくて、目をつぶっていて……死んでいると、誓うこともできた」

「みんなそう思いましたよ」

「でも、あなたは違う」

「私も思いました。そう確信していましたよ」部屋の中に考え深げな沈黙が流れた。ドーントは訊いてみたい質問をいくつも思いついたが、口を休ませることにした。もう少し待てば彼女のほうからまだ何か話してくるはず、何かが彼にそう告げていた。そしてそれは正しかった。

「あなたは写真家ですよね、ドーントさん。つまり、あなたは科学者です。私は看護師ですから、私も科学者ということになります。それなのに私、昨日の夜、目にしたことを説明することができないんです」リタはゆっくりと、極めて冷静に、言葉を慎重に選びながら話した。「あの子は息をしていませんでした。脈もなかった。瞳孔は開いていました。体は冷たくて、肌は真っ白でした。教科書に載っているどんな法則に照らし合わせてみても、あの子は死んでいました。私はそのことを微塵も疑いませんでした。生命の兆候を確認し、それがないと判断した時点で、すぐにその場を離れることもできたんです。どうしてあの子のそばにとどまったのかはわかりません。ただ、自分では説明できない何らかの理由から、心が落ち着かなくなったんです。少しのあいだ——二分から三分くらいだったと思います——そのまま少女のそばに立っていました。私、両手であの子の片方の手を包み込んでいて、指先で彼女の手首に触れていました。そうしているうちに、あの子の皮膚と私の皮膚のあいだで何かがぴくぴくと振動するのを感じました。脈拍のようでした。でも、そんなはずがないことはわかっていました——彼女は死んでいるのですから。

まあ、実際に、自分の脈を患者さんの脈と勘違いしてしまうこともあり得るんですけどね。指先にも脈がありますから。ちょっといいですか」リタがベッドに近づいてくる足音とともに、スカートの生地が擦れる音が聞こえてきた。リタはドーントの手を取ると、手のひらを上にして広げた自分の手の上にドーントの手をのせ、その手を覆うようにしてもう一方の手のひらをかぶせた。リタの両手がドーントの片手を包み込み、指先がドーントの手首の内側に軽く触れた。「ほら。これであなたの脈を感じられる」（リタに触れられて、ドーントの血は激しく巡っていた）「それに私自身の脈も。とても弱い脈だけれど、それでもやはり私の脈」

ドーントが理解したことを示す音を喉から絞り出すと、急にさまざまな感覚が研ぎ澄まされたかのように、リタの血の脈動が感じられた。消え入りそうなほど微かな脈動が。

「それで、あらゆる不確実性を避けるために、こうしたんです……」リタの手が滑るように離れていき、ドーントの手だけがベッドカバーの上に残された。ドーントのうちで失望の波が膨れ上がったが、耳の下の柔らかい部分にリタの指先がそっと触れるのを感じ、その波は引いていった。

「脈を測るにはここがいいんですよ。ここを強く押して、もう一分ほど待ってみました。でも何も感じませんでした。何も、やっぱり何も、それでもやはり何も感じませんでした。こんなひどい寒さの中、こんな暗がりに立って、死んだ子どもの脈が戻るのを待つなんてどうかしてる、自分にそう言い聞かせましたよ。そしたら、戻ってきたんです」

「心臓は、どれほどゆっくり鼓動することができるんです？」

「子どもの心臓は大人の心臓に比べて速く拍動します。一分間に百回拍動するのが普通です。六十回では危険で、四十回というのは非常に危険です。四十回になると最悪の事態を想定します」

ドーントは瞼の内側で、青い、雲のような形をした考えが浮かび上がってくるのを見た。

そしてそんな考えの上空に、リタの考えが浮かぶのが見えた。それは深い葡萄茶色《えびちゃ》と緑色の縞模様で、ドーントの視界を左から右へと水平に移動していた。まるでゆっくりと一心に動く稲妻の閃光《せんこう》のように。

「一分のうちに一回……子どもの脈拍数が一分間に四十回を下回るのを私は見たことがありません。全くなくなってしまう場合を除いては」

リタの指先はドーントの肌に触れたままだった。しかしもうすぐにでも、リタは我に返ってその指を離してしまうだろう。ドーントは、その思考の流れの中にリタをとどまらせたいと思った。

「四十回を下回ると、死ぬ？」

「私の経験上、そうですね」

「でも、あの子は死んではいなかった」

「死んではいなかった」

「生きていた」

「一分間に一回の脈拍数で？　あり得ない」

「あの子が生きているというのがあり得ないことで、死んでいるというのもあり得ないことなのだとしたら、あの子は一体？」

思考の青い雲が消え失せた。木の葉色とプラム色の縞模様が激しく膨れ上がり、遠く右のほうへと動いていき、視界から消えた。リタは苛立《いらだ》ちのため息を深く吐き出すと、ドーントの首元から指を離した。ドーントの視界の中で、火の中で崩れ落ちる石炭から吐き出される銅の破片が飛び散った。

沈黙を破ったのはドーントだった。「あの子は、クワイエットリーのようなものだった。ふたつの世界の、狭間にいる」

怒ったような息が吐き出され、しかし最後にはその吐息が半分笑ったような声に変わるのをドーントは聞いた。

ドーントは笑った。皮膚が引き伸ばされ、痛みから叫び声を上げた。

「ああっ」ドーントは悲鳴を上げた。「ああっ！」

その声がリタの注意をドーントに引き戻し、リタの指先は再びドーントの肌に触れた。リタが冷却用の布をドーントの顔に当てたとき、ドーントははっとした。会話をするうちに、自分の中のリタ・サンデー像が変わってしまっているではないか。今ではリタは、運命の乙女たちと似た姿をしていた。

これで終わり?

冬の間には声が飛び交い、部屋は活気に満ちていた。酒飲みたちが密集し、座る席がないために立っている客たちもたくさんいた。マーゴットは薄暗い通路から部屋に足を踏み入れると、そばに立つ客たちの背中を肘で小突きながら「脇に寄ってちょうだい、道を空けとくれ」と言った。押された客たちが足を引きずりながらマーゴットに道を空けると、マーゴットは喧騒《けんそう》の中に入っていった。マーゴットのすぐ後ろから、毛布に包まれた少女を腕に抱いたヴォーンが現れた。その後ろにヴォーン夫人が続き、客たちに感謝を示すべく右に左に小さく会釈して通っていった。

最初に道を空けた酒飲みたちは少女の姿を見て口をつぐんだ。部屋の少し奥にいた客たちは、急に背後から音が聞こえなくなったのを感じ、マーゴットが自分たちを小突いて道を空けさせようとしているのを見て、伝播《でんぱ》するように静かになった。少女はヴォーンの肩に頭を預けていて、顔は彼の首に押しつけているために半分しか見えていなかった。目は閉じていた。体から力が抜けている様子を見れば、少女が眠っていることがわかった。静寂《しじま》はヴォーン夫妻の歩みよりも速く進み、夫妻がドアまであと半分というところまで来るころには、ほんの少し前までその空間を占めていた騒音に取って代わって静けさが浸透していた。群衆はつま先立って身をのり出し、眠る少女の顔をもっとよく見ようと食い入るような視線を投げかけた。部屋の後ろのほうでは、丸椅子やテーブルによじ登って見つめる者たちもいた。マーゴットが押したり突いたりする必要はなくなった。客たちが自発的に道を空けた。夫妻たちがドアに到着したとき、そこに艀の船頭が待ち構えていて、夫妻のためにドアを開けるべく準備を整えていた。

ヴォーン夫妻はドアの向こうに消えていった。

マーゴットは船頭に向かって頷き、ドアを閉めるよう合図した。誰も動かなかった。群衆が脇によけたあとには、床板の曲線がまだ見えていた。誰ひとりとして口を開かない一瞬の沈黙があったのち、足を引きずる音や咳払いする音が聞こえてきた。そしてあっという間に、再び客たちは群がり、がやがやという低い話し声が先ほどにも増して大きく響いた。

酒飲みたちはさらに一時間ほどそうして話していた。その日の出来事の詳細を振り返り、複数の事実の重みを量ってからひとつにまとめ、風味づけのために多くの推測や立ち聞き、仮定を加えてよくかき混ぜ、酵母がわりに噂をたっぷりとふりかけて膨らませた。

その物語はもうここにはいないのだという空気が漂った。もはやここ、ラドコットの〈白鳥亭〉にはとどまっておらず、外の世界へ行ってしまったと。酒飲みたちはふと、外の世界のことを思い出した。妻や子ども、ご近所さんや友人たち。外の世界には、ヴォーン夫妻と若きアームストロングにまつわるこの物語を知らない人たちがいる。ひとりふたりと席を立ち、それからぽつりぽつりと数人がドアに向かい、やがてドアの前に切れ目なくつながる列を作って客たちは店を出ていった。マーゴットは、なかなか帰らずに店に残っていた、それほど酔っていない客たちに頼んで、酔いどれたちが川岸を歩くのに付き添わせ、彼らが川に落ちないよう見守らせた。

最後のひとりが店を出てドアが閉まり、冬の間に誰もいなくなると、ジョーは床掃除を始めた。何度も立ち止まり、箒《ほうき》に寄りかかって休憩しては息をついた。ジョナサンは薪を運んできた。暖炉のそばに置かれたかごに薪を積み上げるジョナサンのつり上がった目には、いつになく物憂げな表情が浮かんでいた。

「どうしたんだい？」

息子はため息をついた。「あの子に、うちでぼくたちと一緒にいてほしかった」

ジョーは笑みを見せると、息子の髪の毛をくしゃくしゃとなでた。「お前がそう思ってるのは知っていたよ。でもあの子はうちの子じゃないんだ」

ジョナサンは父に背を向けてふた山目の薪を取りに向かったが、ドアのところまで行くと足を止め、不安げな表情で振り返った。「父ちゃん、これで終わりなの？」

「終わり？」

ジョナサンは、父親が首をかしげて、物語が湧き出てくるあの暗い天井の隅っこを見つめているのを見た。やがて父親はジョナサンに視線を戻し、頭を左右に振った。

「これは始まりにすぎないよ、ジョナサン。まだまだ続きがある」

第二章

辻褄《つじつま》が合わない

リリーは階段の一番下の段に腰を下ろして右足をブーツに入れた。紐の下にもぐってしまわないように舌革を手で押さえたが、踵《かかと》の辺りで靴下に皺が寄っていて、足を前に無理やり押し込めようとした。リリーはため息をついた。ブーツはいつでもリリーの邪魔をしようと企《たくら》んでいる。ブーツとの関係がしっくりきたためしがない。ブーツは腱膜瘤《けんまくりゅう》を圧迫し、皮膚の擦《す》りむけている部分を擦《こす》る。夜のうちにどれだけ藁《わら》を詰め込んでおいても、朝にはいつでもわずかに湿気が戻ってきていて、リリーの体を凍えさせる。リリーは右足をブーツから出すと、靴下を伸ばし、もう一度挑戦した。

両足にブーツが履けると、外套のボタンを留めて首にマフラーを巻いた。手袋はしなかった。持っていなかった。外に出ると、冷気が躊躇《ちゅうちょ》なく外套を突き抜け、刃《やいば》のような鋭さで皮膚に襲いかかったが、リリーはほとんどそれに気づいていなかった。もう慣れっこになってしまっていた。

リリーの朝の日課が変わることはなかった。まず川に行った。その日の水位は予想していた通り、高くも低くもなかった。怒れる激流も威嚇的な停滞もなかった。水は、不満げに歯擦音を出すことも、轟音《ごうおん》を立てることもなく、悪意に満ちたしぶきをリリーに向かって跳ね飛ばすこともなかった。川は絶え間なく流れ、自分自身のことに完全に没頭していて、リリーと彼女の行動にはわずかばかりの興味も示していなかった。リリーは川に背を向けると、豚に餌をやりに向かった。

リリーは一方のバケツいっぱいに穀物を、もう一方のバケツに残飯を入れた。空気中に生暖かい腐敗臭が漂った。若い雌豚がいつものように仕切り壁のほうへ近づいてきた。雌豚は顔を上げて低い壁の上部に顎の下を擦りつけるのが好きだった。リリーはそんな雌豚の耳の裏辺りを掻いてやった。雌豚は嬉しそうに低いうなり声を上げ、赤毛のまつ毛の下からリリーを見つめた。リリーはバケツをふたつ持ち上げると、重さでよろけながら豚たちの食事場に向かった。そしてひとつひとつバケツの中身を餌入れに空けてから、広場への入り口を塞いでいた厚板を引き抜いた。それが全て終わると、ポケットから自分の朝ごはんを――棚にあったりんごのうち、比較的傷の少ないりんごを――取り出し、かじりついた。朝食に連れがいるのも悪くはなかった。最初にやってきたのは雄豚で――いつも彼が最初にやってきた、雄というのはあらゆることに関して自分優位に考えるものだ――すぐに餌入れに鼻を突っ込んだ。その後ろから雌豚がやってきたが、その視線はまだリリーに注がれていて、なぜこんな目で自分を見つめてくるのだろうかとリリーは改めて不思議に感じずにはいられなかった。何かを求めているかのような妙な目つきで、まるで人間のようだった。

リリーはりんごの果肉を食べ終わると、雄豚の目の届かないところを狙って芯を囲いの中に投げ入れた。雌豚は最後にもう一度だけ、あの解読不能な眼差しを――後悔だろうか？　失望？　悲哀？――リリーに向けてから、地面に鼻を擦りつけた。りんごの芯はなくなった。

リリーはバケツをきれいにして、小屋に戻した。空に目をやると、もう仕事に行く時間だということがわかった。でもその前に、もうひとつだけ。薪の山から数本の薪を動かすと、その三列下の薪を一本引き抜いた。その薪は正面から見るとほかの薪と同じように見えたが、反対側の端に、穴が彫ってあった。リリーがその薪を傾けると、硬貨が数枚転がり落ち、リリーの手のひらに落ちた。触る前と全く同じ状態になるよう注意しながら、移動させた薪を元の位置に戻した。家に入ると、暖炉から、緩んだ煉瓦《れんが》をひとつ引き抜いた。その煉瓦はほかの煉瓦と何ら変わりないように見えていたが、簡単に外すことができ、その奥に小さな空洞があった。リリーは手の中の硬貨をその空洞に入れると、煉瓦を元の位置に滑らせた。確実に周囲の煉瓦と全く同じ高さになるよう注意して。再び外に出てドアを閉じたが、鍵はかけなかった。理由は単純で、そのドアには錠がなく、鍵もなかった。リリー・ホワイトの家に盗む価値のあるものなど何もない、それは周知の事実だった。リリーは出発した。

外気は肌を刺すように冷たかったが、川岸には、枯れた植物の赤錆《あかさび》色と黒色の合間に緑色が戻りつつあった。地面が硬いおかげでブーツの穴から水が染み込んでくることがないことに感謝しながら足早に歩いた。バスコットに近づくと、川の向こう側を、ヴォーン夫妻の所有するバスコット・ロッジの敷地をじっと見つめた。そこには誰もいなかった。

あの子は家の中にいて、暖炉のそばにいるんだわ、リリーは思った。暖炉前の床や、薪を保管する巨大なかご、明るい光を放って踊る炎を想像した。「触っちゃダメよ、アン」そして小声でささやいた。「熱いわよ」でも裕福な人たちの家には暖炉を取り囲む金網があるはず。リリーは頷いた。そうよ、そうだわ。アンは青いベルベットのワンピースを着ていて――いいえ、毛織物のほうが暖かいわ、毛織物にしましょう。リリーは心の中で、まだ一度も足を踏み入れたことのないその家の中を歩き回った。二階には小さな寝室があり、そこでは別の暖炉に薪がくべられていて、部屋は暖かかった。部屋にはベッドがあり、マットレスは藁ではなく本物の子羊の毛でできていた。毛布は厚手で――色は赤？　そう、赤がいいわ、それから枕には髪をおさげに結った人形が。床にはトルコ絨毯《じゅうたん》が敷かれていて、朝アンが足を下ろしても冷たくならないようになっている。この家の食料貯蔵室はハムやりんご、チーズでいっぱいで、ジャムやケーキを作ってくれる料理人がいて、棚には蜂蜜の瓶が複数積み重ねてあり、引き出しには黄色と白の縞模様の杖形の飴《キャンディケイン》が六本入っている。

リリーはすっかり満たされた気持ちでアンの新しい家を探索していた。想像の中のバスコット・ロッジの室内の映像は、牧師館のドアのところに到着するまで消えなかった。
そうよ、台所のドアを押しながらリリーは思った。アンはバスコット・ロッジでヴォーンご夫婦と住むのがいいんだわ。あそこなら安全。幸せになることだってできるかもしれない。あの子のいるべき場所は、あの家なのよ。

牧師は書斎にいた。リリーはいつもよりも遅く到着してしまったことに気づいていたが、指先でやかんに触れると、牧師が自分ではまだお茶を入れていないことがわかった。リリーはブーツから足をひねり出すと、牧師館の台所の食器棚の下にしまってある灰色のフェルトの靴にそっと足を入れた。この靴を履いているときはいつでも足元が快適だった。室内用のその靴を、牧師館の台所の食器棚の下に置いて良いかと牧師に尋ねることができたのは、そこで働き始めて二ヶ月が経過してようやくのことだった。「見えないところに隠しておきますから。そうすれば絨毯の美観を損ねることはありません」リリーはそう説明した。牧師が承諾すると、次にリリーは、牧師が彼女のために貯蓄してくれているお金をいくらか要求し、そのお金を手に真っすぐ靴を買いに向かい、そのままた牧師館に戻ってきた。時折、コテージにいて寒さと霊への恐怖を感じるようなとき、牧師館の台所の食器棚の下に灰色の靴が、あたかもそれがそこの所有物であるかのように置かれていることを思うだけで、気持ちが軽くなった。

湯を沸かし、紅茶を運ぶお盆を用意した。準備が全て整うと、牧師の書斎へ向かい、ドアを叩いた。

「どうぞ!」

牧師は席に着いて書類の上に身をかがめていて、頭のてっぺんの毛のない部分があらわになっていた。リリーを驚かせるほどの速さで文字を書き殴っていたが、文の最後までくると顔を上げて言った。「ああ! ホワイトさん!」

この挨拶はリリーの人生の喜びのひとつであった。決して「おはようございます!」や「こんにちは!」――そうした誰にでも向けられる挨拶――ではなく、いつでも「ああ! ホワイトさん!」だった。〝ホワイト〟という名が彼の口から発せられるとき、それは祈りのような響きを持っていた。

リリーはお盆を置いた。「トーストを作りましょうか?」

「ああ、いや、後で結構」牧師は咳払いをした。「ホワイトさん……」それから声の調子を変えて話し始めた。

リリーがじっと見つめると、牧師は当惑しながらも思いやりに満ちた表情を見せたが、その表情は、どのような話を聞かされるのだろうというリリーの恐怖を大きくするだけだった。

「〈白鳥亭〉での、あなたと女の子にまつわる話を耳にしたのですが、これはどういう話ですかな?」

リリーは心臓が飛び出しそうになるのを感じた。なんと言えばいいのだろう。これほど単純なことを説明するのが、どうしてこれほどまでに難しいのか、それは謎だった。口を開いては閉じるのを一度ならず繰り返したものの、言葉が出てこなかった。

牧師が再び口を開いた。

「私の理解している限りでは、あなたは〈白鳥亭〉で、その子どもは自分の妹だと主張したとか？」

牧師の声は穏やかだったにもかかわらず、リリーの胸は恐怖で満たされた。息を吸うことも吐くこともできないほどだった。どうにか息を吸い込むと、吐き出す息に紛れて言葉があふれ出した。「悪気はなかったんです、どうか解雇しないでください、ハブグッド牧師、どなたにも迷惑をかけたりしませんから、約束します」

牧師は先ほどと変わらず戸惑った表情でリリーをじっと見つめた。「では、その子どもはあなたの妹ではない、と理解していいのですよね？　思い違いだった、ということでよろしいかな？」牧師はためらいがちに、様子をうかがうように笑んでみせたが、リリーが首を縦に振ったのを見ると、その笑みは揺るぎないものとなり、満面に広がった。

リリーは嘘をつくのが嫌いだった。嘘をつかなければならない状況はこれまでに何度もあったものの、何度やってもそれに慣れることはなかったし、嘘がうまくなることもなかった。しかし何よりも、嘘というものが嫌いだった。自分の家で嘘をつくのももちろん嫌だったが、特にここ、牧師館ではなおさら嫌だった。神の家《教会》と同じくらいにとは言わないまでも、牧師館は教会に次ぐ善良なる場所で、そこで嘘をつくというのは由々しき問題だった。職を失いたくはなかった……リリーは嘘と真実のあいだを彷徨《さまよ》い、ついには両者に伴う危険を測ることができなくなり、最後には彼女自身の本質が勝った。

「あの子は、私の妹です」

リリーは視線を落とした。スカートの下からフェルトの靴のつま先がのぞいていた。涙があふれてきて、手の甲でそれを拭った。「あの子は、私のたったひとりの妹で、名前はアンといいます。私には、あれが妹だとわかるんです、ハブグッド牧師」拭い去った涙の後に、また別の涙があふれた。あまりに多く湧き出てくる涙は抑えようがなかった。涙は目からこぼれ落ち、フェルトの靴のつま先に黒い染みを作った。

「ふむ、それでは、ホワイトさん」牧師はわずかに動揺した様子で言った。「少しかけたらどうです？」

リリーは首を振った。牧師館で腰を下ろしたことなどこれまでに一度たりともなかった。自分はここで働いているのであって、床に足や膝をつき、使い走りをし、磨いたり洗ったりし、そうすることでようやく帰属意識を感じることができていた。ここに座るということは、助けを求めて牧師館を訪れるほかの教区民と同じ存在になってしまうということ。「いいえ」リリーはつぶやいた。「いいえ、結構です」

「では、私があなたのそばに立ちましょうか」

牧師は立ち上がると、机の後ろから前に出てきて考え深げにリリーの顔を見た。

「このことについて、一緒に考えてみましょうか？　ひとりよりふたりの知恵、と言うではありませんか。まず、ホワイトさん、あなたはおいくつですかな？」

リリーは驚いて目を見開いた。「その、私……よくわからないんです。三十いくつだったときがありました。数年前のことです。だから私、おそらくは四十何歳かなんでしょうね」

「ふむ。それで、〈白鳥亭〉にいた少女は何歳くらいだと思いました？」

「四歳です」

「確信があるような口ぶりだ」

「あの子は四歳ですから」

牧師は表情を曇らせた。「仮にあなたが四十四歳だとしましょう。本当のところはわかりませんが、ご自身で四十代だとわかっているのですから、四十四ということも十分考えられるでしょう。それでいいですよね？　話を進める便宜上？」

リリーはなぜそれが問題なのか理解できないまま頷いた。

「四歳と四十四歳とのあいだには、四十年の差がありますね、ホワイトさん」

リリーは眉をひそめた。

「あなたが生まれたとき、母上はおいくつでした？」

リリーはたじろいだ。

「ご存命ですかな、あなたの母上は？」

リリーは身震いした。

「別の言い方をしましょう――母上に最後に会ったのは、いつごろですか？　最近ですか？　それとも、かなり以前？」

「ずっと昔です」リリーはささやくように言った。

牧師はまた別の行き止まりに突き当たることを予測して、ほかの道を辿ることに決めた。

「母上があなたを生んだのが、十六歳のときだったと仮定しましょう。母上はその小さな少女をそれから四十年後、つまり五十六歳のときに生んだことになります。今のあなたよりも十二歳年上ということです」

リリーは目を瞬《しばた》かせ、それらの数字が何を意味するのかをなんとか理解しようとした。

「こうした計算で、私が何を言わんとしているかがわかりますかな、ホワイトさん？　その少女はあなたの妹であるはずがないんです。あなたの母上がそれほど年の離れた娘をふたり生むことのできる可能性は――不可能と呼べるほどに低いのです」

リリーは自分の靴に視線を落とした。

「父上はどうです？　父上は何歳ですか？」

リリーは体を震わせた。「死にました。ずっと昔にです」

「そう、それでは。一度整理してみましょう。あなたの母上がその小さな少女をこの世に送り出したということはあり得ません。出産するには年を取りすぎていたことになりますから。そしてあなたの父上はもうずっと以前に亡くなっているということですから、父上も、その子に命を与えた人物ではないということになります。つまり、その子はあなたの妹ではないのです」

リリーはフェルトの靴についた染みをじっと見ていた。

「あの子は、私の妹です」

牧師はため息をついてから部屋を見回し、何かひらめきを与えてくれるものはないかと探した。しかし目に入ってくるのは、机の上に置かれた、やりかけの仕事ばかりだった。

「その少女がバスコット・ロッジに行って、ヴォーン夫妻と住むことになったというのは知っているのですね？」

「知っています」

「その子があなたの妹だと主張することは、誰のためにもなりませんよ。特に少女自身のためには。そのことをお考えなさい」

赤い毛布と、黄色と白のキャンディケインが思い出され、ようやくリリーは顔を上げた。

「わかっています。あの子があの家に行って良かったと思っています。ヴォーン夫妻なら、私よりもちゃんと面倒を見てあげられますから」

「アミーリアですよ」牧師は非常にやんわりと訂正した。「あの子は、二年前にヴォーン夫妻のもとからいなくなったお嬢さんですよ」

リリーは瞬《まばた》きをして言った。「夫妻があの子のことをなんと呼ぼうが構いません。それに私、迷惑をかけようだなんて思っていません。夫妻にも、あの子にも」

「それは良かった」牧師は眉根を寄せたままそう言った。「良かった」

話し合いは終わりを迎えたようだった。

「私、解雇されるんでしょうか？」

「解雇？　いやいや、とんでもない！」

リリーは胸の辺りで両手を握り合わせ、感謝を示すように頭を上下に振った。膝がこわばっていて、片膝を曲げてお辞儀することができなかったのだ。「感謝します、ハブグッド牧師。それでは、洗濯に取りかかっても？」

牧師は再び机に着くと、作業途中だったページを手に取った。

「洗濯？　……ああ、どうぞ、ホワイトさん」

洗濯を終えると（それからシーツにアイロンをかけて、ベッドを整えて、床にモップをかけて、敷物《ラグ》をたたいて埃を出し、タイルを磨き、薪かごを満たし、暖炉前の床から煤《すす》を払い、家具を磨き、カーテンを揺すり、クッションを叩いて中に空気を含ませ、全ての額縁と鏡の枠を羽箒《はねぼうき》で払い、蛇口という蛇口を酢で磨き上げ、牧師のために夕食を作り、それをテーブルに配置して布をかぶせ、コンロを洗って汚れを落とし、台所にあるもの全てを清潔で片づいた状態にすると)、リリーは再び牧師の書斎のドアを叩いた。

牧師は金額を数えてリリーに報酬を渡したが、リリーはそのうちの硬貨数枚を手に取ると、残りはいつものように牧師に返した。牧師は机の引き出しを開けると、リリーの貯蓄を保管してある缶を取り出し、蓋を開けて中に入っていた紙切れを開いた。そしてそこに数字を書き入れた。このやりとりを始めた当初、牧師がリリーに説明した通り、その日の日付、リリーが保管用に牧師に渡した金額、新たな貯蓄総額がそこに記された。

「かなりいい額になってきましたな、ホワイトさん」

リリーは頷くと、一瞬笑みを見せた。神経質そうな笑みだった。

「いくらか使おうという気にはなりませんかな？　手袋のために？　外は凍えるほど寒い」

リリーは首を振った。

「ふむ、それならば、何か見繕ってあげましょう……」そう言って牧師は少しばかり書斎を離れると、すぐに戻ってきて、リリーに何か差し出した。「これはまだ使えるでしょう。あなたの手がかじかんでいるというのに、これを未使用のまま保管しておくなんてもったいない。さあ、お持ちなさい」

リリーは手袋を受け取るとそれに触れてみた。緑の羊毛の毛糸で編まれた厚手の手袋で、わずかに穴が見受けられる程度だった。これなら難なく修繕できるだろう。その柔らかな触り心地からは、寒い朝に川沿いを歩くときにこれを身につけていれば、とても暖かく感じられるだろうということが想像できた。

「ありがとうございます、ハブグッド牧師。優しいお気遣い、本当に感謝します。でも私、なくしてしまいますから」

リリーは牧師の机の端に手袋を置くと、別れの挨拶をして部屋を出た。


川に沿って歩く帰り道がいつもよりも長く感じられた。豚たちの餌にするための食べ物のかすを拾い集めるのに何度も何度も立ち止まらなければならなかったし、一歩進むたびに腱膜瘤が痛んだ。手は凍えんばかりだった。小さいころには手袋を持っていた。母親が緋《ひ》色の毛糸で編んでくれた手袋で、なくしてしまわないようにと、袖から通すことのできる紐も編んで手袋につけてくれていた。それなのに、なくなってしまった。リリーがなくしたのではなかった――奪われてしまったのだった。

コテージに着くころには外はもう暗くなり始めていて、リリーの体は骨の髄まで冷え切り、体中の痛みを発することのできるあらゆる箇所が痛んでいた。通りすがりに、低い位置にあるほうの杭《くい》を確認した。朝に比べると水かさが増していた。足元を見ると、水際がリリーの不在中に数センチほど家に近づいてきていることがわかり、そこに悪意さえ感じられた。

豚たちに餌をやった。赤毛の豚が自分を見ているのがわかったが視線を返さなかった。今夜は豚の気持ちについて考える余裕がないほどに疲れていた。赤毛の豚はこっちを見てと言わんばかりに鼻を鳴らし、低いうなり声を上げていたが、彼女の耳の裏を掻いてやることもしなかった。

朝には空っぽだった、薪小屋に置かれた複数の木箱に、十以上の瓶が入っていた。

リリーはびくびくしながらコテージに近づくと、ドアを開け、足を踏み入れる前に中をのぞき込んだ。誰もいない。緩んだ煉瓦の奥にある空洞を確認した。空っぽだった。ということは、彼が来ていたのだ。そしてもういない。

夜のお供にろうそくを灯そうと思い、ろうそく立てを取りに行くと、ろうそくがなくなっていた。帰宅後に食べるつもりでいたわずかばかりのチーズもなくなっていて、パンも、硬い外側の部分だけが残っているばかりだった。

ブーツを脱ぐために階段に腰を下ろした。なかなか脱げなかった。外套を脱がず、靴下を履いたままそこに座り、床に残る水染みを――川の水が、悪夢の中の妹のシュミーズから止めどなく滴り落ちて作った染みを――見つめ、じっと考えた。

リリーはゆっくりと考える人間だった。幼い時分からずっとそうだった。必要以上の物事について心を悩ませることはなく、ありのままの人生を受け入れる人間だった。リリーの人生における変化や蛇行といった事件は、彼女自身の断固たる行動の結果などでは決してなく、運命に翻弄された事故にすぎず、計り知れぬ神の御手《みて》により配られた手札であり、他者から押しつけられたものだった。リリーは変化に狼狽《ろうばい》し、異議を挟むことなくそれに従った。もう長いことずっと、事態がこれ以上悪化しないようにということだけを願ってきた――しかしいつだって悪いことは起こった。経験を熟考するのはリリーにとっては簡単なことではなかった。しかし、アンが姿を現した衝撃がようやく薄れた今、こうして階段に座っていると、ある疑問が表面に浮かび上がろうともがいているのが感じられた。

悪夢の中のアンは、指を突き出していて、真っ黒な瞳を持ち、復讐心《ふくしゅうしん》に満ちた恐ろしい姿をしていた。ラドコットの〈白鳥亭〉にいたアン――今リリーがそのアンを思い浮かべるとき、彼女はヴォーン夫妻の家にいた――は全く違っていた。彼女はおとなしかった。じっと見つめてくることも、指さしてくることも、復讐に燃えた表情を向けてくることもなかった。彼女からは、リリーにはもちろん、誰かに危害を加える様子が全く感じられなかった。今回戻ってきたアンは、かつてのアンに近かった。

リリーは二時間そうして階段に座っていた。空の暗さが窓にのしかかり、川の流れる音が耳に鳴り響いていた。川からやってきて、床板に恐怖を滴らせていくアンを思った。青い毛織物のワンピースに身を包み、バスコット・ロッジの暖炉のそばに座るアンを思った。床の水染みが部屋全体の闇と同化するころになっても、困惑を整理して質問という形にまとめることができずにいて、どんな答えからも遠く離れたところにいた。こわばる体でぎこちなく立ち上がり、外套を脱いでベッドに向かったとき、リリーに残されていたものは深遠で不可解な謎だけだった。

母親の目

何かが起こり、また別の何かが起こり、ありとあらゆることが起こった。予期していたこと、予期していなかったこと、普通でないこと、よくあること。よくあることのひとつは、〈白鳥亭〉でのあの夜の出来事の結果として、リタがヴォーン夫人の友となったことだった。家のドアを叩く音を聞いたリタが、玄関先にヴォーン氏の姿を見つけたとき、この友好関係が幕を開けた。

「あの晩、あなたがしてくれた全てのことに対してお礼がしたいのです。もしもあなたがおらず、あなたの素晴らしい看護がなければ——いや、考えることさえ耐えられません」ヴォーンはそう言うと、一枚の封筒をテーブルに置いてから——「感謝の印です！」——少女の健康状態を確認するためにバスコット・ロッジに来てほしいとリタに頼んだ。「オックスフォードまで行って医者に診てもらいました——ひどい目に遭ったわりには、どこも悪いところはないと言っていました。それでも、週に一度の検査を受けたって悪いことはないでしょう？　これは妻の望みでもあるんです――そうすれば少なくとも、ぼくたちの心は平和に保たれるでしょう」

リタはヴォーンと話し合って健診の日時を決めた。そしてヴォーンがいなくなると封筒を開けた。そこには気前の良い額の謝礼金が入っていた。ヴォーン夫妻の財力と、娘の命の重要さを反映するのに十分な額で、受け取り手に決まりの悪い思いをさせない程度に抑えられた金額でもあった。ちょうど良い金額だった。

リタがバスコット・ロッジを訪れることになっていた日は、強風とともに強い雨の降る日で、かき乱された川面が、模様や質感の千変万化するリボンと化していた。屋敷に到着したリタは、心地良い雰囲気の漂う客間に案内された。黄色い壁紙は華やかで、座り心地の良さそうな肘掛け椅子が暖炉の周囲に並べられている様子は、客を歓迎するような心地良さを演出していた。大きな出窓からは庭を見渡すことができた。暖炉前に敷かれたラグの上にヴォーン夫人がうつ伏せになっていて、絵本のページをめくっていた。夫人はごろりと体を転がすと、一瞬のうちにさっと立ち上がり、両手でリタの手を取った。

「どうやって感謝したらいいのかしら？　オックスフォードのお医者さまは、あなたと同じ質問をしてきて、全く同じ検査をしたわ。だから主人に言ったんです、〝これでわかったわね、そうでしょう？　リタはどんなお医者さまにも劣らず腕がいいのよ！　週に一度リタに来てもらって、全て問題ないか確認してもらいましょう〟ってね。そうしたらほら、来てくれましたね！」

「あんなことがあった後です、念には念を入れたいと思ってもおかしくないわ」

ヘレナ・ヴォーンには女友達というものがいたことがなかった。客間で大人の女性と接する機会がほとんどなかったため、女同士の交友関係が楽しいものであるということをすっかり学び損ねてしまっていた。ボート小屋で育った少女には、淑女の礼儀作法と控えめな態度が欠けていて、だからこそヴォーンは彼女に夢中になった――ヘレナの快活さと、屋外での生活に対する強烈な喜びを見ていると、故郷ニュージーランドの採鉱地でともに育った女の子たちのことを思い出した。しかしヘレナの目には、リタという人が、客間でのおしゃべり以上の目的を持った人間に映っていた。ふたりのあいだには十以上の年の差があったし、ほかにもいろいろな点においてふたりは異なっていたにもかかわらず、ヘレナはリタに対して好意的な気持ちを持ち始めていたし、リタのほうでも同じように感じていた。

白い襟のついた青いワンピースを着て、青と白の刺繍《ししゅう》入りの靴を履いた少女は、すっかり見違えるようだった。少女はドアの開く音を聞くと、何かを期待するように顔を上げた。しかしその瞳に宿っていた興味の炎は、リタの顔を見るとすぐに消え、少女はまた絵本のページに視線を戻した。「このまま一緒に本を読んでいてください」リタは言った。「気を取られているあいだに脈を確認しますから。そうする必要もあまりないんだけど――どう見てもこの子は健康そうだから」

それは本当だった。少女の髪の毛はつやつやと輝いていた。そして頬は、微かにではあるものの薔薇《ばら》色に火照っているのがわかった。手足はしっかりとしていて、動きには目的があり、てきぱきとしていた。少女はヘレナと同じようにうつ伏せに寝転がり、両肘をついて上体を起こし、膝を曲げて刺繍入りの室内履きの靴を履いた足を宙に浮かせ、十字に交差させるように揺り動かしていた。言葉を発することはないものの、理解しているという雰囲気を漂わせながら、ヘレナがあちらこちらの絵を指さしながらいろいろな絵に注意を向かせようとする中、ページを見つめていた。

リタは少女から一番近くに置いてある肘掛け椅子から身をのり出して、少女の手首をつかんだ。少女は驚いてちらりと目を上げたが、すぐにまた絵本に視線を戻した。触れてみると、少女の肌は温かく、脈拍は安定していた。リタの心は、脈を数え、時計が文字盤の上で時を刻むのを目で追うことでいっぱいだったが、〈白鳥亭〉の肘掛け椅子に座り、少女を膝にのせて眠りに落ちていったあの瞬間の記憶が、心の奥底を流れる感情をかき乱した。

「どこも全く問題ありません」リタはそう言うと、その温かい手首を離した。

「まだ帰らないで」ヘレナは言った。「もうすぐ料理人が、卵とトーストを持ってきます。ご一緒できませんか?」

ふたりは朝食を食べながらも、少女と、少女の健康状態について話し続けた。「この子、まだしゃべらないとご主人に聞いたけど?」

「まだなの」ヘレナがさほど心配していない様子で答えた。「オックスフォードのお医者さまは、声は戻ってくるだろうっておっしゃってたわ。半年かかるかもしれないけれど、それでも戻ってくるだろうって」

医者というのは、訊かれた質問に対する答えを持ち合わせていないことを認めたがらないもので、リタはそのことを誰よりもよく承知していた。良い返答が浮かばないときには、何も答えずにいるより、即座に不十分な返答をする医者もいる。しかしそのことについてはヘレナに言わないでおいた。

「以前のアミーリアの発話能力は、標準的だったと思う？」

「ええ、思いますよ。二歳の子どもがするように片言で話していたわ。ほかの人たちにいつでも理解できるというわけではなかったけど、私たちは理解できていた。そうよね、アミーリア？」

ヘレナの視線は絶えず少女に引き寄せられ、話題がどんなものであれ、言葉を発する彼女の口元には常に笑みが浮かんでいて、少女の姿を見ているだけで十分幸せを感じていることがわかった。ヘレナは少女のトーストを縦に細長く切ると、それを卵の黄身につけて食べてみるよう少女に勧めた。少女は神妙な面持ちで食べ始めた。黄身がなくなると、ヘレナは少女の手に白身を食べるためのスプーンを持たせた。少女は不器用な手つきで卵の殻をこつこつ叩いた。ヘレナは満ち足りた表情で夢中になって少女に見入っていて、たまにリタのほうを振り返ったときにも、同じ笑みを口元にたたえたままだった。ヘレナは、少女に付随して訪れた幸福を手放しで味わっていたが、ヘレナの顔が喜びで輝くのを目にした瞬間、リタの胸に不安が広がる感覚があった。普段であれば、若い女が、特に長きにわたる悲しみを経験してきた女が、幸せそうにしているのを見るのは喜ばしいものであったが、今回はその光景に恐怖を覚えずにはいられなかった。ヘレナの喜びを邪魔しようなどとは思っていなかった。しかし義務感が、現状にはまだ不安が残されていることをリタに思い出させた。

「アームストロングさんと、行方不明の娘さんはどうなったかしら？　何か新しい知らせでも？」

「かわいそうなアームストロングさん」ヘレナは、そのきれいな顔をしかめて続けた。「彼には同情するわ。でもなんの知らせもないの、全くよ」そう言ってため息をついた様子からは、その同情が心からのものであることがはっきりとわかったが、同時にリタは、ヘレナが、アームストロングの苦悩と彼女自身の喜びとを一切結びつけて考えていないような違和感を覚えた。「父親も、母親と同じような感覚を抱くものだと思う？　つまり、喪失感をね？　それから途方もなさとか？」

「父親によるのでしょうね。それから、母親にも」

「おそらくそうね。私の父だったら、私を失ったら打ちのめされていたでしょう。アームストロングさんもとても……」ヘレナはそこで言葉を切って考えた。「とても、感じやすそうな方に見えたわね。そうじゃなくって?」

リタは彼の脈を測ったときのことを思い出した。「あのときはじめて会ったから、なんとも言いがたいわね。きっと私たち全員、本来の自分を失っていたんじゃないかしら。最近はお会いしたの?」

「ここを訪ねてきたわ。あのときよりも落ち着いた心持ちであの子を見るためにって」

そう言ったヘレナの声には、どこか納得できていないような響きが含まれていた。

「それで、それはうまくいったの? アームストロングさんは、はっきりと結論を出すことができたの?」

「そうだとは言えないわね」ヘレナは考え深げにそう答えると、急にリタのほうに視線を向けて、リタに体を寄せ、声を落として話し始めた。「アームストロングさんの奥さまは、子どもを溺れさせたのよね。そして毒を飲んだ。みんなそう噂してるわ」そして深いため息をついた。「遺体が見つかるでしょう。アンソニーにもそう言ったの――彼らは遺体を見つけるはず、そしてそのときがきたら、アームストロングさんにもはっきりとわかるでしょう」

「でも、もうずいぶん日も経ったわ。娘さんの体を見つけられると思う?」

「見つけられなくちゃ。見つけられるまで、あの哀れな男《ひと》は生殺しのような状態に置かれていることになるわ。どのみち、娘さんがまだ生きて発見されるという見込みはほとんどないでしょう。もう何週間前のことだったかしら? 四週間?」ヘレナはそう言いながら子どものように指を追って数えた。「五週間近いわね。何かは見つかっていていいころだと思うけど……私の考えはね――言いましょうか？」

　リタは頷いた。

「私の考えでは、アームストロングさんはアリスが溺死したという事実に耐えられなくて、アミーリアが本当はアリスなのかもしれないという考えに固執して、そうすることで自らの苦しみから解放されようとしているのではないかと思うの。ああ、なんてかわいそう」

「それで、それ以来アームストロングさんには会っていないの？」

「あと二回会ったわ。その十日後と、それからさらに十日後にまたやってきたの」

　リタが先を期待して待っていると、期待した通り、ヘレナは続けた。

「また来るなんて予期していなかったけれど、追い返すことはとてもできなかったわ。だってその――どうしたらそんなことができたでしょう？　アームストロングさんはまたうちに上がっていって、アンソニーとポートワインを飲んだわ。私たちはいろいろなことについて話したけれど、どれもたいした話ではなくって、アームストロングさんはアミーリアについては触れなかったの。でもあの子が部屋に入ってきた途端、あの子から目が離せなくなったみたいで……。それでもね、あの子のために来たんだとは言わなかったの。ただちょっと通りかかっただけで、私たちは顔見知りなんだみたいな顔でうちにやってきたのよ……。家に上げるよりほか、どうすることができたっていうの？」

「なるほどね」

「今では実際に顔見知りになったと言えるんでしょうけど——まあ、そういうことなの」

「アームストロングさんは、アミーリアのことを話題にしないの？　アリスのことも？」

「農業の話だとか、馬や天気の話をするの。それでアンソニーの気がおかしくなりそうなんだけど——あの人、世間話ができないから——だからってどうすることができるの？　アームストロングさんがあんなに意気消沈しているっていうのに、追い返すことなんてできないでしょ」

リタは訝《いぶか》しんだ。「ちょっと、おかしいと思うけど」

「何もかも、ちょっとおかしいのよ」ヘレナはリタに同意した。そしてそれを合図にヘレナの顔にはまたあの笑みが戻ってきて、少女に視線を戻すと、彼女の口元についたパンくずを払った。「次はどうしましょう？」ヘレナは訊いた。「お散歩でも？」

「帰らないと。病人が出て、私を呼びに来る人がいると困るから……」

「だったら私たちが一緒に途中まで散歩するわ。川沿いの道だしね。私たち川が好きだものね、そうでしょう、アミーリア？」

川という言葉を聞くと、食事を終えてから、夢見るような、遥《はる》か遠くを見ているような目をして椅子にだらりと腰かけていた少女が、目的に満ちた表情を見せた。そしてどこか遠くを彷徨《さまよ》っていた意識を呼び戻し、椅子から下りた。

　三人が庭の斜面を下って川岸に向かって歩いていると、少女がひとり先に駆けていった。

「あの子、川が大好きなの」ヘレナは言った。「私も全く同じだった。父もそうだったわ。あの子のうちに父の面影がたくさん見られるの。毎日ここに来るんだけど、あの子、いつだって今みたいに、先に走っていってしまうのよ」

「じゃあ、川を恐れてはいないのね？　事故があった後だけど？」

「これっぽっちも。川が生きがいみたいなものよ。あなたにもすぐにわかるでしょう」

　実際、川までやってくると、少女は岸のぎりぎりのところに立ち、うまく平衡を保って足元を安定させながらも、打ち寄せる水に近づけるだけ近づいた。リタは本能を抑えることができずに手を伸ばして少女の襟に手を置き、少女が転倒しないように捕まえようとした。ヘレナは笑った。「あの子は川の子なの。水を得た魚《うお》ね」

　少女は確かに川に夢中になっていた。川の上流に目をやりながら、眉をわずかに上げ、口を開いていた。リタは少女のそんな様子の背後にあるものを読み取ろうとした。期待、だろうか。少女は頭をくるりと回して今度は反対方向を見ると、下流の水平線をじっと見渡した。彼女が待ち望んでいるものがなんであれ、それはそこには現れなかった。疲れ切り、落胆したような表情がその顔に広がったが、すぐに気持ちを立て直したようで、川の湾曲部に向かって小さな足で駆け出した。

　ヘレナの目は少女に釘づけだった。夫の話をしていようと、父親の話やほかのどんな話をしていようと、ヘレナの視線は少女に注がれたままで、その目つきが変わることはなかった。愛に満ちあふれたその眼差しは優しく、喜びをたたえていて、視線を上げてちらりと一瞬リタのほうを見やるときにも、その目はまだ同じ愛に満ちていた。その目は、リタを、そしてその目に見つめられた全てのものをのみ込まんばかりだった。経験はリタに、痛みを感じなくさせる目的で特別に強い薬を処方した患者の目を見ているときのことを、あるいは、最近入手が容易になった、安価なラベルなしの密造酒を常飲している男の目を見ているときのことを思い出させた。

三人はリタのコテージに向かって歩き出した。少女はひとり前を駆けていった。やがて少女が大人たちの声の届かないところまで行くと、ヘレナが口を開いた。

「〈白鳥亭〉でお客さんたちが語り草にしている、この話のことなんだけどね……あの子が死んで、生き返ったっていう話……」

「それが何？」

「アンソニーがね、〈白鳥亭〉のお客さんたちは作り話の好きな人たちで、どんなお話でも普通ではちょっと考えられないようなところまで広げて、脚色するんだって言うの。でもいずれ話題に上らなくなって、忘れられるだろうって。でも私、なんだか嫌なの。あなた、どう思って？」

リタは少し考えた。すでに子どものことで気を揉《も》んでいる女を心配させることに意味があるというのか。しかし一方でリタは、患者を安心させるために軽々しく嘘をつくような人間でもなかった。患者が受け入れたいと望む最大限の、あるいは最小限の事実を伝える方法を探り出すのがリタのやり方だった。さらに質問をしてくる者もいれば、そうでない者もいる。患者次第だった。ここでもリタは同じ戦略を採用した。ふたりはひどくぬかるんだ場所を歩いていた。ヘレナのスカートの裾を気づかうふりをしながら、リタは考える時間を稼いだ。そして考えがまとまると、できる限り客観的に、綿密で誠実な回答をした。

「あの子の川からの救出劇は、普通では考えられないような状況下で展開されたの。そこにいた人たちはみんな、あの子は死んでいると思ったみたいよ。あの子、ろうみたいに真っ白だった。それに瞳孔は散大していた――つまり、虹彩《こうさい》の中心にある黒い部分が大きく開いていたということ。触って認識できる脈もなかったし、呼吸の兆候も見られなかったんですって。私も到着したときにそれを全て確認したわ。最初は脈を見つけられなかったのだけれど、後になって見つかったの。生きていたのよ」

リタは、この意図的に簡潔にした説明をヘレナがどんなふうに解釈するのだろうと推測しながらヘレナを見ていた。その説明には、どんな方法でも埋めることができるような、人が気づくか気づかないか程度の空白があった。さらなる疑問が生じてもおかしくないような空白だった。検出できないなんて、一体どのような呼吸なのか、という疑問がひとつ。認識できない脈とは一体？　それに、リタの使った〝後になって〟という言葉の曖昧さ。より修辞的な〝最終的には〟という表現の人当たりの良いいとこ。最初は脈を見つけられなかった。けれど後になって見つかった。それが数秒後のことを意味するのであれば、その言葉に特に問題はない。しかし、もしもそれが一分後を意味するのであれば？　どう解釈したらいいのだろう。

ヘレナはリタではなかった。ヘレナは別の形でその空白を埋めた。リタには、ヘレナが自分と並んで大股で歩き、数メートル先にいる少女を目で追いながら彼女なりの結論を出そうとしているのがわかった。少女は、風や不規則に突然降ったり止んだりを繰り返す雨を気にも留めず、しっかりとした足取りで歩いていた。少女の生き生きとした姿は、それ自体がひとつの事実だった。その姿を見れば、ほかの全てのものがかすんでしまうのも無理はない、リタはそう感じた。

「つまり、みんなアミーリアは死んでいると思ったけれど、死んではいなかった。間違いだった。それで、みんなそこから物語を作り上げた、ということね」

ヘレナは、自分の解釈を確認するつもりはないらしかった。リタも何も言わなかった。

「あの子が瀕死《ひんし》の状態だったと考えると。ようやく見つかったっていうのに、もう少しでまた失ってしまうところだったと考えると」言いながらヘレナは一瞬少女から目を離し、リタのほうに視線を向けた。「あなたがいてくれて本当に良かった！」

三人はリタのコテージに近づいていた。「遅くなっちゃいけないんだったわ」ヘレナが言った。「午後に、窓に錠を取りつけてくれる人が来るの」

「窓に？」

「誰かがあの子を見張ってる気がするの。後悔するよりは用心したほうがいいでしょ」

「多くの人があの子に好奇の目を向けるでしょうね……それは避けられない。でもそのうち、みんな忘れていくでしょう」

「公の場所で、という意味ではないの。家の庭とか、川での話。スパイがいるのよ」

「誰か見たの？」

「いいえ。でも、そこに誰かがいることはわかるの」

「誘拐犯についての新しい情報はなかったと思うけど？　彼女が戻ってきたことで、饒舌《じょうぜつ》になった人もいないのかしら？」

ヘレナは首を振った。

「この二年のあいだにあの子がどこにいたか、何か思い当たるふしはないの？　川のジプシーが関わっている、という説もあるんじゃなかったかしら？　一度、警察がジプシーのボートを捜索したんだったわよね？」

「したわ。警察がジプシーたちをとらえることができたときにね。でも何も見つからなかった」

「あの子、ジプシーたちがまた川に姿を見せるようになった夜に発見されたし……」

「でも正直言うとね、あの子がこの二年間、ジプシーたちと暮らしていたと考えることには耐えられないの」

風に吹かれた波が泡としぶきを空中にまき散らし、それらが再び川に落ちると、そこから波立つ水面に複雑な模様が広がっていった。川の予測不能な変化を見ながらリタは当惑した。川のジプシーはどのような理由から子どもを連れ去り、その二年後、命を失ったかのように見えるその子を、連れ去ったときと同じ場所に戻したのだろう。答えは見つからなかった。

ヘレナは彼女自身の考えを追求し続けていた。「もしできるのであれば、あの二年間をすっかり消してしまいたい。時々、わからなくなるの。私、あの子のことを想像していただけなのかもしれないって……それか、私の強い思いが――どういうわけか――あの子を、そこがどこであれ暗い場所から連れ戻したのかもしれないって。あの苦悩の中、あの子を取り戻すためだったら、自分の魂を売ることも、命を捧げることも厭《いと》わなかったわ。それほどの苦しみだった……。今では、こう思うことがあるの。私は本当に魂や命を捧げてしまったんじゃないだろうかって。あの子が実際には現実じゃなかったとしたらって」

ヘレナはリタのほうを向いた。ほんの一瞬、その二年間がどれほど恐ろしいものだったかを垣間見た気がした。その絶望感はあまりに強烈で、リタは身震いした。

「でもね、目を向けさえすればいいのよ!」若き母親は瞬きをして、娘の姿を目で探した。その目から再び理性が消え失せた。「あの子はアミーリアよ。あの子なの」ヘレナは幸福の深い息を吐き出してから言った。「帰らなくちゃ。ここでさよならね、リタ。でも、また来てくれるでしょう？　来週？」

「お望みなら。でもあの子は健康よ。心配する必要はないわ」

「どちらにしても来てちょうだいな。私たち、あなたが好きよ。そうでしょう、アミーリア？」

ヘレナはリタに向かってほほ笑んだ。その笑顔にリタは再び、あの母親の愛情を垣間見た。それは魅惑的で、光を放っていて、少々では済まないほどひどく厄介なものだった。

リタはコテージに向かって歩き続け、道の曲がり角にサンザシが群生していて、先が見えにくくなっているところに差しかかった。予期せぬ香り——果物の香りだろうか、酵母だろうか——がしてきて、考え事を中断することを余儀なくされた。木の根元に生えた下草の中に見える黒い影が、そこに身を隠した人間であることを頭が理解したときには、もう手遅れだった。そこを通過した瞬間に男が飛び出してきて、リタの両腕をつかんで背中の後ろに回し、喉にナイフを突き立ててきた。

「ブローチがあるわ——持っていっていいから。お金は財布の中」リタは静かに、身動きせずに言った。ブローチは錫《すず》とガラスでできた安物だったが、男はそのことに気づかないかもしれない。気づいたとしても、金があれば男をなだめることができるだろう。

しかし、男が狙っていたのは別のものだった。

「しゃべったか？」男が近距離にいる今、あのにおいがさらに強く感じられた。

「誰のこと？」

「娘だ。しゃべったか？」

男はリタの体を揺さぶった。リタは自分の背後、ちょうどうなじの下辺りに、何か突き出たものがあたっているのを感じた。

「ヴォーン家の子どものこと？　いいえ、まだ話していないわ」

「またしゃべるようにさせる薬はあるのか？」

「ないわ」

「だったら、もう二度としゃべらんのか？　医者もそう言ってるのか？」

「自然に発話能力を取り戻す可能性もある。お医者さまは、今後六ヶ月のあいだにそうなるか、そうでなければもう話すようにはならないと言っているわ」

リタはさらに質問がくるものと思って待ったが、男はそれ以上何も訊いてこなかった。

「財布を地面に置いていけ」

震える手でポケットから布製のポーチを――そこにヴォーン夫妻からもらった金を入れていた――取り出すと、地面に落とした。次の瞬間、背中に大きな衝撃が加わって体が前に突き飛ばされ、両手のひらに砂利をのめり込ませる形ででこぼこの地面にひざまずいた。

でも、どこにも傷を負っていないわ、リタはどうにか自分自身を安心させようとした。が、気を持ち直して立ち上がったときにはもう、男もポーチも消えていた。

リタは一心に考えながら家路を急いだ。

どちらの父親？

アンソニー・ヴォーンは鏡に顔を寄せ、刃にのせた石鹸《せっけん》の泡を頬に塗り、ひげをこそげた。鏡の中の自分と視線を合わせながら、もう一度、思考のもつれを解きほぐそうとした。その日もいつものところから始めた。あの子は、アミーリアではない。それこそが思考の始まりであり、終わりであるはずであったが、そうはならなかった。どの方向に進もうと、あるひとつの確実性が、ヴォーンを次の踏み石にではなく、泥沼へと誘導した。しかしその認識は揺らぎ、くじかれた。過ぎ去っていく日々の中で徐々に弱まり、維持していくのが難しくなっていった。彼のその認識を弱体化させるのはヘレナだった。妻の顔に浮かぶ笑みひとつひとつが、笑い声ひとつひとつが、その口から発せられる喜びの言葉ひとつひとつが理由となって、ヴォーンは事実を脇へ押しやってしまっていた。少女と暮らすようになってから二ヶ月のあいだに妻は日々美しくなり、減ってしまった体重を取り戻し、髪には艶が出て、頬には色味が戻った。その顔は、少女だけでなく、夫に対する愛情に満ちあふれ、生き生きとしていた。

しかしヴォーンを惑わしているのはヘレナだけではなかった。少女についても同じことが言えるのではなかったか。

ヴォーンの視線は絶えず少女の顔に引き寄せられた。朝食時には、マーマレードをスプーンですくって少女の口に運び、彼女の顎の先を指でなぞった。正午には、少女の髪の毛の生え際の富士額に夢中になった。そして仕事を終えてブランデー・アイランドから帰ってきた際には、少女の耳の渦巻きから目を離すことができなくなった。ヴォーンはこうした少女の顔の特徴を、妻や自分自身の特徴以上によく把握していた。そしてそうした特徴の中にある――あの子の中にある――何かに苦しめられていた。それは自分にとって何らかの意味を持っているように思われるのだったが、それが一体何なのかがわからなかった。少女のいないときにも、少女の姿が見えていた。列車の車窓から猛スピードで流れていく風景を眺めていると、野や空に重なるようにして少女の顔が浮かんできた。仕事場では、これから取りかかろうとしている、数字が羅列した書類の上に、少女の顔の特徴が透かし模様のように浮かんできた。夢の中にさえ現れた。ありとあらゆる人物が、その少女の顔をしていた。一度、アミーリアの――自分の、本物のアミーリアの――夢を見た。そのアミーリアさえ、あの少女の顔をしていた。ヴォーンは泣きながら目を覚ました。

少女の特徴を絶え間なく目で追うその行為は、はじめは彼女が何者であるかを探る目的で始められた。しかしだんだんと焦点が変化し、自分自身が魅了されている理由を説明することが目的になっていた。ヴォーンには、少女の顔が全人類の顔の起源となる原形であるように思えてならなかった。自分自身の顔さえもその顔に由来しているように思えた。止むことなく注ぎ続ける視線は少女の顔をすり減らし、滑らかにし、そうなるとそこに自分自身の顔が浮かび上がるように見えてくるのだった。少女を見ているといつでも、結局は自分自身を見つめることになった。ヴォーンはこのことをヘレナに言うことができなかった。ヘレナはヴォーンの言わんとしていることを理解せず、自分の聞きたいように理解することだろう。夫が娘のうちに自分の面影を見いだしているのだと。

しかし実際のところ、あの少女にどこか見覚えはあるだろうか。少女の顔を見て見覚えのある感じがしたのは、彼女を目にしたあの最初の瞬間の感覚が自然と蘇ってくるせいにほかならない、そう自分に言い聞かせた。少女を見つめる自分の眼差しが強烈であるからといって、それは少女が自分のうちに親近感を呼び起こしているせいだと言い切ることができるだろうか。少女はありのままの姿で存在しているように見えていて、だからこそヴォーンは彼女を識別することができた。しかし本心では、それがそれほど単純明快なことではないとわかっていた。記憶の概念は、その感覚を的確にとらえてはいなかった。まるで少女はヴォーンに、記憶と同じ大きさと形をしていながら、上下逆さまで裏表の何ものかを思い起こさせたかのようだった。記憶に似た何か——それは記憶の双子の片割れか、対極にある何かかもしれなかった。

ヘレナは、夫が少女を自分たちの娘だと信じていないのを知っていた。少女を家に迎えた最初の日、少女をベッドに寝かせてふたりきりになるとすぐに、夫のほうからそのことを伝えてきた。その告白を聞いてヘレナは驚いたが、そのことで頭を悩ませる様子は見せなかった。

「どんな小さな女の子にとっても、二年というのは長い時間よ」ヘレナは穏やかな口調で夫に言った。「少し辛抱するしかないわね。時間が経てば、あなたの心も再びあの子を思い出すでしょう」そうして夫の腕に手を置いた。客間でヘレナが夫に触れ、愛情を込めた眼差しを彼に向けるのは、二年ぶりのことだった。「それまでは、私を信じて。私にはあの子がわかるから」

今では何か問題が生じると、ヘレナは夫の不信を当惑した寛大さで受け止めた。それは取るに足らぬささいな問題にすぎず、自分の愛すべき愚かな夫が、日々新しく起こる出来事になかなか追いつけていないだけのこと。ヘレナが夫を説得しようとすることは稀《まれ》だった。

「今でも蜂蜜が好きなのね！」朝食の席でそう指摘したことがあったし、少女がヘアブラシを払いのけようとしたときには、「まあ、変わっていないわね！」と言ったこともあった。

しかしほとんどの場合、時が経てば夫も目を覚まして思い出すだろうという可能性を朗らかに信じていた。ヘレナの態度からは、彼女が夫の疑惑をそれほど重要なものとはとらえておらず、次に激流が襲ってくればすぐにそんな疑惑は流れ去ってしまうだろうと考えていることがうかがえた。ヴォーンのほうからも問題を提起することはなかった。妻を不安にさせることを恐れてではなく、むしろその反対だった。ほらね。妻に話せば、妻はこう言うだろう。あの子のことが本当にわかるようになったのね。あなたも全てを思い出しつつあるのね。

解《ほど》いて真っすぐにしようとすれば、かえってひどく絡んでしまうもつれのようだった。ヴォーンがごく単純な解決策について考えたのは一度だけではなかった。信じると決めてしまえば良いではないか。少女の訪れとともに呪いが解《と》かれ、魔法にかけられたような幸福な日々が夫婦に戻ってきた。夫婦が不幸に閉じ込められ、互いを慰めることもできずにいたあの苦悩に満ちた年月は消え去ったのだ。その子はヘレナに明快な喜びを与え、ヴォーンにはより複雑ではあるが大切にしたいと思える何かを与えた。ヴォーンはその何かをなんと呼ぶべきなのかわからずにいた。少女が家に来てまだ日が浅いにもかかわらず、少女の食べる量がいつもよりも少ないと気がかりで、少女が夜に泣くのを聞くと心配になり、少女が自分のほうに手を伸ばしてきたときには喜びを感じた。

アミーリアがいなくなって少女がやってきた。妻は、その子はアミーリアだと信じていた。アミーリアにどこか似てはいた。少女がやってくる前までは耐えがたいものだった人生が、再び喜ばしいものになった。少女は妻をヴォーンのもとに引き戻し、それ以上に、少女自身がいつしか彼の心に居場所を見つけていた。ヴォーンは少女を愛している、そう言っても過言ではなかった。少女がアミーリアであってくれたらとヴォーンは願っていただろうか。願っていた。一方には愛と安らぎと幸せが。そしてもう一方には、事態が以前の状態に戻ってしまうあらゆる可能性が……。そう、それならば。激しい潮の流れが彼を別の方向に押し流そうとしているときに、執拗《しつよう》に自己の確信にしがみつこうとする理由がどこにあろうか。あるとすれば、ひとつだけ。ロビン・アームストロングの存在だった。

「遺体が見つかるわよ」ヘレナは断言した。「あの方の奥さまが、娘さんを溺死させたの。みんな知っていることよ。遺体が見つかれば、あの人にもわかるでしょう」

しかしあれから二ヶ月が経過した今になっても、遺体は見つからなかった。

これまでのところヴォーンは、いかなる行動も起こすことなく先延ばしにしていた。ヴォーンは善良な人間だった。公平で、まっとうな人間だった。ヴォーンはようやく、公平でまっとうなことをしようと決断した。自分がいて、ロビン・アームストロングがいる。しかし同時に、ヘレナもいて、少女もいた。重要なのは、関わる全ての人間にとって最良の結果が導き出されること。今の状況が永久に続くことはない――それでは誰のためにもならない。解決策が見つけられるべきだった。ヴォーンはその日、その最初の一歩を踏み出すことにした。

きびきびとした動きで顔を洗い、タオルで拭くと、身支度を整えた。列車に間に合うよう出発しなくては。

そこは、〈モンティ・アンド・ミッチ〉の名で広く知られていた。地味なジョージアン様式のタウンハウスの扉のそばに掲げられた真鍮《しんちゅう》の銘板を見れば、それは各地を旅して回るサーカス団の名前ではないだろうかという疑念はすぐに晴れた。銘板には、〝モンゴメリー・アンド・ミッチェル　民事および商事〟と刻まれていた。その家の窓からはテムズ川を望むことができなかったが、その家のどの部屋にいても川の存在を感じることができた。部屋だけでなく、全ての部屋の全ての引き出しや食器棚からも川の存在が感じられた。というのも、ここは、テムズ川に――オックスフォードから何キロメートルも上流に至る地域に――関わる事業に関心のあるひとびとが訪れる法律事務所だった。モンゴメリー氏自身はボート好きでもなければ釣り好きでもなく、水彩で風景画を描く趣味もなく、正直なところ、川に目を向けることなく一年を過ごすような人間だったが、それでもなお、彼がテムズ川を生き、テムズ川を呼吸していると言ったところでその言葉に偽りはなかった。モンゴメリー氏がテムズ川を思い描くとき、それは水の流れなどではなく、乾いていて紙のような収益の流れだった。そして毎年、その川からの賜り物の一部を個人の台帳や銀行口座に流していて、川には大いに感謝していた。輸送費の請求書を起草したり、信用状の文言を練ったりしながら満ち足りた日々を過ごしていた。時折、希少かつ貴重な不可抗力条項を含む契約書が舞い込んでくることがあったが、そんなときモンゴメリーの心は喜びで膨れ上がった。

ヴォーンは玄関先に立ち、呼び鈴に手をかけた。しかしまだ紐を引かずにいた。そしてひとりつぶやいた。

「アミーリア」ためらいがちにそう言った。それから、おそらくは力を込めすぎたのだろう。

「アミーリア！」

それは繰り返し声に出す練習をしてきた言葉だった。障害物を飛び越えることなしにその言葉を発することはできなかった。その努力のせいか、その言葉はどういうわけか自分の耳にさえも強制的に押し出された音のように響いた。

「アミーリア」三度目にその名を口にすると、それで十分であることを願いながら呼び鈴を鳴らした。

前もって手紙を送っていたため、先方でもヴォーンの到着を待っているはずだった。応対に出てきて外套を預かってくれた少年は、二年以上前のある日、ヴォーンが娘の誘拐に関する件でここを訪れたときに出てきたのと同じ少年だった。当時の少年は今よりもまだ幼く、訪問者の顔に表れる荒々しい悲しみと苦悩を前にして、どのように振る舞うべきかわからず途方に暮れていた。激しい感情を心の内に抱きながらも、ヴォーンは少年を安心させたいと思った。ひとり娘を失い、正気を失った男の目を、穏やかな敬意の眼差しで見つめる術を知らなかったとて、それはあなたのせいではありませんよと伝えてあげたかった。その日、少年は——少し大きくなってはいたものの、まだ少年だった——ヴォーンの外套を受け取り、その外套を壁のフックにかけるまでは落ち着いた礼儀正しさを保っていた。が、外套をかけ終えてヴォーンのほうを振り返ったときには、気持ちを抑えることができなくなっていた。

「ああ、なんて良い知らせでしょう！　誰も予想できなかった展開ですね！　あなたも奥さまも、嬉しくてたまらないことでしょう！」

〈モンティ・アンド・ミッチ〉の顧客と出迎えの少年とのあいだで握手が交わされることはそうそうあることではなかったが、その日が極めて重要な日である——真偽のほどはともあれ、少年のほうではそう思っていた——ことを考慮して、ヴォーンは少年に手を取らせ、激しく上下に動かされるがままにしていた。

「ありがとう」ヴォーンはささやくようにそう言った。少年の心からのお祝いを受け入れるヴォーンの態度に欠点があったとしても、若すぎる少年はそれに気づくことがなく、ヴォーンをモンゴメリーの部屋に案内する際にも彼はにこにこと顔を輝かせていた。

モンゴメリー氏はプロらしい人当たりの良い態度で手を差し出してきた。「またお会いできて嬉しいですよ、ヴォーンさん。本当にお元気そうですね」

「ありがとうございます。手紙は読んでいただけました？」

「もちろん読みましたとも。おかけになって、詳しく聞かせてください。でもまずは、ポートワインでもいかがですかな？」

「いただきます」

モンゴメリーの机に手紙が置いてあった。それは短い手紙だった。どうしても伝えなければならないことだけを書いた手紙だった。しかし今、その手紙の封が切られ、机の上に置かれ、しっかりと読まれたのだという事実を目の当たりにすると、それは意図していた以上のことを暴露してしまうだけの短かさの手紙だったのではないかと思えてきた。ヴォーンの書く文字は、間隔が広く、流れるように並んでいたため、誰でも上下逆さまの状態でも読むことができた。モンゴメリー氏がグラスを用意するのを待つあいだ、前の日に自分が書いた文言のいくつかが目に留まった。『子どもが見つかりました……今は我々の保護下にあり……に関連する件について、貴殿のお力をお借りする必要があると……』そうした文言はひとり娘の帰還に喜ぶ男の用いる表現などではない、今になってみるとそう感じられるのだった。

ヴォーンの前にグラスが置かれた。ヴォーンはそれをひと口すすった。男ふたりは、仕事上の付き合いのある男同士が決まってするように、そのポートワインについて意見を交わし合った。モンゴメリー氏が先に本題を切り出すつもりのないことをヴォーンは知っていた。それでもモンゴメリー氏は、会話の途中に一瞬の間を作った。相手がその空白を埋めるのを待っているのは明らかだった。

「昨日書いた手紙で、最近起こった出来事についてお伝えしようと思っていたのですが、どのような事柄に関してあなたの援助を必要としているか、それを明確にお伝えしていなかったことに気がつきまして」ようやくヴォーンが口火を切った。「直接会って話したほうがいい話題もありますよね」

「ごもっともです」

「実のところ――ほとんどありそうにはないことだとは思うのですが、それでも気にかけておくに越したことはないと思いまして――別の人間が、あの子が自分の家族であると主張する可能性がありまして」

モンゴメリー氏は、このまさに万が一と呼べる事態を予期していたかのように、驚きもせずに頷いて見せた。モンゴメリー氏はもう六十を超えているはずにもかかわらず、幼児のように皺ひとつない顔をしていた。四十年にわたって事務所でポーカーフェイスを装ってきた結果、不信や心配、疑念に反応して痙攣《けいれん》したり引きつったりする筋肉が萎縮し、今ではその顔に一般的かつ永続的な人の好《よ》さが浮かんでいるだけで、それ以外のどんな表情もそこから読み取ることはできなかった。

「オックスフォードに住んでいる若い男性がいまして、自分こそがその子の父親だと主張しているんです――と言うより少なくとも、彼が主張するかもしれない、いと私は思っているのです。彼の別居中だった奥さんはバンプトンで他界し、娘さんの行方はわからなくなっています。彼の娘さんは、アリスちゃんという子ですが、ちょうど同じ年齢で」――ヴォーンは障害物が近づいてくるのを感じたが、飛び越える準備は整っていた――「アミーリアが見つかったのとほぼ時を同じくして行方不明になりました。不幸な偶然の一致によって、不確かさが生じまして……」

「不確かさ、ですか……？」

「彼の目に」

「彼の目に。そうですか。なるほど」

モンゴメリー氏は、穏やかな善意を絵に描いたような顔で聞いていた。

「その若い男性は、アームストロングさんという人ですが、最近は奥さんにもお子さんにも会っていなかったようです。あの子が何者であるか、すぐには確信することができなかったのはそのためだったと」

「一方であなたのほうでは、すっかり確信していると」——モンゴメリー氏の冷静な眼差しは、少しも変わることがなかった——「その子が一体誰なのか」

ヴォーンは唾をのみ込んだ。「その通りです」

モンゴメリー氏は優しい笑みを浮かべた。モンゴメリー氏は非常に礼儀正しい人間であり、疑うような発言をして依頼人に圧力をかけるようなことはなかった。「それでは、その子はあなたの娘さんです」それは誰の耳にも宣告のように響いたが、ヴォーンのうちに潜む〝不確かさ〟はそこに疑いの響きを感じ取った。

「あの子は……」（また障害物が現れた）「アミーリアです」

モンゴメリー氏は変わらずほほ笑んでいた。

「一片の疑いもありません」ヴォーンは付け加えた。

モンゴメリー氏の顔から笑みが絶えることはなかった。

ヴォーンは自らの発言に重みを加えるために何かを投入する必要があると感じた。「母親の本能というのは、強力なものですからね」そしてこう締めくくった。

「母親の直感！」モンゴメリー氏は励ますように声を上げた。「それ以上にわかりやすいものなどあるでしょうか？　ええ、ええ」――表情が崩れることはなかった――「子の監護権は父親に与えられますが、それでもやはり、母親の本能こそ！　それに勝るものはありません！」

ヴォーンは唾をのんだ。それから覚悟したように言い切った。「あの子はアミーリアです。わかっているんです」

モンゴメリー氏は目を上げた。頬は丸みを帯び、額は滑らかだった。「素晴らしい」そして満足げに頷いた。「素晴らしいです。さて、どういうわけか行方不明になってしまった貨物に対して、相反する主張がなされることが時折ありまして、私はそうした主張の査定を任された経験が何度もあります。アームストロング氏のあなたに対する訴えがどれほど強いものであるかを調べるために、この経験を生かすことになっても――類似点があるというのは有益ですからね――気を悪くなさらないでいただきたい」

「まだ私たちに対する訴訟が起きているわけではありません。まだ訴訟など、全く起きていないのです。私たちがあの子と暮らすようになって二ヶ月になりますが、彼は折に触れてはは私たちに会いにきています。うちに来てはあの子を観察するのですが、あの子が自分の娘だと主張することもなければ、やはり自分の娘ではなかったと言うこともないのです。彼がやってくるたびに、私は、今日こそ彼は何らかの形で自分の心情をはっきりと伝えてくるかもしれないと覚悟をしていました。しかし彼はその問題については口を閉ざしたままです。この問題で彼を問い詰めたくはありません——彼を刺激してしまって、突然訴訟を起こされることだけは避けたいですからね。それに彼が〝あの子は私のものです〟と主張しないうちは、彼が心の中で、あの子が彼の娘ではないとわかっているという可能性も当然ありますからね。彼を挑発したくはありませんが、その一方で、なんとも落ち着かなくもありまして。妻がですね……」

「奥方が？」

「当初妻は、彼の娘さんが見つかりさえすればこの状況は終わりを迎えると信じていました。私たちは、川で子どもか、あるいは遺体が発見されたという知らせを聞く日を心待ちにして毎日を過ごしました。しかし待つだけ無駄で、そのような知らせが入ってくることはありませんでした。これほど長く待ったというのに、問題が解決されぬままであるという事実に、私も妻も、落ち着かなさを感じるようになりました。しかし、子どもを失うということがどれほど悲痛なことか、それを嫌というほど知っているヘレナは、彼に同情しています。彼が何らかの確信に到達し得るところまで来てしまっているというのに、妻は彼が継続的に我が家を訪れることを黙って許しています。彼の娘さんは跡形もなく消えてしまったのですから、私は恐れているのです。深い悲しみのせいで自暴自棄になれば、彼の心のたくらみが彼に、アミーリアは」（障害物を難なく飛び越えた――うまくなってきたではないか！）「アミーリアは、本当は自分の子どもなのだと納得させるようなことにもなりかねません。悲しみの力は甚大で、自分の子どもを失った男がどんなことまでしでかすかは誰にもわかりませんよ。人間というものは、自分の子どもが――それもたったひとりの子どもが――永遠に失われたと考えずにすむのであれば、ありとあらゆる別の物語を想像し、それにすがろうとするものです」

「ヴォーンさん、あなたはその男性の心情と状況を、非常に鋭く理解されていますね。私たちはこの問題における事実を分析しなくてはなりません。法律において重要なのは事実ですからね。彼が申立てを行うということは十分考えられますから、その場合に備えて、彼の主張の強さが原理上いかほどかを確かめておきましょう。ちなみにですが、お子さん自身はこの問題についてなんと言っているのですか？」

「何も。まだ言葉を話しません」

モンゴメリー氏は、それも至極当然のこと、とでも言うように落ち着き払った様子で頷いた。

「あなたがたご夫妻のもとから連れ去られる以前は、お嬢さんには発話能力があったのですか？」

　ヴォーンは頷いた。

「アームストロングさんのお嬢さんですが——こちらのお嬢さんには発話能力があったのでしょうか？」

「ありました」

「なるほど。では、繰り返しになりますが、アミーリアちゃんを、行方不明になって再び姿を現した貨物と同じように扱っているように聞こえても、お気を悪くなさらないでくださいね。私の経験を生かすためですから。貨物がいなくなる直前、最後に目撃された姿と、再び姿を現した最初に目撃された姿が重要である、このことはわかっています。姿をくらましていたあいだ貨物に何が起こっていたのか、私たちが知り得る限りのことをそこから導き出すことができますから。失踪前と失踪後の貨物を可能な限り完璧に描写し、その両者を照らし合わせて考えてみれば、たいていの場合、その混乱に、強くはなくとも十分な光を投げかけることができ、法律の範囲内で所有者を突き止めることができるものです」

　モンゴメリー氏はいくつもの質問をし始めた。誘拐以前のアミーリアについて、アリス・アームストロングがいなくなった状況について、その貨物が——「アミーリアちゃんが」、モンゴメリー氏は強調するように、一度ならずそう言った——見つかった状況について尋ね、全てを書き留めながら頷いた。

「アームストロングさんの娘さんは、忽然《こつぜん》と消え失せてしまったも同然だった。こういうことは起こりますからね。そしてあなたの娘さんは、唐突に戻ってきた。どちらのほうがより〝普通ではない〟と言えるでしょう？　娘さんは一体どこにいたのでしょう？　娘さんはなぜ今戻ってきたのでしょう——あるいは、戻されたのでしょう？　こうした疑問には答えが出ていませんね。答えが出ているに越したことはありませんが、答えがないのであれば、代わりに別の証拠に頼るほかありません。失踪前のアミーリアちゃんの写真はお持ちですか？」

「持っています」

「現在のアミーリアちゃんは、その写真のアミーリアちゃんに似ていますか？」

ヴォーンは肩をすくめた。「似ていると思いますよ……四歳の小さな子が、二歳だった当時に似ている程度に」

「ということはつまり……？」

「母親の目には、それが同じ子どもであるとわかるものです」

「しかし別の目には？　より公平な目には？」

ヴォーンはためらった。モンゴメリー氏は、ヴォーンの顔にためらいが浮かんだ事実などなかったかのように、朗らかに話し続けた。「子どもに関するあなたの意見は、完全に理解できますよ。子どもというのは変わるものですからね。水曜日にチーズをのせて行方をくらました貨物が、土曜日になって再び姿を現したとき、積荷が同じ重さのたばこに変わっていたということはありません。しかし子どもとなれば——ああ！　全く別問題ですね。あなたの意見は理解できます。それでも、準備を整えておくという意味で、写真は大切に保管し、今いるアミーリアちゃんと二年前のアミーリアちゃんが同じ子どもであることを示すあらゆる情報を——どんなささいなことでも、全てですよ——記録しておいてください。備えはしておいたほうがいい」

モンゴメリー氏はヴォーンの浮かない表情に気づき、元気よくほほ笑んで見せた。「しかしながらですね、ヴォーンさん、それ以上に私があなたに差し上げたい助言はですね、若きアームストロングさんのことは心配しないように、ということです。奥方にも、心配は無用ですとお伝えいただきたい。ここにおりますモンゴメリーとミッチェルが、あなたがたの心配を肩代わりいたします。私たちが全て面倒を見ますから。あなたがたのために——そしてアミーリアちゃんのために。あなたにとって有利に働くであろう点がひとつ、それも大きな点がひとつあるんですから」

「それはどういう？」

「もし裁判ということになれば、この訴訟には非常に長い時間がかかるでしょうし、非常にゆっくりと進むことになるでしょう。テムズ川をめぐる王室とロンドン自治体の対立について、聞いたことはありませんか？」

「ありませんね」

「どちらがテムズ川を所有しているかという論争です。王室は、女王がテムズ川を使って旅をしていること、そしてそれが国民の身を守るために必要不可欠であることを挙げて、テムズ川の所有権は王室にあると説いています。一方ロンドン自治体は、自分たちは、上流と下流を行き来する全ての物品に対して法律を適用できる立場にあるため、自分たちこそがテムズ川を所有しているのだと論じました」

「それで、結果はどうなったのですか？　誰がテムズ川の所有者なのですか？」

「いやはや、もうかれこれ十二年も言い争っていて、少なくともあと十二年は議論が続くでしょう！　川とはなんぞや？　水だ。水とはなんぞや？　本質的には雨である。雨とはなんぞや？　おお、それは天気だ！　では誰が天気を所有するのか？　今この瞬間にも上空を流れているあの雲、あの雲はどこに雨を落とすのだ？　こちらの川岸か、あるいはあちらの川岸か、あるいは川の中？　雲は風に吹き飛ばされるけれど、その風は誰に所有されるものでもありませんし、雲は通過を伝える手紙を出すことなく国境を越えていきます。あの雲に含まれる雨は、オックスフォードシャーに落ちるかもしれないし、バークシャーに落ちるかもしれないし、ことによると海を渡ってパリのお嬢さん《マドモアゼル》の上に落ちるかもしれない。テムズ川に落ちた雨が、どこを旅してきたかなんてわかりませんよ！　スペインから来たかもしれないし、ロシア……あるいはザンジバルから来たってことだってあり得ます！　ザンジバルに雲があればの話ですけどね。いいえ、雨が何者かに所有されているだなんて言えるはずがないんです。たとえそれが女王であろうとロンドン自治体であろうと関係なく、稲光を捕獲して銀行の金庫室に入れることができないのと同じことなのです。それでも両者は戦いをやめようとはしないのです！」

モンゴメリーの顔にほんの微かな歓喜の表情が浮かんだ。それはヴォーンがはじめて目にしたと言っても過言ではないような表情だった。

「私がこのことをお伝えしているのは、法的に対処するにはどれほど時間がかかるか、それを説明するためです。もしもアームストロングさんがその子が自分のものであると主張しようと心に決めた場合には――本当に彼がそうすればの話ですが――訴訟を起こされることは避けるべきです。事態の解決のために彼が必要だと感じているだけの金を払いなさい。そちらのほうがずっと安く済みます。それでも彼の気が晴れないようなら、王室対ロンドン自治体の訴訟に慰めを見いだすと良いでしょう。訴訟は、永遠とまでは言いませんが延々と続き、その子が少なくとも成人するまでは終わらないでしょう。私たちが話題にしている貨物、つまりは幼いアミーリアちゃんは、どちらの父親が彼女の正式な所有者であるかを法律が決定するよりずっと前に、結婚相手の所有者になるでしょう。ご安心ください！」

ヴォーンはオックスフォード駅のプラットフォームに立って列車の到着を待っていた。頭の中からモンゴメリー氏が消えていくと、前回、まさにこの同じ場所で列車を待っていたときのことが思い出された。あの日ヴォーンは、テンサイを畑から蒸留酒製造所へ運ぶために使用していた軽便鉄道の購入に関心のある客のもとを訪れるために街に出向いていて、その帰り道にコンスタンタイン夫人の家を探しにいったのだった。ヴォーンはその家を見つけ、そして中に入った。ヴォーンは自分自身を訝しんだ。あれは少し前のこと――ほんの二ヶ月前のこと――だったにもかかわらず、それからずいぶんといろいろなことが起こっていた。

夫人はなんと言ったのだったか。**このままの状態で生きていくことはできないでしょう。**そう言ったのだった。ヴォーン自身、同じことを感じていた。夫人が正しいという確かな予感があった。夫人が提案した通り、また夫人のもとを訪れるつもりがあっただろうか。当然ない。それでも……。結果として行く必要はなかった。放っておくと、思いがけず、奇跡的でさえあり、そして幸せなことに、物事は自ら解決の道を辿った。この二年間というものヴォーンは悲惨なまでに不幸だったが、今は――アームストロングさえうまくあしらうことができれば――不幸を感じる必要などなかった。ご安心ください！　モンゴメリー氏はそう言っていた。ヴォーンはそうするつもりでいた。

コンスタンタイン夫人のことを忘れようと決心したちょうどそのとき、突如として夫人の顔が頭に浮かんできた。夫人の目は、ヴォーンの言葉の流れに逆らって泳ぎ、ヴォーンの心に侵入し、ヴォーンのほかならぬ思考に侵入し……なるほど、夫人はそう言っていた。まるでヴォーンが言ったことだけでなく、**言わなかったこと**まで理解しているかのように。

　そんなことを思い出していると、何か重要な感覚がうなじをかすめたような気がして後ろを振り返った。背後に、プラットフォームに立つ夫人の姿を認めることを期待して。

　しかし誰もいなかった。


「奥さまはアミーリアお嬢さまを寝かしつけています」家に帰ると、そう告げられた。

　黄色い客間に入ると、カーテンは閉じられ、暖炉では炎が赤々と燃えていた。最近になって、アミーリアの写真が二枚、出窓に置かれた小さな机の上に再び置かれるようになっていた。失踪後の最初の数日間、アミーリアは閉じ込められたガラスの向こう側からじっとこちらを見つめ続けていた。その幽霊のような眼差しは、ガラスのちらちらと揺れる光と重なり合ってヴォーンを怯《おび》えさせ、やがてそれ以上その眼差しに耐えることができなくなったヴォーンは、その肖像写真を、顔を下に向けた状態で引き出しにしまい、忘れようと努めた。後になってその写真が引き出しからなくなっていることに気づき、ヘレナが自分の部屋に持って行ったのだろうと考えた。そのころにはもう、ヴォーンが妻の部屋を訪れることはなくなっていた。夜になると決まって、夫婦はそれぞれ別の場所で、別の方法で悲嘆に暮れた。嘆く以外の理由で妻の部屋に入れば、良いことがないのは明らかだった。少女が戻ってきた今、写真は再び元の場所に戻された。

ヴォーンは何も見ることなく、その二枚の写真の上に視線を滑らせた。

部屋の端から見れば、それらはただの輪郭でしかなかった。座っているアミーリアを収めた一般的な肖像写真と、アミーリアを膝にのせて座るヘレナと、そのそばに立つヴォーンを収めた家族写真だった。ヴォーンは写真に近づいた。それからアミーリアの肖像写真を手に取ると、目を閉じ、写真を目にする心の準備を整えた。

ドアが開いた。「お帰りなさい！　あなた？　何かあって？」

ヴォーンは表情を整えた。「え？　ああ、いや、なんでもないよ。今日、モンゴメリーに会ってきたよ。話をしているうちに――ついでの話として、だよ――アームストロングさんとのことを話してきたんだ」

ヘレナは怪訝《けげん》な表情でヴォーンを見た。

「彼が法的な申立てをするかもしれないという可能性について――ごくちっぽけな可能性ではあるけれどね――話し合ってきたんだ」

「そんなことあり得ないわ！　娘さんの――」

「遺体か？　ヘレナ、君は一体いつになったらその考えを諦めるんだ？　もう二ヶ月も経ってるんだ！　まだ誰にも見つけられないというのに、これから見つかると考えられる根拠はなんだい？」

「でも、女の子が溺れ死んだのよ！　子どもの体はただ消えたりなんてしないわ！」

ヴォーンが急激に息を吸い込むと、胸が大きく膨れた。肺が空気を保ち続けた。こんな会話になることを望んでいたのではない。落ち着かなければ。ゆっくりと、息を吐き出した。

「それでも、まだ遺体は見つかっていないんだ。その事実は直視しなければならないよ。それにどうやら——君だってその可能性を認めずにはいられないはずだ——遺体が見つからないということもありそうだ」自分の声に優しい響きを感じ取ることができた。その声をさらに抑制すべく、より一層努力した。「ねえ——ヘレナ——ぼくが言いたいのはね、準備はしておいたほうがいいということだよ。万が一に備えてね」

ヘレナは考え込むように夫を見つめた。自分に厳しい態度を取るなんて夫らしくない。

「あの子を失うなんて、考えるだけでも耐えられないと思わなくて？」そう言うとヘレナは部屋を横切って夫のそばに行き、夫の胸に手を当てて優しくほほ笑んだ。「もう一度あの子を失うなんて、考えるだけでも耐えられないはずよ。ああ、アンソニー！」涙が目にあふれ、こぼれた。「あなただってわかっているでしょ。ようやくあなたも、あの子だってことに気づいたんだから」

ヴォーンは妻を抱きしめるために写真を机の上に置こうとした。そこでようやくヘレナは夫が手にしていたものに気がつき、夫の手を止めた。

そしてその手からその写真を取ると、愛《いと》おしそうに写真を見つめた。「アンソニー、心配しないで。必要な証拠は全てここにあるじゃない」机に戻そうと写真を裏返した途端、ヘレナの口からあっという声が上がった。

「どうした？」

「これ！」

ヴォーンは、妻が指さしている写真立ての裏側に目をやった。「たまげたな！」そしてそこに貼られたラベルを読み上げた。「〝ヘンリー・ドーントオックスフォード　肖像写真、風景写真、都会・田舎の景色〟だって？　あの男だ！　あの子を見つけてくれた、あの！」

「あれほどあざだらけで腫れてしまっていたから、あの人だとはとても気づけなかったわね。不思議だわ……もう一度、ドーントさんに来てもらいましょうよ。あのとき、まだ何枚か撮ってくれたのを覚えていて？　一番いいのを二枚もらったんだけれど、あと二枚あるはずよ。まだ持っていてくれているかもしれない」

「もしそれがいい写真だったら、当然こちらでもらっていたと思うがね」

「そうとも限らないわ」ヘレナは写真を机に置いた。「全体として一番いい写真だからと言って、あの子の顔が一番よく撮れているとは限らないもの。動いてしまったのは私だったかもしれないし」（言いながらヘレナは、その場で大袈裟なまでに体を小刻みに動かしてみせた）「あなたがしかめ面していたのかもしれない」（そして指先で、ヴォーンの口元を歪ませた）ヴォーンは妻の遊び心に応えるように、笑って見えるような表情を作ろうと努めた。

「良かった」ヘレナは満足げに言った。「笑ってくれた。写真は全部、私たちの手元にあったほうがいいと思わない？　万が一に備えて、ね。モンゴメリーさんもそれがいいと思うに違いないわ」

ヴォーンは頷いた。

ヘレナは夫の体に軽く腕を回し、肩甲骨の下で指を広げた。上着を通して、妻の指一本一本と、親指の付け根の膨らみが感じられた。ヴォーンはいまだに妻に触れられる感覚に慣れていなかった。重ね着したツイードとポプリンの上からでさえ、その感覚はヴォーンの体にぞくぞくとした興奮を走らせた。

「そしてドーントさんがうちに来ているあいだに、新しい写真を撮ってもらいましょうよ」

そう言うとヘレナはもう片方の手を夫の首の後ろに回した。ヴォーンは、襟の上部と髪の毛の生え際の隙間にその手が迷い込んでいくのを感じた。

ヴォーンは妻に口づけた。妻の口は柔らかく、わずかに開いていた。

「すごく嬉しい」ヘレナはヴォーンの胸に体を預けながらつぶやいた。「ずっと待ち望んでいたことのひとつだったから。ようやく私たち、本当の意味でまた一緒になれたわね」

ヴォーンは妻の髪に顔を寄せて、うめくような小さな声を発した。

「私たちの愛しい娘はもうすっかり眠っているわ」ヘレナはささやき声で言った。「私も早めにベッドに行こうと思っていたの」

ヴォーンは妻の首に鼻を埋めて、彼女のにおいを吸い込んだ。「そうだね」そして言った。もう一度。「そうだね」

物語は繁茂する

不思議な少女がテムズ川から救い出され、最初は死んでいたのに息を吹き返してからの数週間、〈白鳥亭〉は大繁盛していた。その物語は、市《いち》の立つ広場や街角を経由して広まっていった。母から娘へ、いとこからいとこへ、家族への手紙の中で詳しく説明された。駅のプラットフォームで出会った他人や、四つ辻でたまたま出くわした放浪者にも、惜しみなく伝えられた。そしてこの物語を耳にした誰もが、次に訪れた先がどこであれ、そこでこの物語を披露し、ついにはこの国における三つの農地郡——グロスターシャー、ヘレフォードシャー、ウスターシャー——で、どんな脚色がなされたものであれ、この物語自体を知らない人間はひとりもいなくなった。こうして物語を知った大半のひとびとは、この突飛な出来事の起こった酒場を訪れ、少女が見つけられたという川岸や、少女が横たえられたという細長い部屋を自分の目で確認するまでは満足することができなくなった。

マーゴットは夏の間を開けることに決めた。そして娘たちをふたりずつ呼んでは、通常以上に増えた仕事を手伝ってもらうよう取り計らった。常連客たちはリトル・マーゴットたちが店にいることに慣れてしまっていた。ジョナサンは母親と姉たちに語り聞かせの練習を聞いてほしいとせがんだが、みな終わりのない忙しさに時間も気も取られていて、誰も止まって耳を傾けてやることがほとんどできなかった。「いつまで経っても、うまくなりっこないや」ジョナサンはため息をつくと、自分自身に向けて声に出して練習を始めた。しかしやればやるほど語りは混乱し、結末を最初に持ってきてみたり、始まりを最後に持ってきたり、真ん中を――いや、真ん中に関してはほとんど触れられなかった。

ジョーが午前十一時に暖炉の火をおこすと、その火は夜中まで、部屋にいる大勢の客がようやくまばらになり始めたころまで燃え続けた。

常連客はもう立て続けに何週間も自分で支払いをせずに飲んでいた。新参の客たちが、物語を聞かせてもらうのと引き換えに酒代を払ってくれるのだった。やがて常連客たちは喉を休ませておくことを学んだ。というのも、もしも新参客たちの好き勝手にさせておけば、あの夜あの出来事を目撃した常連客たち全員が、夏の間で客たちのテーブルを回って歩き、絶えず語り続けなければならなかったから。しかし年配のクレソン栽培人がなんとも的確に指摘した通り、それでは自分たちの飲む時間が確保できない。そこで常連客たちは当番制にすることを思いついた。ふたりずつ夏の間に行って一時間語り聞かせをし、冬の間の自分の丸椅子に戻ってから喉の渇きを癒やし、代わりに別のふたりを夏の間に送る、といった具合に。

フレッド・ヒーヴィンズは、フレッドの立場から見たその出来事をなかなかの喜劇に仕立て上げ、その物語を「馬は言ったんだ、〝ネイ、そんな訳ねい！〟」という落ちで締めくくった。フレッドがするような、普通の斜め上をいくような脚色が施された物語は、夜の十時を過ぎたあたりから受けが良くなった。そのころにはもう物語の事実の部分は十回以上も繰り返されていたし、聴衆たちも酔っ払っていたから。そしてその結果、フレッドは非常に多くの二日酔いを経験し、あまりに何度も仕事に遅れたため、解雇するぞと脅されることになった。

ヴォーン家の庭師ニューマンは、それまでは〈赤獅子亭〉の常連で、毎週金曜日の夜には喉が枯れるまでそこで歌を披露していたが、今では忠誠の対象を〈白鳥亭〉に切り替え、語り聞かせというものに挑戦しようとしていた。ニューマンは夏の間で新参客たち相手に自分の語りの腕前を試す前に、〈白鳥亭〉の常連客相手に練習をした。そして自分だけが目撃した光景――子どもの救出劇を耳にしてバスコットを出発したヴォーン夫人の様子――を最大限に生かした物語に仕立て上げた。

「この目で夫人を見たんです、本当にね。夫人はこれ以上ない速さでボート小屋へ駆け下りて、自分の手漕ぎボートに――それも古くて小さなボートのほうに――のって川へ出たと思ったら、野ウサギのごとく川を疾走して……あんなふうにボートが動くのは、これまでに見たことがありませんよ」

「川を野ウサギのように疾走した？」ひとりの作男が訊いた。

「はい、それもまだ少女時代を抜け出したばかりみたいな人がね！　女に、あんなに速くボートが漕げるなんて、想像もできないでしょうね」

「いやでも……野ウサギみたいに疾走って言ったか？」

「そうですよ。野ウサギが走るように速く移動した、って意味ですがね」

「どういう意味かはちゃんとわかってるさ。ただ、川を野ウサギのように疾走した、とは言わないんじゃないか？」

「どうしてです？」

「野ウサギがボートを漕いでるのを見たことがあるんか？」

どっと大きな笑い声が起こった。庭師はきょとんとし、困惑した。「ボートにのる野ウサギ？　ばか言わんでください！」

「だから、野ウサギのように川を疾走した、だなんて言えないってことさ。野ウサギですら〝野ウサギのように川を疾走する〟ことができないのに、どうしたらヴォーン夫人にそれができるってんだ？　考えてもみろよ」

「そういうものなのですね。だったら、どう言ったらいいんです？」

「現実に川をものすごい速さで進む動物を考えて、代わりにそいつを使えばいいのさ。そうだろう？」

みな一斉に頷いた。

「カワウソはどうです？」若い艀《はしけ》の船頭が言った。「奴らはのろのろうろついたりしない」

ニューマンは怪訝そうに顔をしかめた。「ヴォーン夫人は、カワウソのように川を進んでいって……」

作男は首を振った。「これっぽっちも良くなってねえ」

「実際、ひどくなってるような……」

「ふむ、それなら、なんと言えばいいんです？　野ウサギのようにもだめで、カワウソのようにもだめなんだというなら？　何か言いようがあるはずです」

「ですね」艀の船頭が言い、砂利採取の三人衆が頷いた。「何か言いようがあるはず」

みながオーウェン・オルブライトのほうを見やると、オーウェンは彼なりの意見を伝えた。

「全く別の言い方を考える必要があると思うね。〝夫人はこれ以上ない速さで力漕《りきそう》して……〟ってのもいいだろう」

「でも、その表現はもう使っちまってるんだ」作男は抗議した。「夫人はこれ以上ない速さでボート小屋に駆け下りていったんだろ。これ以上ない速さでボート小屋に駆け下りていって、これ以上ない速さで川を漕いで上っていくことは不可能だ」

「でも、実際そうだったんです」ニューマンは言った。

「無理だ！」

「そうだったんですって！　その場にいたんですから！　この目で夫人を見たんですから！」

「へいへい、そんなこともあるかもしれねえ。しかしな、そうやって伝えるわけにはいかないんだよ」

「事実を伝えるわけにはいかないですって？　どうしてそんなことになるんです？　もう最初から何もかもはじめなければ良かったと思えてきましたよ。話を伝えるというのがこれほど大変なことだったなんて知りませんでした」

「技術がいるのさ」オーウェンはなだめるように言った。「すぐにコツをつかめるさ」

「ただ口を開いて言葉が出るに任せて生きてきて三十七になりましたが、これまでのところなんの問題もなくやってきましたよ。この店に来てここに腰を下ろすまではね。コツをつかみたいかどうかさえわかりません。いや、これまで通りのやり方でやることにします。言葉たちが勝手に口から飛び出すに任せましょう。夫人は野ウサギのごとく疾走したのだと言ったら、夫人には野ウサギのごとく疾走してもらいましょう。そうでなければ、もうひと言だって発しないことにします」

客たちはテーブル越しに不安げな視線を交わし合った。砂利採取人のひとりがみなを代表して言った。「この人にしゃべらせてやろう。この人は、その場にいたんだから」

かくしてニューマンは、自らの考案した言葉を用いて、ヴォーン夫人が家を出たときの様子を彼なりに続けることを許された。

自らの物語を練習して洗練させようとするのはニューマンやフレッドだけではなかった。誰もが自分流の物語を、互いに、あるいは新参客相手に何度も繰り返し、そうするうちに新たな詳細が明らかになった。記憶が比べられ、裁定が下される。派閥も存在した。羽根が少女の唇に置かれたのは、彼女が貯蔵室に移動させられる前だったと〝確実に〟覚えている者たちもいれば、その方法が用いられたのは男の息を確認するときだけだったと言って譲らない者たちもいた。ヘンリー・ドーントがあの寒さの中、しかも壊れたボートで、いかにして悪魔の堰からラドコットまで辿り着くことができたのかを説明するために、多様で冗長な仮説が提示された。みな物語を洗練させ、磨き上げ、身振り手振りを加えることによって涙を誘う適切な瞬間を割り出し、聴衆が椅子から転げ落ちるほどに身をのり出してしまうような間《ま》を取り入れた。しかしみな、物語の結末を見つけることがどうしてもできなかった。物語があるところまで——少女がヴォーン夫妻とともに〈白鳥亭〉を後にするところまで——到達すると、そこからはただ勢いが衰えていくだけだった。「結局、その子はアミーリア・ヴォーンなの？　それとも、もうひとりの娘なの？」こんな疑問が残った。それからこんな疑問も。「どうして最初は死んでいたのに、生き返ったの？」

答えはなかった。

最初の疑問——少女は一体誰なのか——に対しては、たいていの人間が、その子はヴォーン夫妻の娘だという説を支持した。誰にもその存在を知られず、前日にいなくなったばかりの少女が戻ってきたというよりも、二年間も行方をくらましていて、誰もが見たことのある少女が戻ってきたというほうが、明らかにより満足のいく物語だった。新たな謎は最初の謎を蘇らせ、あの誘拐事件がつい昨日の出来事のように語られた。

「だったら、その子はどこにいたってんだ？　この——何年のあいだだった？　——二年だったか？」

「その子が声を取り戻して語り出すのを待つしかないな、違うか？」

「そうなると、どこぞの誰かは知らんが、その子を誘拐した奴がやばいことになるな」

「あの子守の女に違いねえ。一週間の稼ぎを賭けたっていいさ。覚えてるか？」

「あの夜に外出してたっていう、ルビーって娘か？」

「そう言ってるんだよな。真夜中に川沿いを散歩してたって。あきれたもんさな！　真夜中に川のそばをうろつく娘がいるなんて信じられるか？　それも冬至の真夜中にだぞ」

「ついでに言えば、冬至の時期には川のジプシーたちもうろうろしてる。娘と結託した、そういうことさ。ルビーとジプシーの仕業、俺が言ったこと覚えといてくれよ。あの小さなお嬢さんがまたしゃべれるようになったら、誰かが困ることになるんだ……」

誘拐された少女の物語と、見つかった少女の物語は、どちらも尾を引くような終わり方をしていた。しかしそうした尾が一緒に織り込まれることになれば、どちらの物語も完成に近づいたように見えるだろう。それは良いことだった。

ふたつ目の疑問は、より長引く、より酔いしれた議論を引き起こすこととなった。

ある人たちにとっては、世界はひと筋縄ではいかない、なんとも扱いにくいものであった。そうした人たちはこの疑問を解き明かす必要を感じることなく、ただただそれに驚嘆するばかりだった。彼らの目には、それが彼らの存在に必須なものであるかのごとく、常に戸惑いが宿っていた。砂利の採取人ヒッグスはそんな男のひとりだった。金曜日の夜に受け取り、一週間は十分持つはずの賃金は、たいてい火曜の終わりにはなくなっていた。そして決まって〈白鳥亭〉で、飲んだことを覚えていられる以上のエールビールをツケで飲んだ。妻には土曜の夜に限って――つまりは毎日ではないということ――手を上げたが、その妻は理由など全くないというのに家を出ていき、チーズ屋のいとこの家に転がり込んだ。腹にわずかなパンもなく、空腹を紛らわす酒も、温めてくれる妻もいない状態で、陰気な顔で座り込み、川面に映る顔をのぞき込むと、そこには自分ではなく父親の顔が見えるのだった。わずかにでもその表面を掘って探ってみれば、人生というものは全て謎そのものであることがわかり、原因と結果が互いに離れ離れになってしまうというのも珍しいことではなかった。こうした日常的な戸惑いの中、一度死んで蘇ったという少女の物語は、ヒッグスが驚きと同時に慰めを見いだす出来事のひとつだった。というのもその出来事は、人生というものは根本的に不可解なものであり、従って、何かを理解しようなどとしても意味がないことをはっきりと証明するものだったから。

想像力に富んだ、あるいは不誠実な語り手たちは、この疑問に対するより満足のいく答えを提供するために物語の細部を捏造《ねつぞう》した。ある船頭には兄がいて、この兄は、あの一大事件の起こった夜、女を連れて出かけていた。最初は面白いものを見逃したことに落胆していたが、やがてその事実を自分の有利になるように理解し、自分が〈白鳥亭〉にいなかった事実を最大限に利用し、合理的な説明の慰めを含んだ、彼なりの解釈に発展させた。「その子は、はなっから死んでなどいなかったのさ！　俺が見てりゃ、言ってやったのによ。要は目だよ。そいつが生きてるのか死んでるのか判断するには、目を見るだけでいいんだ。見えてる感じだよ、わかるだろ、目から消えちまうのはよ」

これを聞くとみな耳をそばだて、さっと顔を上げた。物語におけるあからさまな空白や信《しん》憑性《ぴょうせい》のなさ、誤った迫真性に耐えられないような人間にとっては、それは物語の緊張を明らかに和らげる展開だった。この展開の持つ安心感に惹かれた語り手がひとりかふたりいて、彼らの物語はそれと同じ方向に流れていった。「その子は、ほとんど息をしていない状態で酒場に運び込まれた」誰かが試しにこう言ってみたが、常連客たちは批判的な視線を投げかけ、唇を歪めた。語り手は脇へ連れていかれ、小言を浴びせられることとなった。〈白鳥亭〉には道徳的規範があった。それはつまり、語りと嘘は全くの別物、ということ。彼らはみなそこにいたのだ。彼らは知っているのだから。

数ヶ月にわたって語られ、何度も語られたというのに、物語が定まる気配はなかった。それどころか、溺死して生き返った少女のその物語は、不可解で、未完成で、物語にあるべき調子が狂ってしまっていた。ひとびとは〈白鳥亭〉でヴォーン夫妻について語り、アームストロング親子について語り、死について、生について語った。少女の所有を巡るあらゆる主張の強さと弱さ、主張者たちのひとりひとりの強さと弱さを精査した。物語をあっちこっちに向かわせてみたり、上下逆さまにしてみたり、再び元の位置に戻したりしてみたが、最後には結局、最初の地点から先には進む道が見当たらないという現実に直面した。

「骨スープみてえなもんだな」ある晩、ベザントが言った。「よだれを誘うにおいがぷんぷんしてて、骨髄の味がしみ出てるってのに、かじりつけるもんは何もなくてよ、七杯飲んだって、結局最後には、テーブルに着いたときと同じくらい腹が減ってるんだ」

もうこの物語をやめてしまってもよかった。どこからともなく流れ着いて、どこへとも知れず消えていく類の物語のひとつとして諦めてしまってもよかった。しかし文の終わりや言葉の合間合間に、声が弱まり、会話が止む瞬間、あらゆる語り聞かせの背後に存在する深い静けさの中、少女その人が宙を漂うのだった。みなこの部屋で、この酒場で、彼女が死んでいるところを、そして生きているところを見た。理解することも、つかむことも、説明することもできなかったが、それでも明白な点がひとつだけあった。あの少女こそ、彼らの物語だった。

レンズ越しの十五秒間

四十キロメートルほど川を下ったオックスフォードに移動しよう。オックスフォードで最もよく知られたボートヤードで、船大工が最後の領収書に受領の署名をインクで書き殴った。船大工は頷くと、輝く真鍮《しんちゅう》の鍵をカウンターの上に滑らせた。ヘンリー・ドーントの手がその鍵の上に覆いかぶさった。

波乱に満ちた冬至の経験の後、オックスフォードに戻ってきたドーントは、ある計画を始動させた。妻とともに過ごした家を賃貸に出し、ブロード通り《ストリート》にある自分の店の屋根裏部屋に移り住んだ。そこでドーントは質実剛健な独り身の男の暮らし方を楽しんだ。所有物はといえば、ベッドに室内用便器《チェンバーポット》、水差しの置かれたテーブルに、たらいひとつ。食事は、通りの角にある肉料理店でとった。家賃収入と貯金は全額、ボートの購入につぎ込んだ。ドーントには計画があった。

一年で最も昼の短い日からその翌日にかけての意識を失っていたあいだにドーントの心は一新され、〈白鳥亭〉のベッドの上で横たわるその心には新しく素晴らしい考えが浮かんできていた。その考えでは、ドーントが深い愛を寄せているふたつのもの――写真と川――を、ある計画のために組み合わせることが可能だった。ドーントは、読者をテムズ川の源から河口に至るまでの旅に連れ出すような写真集を作りたいと考えた。あるいは、ロンドンに至るまでになるかもしれない。実際には一巻にまとめることは難しそうで、最初の巻にはトゥリューズベリー・ミードからオックスフォードまでの道のりしか収まらないかもしれない。重要なのは始めることだ。そしてこれを始めるにあたっては、ふたつのものが必要になってくる。移動手段と暗室だ。そのふたつをひとつにまとめることも可能だろう。まだ顔に緑や黒、紫のあざがあり、唇を縦断するように緋色の糸が走っているうちに、船大工のもとをはじめて訪ねていき、どんなものが必要かを説明した。そのとき偶然にも、ボートヤードの庭に完成間近のボートがあった。そのボートの買い手は、最後の支払いを済ますことができずにいるとのことだった。そのボートこそまさにドーントが欲していたボートで、彼の要求を満たすためには、調整し、装備を取りつけさえすればよかった。あれから約三ヶ月が経過した今、ドーントの肌の色は健康的で、ぬい傷のあったところには、ほとんど目に見えない対をなす穴が、ピンク色の線に沿って並んでいた――そして手には、投資の対価として手に入れた複数の鍵が握られていた。

川を上流に向かって進む道すがら、ドーントと彼のボートは好奇の目にさらされた。濃紺と白のおしゃれな塗装面だけでなく、真鍮と桜の木を用いた金具や部品も十分に人目を引く理由になったが、このボートにはほかのボートには見られないような斬新な点がほかにもいくつかあった。「コロジオン（粘性のある液体で、液体絆創膏などに使用される。湿板写真にも用いられた）？」文字を読むことのできるひとびとはこう訊くのだった。「一体なんて名前なんだ？」

ドーントは、ボートの側面に自分の名前と職業を縁取るようにして描かれた、黄色と橙色の装飾的な飾り書きを指さして答えた。「コロジオンはこんな色をしています。死を招くほど危険なものです。コロジオンは何の前触れもなく発火することもあれば、爆発することだってあるんです。大量に吸い込んでしまえば、災いが訪れるでしょう！　しかしこれをガラス板に塗布して、光に当てれば——ああ！　そうすれば——あなたは魔法を目にすることになりますよ。コロジオンは私の芸術の全てを、そして科学の全てを解き放つ材料なのです。これがなければ、写真というものなど存在しないのです」

「それじゃあ、それは一体なんなんだ？」ひとびとが川の向こうから、船室の壁に整然と取りつけられているL字型《ブラケット》の金具と複数の箱を示しながら尋ねると、ドーントは、これは写真の装置だと説明した。

「それから、その妙ちくりんな機械は？」みな知りたがった。ボートの船室の屋根に、ボートと調和するような色が塗られた四輪自転車がしっかりと取りつけられていた。

「陸を移動するのに必要なんです。ここにあるこの箱は二倍の長さになって、トレーラーになるんです。ここに道具をのせれば、陸路で好きな場所に行くことができます」

鋭い視点の持ち主は、内部にカーテンだけでなく鎧戸《よろいど》までもが設《しつら》えられているのに気づいた。

「暗室です」ドーントは説明した。「現像中は、ほんのひと筋の光が入ってきただけでも写真がだめになってしまいますからね」

こうした会話のために何度も何度もボートを止め、非常に多くの人たちに名刺を配り、非常に多くの仕事の予約を手帳に書き込むことになった。バスコットやラドコット周辺まで川を遡るころには、すでに〈コロジオン〉は、彼女のために手放した金を回収するほどの仕事を引き寄せていた。しかしドーントには、この新しい仕事を始める前に返しておくべき借りがあった。命の恩人たちに感謝を伝えるつもりでいた。当然〈白鳥亭〉を訪れるつもりでいたが、その前に、ある場所を訪れることにした。

川の静かな場所に、小さく、こざっぱりとしたコテージが立っていた。庭は手入れが行き届いていて、玄関ドアは緑色に塗装されていて、煙突からは煙が上がっていた。二十メートルほど先にちょうど良い係留場所があった。ドーントはボートを杭《くい》につなぐと、コテージのほうへ戻り、手袋をはめた両手を打ち合わせて手を温めてから、ドアを叩いた。

ドアが開き、力強く真っすぐな鼻の上についた左右対称な眉と、その両側に配置された、独特な角度で形成されたこめかみと頬、顎が目に飛び込んできた。

「サンデーさんですか？」これは予想していなかった……。ドーントはわずかに脇に寄り、立つ位置を変えると光がどのような変化をもたらすかを確かめようとした。彼女の平らな頬の片方が影に覆われた。ドーントは興奮がかき立てられるのを感じた。

「ドーントさん！」

リタは前に歩み出ると、熱心な表情を浮かべた顔を上げてドーントに顔を近づけた。そのままドーントを抱きしめるのではないかとさえ思われたが、実際には、目を細めて彼の傷痕を調べただけだった。それから指先でドーントの皮膚に触れると、傷痕をなぞり、どのくらい隆起しているかを確かめた。リタは頷いた。「いいわ」それから力強くそう言うと、一歩後退りした。

ドーントの心は視覚的な問題にとらわれていたが、ようやく声が出せるようになった。

「感謝を伝えるために、来ました」

「それならもう伝えてもらっていますよ」

それは本当だった。ドーントはリタに治療代を送り、リタの看病に対する感謝を伝える手紙を出し、その手紙の中で、一度死んで蘇った少女に関する情報を尋ねていた。リタは模範的で明瞭な返事を書いたが、その中で、ドーントの支払いに対して礼を述べ、少女のその後についてリタの知っていることを伝えていた。そこでふたりの関係が終わっていてもおかしくはなかった。しかしドーントは、視覚的に謎を残したままのこの女のことが気になり心が乱れていた。ドーントの目がまだ腫れているうちに、ドーントの助手のひとりが彼を迎えにきてオックスフォードの家まで連れ帰ってくれたため、リタの顔を見る機会がなかったのだった。〈白鳥亭〉で受けた厚遇に対する感謝の印として無料で写真を撮ってあげたら、〈白鳥亭〉の人たちは喜んでくれるかもしれない、そんな考えが頭をもたげ、それならばその一環として看護師の家を訪ねても全く不自然なことではないはず、そう考えた。

「写真を撮影して差し上げたいなと思いまして」ドーントは言った。「お礼の贈り物として」

「良くない日にいらっしゃいましたね」リタは、ドーントが覚えている、あの落ち着いた声で言った。「今日は忙しくて」

リタの鼻の横に陰影が広がっているのに気づいたドーントは、両手で彼女の頭をつかんでわずかに顔の角度をずらし、陰影をさらに深めたいという衝動を抑えなければならなかった。

「もったいないほどいい光が出ています」

「でも私、ちょうどいい温度になるのを待っているところで」リタは言った。「今日やらなくちゃ。この機会を逃すわけにはいかないんです」

「何をしなくちゃならないんです？」

「実験です」

「どのくらい時間がかかります？」

「六十秒」

「こっちは十五秒です。ちゃんと考えれば、今日という日のどこかに、七十五秒間の時間を見つけることができると思いますけど？」

「おそらくあなたの言う十五秒というのは、露光時間のことでしょうね。準備にかかる時間は？　現像にかかる時間は？」

「あなたがぼくを手伝って、ぼくがあなたを手伝う。そうすればどちらも早く済むと思いますよ」

リタは小首をかしげて、見定めるような視線をドーントに向けた。「私の実験を手伝ってくれると言っているんですか？」

「そうです。撮影させてくれるなら」写真は当初、リタへの贈り物として考えられていたはずだったのだが、今ではそれはドーント自身が欲するものに変わっていた。

「そうしてもいいですけど。むしろありがたいです。でも本当に、あなたはそうしたいと……」

「したいです」

リタはドーントをじっと見つめた。リタの平面的な顔に浮かんだ微妙な変化から、リタが笑むのをこらえているのがわかった。「私があなたの写真の対象者になることに同意したら、あなたは私の実験の対象者になってくれる――そういうことですよね？」

「そうです」

「あなたって人は、勇敢なおばかさんなんですね、ドーントさん。じゃあ決まりです。写真から始めましょうか？　光は変化しますものね。温度も変化しますけど、それほど大きな変化ではありませんし」

リタのコテージの居間は白く塗られた箱のような部屋で、たくさんの本棚と一脚の青い肘掛け椅子が置いてあった。窓際に置かれた簡素な木製のテーブルには、さらにいくつかの本の山と、勢いよく流れるような手書きの文字で埋め尽くされた書類の束が置かれていた。リタは〈コロジオン〉から箱を運ぶのを手伝い、興味津々な様子でドーントが用意するのを見守った。全ての準備が整うと、ドーントは、特徴のない壁が背景になるようにリタをそのテーブルの上に座らせた。

「ぼくのほうに体を傾けて……。握った手の上に顎をのせてみて。そう、そうです」

ドーントに金を払って撮影を依頼する客たちが欲しがるような優美な装飾品は何も――光を集めるための銀のブローチも、白い襟も、レースの袖口も――なかった。リタのワンピースからは、暗く、地味な印象が感じられるだけだった。飾りは何ひとつなく、必要もなかった。あるのは、こめかみに接する生え際部分の線の対称性、力強く弧を描く眉、眼窩《がんか》を埋め尽くさんばかりの陰、そして思慮深い瞳の深遠さだけ。

「ぼくが数を数えるあいだ、動かないでくださいね」

十五秒間、リタは身動きせずにそこに座り、ドーントはレンズを通してリタを見つめた。

ドーントの撮る最高の――最も生き生きとした――肖像写真は、生来穏やかで、ある状態から別の状態に移るのに時間をかけて動くような人間を被写体にした写真だった。活発な魂はしばしば、カメラを向けられると小さくなる。彼らの本質はレンズをすり抜け、カメラにとらえることのできるものといえば、外面的に似ているだけで快活さのかけらもない、ろう人形のような姿だけ。

リタは、はじめて写真に撮られる人たちがよくするように、大きく目を見開いて凝視したり、神経質そうに瞬きしたりしなかった。それどころか、落ち着き払った態度で、しっかと目を開けてカメラを見つめた。ドーントは覆いの下で、ひとつの生き生きとした思考がそれまでの思考に取って代わり、絶え間なく変化し続けながら膨らんでいくのを見た。リタの顔の筋肉は、そのあいだもずっと微動だにしなかったというのに。これは一枚の写真などではない、十五秒が終わりを迎えるころにはドーントはそう確信していた。これは千枚もの写真だ。

「来てください」そう言いながらドーントは、光を遮るために木枠に入れたままのガラス板を取り出した。「どういう仕組みか、見せてあげたいんです」

ふたりは速やかに〈コロジオン〉に向かった。ドーントはガラス板をしっかりとつかんでいたし、リタは手を借りずともひとりでボートにのり込むことができた。船室は、鎧戸によってすでに日の光が遮られていた。ドーントはろうそくに火をつけると、その上から赤いガラスの覆いをかぶせ、ドアを閉めた。赤い光が狭い空間を照らした。ドーントが自分で拡張した現像台と、夜をボートで過ごす際に寝床となるベンチに取り囲まれて、ふたりは肩を並べて立った。天井の厚板が頭上数センチメートルほどのところにあったし、足元では川が穏やかに揺れていた。ドーントはふたりの体のあいだにある空間の大きさや形に気づかないふりをしようと努めた。その空間は、リタの臀部《でんぶ》の出っ張りに狭められ、胴のくびれのところでは広くなり、肘によってほとんど埋め尽くされんばかりだった。

ドーントは三つのガラス瓶に入った液体を、わずか二、三センチメートルほどの高さしかない小さな器の中に落とした。りんご酢と古い爪のにおいが空気に充満した。

「硫酸第一鉄？」リタは空気のにおいを嗅ぎながら訊いた。

「酢酸と水と混ぜたものです。実際に赤い色をしてるんですよ。光のせいでそう見えてるわけじゃない」

ドーントは木枠からガラス板を引き出した。左手でその板を注意深く持ちながら、明るい赤色の液体をほんのわずかにその板にかけた。酢混合物が表面全体を流れた。流動的で無駄がなく、なんとも優雅な動きだった。

「見ていて。すぐに像が浮かび上がってきますから——明るいものが最初に浮かんできます。暗い線として現れるんですけどね……。ほら、この線はあなたの頬骨で、窓からの光に照らされて明るい……。さあ、残りの部分も出てきますよ。最初はぼんやりとですが、すぐに……」

ガラス板にリタの顔が浮かび上がるのを見ているうちに、ドーントの声が徐々に消えいった。赤い光の中、ふたりは肩が触れ合うほどの位置に立ちながら、ガラスの上で影と線が融合していくのを見守った。ドーントは不意に、腹に落下するような感覚を覚えた。急降下。子どものころ、橋の頂点から川へ向かって飛び降りたときの感覚に似ていた。妻に出会ったのは、ある冬の日、凍ったテムズ川でスケートをしていたときのことだった。ドーントは無意識のうちに、滑るように自然に妻への恋に落ちていた――もしもあれが〝恋によく似た別の感情〟などではなく、本当に恋だったのであれば。しかし今回は、真っ逆さまに落ちてしまった――しかも今回は、疑いようもなくはっきりとそのことがわかった。

リタが完全にガラス板の上にその姿を現した。その顔は光と闇によって描写され、眼窩は暗く、瞳は謎に満ちていた。ドーントの目から、今すぐにでも涙がこぼれ出しそうだった。これまでに撮った肖像写真の中でも、最もよく撮れた一枚になったかもしれない。

「もう一枚、撮らないと」ドーントはガラス板を水ですすぎながら言った。

「この写真の、何がいけないんです?」

何も。ドーントはリタを、あらゆる角度から、あらゆる光の中で、あらゆる雰囲気と姿勢で撮りたいと思った。髪の毛を顔の周りにだらりと垂らした状態で、それから後ろにきっちり束ねた状態で、それから帽子の中に隠した状態で撮りたいと思った。首元の開いた白いシュミーズを着たリタを、折り重ねた黒い布地を肩にまとったリタを撮りたいと思った。水の中にいるリタを、木の幹に寄りかかるリタを、芝生に座るリタを……。何千もの写真が、撮られるのを待っていた。全て手に入れなくては。

「悪いところは何もありません。だからもっと撮りたいんです」

ドーントはガラス板をシアン化カリウム溶液の入った容器に滑り込ませた。「これで青味が抜けていきます。わかります？　こうすれば白黒になって、このまま色が定着します」

赤い光の中、リタはドーントのそばに立ち、興味深げな表情を浮かべてこの変化を見ていた。その考え深げな目は、透明で粘度のある液体を通り抜け、その向こうのガラス板をじっと見つめ続けていた。そうすることでガラス板の命になんらかの影響を与えることができると考えているかのように。

「何を考えていたんです？」

リタは一瞬、見定めるような視線をドーントに投げかけた――（その目が撮りたい）――それから急に何かを判断したような視線に変わった（それも欲しい）。

「はじめに、あなたがいました」リタは話し始めた。「あなたがいなければ、あの子が私たちの目の前に現れることもなかったはずで……」それから穏やかな口調で、数週間前に川沿いの道で男の襲撃を受けたときのことを詳しく語った。

ドーントは注意深く聞き入った。リタがならず者に声をかけられたという事実をひどく不快に思っている自分がいて、本能がリタを安心させるための行動を取ろうとしていることに気づいたが、リタの説明の仕方があまりに簡潔で明瞭で、その態度が完全に落ち着き払っているところを見ると、自分のそんな騎士道精神など場違いのように感じられた。それでも、リタを案ずる態度を見せることなくその襲撃についての話を聞くことなどできなかった。

「けがはありませんでしたか？」

「上腕にあざができて、両手を擦りむいてしまいました。でも大した傷ではありませんでした」

「近くにごろつきがいるってことを、地元の人たちに知らせましたか？」

「〈白鳥亭〉にいる人たちに伝えましたし、その男があの子に興味を持っていたことは、ヴォーン夫妻に伝えました。夫妻はもともと窓に鍵をつけようかと考えていたところだったんですけど、この件があって決心しましたよ」

慇懃《いんぎん》さを示す機会がほとんど与えられなかったドーントは、代わりに、リタに導かれるままにその事件の分析をすることにした。

「酵母と果物……」リタが言った。

「パン屋で盗人《ぬすっと》？　考えにくいですね。酒を造っている男では？」

「そうですよね、私もそれを考えました」

「この辺りで、酒を造っているのは？」

リタは笑みを見せた。「それは簡単には答えられない質問ですね。誰もが造っている可能性がある、とでも言いましょうか」

「密造酒っていうのは、多いものなんですか？」

リタは頷いた。「マーゴットによれば、昔より多いみたいですよ。でも誰もそれがどこで造られているのか知らないんです。というか、それを暴露しようとする人はいないんですよ」

「それで、その男のことは一瞬も目にしなかったんですか？」ドーントは顔をしかめた。彼にとっては、目に見えるものが全てだった。

「やけに小さな手をしていて、背は私より頭ひとつ分は低かった」

ドーントは訝しげにリタを見た。

「あざになって腕に残った指の痕を見ると、思っていた以上に小さかったんです。男の声は、私の耳よりも低い位置から聞こえてきていたし、帽子のつばがこの辺りに食い込むのが感じられたんです」言いながらリタは、帽子のつばが当たっていた場所を示した。

「それは男にしては小さいな」

「でも力は強かったんです」

「男がしてきた質問については、どう理解しているんです？」

リタは写真に映る考え深げな自分の姿をじっと見つめた。「ちょうどそのことを考えていたんです。あの子がしゃべるようになるかを知りたがっているということは、つまり、男はあの子が話すかもしれない内容を気にかけているということですよね。あの子が口にするかもしれない何かが、男の脅威になり得る。ということはつまり、男には、あの子に関して何か後ろめたいことがあるということでしょう。あの男こそ、あの子が川にいた原因かもしれません」

リタの声には、まだ続きがあるというような響きがあった。ドーントは待った。リタはまるで心の中でまだ判断しかねているとでも言うように、ゆっくりと、注意深く言葉を続けた。

「でも、同時に、男は、あの子がまた話すようになる時期についても知りたがっていました。そう考えると、男の関心は、すでに起こった何かというよりは、これから起こる何かに向いているのかもしれないとも思えるんです。何か計画があるのかもしれません。あの子が沈黙し続けるかどうかに左右される、なんらかの計画が」

ドーントはリタが思考の流れを整理するのを待った。

「どちらかしら？　過去か、未来か。前者かもしれない、でもだんだん後者だと思えてきました。夏至《げし》の日まで待つしかありません——そのときになればもっと詳しくわかるはずです」

「どうして夏至の日なんです？」

「その日までには、あの子が再び話すようになるか否かがはっきりする、男はそう信じているからです。オックスフォードのお医者さまの話では、あの子が発話するようになるか、口を利かない状態が恒久的になるかが決まるのは、その時期なんだそうです。もちろん、そんなのはなんの根拠もないでたらめだと思いますよ。でも私を襲った男は私の意見を訊いてこなかったので、私のほうでも私の意見は伝えませんでした。お医者さまの言っていたことだけを伝えたんです。溺死した日から――そう表現してもいいのであればですが――六ヶ月後ということは、夏至の日ということになります。その日までにあの子が言葉を発するようになるかどうかによって、男は次に取る行動を決めるのかもしれません」

揺らめく赤い光の中、ふたりの目が合った。

「あの子に悪いことは起こらないでほしいです」ドーントは言った。「最初にあの子を見たとき、ぼくは……あの子を……」

「あの子をそばに置きたいと思った」

「どうしてわかるんです？」

「みんな同じことを思うんです。ヴォーン夫妻が、アームストロング親子が、リリー・ホワイトが、あの子を自分のものにしたいと思っているんです。あの子が〈白鳥亭〉から出ていくとき、ジョナサンは涙を流したし、マーゴットはもうほとんどあの子を預かるつもりでいました。そうそう、クレソン栽培の男性でさえ、ほかに誰もいない場合には、自分があの子を家に連れて帰って育てようと考えたんですよ。私でさえ……」一瞬、リタの目に何かが浮かび、すぐに消えた。あれは特に撮りたい、ドーントは思った。「だからあなたがあの子をそばに置きたいと思うのも当然なんです」リタは淀《よど》みなく続けた。「みんなそう思ったんですから」

「もう一度、あなたを撮らせてください。もう一枚撮るだけの明かりは出ていますから」

ドーントが赤い覆いを持ち上げてろうそくの炎を消し、リタは鎧戸を開けた。外はじめじめとしていて暗く、寒く、灰色だった。そして川は、鉄のごとく冷たかった。

「実験を手伝ってくれるって言いましたよね」

「何をしたらいいんです？」

「聞いたら、気が変わるかもしれませんよ」

リタが計画を話すと、ドーントは目を見開いた。

「一体全体、どうしてそんなことをしてほしいんです？」

「わかりませんか？」

もちろん、わかった。「あの子ですよね？　あの子の心拍数はひどく下がった。どうしてそんなことが起こったか、それを確かめようとしている」

「手伝ってくれます？」

最初の部分は簡単だった。ふたりは台所のテーブルにいて、水が沸くのを待つあいだ、リタは片手でドーントの手首をつかみ、もう片方の手で懐中時計を握っていた。ふたりは六十秒間静かにそこに座り、そのあいだリタはドーントの脈を数えた。一分が経過すると、リタは紐に結びつけて首から下げていた鉛筆で何やら書き留めた。

「一分間に七十回。少し高いですね。わくわくしているせいかしら」

リタは沸かした湯を、暖炉のそばに置いたブリキのたらいに流し入れた。

「そんなに熱くありませんよ」ドーントは指で温度を確かめて言った。

「ぬるいほうがいいんです。じゃあ――準備はいいですか？　私は向こうを向いていますね」

リタが窓の外を見ているあいだ、ドーントは服を脱いでシャツとロング・ジョーンズだけを身につけた状態になり、上着を羽織った。「準備できました」

外に出ると、地面はかちこちで、冷たさが素足に浸透した。目の前に広がる川は穏やかに流れているように見えていたが、時折水面に現れる震えが、深いところには乱流が存在していることを示唆していた。リタは小さな手漕ぎボートにのると、二メートルほど川に漕ぎ出した。船首を葦《あし》の茂みに突っ込んでボートを固定すると、少しのあいだ温度計を水につけ、水温を確認し、その数字を書き取った。

「完璧！」リタは大声で言った。「あなたの準備が整ったら始めましょう」

「どのくらいかかります？」

「一分で終わると思いますよ」

ドーントは川岸に立って上着を脱ぎ、シャツも脱いだ。ロング・ジョーンズ姿で立ちながら、妻を亡くして間もないころに、自分はこの先、女の前で服を脱ぐことがあるのだろうかと考えていたことを思い出していた。しかしこれは想像していたのとは違っていた。

「準備完了」リタは変わることのない落ち着いた声で言った。その目はドーントを離れ、懐中時計をしっかりと見据えていた。

ドーントは川に入った。最初に水に触れた衝撃は骨を縮めんばかりだった。歯を食いしばり、三歩深くまで進んだ。凍えるほどの冷たさが手脚を駆け巡った。これが生殖器まで這い上がってくるのには耐えられない、そう判断したドーントは、膝を曲げて浸水の衝撃を一挙に身に受けた。体を沈めて首まで川に浸り、あえいだ。自分の胸が、水に圧迫されながらもこんなふうに膨らむなんて。手で二、三かきすると、ボートのそばに辿り着いた。

「手首を」リタが指示を出した。

ドーントは手首を上げた。リタは右手でその手首をつかみ、左手には時計を持ち、何も言わなかった。

一分と思われるあいだ、ドーントはそうして耐えていた。リタの目はまだ時計に向けられていて、時々静かに瞬いた。さらに一分と感じられるあいだ、ドーントは耐えた。

「おお！　あとどのくらい？」

「数がわからなくなったら、また最初からやり直しになりますよ」リタはささやくように言った。その顔に浮かぶ集中の色が薄れることはなかった。

ドーントは永遠を耐えた。

もう一度、永遠を耐えた。

千回も永遠を耐えた——そこでようやくリタが手首を解放し、鉛筆を手に取ってメモ帳に何やら丁寧な文字で書き始めた。ドーントはあえぎ、体を起こし、水をまき散らした。岸に向かって進み、コテージを、事前に用意しておいたぬるい湯をためたたらいを目指して走った。湯に浸かってみると、リタが正しかったことがわかった——温かさが体中にじわじわと広がっていった。

リタが台所に戻ると、ドーントは全身を湯に沈めた状態だった。

「大丈夫ですか？」リタは訊いた。

ドーントは歯をガチガチ鳴らしながら頷いた。寒さの衝撃から体を回復させるために全活力が注がれ、心は一時、体にのっ取られた。再び正気を取り戻すと、テーブルの向こうに目をやった。リタは難しい表情で窓の外の薄れゆく光を眺めていた。鉛筆はもう首から下がっておらず、耳の上にかけてあって、紐が肩に垂れ下がっていた。あれを撮りたい、ドーントは思った。

「それで？」

「七十四回」リタは数字を書き込んだメモ用紙を掲げた。「冷たい水に浸っていた結果、あなたの心拍数は上がりました」

「上がった？」

「そうです」

「でも、あの子の心拍数は下がって……起こるはずだったことと反対のことが起こったんですね」

「そうです」

「だったら、無駄に終わったんですね」

リタはおもむろに首を振った。「無駄ではありません。仮説をひとつ排除できましたから。これも進展です」

「仮説その二は？」

リタは頭を後ろに倒して天井を見上げた。それから腕を上げて後頭部を包み込むように肘を曲げると、不満げに長いため息を吐き出した。「わかりません」

リリーの訪問者

リリー・ホワイトは眠っておらず、起きてもいなかった。その境界の領域にいた。そこでは影が波のように動き、光が――淡く、不可解な光が――現れては消える。まるで水中深くに差し込むおぼろげな陽光のように。しかし突然、バスケットマンズ・コテージのベッドの上ではっと目を覚ました。

今のは？

彼は猫のように忍びやかに動き、わずかな音を立てることもなくドアを開け、敷石をそっと踏む際にも音を発することがなかった。しかし彼が常に身にまとっている薪が燃える煙のにおいと甘ったるい果物のにおい、それに酵母のにおいを嗅げば、それが彼だとわかった。そのにおいがリリーの神経を尖《とが》らせた。強烈で、コテージに漂う川特有の湿ったにおいにも劣らないにおいだった。やがて音も聞こえてきた。石と石が擦り合わされる音。彼は隠し場所から金を回収しているところだった。

ぽっと突然マッチに火がともった。高いロフト部分に置かれたベッドから、炎の灯りと手が見えた。複数のあざと傷のあるその手が、ろうそくを傾けて芯をマッチの炎に近づけていた。芯に火がつくと、光の輪が安定した輝きを放った。

「何がある？」男は言った。

「そこにチーズがあるし、あなたの好きなハムも少し。かごの中にはパンも」

「今日のか？」

「昨日のです」

光が横へと移動し、何かをあさる音が聞こえてきた。

「カビが生えてんじゃねえか？　今日のもんを用意しとけ」

「来るなんて知らなかったから」

光の輪が宙を浮きながらテーブルへと戻っていき、そこに置かれると、それからしばらくのあいだは食べ物を貪《むさぼ》る音だけが、口いっぱいに詰めてほとんど咀嚼《そしゃく》せず、飢えを満たすように丸のみするような音だけが聞こえてきた。リリーは、静かに、身動きせずに暗がりに横たわっていた。心臓が震えていた。

「ほかには？」

「りんごがあるわ、食べたければ」

「りんご！　りんごでどうしろってんだ？」

炎の輝きが再び高い位置に浮かび、空っぽの棚とまた別の空っぽの棚のあいだを彷徨《さまよ》った。それから光は部屋を横切って食器棚のあるところまで移動すると、その場所の空っぽさを照らし出し、引き出しの隅々まで行き渡った。しかし何も見つからなかった。

「賃金はどんだけくれてるんだよ、お前んとこの牧師だがよ」

「十分とは言えないわ。前にもこの話はしたでしょ」

彷徨う灯りに暴かれることを恐れて、リリーは、牧師の机の引き出しに安全に保管されている貯蓄金のことは考えないようにした。

暗闇の中から憤慨の舌打ちが聞こえてきた。

「なんでちょっとでも甘いもんを持って帰ってこねえんだよ？　牧師館で、牧師に何してやってるんだ？　りんごのパイでも焼いたか？　スモモのジャム付きのパンプディングか？　いろんなもんを作ってるんだろうよ」

「次は、用意しておきます」

「忘れるなよ」

「忘れません」

目が慣れてきて、暗がりの中に彼の姿を認められるようになった。男はリリーに背中を向けてテーブルに着いていた。上着の肩が実際の骨格よりも大きく外に突き出していて、つばの大きな帽子はかぶったままだった。彼が金を数えていることが、その音でわかった。リリーは息を潜めた。

勘定が合わないと責められるのはリリーだった。どれだけ取ったんだ？　どこに隠したんだ？　それを元手に何をしようと企《たくら》んでいるんだ？　それは一体何と呼ばれる忠誠心なんだ？　こうした質問に対して彼を納得させる答えなどなかった。リリーが何を言おうと、その答えは拳をもって迎えられた。実際、リリーが彼の金を取ったことなど一度だってなかった——リリーは賢くはなかったかもしれないが、それほど愚かではなかった。その金はリリーの思考を混乱させた。リリーは自分自身に関係のあることで問うてみたいことがいくつかあったものの、その勇気を出せずにいた。情報の断片をつなぎ合わせれば、その金がどこからきているのかは十分理解できた。一夜のうちに、それも彼がやってくるのと時を同じくして、度数の高い、密造の蒸留酒がめいっぱい詰まった瓶や樽《たる》が薪小屋に出現する。その瓶や樽は、日の出ているうちは手つかずのままそこに置かれているが、次に闇が訪れるとそこから消える。分配者が持ち去り、次の取引のための金を置いていくのだった。しかしだ、彼の手に渡った金はその後どうなっているのか。彼がこの隠し場所からひと晩のうちに持っていく金は、リリーが牧師館で一ヶ月に稼ぐ金額よりも多かった。同じような役割を果たす隠し場所がほかにも存在するはず、リリーはそう確信していた。彼は家賃のかからない場所に身を隠していたし、賭け事はしないし、金で女を買うことなど一度もなかった。その酒に手をつけることもなかった――これまでに自分でその酒を飲んだことは一度たりともなく、ほかの者たちに勧めては身を滅ぼさせ、財布を空にさせるだけだった。彼が一年のあいだにこの場所で得る金が、二倍、三倍になるのを、あるいは七倍にまで膨れ上がるのを計算してみようとしたが、その数に頭がくらくらしてきた。計算が最後まで終わらなくとも、それだけの金額があれば十分に金持ちであるはずだということがリリーにはわかった。それでも彼は週に一度か二度、蒸留酒のにおいのするあの古びた上着を身につけ、骨と皮ばかりの体で、いつもひどく腹を空かした状態でリリーのコテージに現れた。そしてリリーの食料を食べ、リリーのろうそくを勝手に使った。リリーはコテージに価値あるものを何ひとつ置かないことにしていた。それがどんなものであれ、彼が奪っていき、売り飛ばし、金となって消えてしまうから。指に穴のあいた緑色の羊毛の手袋でさえ、彼のポケットの中へと消えてしまったのだった。ヴィクターの生活には謎があり、彼の金は全て、そしてリリーの金も全て、その謎の生活に吸い込まれていった。リリーが牧師に頼んで保管してもらっている金を除いては。なんとも不可解だった。

ヴィクターが満足そうなうなり声を漏らすと、リリーは再び息をすることができた。勘定が合ったのだ。作業を終えたヴィクターは椅子の背にもたれかかってひと呼吸ついた。金を数え終えると、いつも彼の体から力が抜けるのだった。しかしリリーの緊張が和らぐことはなかった。

「俺はいつだってお前の役に立ってきた。違うか、リル？」

「ええ、いつだって」リリーはそう応じたが、その答えを口にする前、嘘をつくことをお許しくださいと神に密かに謝罪した。神は、人には真実を伝えることがどうしてもかなわないときがあることを理解した。

「お前のあのかかあがしてたより、ずっとよくお前の面倒を見てやっただろ？」

「ええ、そうでした」

ヴィクターは喉の奥で満足げな音を鳴らした。

「だったらなんでお前は、リリー・ホワイトだなんて名前で呼ばれようとするんだ？」

リリーは喉の奥が締めつけられる感覚を覚えた。「私がここに来たとき、あなた言ったでしょう、あなたの名前は使うなって。自分たちのあいだにつながりなど何もないって、そう、言って……」

「だからって、ホワイトって名じゃなくってもよかったんじゃねえか？　この世に存在するどんな名前だってよかったんだろうが。あのホワイティの野郎、どっちにしろ、お前の夫だったことなんてねえんだ。神の目にはお前らは他人同士だよ。お前の牧師は、そのことを知ってるんか？」

「いいえ」

「いいえ」ヴィクターは満足げにリリーの言葉を繰り返した。「そうだろうと思ってたぜ」そして脅迫を言外ににおわして続けた。「俺はばかじゃあねえんだ、リル。なんでお前がその名前を選んだか知ってるんだ。教えてやろうか？」

「教えて」

「お前はその名前に執着してるんだよ。まるであの男には執着してなかった、みたいなふりしてるけどな。リリー・ホワイト。原っぱに咲くゆり《リリー》の花みたいに無垢《むく》で潔白。そう思いてえんだろう？」

リリーは唾をのみ込んだ。

「なんか言えや、リル！　なんにも聞こえねえよ。でもな、そんな名前をつけたからって、それが現実になるってわけじゃあねえんだぜ。そんな名前をつけりゃ、その名前がお前を洗い清めてくれると思い込んでその名前に執着してるんだろうがな。お前がこのテーブルをごしごし磨くのも、牧師のためにせっせと掃除するのも、同じ理由からなんだろうよ。そうすりゃ罪から解放されるってなふうに……図星だろ、リル？」

ヴィクターはリリーが当然それに同意するものとして続けた。

「ほらな、俺はお前をわかってるんだからよ、リリー。でもな、起きちまったことは変えられねえ。逃げ道なんてねえ。擦ったって落とせねえ汚れってのがあるのさ」

涙の音を立てないようにすること、それがリリーにできる唯一のことだった。しかしそれさえも難しかった。喉が震え、次に涙が込み上げてきたときには部屋中に大きな音が響いた。

「そう自分を追い込むなよ」ヴィクターは落ち着いた口調で言った。「まだ救いがあったと思うんだな。俺がいてやったじゃねえか、そうだろう？」

リリーは頷いた。

「ああ？」

「そうね、ヴィック」

「お前が俺にふさわしいのかどうかわからなくなるときがあるんだよ。お前は時々、俺をがっかりさせるからなあ、リル」

「ごめんなさい、ヴィック」

「口じゃ簡単さ。お前に失望したのは一度だけってわけじゃねえんだ。ホワイティの野郎と逃げやがって。お前を見つけるのに何年もかかったぜ。ほかの男なら誰だってお前を見限っていただろうよ、でも俺は違った」

「ありがとう、ヴィック」

「恩を感じてるんか、リル？」

「もちろんよ」

「本当か？」

「心から！」

「だったらなんでまた俺をがっかりさせるんだ？　〈白鳥亭〉のあの娘……」

「あの人たちはあの子を渡してはくれないのよ、ヴィック。やってみたの、できるだけのことはやってみたのよ。でも向こうはふたりで、それで――」

ヴィクターは聞いてはいなかった。「そいつを連れて移動遊園地《フェア》を回りゃ、ひと財産築けただろうよ。〝一度死んで蘇った少女〟。行列を想像してみいや。お前だって、牧師の下女をやめることができたろうし、お前の正直そうな顔がありゃ、娘を見るのに並ぶ客の列は一キロにも二キロにもなっただろうよ。そうなる代わりに、娘はヴォーンの屋敷に連れていかれたって聞くじゃねえか」

リリーは頷いた。ヴィクターは何やら考え込んでいる様子だった。リリーは思った、あの、状態に入り込んだのかもしれない。この人、お腹を食べ物で満たしたとき、ポケットをお金で満たしたとき、夢見心地になるときがあるのよ。そういう状態のとき、頭の中で何か秘密の計画を立てているのよね。しかしヴィクターは再び口を開いた。

「俺とお前、お互い離れずにいるんだよな？」

「そうね、ヴィック」

「俺たちを結びつける糸があるみたいなもんだ。お前がどんなに遠くに行こうと、どんなに長いこと姿をくらましていようと、その糸はいつだって存在してる。お前だってわかってるんだろう、リル？　時々その糸がぐっと引っ張られるときがあるからな……その感覚、わかるだろう？　ただしな、それは引っ張りどころのもんじゃねえんだ。胸に振り下ろされるボクサーの拳みてえなもんで、心臓に強烈な衝撃を受けるんだ」

リリーはその感覚を知っていた。その衝撃なら何度も受けたことがあった。「そうね、ヴィック」

「俺もお前も、それがなんなのかわかってるんだよな？」

「はい、ヴィック」

「家族だよ！」ヴィクターは満足そうに深いため息を吐き出した。

ヴィクターが立ち上がると、光の輪が床を横切り、リリーのベッドのほうに向かって梯子《はしご》を上がってきた。ろうそくがリリーの顔に近づけられた。リリーは目を細めた。炎の向こうにヴィクターがいたが、眩《まぶ》しさに目がくらんで、その表情を読み取ることができない。毛布が剥ぎ取られるのがわかった。少しのあいだ、リリーのネグリジェの胸元が炎の灯りで照らされた。

「あのころの少女のままのお前を、俺は今も思い浮かべてるんだよ。羽目を外したな。骨と皮だけになっちまって。お前も昔はかわいかったよなあ。あのころは。駆け落ちなんてする前は」ヴィクターはマットレスに横たわって手足を伸ばした。リリーはわずかにヴィクターから身を遠ざけた。ヴィクターはリリーの作ったその空間に少しずつ体を移動させ、片手でリリーを抱き寄せた。上着の中のその腕は細かったものの、そこに宿る力の強さをリリーは知っていた。

ヴィクターの呼吸が深くなり、いびきが聞こえ始めた。一時的に猶予を与えられはしたものの——少なくとも、今この瞬間は——胸の高鳴りを抑えることができなかった。リリーは動かなかった。彼の目を覚ますことを恐れて、できる限り静かに呼吸するよう努めながら、暗闇の中で目を覚ました状態で横たわっていた。

何時間も経たぬうちにろうそくの炎は燃え尽き、ほのかな陽光が部屋に忍び込んできた。多くの人が目覚めのときにするように、体を動かしたり伸ばしたりすることなく、ヴィクターは目を覚ました。微動だにせず、目だけを開けて話し出した。「牧師の野郎、お前にどれだけくれてるんだ？」

「多くはないわ」可能な限り従順に聞こえるよう努めてリリーは答えた。

ヴィクターは、リリーが枕の下に保管している財布に手を伸ばすと、立ち上がり、財布の中身を手のひらにあけた。

「あなたのためのチーズを買いにいかなきゃならなかったの。それからハムも」リリーは説明した。「いくらか残しておいてくれない？　少しでも？」

ヴィクターは低くうなった。「お前がお前の金で何をするかなんて知ったこっちゃねえ。なんだよ――俺を信用してねえってことか？」

「もちろんしてるわ」

「よし。これはお前のためを思ってこそなんだよ、お前にもわかってるはずだがな」

リリーは素直に頷いた。

「この何もかも全てだよ」言いながらヴィクターは大きく手を広げて見せたが、リリーには、それがコテージを意味しているのか、薪小屋の密造酒を意味しているのか、あるいはもっと別の何かを意味しているのかわからなかった。大きくて目には見えにくい、全ての背後にあり、かつ、それ自体を包括する何かを。「何もかも全て、俺のためじゃあねえのさ、リル」

リリーはヴィクターを見ていた。そうするよりほかなかった。ヴィクターとの対話においては、何ひとつとして見逃すことは許されなかった。

「俺たちのためだよ。家族のためだよ。少し待つんだ。そうすりゃそのうち、あの老いぼれ牧師の小間使いなんてしなくてよくなるからよ。あんなところより十倍は立派な、白くてでかい家に住めるようになるんだ。俺と、お前と、それから――」

ヴィクターは唐突に話すのをやめた。しかし彼の思考は止まらなかった。思考に誘《いざな》われるままに、心の奥底で密かに抱き続けている未来を惚れ惚れと眺めた。その目つきが和らぐのをリリーは見た。

「だからこれは」――握りしめた拳を振ると、硬貨がぶつかり合う音が聞こえた――「投資だ。俺の計画のことは、お前にも聞かせてきたよな？」

「ええ、この五年間ずっと」その話題は何度も繰り返されてきた。機嫌が良かろうが悪かろうが、金の勘定が合っていようが間違っていようが、その計画はいつでもヴィクターの心を落ち着かせた。その話題が持ち上がると、ヴィクターは穏やかになり、その目つきの鋭さが和らいだ。その話題を口にするとき、ヴィクターの薄っぺらい唇が、ほかの人間の唇であれば笑みになったような角度に引きつることがあった。しかしヴィクターは、ほかの全てのことと同じように、この計画に関しても秘密主義を貫いていたし、リリーのほうでも、最初にこの計画を耳にした当初からずっと、この計画について何もわかっていなかった。

「五年なんてもんじゃねえさ」ヴィクターの声に含まれる懐古の響きは音楽的でさえあった。「五年前にようやく、お前に話してやったにすぎねえのさ。二十年前だろうな、俺がこの計画を練り始めたのは。いや、ある見方をすりゃ、二十年よりもずっと前からとも言えるな！」自己満足にヴィクターの顔が引きつった。「すぐに機は熟すさ。だから少しばかりの小銭のことは気にするんじゃねえよ、リル。俺に渡しとけば安全さ。肝心なのは」――唇が歪んだ――「肝心なのは、家族だよ！」

ヴィクターは硬貨を数枚リリーの財布に戻すと、財布をベッドに放ってから立ち上がり、台所へと通じる梯子を下りていった。

「薪小屋に木箱を置いていく」そして新たな調子を帯びた声で言った。「それを取りにくる奴がいる。いつも通りにな。それから、いつもの場所にふたつほど樽が置いてある。お前は、樽がそこに置かれたのを見てないし、なくなるところを見ることもない」

「わかりました」

ヴィクターは、リリーの新しいろうそくを三本ひっつかむと、ドアを開けて出ていった。

リリーはベッドに横たわったままヴィクターの計画について考えた。牧師館で働かなくなる？　大きな白い家にヴィックと住む？　そして眉をひそめた。このコテージは寒くて湿っぽいかもしれないが、それでも少なくとも、日中は牧師館での仕事があり、夜にはひとりで過ごせる日もある。それに――ほかに誰がいるっていうの？　ヴィクターの言葉が頭の中に蘇ってきた。俺と、お前と、それから――。

それから、誰？

アンのことだろうか。家族のため、そう言っていた。アンのことを言っていたに違いない。

結局のところ、夜中にリリーのところにやってきて、夜が明けたら川を渡って〈白鳥亭〉へ赴き、一度死んで息を吹き返した少女を連れ戻せという指示を出したのはヴィクターだった。リリーはヴォーン夫妻のところにいる妹のことを思った。彼女の寝室には赤い毛布が置かれ、薪かごには薪がうずたかく積み上げられ、壁には絵画も。

だめよ、リリーは決心した。あの子を彼に渡してはいけない。

いなくなった！ アームストロング、再びバンプトンへ

「私に何ができるのだ？」アームストロングは自宅の居間の暖炉の前を行きつ戻りつしながら、もう百回は自問していた。ベスは暖炉のそばに座って編み物をしていて、もう百回は首を横に振り、自分はその答えを持ち合わせていないことを示していた。

「オックスフォードに行くよ。そしてあいつと徹底的に話し合ってくる」

ベスはため息をついた。「あの子は喜ばないでしょうね。事態を悪化させるだけですよ」

「でも何かしなければ。こっちではヴォーン夫妻があの少女と暮らしていて、過ぎていく日々の中で愛情を募らせているというのに、ロビンは何もしないのだよ！ なぜロビンは心を決めないのだろうか？ 何が原因でこれほどまでに行動が遅れているのだろう？」

ベスは手元から目を上げて、訝しげな眼差しを夫に向けた。「覚悟ができるまで、あの子はあなたに何も話しませんよ。覚悟ができたって、話さないかもしれない」

「これはいつもとは次元の違う話だ。子どもの話なんだ」

ベスはため息をついた。「アリス。私たちにとって最初の孫」そして憂いを帯びた表情を見せたが、すぐに首を振った。「もしその少女がアリスなら、ですけど。ロビンと議論なんてしたら、良くない終わり方をするに決まっています。あの子がどんな子か、あなたも知っているでしょう」

「それなら、もう一度バンプトンに行ってみよう」

ベスは目を上げた。夫の顔には固い決意が表れていた。

「バンプトンで何をするつもり？」

「アリスを知っていた人間を探し出す。そしてバスコットに連れていく。それから少女の前に立たせて、少女が本当は何者なのかはっきりさせる」

ベスは顔をしかめた。「あなたは、ヴォーンさんたちがそんなことを許してくれると思うの？」

アームストロングは口を開き、また閉じた。「お前の言う通りだ」そう認めると、無力さを示すような身振りをしてみせた。それでも諦めることはできなかった。「しかしだよ、行くだけ行ってみれば、アリスを知っている可能性のある人を見つけることができるだろうね。

そういう人を見つけたら、ロビンにそのことを話して、ロビンがヴォーン夫妻と話をしたいと思っているかどうかを確かめることができる。そうしたら——ああ！　そうしたらどうなるんだ。要するにだね、ベス、ほかにどうしたらいいというのだ？　何もしないでいることはできないのだよ」

ベスは愛おしそうに夫を見つめた。「そうね。あなたは何もしないでいることがいつだって苦手だものね」

バンプトンの下宿屋は、前回来たときと変わらず立派な建物には見えなかったものの、前回よりも楽しそうな雰囲気が漂っていた。建物の上部に設けられた窓は開け放たれていて、そこからヴァイオリンの音色や、酩酊《めいてい》したひとびとが絨毯《じゅうたん》を丸めて取っ払い、むき出しになった床板の上で踊るときのような、不規則に木を踏んでリズムを刻む音が聞こえてきていた。拍手の合間に女たちの笑い声がどっと湧き、そのあまりの騒々しさに、アームストロングの訪問を告げる呼び鈴は三度目にしてようやく聞き入れられた。

「お入んなさいな、お兄さん！」応対に出た女は大声で言った。女は靴を履いておらず、激しい運動のせいか酒のせいかで顔が赤らんでいて、アームストロングの反応も待たずに、ついてくるよう手招きしながら階段を上がっていった。アームストロングは階段を上りながら、前回この同じ階段を上ったときのことを思い出していた。間借りしていた最上階の部屋で亡くなったあの哀れな女が、まだアームストロングにとって手紙の書き手以上の存在ではなかったころ、アリスというのがただの名前にすぎなかったころのことを。女はアームストロングを二階に案内した。そこではたくさんの男女がカントリー調のステップを踏んで跳ね回っていて、ヴァイオリン弾きが彼らを窮地に追い込もうと、速く、もっと速く演奏しようと躍起になっていた。女は水晶のように澄んだ液体をアームストロングの手に押しつけたが、アームストロングがそれを受け取らないとみると、彼を踊りに誘った。

「いや、結構。でも気持ちはありがとう。実は、イーヴィス夫人に会いにきたのです」

「ここにはいないよ、神に感謝だね。あの人がいないほうが、ずっと楽しいってもんでしょ！」そう言うと女はアームストロングの両手をつかんで、もう一度踊りに参加させようとした。しかし足元がおぼつかず、何度となくふらついているために、その努力は無駄に終わった。

「これ以上あなたをお仲間から引き離しておくのはよすことにしますよ、お嬢さん。しかし、どこへ行けばイーヴィス夫人を見つけられるか、それを教えていただけませんか？」

「どっか行っちゃったの！」

「でも、どこへ？」

女は、ひどく不可解だというように顔を歪めた。「だあれも知らない」それから、みなの注目を集めるように両手を打ち合わせると、音楽に負けないように大声で叫んだ。「こちらの紳士さまが、イーヴィス夫人に会いたいってさ!」

「いなくなっちゃった!」踊っていた二、三人が一斉に叫んだ。さらに笑い声が大きくなり、夫人の不在を喜んで、みなさらに陽気に踊り出したかのように見えた。

「いつのことでしたか?」アームストロングはそう質問しながら財布を取り出すと、財布が女にはっきりと見えるように握りしめた。女はそれを目にして急に酔いがさめたらしく、その質問に対して知り得る限りのことを詳しく教えてくれた。「六週間か、七週間前だったと思うけど。誰かが夫人に会いにきて——ってあたしは聞いたんだけどね——夫人はその人を居間に通して、ふたりでひと晩中そこにいたんだって。その人が帰ってからの数日間、夫人はなんだか秘密を抱えてのぼせ上がっちゃってね。間もなくして玄関先に二輪馬車がやってきて、夫人の荷物を運んで、夫人もそのまま行っちゃったの」

「あなたは、クリスマスの前にもここにいましたか? どうでしょう。アームストロング夫人がここに住んでいたのですが。小さな女の子、アリスと一緒に?」

「あの死んじゃった人?」女は首を振った。「今ここにいるあたしたちはみんな、あの事件の後にここに来たのよ。イーヴィス夫人がいたときには、誰も長くはここにいられなかった。だってみんな、あの人のことが嫌いだったから。それであの人がいなくなった途端、あの人にお金を借りてた子たちはみんなとんずらしたわ」

「アームストロング夫人のことで、知っていることはありますか?」

「この場所には相応《ふさわ》しくない人だった。そう聞いたわ。ここで料理と掃除をしてたみたい。ガリガリだったけどきれいな子で──そういうのが好きな人もいるでしょ、人には好みってものがあるからね──彼女をひと目見た客の中には、彼女を指名する人もいたみたい。でも彼女は拒否してたんだってさ。それでイーヴィス夫人を怒らせちまったみたいね。上品ぶったばかな娘なんてここに置いとくつもりはないってね。そのことを彼女に思い知らせるために、客のひとりに彼女の部屋の鍵を渡したんだって。その翌日だよ、彼女があんなことをしでかしたのは」

「彼女には恋人がいたのでは？　彼女を見捨てた恋人が？」

「夫、ってあたしは聞いたけどね。まあでも、恋人も夫もみんな一緒ってもんよね、そうでしょ？　女の子はひとりでいるのが一番よ。男が欲しがるもんをあげて、お金をもらったら、はい、さよならってな具合にね。でも彼女は違ってたんでしょう。こういう生活には向いてなかったってことよ」

アームストロングは眉をひそめた。「イーヴィス夫人はいつ戻ってくるんです？」

「誰にもわからないの。だいぶ先であることを願うばかりよ。あの人が戻ってきたらすぐにここを出るわ、絶対にね」

「それで、夫人はどこへ行ったんです？」

女は頭を左右に振った。「いくらかお金が入ってきて、それでどこかへ行くことにしたんですって。知ってるのはそれくらい」

アームストロングは女に硬貨を数枚渡した。女は再びアームストロングに酒を勧め、踊りに誘い、それから「あなたのしたいことなんでもいいわよ、お兄さん」と言った。アームストロングは丁重に断り、部屋を出た。

いくらか金が入った？ あり得ないことではない、玄関に向かって階段を下りながらアームストロングは考えた。しかし最初にこの家を訪れたときに受けた不快な印象のことを思うと、イーヴィス夫人にまつわる全てを疑いたいような気がしていた。

通りに戻ったアームストロングはこの旅を後悔していた。時間も馬も無駄にしてしまった。しかしこうしてここまで来てみると、一度頭に思い浮かんだものの無下にしていたある考えが再び頭をもたげた。改めて考えてみると、それはイーヴィス夫人を探すよりはとにかくましな考えに思えてきた。肉屋の息子、ベンを探すのだ。ベンはアリスのことを覚えていたのだから、ヴォーン夫妻のところにいる少女をひと目見れば、それがアリスであるか否か判断できるはず。子どもの発言というのは、法に従って物事を決める際にはほとんど重要視されないものであるが、そんなことは大した問題ではなかった――アームストロングが考えていたのは法的なことなどではなかったから。どちらにしても自分自身で確信を持つということ、それ自体が非常に意味のあることのように思えた。もしもベンが、その少女はアリスだと認めれば、アームストロングには息子とともに事実を追求する明確な理由があることになる。

反対にベンがその少女をアリスではないと判断した場合には、その情報をヴォーン夫妻に教えることができ、そうすれば彼らは、喉から手が出るほど欲している確信を手にすることができ、ロビンのほうから申し出る余地はなくなる。

前回と同じようにばったりベンに出くわすことを半ば期待しながら目抜き通りを歩いた。しかしベンは、前にふたりでビー玉遊びをした道路脇の草地におらず、父親の店にも姿が見えず、通りをぶらついてもいなかった。路地という路地を、そしてあらゆる店の窓をのぞいても見つけることができないとわかると、通りすがりのベンと同じ年ごろの食料雑貨店の少年を呼び止めて、ベンはどこにいるのかと訊いた。

「家出しましたよ」少年は答えた。

アームストロングは困惑した。「一体いつのことだい？」

「数週間前に。おやじさんに、あざだらけになるまでひどく殴られたんです。それで気がついたら、もう家を出てました」

「どこに行ったか、知っているかな？」

少年は首を振った。

「行くつもりがある場所なんかを、話していなかったかな？」

「ケルムスコットのほうにある農場。そこにいる立派な人が、仕事をくれるんだって言ってました。そこに行けば、パンも蜂蜜も、眠るためのマットレスもあるし、毎週金曜には手渡して金がもらえるって」少年の声には、そんな場所に対する憧れの響きが含まれていた。

「そんな話、ぼくは信じてませんでしたけどね」

アームストロングは少年に硬貨をあげてから肉屋に向かった。若い男が、血で黒く染まった重たそうなナイフを手に、まな板の前に立っていた。腰肉《ロイン》を骨つきのまま厚切りにしているところだった。ドアの鈴が鳴る音を耳にして男は顔を上げた。顔立ちは驚くほどベンにそっくりだったが、不機嫌なその表情は完全に彼自身のものだった。

「なんの用だ?」

アームストロングは敵意には慣れっこで、それがどれほど人の奥深くにまで浸透しているのかを正確に評価することができた。人はしばしば、アームストロングのような馴染《なじ》みのない人間に対面したときに見せる無愛想な態度をあらかじめ用意している。人は〝違い〟に動揺し、それに遭遇すると攻撃的な態度で武装する。多くの場合、アームストロングの声に宿る親切さが彼らの武装を解いた。目は彼を恐れるべきだと伝えながらも、耳は安心してしまう。しかし中には、常に鎧《よろい》を身にまとって日々を過ごし、全ての人間に剣《つるぎ》の刃《やいば》を見せるような人間もいる。彼らにとっては世界全体が敵なのだ。そうした種類の嫌悪に対してはアームストロングもなす術がなかったが、今ここで直面しているのはまさにそれだった。アームストロングは相手を喜ばせようなどとは試みず、用件だけを言った。「弟さんのベンを探しています。どこにいますか?」

「どうして？　何をやらかした？」

「そういうことではないんです。ベンに仕事を頼みたいんです」店の奥のアーチ形の入り口から、年配の男の声が聞こえてきた。「儲けを食いつぶす以外に能のないガキだ」その言葉は、口いっぱいに食べ物をほおばりながら話しているように聞こえてきた。

アームストロングは身をのり出してその入り口をのぞき込み、奥の部屋を見ようとした。アームストロングと同じ年ごろの男が染みのついた肘掛け椅子に座っていた。脇のテーブルには一斤のパンと巨大なハム、そのハムを薄く切り分けたものが数枚置いてあった。肉屋の頬はそのハムと同じようにピンク色で、肉づきが良く、てかてかしていた。灰皿にはパイプが置かれていた。グラスは半分満たされていて、栓が外れた状態の瓶が、丸々とした腹にもたれかかるようにして男の膝の上にのせられていた。

「ベンがどこへ行ったか、心当たりは？」アームストロングは訊いた。

男は首を振った。「知ったこっちゃねえ。怠けくさったガキが」そしてまた別のハムにフォークを突き刺すと、一枚丸ごと口に詰め込んだ。

アームストロングは顔を背けたが、店を出ていこうとしたところで、小柄で身を縮こませた女が、箒《ほうき》を手に、足を引きずりながら奥の部屋に姿を現した。アームストロングが脇に寄って道を空けると、女は店に出てきて、床のおがくずを箒で集め始めた。女は顔を下に向けていて、顔を見ることができなかった。

「すみませんが……」

女はアームストロングのほうを振り返った。動きの遅さから想像していたよりも若い女で、神経質そうな目をしていた。

「ベンを探しています。あなたの息子さんの？」

女の目には光が宿っていなかった。

「彼がどこにいるか、思い当たる場所はありませんか？」

女は力なく頭を左右に振るばかりで、話す気力さえ奮い立たせることができないかのようだった。

アームストロングはため息をついた。「そうですか……ありがとう」

再び外気に触れると嬉しさが込み上げた。

フリートに水をやってから、ひとりと一頭は川に向かって歩き出した。その一帯は川幅が広くて真っすぐで、流れがひどく穏やかなときには川が固体の塊のように見えることがあった。何かを――小枝かりんごの芯などを――投げ入れて、それがなんとも迫力のある速度で流されていくのを目にしてはじめて、それが固体などではないことがわかるのだった。橋からそう遠くないところに切り倒された幹があった。アームストロングはそこに腰を下ろすと、弁当の包みを開けてひと口ほおばった。肉はおいしかったし、パンもおいしかった。しかし肉屋の食い意地を目の当たりにして食欲が削《そ》がれていた。パンを小さくちぎって、おこぼれをついばみに集まってきた小鳥たちに投げてやった。それから静かにそこに座ったまま、川をじっと眺めた。コマドリやツグミに囲まれながら、その日彼を襲った失望の数々について考えを巡らせた。

イーヴィス夫人のもとを訪れたのはやはり失敗で、それだけでも十分落ち込んでいたというのに、ベンがいなくなったという事実を知ってアームストロングはさらに落胆した。フリートの面倒を見てくれたときのあの少年の細かな配慮が忘れられずにいた。ロールパンをあげると貪るようにしてそれを食べた彼の姿が目に浮かんだ。アームストロングは少年の明るい性分についてとくと考えた。肉屋の陰鬱な雰囲気、怪物のような父親、威嚇されて萎縮した母親、それから心が死んでしまっている長男のことを思うと、ベンの楽観的思考に驚嘆せざるを得なかった。少年は今どこにいるのだろう。食料雑貨店の少年が言っていた通り、ケルムスコットを――アームストロングと彼の農場を――目指して家を出たのであれば、どうしてまだ到着していないのだろう。ここからだと十キロメートル弱の距離でしかない――少年の足だって、二、三時間あればその距離を移動することができるはず。ベンに一体何があったのだろう。

それに少女のこともあった。事態を進めるために自分には何ができるのだろう。ひとりの子どもがふたつの家族のあいだで板挟みになっていることを思うと、そしてその子が正しい場所にいるかどうかを確認することができない状況を思うと、心が沈んだ。やがて思考は、その少女からロビンへと移っていった。心が張り裂けんばかりに痛んだ。ロビンをはじめて腕に抱いたときのことを覚えていた。その赤子はとても小さく、とても軽く、それでいながら、その両手両足のぎこちない動きの中に命全体が宿っていた。ベスの妊娠中、アームストロングは生まれてくる子を愛し、世話をすることを楽しみにしていて、その日が来るのを興奮しながら首を長くして待った。しかし実際にその瞬間が訪れると、圧倒されんばかりの強烈な感情に打ちのめされた。腕の中の赤ん坊以外のあらゆるものが視界から消え去り、アームストロングは誓った、この子には決して空腹や孤独を感じさせず、危険な場所に身を置かせることも絶対にしない、と。この子を愛し、守り、悲しみや孤独とは無縁の人間に育てる。

そのときと同じ感情が胸に込み上げてきた。

アームストロングは涙を拭った。突然の動きに驚いたコマドリやツグミは飛び上がり、去っていった。アームストロングは立ち上がると、挨拶するように鼻を近づけてくるフリートの体をさすり、軽く叩いてやった。

「さあ、行こう。ふたりでオックスフォードまで行くには、私たちはどちらも年を取りすぎているな。いずれにしても、時間がない。レッチレードまで行こう。駅の近くにお前を置いて、私は列車にのるよ。私が戻らないとわかれば、誰かが豚に餌をやってくれるだろう」

フリートは不満そうにそっと鼻を鳴らした。

「ばかげてるって？」アームストロングは応えた。そして片足をあぶみにかけてためらった。「そう言えるだろうな。しかしこうする以外、何ができる？　何もしないでいることはできないのだよ」アームストロングが鞍《くら》にまたがると、フリートは川上に向きを変えた。

アームストロングは息子の滞在先を尋ねて歩き、道幅が広く、手入れの行き届いた大きな家が立ち並ぶ地区に向かっていた。この二年間手紙を送り続けてきた通りまでくると、落ち着かなさを感じて歩みを緩め、八番の家に辿り着くと――大きくて豪華で、白く塗装された家だった――足を止めて眉をひそめた。あまりにも豪勢だった。アームストロング自身の農場の家だって過度に質素であるということはなく、家族が快適に幸せに暮らすために金を費やすことを躊躇《ちゅうちょ》したりはしなかったが、この家の壮麗さは別次元のものだった。アームストロングは立派な邸宅に馴染みのない人間ではなかった――生まれた境遇のため、幼いころはいくつかの裕福な家庭に迎えられた――し、こうした富の誇示に怖気《おじけ》づく人間でもなかった。しかし自分の息子がこのような場所に住んでいるのだと考えると戸惑いを感じずにはいられなかった。そんな大金をどこで手に入れたのだろう。もしかしたら、屋根裏の一室を間借りしているだけかもしれない。あるいは――そんなことがあり得るかは定かではないものの――町の別の地区に、同じ名前の通りが存在するのかもしれない。

アームストロングは小さいほうの門から家の裏手に通じる細い道に入り、台所のドアを叩いた。ドアを開けたのは、髪を細い三つ編みに結った、虐げられた人間の雰囲気漂う十一歳か十二歳くらいの少女で、同じ名前の通りがふたつ存在するかどうかというアームストロングの質問に対して首を振って応じた。

「それならば、ここにロビン・アームストロングという人はいますか？」

少女はためらった。急に自分自身の中に閉じこもり、アームストロングの顔をより注意深く観察しているように見えた。少女がその名前に聞き覚えがあるのは明らかで、アームストロングが話してくれるよう彼女を促そうとしたところに、三十歳くらいの女が少女の背後から姿を現した。

「何か用でも？」鋭い口調だった。女は胸の前で腕を組んで堅苦しいくらいに真っすぐに立っていた。ほほ笑み方を知らない類の顔をしていた。しかし次の瞬間、彼女の中で何かが変化したようだった。肩の張り方にわずかに変化が生じ、目に大胆さが浮かんだ。唇は強く結ばれたままだったが、アームストロングがうまく立ち回りさえすれば、その唇が緩められることもないわけではないという印象を受けた。アームストロングを見ると、たいていの人は彼の肌の黒さに驚き、それ以外は何も目に入らなくなるが、中には――そのほとんどが女であったが――彼の顔立ちが非常に整っていることに気づく者もいた。

アームストロングは顔をほころばせたりせず、甘言を弄《ろう》することもしなかった。馬にはりんごを、少年にはビー玉を用意していたが、こうした種類の女に対しては何も差し出さないことに決めていた。

「この家の奥さまでいらっしゃいますか？」

「まさか」

「家政婦さんですか？」

女は小さく頷いた。

「アームストロングさんを探しています」アームストロングは感情を込めずに言った。

女は挑戦的な視線を向けたまま、この端整な顔立ちのよそ者が自分の機嫌を取ろうとしてくるかどうかを確かめようとしていた。しかし相手が相変わらず淡々とした表情で目を合わせてくることがわかると、肩をすくめた。

「ここにはアームストロングなんて人はいないよ」

女はドアを閉めた。

短い時間であったとしても、狭いオックスフォードの通りにとどまっているというのは難しいことだった。注意を引いてしまうことを恐れてあちら側と平行して続いている通りを歩いた。十字路に差しかかるたびに、そうすることで目的の人物を見失ってしまう可能性もあると知りながらも、左右を確認した。しかし時計の針が一周回り終えて、もう半周しかかったところで、背中に長い三つ編みを垂らした、ほっそりとした姿がちらりと見えた。彼女に追いつくため歩みを速めた。

「お嬢さん！　すみません、お嬢さん！」

少女は立ち止まって振り返った。「ああ！　あなたですか」

こうして野外で会ってみると、少女は玄関先で見たときよりも一層小さく、みすぼらしく見えた。

「立ち止まらなくて結構です」少女が震えているのを見てアームストロングは言った。「このまま進んで。一緒に歩きます」

「どうしてあなたに嘘をついたのか、わからなくて」アームストロングが質問をするより先に少女が口を開いた。「手紙を書いていたのは、あなたですか？」

「そうです、私がここにいる彼に宛てて書いていました」

「でも、ここには住んでいませんよ」

「住んでいない？」

アームストロングはいよいよ混乱した。手紙の返事は受け取っていた。素っ気なく短い返信だったものの——そのほとんどが金を要求するものだった——その中で、アームストロングの書いた内容についても触れられていた。ロビンは手紙を受け取っていたはず。アームストロングは顔をしかめた。

少女は寒さのせいか鼻をすすり、角を曲がった。これほど小さな人間にしては速い歩調で歩いていた。

「フィッシャーさんが〝手紙のことは気にするな〟と言って、手紙を自分のポケットに入れてしまうんです」少女は言った。

「なるほど」少なくとも、何らかの情報は得られたわけだ。あの家まで引き返して、玄関先で輝きを放つ呼び鈴を鳴らし、フィッシャー氏はいませんかと尋ねるべきだろうか。

そんなアームストロングの心を読んだかのように少女が言った。「フィッシャーさんなら数時間は帰ってきませんよ。正午になるまで布団から出ることはほとんどなくて、夜は遅い時間まで〈青竜亭〉にいますから」

アームストロングは頷いた。「それで、そのフィッシャーさんというのは、誰のことですか?」

「腐り切った男です。私、七週間も賃金をもらってないんです。それはそうと、彼にどんな用があるんです? お金を貸していたり? それなら戻ってきませんよ」

「フィッシャーという人に会ったことはないのです。私はアームストロングの父親なんです。息子とフィッシャーさんには、付き合いがあるということなのでしょうね」

それを聞いて少女が見せた表情は、フィッシャーとその仲間についてアームストロングが知っておくべきあらゆることを伝えていた。すぐに少女の目にある表情が浮かんだ。彼女がフィッシャーとその仲間に対して好意的でない感情を抱いているのだとしたら、その仲間のひとりの父親に対して抱く感情とはいかなるものか。

「心配なんです」アームストロングは少女を安心させるべく言った。「息子が、そのフィッシャーという男の仲間になってしまったのではないかと。できることなら、そんな危険な状況から息子を抜け出させたい。フィッシャーさんの友人で、二十三歳の若者を知りませんか？　明るい茶色の巻き毛を襟の辺りまで垂らしていて、時々青い上着を身につけている若者なのですが」

少女は立ち止まった。アームストロングも一、二歩遅れて足を止め、振り返って少女の顔を見た。もしもそんなことが可能であるとすれば、少女の顔はそれまでにも増して真っ青に見えた。

「アームストロングさんのお父さんだって言ったじゃない！」少女は激しい非難を表した。

「そうですよ。息子が私に似ていない、それは事実ですが」

「でもあの男……、あなたがさっき説明した男……」

「彼が何か？」

「そいつこそフィッシャーなのよ！」少女は吐き捨てるように言った。だまされたと感じ、子どもじみた態度で怒りを爆発させた。しかし突如としてその表情は憤怒から恐怖へと変わった。「あの人には言わないで！　私はひと言も話さなかった！　何も言わなかったわ！」

その声には懇願するような響きが、その目には涙が浮かんでいた。

少女が逃げ出そうとするのを見て、アームストロングはポケットに手を入れて硬貨を取り出した。少女は駆け出したい衝動を抑えて金に目をやった。「息子はあなたにいくら借りがあるのですか？」アームストロングは穏やかに尋ねた。「これで足りますか？」

少女はアームストロングと硬貨を何度か交互に見た。少女は警戒していた。目の前の男は怪物のような人間であり、この金は十中八九罠《わな》なのだ、そう信じているかのようだった。その瞬間は突然訪れた。思いがけず、少女の指がさっと金をつかんだ。一瞬のうちに金が消え、少女も消えた。エプロンの紐と三つ編みを後ろになびかせ、最初に行きあたった角を曲がって脇道に消えていった。

アームストロングは町の富裕層が住む地区を抜け出すと、店や作業場の立ち並ぶにぎやかな通りまでやってきて、最初に行き着いた酒場に入った。自分のために酒を一杯買い、暖炉のそばに座る盲目の男のためにも一杯買った。会話を、その酒場から一般的な飲み屋へ、それから〈青竜亭〉へと導くのは造作ないことだった。

「五月から九月のあいだは、それなりにまともな場所さ」盲目の年寄りは言った。「外に木のテーブルを並べて、女の子たちに給仕させてな。ビールは水増しするし、ぼったくりもするんだが、客たちは、そこら一帯にずっと枝を伸ばして咲き誇ってるバラに免じて、そんなこんなも許してやってるんだ」

「冬のあいだは？」

「良くない場所さ。木材が湿気にやられてしまってな。わしが見たときには、屋根も葺《ふ》き替えが必要だった。もう二十年も前のことだがね。窓にはひび割れがあんまり多くてな、みんな言うんだ、それが割れずにいるのは割れ目に詰まった泥のおかげにすぎないって」

「そこに集う人たちはどうです？」

「悪い奴らさ。〈青竜亭〉じゃ、どんなものでも売り買いできる――ルビーに女に、魂に。人生で困ったことがあったら、九月の頭から四月の半ばまでのあいだに〈青竜亭〉に行けばいい。問題を取り除いてくれる誰かを見つけることができるから。それなりの金額で。そんなふうに噂される場所で、確かにそれは間違いじゃない」

「春か夏に問題を抱えていたとしたら、どうしたらいいのでしょうね？」

「待つしかあるまいな。あるいは、自分で解決するか」

「それで、どこにあるんです？　その店は」アームストロングはグラスを空けたところで訊いた。

「行こうなどと思わんことだな。お前さんのような人の行くところじゃない。わしは目ではよく見ることができんが、お前さんの声なら聞こえる。お前さんのような立派なお方が行くようなところではない」

「行かなければならないのです。そこにある人がいて、私はその人を見つけなければならないのです」

「そいつは探されたいと思っとるのかね？」

「私には見つかりたくないでしょう」

「金でも貸しとるのかな？　それなら無駄足になる」

「お金ではないんです。家族の問題なのです」

「家族？」男の顔に哀愁が漂った。

「息子なんです。良くない連中と親しくしているのではないかと心配しています」

盲目の男はアームストロングに手を差し出した。アームストロングがその手を取ると、男はもう片方の手でアームストロングの前腕をつかみ、その大きさと強さを測った。

「どうやら、自分の面倒は自分で見られる男のようだね」

「その必要があれば」

「だったら、〝竜〟の居場所を教えてやろう。お前さんの息子のために」

教わった道順に沿って進むには、もう一度町を横断し、町の反対側に行かなければならなかった。歩いているうちに雨が降ってきた。牧草地までやってきたころには、空がピンク色と杏《あんず》色に混ざり合う色合いを帯び始めていた。反対側には川が流れていた。橋を渡り、上流に向かった。道の両側にはキイチゴやヤナギが植えられていて、帽子に雨水が滴り落ちてきた。足元の地面からは古木の根が突き出ていた。辺りが薄暗くなるのと同時に、頭の中もぼんやりとしてきた。その矢先、イチイとヒイラギの茂みと、古びた建物の輪郭、窓から漏れる四角く鈍い光が目に留まった。この場所で間違いない、そう直感した。そこには、人目につかぬ暗いところで行動することを好む人間が集まる場所特有の雰囲気があからさまなまでに漂っていた。アームストロングは窓のそばで足を止めると、分厚いガラスから店内をのぞいた。

天井の低い部屋だった。その天井の中央部分に出っ張りがあり、その下の空間は一層低くなっていた。三人の男が並んで立っているくらいの太さのあるナラの柱が、その出っ張りを支えていた。ガス灯は暗がりに光をもたらすほどの力を持っていなかったし、テーブルに置かれたろうそくもその一助とはなり得なかった。まだ午後が終わろうとしている時間帯だったにもかかわらず、その場所には夜のような気配が漂っていた。ひとりで酒を飲んでいる人間が数人、壁伝いの暗がりの中に座っているのがわかった。部屋の中で最も明るい場所は、暖炉の中で燃え盛る炎が照らし出す一帯で、そこにはテーブルが置かれ、五人の男たちがそのテーブルを囲うようにして座っていた。そのうちの四人は頭を垂れてトランプのカードをのぞきこんでいたが、ひとりだけ上体を起こして座っている者がいた。その男は椅子を後ろに傾けて、壁にもたれかかるようにして座っていた。男の目はほとんど閉じられていたが、彼の頭の角度から、目を閉じているように見せかけているのは策略だということがアームストロングにはわかった。うっすらと開いた目のあいだから、息子は——というのも、それはロビンだったから——ほかの男たちのカードが見える位置を探していた。

アームストロングは窓の前を通り過ぎてドアを開けた。中に入ると、五人の男たちがアームストロングのほうを振り向いた。しかし空気は煙で濁っていたうえ、アームストロングの体は半分柱の陰に隠れていた——まだ気づかれていない。ロビンは椅子の脚を地面に下ろすと、淀んだ空気の向こう側、アームストロングのいる辺りを見通そうとするかのように目を細めながら、部屋の隅の暗がりにいる何者かに合図した。

次の瞬間、アームストロングは目に見えぬ何者かに背後から腕をつかまれた。襲撃者はアームストロングよりも頭ひとつ半は背が低く、その腕はか細かった。しかしアームストロングにつかみかかるその腕の力は鋼索のごとく強かった。意に反して押さえつけられるというのは、アームストロングにとっては馴染みのない感覚だった。その男は、かぶっている帽子のつばがアームストロングの肩甲骨のあいだ辺りにぶつかるほどの身長しかない小さな男だったにもかかわらず、アームストロングは自分がこの拘束から逃れることができるかどうか定かではなかった。黒々とした眉が一本につながったふたり目の男がアームストロングに近づき、じろじろと顔をのぞき込んだ。

「妙な風貌の男だな。知らねえ顔だ」男は言った。

「なら、つまみ出せ」ロビンは言った。

男たちはアームストロングをドアのほうへ向かわせようとした。アームストロングは抵抗した。

「こんばんは、紳士のみなさん」アームストロングは言った。その場の雰囲気を乱すには自分の声だけで十分だとわかっていた。鋼索のような男の手から驚きが感じられたが、それでも男は手の力を緩めなかった。一本眉の男はもう一度アームストロングの顔をのぞき込んでから、何が何だかわけがわからぬといった様子で席に戻っていった。もうわずかにでも早ければ、彼も、アームストロングが目にしたものを——ロビンの顔に浮かんだ一瞬の驚きを——目にすることができただろう。それは瞬く間に消え去ったが。

「あなたがたのお仲間のフィッシャーさんが、私に会ってくれるでしょう」アームストロングは言った。

ロビンは立ち上がり、護衛たちに向かって頷いた。アームストロングの腕が解放された。ふたりの男が暗がりに戻っていき、ロビンが近づいてきた。ロビンの顔にはあの表情が浮かんでいた。彼の幼少期から成人期の始まりにかけて、アームストロングはその表情をもう千回は見てきた。両親に行く手を塞がれる子どもの見せる、不機嫌で怒りに満ちた表情だった。アームストロングははっとした。その表情が成人した男の顔に浮かんだとき、それはどれほど威圧的に見えることか。自分がロビンの父親でなければ、これほど頑強な体格をしていなければ、脅威を感じていたことだろう。

「外で」ロビンは声を落として言った。ふたりは酒場を出て、川と酒場に挟まれた砂利の岸の上、互いに一メートルほど離れた薄暗がりに立った。

「これがお前の金の行き着く先なのか？　賭博が？　それとも、お前が絶えず金を必要としているのは、あの家のためなのか？　お前は分不相応な暮らしをしているよ」

ロビンは鼻から軽蔑を示すような息を吐き出した。「どうやって俺を見つけた？」そして気だるそうにそう尋ねた。

アームストロングは息子の態度に驚かずにはいられなかった。いつだって期待は裏切られた。

「父親に対して、もう少しましな挨拶はできないのか？」

「なんの用だ？」

「それに、母親に対しても――母さんがどうしているか、気にはならないか？」

「そっちから言ってくるだろう、何かあれば」

「何かあるんだよ。でもそれは母さんに関することじゃない」

「雨だ。わざわざ言いにきたことがあるなら早く言ってくれ、そうしたら中に戻れる」

「あの少女のことは、どうするつもりでいるんだ？」

「は！　それだけかよ？」

「それだけ？　ロビン、私たちが話題にしているのは、子どもについてだ。ふたつの家族の幸せに関わる問題だ。軽く考えていい問題ではない。なぜ先延ばしにするのだ？」

翳《かげ》りゆく日の光の中、アームストロングは息子の口元が嘲笑的に歪むのを見たような気がした。

「あの子は、本当にお前の子なのか？　もしそうだとしたら、これからどうするつもりでいるのだ？　もし違うのであれば――」

「あんたには関係ない」

アームストロングはため息をついた。それから頭を左右に振り、別の角度から会話を続けることにした。「バンプトンに行ってきたよ」

父親を見つめるロビンの目に真剣さが宿ったが、ロビンは何も言わなかった。

「お前の妻が寝泊まりしていたあの家に、もう一度行ってきたよ。彼女が亡くなったあの家に」

ロビンは無言のままだった。その顔に宿る激しい敵意は揺らぐことがなかった。

「彼女が見つけたという恋人だが――そんな男のことは何も知らない、みなそう言っていた」

沈黙。

「そのことを誰に話した？」ようやく口を開いたロビンの声には脅迫的な響きがあった。

「そこの女主人をバスコットに連れていって、あの子に会わせようと思ったんだが、彼女は――」

「何考えてやがる？　これは俺の問題だ――俺だけのな。警告しておく――この件に関わるな」

気持ちを立て直すのに少々時間が必要だった。「お前の問題だって？　ロビン、ひとりの子どもの未来が懸かっているんだぞ。もしあの子がお前の子どもなら、私の孫ということになる。お前の子どもでないのなら、ヴォーン夫妻の子どもということになる。どちらの場合でも、お前だけの問題だなどとは言えないはずだ。どちらにしても、これは家族の問題だ」

「家族！」ロビンは罵りの言葉を口にするかのようにその言葉を吐き出した。

「ロビン、あの子の父親は誰なんだ？　子どもには父親が必要だ」

「そんなもんいなくたって、俺は問題なくやってきたぜ」

ロビンはくるりと体を回転させながら踵《かかと》で砂利をまき散らすと、そのまま〈青竜亭〉に向かって歩き出した。アームストロングがその肩をつかんだ。息子が乱暴に振り返って拳を突き出してきたとき、アームストロングは半ば驚いた。本能的に自らの身を守るべく腕が上がっていたが、向こうみずに突き出された相手の拳が自分に触れるより先に、自分の拳が肉と歯を打った。ロビンは悪態をついた。

「許しておくれ」アームストロングは言った。「ロビン――悪かった。けがはないか？」

しかしロビンは喧嘩の下手な人間がするような無様なやり方で、父親に向かって蹴りや拳を飛ばし続けた。アームストロングが息子の肩をつかんで自分から遠ざけると、その拳や足は敵に届かぬ空間を蹴ったり殴ったりした。その攻撃にもう力はこもっていなかった。ロビンの攻撃をこういう形で防いできたことなら数えきれないほどあった。子ども時代にも、青年時代にも。アームストロングの唯一の心配は、ロビンが怒りに任せて自分自身を傷つけてしまうことだった。今では息子も攻撃の腕を上げ、その威力も上がっていた。それでも父親の身長と力には太刀打ちできなかった。砂利が飛び、罵りの言葉が飛んだ。そこでアームストロングは気がついた。その騒がしさを耳にした野次馬たちが窓際に集まってきていることはほぼ間違いない。

騒動に終止符を打ったのは、酒場のドアの開く音だった。

「大丈夫です?」雨の中、声が聞こえてきた。

ロビンは唐突に戦うのをやめた。「大丈夫だ」そして答えた。

ドアは開いたままだった。おそらくはまだ誰かが入り口から様子をうかがっているのだろう。

息子は握手もせずに背を向けて歩き出した。

「ロビン!」アームストロングは息子の背中に向かって小さな声で呼びかけた。それからさらに小さな声で呼びかけた。「息子よ!」

数メートル離れたところでロビンが振り返った。彼も小さな声で言葉を発していて、雨の中でほとんど聞き分けられないくらいだった。しかしその言葉は対象者のもとに届き、拳では不可能なほどの傷を相手に負わせた。「あんたは俺の父親じゃない。俺はあんたの息子じゃない！」

　ロビンはそのままドアのところまで行くと、そこにいた仲間と言葉を交わし、中に入っていった。後ろを振り返ることはなかった。

　アームストロングは川に沿って来た道を戻った。ヤナギの中に入り込んでしまったり、暗闇に潜む節くれ立った根っこにつまずきそうになったりした。雨水が首を伝っていった。指の関節がひりひりと痛んだ。あのときはほとんど感じられなかった傷が、今になって激しく痛んだ。拳はロビンの唇と歯をとらえたのだった。その手を口元に持っていくと、血の味がした。自分の血だろうか、それとも息子の血？

　川は、雨と自らの奔流にかき乱されながら流れていた。アームストロングは雨の中で無言のまま静かに立ち尽くし、自らの思考の中に沈んだ。あの瞬間を消し去ることができるなら、どんな犠牲も厭《いと》わなかった。どんな違ったやり方があったというのだろう。どんな言葉をかけていれば、もう少しましな結果になっていたのだろう。大失態を演じてしまった。そしてその過ちは、つながりを、時間をかければ——数週間後か数ヶ月後、あるいは数年後には——温められ、再び愛情へと変わっていたかもしれないつながりを断ち切ってしまった。たった今起こったばかりの出来事は、全ての終わりのように感じられた。息子を失った彼は、同時に、世界を失った。

　雨水が涙とともに頬を流れ、あの言葉が何度も頭の中で繰り返された。あんたは俺の父親じゃない。俺はあんたの息子じゃない。

ずぶ濡れになり、体が冷え切ってようやく、アームストロングは首を振った。「ロビン」川だけが、その返答を聞いていた。「お前は、自分は私の息子でないと思いたいかもしれない。それでも私は、お前を息子と思わずにはいられないのだよ」

下流へと向きを変え、家までの長い道のりを歩き出した。

広められるべきでない物語もある

大きな声に出して語られる物語もあれば、ささやき声で語られなければならない物語もあり、決して語られることのない物語というものもある。アームストロング夫妻の結婚にまつわる物語は、そうした〝決して語られない物語〟に分類されるもので、この物語を知っているのは、当事者であるふたつの家族とテムズ川だけ。しかし我々は、この世界を密かに訪れる者であり、ひとつの世界と別の世界の境界を越える者である。その我々が川のそばに座って耳を澄ますのを妨げるものなど何もない。さあ、我々もこの物語を聞かせていただこうではないか。

ロバート・アームストロングが二十一歳を迎えたとき、彼の父親は彼に農場を買おうと申し出た。土地管理人はたくさんの農場を紹介してくれて、ロバートはその全てを訪れた。ロバートの希望と期待に最もよく合致したのは、フレデリック・メイと呼ばれる男が所有していた農場だった。メイ氏はずっと良い農場主であったが、彼には娘だけしかおらず、その娘たちはみな——ひとりを除いては——自ら十分な土地を所有する男と結婚していた。ひとりだけ、足が不自由で未婚のまま家を出ずにいる娘がいた。メイ氏ももう年を取ってきていたので、これまたメイ氏の所有する小さなコテージとその周囲一帯のわずかな土地を残して、それ以外の全てを売り払おうと夫婦で決断した。コテージは、農場の母屋からそれほど離れていないところに立っていた。自分たちはコテージに住んで野菜や花を育て、農地と大きな家の面倒は別の誰かに見てもらおうというのが夫婦の考えだった。農場の売却益で夫婦は裕福になるはずで、大きな持参金の見込みをもってしても末娘を嫁に行かせることができなかった場合には、仕方がない、自分たちの死後は少なくともその金が彼女の身を守るものになるだろう、夫婦はそう考えた。

ロバート・アームストロングはその土地を見て回り、川から水が引かれているのを見た。土手の地盤はしっかりとしていて、水路の行く手が雑草やごみで遮られているということもなかった。生け垣の手入れは行き届いていて、畜牛の毛には艶があり、田畑は真っすぐに耕されていた。「いいですね」ロバート・アームストロングは言った。「買わせてください」

「あの男に売るなんていけないよ、あんな外国の奴にはね」ひとびとは言った。しかしその農場の購入に関心のあるほかの連中が誰も彼も、値引きを打診してきたり、何かしらの利益を得るために次から次へと策略を繰り出してきたりした中、この黒い肌の男だけが言い値で買うと申し出て、その気持ちが変わることはなかった。それだけでなく、メイ氏は農場を見て回るこの男に同行しながら、この男が真っすぐな畝《うね》を称賛するのを目にし、彼が羊や馬に接する姿を見ているうちに、彼の肌の色のことなど忘れてしまい、土地のため、家畜のために最善の選択をしようと思えば、アームストロング氏こそがその相手であると判断した。

「長いこと俺のもとで働いてくれてた男たちは、どうするつもりだい？」メイ氏は訊いた。

「残ることを希望する者には残ってもらいます。いい仕事をしてくれたら、賃金を上げるつもりです。でもあまり仕事をしない者は、最初の収穫の後でやめてもらいます」アームストロングはそう答え、メイ氏もそれで納得した。

ひと握りの労働者が黒人のもとで働くことを拒否し、それ以外は農場に残ったが、最初のうちは彼らも不満を漏らしていた。時間の経過とともに新しい雇い主について知るようになると、彼らは、その黒さは表面的なものにすぎず、その表面下はほかの人間と何ら変わりなく、むしろ多少良いとさえ言えることに気づいた。ひと握りの男たちは――アームストロング自身のように若い男たちは――彼に対する軽視を捨てず、彼の顔を見てはくすくすと笑い、彼の目の届かないところで侮辱するような身振りをした。彼らは自分たちの仕事ぶりがたるんでいるのを彼に対する軽蔑のせいにした――なぜ自分たちは、あんな男のために汗水流さなければならないのか。それでも金曜に支払われる賃金は受け取り、ケルムスコット周辺の酒場でその金を使いながら、雇い主の悪口を言うのだった。アームストロングは気づかぬふりをしていたが、実際には、彼らがそのうち落ち着くか否かを見極めるために、彼らに目を光らせていた。

そのうちロバート・アームストロングには友人ができた。アームストロングが誰よりもよく知るようになったのは、農場を売ってくれた男だった。アームストロングは、週に一度、メイ氏からの招待を受けて、母屋からそう遠く離れていないコテージを訪れるようになっていた。アームストロングは一時間ほどそこに滞在し、その男と農業について話し合った。メイ氏は、自分の人生そのものであったものの、体が弱ってこれ以上続けることができなくなった仕事について、喜んで話してくれた。メイ夫人は隅のほうに腰かけて編み物をしていた。夫人はその訪問者の、ほとんどの男たちよりも良い教育を受けたことのうかがえるその声を聞けば聞くほど、惜しみなく、轟《とどろ》くように響き、夫の笑いを誘うその笑い声を聞けば聞くほど、その男のことが好きになった。時々その家の娘が部屋にやってきて、紅茶やケーキを置いていった。

ベッシー・メイは幼少期に病気にかかり、それ以来、体を左右に揺らして歩くようになった。歩行の際、左足を踏み出すと、誰から見てもわかるほどに体が沈むのだった。見知らぬ人たちから好奇の目で見られただけでなく、ベッシーと彼女の家族を知っている人たちからでさえ、ベッシーは〝あんなふうに〟出歩くのではなく、家にとどまっているべきだと言われた。歩き方の問題だけであればひとびとがそれほどまでに眉をひそめることはなかったのだろうが、ベッシーは目にも問題があった。右目に眼帯をつけていた――いつも同じ眼帯というわけではなく、ワンピースの色に合わせて眼帯を替えていた。どうやらドレスと同じ数だけ眼帯を持っているらしく、そのうちのいくつかはワンピースを作った生地の切れ端で作られていた。眼帯を支える飾り紐は頭に巻きつけられ、きれいなブロンドの髪の中に隠されていた。ベッシーは身なりをきれいに整えていて、見た目に気を使っているらしい雰囲気を漂わせていたのだったが、ひとびとはそれを厄介だと感じた。自分もほかの女の子たちと同じだと考えているのだろうか、彼女たちと同じ未来を期待しているのだろうか、と。世間の意見によると、ベッシーは実家に引きこもっているべきであり、彼女以外の全員にわかっていることを彼女自身も理解しているのだということを表明すべきだった。それはつまり、ベッシーは結婚相手を見つけることができず、生涯独身でいる運命にあるのだということを。しかしベッシーは、こっそりと教会の後方の席に滑り込み、静かに、誰にも気づかれることなくそこに座るのではなく、よたよたと歩きながら教会の真ん中まで進み、中央の座席に腰を下ろした。天気の良い日には、本か縫いかけの刺繡《ししゅう》を持って草地に置かれたベンチまで足を引きずっていき、そこに腰かけた。冬には手袋をして、歩ける程度に平らな地面ならどこでも歩いた。凍えるように寒い日には、氷の上を歩く危険を冒すことのできる人たちの脚を羨ましそうに眺めた。ベッシーのいないところで、悪意のある少年たちが――実のところ、彼らはアームストロングの背後で嘲《あざけ》るような身振りをする、あの若者たちだった――片方に体を沈めながら体を揺らして歩く彼女の歩き方を真似したりした。ベッシーを子どものときから、眼帯をつける前から知っている人たちは、彼女の目を覚えていた。白目の割合があまりに多く、黒目が上のほうにあり、端のほうにそれていた。どこを見ているのかも、何を見ているのかもわからない、彼らはそう言った。ベッシー・メイにも友人がいた時代があった。女の子たちの小さな集団で、学校の登下校を一緒にしたり、互いの家を行き来したり、腕を組んで歩いたりした。しかし女の子たちが小さな女性に成長すると、その友情関係は崩れた。ベッシー以外の子たちが、彼女の体の症状が伝染するものであるかもしれないと恐れたことが原因だったかもしれないし、男たちが、ベッシーのそばにいる女の子には近づかないようにしていたせいかもしれない。ロバート・アームストロングが農場を購入するころには、ベッシーは孤独だった。それでもベッシーは顔を上げて笑みを浮かべて歩き、表向きには、彼女の世間に対する態度には何の変化も見られなかった。しかし、世界の自分に対する態度が変化したことにベッシーは気づいていた。

その変化のひとつとして、村の若い男たちの振る舞いが変わったことが挙げられた。十六歳になったベッシーは、ブロンドの巻き毛と愛らしい笑顔、ちょうど良い具合にくびれた腰を持つ、魅惑的と言える少女に成長していた。眼帯をしていない側から椅子に座っているべッシーを見れば、村屈指の美少女に見えた。若い男たちがこれに気づかぬはずもなく、やがて彼らはいやらしい目つきでベッシーを見るようになった。色欲と嘲りが同じひとつの心の中で隣り合わせに住み着くとき、それは悪意を引き起こす。男たちは人気《ひとけ》のない道でベッシーを見かけると、自分たちが手を伸ばしても、ベッシーの足ではすぐにはその手から逃れることができないと知りながら、いやらしい視線を彼女に向け、ものすごい勢いで彼女に詰め寄っていった。使いに出ていたベッシーが、泥のついたスカートで、両手を擦りむいた状態で、〝つまずいた〟と言って帰ってきたのは一度だけではなかった。

ロバート・アームストロングは農場の若い男衆が自分のことをどう思っているのかを知っていた。そして彼らを密かに監視する中で、彼らがベッシー・メイのことをどんなふうに思っているのかについても知るようになっていた。ある晩、ロバート・アームストロングがいつものようにメイ家で時間を過ごすためにコテージを訪れると、メイ氏が首を振って言った。「今夜は無理だ、アームストロングくん」友の震える手と涙ぐんだ目を見れば、何か良くないことが起こったことがわかった。アームストロングは農場の若い男たちを観察し、そのうちのひとりが自慢げにベッシーの名前を口にして、卑猥《ひわい》な身振りとともに笑いながら何やら話している会話の断片を聞いて、彼女の身に降りかかった悲劇を知ってしまった気がした。

それから数日間、アームストロングはベッシーを見かけなかった。教会にも、草地のそばのベンチにも姿を見せなかった。村に使いに行くこともなくなり、庭の手入れに出てくることもなかった。再び姿を見せたとき、ベッシーの中で何かが変わってしまっていた。それまでのようにこぎれいで活発に振る舞ってはいたものの、彼女の世界に対する純粋で自然な関心は消え去り、世界に対する彼女の関心はより厳しいものに変わっていた。打ち負かされまいという決意を宿していた。

アームストロングは夜通しこのことについて考えた。そして決意を固めると眠りについた。目を覚ましたとき、それはやはり良い考えのように思えた。アームストロングは、岸辺に立ち並ぶサンザシがハシバミの木立に変わる辺りで、父親に昼食を届けに向かうベッシーを呼び止めた。自分たち以外には誰の姿も見えないとわかると、ベッシーははっとして怯えた。アームストロングは両手を後ろに回し、足元に視線を落として彼女の名前を口にした。「メイさん。私たちはあまり話をしたことはありませんが、あなたは私が何者かご存じですね。私があなたの父上の友人で、この農場の経営者だということをご存じですね。私が期限通りに支払いをしていることをご存じですね。私は友人が多くありませんが、誰の敵でもありません。もしもあなたが味方を必要とするようなことがあった場合には、私を頼ってきてくださいませんか。私が何より望むのは、あなたの人生を穏やかなものにすることです。それが友人としてであるのか、夫としてであるのか、その判断はあなたに委ねます。私はいつでもあなたのご用を承るつもりでいます、そう覚えておいてください」顔を上げたアームストロングがそこに見たのは、ベッシーの驚いた目だった。アームストロングはベッシーに向かって小さく頭を下げると、そこを立ち去った。

翌日、アームストロングが同じ場所を訪れると、ベッシーがすでにそこに来ていた。「アームストロングさん」ベッシーは話し始めた。「私は、あなたのような話し方をすることができません。あなたの使う言葉は、私の言葉なんかよりも立派です。あなたが昨日言ってくれたことについて何か言う前に、私にはやっておかなければならないことがあります。今それをやりますね。でも私がそれをやり終えるころには、あなたの気持ちは変わっているかもしれません」

アームストロングは頷いた。

ベッシーは頭を下げて眼帯に指で触れると、それを横に引っ張り、鼻筋を横切って悪くないほうの目を覆うところまで移動させた。もう一方の目があらわになった。ベッシーは右目でアームストロングを見た。

アームストロングはベッシーのその目をじっと見つめた。その目は、それ自身に宿る命のために震えているように見えた。中心をはずれたところにある虹彩は、表面的には双子の片割れである左目と同じ青色をしていたが、その下には、より濃い色合いの暗流が潜んでいた。人が毎日のようにあらゆる人の顔に見る、見慣れたものであるはずの瞳は、ベッシーの顔においてはその傾斜のために奇妙に見えていた。その目をじっと凝視していたアームストロングは、突如としてあることに気づいてはっとした。観察されているのは自分のほうだ。彼女の視線にさらされると、裸にされ、解剖されているような気分になった。彼女の意識が自分に集中していることを感じると、突然、少年時代の恥ずべき出来事が思い起こされた。願っていたほどには品行方正に振る舞うことのできなかった、若かりしころのいくつかの場面が蘇ってきた。忘恩を体現するそれらの出来事を忘れてはいなかった。良心の呵責《かしゃく》を感じ、決して同じことを繰り返すまいと心に誓った。しかし同時に、自らの人生において、こうしたいくつかの配慮に欠けた行為以外には後悔しなければならないものがないのだと知り、安堵もした。

その瞬間は長くは続かなかった。それを終えると、ベッシーは頭を下げて眼帯を元に戻した。それから再び普段の顔をアームストロングに向けたが、その顔はそれまでと同じではなかった。そこには驚きと、それからアームストロングの心を温かくし、胸をぞくぞくとさせる何ものかが浮かんでいた。良いほうの目が柔らかくなり、芽生え始めた好意と、尊敬の念さえもがそこに宿っていた。それはいつの日か――しかし、そんなことが信じられようか？――愛へと導かれる可能性のある種類の情操だった。

「アームストロングさん、あなたは良い人間です。私にはわかります。でも、私に関することで、あなたに伝えておかなければならないことがあります」そう言ったベッシーの声は小さく、不安に揺らいでいた。

「知っています」

「このことではないんです」ベッシーは眼帯を指して言った。「わかっています。足のことでもない」

ベッシーはアームストロングを見つめた。「どうして知っているんです？」

「農場で働く男がね。想像がつきました」

「それでも私と結婚したいとおっしゃるんですか？」

「はい」

「でも、もし……」

「もし、身ごもっていたら？」

ベッシーは頷くと、恥ずかしさに顔を赤らめ、うつむいた。

「恥じることはありませんよ、ベス。このことに関して、あなたに恥ずべきところなど何もないのだから。不名誉を負うべきは相手のほうだ。もし子どもを宿していたら、ふたりでその子を育て、愛情を注ぎましょう。私たちふたりの子どもを育てて愛するのと全く同じように」

ベッシーは顔を上げると、自分をひたと身据えるアームストロングと視線を合わせた。

「それならば、答えは〝はい〟です。はい、あなたの妻になります」

ふたりは口づけを交わすことなく、互いに触れることもしなかった。アームストロングはベッシーに、その日のうちに会いにいくつもりでいることを父上に伝えてほしいとだけ言った。

「伝えます」

アームストロングはメイ氏のもとを訪れ、ふたりの結婚は認められた。

翌日、農場でいつも面倒を引き起こし、ベッシーに対しては面倒どころでは済まされない悪事を働いた若い男が仕事場に到着すると、アームストロングが彼を待ち構えていた。アームストロングは男に払うべき賃金を渡すと、男を解雇した。「今後、この農場から二十キロメートル以内の場所でお前の噂が私の耳に入ってくるようなことがあれば、お前の身に何が起こるかわからないと思え」そう言ったアームストロングの声には感情を強く押し殺したような響きがあった。若い男は驚きのあまり顔を上げ、今しがた耳にしたことは聞き間違えではなかったかと確認しようとした。しかしアームストロングの目に宿る表情は、その言葉には、嘘はかけらもないことを物語っていて、男は頭に浮かぶ傲慢な返答を口にすることなく静かにその場を去った。罵りの言葉をぼそぼそとつぶやきながら。

婚約が伝えられ、すぐに結婚式が行われた。ひとびとは噂した。人はいつでも噂をする。その浅黒い農場主と一風変わった青白い花嫁の結婚式の当日、教会は好奇心で満たされた。金もかかっていたし——そう、その点に関してベッシーはうまくやった——、アームストロングは、花嫁の青い目とブロンドの髪、そして均整のとれた体つきと並んでも、思っていたほどには見劣りしなかった。しかし招待客たちからの祝福は哀れみの色を帯びていて、このふたりを羨む者は誰ひとりとしていなかった。結婚できる見込みのないふたりが惹かれ合ったのは至極当然のこと、そんな考えが蔓延《まんえん》していて、式に参加していた未婚の客たちはほっと胸をなで下ろした。おお、神よ、自分はこれほどまでに悲惨な妥協を選択するよう強いられずにいることに感謝します。

結婚後数ヶ月してベッシーの腹が大きくなり始めると、世間がざわついた。一体どんな赤ん坊が生まれてくるのだろうか。通りで子どもたちから残酷な名前で呼びかけられるようになると、ベッシーは農場の外に出かけるのをやめた。ベッシーはやきもきしながら出産のときを待ったが、アームストロングはそんなベッシーをなだめるように話しかけた。夫の声はベッシーを安心させ、夫が大きくなりつつある腹に手を置いて「全てうまくいくよ」と声をかけると、本当に全てがうまくいくのだと信じずにはいられなかった。

赤ん坊を取り上げた助産師は、仕事を終えたその足で友人たちのもとを訪れた。そして友人たちは、助産師から聞いたその情報をすぐにまた別の友人たちに伝えた。一体全体、どんな赤ん坊が出てきたというのか。ちりちりの髪の毛と縮こまった手足を持つ赤ん坊を想像していた者たちは、話を聞いてがっかりすることになった。生まれてきた赤ん坊に何ら変わったところはなかった。いや、それどころではない。「美しい子なのよ！」助産師は熱狂的にそう語った。「誰が想像してたっての？　あんな愛らしい赤ん坊、見たことがないのよ」間もなく、助産師以外のひとびともその事実を知ることになった。アームストロングは馬にのってあちこちを回ったが、誰もがその膝の上にその子を見るのだった。軽やかな巻き毛と美しい顔形、そしてこちらもほほ笑みを返さずにはいられなくなるような笑顔を持つ子だった。「この子をロバートと名づけよう」アームストロングは言った。「私と同じく」そうして赤ん坊に洗礼名が与えられた。しかしその子はまだ小さかったため〝ロビン〟と呼ばれ、大きくなってからもその名前で呼ばれ続けた。それが父と子を区別する方法だったから。やがてまた子どもを授かった。女の子も男の子も生まれたが、どの子も元気で幸せだった。浅黒い肌の子もいれば、それほど黒くない子もいて、白に近い肌の子もいた。しかしロビンほど真っ白な子は、ひとりもいなかった。

アームストロングとベッシーは幸せだった。ふたりで、幸せな家庭を築いていた。

アミーリアの撮影

三月の最終週に差しかかるころ、春分の日がやってくる。光と闇が均等になり、昼と夜の長さが完全に同じになり、人間が行う事柄さえもこの均衡の瞬間を享受する。川は水位が上がる——川というものは、昼夜平分時には水かさを増すものなのだ。

最初に目を覚ましたのはヴォーンだった。もう遅い時間で——ふたりは、鳥のさえずりの中、闇が薄れていく中で眠っていた——カーテンの向こう側では日の光が待ちかねていた。

隣に横たわるヘレナはまだ眠っていた。片方の腕を、枕にのせた頭の上に投げ出していた。ヴォーンは妻の腕の内側の柔らかな肌に口づけた。ヘレナは目を閉じたままほほ笑むと、温もりを求めて夫に体を寄せた。昨晩から裸のままだった。ふたりはこのところ、享楽から眠りに落ち、眠りから再び享楽に流れる夜を過ごしていた。シーツの下、ヴォーンの手が妻の胸郭に辿り着き、そのまま滑らかな腰のくびれへ、それから臀部へと移動していった。エレナのつま先がヴォーンのつま先を突いた。

その後、ヴォーンは妻に言った。「まだ眠りたかったら、もう一時間ほど眠るといい。ぼくがあの子に朝ごはんを食べさせるよ」ヘレナは笑みを浮かべて頷くと、再び目を閉じた。夫婦は今、長時間眠ることができるようになっていた。目覚めることなく九時間か十時間眠ることもあり、数年に及ぶ不眠の埋め合わせをしているかのようだった。それは少女のおかげだった。あの少女が、夫婦の夜を修復してくれた。そして結婚を修復してくれた。

朝食の席でヴォーンと少女は打ち解けた静けさの中で座っていた。ヘレナがいたら、ヘレナはひっきりなしに少女に話しかけていただろうが、ヴォーンは少女に話しかけようとはせず、意図的に彼女の気を引こうともしなかった。ヴォーンはただ、少女のトーストにバターとマーマレードを塗り、トーストを棒状に切ってあげた。少女はその様子を食い入るように見つめていた。少女は自己充足的な幻想に浸って夢中でトーストを食べた。やがて過剰なまでに気前良く塗られたマーマレードがトーストの端っこからこぼれてテーブルクロスに落ちると、ちらりと目を上げて、ヴォーンがそれを見ていたかどうか確認した。少女の目と――ヘレナはそれを緑色だと言い、ヴォーンはそれを青色だと言ったが、いずれにしてもそれは厳かなまでに深遠だった――自分の目が合うと、ヴォーンはほほ笑んだ。思いやりに満ちていて、多くを要求しない、微かな笑みだった。それに応じるように、少女の口元がほんの一瞬、わずかに上がった。その笑みならそれまでにもう何度も見たことがあったにもかかわらず、その光景にヴォーンは心臓がどくんと大きく脈打つのを感じた。

少女が自分に安堵を求めてくるとき、ヴォーンは同じ胸の高鳴りを感じた。少女は川の上では大胆不敵だったが、それ以外のあらゆる物事に対してはいつもびくびくしていた。石畳の上を駆けてくる馬、バタンと閉まるドア、手を伸ばしてきて彼女の鼻をつねろうとする馴れ馴れしいよそ者、箒で絨毯を叩く音、それらは全て少女を怯えさせた。そんなときに少女が頼りにするのはヴォーンだった。馴染みのない状況に置かれたとき、少女が手を伸ばして握ろうとするのはヴォーンの手だった。危険を予知したとき、抱きかかえてもらおうと腕を高く上げる相手はヴォーンだった。ヴォーンは、少女が庇護者《ひごしゃ》として自分を選んでくれることに心打たれていた。二年前、ヴォーンはアミーリアを守ることができなかった。これは二度目のチャンスのように感じられた。あらゆる危険から目を背け、自分自身に対する信用を取り戻しつつあった。

少女はいまだ口を利かず、心ここにあらずの状態でいることがよくあり、時には冷淡にさえ見えた。しかし彼女の存在そのものが、ヴォーンを喜ばせていた。ヴォーンの意識がアミーリアからこの少女へと旅していき、再びこの少女からアミーリアへと戻ってくることが、一日に百回もあった。両者をつなぐ道をあまりに頻繁に行き来したため、今ではどちらか一方だけのことを考えるというのは不可能になっていた。両者は、同じひとつの思考を別の角度から見た側面としてとらえられるようになっていた。

使用人が朝食を片づけにきた。

「十時半に写真家が来ることになっているんだ」ヴォーンは確認するように言った。「先にコーヒーをもらいたい」

「看護師さんがいらっしゃる日です——彼女にもコーヒーをお出ししますか？」

「そうだ、全員にコーヒーを頼む」

使用人は心配そうに少女の頭を見やった。少女の髪の毛は寝ているあいだにもつれたらしく、今もそのままになっていた。

「写真のために、アミーリアお嬢さまの髪の毛を梳《と》かしましょうか？」使用人は訝しげな表情で少女の髪のほつれを見ながら言った。

「妻が起きてきたら、妻にやってもらうことにしよう」

使用人は安堵の表情を浮かべた。

ドーントが到着する前に、ヴォーンにはやっておかなければならないことがあった。

「さあ、おいで、おチビちゃん」ヴォーンは言った。

少女を抱きかかえて客間に向かった。机のところで足を止めると椅子に腰を下ろし、少女が庭を眺めることができるように、少女が横を向いた状態で自分の膝の上に座らせた。

ヴォーンは、アミーリアとヘレナ、そして自分の写る写真に手を伸ばした。

少女がやってきたことによって、思い出すことへの恐怖は――それはあまりに強烈で、娘の顔を永遠に記憶の彼方《かなた》に葬り去ろうとしたほどだった――薄れていた。アミーリアが自分を探していて、自分には彼女に目を合わせる義務があるのだという感覚が――それが不合理であることはわかっていたものの――あった。あの悲惨な分水嶺《ぶんすいれい》を越えるのだ。その瞬間がやってきた今、膝の上には少女がいて、その任務は恐れていたほどには難しくないように思えた。

写真をひっくり返して表がこちらを向くようにして、少女の梳かしていない髪の毛の隙間からそれを見た。

それは昔ながらの家族写真だった。ヘレナはアミーリアを膝にのせて椅子に座っていて、その背後にヴォーンが立っていた。わずかな感情の震えさえも、多大な時間と金、努力を無駄にしてしまいかねないとわかっていたヴォーンは、猛烈すぎるほどに目を見開いた。その結果、彼を知らない人が見れば威嚇的に、彼を知っている人からすると滑稽に見える写真に仕上がっていた。ヘレナは完全には笑みを抑えることができていなかったが、その表情をじっと固定させたままカメラに顔を向けていたため、その美貌は細部にいたるまで鮮明に表されていた。そしてヘレナの膝の上には、アミーリアが。

縦十二・七センチメートル、横七・六二センチメートルの写真に写る娘の顔は小さかった――今自分の膝に座っている少女の親指の爪よりも小さかった。二歳の娘の顔には、赤ん坊時代から消えることのない曖昧さが残っていた。それに撮影時、アミーリアは完全にじっとしていることができずに動いてしまってもいた。その不明瞭な顔立ちにはどこか普遍的なところがあり、膝の上に座る少女の顔のように見えてきたかと思えば、いとも簡単に、ヴォーンがひどく苦労して自分の視界から、そして頭から追い出そうとしてきた娘の顔のようにも見えてくるのだった。アミーリアは脚も動かしてしまったに違いない。脚の部分がぼやけていて、幽霊がうろついた跡のように怪奇的で、骨がないように写っていた。その小さな体は泡のようにふんわりとしたスカートとペチコートに包まれていたが、その縁《へり》は背景に溶け込んで透けて見えていた。そして両手は、その泡に埋もれていた。

少女が膝の上で身じろぎし、ヴォーンは視線を落とした。少女の手のひらに水の玉が見えた。少女はその手を持ち上げて口元に近づけると、それを舐《な》めた。それから不思議そうに目を上げてヴォーンを見た。

ヴォーンは涙を流していた。

「ばかだね、パパは」ヴォーンはそう言うと、かがみ込んで少女の頭に口づけたが、少女は身をよじらせてヴォーンから離れた。そして部屋を横切ってドアのところまで行くと、振り返ってヴォーンに向かって手を伸ばした。ヴォーンは少女のもとへ移動すると、少女の手を取り、導かれるままに家を出て庭に向かい、緩やかに傾斜した砂利道を下り、川辺に下りていった。

「一体なんのためにここに来たんだい？」ヴォーンは疑問を声に出した。「パパを元気づけてくれようとしているのかい？」

少女は川の上流に、下流に目をやったが、そこに何も見えてこないとわかると、手頃な小枝を探してその枝で水際を突いた。気の済むまでやり終えると、枝をヴォーンに渡し、続けるよう促した。そのあいだ少女は斜面から大きな石をいくつか選んで運んできて、川の中で洗った。その洗濯行為に目的があるようには見えなかった。不意に、自分は以前もこの場所に立って、アミーリアが石を洗うのを見ていたという考えが頭に浮かんできた。数年前のそのときのことを、ちょうど今のようにふたりで川縁に立ち、意味もなく石を洗い、浅瀬の軟らかい泥を突いたときのことを忘れてしまったというのか。ヴォーンは顔を上げて理解しようとした。その記憶は本物だろうか。あるいは、時間を遡って影響する残響《リバース・エコー》という、なんとも不思議な現象――現在が過去に複写されたように見える現象――なのだろうか。

少女は石洗いの作業をやめていた。四つんばいになり、あたかも水面が鏡であるかのように顔を近づけてのぞき込んでいた。少女を見つめ返しているのは、別の少女――ヴォーンの知っている少女――だった。

「アミーリア！」

ヴォーンは彼女を捕まえようと手を伸ばした。しかし触れた途端にそれは消えた。ヴォーンの指が濡れていた。

少女はその場に腰を下ろすと、幾分心配するような態度で、絶えず変化するその目をヴォーンに向けた。

「君は誰なんだ？　君があの子でないことはわかってる――もし本当にあの子なのだとしたら……もしあの子なのだとしたら――ぼくは気が変になっているのか？」

少女はヴォーンに枝を渡すと、力強い身振りで、そこに水路を掘るよう合図した。少女はその水路に洗った石を一列に並べていった。自分の期待通りのものができるまで手を抜かず、納得するまでにいくらか時間を要した。やがてヴォーンは理解した。自分たちはそれを眺めなければならないのだ。ふたりは水が石塀をちょろちょろと越えていくのを、石塀が沈泥をかぶって埋もれていくのを見た。川は仕事が早く、ひとりの男とひとりの子どもの手による仕事をあっという間に台無しにした。

結局、コーヒーを野外に運んでボート小屋のそばまで行くことになった。室内で撮影する写真よりも、川辺を舞台に撮った写真のほうが面白いはずということは一般的に認められていたため、日が陰る前に好天を最大限利用しようということになった。

カメラを良い位置に置くと、ドーントは最初の板を準備しにいった。「お待たせするあいだに、ほかの感光板を見ていてください。前回撮ったものです」

ヘレナは渡された木箱の蝶番《ちょうつがい》のついた蓋を開けた。内部はフェルトで裏打ちされていた。二枚のガラス板が、それぞれ細長い溝に入れられていた。

「まあ！」ヘレナは一枚目の板を持ち上げて光に透かして言った。「なんだか変ねえ！」

「昔に引き戻されるんじゃない？」リタが言った。「明るいところと暗いところが反転しているわ」ヘレナと同じガラス板をのぞき込んで続けた。「ドーントさんが正しかったんじゃないかしら。一番いい写真はもうあなたたちのところにあるみたい。これはかなりぼやけているわ」

「あなた、どう思って？」ヘレナは夫にガラス板を渡しながら言った。

ヴォーンはガラス板にちらりと目をやり、そこに不鮮明な子どもを見て、すぐに視線をそらした。

「大丈夫ですか？」リタは訊いた。

ヴォーンは頷いて言った。「コーヒーを飲みすぎて」

ヘレナは二枚目の板を箱から取り出して、じっと観察した。「確かにぼやけているけど、重要な部分が見えないほどじゃあないわね。これ、アミーリアよ。はっきり写ってるわ」その声に不安定な激しさは含まれておらず、興奮のせいで調子がうわずるということもなかった。その声は落ち着いていて、穏やかでさえあった。「アームストロングさんの頭に浮かんでいる問いは、必ず無駄に終わるわ。でも、弁護士さんがね、万が一に備えておいたほうがいいっておっしゃってるの」

「アームストロングさんは、今でも顔を見せるの？」

ヘレナは落ち着いた様子で頷いた。「ええ、そうよ」

リタは、もうひとりの男の名前を耳にしてヴォーンの顔に怯えたような表情が浮かんだのを見た。

しかしそこへドーントが戻ってきた。ヘレナはガラス板を箱に戻してから、満面に笑みを浮かべて少女を腕に抱き寄せた。「新しい写真は、どこで撮りたいかしら？」

ドーントは空を見上げて太陽を測定し、それから指さした。「そこです」

少女はそわそわもぞもぞと体を動かしては、あちこち振り返り、足を組み替えたりしていて、高価なガラス板が一枚、また一枚と、現像に値せずに捨て去られていった。

みなが落胆しかけていたまさにそのとき、リタがある提案をした。

「ボートにのせてみたらどうかしら。水の上なら落ち着いていられるでしょうし、川は今安定しているわ」

ドーントは川を見つめ、水の動きがどれほどのものかを確かめた。流れは穏やかだ。ドーントは肩をすくめて頷いた。試してみる価値はある。

カメラを川岸に運んだ。ヘレナは少女時代から使っている小さな手漕ぎボートを運び出し、桟橋に固定した。川はボートを一定の力で引っ張り、係留ロープがぴんと張った。少女はボートにのり込んだ。揺れはなく、少女を支える必要がなかった。少女はそこに立ち、刻々と変化する水の上でバランスを保っていた。

ドーントは口を開き、座るよう少女に指示を出そうとした。が、ちょうどそのとき、写真家にとってかけがえのないあの瞬間が訪れ、考え直した。風が太陽を隠していた重たい雲を追い払い、代わりにその場所にはうっすらとした白い面紗《めんしゃ》がかかり、光は和らぎ、影は薄くなった。それに応えるように水面が明るくなり始め、少女が視線を川上に、カメラが欲していたまさにその方向に向けた瞬間、川は真珠のような光沢を放った。完璧だ。

ドーントがレンズの蓋を払い落とすと、そこにいた全員が静かになり、太陽と風、川がそのままの状態でいることを願った。一、二、三、四、五、六、七、八、九、十、十一、十二、十三、十四、十五。

やった！

「現像するところを見たことはありますか？」ドーントは光が当たらないようにカメラから

ガラス板を取り出しながら、ヴォーンに言った。「ない？　だったら一緒に来てみるといい。暗室をお見せしましょう、中がどんなふうになっているかも見てください」

「あの雲が戻ってきたわ」男たちが暗室に向かうと、ヘレナは首を伸ばして空を見上げて言った。「どう思って？」

「もう少しのあいだなら大丈夫でしょう」

ヘレナとリタは古びた小さなボートをボート小屋にしまうと、漕ぎ手ふたりと子どもひとりをのせられる大きなボートを引っ張り出した。リタがボートにのり込むとボートは揺れ、リタはどうにかバランスを取らなければならなかった。ヘレナは、水に浮かぶボートの均衡を崩すことなく手際良くボートにのり込んだ。そして少女を抱き上げるために後ろを振り返ろうとしたときにはすでに、少女はもうすぐそばに、ヘレナの隣に立っていた。この世で何より自然なことであるかのごとく、造作なく大地から水上に移動していた。

三人は腰を下ろした。最初に少女が座り、それからヘレナが座り、その後ろにリタが座った。ボートが流れにのり出した瞬間から、リタは、ヘレナが櫂《かい》を漕ぐ力の強さを感じた。

「アミーリア、座ってよ！」ヘレナは笑いながら言った。「この子、立ってのることにこだわるの。これがずっと続くなら、この子にパント船かゴンドラを買ってあげなくちゃならないわね」

顔を上げて一心に前方を見つめる幼いその少女の背中はこわばっていた。川には誰もおらず、この悪天候の中で川に出ているのは彼らのボートだけだった。少女がぐったりと座り込むと、少女の痛切なまでの失望がリタにまで伝わってきた。「何を探しているのかしら？」リタはそんな疑問を口にした。

ヘレナは肩をすくめた。「この子、いつだって川に興味津々なの。ずっとここにいてもいいと言われれば、一日中ここにいるでしょうね。私もこの子くらいのとき全く同じだったわ。血筋なのね」

それはリタの質問の答えにはなっていなかったが、かといって意図的な言い逃れでもなさそうだった。ヘレナが少女に向ける視線は常に熱烈なものであったが、それにもかかわらずリタは、ヘレナはある意味において、少女のことを実際には見ていないのではないかという印象を受けた。ヘレナはアミーリアを見ていた。彼女のアミーリアを。ヘレナが見なければならないのはアミーリアだったから。しかしこの少女にはそれ以上の何かがあった。リタ自身は、抱き上げて安心させてあげたいという衝動に駆られることなくこの子を見ることができなかった。リタはその本能的な衝動に戸惑い、疑問の中にそれを埋めてしまおうとした。

「この子が今までどこにいたか、まだわかっていないの？」

「戻ってきたんだから。今大切なのはそのことだけよ」

リタは別の角度から問うことにした。「誘拐犯についても新しいことはわかっていないの？」

「何も」

「それで、窓に錠を取りつけたのよね——不安は消えた？」

「誰かに見られてるっていう感じはまだ拭えないのよ」

「私が話した男のことを覚えているかしら？　この子が話せるようになるかを、それからお医者さまがなんと言っているかを知りたがっていた男」

「また出くわしただなんていうんじゃないでしょうね」

「違うの。でもあの男、この子の声が戻るまでにかかるかもしれない六ヶ月という期間に興味を示していたのよね。そのことを考えると、そのときがその男に用心しなければならない時期なんじゃないかと思えるの」

「夏至のころね」

「そう。あの当時アミーリアの子守をしていた使用人について教えてもらえないかしら……その子は、どうなったの？」

「アミーリアが戻ってきたのは、ルビーにとっていい知らせになるわ。彼女、あの事件の後、仕事を見つけるのに苦労したみたいだから。悪意に満ちた陰口がとっても多かったの」

「当時は、ルビーがあの誘拐に関与したと思われていたんじゃなかった？　あの夜、家にいなかったという理由で？」

「ええ、そうよ。でも――」ヘレナは漕ぐ手を止めた。リタは激しい運動のために息が切れかかっていて、ふたりは川の流れに身を任せることにした。ヘレナは真っすぐに進ませるに足る程度に手を動かした。「ルビーはとりわけいい娘《こ》だったわ。十六歳のときに私たちの家に来たの。弟や妹がたくさんいてね、だから小さい子に接することに慣れていたわ。そしてアミーリアを愛してくれていた。ふたりが一緒にいるところを見れば、そうだってすぐにわかったわ」

「あの誘拐事件のあった夜、どうして彼女は家にいなかったの？」

「説明できなかったの。みんながあの娘の関与を疑ったのはそのためね。でも愚かなのは彼らのほうよ。私にはわかるの、あの娘にはアミーリアを傷つけることなんてできない」

「彼女に求愛者はいなかったの？」

「当時はまだ。彼女だって、同じ年ごろの娘たちと同じ夢を見ていたわ。素敵な若者に出会って、お付き合いして、結婚して、そして家族を築く。でもそういうのはまだ未来のことだった。そんな未来を夢見て、思慮深い女の子がするように将来に備えてお金を蓄えていた。でもまだ現実には起こってはいなかった」

「秘密の求愛者がいた可能性は？　あなたに知られたくなかった、魅惑的な不良少年とか？」

「そういう娘じゃなかったわ」

「事件がどうやって起こったのか聞かせてくれない？」

リタは、ヘレナが誘拐のあった夜について詳しく話すのを聞いた。あの夜の出来事を思い出すうちにヘレナの声が緊張に張り詰めた。ヘレナは何度も言葉を切り――少女を見るためだろう、リタは思った――再び口を開いたとき、その声は穏やかになっていた。あまりに唐突にどこからともなく戻ってきた少女がそこにいるという事実が、彼女を安心させていた。

ヘレナの話が、ルビーが家に戻ってきたというところまでくると、リタは口を挟んだ。

「庭から帰ってきたっていうの？　それで、その行動をなんて説明したの？」

「散歩していたって。警察があの娘をアンソニーの書斎に連れていって、そこで何時間も聴取していたわ。どうしてそんな寒空の中散歩に行ったのか？　どうして夜に行ったのか？　どうして川のジプシーがうろついている時期に行ったのか？　警察はしつこく問いただして、あの娘をいじめたの。あの娘は泣いて、警察は怒鳴って、それでもあの娘の答えは変わらなかった。散歩に行った。それしか言わなかった。あの娘は、理由もなく散歩に出ていたのよ」

「それであなたは、それを信じたの？」

「誰しもみんな、時々、思いがけない行動を取ってしまうことがあるものでしょう？　私たちみんな、習慣を捨てて、何か奇抜なことをしてみようって気になるじゃない？　十六歳の若い娘に、自分が何者であるかなんてわかりっこないわ――それに、もしある少女が、突然、外の暗さも関係なく散歩に出たいと思い立ったとしたら、行ったっていいじゃない？　私が彼女の年齢だったころは、昼でも夜でも川にいたわ。冬でも夏でもお構いなくね。そこに邪悪さなんてない。ルビーが狡猾《こうかつ》で悪魔のような少女だったら別だったかもしれないけれど、あの娘の心に悪意なんて存在しないの。アミーリアの母親である私がそう言っているのに、どうしてほかの人たちにはそれが信じられないっていうの？」

なぜなら説明が必要だから、リタは思った。

「犯人は川のジプシーたちだろうってことがわかると、警察の人たちはすぐにルビーのことも、彼女の夜の瞑想《ノクターン》のこともすっかり忘れたわ。世間の人たちも同じであることを願うばかりよ。かわいそうな娘」

ぽつりぽつりと落ちてきた雨の滴が川面に波紋を描き、ふたりは空を見上げた。雨雲が再結集しようとしていた。

「戻ったほうがいいかしら？」

ふたりはためらったが、雨が激しさを増して周囲の水面を打ち始めたのを見て、ボートの向きを変えた。

流れに逆らって進むのは容易ではなかった。すぐに雨は、突風を伴う実験的で一時的な降り方をやめ、確固たる目的を持って安定的に降るようになった。リタは肩がずぶ濡れになるのを感じた。髪の毛から滴る雨が目に入った。濡れた両手が痛んでいた。自分ではない、もっと力強い相棒とであればヘレナが生み出せていたであろう力には及ばないと知りながらも、相手の速度に合わせることに意識を集中させた。

ヘレナの叫ぶ声が聞こえてきてようやく、リタは目的地に到着したことに気づいた。桟橋にボートを寄せると、リタはようやく手を自由にすることがかない、目にたまる雨を拭うことができた。再び見えるようになったリタの目は、反対側の土手の茂みの中で動く何ものかを捉えた。

「私たち、見られていたみたい」リタはヘレナに言った。「今は見ないで。でもあの低木の茂みのところに誰かが隠れているわ。そうね、こうしましょう……」

ボート小屋のところでヘレナは少女を抱き上げ、岸に下ろした。土砂降りの雨の中、ヘレナと少女は避難場所を求めて小走りで〈コロジオン〉に向かった。リタはロープを頼ってボートの中に戻ると、櫂を持ち上げて再び川に出て、流れを真っすぐに横切るような進路を取った。疲れていたし、速くは進めなかった。それでも、もしも誰かが逃げ出そうとすれば、その人は隠れ場所から出てきて姿を見せることになる。

反対側には係留場所がなく、ボートの行く手を阻む葦の茂みがあるだけだった。リタはボートから這い出て岸に降り立った。スカートの裾が泥まみれになっていることには目もくれず、自分が膝まで水に浸かっていて肩は雨でびしょ濡れだという事実も物ともせず、真っすぐに低木の茂みに向かっていった。近づくにつれ、枝がざわざわと動いた――そこに隠れているのが誰であれ、その人物はさらに奥深くに身を隠そうとしているらしかった。複雑に交差する枝の奥に目を凝らすと、背中を向けて座り込む濡れそぼった姿が見えてきた。

「出ていらっしゃい」リタは言った。

その人影は動かなかったが、丸まった背中が、泣いているかのように震えていた。

「リリー、出てきてください。私です、リタです」

リリーがリタに背を向けたまま少しずつ後退りを始めると、枝や棘《とげ》が服や髪の毛に引っかかった。リタのすぐ目の前に這い出てきたリリーの髪の毛はまだ少し低木に絡まっていて、リタは、リリーの濡れた服にくっついて離れない棘をひとつひとつ取り除いてやった。

「まあ、なんてことでしょう……」リタはリリーの髪の毛をなでつけながらささやいた。リリーの両手には、複数の切り傷が交差していた。キイチゴの枝が一本、リリーの顔に当たった。その実のような赤色をした線に沿って玉のような血が浮かび、やがて深紅の涙となって頬を伝った。

リタは清潔なハンカチを取り出して、それをそっとリリーの頬に押し当てた。リリーの視線は、リタから川へ、そして向こう岸へと神経質そうに移動した。向こう岸では、ドーントとヴォーン、そしてヘレナが、降りしきる雨を気にも留めずに甲板に立ち、リタたちのいるほうを見ていた。彼らのそばには少女がいて、父親にワンピースの後ろをつかまれた状態で、あの深遠なる瞳で川をのぞき込むように身をのり出していた。

「向こうに行きましょう」リタはなだめるように言った。「その傷を洗ってあげます」

リリーは恐怖からびくっと跳び上がった。「できないわ」

「みんな怒ったりしないわ」リタは出し得る限り最も優しい声で言った。「あの子を傷つけようとする何者かがここに潜んでいると思ったの」

「あの子を傷つけたりしないわ！　傷つけたいと思ったことなんてないの！　一度だってないの！」リリーは唐突に我に返り、リタから顔を背けて急いでその場を立ち去った。

リタは呼びかけた――「リリー！」――しかしリリーは足を止めようとはしなかった。リリーは遊歩道まで進むと、完全には声の届かないところまで逃げる前に、顔だけを振り返って川岸にいるリタに向かって叫んだ。「傷つけるつもりなんてなかったと、みなさんに伝えて！」そしていなくなった。

リタがワンピースを洗って、ブーツを乾燥させ終わるころには、辺りは暗くなり始めていた。ヘンリー・ドーントは、再びずぶ濡れになるといけないからと、〈コロジオン〉で家まで送ると申し出た。ふたりは庭の傾斜を下って桟橋に向かった。ドーントは足元に起伏のあるところでリタに手を差し出したが、リタはその手を取らなかった。そこでドーントは、行く手を遮る低い枝を押しやることだけを考えることにした。ふたりがボートにのり込むと、ドーントは月明かりを頼りにリタのコテージを目指した。午後のあいだ中、雨は降ったり止んだりを繰り返していたが、リタの家に到着した途端にボートの屋根を激しく叩きつけるように降り出した。

「すぐに止むでしょう」ドーントは雨音に負けないような声で言った。「今すぐに出ていっては意味がない。ドアに辿り着く前にびしょ濡れになりますよ」

ドーントはパイプに火をつけた。ふたりの人間が中に入ると、写真道具でいっぱいのその船室はこぢんまりと感じられた。遅い時間であることと、リタとの距離の近さが相まって、ドーントはリタの手首や手、ろうそくの灯りの中で青白く光って見える喉のくぼみを意識せずにはいられなかった。リタは、自分の手がドーントの視線にさらされていることに気づいたかのように、袖口を引っ張った。どちらにせよ、リタがもう出発すると決心することを恐れたドーントは、なんとか質問を思いついた。

「リリーは今でも、あの少女が自分の妹だと信じているんですか？」

「そうだと思いますよ。牧師さんがそのことについてリリーと話したらしいのですが、リリーの考えは揺るがなかったそうです」

「あり得ない」

「そんなことがあるとは思えませんよ、ええ、そうなんです。彼女を説き伏せて、こっちに連れてくることができていたら。彼女と話がしたかった」

「少女のことを？」

「それから彼女自身のことを」

雨は弱まったようだった。リタがそれに気づく前に、ドーントはまた別の質問をした。

「前にあなたを困らせたあの男ですけど、どうなりました？　また見かけたりしましたか？」

「全く」

リタがマフラーで襟の辺りを包むと、喉が隠れた。外に出る準備をしていたのだったが、屋根を打つ音が一層激しくなった。リタはため息をついたが、その顔には決まり悪そうな笑みが浮かび、両腕がだらりと下がった。

「この煙、気になりますか？　気になるようだったら消しますよ」

「いいえ、大丈夫」

ドーントはそれでもパイプの火を消した。

次に沈黙が訪れたとき、ドーントは、自分たちの背後にはベンチがあり、どちらもそれに座ろうとはしなかったものの、それはベッドにもなり得るのだということを強く意識した。突如として、そのベンチがこの空間をかなり占拠しているように感じられた。ドーントはろうそくに火をつけて咳払いをした。

「奇跡ですよ、あの光。さっき撮影したときの光です」ドーントは沈黙を破るべくそう言った。

「奇跡？」リタはからかうような目つきで言った。

「いや、その、正確には奇跡ではありませんが。あなたの厳しい基準に従えば」

「いい写真でした」リタは言った。

ドーントはガラス板を保管してある箱を開けると、近づけすぎないよう注意しながらその〝奇跡〟の瞬間を収めたガラス板を炎に近づけた。ろうそくの灯りが命を吹き込んだ。リタは半歩前に出て、ドーントと同じくらいにガラス板に接近するところまで近づきながら、ドーントには触れずにいられるところに立った。そして顔を近づけてガラス板をのぞき込んだ。

「二年前に撮ったのはどこにあるんです？」リタは訊いた。

ドーントは箱から別のガラス板を取り出すと、リタに見えるよう差し出した。腰をかがめてのぞき込むリタの髪の上で雨の滴が光っていた。

室内は暗く、ふたつの像を細部まで比較することはできなかったものの、それらを比較してみようと考えたことで、ドーントの頭にある疑問が、リタの頭にも浮かんでいるはずの疑問が浮かんできた。

「二年前、ぼくは二歳の子どもを撮影して、今日、四歳の子どもを撮影しました。それでもぼくには、それが同じ子どもなのか、別の子どもなのかわからない。あれはあの子だったのだろうか、リタ？　アミーリアだったのだろうか？」

「ヘレナはそう信じています」

「それからヴォーンも？」

「旦那さんのほうはどうかしら。一度は私、旦那さんが、あの子はやっぱり別の子だと確信していたのだと思っていました。でも今は、気持ちが揺らいでいるみたい」

「あなたはどう思います？」

「二年前の写真に写る少女と、今日私たちの目の前にいた少女、同じ人物である可能性があると言える程度には似ています。でも、確信を持てるほどは似ていません」

リタは現像台の端に両手をつき、そこにもたれかかった。「別の観点から見てみましょう。今日の写真を」

「それで？」

「あの子、どんなふうに見えました？　鮮明さとか構図とか、あなたが普段、あなたの仕事を判断する基準に基づいてという意味ではなくて、彼女自身がどう見えていたか。あの子、どうでした？」

ドーントは少女の像をじっと見つめたが、ろうそくの灯りでは少女の表情を読み取るのは難しかった。「期待？　いや、違うな。希望、でもない」

ドーントは説明を求めてリタを見た。

「悲しんでいるんですよ、ドーントさん」

「悲しい？」ドーントはもう一度、写真に目をやった。リタは話し続けた。

「あの子、川上に目をやっては川下を見て、何かを探しているみたいでした。欲しくてたまらない何かを。毎日期待して待っているというのに、それは一向にやってこず、それでもあの子は待ち、目を向け、憧れていて、しかし過ぎ去っていく日々とともに望みは薄れていく。あの子は今、絶望しながら待っているんです」

ドーントは写真を見た。リタの言ったことは正しかった。「あの子は、何を待っているんでしょう？」

言い終えた瞬間、ドーントには、自分のその質問に対する答えがひらめいた。「父親」そしてそう口にしたのと同時に、リタが口を開き、言った。「母親」

「ではやはり、あの子はロビン・アームストロングの子なんでしょうか？」

リタは顔をしかめた。「ヘレナが言うには、あの子は彼には興味を示さないみたいで。でも、もしもふたりが長いあいだ会っていなかったのだとしたら――彼自身、〈白鳥亭〉でそんなことを認めていました――あの子は彼のことを覚えていないでしょう」

「じゃあ、彼の子だという可能性もある」

リタはしばし口を閉ざし、眉をひそめた。

「ロビン・アームストロングという男は、見かけ通りの人間ではありませんよ、ドーントさん」ドーントには、リタがどこまで話すべきかを判断しようとしているのがわかった。しかしようやく結論に達したらしく、再び話し始めた。「〈白鳥亭〉での彼の失神は、演技だったんです。脈があまりにも安定しすぎていましたから。何から何まで、お芝居だったんです」

「どうしてそんなことを？」

リタは、ある物事に対する自分の認識が妨害されたときにいつも顔に浮かべる、あの険しく、飢えた表情を浮かべた。「わかりません。でもあの若い男は、見かけとは違っていますよ」

雨足は弱まっていた。リタは片方の手袋を手に取ると、手にはめた。そしてもう片方の手袋に手を伸ばしたとき、それがドーントの手の中にあることに気づいた。

「今度はいつ、あなたの撮影ができますか？」

「田舎の看護師を撮影するほかに、することはないんですか？　もう十分撮ったはずですよ」

「まるで足りませんね」

「手袋を？」リタは手袋を取り返すためにでも媚《こび》を売ろうとはしなかった。おだてても無駄だった。リタは含みのあるやりとりを楽しむことを拒否し、女性に対する騎士道的な言動を軽蔑した。率直さが、リタが受け入れる唯一の接近方法だった。

ドーントが手袋を離すと、リタはドーントに背を向けて外に出ようとした。

「あなたがあの少女と一緒にいるところを見ていたら……」

リタは動きを止めた。ドーントには、その背中がこわばったのがわかった。

「ふと考えてしまったんです、あなたは、これまでに欲しいと思ったことは……」

「子どもを、ですか？」そう言ったリタの声に潜んでいた何ものかが希望の扉を開いた。

リタは振り返り、真正面からドーントの顔を見据えた。「もう三十五です。年を取りすぎています」

それは明白な拒絶だった。

続いて訪れた静けさの中、いつの時点かで雨は止んでいたことがわかった。静けさを破るように、再び降り始めた雨のぱらぱらという音が聞こえてきた。

リタは小さく悲鳴を上げ、マフラーを巻き直した。ドーントはすり足でリタの周囲を大きく回ってドアに向かった。ふたりとも大袈裟なまでに体をかしげて、互いの体に触れぬように踊っているかのようだった。

「コテージのドアまで送りましょうか?」

「ほんの数メートルです。あなたは濡れないところにいてください」

そう言ってリタは出ていった。

三十五歳、ドーントは考えた。十分若いではないか。彼女の声には、解決しきれぬ何ものかが潜んではいなかっただろうか。頭の中で先ほどのやりとりを繰り返し、どんなささいな音調の変化をも見逃すまいとしたが、頭に残る聴覚記憶は、視覚的な記憶と結びつかなかった。誤った期待を抱いたり、希望的観測をしたくはなかった。

リタが出ていくと、ドーントはドアを閉め、そのドアに寄りかかった。女が子どもを欲しがるのは自然なことではないだろうか。妹にも子どもがいたし、妻のマリオンは母親になることがかなわぬことに絶望していた。

ガラス板を収納する箱を手に取ったが、しまう前にもう一度、その日撮った写真を眺めた。少女はガラス板の先を、川の上流を、切望の眼差しで見つめていた。父親を探しているのだろうか。そうだ、自分にはそう思える。しばらくのあいだ、ドーントは切望するような眼差しで写真の少女を見つめ返した。やがてガラス板を箱に滑り込ませると、閉じた目に握りしめた拳を押しつけて、思慕を拭い去ろうとした。

ティーポットの精

あの大雨の後、リリーが予想していた通り、川の水位は古いほうの杭《くい》をのみ込まんばかりに上昇していた。毎年一日か数日、あるいは一週間、こういうことがあった。こんなときリリーの神経は敏感になった。それでも、怒れる激流も威嚇的な停滞もなかった。水は、不満げに歯擦音を出すことも、轟音《ごうおん》を立てることもなく、悪意に満ちたしぶきをリリーに向かって跳ね飛ばすこともなかった。川は絶え間なく流れ、自分自身のことに完全に没頭していて、リリーと彼女の行動にはわずかばかりの興味も示していなかった。

ハブグッド牧師はなんとおっしゃるかしら？　リリーは餌を器に空け、バケツを地面に置こうとしたところで、このまま自分の体までバケツとともに地面にくずおれてしまうのではないかと思った。アンが戻ってきたあの日、仕事を休んでしまったために牧師が自分を解雇するのではないかと恐れたのは、それほど昔のことではなかった。それに続いて、牧師が自分の年齢と、最後に母親に会ったときのことを知りたがるという、恐ろしい日も訪れていた。牧師とのその会話を終えると、リリーは、重たい家具の裏までぐるりと掃除して回り、使われることのない客室のカーテンの埃を叩き、便所の壁を洗い流し、あちこちに蜘蛛《くも》の巣のできる台所のテーブルの裏側をきれいにした。しかし何をしても気持ちが落ち着くことはなく、それから立て続けに何週間か、木曜日が来るたびに、賃金と同時に解雇通知が渡されなかったことに安堵した。しかし今、事態は悪化していた。ヴォーン家のボート小屋から川を隔てた低木の茂みに身を隠していたという噂は、もう牧師の耳に届いているだろうか。

「どうしたらいいの？」リリーがため息をついてバケツを地面に置くと、雄豚が一番上等な餌を求めて鼻で地面をあさり始めた。「わからないわ」

雌豚のほうが耳をぴんと立てた。不安であったにもかかわらず、リリーは微かな笑みを浮かべた。

「おかしな生き物――まるで私の言うことを聞いているみたいじゃない！」

雌豚の体に震えが走った。最初に鼻がぶるっと震え、次にそよ風に反応して体に生えた赤毛が一本残らず震え、その震えはさざ波のように脊椎を伝っていき、くるりと巻いた尾を引きつらせた。その波が旅を終えると、雌豚は直立不動の姿勢で立ち、何かの準備を整えて身構えたかのように見えた。

リリーは目を見張った。長いあいだ雌豚の目を曇らせていた、どんよりとした濁りが消えるのがわかった。大きな瞳を持つ小さな目は、今、光に満ちていた。

そのとき、リリーの身にも何事かが起こった。雌豚の目を見ていたはずの自分の目が、いつの間にか雌豚の目の奥をのぞき込んでいることに気がついた。そしてリリーがそこに見たものは——

「まあ！」リリーは声を上げた。突然、心臓が激しく鼓動し始め、今にもはち切れんばかりだった。目を向けたものの内部に、自分を見つめ返してくる別の魂が宿っていることを知るというのは、なんとも衝撃的な感覚だった。ティーポットから出てきた精霊に話しかけられたり、ランプの笠《かさ》にお辞儀をされたりしても、今と同じ程度にしか驚かなかっただろう。

「まあ、嘘でしょう！」リリーは大声で叫ぶと、何度か苦しそうな呼吸を繰り返した。

雌豚は落ち着きなく足を動かした。それから大きな呼吸音を出したが、これもまた興奮を示していた。

「一体なんなの？　何がしたいの？」

雌豚は動きを止め、視線をそらさずじっとリリーの目を見つめた。雌豚の目は、神聖な喜びをたたえていた。

「私に、話しかけてもらいたいの？　それが望みなの？」

リリーが雌豚の耳を掻いてやると、雌豚は小さくうなった。リリーはそれを満足のうなり声と理解した。

「あなた寂しかったのね、そうでしょう？　あなたの目があんなに濁っていたのは、悲しみのせいなの？　あの雄豚じゃ、一緒にいて楽しくないのでしょうね。汚らわしい獣《けだもの》が。いいものじゃないわ、男なんてものは。ホワイトもそうだし、あなたをここに連れてきたヴィクターなんてもってのほか、それに彼の父親だって。いい奴なんて誰ひとりとしていない。でもまあ、ハブグッド牧師は悪くはないけれどね……」

リリーは豚を相手に、牧師について、彼の親切さと善良さについて話した。話すうちに、自身の悩みが頭に舞い戻ってきた。

「どうしたらいいのかわからないわ」リリーはそっとつぶやいた。「あの人たちのうちの誰かが、ハブグッド牧師に伝えるに決まってる。写真家の男ではないわね、彼を教会で見かけたことなんてないもの。でもヴォーンの夫婦か、看護師が。何も悪いことをしてたわけじゃないのよ、でも悪いことをしているように見えるわよね……。まだ伝えていなかったとしても、すぐにそのときはやってくるわ。どうしたらいいの？　牧師館を追い出されるようなことになったら、私……」

一粒の涙が目からこぼれた。雌豚を掻いていた手を止めて涙を拭った。

雌豚は同情を示すように目を瞬かせた。

「私から伝えるべき？　そうね、きっと……最初に私から聞かされたほうがいいわよね。自分でならちゃんと説明できるもの。悪意はなかった、そう話せばいいのよ。ええ、話してみるわ」

豚に話しかけるなんて、ばかげているだろうか。当然ばかげている——でも誰も聞いていないわけだし、それに、自分で牧師に伝えるべきだなんて、この豚も名案を思いついたものだ。リリーは袖で顔の湿り気を拭った。

それからもう少しだけ雌豚の耳を掻いていたが、やがて言った。「さあ、食べておいで。そうでないと、あの雄豚がみんな食べてしまうわよ」

リリーは、雌豚が餌入れに鼻を突っ込むのを確認できるまで待った。それからバケツを片づけると、薪小屋に置かれたヴィクターの金をコテージの隠し場所に移動し、仕事に出かけた。

上流に向かって歩いた。雌豚のおかげで思いついた名案から生じた新たな自信は、リリーの目を川から離し、その結果、リリーは空の明るさに気づくことができた。ヴォーン家の庭の対岸を通るとき、その場に長くとどまったりせず、川の向こうをちらりと見やり、そこに誰もいないことを確認しただけだった。身を隠していたニワトコやキイチゴの茂みを目にすると気分が落ち込んだが、心の中のアンを訪れることでそれを回復させることができた。妹は、ヴォーン家の安全な環境の中で、自分の経験したことのない生活を送っている。それは快適で裕福な暮らしで、リリーには想像することしかできないものだった。大きな暖炉で燃える火、かごいっぱいに積み上げられた薪、何種類もの温かい食べ物ののったテーブルが見えた。食べ物は全員が腹いっぱい食べてもまだ残るほどあった。別の部屋にはベッドが、本物のベッドがあり、柔らかいマットレスが敷かれ、暖かい毛布が二枚用意されていた。この数ヶ月、バスコット・ロッジでのアンの生活を飾り立てることに時間を費やしてきたが、春の新鮮さが感じられるようになってきた今、新たな考えが浮かんだ。ヴォーン夫妻は、アンに子犬を買ってやることを思いついたりしただろうか。

ビーグル犬なら忍耐強く、アンに優しいだろう。しかし、スパニエル犬のあの絹のような美しい耳。アンはスパニエル犬の耳を喜んでなでるはず、間違いない。テリア犬はどうだろうか。テリアの子犬なんていたら、楽しくて仕方がないだろう。リリーは頭の中で子犬を一列に並べてみた。最後に判断を左右したのは尻尾《しっぽ》だった。振るのに一番素敵な尻尾は、間違いなくテリア犬の尻尾だ。テリア犬で決まりだ。アンの毛布と薪かご、内側に毛皮のついたブーツ、そこにテリアの子犬を加え、新たな想像を楽しんだ。元気の良い小さな仲間。嬉しそうにキャンキャンと鳴き声を上げながら、アンの投げた赤いボールを追いかけ、アンのところへ運ぶ。そしてその後は、アンの膝の上で眠りにつく。リリー自身、しばしばこの空想を訪れた。目には見えない存在として、アンがかがみ込んで香りを嗅ぐ花から蜂たちを追い払い、赤いボールが着地した低木の茂みから棘《とげ》の多いキイチゴを取り除き、暖炉から飛び出して敷物に落ちた火の粉に水をかけた。あらゆる危険を防ぎ、あらゆる危険性を管理し、あらゆる危害からアンを守った。アンがヴォーン家に住んでいる限り、そしてリリーが遠くから彼女を見守っている限り、何ものもアンを傷つけることはできない。アンの生活は、快適で、安全で、喜びに満ちたものだった。

「どうぞ！　ああ！　ホワイトさん！」

その名が彼の口から発せられるとき、それは祈りのような響きを持っていて、リリーに勇気を与えた。リリーは紅茶をのせたお盆を牧師の机に置いた。「注ぎましょうか？」

「結構」牧師は顔も上げず、心ここにあらずという様子でつぶやいた。「自分でやります」

「ハブグッド牧師……」

牧師はペン先で紙に触れると、空白にさらに何やら書き足した。リリーはインクの走る速さに改めて驚いた。

「はい、なんでしょう？」

牧師は顔を上げた。リリーは喉の奥が締めつけられるように感じた。

「昨日、川沿いの道を歩いて家に向かっている途中……私、ふと足を止めてしまったんです。そこはちょうど、バスコット・ロッジの庭が土手に向かって広がっている場所から川を隔てた反対側でした。ヴォーン夫人が、アンと一緒に川に出ていました」

牧師は眉根を寄せた。「ホワイトさん――」

「危害を加えるつもりなんてさらさらありませんでした」リリーは口早に続けた。「でも、見ていたことに気づかれたんです――アンとヴォーン夫人がボートを下りた後、看護師がこちら側の岸まで川を渡ってきて――」

「けがをしたのですか、ホワイトさん？」

「いいえ！　これはその、ただの擦り傷です。川岸に生えていたキイチゴです、それだけなんです……」

リリーはまだ何か証拠を隠そうとするかのように髪の毛をいじった。

「行くつもりなんてなかったんです」そしてもう一度言った。「たまたまそこを通りかかっただけなんです、だってその道は私の帰り道ですから。あえてそこへ行ったとか、そういうわけではないんです――それに、見てはいけないということはないと思ったんです。あの子に触ったりしていません。近くまで行かなかったのですから。ずっと川の反対側にいて、あの子は私のことを見てもいないのですから」

「危ない目に遭った人間がいるとすればですよ、ホワイトさん、それはあなたではないでしょうか。私からヴォーン夫妻に伝えましょう、昨日あなたがアミーリアを見ていたとき、あなたには危害を加えるつもりなど一切なかったと。あの子の名前はアミーリアですよ、ホワイトさん。あなたもご存じでしょう？　今しがたあなたは、アンとおっしゃいましたが」

リリーは答えなかった。

牧師は、その声にも、その表情にも、大いなる優しさをたたえて続けた。「あなたがあの子に危害を加えるつもりでいるなどと思う人は、誰ひとりとしていないはずですよ。しかし、ヴォーン夫妻のことを考えなくてはなりません。夫妻がどれほど辛い年月を過ごしてきたかを。彼らはすでに一度、あの子を失っているのです。自分たちの子どもが、家族以外の人間にまじまじと観察されていたとわかれば、夫妻は心を悩ますかもしれません。たとえあの子が——おそらくそうなのでしょうが——アンという名のあなたの妹に似ていたとしてもです」

リリーはやはり答えなかった。

「さあ、ホワイトさん。今日のところは、このお話はここまでにしておきましょう」

とりあえず、その日の面会は終わった。リリーはおもむろにドアに向かった。そして敷居のところで足を止めると、おずおずと振り返った。

牧師は書類作業に戻っていて、カップを口元に持っていくところだった。

「ハブグッド牧師？」そう言ったリタの声は、微かなささやきにすぎなかった。まるで、そっと話しかければ重要な仕事に向かっている大人の邪魔をすることがないと考えている子どものようだった。

「なんです？」

「あの子、子犬は飼っていますか？」

牧師は困惑した様子を見せた。

「ヴォーン家にいるあの少女――みんながアミーリアと呼んでいる子です。あの子、一緒に遊ぶ犬を飼っているんでしょうか？」

「わかりません。見当もつきません」

「私思うんです、あの子は子犬を欲しがるだろうなって。テリアの子犬です。ヴォーンさんにお会いして、私がもう二度と川の向こう岸をじっと見つめたりしないと伝えてくれるときに、子犬のことも訊いておいてくださいませんか？」

牧師には返す言葉が見つからなかった。

第三章

昼の一番長い日

夏のあいだ、ラドコットの〈白鳥亭〉はこの上なく甘美な場所になる。草の生い茂る土手が酒場から川へ向かって広がり、川そのものが、人間の余暇と喜びのために満足げに手を貸していた。川には、客用にスキフやスカル（左右一対の櫂を持って漕ぐ、細長い小舟）が出ていたり、釣りや舟遊びをする人たちのためにパントも出ていた。マーゴットは朝の太陽の下にテーブルを運び出し、日中、日差しがあまりに強くなると、惜しみなく広がった木陰にピクニック用の敷物を広げた。一度に三人の娘が手伝いに呼ばれたため、この時期の〈白鳥亭〉にはリトル・マーゴットが増殖した。娘たちは台所でせっせと作業をし、酒を注《つ》ぎ、食べ物やレモネード、シードルをのせたお盆を手に店内と外を行ったり来たり駆けていた。みなに笑顔で応え、疲れとは無縁だった。夏の〈白鳥亭〉以上に牧歌的な場所は滅多にない、本心からそう言えただろう。

しかしこの年は違っていた。天候のせいだった。春の雨は例年通り適度に降り注ぎ、豊作を願う農家のひとびとを喜ばせた。ところが夏が近づき、太陽への期待が高まる中、雨は止むことなく降り続け、より頻繁に、より持続的に降るようになった。余暇を川で過ごしていたひとびとは、小雨の中、そのうち晴れるだろうという楽観的な期待を胸にボートを出したが、雨が本格的に降り出すと――小雨で終わることなどなかった――早めに荷物をまとめて帰っていった。その夏、四度か五度、マーゴットは空の様子を見てテーブルを屋外に運んだ。しかし再び外に出てテーブルを店内に戻すことなく済んだ日などほとんどなく、〝夏の間〟は空っぽだった。「にぎやかな冬を過ごせてて良かったよ」マーゴットは、溺死から蘇った少女の物語を聞くために酒場に詰めかけていた大勢の客たちを思い出しながら、そう結論づけた。「あの繁盛がなきゃ、今ごろは苦しかっただろうさ」ふたりのリトル・マーゴットが夫と子どものもとに返され、残ったひとりとマーゴットとで、ジョナサンの手を借りて仕事をこなした。

ジョーの体調は優れなかった。夏のあいだ中川岸に立ち込めていた、生ぬるく湿った靄《もや》のせいで、胸部の不調が一向に改善しなかった。一年のうちこの時期は、いつもであれば、肺の湿りがなくなることを期待できる時期だったが、今年は、季節の変化はそれほどジョーを助けてはくれず、ジョーは冬と同じくらい頻繁に発作に苦しんでいた。常連客たちがジョーを囲んで飲んだり語ったりする中、真っ青な顔で暖炉のそばにじっと座っていた。

「心配いらないよ」体調はどうかと尋ねられると、ジョーはそう答えた。「大丈夫さ。物語を練り上げてるのさ」

「夏至のころまでには良くなってるだろうよ」マーゴットは言った。

夏至の日には伝統的に夏祭りが行われていて、この年は、それに加えてオーウェン・オルブライトと家政婦のバーサの結婚式も開かれることになっていた。午前中は結婚式後の宴会があるし、午後には間違いなく祭りの参加者たちが喉の渇きを癒やしにやってくるはずだった。忙しい一日になるだろう、マーゴットはそう期待していた。マーゴットのそんな楽観も、しばらくのあいだは希望的観測にすぎないように思われたが、六月の第三週に入ると、実際に事態が好転し始めた。最初ひとびとは、にわか雨の頻度が低くなったのではないだろうかと感じるようになった。そして実際、低くなっていた。灰色の空から青い部分が顔を出し、消えずにしばらくそこに残り、二日間立て続けに雨のない午後が訪れた。一年で最も昼の時間が長くなる日が近づくにつれて、期待が膨らんだ。

夜が明け、夏至の朝が訪れた――太陽が顔を出した。

「いや」ヘンリー・ドーントは、結婚式の写真撮影のために教会の外にカメラを設置しながら考えた。「明る過ぎる。照りつける光を避けて、ここで撮るしかないな」

参列者たちが教会から出てきた。牧師は〝夏仕様の牧師〟だった。その朝、牧師は窓を開けると上半身裸で窓辺に立ち、自らの色白の胸と青白い顔に太陽の暖かさを感じながら、

「おお、ありがたい！　ありがたい！　ありがたい！」と言った。このことを知っているのは牧師自身だけだったが、みな彼の生き生きとした笑顔を目にし、階段を下りる途中で彼に力強く手を握られるのを楽しんだ。

ドーントはオーウェンと新妻を適当な場所に配置すると、オルブライト夫人の手を夫の腕に通した。妻を〝コナー夫人〟ではなく〝バーサ〟と呼ぶことにまだ慣れずにいたオーウェンは、写真に撮られるというのがどういうことかわかっていた。何年か前に一度、経験していたから。それまでに非常に多くの写真を見たことがあったバーサも、何をしたら良いのかわかっていた。夫婦は直立不動の姿勢で互いの腕にしっかりとしがみつき、厳粛で誇らしげな顔をカメラに向けた。

〈白鳥亭〉の飲み仲間たちからのひやかしでさえ、ふたりの厳かな表情を崩すことはできなかった。新婚の気高さは、太陽の力を借りてガラス板に転写され、夫婦よりも長い長い時間をそこで生きることになる。

撮影が終わると、式の参列者たちは集《つど》って川沿いを歩き始めた。「なんていい日！」澄んだ青空を見上げて歩きながら、そんな声が聞こえてきた。「なんて素晴らしい日！」そうして楽しげな一行はラドコットの〈白鳥亭〉に辿り着いた。マーゴットが土手に設置したテーブルに飾った花がみなを出迎え、リトル・マーゴットたちがビーズ飾りのついた布で覆った冷たい飲み物の入ったピッチャーを手にみなを待ち構えていた。

半年前の出来事は遠い昔の出来事のように感じられた。夏が来ると、冬はいつでも夢に見た、あるいは耳にした何ものかのようで、自分が経験したものではないかのように感じられるものだ。予期せぬ日差しのせいで肌がひりひりと痛み、汗が首筋を流れていくと、鳥肌などというものは想像すらできないもののように感じられるのだった。しかしながら、夏にやってくる昼の最も長い日は、冬に訪れる夜の最も長い日の裏側に存在する片割れであり、そうであるからには、一方の至点がもう一方を思い出させるのは不可避であると言えた。両日を結びつけて考えない者も中にはいただろうが、新郎であるオーウェンがみなにそのことを思い出させた。

「六ヶ月前」オーウェンは参列者たちに向かって言った。「俺はバーサを妻にすると決めた。ここ〈白鳥亭〉で起こった、誰もが知ってるあの奇跡に——死体の状態で見つけられて、また息を吹き返した、あのアミーリア・ヴォーンの救出劇に——触発されて、俺は新しい人間になった気がして、家政婦だったバーサに結婚を申し込んだ。そしてバーサはその栄誉を受けてくれた……」

オーウェンのこの挨拶の後、少女の物語は更新された。暗くて寒い冬の日に、まさしくこの川岸で起こった出来事は、紺碧《こんぺき》の空の下で語り直された。太陽の光の影響を受けてか、その物語からは暗い要素が一掃され、単純で、よりめでたい語りが目立つようになった。誘拐された少女が両親のもとに戻ってきたことにより、少女自身に、そしてヴォーン夫妻、それに地域全体に大きな幸せが訪れた。悪《あ》しきが正され、家族は元通りになった。ある砂利採取人の大叔母《おば》が、自分はその少女を川のほとりで見かけたことがあるが、そのとき彼女の姿は川面に映らなかったと言おうとした。大叔母は黙らせられた。その日は誰も、気味の悪い話を欲してはいなかった。グラスにシードルのおかわりが注がれ、リトル・マーゴットたちがハムやらチーズやらハツカダイコンやらをのせた皿を手に入れ替わり立ち替わりやってきたが、誰が誰だか見分けがつかなかった。宴《うたげ》は、あらゆる疑念や暗さを打ち消すほどに喜びに満ちたものとなった。半年前、奇跡のような物語が、荒々しく、半ば強引に〈白鳥亭〉になだれ込んできた。しかし今日、その物語はきれいに整頓され、圧縮され、皺のない状態に伸ばされてしまい込まれた。

オーウェン・オルブライトがオルブライト夫人に口づけると、夫人はハツカダイコンのように顔を紅潮させた。正午きっかりに一行は一斉に立ち上がると、祭りに向かい、そこで祝宴を続けることにした。

ラドコットの生け垣で囲われた田畑に挟まれるようにして、妙な形をした一画があり、共用の土地となっていた。その日はその場所に、ありとあらゆる種類や大きさの露店が出ていた。太陽から商品を守るための日よけのついた本格的な露店もあれば、地面に防水の敷物を広げて、その上に商品を並べただけのような店もあった。そこにはひとびとが実際に必要とするような物が――水差しに深皿に計量カップ、布類、ナイフや道具、動物の皮などが――並んでいたが、欲望を煽《あお》る目的で置かれた安っぽく不要な装飾品もあった。飾り紐に甘い菓子、子猫に、さまざまな種類の安物の装飾品も置かれていた。商品を入れたかごを手に歩き回る商人もいた。そうした商人たちはあちらへこちらへ行ったり来たりするのだったが、全員がそれぞれに自分の商品こそが本物であると主張し、自分以外の商人をペテン師呼ばわりし、彼らの商品は偽物で、高値で売られていて、そのいかさま野郎が荷物をまとめてその場を立ち去った瞬間に壊れるような代物《しろもの》だと警告した。笛を吹く者たちやドラムを叩く者たち、複数の楽器をひとりで演奏する者までいて、客たちは祭りを歩きながら、恋の歌や酒宴の歌、喪失や苦難を歌った感傷的な歌の聞こえる範囲をうろうろと出たり入ったりした。時にはふたつの歌が同時に聞こえてくることがあり、そんなときは音同士が衝突し、先を競って耳に入り込んでこようとした。

ヴォーン夫妻はバスコット・ロッジから川沿いを歩き、その日の催しが行われている一画へと向かっていた。少女を真ん中にして三人で手をつなぎ、少女は時折両足を浮かせてぶらんこのように体を揺らした。ヘレナはどことなく苛立《いらだ》っているように見えた――落胆しているのだ、ヴォーンは思った。少女の発話能力に関する医者の予測のうち、ヘレナの願っていなかったほうが当たってしまった――しかしその日に暗い影を落としているのは、妻の気分というよりはむしろヴォーン自身の気分だった。

「本当に行く気なのか？」アンソニー・ヴォーンは妻に訊いた。

「どうしてだめなの？」

「この子に何事もないだろうか？」

「今じゃ、私たちを見ていたのはリリー・ホワイト――あの哀れな害のない女性――だったとわかったのだから、何を心配するというの？」

ヴォーンは顔をしかめた。「でも、リタに声をかけたっていうあの男……」

「何ヶ月も前のことよ。その男が誰であれ、私たちが、私たちのことを知っている大勢の人たちに囲まれているときに何かしてこようなんて思わないはずだわよ。私たちの農場で働く人たちも、使用人たちだって来ているんだから。〈白鳥亭〉からだってみんな来ているわ。みんな、あの子にほんのわずかにでも危害が加わるのを許さないでしょう」

「お前は本当に、この子が指をさされて、噂話の標的にされてもいいと思うんだね？」

「あなた、私たちは一生この子を世界から引き離しておくわけにはいかないのよ。ここには子どもたちが喜ぶものがたんとあるわ。ボートの競走なんて、この子、大喜びするはずよ。遠ざけておくなんて酷だわ」

少女がやってきてからというもの、人生は格段に良くなっていた。ヘレナの幸福はヴォーンに安堵をもたらし、その安堵が彼の胸に喜びを湧き上がらせた。夫婦のあいだに芽生えた新たな愛情は、結婚一年目のころの愛情に非常によく似ていて、長きにわたった絶望の重苦しさを忘れることさえできそうだった。ふたりは過去に覆いをかぶせ、快楽と喜びに生きていた。しかし、夫婦が新たに見いだした結婚生活の喜びの真新しさが薄れつつある今、ヴォーンは、これが安全な基盤の上に築かれた人生であるふりをすることができなくなっていた。自分と妻のあいだで体を揺らす、物言わぬ謎めいた少女、白銀の髪と絶えず変化する目を持つ少女、彼女こそが夫婦の幸せの源であり、同時に脅威でもあった。

日中は忙しく、果てしなく堂々巡りする思考から抜け出すことも比較的うまくできたが、夜には不眠が再びヴォーンを苦しめるようになっていた。同じ夢が、さまざまな形に姿を変えて繰り返しヴォーンの眠りを訪れ、ヴォーンを苦しめた。夢の中で彼は、ある風景の中を——森、海辺、野原、洞窟、地形は毎回異なっていた——何かを探しながら彷徨《さまよ》っていた。空き地までやってくると、あるいは木の周囲を回ったところに、あるいは拱門《きょうもん》に辿り着くと、そこに彼女の姿を見つけるのだ。娘が、自分を待っているのだ。あたかも最初からずっとそこにいて、父親が見つけてくれるのをただひたすら待っていたかのように。〝パパ！〟、娘は叫び、腕を高く上げる。駆け寄って娘を抱きしめると、感謝と愛で胸がいっぱいになる——そして、目が覚めて気がつくのだ。あれはアミーリアではなかった。あの少女だった。取り替え子《チェンジリング》が夢の中にまで侵入して、失った娘の思い出に、あの少女の顔を貼りつけていった。

ヘレナは自分たちの至福の脆弱《ぜいじゃく》さを知らずにいた。心労は、ヴォーンにのみのしかかっていた。これによって夫婦のあいだには距離が生じていたが、妻はそのことにまだ気づいていなかった。ヘレナは、あの少女はアミーリアであり、夫もそう納得しているものと信じていて、堀に囲まれた城ほど見事な安心感を築き上げていた。ヴォーンだけが、それが実際にはいかに脆《もろ》いものであるかを知っていた。

自分の夢によって、この少女の顔をアミーリアの首の上にのせてみることがいかに簡単かを思い知らされたとき、ヴォーンは、妻の確信に付き合ってみようという気になった。時には、それはなんともわかりやすく単純なことに思えて、それに抵抗しようとする自分の頑固さを後ろめたく感じることもあった。すでにヴォーンは妻の前で少女のことをアミーリアと呼ぶようになっていた。もう半分以上のところまできていた。しかしいつだって、もう一方が、〝事実〟が頭をもたげるのだった。その覆いの下には、もう思い出すことすらできない、それでいて忘れることのできない――忘れたくない――少女の顔が存在していた。

そのうえ、まだほかにもあった。夜、起きているにせよ眠っているにせよ、ベッドに横たわり、想像上の風景の中で延々と娘を探し回っていると、何度となくその小さな侵入者を見つけることになるのだったが、時には、全く別の顔が視界に流れ込んできて胸を締めつけた。ロビン・アームストロングだった。幸せに屈服しようと考えたり、ちょうどあの少女が家庭内における娘の居場所に収まってしまったように、あの少女が、自分の心と頭の中に存在する娘に取って代わるのを看過しようかと漠然と考えるのは大いに結構なことだった。しかし、それを実行するということは、別の男から娘を奪うということを意味した。ヴォーンはヘレナに幸せでいてもらいたかった。それでもその幸せが、自分たちが振り払ったばかりの喪失の苦しみを別の男に強いるという犠牲の上に成り立っているのだとしたら、どうだろう。少女だけでなく、アミーリアだけでなく、ロビン・アームストロングまでもが、夜な夜なヴォーンを訪れ、ベッドに横たわる彼を石に変えてしまうのだった。

祭り会場に差しかかると、大勢の人たちが集まっていた。ヴォーンは、その中の数人が自分たちをちらりと見やって、もう一度視線を戻し、こちらを指さしながら何やらこそこそ話しているのに気づいた。農家の女房たちが少女の手に花を押しつけてきて、彼女の頭をなでていく者もいれば、小さな子どもたちが駆け寄ってきて少女の頰に口づけたりもした。

「これが最善の策だと納得しているわけじゃないよ」ヴォーンが穏やかな口調でそう言ったとき、がっちりとした体つきの砂利採取人が近づいてきて少女の足元にひざまずき、持っていたヴァイオリンで短い旋律を奏でると、厳かな態度で人差し指を少女の頰に当てた。

ヘレナは、普段の落ち着いた彼女らしからぬ苛立った様子で短い息を吐き出した。「あのばかげた話のせいね。みんなこの子が奇跡を起こせると思い込んでるのよ――自分を守ってくれると思ってるんだかなんだか知らないけれど。ただの迷信よ。時間が経てばみんな忘れるわ。なんにせよ、ボートの競走は二時から始まるの。一緒にいたくないのだったら、いる必要はないのよ。私たちは見てくるから」断固とした口調で夫にそう告げてから、少女に向かって言った。「さあ、いらっしゃい」

ヴォーンは自分の手から小さな手が引き離されるのを感じた。ヘレナが背を向けて歩き出したとき、脚がすぐには後を追うために動かなかった。その一瞬のためらいのあいだに、彼の農場で働く作男のひとりがそばに来て足を止め、話を始めた。作男から解放されたときにはすでに、妻と少女の姿は見えなくなっていた。

ヴォーンは人の歩む速度が遅くなる中心部を避け、日よけや屋根のある露店のあいだを進みながらふたりを探した。行く先々で声をかけてくる商人たちは無視して進んだ。愛《いと》しい妻のためにルビーの指輪など必要なかった。マカロン、痛風や消化器の不調に効く薬、ポケットナイフ（そのほとんどが盗品だった）に異性を惹きつけてやまない装飾品、それから鉛筆、それら全てをはねつけて進んだ。鉛筆はなかなか上等なものに見えて、また別の日であれば買っていたかもしれなかったが、今は頭が痛み始めていたし喉がからからだった。飲み物を売っている露店に立ち寄ることもできたが、どこも行列ができていて、それならば先に妻と少女を見つけたほうが良い、そう考えた。群衆をかき分けて遅々たる歩みを進めた。なぜよりによって多くの人間が一堂に集まる今日という日に、太陽はこれほどまでに強く照りつけなければならなかったのだろう。進むうち、さらに多くの人が密集し停滞し、完全に足を止めなくてはならない地点もあったが、のろのろとではあるが移動する流れを見つけ、再びじりじりと前進した。眉の上に汗を感じた。目が塩でちくちくしてきた。ふたりは一体どこへ行ってしまったのだろう。

日差しが目に入り、目まいがした。それはほんの一瞬のことだったにもかかわらず、ヴォーンが気持ちを落ち着ける前に、何者かの手が彼の腕に触れた。

「占いですか、旦那？　こちらですよ」

その手を振り解《ほど》こうとしたが、自分の動きが、水中を泳いでいるように曖昧で、非常な努力を要するように感じられた。「いや」ヴォーンはそう言った。というより、言おうとしただけかもしれなかった。その声は自分の耳には聞こえてこなかった。気づかぬうちにカーテンが開かれていて、感覚はあるもののほとんど目に見えない手がヴォーンをそのカーテンの中に引っ張った。ヴォーンは重い足取りでよろめきながら暗闇に迷い込んだ。

「そこにおかけなさい」占い師の着ている服の生地はテント内のけばけばしい装飾とよく似ていて、背景に溶け込んで消えていくように見えた。占い師の顔は面紗《めんしゃ》で覆われていた。

背後に椅子が置かれ、その椅子がヴォーンの膝の裏に打ちつけられたため、座るよりほかどうすることもできなかった。振り返り、そこに椅子を置いた人物を確かめようとした。しかしそこには誰もおらず、安っぽい絹のカーテンが何者かの肩の形に膨らんで歪んでいるのが見えるだけだった。おそらくはカーテンの向こうに誰かが身を潜めていて、美しいよそ者が登場したり、異国への旅を予測するいかがわしい占いから、一銭も払わずに急いで逃げ出そうとする客を阻むのに備えているのだろう。

ヴォーンが欲していたのはコップ一杯の冷たい飲み物だけだった。

「いいか」ヴォーンは言いながら立ち上がった。が、テントの筋交《すじか》いに頭をぶつけて目がちかちかした。女が、これほど小さな手からは想像もつかないほどの強い力で手首をつかんできた。背後からは何者かに肩を押しつけられて、椅子にしっかりと身を沈めさせられた。

「手相を見ましょうね」女が言った。その声は甲高く、教養が感じられず、何やら妙な響きを含んでいる印象を受けたが、そのことについてすぐには深く考えることができなかった。

ヴォーンは降参した。おそらく、この状況をなんとか脱しようとするよりも、経験してしまったほうが早い。

「幸せな星のもとに生まれなすったねえ」女は始めた。「幸運と才能を親に持つ。そいで、あなたはうまくやってきましたな。女が見えます」そしてヴォーンの手のひらをのぞき込んだ。「女が……」

コンスタンタイン夫人のことが頭をよぎった。彼女はどれほどましにこれをやってのけたことか！　あのジャスミンの香り漂う部屋、夫人の落ち着いた穏やかな表情、地味な色合いのワンピースと真っ白な襟、それにごろごろと喉を鳴らす猫。あの部屋が恋しかった。しかし今自分はここにいる。

「白い女か、黒い女か？」ヴォーンはわざとらしく陽気を偽って言った。

占い師はヴォーンの言葉を無視して続けた。「幸せな女です。最近までは不幸せだった。

それから子どもも」

ヴォーンは憤慨して大声で言った。「私が誰であるか、お前がそれを知っていても驚かないよ」そして苛立ちをあらわにして続けた。「ひどく悪趣味だな。お前が無駄にした時間にいくらか払ってやろう、それで終わりにしてくれ」そして財布を手に取るために女の手を振り解こうとした。

しかし占い師はヴォーンの手首を握る手にさらに力を込めた。女にこれほどの力があるものかと驚かずにはいられなかった。「子どもが見えます」占い師は言った。「お前さんの子ではない子どもが」

ヴォーンは固まった。

「ほらみろ。これでもう、どこかへ行こうなどと思わんだろう？」女はつかんでいた手を離すと、手相を読むふりをやめた。その声には勝ち誇ったような響きがあった。突如として、その声の奇妙さと、その手の力強さの意味するものが明らかになった。女などではないのだ。「気になり出しただろう、違うか？　あんたの家にいる子ども——奥方をひどく幸せにしている子ども——は、あんたの子どもじゃあない」

「どうしてお前にそんなことがわかる？」

「あんたにゃ関係ねえことさ。しかしだ、あんたに全く同じ質問をすることもできるんだ。なぜどうしてあんたにはそれがわかるんだ？　こっちはそれを訊くつもりはないんだがね。なぜ訊かないのか？　理由はいたって単純明快、訊く必要がないからさ。なぜって、答えならもう知っているから」

ヴォーンは体が流されていくように感じた。しがみつくものもなく、冷たい底流に引っ張られるままに漂っていく。

「何が望みだ？」そう言ったヴォーンの声は弱々しく、ヴォーンにはその声が、どこか遠くから聞こえてくる音のように感じられた。

「占いの見返りに？　なんにも。わたしゃ正直者でしてね、客自身がすでに知っていることを伝えるのに金なんて請求できませんよ。でも奥方はどうでしょうね？　自分の運命を占ってもらいたいでしょうかね？」

「まさか！」ヴォーンはいきり立った。

「でしょうね」

「何が欲しい？　いくら欲しい？」

「あれまあ、ずいぶん気が早い。いつもこんな速さで仕事を片づけてるんですかね？　いえいえ、時間をかけて考えましょうや。本当に重要なのがなんなのか、ご理解いただきたい。例えば午後これから起こる出来事なんかが……」

「どんな出来事だ？」

「何か事件が起こると仮定しての話ですよ……その場合は——率直に助言しますよ、ヴォーンの旦那――その混乱に近づかないことです。首を突っ込んではいけない」

「何をするつもりだ？」

「私が？」あらぬ疑いをかけられて傷ついたというような声色だった。「私はなんにもしやしませんよ、ヴォーンの旦那。そしてあんたも何もしないでいるんだ、私たちの小さな秘密を奥方に知られたくないのならね」

急にテント内から空気がなくなったように感じられた。

「取り決めの条件については後日またゆっくり話し合いましょう」面紗で顔を覆った男は、今日のところはこれでおしまいだという雰囲気を漂わせて言った。「また連絡します」

ヴォーンは立ち上がった。絶望的に空気を欲していた。今回は何にもぶつかることなく外に這い出ることができた。

再び野外に出ると、ヴォーンは動揺した状態で、どこに向かっているのかもわからぬままただ歩いた。頭の中がぐちゃぐちゃにかき乱されていて、ふたつの考えを一列に並べて考えることすらかなわず、なんらかの結論に行き着くことなど到底できなかった。自分を取り囲む人の群れをようやくぼんやりと把握できる程度だった。しかし突然、奏者たちや行商人たちが静まり返った。会話も聞こえなくなった。混乱に陥っていたヴォーンでさえ、何かが起こっていることに気づいた。再び目を開けて外の世界を眺めると、どの人も目的のない遊歩をやめ、その場に立ち尽くしているのがわかった。そして全員、同じ方向を見ていた。

錯乱状態の女が叫び声を上げた。「あっちへ行って！　どこかへ行ってよ！」

ヘレナだった。

ヴォーンは全速力で駆け出した。

アームストロング家も祭りに行くことに決めていた。隣を歩く妻と、七人のうち六人の子どもを引き連れて歩くロバート・アームストロングは、いつになく意気揚々としていた。ポケットにはロビンからの手紙が入っていた。それは懺悔《ざんげ》の手紙だった。その中でロビンは許しを請うていた。父親の心を打つようにと数十回は謝罪の言葉を述べていた。償いをさせてほしいとも書かれていた。自分はより良い人生を歩みたいと願い、賭博と酒を止め、〈青竜亭〉のろくでもない仲間とは手を切ることを強く願っているのだと。祭りに赴きそこで家族に会い、自分の後悔がいかに誠実なものであるかを示したい、そう書かれていた。

「アリスのことには触れていないのね」夫の肩越しに手紙をのぞき込んでいたベスが眉をひそめて言った。

「そのほかのことに関しては全て正すつもりでいるらしい。子どもの問題も、やがて解決するだろう」夫はそう応えた。

長身のアームストロングは、高い地点から群衆を見渡して長男を探した。まだ見つけることはできていなかったが、おそらく息子ももう祭りに到着していて、人混みの中で自分たちを探していることだろう。そのうち息子に出くわすはず。

アームストロングは真ん中の息子たちにナイフを、年長の娘たちに髪飾りとブローチを、そして年少の子どもたちにはナラの木を彫って作られた動物の——牛、羊、豚の——置物を買った。豚ひき肉を円盤状にして焼いた熱々のパティも食べた。肉自体の味はアームストロングがさばくものには程遠かったが、それでも野外で調理された味わいがあった。

複数の楽器をひとりで演奏する男の奏でる音楽に合わせて手を叩く妻と子どもたちをその場に残して、アームストロングはひとりで祭りを散策し、写真撮影装置のある一画までやってきた。リタがいた。リタはいつも夏至祭に参加していた。祭りでは、虫に刺される人もいれば、熱中症にかかる人もいるし、飲酒によって昏迷《こんめい》状態に陥る人もいる。必要とされるときがくるのを待つあいだ、リタはいつも最も多く人が集まる露店の手伝いをしながら、できるだけ多くの人に自分の居場所を知らせるようにしていた。その日は撮影ブースを手伝っていて、集まった客たちの行列を整理したり、ドーントの手帳に次回の撮影依頼を書き込んだりしていた。

「あれは、ヘンリー・ドーントさんではありませんか?」アームストロングは尋ねた。「最後に見たときよりずっと良くなっているようですね」

「回復しましたよ。でもまだ顎ひげの下に傷が残っているんです。アームストロングさんでしたよね?」

「その通りです」

アームストロングは販売用に並べられた写真を眺めた。川の景色、ボート競技のチーム、地方の教会、それに絵のように美しい場所を写した写真もあった。アームストロングは家族写真の撮影に興味を示した。

「今日でもいいのなら、今日撮ってもらえますよ。順番待ち名簿に追加して、何時ごろ戻ってきたらいいかお伝えしますよ」

アームストロングは残念そうに首を振った。「一番上の息子がまだ一緒じゃないのです。家族全員がそろった写真を、家や農場で撮影していただきたいのですが」

「それならドーントさんがお宅に伺いますよ。そうすれば、室内でも屋外でも、時間を取っていろいろな写真を撮影することができますから。ドーントさんの手帳を確認させてください、それからご都合の良い日を伺いますね」

リタが話すあいだアームストロングは、以前の祭りの様子を撮影した写真に視線を走らせていた。伝統舞踊のモリスダンスを踊るひとびと、ボート競技の選手たち、商品を抱えた行商人、綱引きに参加する巨人たち……。

ふたりが日程の調整を行おうとしたそのとき、アームストロングが唐突に「おお！」というひと声を上げて自らの言葉を遮った。リタは驚いて顔を上げた。

アームストロングはひどく衝撃を受けた様子で一枚の写真を見つめていた。

「アームストロングさん、大丈夫ですか？」

リタの言葉は耳に入らないようだった。

「アームストロングさん？」

リタはアームストロングを椅子に座らせて、水の入ったグラスをその手に握らせた。

「大丈夫です！　大丈夫です！　あの写真はどこで撮影されたものですか？　どのくらい前に？」

リタは写真の番号を確かめてからドーントの記録帳を調べた。

「レッチレードのお祭りの写真ですね、三年ほど前の」

「誰がこの写真を撮影したのですか？　ドーントさん本人ですか？」

「そうですよ」

「ドーントさんと話をしなくては」

「ドーントさんは今、自分のボートの暗室にいます。すぐに声をかけるわけにはいかないんです――光が入ると、現像中の写真が台無しになってしまいますから」

「それでは、この写真を買わせてください。また戻ってきますから、そのときに話すことにします」

アームストロングはリタの手に硬貨を押しつけると、写真を包んでもらうのも待たずに、それを両手にしっかりとつかんで急いで立ち去った。

その写真から目を離すことができなかった。しかしあるテント小屋の張り綱に危うくつまずきそうになってからは、写真はしまって、妻と子どもたちを探すことに集中しなければと思い直した。写真をしまうと、深呼吸をひとつし、それから周囲を見回した。そこで、その日ふたつ目となる驚きに遭遇することになった。

ベスを見つけられたらと願って目を向けたとあるテント小屋から目を離した瞬間、視界に飛び込んできたのは妻ではなく、イーヴィス夫人、ロビンの妻が自らの人生に終止符を打ったあの〝悪い家〟の女主人だった。最初、女の横顔が見えた。あの鳥のくちばしのように尖《とが》った鼻は見間違えようもない。休暇から戻ったのだ！　確かに夫人もこちらを見たはずだった。夫人の顔が自分のほうに向けられ、その目がぴくりと動くのを見たような気がした。しかしそれは間違いだったらしく、夫人に呼びかけても、夫人はくるりと背を向けて、断固とした態度で立ち去った。

アームストロングは目の前をうろうろと歩く祭りの参加者たちを避けて、急いで夫人の後を追った。しばらくは人混みの中でも着実に歩みを進めることができていた。そのうち、あと一歩で夫人の肩に手が届きそうなところまで近づいたところで、ブーという音とともにコンサーティーナ（正六角形あるいは正八角形の蛇腹楽器）が広げられた。どうにかそれを避けて通ったときにはもう、夫人の姿は視界から消えていた。しきりに右に左に目をやり、露店やテーブルのあいだを見ながら歩いていると、驚くほどすぐに再び夫人の姿を見つけることができた。十字路の辺りまでやってきたところで、誰かを待っているかのように辺りをきょろきょろと見回して立ち尽くしている夫人の姿が見えた。アームストロングは片手を上げて夫人に声をかけようとしたが、夫人の目がアームストロングをとらえた瞬間、夫人は再び立ち去った。

諦めようとしたそのとき、少し進んだ先の辺りが急に静まり返ったのがわかった。誰も動かなかった。そして、空をつんざくような叫び声が聞こえてきた――錯乱した女の叫び声だった。「あっちへ行って！　どこかへ行ってよ！」

アームストロングは駆け出した。


ヴォーンはさらに多くの人でごった返す地点までやってきた。そこからは人混みをかき分けて進まなければならなかった。人だかりの中心まで辿り着くと、そこに、地面に膝をついて座り込むヘレナがいた。スカートはたくさんの足に踏みつけられたらしく泥で汚れていた。ヘレナは大声で泣き叫んでいた。そんなヘレナを見下ろすようにして、尖った鼻と血色の悪い唇を持つ、背の高い黒髪の女が立っていた。女は強引にヘレナと少女のあいだに立とうとしていて、ヘレナはぬかるんだ泥の中、ひどく取り乱した様子で広がったスカートの後ろに手を回して、少女を守ろうとしているかのようだった。

「わからないわねえ」女は、特に誰に向かってというわけでもなく話し始めた。「あたしはただ親しげに話しかけただけなのよ。それのどこがいけないっていうの？　そんなにひどく騒ぎ立てるほどのことかしらね、あたしがしたことっていったら、〝こんにちは、アリス〟って声をかけたことくらいなのに」女は大きな声で言った――わずかにではあるが不必要に大きな声だった。女はヴォーンがその場に到着したことに気づくと、群衆に顔を向け、みなに向かって問いかけた。「聞いてたわよね？　見てた？」数人が頷いた。「しばらく顔を見なかった、元下宿人の娘に挨拶しただけ――これ以上に自然なことってあるかしら？」

長身の女は少女の肩に両手を置いた。

ひそひそとささやく声が聞こえてきた。ひとびとは積極的に女に賛同する気にはなれず、判断がつかず、戸惑っていた。それでも確かに女の言ったことが正しいということは認めざるを得なかった。女は満足げに頷いた。

ヴォーンはしゃがみ込むと、かばうように妻の肩を抱いた。妻は無言のまま、衝撃のあまり目を見開いた状態で夫を見つめ、少女をつかんでおくように身振りで示した。

ひとびとが何やらつぶやきながらその場を離れ始めると、ふたりに見覚えのあるまた別の誰かが姿を現した。

ロビン・アームストロングだった。

その姿を認めると、女の顔に、なんらかの陰謀が成功したとでもいうような満足げな光が宿った。しかしそれは一瞬で消え、次の瞬間女は、みなを驚かせるほどの荒々しいまでの俊敏さで少女をつかんで抱き上げた。「ほら、アリス！」そして言った。「パパよ！」

ヘレナの悲痛な叫び声と同時に、群衆のはっと息をのむ音がひとつの音となって聞こえてきた。そして女が少女をロビン・アームストロングの腕の中に預けると、ひとびとは衝撃と混乱のあまり静まり返った。

みなが気持ちを立て直して何らかの反応を示せるようになる前に、女は身をひるがえして人だかりの中に分け入っていった。ものすごい速さで進んでくる鋭い鼻に圧倒され、みなさっと道を空け、すぐにまた彼女の通った道を塞ぐように元の位置に戻った。そうして女の姿は見えなくなった。

ヴォーンは立ち上がってロビン・アームストロングを見た。

ロビンは少女を見つめ、彼女の髪の毛に唇を寄せて、打ちひしがれたような声で何やらささやいていた。

「なんて言ったんだ?」そんな声が聞こえてきて、伝言ゲームのように言葉が口から耳へと次々に伝えられた。「〝ああ、なんて愛らしい! 愛しい娘! 愛しいアリス!〟、そう言ったらしい」

見物人たちは、劇場で場面の続きを待ちわびる観客のように息をのんで見守った。ヴォーン夫人が気を失ったように見え、ヴォーン氏が石のように固まる中、ロビン・アームストロングは少女だけを見つめ続け、ロビンの父親であるロバート・アームストロングは信じられないといった表情を浮かべて目を見張っていた。続いて何事かが起こるべきだったが、周囲は不確かな雰囲気に包まれていた。役者たちは自分の台詞《せりふ》を忘れ、誰かが物語を立て直してくれるのを互いに期待しているかのようだった。その沈黙の瞬間には終わりがないように思われ、観客たちからひそひそと話し声が聞こえてきたそのとき、その混乱を打ち破るような声が聞こえてきた。

「どうしました？」

リタだった。リタは人だかりの中心に出ていくと、ヘレナのそばにひざまずいた。

「奥さまを家にお連れしなければ」リタはそう言いながら、怪訝《けげん》そうな眼差しをヴォーンに向けた。ヴォーンの目はロビン・アームストロングに抱えられた少女に釘づけになっていて、身動きすらできない様子だった。

「どうするつもりです？」リタは急《せ》かすようにささやいた。

そこへヴォーン家の庭師のニューマンが、もうひとり使用人の男を連れて現れた。ふたりは地面からヘレナを抱え上げた。

「どうします？」リタはヴォーンの腕をつかんで彼を無気力な状態から抜け出させようとしたが、ヴォーンにできることといえば、ごくわずかに頭を振ってから使用人たちのほうを振り返り、小さく頷いて、感覚を失ったヘレナの体をバスコット・ロッジに運ぶ作業を始めるよう指示を出すことだけだった。

全ての目が、ヴォーン夫妻が立ち去るところを見守った。それから群衆は一斉に、舞台に残された役者たちのほうに視線を戻した。小さな少女が口を開くのを見て、誰もが、少女が声を上げて泣き出すのを期待して待った。しかし少女はあくびをしただけで、すぐに目を閉じると、ロビン・アームストロングの肩にずっしりと頭をもたせかけた。その小さな体から力が抜けるのを見れば、彼女が一瞬のうちに眠りに落ちたことがわかった。若きアームストロングは、果てのない優しさをたたえた表情で眠る少女の顔をじっと見つめた。

ひとびとがもぞもぞと動く音が聞こえてきて、話し声も聞こえてきた。

「母さん、どうしたの？」

続けて、「どうしてみんなこんなに静かなの？」

飾り紐のついた眼帯をして、左右に体を揺らしながら歩くベスが、子どもたちを引き連れて姿を現した。しかし起こったばかりの出来事を目撃するには少し遅すぎた。

「見て、あそこにパパがいる！」子どものひとりがアームストロングを指さして叫んだ。

「ロビンもいる！」別の幼い声が言った。

「あのちっちゃい子は誰？」末の子どもが訊いた。

「そうだ」アームストロングの低い声が響いた。周囲の人たちに聞かれぬよう声を落としてはいたものの、その声には深刻な響きが含まれていた。「ロビン、その小さな子は誰なんだ？」

ロビンは唇に指を押し当てた。「しーっ」そして弟妹《きょうだい》たちに向かって言った。「お前たちの姪《めい》っ子が眠っているからね」

子どもたちは異父兄を取り囲んだ。複数の若く明るい顔が少女に向けられた。少女は今、群衆からは見えなくなっていた。

「雨だ！」誰かが言った。

ぽつりぽつりと降ってきたと思った瞬間、土砂降りの雨に変わった。顔に水が滴り、スカートは脚に絡みつき、髪の毛は頭蓋骨に貼りついた。その雨はひとびとの目を覚ました。自分が見ていたものは舞台のひと幕などではなく、自分ではない誰かの現実の不幸なのだ。みな恥じ入り、冷静さを取り戻し、雨よけを求めて駆け出した。木の下に向かう者もいれば、飲食物を販売するテント小屋に向かう者もいた――そしてたくさんの人が〈白鳥亭〉に向かって走った。

〈白鳥亭〉における哲学

結婚式後の宴の席で結論に達したかのように思われた物語が、ここへ来て再び話題に上ることとなり、この物語は間違いなく新たな局面を迎えたということでみな意見を一致させた。客たちは午後の出来事を細部に至るまで思い返しながら、何度も繰り返し語った。尖った鼻の女、ヘレナ・ヴォーンの劇的な失神、ヴォーンの固まった視線、ロビン・アームストロングの優しさ。思い出すべき事柄を全て思い出してしまった後は、酒の力を借りて、部分的にしか覚えていない事柄を思い出したり、全く覚えていない部分に関しては作り上げたりもした。みなは疑問を口にした。ヴォーン夫妻は次にどのような行動に出るのだろうか。ヴォーン夫人には耐えられるのだろうか。ヴォーン氏はロビン・アームストロングに子どもを諦めるよう迫るだろうか。なぜ殴り合いにならなかったのだろう。そのうち、明日か明後日にでも、喧嘩を始めるだろうか。

酒飲みたちは派閥に分かれた。ヴォーンの確信に満ちた態度を指摘して、少女はアミーリア・ヴォーンだと主張する者もいれば、それに反論するように首を横に振り、少女の柔らかい髪の毛はむしろ、記憶にあるロビン・アームストロングの柔らかな巻き毛に似ていると指摘する者もいた。みなで物語を振り返り、最新の事実を踏まえてあらゆる要素を再考し、さまざまな角度から証拠を検討した。そうするうちに、あの誘拐事件のあった晩に焦点が当てられるようになった。もしあの少女が本当にアリス・アームストロングなのだとしたら、アミーリア・ヴォーンは一体どこへ行ってしまったというのだろう。アミーリアが再び現れたと思われたことによって彼女の失踪は忘れ去られていたが、ひとびとは再びそこに舞い戻り、その深さを測らなくてはならなかった。

ヘンリー・ドーントは写真を撮影し続けた長い一日の終わりに休息をとっているところだ

った。冬の間の隅っこに座り、ひと皿にのったハムとジャガイモ、クレソンを食べていた。「あの子守の女だよ」窓に寄りかかって立っていたクレソン栽培人が言った。「あの子がなんらかの形で関わってるはずだって、俺はいつもそう言ってたんだ。悪事を企《たくら》んでたんでなきゃ、夜のあんな時間に、若い女が外をほっつき歩くかね？」

「まあな、でも悪事ったっていろいろあるさ……その子守が外出したのだって、誘拐なんかじゃなく、別の悪さをするためかもしれんよ」飲み仲間が応じた。

クレソン栽培人は首を振った。「あの子がその気にさえなってくれりゃ、俺だってあの子と悪さしたいもんさ。でも、あの子はしないね。そういう類の女じゃねえんだ。あの子が誰かと悪さしてるって話、聞いたことあるか？」男たちは、どの娘が確実に戯れに応じる娘で、どの娘がそうでないかを正確に記憶していて、その情報をすぐに引き出せるようにしていた。それによると、子守の娘はそういう種類の女ではなかった。

「事件の後、その娘さんはどうなったんです？」ドーントは訊いた。

酒飲みたちは意見を交わし合った。「別の仕事は見つけられなかった。誰も彼女に自分の子どもを預けようとは思わなかったのさ。それで自分の婆《ばあ》さんの住んでるクリッククレードに行ったんだ」

「クリッククレード？　竜の国だ」クリッククレードはラドコットから二十キロメートルほど離れたところにある古風な趣のある町で、時折、竜が群れをなして姿を現すといわれる町だった。ドーントは、自分の本のためにそこで写真を撮影したいとずっと考えていた。

ドーントは料理を口いっぱいに詰め込みながら、二年前の事件が掘り起こされ、再論されるのを聞いた。酒飲みたちはその過去の物語と今日の出来事を目の前に広げ、編み目の緩い部分を見つけていき、全てを編み合わせることによって、ふたつの出来事からどうにかひとつの物語を完成させようとした。しかし編み目の緩みはあまりに大きく、うまく補修することができなかった。

リトル・マーゴットのひとりがドーントにりんごパイを運び、上からクリームをたっぷりかけた。ジョナサンはドーントのテーブルに新しいろうそくをともすと、そのままそこに居座った。

「お話を、してもいいですか?」

「楽しみだね。聞かせてください」

ジョナサンは物語が湧き出てくるあの暗い天井の隅を見上げ、集中しているようなふりをした。準備が整い、口を開くと、そこから言葉がものすごい勢いであふれ出した。

「その昔、馬にのった男がいて、川に入っていって——そして二度と彼の姿を見ることはなかった! ——あれ、しまった!」ジョナサンは顔を歪め、悔しそうに手を打ち鳴らした。

「違う違う!」そして自分自身に向かって、気立ての良い人間が表現し得る程度に苛立った声で叫んだ。「真ん中の部分を飛ばしちゃった!」

ジョナサンはまた別の客のところへ練習をしにいった。ドーントはマーゴットの作ったパイを食べながら、あちらこちらで展開される会話を聞いた。ロビン・アームストロングを襲った悲劇、彼の髪と少女の髪の類似、川のジプシー、母親の本能……。

ボート修理のベザントは静かに腰かけたまま、みながその物語をばらばらに解体しては、百もの違った形に組み合わせるのを聞いていた。少女がより似ているのはヴォーン夫妻のほうか、あるいはアームストロング親子のほうか。いかにして少女は一度死んで蘇ったのか。ベザントはこうした謎に首を振るだけで、自分の知らないことに関しては口を挟もうともせずにゆったりと耳を傾けていた。しかし知っていることに関しては口を挟まずにはいられなかった。「あの子がアリス・アームストロングのわきゃねえ」ベザントは断言した。

みなベザントに説明を求めた。

「母親の姿が最後に見られたのはバンプトンで、そのときは川に向かってて、チビすけが一緒にいた。そうだったよな？」

みな頷いた。

「ふむ、そこでだ、俺はこれまで生きてきて、もう七十七にもなるがな、人の体が——樽《たる》だって、落とした帽子だってなんだって同じことだがよ——川上に向かって流れてくのを見たことがねえ。見たことあるか？　誰か？」

誰もが頭を左右に振った。

「おお、そんならなあ」ベザントが、これで結論が出ただろうと言わんばかりの口調でそう言うと、ほんの一瞬のあいだ、水のように指の隙間をすり抜けていくこの物語において少なくともひとつの要素だけでもしっかりとつなぎ留めることができたように思われた。しかしそこで、クレソン栽培人のひとりが口を開いた。

「でもだ、この前の冬至の夜より前に、溺死した女の子が息を吹き返すところを目撃することになるなんて、そんなこと考えたことあったか？」

「いんや」ベザントは言った。「あるとは言えねえな」

「だったら」クレソン栽培人は物知り顔で結論づけた。「不可能だからってだけで、それが起こり得ないと決めつけることはできないってことさな」

〈白鳥亭〉の哲学者たちは考えに沈んだが、驚くほどすぐに口論を始めた。不可能な出来事がひとつ起こると、それは次の不可能が起こる可能性を高めるのだろうか。それは経験したこともないひどく難解な問題で、みな徹底した態度でその問題に取りかかり、あらゆる要素をひとつ残らず隈《くま》なく調べていった。それを解明しようという努力の中、たくさんのエールビールの瓶が空になり、たくさんの頭痛が生まれた。彼らは飲み、思案し、飲み、議論し、飲み、口論した。思考は渦巻き、流れの中に流れを見つけ、逆流に直面し、折に触れて突破口に手が届きそうなところまで近づいたものの、最後には、激しい議論の甲斐なく、依然として少しも理解が進んでいなかった。

この議論の途中、しらふのままでいたドーントはひとり立ち上がると、誰にも気づかれることなく酒場を後にし、そこから数メートル上流の古いヤナギの木のそばに係留してあった〈コロジオン〉へと戻っていった。まだ仕事が残っていた。

夜の一番短い日

バスコット・ロッジでは、使用人たちが女主人を二階の寝室へ運んだ後、リタと家政婦長《ハウスキーパー》に彼女の看護が任された。ヘレナは着ていた服を脱がされ、止めどなく震え続ける体にネグリジェが着せられていることに気づいていないようだった。肌は青白く、目は虚《うつ》ろで宙を見つめ、唇はぴくぴくと動いていながらもそこから言葉が発せられることはなく、呼びかけに応答することもなかった。ヘレナはベッドに横たえられたが、眠ってはおらず、頻繁に頭を上げては少女に向かってしていたように腕を伸ばした。祭りでのあの場面が、この家の中でも何度となく繰り返されているかのように。そのうちに発作的に涙が湧き上がってきて、体を苦しめ、泣き叫んだ。恐怖と痛みの言葉にならないうめき声が屋敷中に響き渡った。

リタはやっとのことでヘレナに睡眠薬を飲ませることができたが、それは軽めの薬で、すぐには効果が表れなかった。

「もっと強い薬をあげられないですか？　こんなに苦しそうなんですから……」

「いいえ」リタは眉根を寄せて言った。「できません」

ようやく調合薬がヘレナの過剰な刺激を受けた頭に打ち勝つと、ヘレナはおとなしくなった。しかし眠りに落ちる寸前にさえ、ベッドから体を起こそうとする動きを見せた。「どこ……？」虚ろな目を瞬《しばた》かせながらつぶやき、続けて「アミーリア……」。やがて頭が枕に落ち、目を閉じると、表情からその日の痛ましさが消えた。

「階下《した》へ行って、奥さまは眠りについたと旦那さまに伝えてきます」家政婦長のクレアがそう言うと、リタは数分間彼女を引き止めて、最近のヘレナの健康状態に関していくつか質問をした。

目を覚ましたヘレナは、少し前に経験したことを再び思い出すという苦痛に耐えなければならなかった。痛みも動揺も、少しも軽くなってはいなかった。

「あの子はどこなの？」ヘレナは苦しそうに涙を流した。「あの子はどこ？　アンソニーはあの子を迎えにいった？　私が自分で行かなくちゃ。あの子は誰のところにいるの？　あの子はどこなの？」しかし体が疲れ切っていて、その強烈な願望を実行に移すことはできなかった。毛布を押しのけることも、支えなしに立ち上がることもできなかった。ボートを出してケルムスコットまで漕いでいくことも、列車に乗ってオックスフォードまで行くことも、今のヘレナには到底不可能だった。

暴力的なまでの悲しみが神経をすり減らし、疲労が優勢に立つと、ヘレナは言葉を失って枕に頭を預けた。そんなとき、四肢は動かず、目は何も見ていなかった。

時折訪れるそうした休息時間が何度目かに訪れたとき、リタはヘレナの手を取って言った。

「ヘレナ、赤ん坊を宿していることには気づいていた？」

ヘレナはおもむろにリタに目を向けたが、何も理解できていない様子だった。

「あなたを家まで運んできて、あなたにネグリジェを着せているときにね、どうしても気になってしまったの、あなたはまたふくよかになったなって。クレアさんがね、このところあなたがハツカダイコンを食べすぎて気分を悪くしてしまって、生姜《しょうが》紅茶を入れてあげたんだって話してくれたの。でもあなたの気分が悪かったのはハツカダイコンのせいなんかじゃないわ。妊娠のせいよ」

「そんなはずないわ」ヘレナは首を振った。「アミーリアがいなくなってしまったときから、月経が止まってしまっているもの。まだ再開していないの。あなたの言ったことが正しいはずないわ」

「受胎の準備が整ったと同時に出血が始まるわけではないの。出血の数週間前に準備は整っているのよ。もしもそのタイミングで赤ん坊が宿ったら、月経が再開する機会は無くなってしまう。あなたの場合、ちょうどこれが起こったのね。半年もすれば、あなたはまた母親になるのよ」

ヘレナは目を瞬かせた。悲しみのせいで荒れ狂う頭にその情報が浸透するまでには、時間が必要だった。ようやくそれが頭に入り込むと、ヘレナはひどく穏やかに「まあ！」と声を上げ、腹に手を持っていき、そこに触れた。小さな笑みが口元をわずかに引き上げた。それと同時に流れ出た涙は、先ほどまで枕を濡らした涙とは別の種類の涙だった。

と、その表情が一瞬微かに歪み、二度目の「まあ！」が口をついた。困惑の色が浮かんでいた。最初の驚きを受けて、頭の中の暗く冷ややかな側面に光が当てられたかのようだった。

それからヘレナは目を閉じると、深く自然な睡眠に落ちていった。

階下では、ヴォーンが自分の書斎の暗がりに立って窓の外を眺めていた。ランプに火をともしていなかった。上着さえ脱いでいなかった。何時間も動いていないかのように見えた。

リタがドアを叩いて入っていくと、ぼんやりとした表情を浮かべ、放心状態に陥っているように見えるヴォーンの姿がそこにあった。過去の考えにとらわれ、現在に心を戻すことのできない男。ヘレナが眠っていることを伝えると、「ああ」と虚ろな声で答え、ヴォーンのためにも睡眠薬を用意しようかと尋ねると、「いや」と答えた。これ以上はヘレナに精神的な衝撃が加わらないようにしなければならないと伝えると、「ああ」と答えた。

「これは特に重要なことです」リタは強調して言った。「新たな命が誕生する予定ですからね」

「そうですね」ヴォーンは気だるそうに答えた。リタには、自分の報告が本当にヴォーンに伝わったのかどうかわからなかった。ヴォーンは会話がそこで終了したものと判断したらしく、再び窓のほうに向き直ると、それがなんであれ彼の精神を拘束していたものの中へと戻っていった。

リタは庭へ出て、設置されたばかりの錠が無用となったドアのそばに立ち、川へと下りていった。夏の雨の、大粒で生暖かい、そしてずっしりと重たい滴が肩の上で鈍く弾けた。もう夕刻だというのに辺りはまだ暗くなっておらず、光が濡れた葉や道にできた水たまりを照らし、全てを銀色に輝かせていた。絶え間なく降り注ぐ雨粒が、きらめく川面に槌目《つちめ》仕上げ（金属を金槌などで打って凹凸を作り、その風合いを楽しむ仕上げ技法）を施したような魅力を添えていた。

リタは喉の奥がぎゅっと痛むのを感じた。何時間ものあいだ、医学的な問題に夢中になり、仕事上の要求と課題に逃げ込んでいた。ひとりになった今、悲しみが込み上げてきて、雨の滴とともに涙が顔を伝っていくのを許した。

これまでずっと、バスコット・ロッジを訪れると必ず少女がいた。屋敷を訪れるたびに少女を膝に抱き上げ、一緒に川に向かって小石を投げたり、川を渡っていく鴨や白鳥を眺めたり、水面に姿を映したりした。あの小さな手が自分に向かって伸びるのを見るとき、自分への信頼を示すこの身振りに見いだす喜びは取るに足りぬもので、重要なものではないのだと自分に言い聞かせてきた。しかし、鼻先の尖った長身の女が少女をヴォーン夫妻からかっさらい、ロビン・アームストロングの腕に抱かせたとき、本能はヘレナに、懇願しながら少女に向かって手を出させた。そしてその瞬間、リタの胸にも同じものがうずいていた。

自分でもほとんど気づかないくらいにむせび泣いたが、どうにか気持ちを立て直そうとした。「なんてばかなの」自分自身に向かって言った。「あなたらしくもない」厳しい言葉も効果はなかった。「あなたの子どもだというわけでもないんだから」その言葉はリタの涙を倍増させるだけだった。

木の幹に体をもたせかけ、感情を自由に発散させた。しかし十分間悲嘆の涙に暮れた後でも、リタの悲しみに終わりは見えなかった。神を信仰していたころ、神が慰めを与えてくれたことを覚えていた。「どうしてあなたの存在を信じなくなったか、おわかりでしょう？」リタは神に向かって言った。「今みたいな状況のとき、私はひとりきりだからです。ひとりきりだとわかっているんです」

そんな自己憐憫《れんびん》も長くは続かなかった。「良くないわ」自分自身に向かって諭すように言った。「一体どうしちゃったっていうの？」強すぎるほどの力を込めて目を擦り、修道女たちがあきれ返るような言葉で雨を罵ると、小道に向かって駆け出し、速度を上げて全速力で走った。激しい運動からくる息切れが、胸の中に膨れ上がっていた感情を消してしまうまで走り続けた。

〈白鳥亭〉に近づくと、にぎやかな話し声が聞こえてきた。農場で働く男たちやクレソン栽培の男たち、それに砂利の採取人たちは、長きにわたる労働の季節に訪れた祭りの日に気分が高揚し、陶酔さえしていた。いつ沈むとも知れぬ昼の光があらゆる種類の過剰を引き起こし、常連客たちも一見客たちも一様にそれを満喫していた。雨が降っているにもかかわらず、屋外の川岸に座る客たちもいた。ずぶ濡れになりながらも、雨で酒が薄まっていることには構うことなく――気づくことなく――酒を飲み、その日の午後の出来事について互いに長々と取り留めなく語った。

リタはその群衆に引き込まれたくはなかった。リタがヴォーン夫妻とともに祭りを後にする姿は多くのひとびとに目撃されていて、もし今彼らがリタに気づけば、リタを引き止めて、話をせがむことになるのは目に見えていた。リタはヴォーン家の私的な問題について誰にも話すつもりがなかったが、そのことを知りたがりの酒飲み集団に理解させるのはそう簡単ではなかった。リタは着ていたケープの襟を立てて、そのために首筋に水が伝っていくのは気にしないよう努め、頭を少し下げて顔を隠した。気づかれずにそこを通り抜けるためには、速さと群衆の酔い具合を当てにするよりほかなかった。

頭を下げていたため、作男のひとりが川に向かって放尿していることに気づかなかった。作男がでたらめにボタンを留めながらリタのほうに向き直ったところへ危うく突進していくところだった。男は酔ってはいたものの謝罪を忘れるほどではなく、「すまんね、サンデーさん」と言ってからふらふらとした足取りで仲間のもとへ戻っていった。男は必ず仲間に話すはずで、声をかけられることなく〈白鳥亭〉を通り過ぎるという見込みは薄くなった。「リタ！」リタは自分の名前が呼ばれるのを耳にし、ため息をつき、その避けられない事態を受け入れることにした。「リタ！」もう一度声が聞こえた。抑制された、緊迫した声だった。そこでようやく、その声が川岸に置かれたテーブルから聞こえてきたのではないことに気がついた。それは川から聞こえてきていた。〈コロジオン〉が、ヤナギの木の下に半分船体を隠した状態で係留していた。そこにドーントがいて、リタに向かってボートにのるよう合図していた。リタは梯子《はしご》のそばまで行くと、一段目に足をかけた。ドーントの手が伸びてきて、リタはそれに自分の両手を委ねた。体が引き上げられ、気づけばボートにのっていた。

甲板の下にはたくさんの箱や瓶、写真乾板がしまわれていた。その日の仕事を示す唯一のものはテーブルの上に広げられた書類で、ドーントはそこに、その日使用した感光板と売り上げを記録していた。そばに白ワインの入ったグラスが置いてあった。ドーントはグラスをもうひとつ取り出すと、それをリタの前に置いた。

ふたりが最後に顔を合わせたのは、ヴォーン夫妻とロビン・アームストロングのあいだに起こった出来事を目にするために集まった群衆に囲まれていたときだった。長身の女が大勢の見物人をかき分けて去っていくのを目にしたドーントは、彼女を追いかけていったのだった。そこでふたりは別れていた。

「女には追いつきました？」

「ものすごい速さで動いていて、距離を縮めることができませんでした。疲れていましたしね」ドーントは予備の感光板を入れて運んでいた、重たい箱を指さして言った。「あの女、誰とも話しませんでした。立ち止まって誰かを探すこともなかった。真っすぐに先へ先へと進んで、彼女が門のところまで辿り着くと、そこで誰かがポニーと二輪馬車を従えて待っていたんです。それにのり込んで、去っていきました」

「バンプトンの売春宿に戻ったんでしょうか？」

「おそらく。最も上品な言葉を使う人たちは、そこを下宿屋と呼んでいますけど。修道院で育った未婚の女性にしては、そういう場所について驚くほど率直なんですね」

「ドーントさん、私は自分の仕事人生の大半を、男女のあいだで行われ、上品な言葉が避けて通るような活動のもたらした結果に対処することに費やしてきました。あなたがその仕事内容の半分でも知れば、そんな言葉だけでは私になんの衝撃を与えることもできないと理解するでしょうね。赤子をこの世に取り上げるというのは、ひどく血まみれで、写真に収められるようなものではありませんよ。あなたがその場面を目にすることはないでしょうけれどね。でも——私はいつも見ているんです」

　リタはそれまでワインに手をつけずにいたが、そこでようやくグラスを手に取ると、内容物を一気に飲み干した。その過程で瞼《まぶた》を閉じたリタを見て、ドーントは、リタの目の周りがピンク色で腫れていることに気づいた。

「ヘンリー・ドーントさん、あなたはいい父親になるでしょうね。いつかいい父親になってください。誰もあなたには出血のことを話したりしませんから。あなたは見えないところに、聞こえないところに移動させられますから。あなたが部屋に戻るのを許されるころには、全てきれいに流されていますから。奥さんは青ざめて見えて、あなたはそれが疲れからくるものだと考えるでしょう。奥さんの血がシーツからあふれ出て、自分の家の排水溝に流れているなんて、あなたには知るよしもないのです。家政婦長はシーツの染みを擦り落として、五年前に誰かが朝食の紅茶をこぼしたときにできた染みか何かのようにしか見えない状態にしてくれます。部屋には丁香《クローブ》やオレンジの皮が置かれて、あなたが鉄のにおいに気づくことはないでしょう。お医者さまがそこにいれば、あなたに男から男への助言をするでしょう。しばらくのあいだは夫婦の営みをしないようにと。でも詳しいことまでは話さないでしょうから、あなたは裂傷のことも縫合のことも知らずにいるでしょう。あなたは血のことを知らずにいるのです。そしてあなたの奥さんは知っているのです。もし命を落とすことがなければの話ですけれど。それでも奥さんはあなたには話すことはないでしょう」

ドーントはリタのグラスにワインを注いだ。リタはそれを飲み干した。

ただ自分のグラスを空にした。

ドーントは何も言わなかった。

「今は知っていますよ」ドーントは言葉を選んで言った。「あなたが、話してくれましたから」

「もう一杯注いでくれません？」リタは言った。

リタが自分に向かって差し出してきたグラスに注ぐ代わりに、ドーントはそのグラスをテーブルに置いてリタの手を握った。「あなたが子どもを持とうとしないのは、そのせい？　どうして子どもを持ちたいと思わないの？　リタ――」

「やめて！」リタはポケットからハンカチを取り出すと、それで鼻をかんだ。「あなたの奥さまに子どもができたら、呼んでちょうだい。私の名前は、聖マーガレット、出産の守護聖人にちなんでつけられたの。奥さまのために全力を尽くすわ。赤ん坊のためにも。あなたのためにも」

リタは自らグラスにおかわりを注ぐと、今度は一気に喉に流し込むことはせず、少しだけすすった。再びドーントに目を向けたときにはリタの中の激しい怒りはおさまっていて、どうにか気を持ち直して言った。

「ヘレナ・ヴォーンが妊娠しているの」

「ああ」ドーントは不安そうに答えた。それからもう一度、「ああ」。

「彼女の返答と大差ないわね。〝まあ〟、それから〝まあ〟って」

「夫妻は……喜んでいるのだろうか？」

「喜んでいるか？　わからない」リタは眉をひそめてテーブルを見据えた。「何が起こっているの？　今日の午後、本当は何があったの？」

リタは答えを求めてドーントを見た。

「現実のこととは思えなかった」ドーントは言った。

リタは頷いた。

「イーヴィス夫人の演説の仕方。あれはまるで——予行演習をしたようだった」

「みんなが聞いていることを確認していたわ」

「ロビン・アームストロングは、まさにここぞという瞬間に姿を現した……一秒早くも一秒遅くもなく、あの女が少女をつかんで彼の腕に預けるのにぴったりの瞬間だった」

「ロビン・アームストロングが到着したときに、彼女がどんな表情を浮かべたか見た？」

「ああ——まるで奴が来るのを待っていたかのような——」

「——そこにいるのを見てほっとしたような——」

「——ぎりぎり間に合ったとでもいうような表情——」

「——でもみんながそれに気づいたときには、もうその表情は消えていたのよ」

「劇場で見る何かのようだった」

「組織化されていた」

「計画されていた。移動手段を準備した状態でイーヴィス夫人が出発するところまで全て」

「あなたがイーヴィス夫人を追跡するためにあの場を離れた後、ロビン・アームストロングは感情を大っぴらにさらけ出したの。ひどく感傷的になって──すぐそばの見物人にしか聞こえないような小さな声で〝アリス、ああ、アリス〟とつぶやいてね」

ドーントは考えた。「それは演技だったと？　でももしそっとつぶやいたのだとしたら、イーヴィス夫人のように熱弁を奮ったのでないのだとしたら……？」

「それのほうがもっともらしく見えるからよ。その言葉が誰かの耳には届き、そうなれば次々に伝えられると確信していたのでしょう。イーヴィス夫人なんかよりもずっといい役者よ」

「彼のことを、みんなそんなふうには言っていなかったよ。みんな彼を信じていたようだった」

「それは、最初に少女を見たときに彼が気を失ったふりをしたのを見ていないからよ！」

「君が脈を測ったんだった……」

「どんな脈と比べても、安定していて、乱れていなかったわ」

「でもどうしてそんなふりをする必要がある？」

「考える時間を稼ぐため？」

ドーントは考えを巡らせたが、結論は出なかった。「それならヴォーン氏は？　なぜ彼は何もしなかったんだろう？」

リタは顔をしかめて首を振った。「ヴォーンさん、様子がおかしいの。意識がどこかへ行ってしまったみたいな状態で。ヘレナの妊娠を伝えても、ほとんど返事もしなかった。理解できていない様子だったわ。ねえ、ドーントさん、私たちが間違っているのかしら？ やっぱりヴォーンさんは、あの少女がアミーリアだと信じているのかしら？ 打ちのめされてしまっているみたいなの」

ふたりは無言のまま座った。足元で川が揺れ、〈白鳥亭〉からまとまりのない耳障りな音が風にのって運ばれてきた。

「ぼくたちも、もうこれくらいにしないとね」ドーントが言った。

リタはあくびをしながら頷いた。もう暗くなっていた。大変な一日で、リタの心は擦り切れていた。自分の限界点が認識できるほどで、皮膚が空気に溶けていくような感覚があった。もう一杯飲めば、すっかり自分を見失ってしまうだろう。ひどく少女を求めていた。奪われたように感じていた。ドーントのベンチが目についた。不意に、そこで手足を伸ばして横たわる自分を思い描いた。そんな空想の中で、ドーントは一体どこにいるというのだろう。リタの想像力がその答えをまだ模索する中、ドーントがワインのコルク栓を抜いて最後のおかわりを注ごうとした瞬間、〈コロジオン〉が沈み込み、傾いた。

リタとドーントは驚いて顔を見合わせた。誰かが乗船したのだ。

船室のドアを叩く音がして、「こんにちは」という女の声が聞こえてきた。

リトル・マーゴットのひとりだった。

ドーントはドアを開けた。

「サンデーさんにお話があるんです」娘は言った。「サンデーさんがここに入っていくのを見かけて、パパの具合が悪くなったので、それで私……ドーントさん、ごめんなさい」

ドーントが中に戻ると、その背後でリトル・マーゴットは、中をのぞいてはないと示すように大袈裟なまでに顔をそらした。リタは立ち上がった。

船室を出るとき、リタはドーントに疲れのにじんだ笑みを見せた。「ごめんなさい。あなたに話したこと。女性の問題だったわ」

ドーントはリタの手を取ると、その手を自分の唇に押し当てることもできたが、そうはせず、同志にするようにその手を強く握った。リタは去っていった。

ジョーの体調が優れないことは誰もが知っていて、リタがリトル・マーゴットの後についてて土手を上り、客用に開放された部屋を通り抜けて、ジョーとマーゴットの部屋に向かうのを遅らせようとする者は誰ひとりとしていなかった。酒場の主人は、川から一番離れたところにある部屋に急きょ間に合わせで設置されたベッドに横たわっていた。彼の胸部は、耳に心地良いとは言いがたい苦しそうな息づかいの中で上下していたが、その眼差しは落ち着いていて、あまりに落ち着いているために、雑音とともに繰り返される肺の動きは全く別の人間のものであるようにさえ感じられた。手足は辛抱強く静かに横たえられていた。ジョーは片方の眉を引きつらせて、娘に向かって、母親の仕事を手伝ってくるよう合図した。やがてリタとふたりきりになると、柔らかな笑みを見せて言った。

「何回──あと何回──これが──できるかな?」ジョーは苦しそうに吐き出す息の合間にそう訊いた。

リタはすぐには答えなかった。そもそもそれはまともな質問ではなかった。ジョーの胸に耳を当てて心音を聞いた。脈を測り、蒼白《そうはく》の程度を判定した。

それから椅子に腰を下ろした。私にできることは何もない、そう口に出しては言わなかった。彼はジョーだから。もう半世紀ものあいだ、常に死の一歩先を行っていたではないか。死ぬことに関して、ジョーの知らないことなど何もなかった。

「あと──数ヶ月と──いうところかな」ジョーは苦しそうに息をついた。そしてそこで言葉を切り、沼のように感じられる空気を吸い込んで酸素を取り入れる作業に神経を集中させた。「半年──かな」

「そんなところね」

リタは目をそらさなかった。患者がこれから訪れる現実を受け入れるのを支えること、それもリタの仕事の一部だった。死にゆくということは孤独なことでもあった。看護師という存在は、多くの場合、家族よりも打ち明けやすい相手でもあった。リタはジョーの視線を受け止めた。

「もっとましな夏を」――また息が苦しそうになった――「過ごしたかった」

「そうよね」

「恋しくなるよ――マーゴットが。家族が。この世界には――驚くほど素晴らしいものが――いくつもある――恋しくなる――」

「川が？」

「いつだって――川は――存在する」

ジョーは目を閉じた。その脆弱な胸が苦しそうに膨れ上がるのを見て、リタは、ジョーの体をこれ以上弱らせることなく苦しさを緩和してあげられるよう、自分に作ることのできる水薬を作って、明日にでもマーゴットに届けようと考えた。ジョーは休眠状態に陥り、彼にしか見えていない何ものかによって生気を与えられていた。一度か二度、何やら言葉を発した。そのほとんどが理解できないものだったが、リタは、**川……クワイエットリー……物語**という言葉を聞いたように思った。

やがてジョーは目を開き、瞬《まばた》きしながら現実に戻ってきた。

「マーゴットには話したの？」リタは訊いた。

ジョーの眉が〝ノー〟と伝えていた。

「話しておいたほうがいいんじゃない？　少しでも心構えをしてもらうために？」

眉が〝イエス〟と述べていた。

ジョーは目を閉じると、そっと眠りについた。今度は少し長く眠るだろう、リタはそう思った。しかしリタが立ち上がって部屋から出ようとしたそのとき、ジョーが再び目を開いた。その顔には、休眠状態に陥っているときと同じ表情が浮かんでいた。

「川の向こう側にいるときには決して耳にすることのない物語がある……こちら側に来てようやく、ぼんやりと思い出すことができる……そういう物語が……」

＊

「とても悪いわ」リタはマーゴットに告げた。「もう少し楽にしてあげられる薬を、明日、持ってくるから」

「この雨のせいだよ。天気が良くなるまで、あの人が良くなることはないんだろうね」

客のひとりが「シードルをくれ」と声を上げたが、マーゴットには答える必要がなかった。マーゴットは戻ってくるなりリタに言った。「あんた自身が疲れ果てちゃってるみたいじゃない。もうすぐ夜も終わるころだし、きっとあんた、お昼を食べたっきり何も口にしていないんでしょ。ほらここ、誰からも見られないところに座んな。何か食べる物を用意してくるから。気にしなくて大丈夫、後で裏口からこっそり帰りな」

リタは喜んでそれに応じ、座ってパンとチーズを食べた。ドアが少し開いていた。がやがやと騒がしい話し声が聞こえてきていた。その会話の中で、ヴォーンとアームストロングの名前が幾度となく繰り返された。リタはもうその日の事件について考えることができなかった。おお、砂利採取人がいてくれて本当に良かった。

「ある男がな」砂利採取人のひとりがそう言うのが聞こえた。「男がそのな――あの、今話すよ――人間は、お前や俺みたいな人間はな、猿の仲間だって考えてるんだと！」男は上機嫌な飲み仲間たちに向かって、ダーウィンの説を説明しようと精一杯の努力をしていた。

「それと似た、別の話を聞いたことあるぞ！」別の男が声を上げた。「その昔、人間には尻尾とひれがあって、水中に住んでたんだと！」

「何？　川の中？　そんなの聞いたことねえ！」

ふたりはその問題について堂々巡りの議論を続け、この話題を最初に口にした男が、自分はこの話をここから十五キロメートルほど上流にある酒場で聞いたのだと主張すると、もう一方の男は、そんな話は作り話だと主張した。

「そんなはずはねえ」また別の男が言った。「マーゴットになみなみ注いでもらえよ。そうすりゃ、口から出てくる言葉はみんなこんなふうに……」男は、水の中で発話しているかのような音を発しながら言葉を終わらせた。みなはそれをひどく面白がり、こぞってそれに挑戦した。そしてグラスに残った酒を泡立てるように口で吹くという、なんとも独創的な技を編み出した。みな声を上げて大笑いし、唾を飛ばし、ついには、自分の出す音に大喜びするあまり椅子から転げ落ち、敷石の上に打ち上げられた魚のように体をじたばたさせる者までいた。

リタは台所にいたリトル・マーゴットに皿を渡すと、裏口のドアからこっそり抜け出した。もう明け方近かった。一時間は寝られるだろうか。

地下に潜む大いなる池

リリーは午後の出来事を群衆の後ろから見ていたが、働く男たちの大きな肩や、彼らの連れのつばの広い夏用帽子に視界を遮られて、近くにいたひとびとの助けを借りてようやく何が起こっているのかを知ることができた。背の高い傍観者たちが耳にしたことを周囲に伝え、聴覚の優れた者たちは耳にしたことをそのまま繰り返した。しかしリリーが、その場を後にし始めた人の波に揉《も》まれながらようやく衝突のあった中心部へと辿り着くと、その舞台にはもう誰もおらず、ただ雨が降り注いでいるばかりだった。

リリーは牧師館に到着すると、涙を流して何やらまくし立てながら牧師の部屋に飛び込んでいった。

「落ち着いてください、ホワイトさん」牧師はなだめようとしたが、リリーは聞く耳を持たなかった。しかしやがて牧師がリリーの話の要点をまとめ上げると、ようやくリリーは静かになり、再び呼吸ができるようになった。

「つまり、亡くなったアームストロング夫人が下宿していたところの女将さんが、その子に気づいたということですね？ それで少女は今、アームストロング青年と一緒なのですか？」牧師は頭を左右に振った。「もしもあなたのおっしゃることが本当であれば……かわいそうに、ヴォーン夫人はこれをどのように受け止めていることか。それは確かに本当の話なんですか、ホワイトさん？」

「昼が昼であるのと同じくらいに確かです！ この目で見たんです。この耳で聞いたんです。というか、そうしたも同然です。でもハブグッド牧師、教えてください。あんな若い男の人に、どうやったら小さな女の子の面倒が見られるっていうんです？ どうしたらいいかわからないに決まってます。あの子が夜に目を覚ましたときに歌ってあげる子守歌を知らなかったら？ 暖炉に囲いを設けていなかったら？ 多くの若い男性は、そんな物つけていませんよね。人形はどうしたのかしら？ 持っていったのでしょうか？」

牧師はできる限りのことをしてみたが、それは命に限りある人間には和らげることのできない不安で、牧師館を去るときにもリリーはまだ苦悩していた。家に向かって川岸を歩きながら、さまざまな最悪な考えや記憶に取り憑《つ》かれた。アンがヴォーン夫妻のもとにいるあいだは、不安を感じるようなときはいつでも、あの子はヴォーン夫人と一緒にいて、健康で安全に暮らしているのだと考えることで不安を払拭《ふっしょく》することができていた。しかしその慰めを失ってしまった。アンは若い男の——妻を亡くした、寡夫の——腕に託された。誰があの子の面倒を見るというのだろう。母親ならば信頼できるが……。過去が蘇ってきた。半年間遠ざけられていた分、より大きな力で手加減なく襲ってきた。事の始まりを、リリーははっきりと覚えていた。

「父親なしに生活するのは寂しい？」ある時、母親が尋ねてきた。「また父親がいたら素晴らしいなって、そう思う？」大人が質問をしてくるとき、相手にこう答えてもらいたいという希望の答えをすでに思い描いていることがあるもので、リリーは母親を笑顔にする答えを出したいといつも思っていた。その質問をしてきた母親の顔には笑みが浮かんでいるように見えていたが、その裏に隠された不安をリリーは見逃さなかった。どう答えるべきか考えている自分を母親が注意深く観察していることに気づいていた。

「わからないな」リリーは言った。「十分素晴らしいんじゃない？　私たちだけで」

母親は胸をなで下ろしたように見えた。しかし、しばらくして母親が再び同じ質問をしてきたとき、最初の答えは間違っていたのだと感じた。母親の顔を観察し、彼女を喜ばせることだけを考えてもう一度答えてみた。「そうだね、パパがいたらいいな」

母親の顔には、感情のほとんどを内に秘めているかのような表情が浮かぶばかりで、リリーにはその答えが正しかったのかどうか判断することが到底できなかった。

男がリリーたちの部屋にやってきたのはそれからすぐ後のことだった。「それで、お前がリリーか」男はリリーの前に大きく立ちはだかった。男の歯は後方に傾斜しているように見えていて、リリーはひと目見た瞬間に、この男の目を見ていたくはないと判断した。

「こちらはナーシュさんよ」母親はびくびくしながら言った。そして男からの視線に応えるように、慌てて続けた。「この人が、あなたの新しいお父さんになるのよ」母親が承認を求めるように男を見やると、男はにこりともせずに頷いた。

新しい父親は脇によけた。

「こいつが」父親は言った。「ヴィクターだ」

彼の背後に姿を現したのは、リリーよりも背の低い、しかし年上の少年だった。発育不全の鼻を持ち、唇はあまりに薄いためにほとんど見えていなかった。眉毛は肌と同じくらいに色味がなく、目は細長い線にすぎなかった。

少年の顔に穴が開いた。私を食べるつもりなんだ、リリーの頭に真っ先に浮かんだのはそんな考えだった。

「新しいお兄さんに笑顔をお見せなさい」母親は駆り立てられるように言った。

その声に恐怖の響きを感じ取ったリリーが母親をちらりと見上げると、母親と新しい父親がリリーには理解しがたい視線を交わし合っているのがわかった。まるで母親は、逃げることのできない網に絡めとられているかのようだった。私のせいなの？ リリーは考えた。私、何を間違えてしまったの？ リリーは間違いを犯すのが嫌いだった。母親を幸せにしたかった。

リリーはヴィクターのほうを見て、そしてほほ笑んだ。

バスケットマンズ・コテージに到着したリリーは、ドアを開ける前から気づいていた。川は、果物のようなあの酵母のにおいをごまかすほどに強いにおいを放つことはなく、雨でさえもあのにおいを流し去ることはできなかった。

「牧師館に行かなければならなかったの」リリーは口を開いたが、最後まで弁明する間もなく上腕に最初の一撃が加わった。次の一撃は柔らかい腹部に食い込み、リリーがその拳に背を向けると、攻撃は背中や肩に向けられた。ホワイト氏もリリーに暴力をふるっていたが、彼は酒飲みで、体こそ大きかったもののヴィクターのように殴る技術を身につけておらず、力もヴィクターの半分程度だった。ホワイト氏の一撃は重みがあったものの、ヴィクターの攻撃に比べると、手ぬるく、力強さに欠けていた。老ホワイト氏の下手くそな攻撃であれば逃れることができたし、その拳をかわすこともできた。一撃が狙ったところを見事にとらえた場合でも、それによってできるあざは一週間もすれば消えた。しかしヴィクターは、三十年近くのあいだリリーを殴り続けていた。リリーのちょっとしたフェイントも策略も、ひとつ残らず知り尽くしていて、リリーがどちらかの方向に体を動かすよう誘導しておきながら、別の方から攻撃をしかけるということもできた。懇願や涙にも動じず、冷ややかな集中力でもってその動作を行い続けた。リリーには、ヴィクターのなすがままに任せるよりほかなかった。

ヴィクターは顔にだけは触れなかった。

攻撃が止むと、リリーは床に体を横たえ、ヴィクターが椅子を引いて座る音を耳にするまでそうしていた。

それからようやく立ち上がると、ワンピースの乱れを直した。

「お腹は空いているの？」普段通りの声を出すよう努めた。暴力の後にリリーが気分を害したままでいるのをヴィクターは嫌った。

「もう食った」

それはつまり、家の中にはもうリリーの食べる物は何も残されていないということを意味した。

ヴィクターは台所のテーブルに着いて満足げに息を吐き出した。

「いい日だったの、ヴィクター？」リリーはおずおずと訊いた。

「いい日？　いい日だって？　そう言っていいだろうな」ヴィクターは含みのあるような雰囲気を漂わせて頷いた。「うまくいってるんだよ」リリーはそわそわと周囲を歩き回った。

ヴィクターに言われるまで座るつもりはなかったものの、家に食料が残されていないのであれば、食事の準備に専念することもできない。

ヴィクターは窓の外に目をやった。

もう行くかしら？　リリーは願った。

夏至の夜だった。この雨の中でさえも、人々はいつまでも外で時間を過ごすだろう。ヴィクターはひと晩中ここに居座るつもりなのだろうか。

「川が増水してる。ばかみてえに怖がってるんだろうよ。悪夢を見るんだろ？」

実のところ、アンが〈白鳥亭〉にやってきてからというもの、悪夢は見なくなっていた。しかしその妹はふたつの場所に同時に姿を現すことができないのだ、リリーはそう考えた。しかしそのことをヴィクターに伝える必要はなかった。伝えてしまえば、リリーがいまだに、ひどく長いあいだ悩まされ続けてきたあの訪問に苦しんでいると知られてしまうことになり、それはヴィクターを喜ばせるだけだ。そこでリリーは同意を示すように頷いた。

「水が怖いなんておかしな話だぜ。どこにだって存在するんだからな。見えてる場所にも、見えてない場所にだって。知ってる場所にも、知らない場所にだってある。不思議なもんさな、水ってのは」

ヴィクターは〝知っている〟のが好きな男だった。ヴィクターからの拷問を避ける最良の方法のひとつは、何かについて無知であることで、彼に誤りを正してもらうことだった。今ヴィクターは自分の知識に満足していて、長々と説明したい気分になっていた。

「地下には、地上とおんなじだけ水が存在するんだ」ヴィクターは言った。「ばかでっけえ洞窟がいくつもある、地下の奥深くに、大聖堂みてえに広々としててな。考えてみろよ、リリー。お前の大好きな教会が、てっぺんまでずっと、深くて静かな水でいっぱいなところをな。そんだけ大量の水が、地下に湖みたいに存在してるって想像してみろよ。ありとあらゆる種類の水が存在するんだぜ、そこにはなあ」

リリーは目を見張った。そんなことはあり得ない！　地下に水？　そんな話を耳にしたことがあるだろうか。

「噴水、泉、湧き水」ヴィクターは細い目でリリーを見据えながら続けた。リリーは心臓が激しく鼓動するのを感じた。喉がからからだった。「池だってある。小川、川、沼」膝から力が抜けていくようだった。「それに礁湖《ラグーン》もな。でもお前、〝ラグーン〟って言葉なんて聞いたことねえだろ、リリー？」リリーは首を振った。火の代わりに水を吐き出す、水から成る竜のようなおぞましい生き物が頭に浮かんだ。

「自然における驚くべき事実だよ、リリー。俺たちは地球の表面で生活してるわけだが、足元には、この下」――足元を指さしながら――「地下には大いなる湖が存在してるってわけだ」

「正確には、どこに？」その声は恐怖で満ちていて、体は震えていた。

「どこって、どこにでもだよ。きっとここにもな。このコテージの真下にだって」

リリーは恐怖に身を震わせた。

ヴィクターはリリーの全身を上から下まで見回した。

まだ終わっていないんだわ、リリーは思った。あれも欲しているんだわ。

正解だった。

ふたつの妙な出来事

ケルムスコットにあるアームストロングの農場では、この夜をどのように終えたのだろう。

家族全員が遅くまで起きていた。子どもたちがこれほど遅くまで起きていたことはこれまでになかった。テーブルの上にろうそくが数本置かれていて、アームストロング以外の全員が寝間着に着替えていたものの、誰ひとりとして寝室に行こうとしなかった。ベスとアームストロングが見守る中、一番上の娘が膝に少女を抱え、弟妹《きょうだい》たちがその周りに集まって嬉しそうに顔をほころばせて少女をなでたり、自分のお気に入りのおもちゃを少女に渡したりしていた。子どもたちはみな少女にすっかり魅了されていて、少女がわずかにでも動くたびに、眠たそうな目を瞬かせるたびに声を上げた。少女よりほんの二歳ほど年上の、家族の中では最年少の息子は、その日祭りで買ってもらった新しい木製のおもちゃを少女に差し出して、少女がそれを小さな指で握ると、「気に入ったって！」と嬉しそうに声を上げた。年長の娘たちは少女の髪の毛を梳かし、お下げを結い、顔や手を洗ってあげて、もう着られなくなった自分たちの寝間着を着せてあげた。

「この子、うちにいる？」子どもたちはもう何度も同じ質問をしていた。「この子、この家で一緒に住むの？」

「ロビンが帰ってきて、パパになるの？」また別の幼く甲高い声がそう言ったが、その声にはわずかに不安げな響きがあった。

「どうだろうか」アームストロングは答えたが、ベスはそんな夫を横目でちらりと見やった。

祭りが終わり、一家が人の群れから離れたところまで移動すると、ロビンは少女を母親の腕に預けてオックスフォードに帰っていった。これからどうするつもりでいるのかという明確な説明もなく、今度はいつ農場に帰ってくるかという約束もないままに去っていった。アームストロングとベスは、子どもたちに聞かれることなくその日の出来事について夫婦で話し合う時間がまだ取れていなかった。

少女の目が閉じてくるのを見て、周りにいた子どもたちは静かになった。うとうとと眠りに落ちていく中、少女の指から力が抜け、握っていたおもちゃが床に落ちて大きな音が鳴ると、少女は再び目を開けた。そして虚ろな表情で辺りを見回すと、顔をくしゃっと歪ませた。

少女が口を開けて泣き出す前に、ベスが少女を抱え上げた。「さあ、おいで。ベッドに行こう。あなたたちもね！」

子どもたちのあいだで少女を巡ってひと悶着《もんちゃく》あった。全員が、少女を自分の部屋で眠らせたいと主張したが、ベスはきっぱりと言った。「今夜はママと寝ますよ。あなたたちの部屋で寝かせたりしたら、誰も目を閉じないでしょ」

ベスは年長の娘たちに、下の子たちがちゃんとベッドに入るのを確認するようにと言いつけてから、少女を自分の寝室に運んだ。少女をベッドに横たえ、そっと歌を歌いながら寝かしつけた。少女は目を小さく瞬かせながら、ゆっくりと眠りの浅瀬に入っていった。

ベスはしばらくベッドのそばに腰かけ、少女の顔に自分との類似点を探した。ロビンの眠っているときの顔をそこに見いだそうとした。弟妹《きょうだい》たちの面影を見つけようとした。あの男のことは考えないようにした。アームストロングとの結婚の前にロビンを植えつけていった男のことは。その男の顔はもう何年も昔に葬り去っていて、今さら掘り起こす気などなかった。

事の発端となったあの手紙のことを、ばらばらに破られた状態でロビンのポケットから見つかり、夫とともにつなぎ合わせようとしたけれど失敗に終わったあの手紙のことを思い返していた。あのとき、「アリス、アリス、アリス」、そう繰り返したのだった。その晩は、その名前が喉まで出かかっていたにもかかわらず、それを口にするのがためらわれた。

穏やかな呼吸が聞こえてきて少女が深い眠りについたことがわかると、ベスはそっと部屋を出た。

アームストロングが火のついていない暖炉のそばに置かれた肘掛け椅子に座っていた。その場面にはどこか非現実的な雰囲気が漂っていた。ベスは寝間着姿で、夫は外出用の上着を身につけていて、暗がりにろうそくが灯っているものの、暖炉には火がなく、その日の湿気を帯びた空気のむっとするような柔らかさがいまだに消えずに残っていた。夫は深刻な面持ちで、小さな木製の置物をぼんやりと眺めながら手の中で返していた。

ベスは待ってみたが、夫は口を開かず、物思いにふけっている様子だった。

「あの子なのかしら？」しばらくしてベスは訊いた。「本当にアリスなのかしら？」

「お前にならわかると思ったんだがね。女性の直感か、あるいはお前の〝見える目〟で」

ベスは肩をすくめ、眼帯に触れた。「あの子であってほしいの。だって、なんとも可愛らしい子じゃない。みんなあの子を好きになったわ」

「ああ、好きになったね。しかしロビンはどうだろう？　あいつは何か良くないことを計画しているのだろうか？」

「私があの子のことを理解しているのであれば、そうね、それは大いにありそうなことですね。でも、あなたはいつだってあの子を擁護するほうじゃない——どうしてそんなふうに思うの？」

「あの女。イーヴィス夫人。彼女が私をあそこに、あの場所に導いたのだよ、ベス。十分その可能性があると私は信じている。彼女は意図的に自分の姿を私に見せておいて、私に祭り中を駆け回らせて自分を追わせたのだよ。ヴォーン夫妻の姿を見つけるまでね。私があの場所に辿り着いたちょうどその瞬間に、全ての場面が私の目の前で繰り広げられるよう、入念に時間を調整していたのだよ」

アームストロングは思案に沈んだ。ベスは待った。自分の中で考えが整理できれば、夫はその考えを自分にも話してくれるはず。

「あんな行動を取ることで、どんな利益を得ようとしていたというのだろうか？　誰の子どもであれ、彼女にはなんの関係もないはずだ。あの女を支配しているのは金だよ。だとすれば誰かが、どこかで、彼女に払っているはずだ。誰かが彼女に金を払って、不可解な旅に出させた。そのせいで、あの子がアリスであるのかそうでないのか確認するのに彼女を頼ることができなかった。そして今になって誰かが彼女を呼び戻した」

「それで、その人物がロビンだと考えているの？　でも……。あなた言ってたじゃない、ロビンはあの子に関心がないんだって」

アームストロングは困惑して首を振った。「確かにそう言った。そう思っていたんだ」

「それで、今は？」

「今は、どう考えるべきかわからない」

アームストロングはしばらく考え込んでいた。ベスが、もう遅い時間で、自分たちも数時間でも眠ったほうが良いと声をかけようとしたまさにそのとき、アームストロングが再び口を開いた。「今日はもうひとつ、妙なことが起こったんだ」

アームストロングは末息子フレディのおもちゃ、木彫りの豚を眺めながら言った。

「祭りで、撮影ブースを見にいった。家族全員で、この農場で、写真を撮ってもらうのもいいだろうと思ったのだよ。そこで売り物の写真を見ていたら——最近の祭りで撮影された写真もあってね——そしたらこんなものを見つけたよ」

アームストロングはズボンの大きなポケットに手を入れると、額に入った小さな写真を取り出し、ベスに渡した。

「豚じゃない！　まあ、驚いた。しかも時間が読める豚なんですね！」ベスは目を細めて、その動物の横に掲示してある貼り紙に書かれた文字を読んだ。「人の年齢までわかるって。すごいじゃない」

「もっとよく見てごらん。豚を見るんだ」

「タムワースね。うちの豚と同じ品種」

「彼女がわからないかい？」

ベスはもう一度写真を見た。豚に精通してはいたものの、ベスにはどの豚も同じように見えた。それでもベスには、夫が何を考えているのかがわかった。

「まさかね……？　そんなはず……？」

「そのまさかだよ」夫は言った。「モードだよ」

第四章

それからどうなる？

夏祭りの二日後、ドーントはオックスフォードへ戻ったものの、少女を取り巻く環境の劇的な変化があまりに奇妙だったため、普段の仕事に集中することができなかった。いくつかの理由のために落ち着かない気分が続いていたが、少女を恋しく思っているのがその理由のひとつだということに気づいていた。なんともばかげていた――少女がヴォーン家にいるあいだ、ドーントが彼女に会ったのは撮影のために屋敷を訪れたたった一回だけだった。しかしふたりのあいだにはつながりがあった。ドーントの少女救出における役割が、彼自身とヴォーン家とのあいだに絆《きずな》を築き、両者のあいだには、ドーントが叩いたときにはいつでも開くと当てにすることのできるドアが設けられた。ドーントはヴォーン夫妻と少女の写真を撮影し、一家と友情を築き上げる道半ばまできていた。ほんの束の間だったが、自分が救出した少女の成長を見届けることができるかもしれないという期待に胸を躍らせた。小さな少女から少し大きな娘へ、それから大人へと変化していく姿を見届けることを想像したりした。しかし今、その全てが消え去り、ドーントは奪われたように感じていた。悲しみの中でドーントは思い出していた。あの日〈白鳥亭〉で、少女をひと目見ようと、ひどく愚かにも、そしてひどい痛みを伴うにもかかわらず、腫れ上がった瞼《まぶた》を引き離した。その際に訪れた暴力的なまでの気づきの瞬間は忘れることができなかった。少女は自分のものだ、そう主張したいという強い衝動に駆られたことを思い出していた。結局は理性が優位に立ったものの、分別などはこの喪失を少しも慰めはしなかった。

少女のことを考えていないときはリタのことを思った。そちらのほうがより気が楽ということはなかった。少女が残していったものがあるとすれば、それは、ドーントがいかに子どもを欲しているかということをドーント自身に痛感させたことだった。自分たち夫婦のあいだには子どもが望めないとわかったとき、妻は失望していた。ドーント自身の子どもへの憧れはそのときにはなかなかやってこなかった。しかし今になってそれを感じていた。

店の二階にある部屋の壁に、お気に入りの写真が並べてあった。写真は額には入っておらず、ただ画びょうで壁に留められているだけだった。ドーントは今、苦痛を伴う混乱の中でそれらの写真をじっと見つめていた。何か妊娠を避ける方法はないだろうか。方法がないわけではないことは知っていたものの、確実に信頼できる方法とは限らない。それに、どちらにしても自分は子どもを欲しがっているわけで……リタはその問題に対する気持ちを明白にすることができなかった。驚きはしたものの――リタの少女に対する優しさを目の当たりにして、過度な期待をしてしまっていた――リタの気持ちを変えさせようとすれば、それは彼女を不当に扱うのと同じであるとわかっていた。ドーントは、リタが彼女自身の心をよく理解しているところを称賛していた。ドーントの望むように変わることをリタに求めてしまえば、それはリタに別の人間になるよう求めることになる。いいや、彼女が変わることはないだろう。であれば、自分が変わるまでだ。

ドーントは写真を一枚ずつ剝がすと、彼なりの方法で索引をつけていき、店の引き出しに保管した。彼女を簡単に忘れることはできないだろう――あまりにも長い時間、自分の目に彼女の顔を触れさせ、時とともにそれは記憶にとどまってしまっていた。直接彼女に会うのを避けるのも難しかった――少女の物語から自分自身を解き放つことはできなかったし、リタもその物語の一員だったから。しかし少なくとも、彼女とふたりきりで過ごす時間を作ろうとするのをやめることならできる。もう彼女の写真は撮らない、そう決心した。リタを愛することのないよう、自分に言い聞かせなければならなかった。

なんとも賢明な決意を固めた結果、そのすぐ翌朝、ドーントは店を助手に任せて、カメラを携えて〈コロジオン〉で川を上り、リタの家のドアを叩いていた。

リタは微かな笑みを浮かべてドーントを迎えた。「あの子のことで何かわかったの？」

「いいや。何かわかった？」

「いいえ」

リタは顔が青白く、目の下にはくまができていた。ドーントは、一般的な、斜め前から顔を撮影する位置に機材を設置すると、ガラス板の準備をしに暗室に入った。戻ってくると即座に光の具合を確かめ、露光時間を十二秒と定めた。リタは用意された席に腰を下ろすとカメラに顔を向けた。普段通りの率直な態度で、何も隠してなどいなかった。その眼差しは悲しみに満ちていた。それは見事な肖像写真になるはずだった。リタの感情を映し出す肖像写真であると同時に、ドーント自身の感情をも映し出す肖像写真になる。しかしドーントには、いつもならば感じているはずの快い期待が感じられなかった。

「あなたがそれほど悲しそうにしているのは見ていられない」ドーントはガラス板をカメラにはめ込みながら言った。

「あなたの悲しみだって私のと大差ないわ」リタは言った。

ドーントは頭から暗幕をかぶると、ガラス板の覆いを外して露光面をむき出しにし、レンズの蓋を取り外した。人生において、カメラの後ろでこれほどまでに惨めな気分に陥ったことはなかった。

一――カメラに光を入れないように素早く身をかがめ……

二――暗幕から出て……

三――カメラの周りを走り……

四――リタを抱きしめ……
五――「泣かないでくれ」とささやき……
六――自分の頬も涙で濡らし……
七――するとリタが顔を上げ……
八――互いの唇が触れ、すぐに……
九――撮影中であることを思い出し、駆け出し……
十――カメラのところまで戻り……
十一――光に気をつけながら暗幕に潜り……
十二――ガラス板に覆いをした。

ふたりはガラス板を〈コロジオン〉に持っていき、心霊現象をとらえたようなその写真を現像した。ふたりは陰鬱な表情で、ぼんやりとした光と影に覆われたリタの消えかかった姿を見つめた。透明な作用と滑らかな混乱、実体のない動き。

「これって、今まで撮った中で一番ひどい写真かしら？」リタが訊いた。

「そうだね」

赤い光の中、気づけばふたりは互いの腕の中にいた。口づけをしたというよりはむしろ、自分の唇を相手の肌や口、髪に強く押しつけた。体に触れ合うというよりむしろ、つかみ合った。それから、ふたつの別々の心が存在するとは思えぬほどのタイミングで、同時に互いの体を離れた。

「こんなのには耐えられないわ」リタが言った。

「ぼくだって無理だ」

「会わなければ、もう少し楽になるのかしら？」

ドーントはリタの正直さに対等であろうと努めた。「楽になるのだと思う。いずれ」

「そうよね。それならもう……」

「……そうするしかない」

それ以上は何も言うことがなかった。

リタが背を向けて立ち去ろうとすると、ドーントがドアを開けた。ドアのところでリタは立ち止まって言った。

「アームストロング家への訪問はどうしたらいい？」

「アームストロング家の訪問？」

「農場での写真撮影よ。手帳に書いてあるわ。お祭りの日に、予約を受けたの」

「あの家には少女がいる」

リタは頷いた。「ドーントさん、一緒に行かせて。お願い。私、どうしてもあの子に会いたい」

「仕事は？」

「ドアにメモを貼っていくわ。私を必要とする人がいたら、アームストロング家まで来てもらうことにする」

あの少女。ドーントはもう二度と彼女に会うことがないと思っていた。しかし自分の手帳に約束が書き込まれていたなんて……。急に世界がそれほど耐えがたいものではないように感じられた。

「わかったよ。一緒に行こう」

三ペンス

「取り決めの条件については後日またゆっくり話し合いましょう」占い師はそう言っていた。「また連絡します」とも。あれから六週間はなんの兆候もなく過ぎたが、猶予を与えられたかもしれないなどと考えるほどヴォーンは愚かではなかった。拳は必ず振り下ろされるはず、そうわかっていた。そのため、自宅の食卓に置かれたお盆の上に見慣れない筆跡の手紙をついに見つけたとき、ほとんど安堵さえ覚えた。手紙には、ある日の早朝、川沿いの人気《ひとけ》のない、とある場所に来いと書かれていた。その場所に到着したヴォーンは自分が先に到着したと思ったが、馬から下りてぬかるんだ小道に立った瞬間に、下生えから何者かが姿を現した。

華奢な体つきの男で、その体には大きすぎる丈の長い外套を着ていた。そしてつばの大きな帽子を目深にかぶっていた。

「おはようございます、ヴォーンさん」

その声が男の正体を伝えていた。占い師だった。

「何が欲しいのか言え」ヴォーンは言った。

「むしろそちらが何を欲しがってるのか、ですよ。あの子が欲しい、そうでしょう？　あなたも、奥さんも？」

ヘレナはこのところひどくおとなしかった。赤ん坊のことを喜んでいるらしく、来《きた》るべき生活の計画について口にすることが時々あったものの、あの生き生きとした姿はもう見られなくなっていた。ヘレナの中で、未来の生活と過去の喪失が、ひとつの経験から生じたふたつの片割れが共存しており、ヘレナはその胸に苦悩と希望を静かに抱えていた。

苦悩しているのはヘレナだけではなかった。ヴォーンも少女が恋しかった。

「あの子を取り戻すことができる、そういうことか？　ロビン・アームストロングのほうには証人がいるんだぞ」ヴォーンは指摘した。「彼女の職業を考えれば、最良の証人とは言いがたいというのが本当のところだがね。それでも、もし私が法廷で彼と対峙《たいじ》することになれば、お前が私を速攻で叩きつぶすんだろう」

「向こうも応じるかもしれやせんぜ」

「何が言いたい？　あの男が、自分自身の子を売る気になるかもしれないと言いたいのか？」

「彼自身の子……、まあ、そうかもしれませんがね。でも違うってこともあり得る。どっちだってあの男には関係ないんだ」

ヴォーンは応えなかった。この密会にますます落ち着かなさを感じていた。

「説明して差し上げやしょうかね」男は始めた。「ある男が、その男にとっては二ペンスの価値もないと思っているものを持っていたとして、別の男がそれを手に入れたいと思った場合、三ペンス出せば大体それを手に入れることができるんですよ」

「そういうことか。私がアームストロング氏に三ペンス差し出せば、お前の考えに従えば、彼はあの子の権利を放棄するというわけか。それを言うために私をここに呼んだのか？」

「三ペンスってのは、説明のために示したものにすぎませんがね」

「なるほど。つまり、三ペンスよりも多く出せということだな。お前の主人はいくら要求している？」

たちどころに男の声色が変わった。「主人だって？　はっ！　あいつは俺の主人なんかじゃねえ」男は、その会話の向から先に何やら滑稽に思われる点を見つけたようで、帽子のつばの下で薄っぺらい口を歪めた。

「お前はその男のために、私にそいつの言葉を伝えにきたのではないか」

男はそれとは気づかない程度に肩をすくめたように見えた。「あんたのためにやってるのかもしれないぜ」

「ふん。手数料でもせしめてるんだろう？」

「俺はこの協定から利益を得る立場にある――ごく自然なことだと思うがね」

「伝えてくれ、権利を放棄するのであれば五十ポンド出すと」ヴォーンはこのやりとり全体に嫌気がさしてきて、男に背を向けて歩き出そうとした。

その瞬間にヴォーンの肩に落ちてきた手は、悪そのもののように感じられた。手がその肩をがっちりとつかみ、ヴォーンを振り返らせた。ヴォーンはよろめいたものの、今回はなんとか転ばずに踏ん張った。ふと、男の顔が垣間見えた。不完全に見える鼻と唇がついていて、ふたつの切り込みのように見える目は、見られていることに気づいた瞬間に細くなった。

「そんなんじゃ、とてもじゃないが無理だろうな」男は言った。「俺の忠告を聞くんだったら、千ポンド辺りが妥当だ。考えるんだな。奥さんが痛いくらいに恋しがってる小さな少女のことを考えるんだよ！　新しい人生がやってくるって考えてみな――あんたには秘密がなくなるんだ、ヴォーンさんよ、俺に暴露される秘密がな！　情報ってのは、網にかかる魚みてえに俺の耳に入ってくるんだ――あんたの奥さんがこの先も元気で、悲しい知らせを受けて嘆き悲しむことのないように祈ろうじゃないか。家族のことを考えるんだな！　値段をつけられないもんってのが存在するじゃねえか、な、ヴォーンさんよ。何より重要なのは家族だよ。そのことを忘れるな」

男は急に体の向きを変えると、そのまま去っていった。ヴォーンが曲がり道の先をのぞき込むと、そこにはもう誰もいなかった。どこかで道をそれ、草地に分け入って姿を消したようだった。

千ポンド。身代金として払ったのと全く同じ金額だった。屋敷と土地、そのほかの資産を頭の中でざっと計算し、どうすればその金額が用意できるか考えた。嘘を買い戻すために。嘘は嘘のままで、すぐにでも暴かれる可能性があったが。今回頭金さえ支払えば、分割払いで購入できるかもしれない嘘。

思考が渦を巻いた。あまりに高速で回転するためにとらえることができず、結論はやはり手の届かないところにあった。

ヴォーンは来た道を戻り、家に向かった。ヴォーン家の敷地内にある桟橋までやってくると、桟橋の上を進み、端に腰を下ろして足をぶらつかせた。そして両手で頭を抱え込んだ。ヴォーンがヴォーンのままで、もっとましな人間で、父親だったころ、正しい解決に達するために行動することができていて、その行動を通して先を見通すことができていたはずだった。しかし今、一片の瓦礫《がれき》が自分を運ぶ流れを支配できないと同様に、ヴォーンには自らの人生の流れを定めることができなくなっていた。

水面をのぞき込むと、クワイエットリーの昔話がふと頭に浮かんだ。その時が来た人間を川のあちら側へ連れて行き、まだその時を迎えていない人間は安全に岸まで送り届けると言われる渡し守。溺死するにはどれだけの時間が必要なのだろう。

立ち上がり、桟橋の縁《へり》ぎりぎりに置かれた足を見下ろした。その向こう、その下には、思考も感情も持たぬ、黒く果てのない水が打ち寄せている。水面に自分の姿を探したが、暗闇の中で水面は何も映していなかった。心の目だけが、水面に映る顔を見た。自分の顔ではなく、失った娘の顔だった。ドーントの暗室で徐々に鮮明になっていった、あの実体のない顔を思い出していた。その顔の上を液体が流れていった。黒い鏡のような水の中、ヴォーンはアミーリアを見た。

桟橋の縁にしゃがみ込み、足だけを地につけた状態で泣きながら体を前後に揺り動かした。

「アミーリア」

「アミーリア」

「アミーリア」

その名前を繰り返すたびに、さらに乱暴に体を揺さぶっていった。終わりはこうして訪れるのだろうか？　ヴォーンは思った。体の前後する動きを測りながら、体がまだ制御された状態にあることに気づいていた。体が前に傾くたびに、次の瞬間には必ず後方に戻ってくることを確信していた。しかしその動きには勢いがあった。勢いは増していた。このまま何もしなければ、自らの意志で後ろに引き戻すことができなくなるほどに揺れは激しくなるだろう。それでもいいじゃないか、ヴォーンは思った。自分にできることなんて、それを受け入れることしかないのだから。前、後ろ。前、後ろ。前、後ろ。前、そして——後ろ——そのうち、物理法則が意志の優位に立ち、体が重力に負ける地点まで到達するだろう。でもまだ足りない。あと数回。前、後ろ。前——もう少し、あとほんの数センチ前だ——、後ろ。前——。

ヴォーンは空っぽになり、足が栈橋を離れた瞬間、頭の中で声が響いた。「このままの状態で生きていくことはできないでしょう」

その声を聞いて片方の腕が前に突き出された。体は重力に引き寄せられているにもかかわらず、手が何かを求めて——なんだっていい！——前方に伸び、桟橋の支柱につながれたロープをつかんだ。水の中に落ち、心臓が激しく揺さぶられ、肩がよじれた。片手だけで体を支えながら流れに揺さぶられ、ロープの中で手が滑ると手のひらの皮が剝《む》けるのがわかった。空いているほうの手をロープ目がけてものすごい勢いで振り下ろし、足がかりを探して脚を激しくばたつかせた。苦しみもがきながらもロープを両手でたぐり寄せ、重い体を——絶望した、しかし命ある体を——桟橋の上に持ち上げようとした。ようやく桟橋まで辿り着くと、その上に倒れ込み、そのまま体を横たえ、肩から放散される痛みのために苦しそうにあえいだ。

このままの状態で生きていくことはできないでしょう、コンスタンタイン夫人はそう言った。それは正しかった。

物語を語り直す

安堵にも似た感情を抱いてその通りに出た。ひどく長いこと彼を悩ませてきた頭の中の混乱が縮小し、ひとつの目的となった。ここに来たのは、計画していたからでもなければ、ふと思いついたからでもなかった。それは彼の自由意志などではなかった。彼はすでに意思決定を放棄し、意志を断念していて、あまりに疲れ切っていたために避けられぬ事態にただただ屈するよりほかなかった。ここに来たのは、より根本的な何ものかのためだった。ヴォーンは運命や宿命という言葉を軽々しく口にするような人間ではなかったが、それでも、彼をこの門に、庭の小道に、真新しく塗装されたばかりのように見えるコンスタンタイン夫人の家の玄関ドアに引き寄せたのは、否定しようもなく、そうした種類のものであった。

「またここを訪れてもいいとおっしゃいましたよね。助けてくれると」

「はい」コンスタンタイン夫人はヴォーンの包帯を巻いた手を一瞥《いちべつ》して言った。

ジャスミンの鉢のあった場所にはバラを生けた花瓶が置かれていて、部屋中にバラの香りが漂っていた。猫は同じ場所に陣取っていた。ふたりが腰を下ろすと、ヴォーンが口を開いた。

「川で溺死した子どもが見つかりました」ヴォーンは言った。「冬至の日のことでした。それから半年間、その子は私たちの家で、私たちと一緒に過ごしました。あなたの耳にも入っていることでしょう」

コンスタンタイン夫人は曖昧な表情を浮かべて言った。「話してください」

ヴォーンは話した。少女と一緒にいる妻を見たこと、妻の後を追って馬で〈白鳥亭〉まで赴き、そこで少女と一緒にいる妻を見たこと、妻の強い確信、それと同じだけ強い、しかし正反対の自分の確信。少女の権利を主張する別の者たちの出現。少女を家に連れ帰ったこと。時間の経過、そしてそれに伴って自らの確信が徐々に衰えていったこと。

「つまり、最終的にあなたは、その少女があなたの子どもだと信じるようになったということですか？」

ヴォーンは顔をしかめた。「もう少しで……ええ……わかりません。前にここを訪れたときにも言ったように、アミーリアの顔を覚えていないんです」

「おっしゃっていましたね、ええ」

「娘のことを思い出そうとすると、あの少女の顔が浮かぶんです。もう私たちと一緒に住んではいないというのに。今あの子は別の家族と住んでいます。夏祭りにある女が現れて、あの子はアミーリアではないと言ったんです。あの子はアリス・アームストロングだと、そう言っていました。今ではみながそれを信じているようです」

コンスタンタイン夫人は、ヴォーンに先を促すかのように無言のまま待った。ヴォーンは夫人の目をしっかりと見つめて言った。「そしてそれは正しい。それが正しいことを、私は知っているのです」

ヴォーンはようやくそこに辿り着いた。ひどく長いこと避けてきたその場所に、ようやく到達した。しかしコンスタンタイン夫人は、はじめからそこにいたのだ。

言葉は淀《よど》みなく流れ出た。物語は彼の口から均一に滑り出ていった。物語の冒頭は、前回ここで話をしたときと同じように重々しく始められた。あのころ、夜になると聞こえてくる妻の泣き声に眠りを妨げられて、常にまどろんだような状態に陥っていた。しかし今、ヴォーンの言葉は前回のように乾いた意味を収めた埃っぽい容器などではなかった。言葉は新しく鍛造されていて、重要な意味を持って生き生きとしていた。今それらの言葉はヴォーンを、この苦悩の始まった前の夜に、誘拐のあった日の夜に引き戻した。娘の寝室に急いだこと、開け放たれた窓と空っぽのベッドを見たときに受けた衝撃。家中の人間を叩き起こして行《おこな》った夜の闇の中での捜索。夜明けに届いた手紙のことを話した。約束の日が来るまでの、遅々として進まぬ時間のことを話した。

もうひと口水をすすったが、あふれ出る言葉を止めることはできなかった。

「ひとりで馬にのって、その場所に向かったんです。簡単な旅ではありませんでした——空には道を照らしてくれる星がなく、道はでこぼこで、穴の開いているところもありました。

時々馬から下りて、馬と並んで歩いて進みました。太陽の下で見ればよく知っているはずの目印となるようなものも、夜の闇の中に姿を消していて、自分がどこにいるのかがわからなくなることもありました。経過した時間の感覚と、足元の地形の感覚で――それからもちろん、川のそばにいるという感覚で――自分のいる地点を判断しなければなりませんでした。夜のあいだも川は独自の光を放っています。川の輪郭はよく知っていましたし、見覚えのある湾曲部や角度が見えてくることがあって、それによって自分の居場所を確認することができました。ちらちらと揺れる光を浮かべる夜の水面を横切って、黒い帯が巻かれているように見える一帯を目にしたとき、約束の橋までやってきたことがわかりました。

馬から下りました。何も、誰も見えませんでした――と言っても、数メートル先に十人以上の男がじっと立って待ち伏せていたって、気づくことはなかったでしょうけど。

呼びかけてみました。〝おーい！〟

何も返ってきませんでした。

それから大声で言ってみました。〝アミーリア！〟そうすれば、私が近くまで来ているとわかってあの子が安心できると思ったんです。犯人があの子に私が来ることを伝えていて、もうすぐ家に帰れるんだと伝えてくれていたら、そう願いました。

耳を澄ましました。返事か、返事でなくとも何か音が、足音か呼吸する音が聞こえないかと思ったのです。川岸に波が打ち寄せる音だけが、それから表面下を移動する川の音、いつもならば気づくことのない、あの低くて深い音が聞こえていました。

橋に一歩踏み出しました。そして渡りました。向こう側に着くと、手紙の指示に従って、鞄《かばん》に入れたままの身代金を橋脚の石のそばに置きました。立ち上がるときに何か聞こえた気がしました。声でもなく、足音でもなく、もっと別の音でした。馬がいないことから、馬にもその何かが聞こえたのだとわかりました。しばしその場に立ち尽くしたまま、次に何が起こるのかと考えていましたが、犯人が金を取りにこられるように私は桟橋の石のところから移動しなくてはならないのだと気づきました。おそらく犯人は、アミーリアを解放する前に、金の入った鞄を自分の手で持ってみて、重さを確かめたがるだろうと思いました。橋の上まで戻りました。それから速度を上げて走りました――そして次に気づいたとき、私は暗闇の中でうつ伏せに倒れていました」

その説明はヴォーンの口から自然と転がり出てくるようだった。決まり文句や、あらかじめ練習しておいた言葉などは必要なかった。その語りには独自の力、速度があり、それによって過去がこの部屋で、暗くて冷たい部屋で再現された。ヴォーンは身震いした。その目は、過去の幻を見つめる人間特有の、虚ろな表情を帯びていた。

「転倒の衝撃で放心状態に陥りました。正常な呼吸を取り戻すのには少し時間が必要でした。体を起こしてけがをしていないか確認し、誰かが私を棍棒《こんぼう》か何かで殴るために待ち伏せしていたのではないかと考えたりもしました。再び攻撃されるかもしれないと思いながら膝をつけたまま身をかがめていましたが、何も起こらず、ただ自分で転んだだけなのだとわかりました。気持ちを落ち着けようとしました。世界が元通りに落ち着くのを待ちました。すぐに気を取り直して立ち上がることができたのですが、その途中、脚が何かに軽く触れたんです。すぐに、自分はこの柔らかいけれど中身の詰まった塊につまずいて転んだのだと理解しました。それがどんなものであるかを知るために手で探ってみましたが、手袋をした手では何もわかりません。手袋を外して、もう一度触れてみました。湿ったものでした。冷たくて。密度の濃いものでした。

怖かった。そのときすでに、マッチを擦る前から、それはあれかもしれないという恐怖を感じていました。

小さな炎で照らしてみると、彼女は私を見ていないことがわかりました。ほっとしました。彼女の顔はあちら側に曲がっていて、その目はじっと川のほうに向けられていました。ひどく奇妙な感覚でしたよ、その目はアミーリアの目の形をしていたんですから。アミーリアの服を着て、アミーリアの靴を履いていました。顔立ちもアミーリアに似ていました。驚くほどよく似ていた。それでも私には、これはかなり明白に感じたことですが、そのときにも、それからしばらく後になるまでもずっと、それはアミーリアではないように思えたのです。私の子どもではない。どうしてこの子のはずがあろうか？　自分の子どものことはわかっている。娘の目であれば輝きながら私に向けられることを、足は軽やかに踊ることを、手は前に伸び、もぞもぞと動き、握りしめられることを、私は知っていました。その子の手を取ってみましたが、その手は、アミーリアであればしていたように、私の指を強く握ることはありませんでした。何かがきらりと光りました。銀でできた錨《いかり》のついたアミーリアのネックレスが、その子の首にかかっていました。

私はその子を、アミーリアではあるはずのない――あってはいけない――少女を抱え上げました。土手の傾斜が緩やかな場所を探して、水際まで下りていきました。彼女を抱えて川に入り、腰まで水に浸かったところで彼女を川の上に横たえました。川が、私からあの子を引き離していくように感じられました」

ヴォーンは言葉を切った。

「悪夢でした。その悪夢を終わらせるためには、そうするよりほかに方法が思いつかなかったんです。私の娘は、私のアミーリアは、生きている、と。わかっていただけます、よね？」

「わかります」コンスタンタイン夫人の悲しげで揺るぎない目がヴォーンの目をとらえた。「でも今の私にわかっていることは――長いあいだずっとわかっていたことは――あれはアミーリアだったということです。私の愛しい娘は、死んでしまったのです」

「そうですね」コンスタンタイン夫人は言った。

川の堤防が決壊した今、ヴォーンの目から涙があふれ出た。肩を震わせ、前に後ろに体を揺り動かし、尽きることのない涙を流した。目からあふれた涙は頬に落ち、顔を伝い、顎から首へと流れて襟に染み入り、顎先から滴り落ちて膝を濡らした。両手で顔を覆うと、涙が指を濡らし、それから手首を、袖口を濡らした。泣いて、泣いて、体が枯渇するまで涙を流した。

コンスタンタイン夫人は、広大で優しい眼差しをたたえてそこにいてくれた。その眼差しは、はじめからずっとヴォーンを見守っていた。

「川で救出された少女がうちに来たとき、妙な考えを抱くようになりました。時々、思うようになったんです、もし……」ヴォーンは自分を恥じて頭を左右に振った。しかし誰でも、コンスタンタイン夫人に対しては、愚かだと思われるかもしれないなどと恐れることなく、どんなことでも話すことができた。「もし、あの子が死んでいなかったのだとしたら？　私があの子を川に横たえた後、あの子は水に流されていって、やがて意識を取り戻したとしたら？　どこかに――誰かのもとに――流れついて、二年間誰かに育てられて、それから――どのようにしてか、どうしてか、そんなことはわかりませんが――また川に浮かんでいるところを発見されて、私たちのところへ帰ってきたのだとしたら？　そんなことが到底あり得ないとはわかっています、でもこういう種類の考えというのは……。人がなんらかの説明を欲しているときには……」

「アミーリアのことを教えてください」コンスタンタイン夫人は、ひと呼吸置いてから言った。「生前のアミーリアは、どのようなお子さんでしたか？」

「どんなことをお知りになりたいんです？」

「どんなことでも」

ヴォーンは考えた。「じっとしていることのない子でした。生まれてくる前でさえ、落ち着きなく動いていたと助産師が教えてくれました。生まれてきて、乳児用のベッドに入れられると、両腕と両脚をばたばたと動かしていました――まるで、空気の中を泳ごうとしているのに、泳げないと気づいて驚いているかのようでした。よく小さな手を握っては広げ、丸い拳が指のついた手のひらに変わるのを見るたびに、純粋な驚きをその顔に浮かべていました。すぐにハイハイをし始めたと妻は言っていました。そしてそのおかげで脚が強くなったと。あの子は私の指にしがみつくのが好きで、私は手にしがみつくあの子を両足が床につくところまで持ち上げてやりました。そうすればあの子は、自分の体を支える地面を感じることができると思ったんです。よちよち歩きをするあの子の手を常につかんであげていることはできませんでした。あるとき、私が客間で書類に目を通していると、あの子がかまってくれと言わんばかりに私の足首の辺りをぺしぺし叩いてきたことがありました。持ち上げてほしかったらしいのですが、私は忙しくてかまってあげられませんでした。すると突然、小さな手が私の袖を引っ張り、ふと見ると、すぐそばにあの子がいたんです。私の横に、真っすぐ立っていたんです。自分だけの力で、椅子の脚を使って自分の体を引き上げたんです。満面に喜びと驚きが広がっていましたよ！　ああ、見せてあげたかったなあ！　千回は転倒していましたが、それでもあの子は一度も泣きませんでした。ただ起き上がって、また挑戦するんです。そしてようやくひとりで立てるようになると、もう二度と座っていることに満足できなくなりました」

ヴォーンは、その思い出に顔をほころばせている自分に気づいた。

「今なら娘さんが見えるでしょうか？」コンスタンタイン夫人の声はあまりに低く、あまりに柔らかく、少しも空気を震わせることがないように思われた。

ヴォーンはアミーリアを見た。間違った方向に流れているひと房の髪の毛、独特な色をしたまつ毛とその完璧な巻き具合、目頭についた小さな目ヤニ、歪みのない頬の曲線とその上を覆う皮膚の赤さ、ぷっくりと膨らんだ下唇、ずんぐりした指とその先についた健康な爪。

ヴォーンは娘を見た。この部屋に、今この瞬間にではなく、無限の記憶の中に見た。アミーリアはこの世における命こそ失ってしまったものの、ヴォーンの記憶の中に存在し、今も生きていて、ヴォーンが彼女を見れば、目を合わせ、ほほ笑んでくれた。もう一度アミーリアの目を見た。父と娘の視線が交わされた。アミーリアは死んでしまった、もういなくなってしまった、それはわかっていた。それでも今、ここで、アミーリアを見た。ここまで来てようやく――ここまで来なければならなかった――アミーリアを取り戻すことができた。

「見えます」ヴォーンは涙を流して頷き、ほほ笑んだ。

肺が再び自分のものだと感じられるようになった。頭の重さが肩に痛みを与えることももうなかった。胸の鼓動は安定していた。未来に何が待ち受けているのかはわからなかったが、それが存在することはわかっていた。未来に興味がかき立てられるのを感じた。

「赤ん坊が生まれてくる予定なんです」ヴォーンはコンスタンタイン夫人に言った。「暮れに」

「おめでとうございます！　良い知らせですね」コンスタンタイン夫人の反応を受けて、ヴォーンは改めてその事実に喜びを感じた。

ヴォーンは胸いっぱいに、深く、ゆっくりと空気を吸い込んだ。そしてその空気を吐き出すと、両膝に手をついて立ち上がろうとした。

「まあ」コンスタンタイン夫人は穏やかに声を上げた。「もう終わりですか？」

ヴォーンは動きを止めて考えた。ほかに何かあっただろうか。ヴォーンは全てを思い出した。どうして忘れてしまっていたのだろう。

ヴォーンは、祭りで会った占い師について話した。占い師に扮《ふん》した男から、ロビン・アームストロングから少女の所有権を買い取る機会を提供されたこと、その男がアミーリアの死について知っていて、それをヘレナに暴露することもできるのだという脅しをほのめかしてきたことを話した。

コンスタンタイン夫人はじっと耳を傾けていた。そしてヴォーンが話し終えると、頷いた。「もう終わりかとあなたに尋ねたとき、別のことが聞けるものと期待していたのですが。あなたが最初にここへ来たとき、解決すべきある問題を抱えていたことを思い出していたのです……」

ヴォーンはコンスタンタイン夫人にはじめて会った日のことを思い返した。もうずっと昔のことに感じられた。あのとき、どうして自分はここに来ようと思ったのだったか。

「奥さまに関することで……」コンスタンタイン夫人は言った。

「私はあなたに、ヘレナに、アミーリアはもう死んでいると伝えてくれと頼んだのでした」

「その通りです。あなたはそのためなら、私の言う金額をいくらでも払うと言っていた、そのように記憶しています。そして今あなたは、奥さまにまさに同じことが伝わるのを止めるために、見ず知らずの男に大金を支払おうと考えていらっしゃる」

ああ。ヴォーンは椅子に深々と座った。そうした観点でこのことを考えたことはなかった。

「私が考えていることはですね、ヴォーンさん、もしもあなたが奥さまに、あの夜本当は何が起こったのかを伝えるのであれば、どれほどのお金が必要になるのか、ということです」

その後、キュウリの味のする透明な液体を飲み、熱すぎも冷たすぎもしない水で顔を洗い、再び顔の水分を拭き取り終えると、ヴォーンはコンスタンタイン夫人に別れを告げた。「これがあなたの仕事なのですね。今ならわかります。煙やら鏡やらを使った、いかがわしいものだとばかり思っていました。実際あなたは死者を復活させる、でもそういうやり方でではないのですね」

コンスタンタイン夫人は肩をすくめた。「死と記憶は、連携しているはずなのです。時に物事が行き詰まることがあり、そんなとき人は、案内人か、悲しみを分かち合える仲間を必要とします。夫と私はアメリカで一緒に学びました。あちらには新しい科学が存在します。複雑な方法でそれを説明することもできますが、その科学を、人間の感情に関する科学だと考えても間違いではありません。夫はここオックスフォードの大学に職を得ましたが、私は現場で学ぶことを志願しました。私は自分の力が発揮できるところで人の役に立ちたいのです」

ヴォーンは玄関ホールのテーブルに送金小切手を置いていった。

家を出たところで、思いがけず膝と襟に冷たさを感じた。手首も冷たかった。涙が袖口の中や襟元に流れて、膝に滴り落ちていたために、服がまだ部分的に湿っていた。すごいことだ、ヴォーンは思った。人間の体内にこれほどまでに多くの水分が含まれているなんて、一体誰に想像できるだろう？

アリスの撮影

〈コロジオン〉がリタとドーントを下流にあるケルムスコットの農場へと運んだ。道中、ふたりのあいだで交わされる会話が——ふたりはヴォーン夫妻について、あるいはアームストロング親子について話したが、ほとんどが少女に関する話だった——互いに向き合うことの気まずさをうまくごまかしてくれていた。しかしどちらかが別の方向を見ているとき、自分が見られていないと気づいているとき、どちらも愛と悲しみに満ちた一瞥を相手に投げかけ、そうすることで収まりきらない感情を逃がしてやっていた。そうでもしなければ、その感情がふたりを転覆させていただろう。

ケルムスコットに到着すると、年少の子どもたちが岸でふたりを待っていた。子どもたちは、黄色と橙色の鮮やかな飾り書きを施された、濃紺と白のおしゃれな宿泊設備つきのボートを見つけるとすぐに手を振った。夢中で外を眺めていたリタは、すぐに少女を見つけた。少女は子どもたちと一緒に手を振っていた。するともうひとりの子が、家族の中で最年少の、少女と一番年の近い少年が少女の手を取り、ふたりはそのまま一緒に農場の母屋へと駆け出していった。

「どこに行ったんだろう？」ボートを係留しようとしていたドーントは、少女がいないことに気づいて注意散漫となって訊いた。

「家に戻ったみたい」リタは不安そうにそう言ったが、再び声を上げた。「いたわ！　上の子たちを呼びにいっていただけなのね」

アームストロング家の子どもたちはみなそれぞれに、賢明なやり方で作業を手伝った。大きな男の子たちはドーントの言うことをよく聞いて重たい機材を運び、小さな子たちは軽くて壊れる心配のないものをリタから渡されると、大いなる自尊心を感じながらそれを家へと運んだ。荷下ろし作業は記録的な速さで完了した。

リタは常に少女を意識していた。何をしていても、絶えず少女のことを気にかけていて、この家の子どもたちが愛情を込めて少女に接していることを知った。年長の子どもたちは少女に対して寛容であり、年少の子たちは少女がひとり後に取り残されることがないようにゆっくりと移動していた。ふとリタの頭をこんな考えがもたげた。ヴォーン家にいたとき、少女はほかの子どもとの交わりが不足していたのではないだろうか。アームストロング家の子どもたちの優しさが少女に良い影響を与えるに違いない、そう感じずにはいられなかった。

ベスがリタとドーントを食事用の部屋に案内した。そこではアームストロングと大きい息子たちがドーントの指示に従ってテーブルを動かしたり、椅子を配置したりしていて、より一層慌ただしかった。

「誰も私の写真なんて欲しくありませんよ」ベスが言った。「私の顔を知りたがる人間がいたら、私はいつだってここにいるんですから、見にきたらいいんですよ」

しかしアームストロングはどうしても撮るのだと主張し、子どもたちも父親に加勢した。すぐに機材が用意され、まずはアームストロングとベスの写真が撮影されることになった。家族写真はその後で撮影されることになった。

「ロビンはどこだろう？」アームストロングは不安げに言った。「三十分前には到着しているはずなのに」

「若者というのがどんなふうだか知っているでしょう。だから言ったんです、あの子に期待しないほうがいいって」ベスはつぶやいた。

ロビンの悔恨は、夫の心を大きく揺さぶったらしかったが、ベスの息子に対する疑念を払拭《ふっしょく》することはできなかった。「あの子はいつだって口ばっかりで行動が伴わないんですから」ベスは夫に思い出させるようにそう言ったが、夫が許すと決めたのであれば――夫はいつだってその選択をするのだったが――ベスはそれ以上その問題点を強く主張したりはしなかった。それに、祭りで長男が少女を腕に抱えたのを見たとき、ベスは自らの胸に微かな希望が根づいたことに気づいて驚いた。ベスは痛みを伴う好奇心を胸に、その希望の芽から目を離さずにいた。花をつけるはずのないその芽の脆弱《ぜいじゃく》な成長を見守る庭師の目を向け続けた。息子が少女に会いにこないという事実が気づかれずに見過ごされることはなかった。アームストロングはロビンに手紙を書き、撮影会の行われる日時を知らせていた。息子が撮影の場に姿を現すことは当然のことと考えているようだった。しかしロビンからの返信はなく、ベス個人としては、息子がいないことに驚きを感じることはなかった。

「夫人とふたりの写真を先に撮りましょう」ドーントは言った。「そうすれば、まだしばらくは息子さんが来なくても大丈夫です。息子さんは何かに足止めされているのかもしれませんしね」

ドーントはベスを椅子に座らせると、その少し後ろにアームストロングを座らせた。そしてガラス板を設置しながら、動かずにいることの必要性を改めて説明した。全ての準備が整うと、暗幕の下に潜り込み、覆いを外した。リタはカメラの後ろに立ち、椅子に座るふたりが視線をそらさずに同じ方向を見続けられるよう合図していた。その十秒のあいだに、アームストロング夫妻は、はじめて写真に撮られる人間が感じる全てを感じ尽くした。気恥ずかしさ、こわばり、緊張、意義深さ、そして幾分かのばかばかしさ、そういったもの全てを。

しかし三十分後、現像され、洗浄され、乾かされ、額に入れられて仕上がったものを目にしたとき、ふたりはそれまで見たことのなかった自分たちの姿をそこに見た。永遠。

「これって……」ベスは訝《いぶか》しげにそう言うと、言いかけた言葉を最後まで言い切るかのように思えたが、そうはせずに黙り込んだ。その目は、片目に眼帯をしたこざっぱりとした中年女と、その背後に座って彼女の肩に手を置く、厳格な顔つきの黒い肌の男を写した写真に注がれていた。

　そのあいだアームストロングは妻の肩越しに写真をのぞき込み、そこに写る彼女がいかに美しいかを妻に伝えたが、その視線は幾度となく彼自身の深刻な顔に舞い戻るのだった。そして自分の顔に目をやるたびに陰鬱な表情に変わるようだった。

　しばらくは写真への関心がみなの気を引いていたが、やがて次の写真の準備に取りかからなければならなくなった。しかしロビンはまだ来ていなかった。敷石を踏み鳴らす蹄《ひづめ》の音も、玄関のドアを開ける音も聞こえなかった。アームストロングは使用人を呼びにいき、ついでにロビンがこっそり裏口から家に入ってきてはいないかどうか確かめた。しかし、ロビンはいなかった。

「さあ、もういらっしゃいよ」ベスは毅然《きぜん》とした態度で言った。「あの子がここに来ていないのであれば、ここにはいないんだから。そして私たちにはどうすることもできないんです。あの子はオックスフォードに住んでいるんだから、いつでもドーントさんの撮影所を訪れて撮ってもらうことができるんですよ。あの子にとってはそっちのほうが百倍は楽なんでしょうし」

「それでも、子どもたち全員を写してもらえたら、それは素晴らしいことじゃないか！　アリスだっているんだ！」

　そう、アリスがいた。

ベスはため息をついて、励ますように夫の腕に腕を回した。「ロビンはもう成人した男ですよ。両親に言われる通りに行動する子どもじゃないんだから。私たちは私たちで精一杯やりましょうよ。ほかの子たちがいるじゃない、六人全員。私たち夫婦とアリスのそばにいたいと心から思ってくれて、それを幸せだと感じてくれている子たちが。さあ」

ベスは夫を説得して、撮影のために集まった子どもたちの輪に入らせた。子どもたちはわずかに右か左に動いて、不在の兄のために設けてあった空間を埋めた。

「準備はいいですか?」ドーントが訊くと、アームストロングは念のため最後にもう一度だけ窓のほうを見やった。

「準備は整いました」そしてため息をつきながらそう答えた。

十秒間、アームストロングと妻、そして六人の子どもたちは、カメラの目を、時の目を、未来の目をのぞき込み、不滅性に身を投じた。部屋の隅で見守っていたリタは、みながアリスと呼ぶその子の目が、もっとずっと遠くを見据えていることに気づいた。カメラの向こう、壁の向こう、ケルムスコットの向こう、さらにずっとずっと遠く、永遠の向こうを見つめているのかもしれない。

ドーントが写真を現像するあいだ、ベスと娘たちはお茶の準備をし、息子たちは動物に餌をやるために仕事着に着替えた。雨が止み、太陽が顔を出したちょうどそのとき、リタはふと自分がアームストロングとふたりきりであることに気がついた。

「農場を案内しましょうか？」アームストロングは言った。

「お願いします」

アームストロングは少女を抱え上げると、その腕に少女の重みを少しも感じていないかのような様子で外に出ていった。

「この子、どうです？」リタは尋ねた。「元気そうですか？」

「自信を持ってそう答えられたらいいのですが。普段私には、それが人間であれ動物であれ、生き物のことならよくわかるのですが。観察さえすればいいのです。鶏であれば羽の動きの落ち着かなさで調子を判断することができます。猫は呼吸の仕方から多くのことを知ることができます。馬に関しては——そうですね、さまざまなところに少しずつ変化が表れます。豚は意味ありげな表情を見せます。でもこの子は。判断するのが難しい。謎めいた子だね、そうだろう、おチビちゃん？」アームストロングは少女を優しく見つめながら、その髪を愛《いと》おしそうになでた。

少女はアームストロングをちらりと見てからリタに目をやったが、リタに気づいた様子はなく、まるではじめて会う人間を見るような目をしていた。いつもこうだったではないか、リタは自分に言い聞かせた。それは少女がヴォーン夫妻の家にいたとき、リタがそこを定期的に訪れていたときでさえ同じだった。

アームストロングは歩きながら、リタや少女の興味を引きそうなものを指で示しながら説明していった。少女はアームストロングの指さすほうに目を向けたが、その合間合間に自分を抱く男の広い肩に頭をもたせかけ、ぼんやりと宙を見つめ、自分の内なる世界に舞い戻っていった。リタには、農場について話すその農場主が心の中で個人的な不幸に思いを巡らせているのがわかった。そして息子の不在こそが彼の不幸の原因なのだろうと思った。リタは意味のない会話をすることなく、ただ彼のそばを歩いた。やがて、静かにそばにいてくれる者の存在がアームストロングを勇気づけ、心の内を打ち明けさせた。

「私のような男は、自分自身を内面から認識することに慣れています。内面こそ私が慣れ親しんでいるものです。鏡で自分の外見をよく観察したりなどはしませんしね。写真に写る自分の姿を見るというのは不思議なものですね。外側の自分との遭遇です」

「確かにそうですね」

アームストロングが次に口を開いたとき、それは質問だった。「あなたにはお子さんがいらっしゃらなかったと思いましたが？」

「結婚していませんから」

「あなたにもその日が訪れますように。妻と子ども以上の幸福を、私は知りません。私にとって家族は何よりも意味のあるものです。おそらく、私の物語についてはいくらか推測していらっしゃることがあるのだと思いますが？」

「推測するのは好きではありません。でも〈白鳥亭〉でみんなが話していることなら知っています。あなたのご両親は王子と奴隷の少女だったとか」

「それは空想の話ですが、わずかに真実も含まれています。私の父は裕福な家の息子で、母は使用人としてそこで働く黒人でした。ふたりは若かったころ、まだ子どもと大差なかったころ、同じ家で生活していました。そしてふたりの愛と無知から私ができました。私も私の母も運が良かった、そう言えたでしょう。ほかの家庭であれば母を家から追い出していたでしょうが、父が、責任の一端は自分にもあると主張したのです。おそらく父は母と結婚したがったのでしょう。しかしそんなことは当然許されることではありませんでした。それでも父の家族は情け深い人たちで、できる限りのことをしてくれました。私が生まれてきて乳離れするまで母の面倒を見てくれて、その後、母は別の町に移り住み、結婚するまでのあいだ、まともに生活するだけの生活費を稼ぐことのできる仕事につきました。実際、数年後には結婚したんです、自分と同じ肌の色の男性と。私は、なんらかの理由のために家族と生活をともにすることができないけれど、後ろ盾があり金を用意することのできる子どもたちを預かる施設に送られ、その後、学校にも通わせてもらいました。それもなかなかいい学校にです。こうして私はふたつの家庭、裕福な家庭と貧乏な家庭の、白人家庭と黒人家庭の端っこで育てられ、決してどちらの中心にいることもありませんでした。家庭生活というものから遠く離れたところで育ったのです。幼いころの記憶は学校でのものばかりですが、父のことも母のことも知っていました。一年に二度、父がやってきて、丸一日学校から連れ出してくれることがあったのです。一度、こんなことがありました。父の待っている馬車にのり込むと、そこにはすでに父以外に少年がひとり、私よりも体の小さな子でしたが、その子がのっているのを見てとても驚きました。〝さあ、ロバート、この小さい奴をどう思うかい?〟父は私に言いました。〝弟に握手してごらん!〟なんという一日だったことでしょう! 芝の敷かれたあの場所の景色は今でも覚えています——正直なところ、地理的にどこだったかは覚えていませんが。弟に向かって延々と野球のボールを投げて、彼はなんとか一度か二度ボールをとらえることができると、小躍りして喜んでいました。その光景は忘れられません。その後、私は彼に、木の上に立つにはどこに足をかけたらいいか手本を示しながら教えてあげました。父は、万が一私たちが落下したときに備えて木の下で立って待っていました。それほど大きな木ではありませんでしたが、彼はそれほど体の大きな子ではなかったのです。そのとき私たちはとても幼くて、自分たちのあいだにどれほどの違いが存在するのかに気づいていませんでした。でも学校まで送ってもらって、私だけが馬車から下り、ふたりの少年が——同時に——〝家〟と呼ばれるそれぞれ別の場所に戻っていった瞬間、私はその違いを感じ始めました。それから何が起こったのでしょう、私にはわかりません。でもその後、私はその少年に二度と会うことがありませんでした。それでも彼の名前は知っていますし、彼の後にさらに弟たちや妹たちが誕生したことも知っています。本当は、父は、私たちを会わせてはいけないと言われていたのかもしれません。そして会わせたことがばれてしまったのかもしれません。あるいは父のほうで、やはり会わせないほうが賢明だと考え直したのかもしれません。どんな理由であれ、その後、二度と弟に会うことはありませんでした。彼が私のことを覚えているとは思えません。私が存在していることすら、知らないということもあり得ます。父方の家族についてお話しできるのはこれくらいです。

母の家では全くのよそ者というわけではありませんでした。休暇中、何度か数時間立ち寄ることを許されていました。あのころについては良い思い出がたくさんあります。母の家は、会話と動き、笑いと愛に満ちていました。母は私にとって良い母親でいようとしてくれていて、実際その通りに私に良くしてくれました。私の肩を抱き寄せて、愛していると伝えてくれたことは一度や二度ではありません。でもそんなふうに扱われることに慣れていなかった私は、言葉に詰まって何も言えなくなり、その愛に応えるように母を抱きしめることさえもできませんでした。母の結婚相手は不親切な男性ではありませんでしたが、いつも弟や妹に、私の前では慎重に発言するようにと言っていました。彼らのおしゃべりが乱暴になってくると、彼はよくこう言いました、〝ロバートはそんなちんぴらみたいな言葉に慣れてないんだ〟。あの家から離れたくなかった。あの家を訪れるたびに、今日こそは、このままずっとこの家にいていいと言われるに違いないと期待しました。そして毎回、ひとりその家を後にする絶望を味わったのです。あの家を訪れるたびに、少しずつ、自分が弟や妹たちとかけ離れていくのを感じるようになりました。そしてあるとき、休暇を利用したこの訪問が――そのときまでにはすでにそれほど頻繁ではなくなっていましたが——ぱたりとなくなりました。突然終わったというのではありません。もう終わりにしよう、そんな言葉を交わしたわけではありません。立て続けに何度かの休暇が訪問なしに終わったころから、もう行くことはないのだろうなと感じるようになったのです。私と弟妹《きょうだい》たちのあいだに存在していた境界線は、分厚い壁になってしまっていたのです。

私が十七歳のとき、母が私に来てほしいと連絡をよこしてきました。母は死の間際にいたのです。私は母の家を再び訪れました。家は覚えていたよりずっと小さく感じられました。母の寝室に行くと、そこにはたくさんの人がいました。当然のことではありますが、弟たちや妹たちは母のベッドのそばに座っていて、床に膝をついて母に体を寄せていました。少しだけでも母のそばに立って手を握らせてほしいと頼むこともできました。もしもあのとき母に意識があって、私がそこにいることに気づいていたなら、間違いなく私は誰かにそう頼んでいたでしょう。しかしもう遅かったのです。弟妹《きょうだい》たちが母のベッドのそばに座り、ひざまずくなか、私はドアのそばに立っていました。やがて母が息を引き取ると、妹のひとりが私のことを思い出して言ったのです、〝ロバートなら祈ってくれると——〝だってロバートはとても美しく読むことができるんだから〟。そこで私は白人男性の声で聖書の一節を読み、それを終えると、もうそこにとどまっている理由がなくなってしまったように感じました。家を出るとき、義父に、何か自分に手伝えることはないかと尋ねると、彼は〝子どもたちの面倒は自分で見られるよ、ありがとう、アームストロング《剛腕》さん〟と言いました。それまではいつも私のことをロバートと呼んでいたのに、おそらくそのときにはすでに私はいっぱしの男になっていたのでしょうね、義父は私をロバートと呼ぶ代わりにそんな名前で呼びました。それはどこからともなく唐突に出てきた名前で、私の両親のどちらのものでもなく、私だけの名前でした。

私は母の葬儀に参列しました。父が一緒に来てくれました。父の計らいで、私たちは裏口から静かに入り込み、ほかの哀悼者たちが立ち去る前にその場を後にすることができました」

アームストロングはそこでひと呼吸置いた。納屋から猫が姿を現し、農場主を見つけると小走りで駆け寄り、彼から一メートルほど離れたところで足を止めると地面にぺたりと尻をつけて座り込み、それからびっくり箱から飛び出した人形のように突然彼の肩に飛びのった。

「すごいじゃない」猫がそこに体を落ち着けて、アームストロングの顎に頬を擦りつけるのを見てリタが言った。

「この子は風変わりで愛情深い生き物なんです」アームストロングは歩きながら顔をほころばせてそう言った。猫は主人の肩の上で、海賊の肩にのるオウムのように平衡を保っていた。

「私はどこにも属していなかったのですよ、サンデーさん。どちらの場所にも。どちらの心にも。これで事情はおわかりいただけたでしょう。輪の外側にいるというのがどういうことか、私にはわかるのです。誤解しないでくださいね、これは不満ではなくて説明にすぎませんから。要点に触れるまでにひどく冗長になってしまいましたね。お許しください、こういった話は男がめったにする話ではありませんし、それにそこにはある種の——それをなんと呼ぶべきかわかりませんが……喜び、でしょうか？　なんにせよ、心の内を明かすと心が軽くなりますね」

リタはアームストロングの目を見つめ、頷いた。

「私の両親は良い人たちだったのです、サンデーさん、心の中は。ふたりともそうです。私にははっきりとわかるんです、彼らが許される限りにおいて私を愛してくれていたと。しかし実際には、彼ら自身が願うようには私を愛することが許されなかったのです。私の富が私を母方の弟妹《きょうだい》たちから引き離し、私の肌の色がもう一方の弟妹《きょうだい》たちから私を遠ざけたのです。義母にとっても、義父にとっても、私の存在は困難であり、恥であったのです。それでもですよ、私は今も、これまでもずっと、自分の運の良さをしっかりと自覚しています。そうです、ベスに出会う前でさえ、私は自分が幸運な人間だとわかっていました。

先ほども言ったように、私はどこにも属さずにいるというのがどういうことかわかっていました。ロビンが生まれたとき、彼の中に自分自身を見ました。おかしな話に聞こえるでしょうね。子たちよりも、ロビンの中に自分自身の姿を見たのです。正直なところ、ほかのどの世間が理解する意味においては、ロビン以外の子たちこそが私の子どもなのですから。私の血を分けた子どもたちで、愛すべき子どもたちです。息子たちや娘たちのことは、人生そのものよりずっと愛おしく思います。あの子たちが一緒にいるところを目にすると、母の子どもたちを見ているような気がしてくるのです。互いの存在に、そして両親の存在に喜びを見いだすその姿に。自分が彼らにこのような生活を与えることができたのだと実感すると、嬉しさが込み上げてきます。でもロビンを見ていると――ほかの子たちが私の子であるという意味においては、私の息子ではないロビン。善良なベスを襲った悲劇であり、彼女に非はありません――なんというか、端っこで生きている子を見ているような気がするのです。ふたつの家族のあいだの裂け目に、いとも簡単に落ちていってしまいそうな子を見るのです。失っていたかもしれない子を。それで私は心に誓ったのです――ロビンが生まれた日にではありません、そう、それよりもずっと前にです――誰よりもこの子を愛そうと。この子を大切にしよう、そう決心しました。子どもは大切にされる必要がありますから。どの子にも与えられるべき愛をこの子に与えよう、そう決心しました。あの子は私の心の中に属している、そのことをあの子が常に確実に疑わずにいられることを、いつも願っていました。私に耐えられないことがひとつあるとすれば、それは子どもが苦しむ姿を見ることですから」

アームストロングは口をつぐんだ。リタがアームストロングの顔を見やると、その頰は涙で光って見えた。

「そのような感情を持てるというのは、あなたの名誉ですね」リタは言った。「あなたは素晴らしい父親です。今日あなたのご家族を見ていて、それが伝わってきました」

アームストロングは遠くを見つめた。「これまでにもう百回は、あの子は私の心を打ち砕きました。そして私の命が尽きるまでに、さらに百回は、私の心を打ち砕くでしょう」

豚小屋までやってきた。アームストロングはポケットを探ってドングリをいくつか取り出した。若い豚たちが近寄ってきて親しげに鼻を鳴らし、嗅ぐように鼻をふんふんいわせると、アームストロングは彼らにドングリを分け与え、横腹を軽く叩いて耳の後ろを掻いてやった。

そこへドーントがやってきて彼らに声をかけた。ドーントは仕上げて額に入れたアームストロング一家の写真を手に〈コロジオン〉から出てきたところだった。ドーントが写真を見せると、アームストロングは頷いて感謝を述べた。

「しかしですね、ドーントさん、あなたの撮った別の写真についてもお話がしたかったのです」

アームストロングはポケットから小さな額を取り出すと、それを表に返してリタとドーントに見せた。

「占いのできる豚ですね！　この写真、お祭りの日に買っていかれましたよね」

「その通りです、サンデーさん」アームストロングは表情を曇らせた。「私がこの写真を目にしたとき、湧き上がる感情に圧倒されたことをあなたも覚えていらっしゃるでしょう。ドーントさん、私はこの豚を知っています。名前はモードです。私の豚でした。ここにいるこの子は」——上品にドングリを食べている雌豚を指さして続けた——「娘のメイベルで、あっちの小さいのは孫娘のマティルダです。三年ほど前、モードは音もなく、まさにこの豚小屋から連れ去られました。そしてその日以来、私は彼女を目にすることがなかったのです。祭りの日、あなたの写真が目に留まるまでは一度も

「盗まれたのですか？」

「盗まれた……誘拐された……。どう表現しても構いませんが」

「豚を盗むというのは簡単なことですか？　ぼくは動かそうとするのだってごめんです」

「なぜあの子が声を上げなかったのかがわからないのです。その気になれば、豚には、家中の人間を起こすほどの金切り声を上げることができますから。ここと、それから道路に、赤い染みがついていて、はじめ私はそれが血なのではないかと恐れたのですが、実際にはラズベリーの染みでした。モードはラズベリーがとても好きでして。おそらくはそれで誘惑されたのでしょう」

アームストロングはため息をつくと、写真の隅を指さした。

「それでですよ、ここに何が見えますか？　私には影が見えるように思うのですが。何度も目を凝らして見てみると、この影が人間のものなのではないだろうかと思えてきましてね。この写真の撮影中、何者かが写真には写らないすぐそばに立っていたのではないだろうか、と」

ドーントは頷いた。

「この写真が撮影されたのは三年近く前ですから、これほど時間が経過した今となっては、この人物が何者だったのか覚えていなくても不思議ではありません。それに、ここに写る人物はモードを預かっている人間などではなく、全くの別人だということもあり得ます。それでもやはり、もしもこの影の持ち主らしい人物を覚えていたとしたら、その人について教えていただきたいと思いまして」

そう話すアームストロングの顔には、希望を予期するよりも失望を予期するような表情が浮かんでいた。

ドーントは目を閉じた。そして心にしまってあるさまざまな映像を調べてみた。その写真が誘い水となり、記憶が蘇ってきた。

「小さな男でした。ここにいるサンデーさんよりも二十センチメートルほど背が低かったです。痩せ型でした。何より印象的だったのは男の外套です。丈は長すぎるし、実際の肩よりもひどく幅の広い、彼の体にはあまりに大きすぎる外套でした。あのときぼくは不思議に思ったんです、みんながシャツ一枚で過ごしている明るい夏の日に、なぜあんな外套を着ているのだろうって。自分の身長の低さを恥ずかしく思っていて、上着の大きさがみんなの目をごまかして、その上着の中にはそれに見合う大きさの男が入っているのだと思わせようとしているのかもしれないと考えたりもしました」

「それで、その男はどんな風貌でしたか？　年配者でしょうか、若者でしょうか？　肌は白かったですか、黒かったですか？　ひげは生えていましたか、それともきれいに剃られていましたか？」

「きれいに剃られていましたし、顎先はほっそりとしていました。でもそれ以上は話せることがないんですよ。男は帽子をあまりに目深にかぶっていて、顔がほとんど見えなかったんです」

アームストロングは写真を凝視した。じっと見つめていれば、額の外側が見えてきて、そこに見知らぬ背の低い男の姿を見つけることができると信じているかのように。

「そしてその男がモードに付き添っていたのですか？」

「そうです。それからもうひとつだけ、彼について話せることで、ひょっとしたら意味があるかもしれないことがあるんです。ぼくは男に、豚の隣に立って一緒に写真に写ったらどうかと尋ねてみたのですが、彼は拒否しました。もう一度尋ねましたが、そのときにもやはり断られました。今日あなたが話してくれた若い豚の窃盗事件を踏まえると、これはこういうことではないでしょうか、つまり、男は断固として写真に撮られまいとしていた」

アームストロング家の末娘が後ろから駆けてきて、お茶の用意ができましたと彼らに呼びかけた。末娘に姪っ子を下ろしてくれと頼まれたアームストロングは、少女を下ろして地面に立たせた。姪っ子と小さな叔母は手をつないで家に向かって駆けていった。小さな叔母のほうが幼い姪っ子に速度を合わせるようにして走っていった。

「きちんとした形でなくて申し訳ないのですが」アームストロングは言った。「台所にお茶の準備がしてあります。そこなら時間が節約できますし、みんな仕事着のまま食べることができますから」

家の中では大きなテーブルにパンや肉が用意されていて、さまざまな種類のケーキもあり、部屋中に食べ物の焼けるとても良い香りが漂っていた。年長の子どもたちが小さい子たちのためにパンにバターを塗ってあげて、一番小さな少女は最年長の叔父の膝の上に座って一番良いものを食べる権利を与えられた。アームストロングは、子どもや客たち、全員のところに必要なものが行き届いているかどうかを確認することに専心していて、皿があちらへこちらへ回される中、最後までひとりだけ皿が空のままだった。

「お料理、自分で取ってくださいね」ベスが声をかけた。

「ああ、すぐにね。ただピップがね、スモモに届かないみたいで……」

「子どもたちが問題なく食べているとわかれば、すぐにお腹がぺこぺこになりますよ」ベスはリタにそう言いながらスモモの皿を息子のほうに押しやり、もう一方の手でパンとチーズを夫の皿の上にのせたが、夫は、今度は台所のドアから外に出て猫のために皿に牛乳を注いでいた。

アームストロング家の娘のひとりが、リタに、医学や病気について根掘り葉掘り質問した。

その子が自分の説明をよく理解し、のみ込みが早いのを見ると、リタは少女の母親のほうを向いて言った。「ここに看護師の卵がいますよ」テーブルの反対側の端では、子どもたちがドーントに写真や船、四輪自転車に関して多くの質問をしていた。

テーブルにパンくずだけが残された状態になるころ、ドーントは部屋に差し込む光の具合に気づき、ドアから顔を出して外をのぞいた。

「暗室はまだ片づいていない？」

リタは頷いた。

「明かりを最大限利用してみてはどうでしょう？　仕事中の農業主アームストロング、という一枚なんていかがです？　あなたの馬は、十秒間じっと立っていることができるでしょうか？」

「私と一緒であればできるでしょう」

フリートが中庭に連れ出され、鞍《くら》がつけられた。ドーントは空から目を離さなかった。アームストロングは馬にまたがった。

「あの子猫は？」リタが訊いた。「どこに行ったんでしょう？」

猫が見つけられ、連れてこられ、主人の肩にのせられてごろごろと喉を鳴らした。

これを見て写真というものの性質を理解した子どもたちが犬を連れてきた。年寄りの犬は少しも嫌がることなくフリートの前脚の隣に配置され、背筋を伸ばしてその場に座り込み、これ以上ないほど従順な生き物らしい姿でカメラを真っすぐ見つめた。そしてみなが定位置についたところでアームストロングがはっと跳び上がった。

「マティルダ！」アームストロングは声を上げた。「あの子なしでというわけにはいきません！」

中間の息子がくるりと背を向けてものすごい勢いで駆けていった。

じっと動かずに上空を漂っていた雲がゆっくりと流れ始めた。ドーントはその緩慢な動きを確認すると、少年の消えていったほうを不安げに見つめた。そして雲が速度を上げて空を通過し始めると、口を開いた。「おそらくもう――」

少年が小脇に何か抱えて走ってきた。

そしてもぞもぞとうごめくピンク色の肉の塊を抱え上げて父に渡した。

ドーントは顔をしかめた。「動きがあってはいけないんです」

「動かないですよ」アームストロングは言った。「私がそう伝えればきっと」それから子豚を抱き上げてその耳元で何やらささやくと、猫は主人に頭を寄せて耳をそばだてた。アームストロングが豚の尻が肘の下にくるような形で豚を小脇に抱きかかえると、絵画のようなその場面は――人間と馬、犬と猫と子豚の並ぶ場面は――十五秒間、完全な静止状態に陥った。

アームストロング家の息子たちが〈コロジオン〉に機材を運ぶドーントの手伝いをするあ

いだ、リタはベスとともに待っていた。ベスの目は何度もその日撮った写真に舞い戻り、リタはベスの肩越しに写真をのぞき込んだ。写真の中の少女はアームストロング家の年長の娘の膝の上に座っていた。残りの五人の子どもたちがふたりを囲んでいたが、みなこらえることができずにカメラに向かってじっと笑みを向けていた。新しく家族に加わった新参者はレンズを見据えていた。現実ではその目は、定義することのできぬ、絶えず変化する青緑がかった濁った灰色の瞳のせいでひどく理解しがたかったが、色のない写真の中ではより単純なものに見えていた。リタは、ボートにのったアミーリアを撮影した写真を見たときと同じように困惑した。写真の少女には、生身の少女からはそうそう感じられることのない、諦めたような、自分の内に引きこもっているような空気が漂っていた。

「あの子、幸せなんでしょうか?」リタは訝しげに訊いた。「あなたは母親だから。どう思います?」

「そうね、あの子はよく遊んでいるし、元気に駆け回っています。食欲も旺盛だし。川に行くのが好きで、大きい子たちが毎日あの子を散歩に連れ出しているから、川の辺りを見て回ったり、水遊びをしたりもしていますよ」ベスのその言葉と声の調子には齟齬《そご》が生じていた。

「でも夕方近くになると、あの子はとても疲れてしまうんです。何をしたってほかの子たちよりも二倍疲れてしまうみたいに、必要以上に疲れが出てくるんです。元気がなくなって、ひどく無気力な状態になるんですよ、あの小さな子がかわいそうにね、そして眠る代わりに泣いてばかりいるんです。何をしてもあの子を慰めることができないんです」

　ベスはもぞもぞと眼帯に触れた。

「目の状態はいかがです？　何か私にできることはありますか？　看護師ですから——喜んで見させていただきますよ」

「ありがとう、リタさん、でも大丈夫よ。この目のことはもうずっと昔に諦めているんです。この目で人を見ない限りは、悩まされることもないですよ」

「どういうことです？」

「時々、この目で見たくないものが見えてしまってね」

「何が見えるんです？」

「人間の本当の姿が。小さいころは、みんなにも、ほかの人たちの心の中が見えるものだとばかり思っていました。私に見えるものが、ほかのみんなには見えないのだということに気づかなかったんです。ひとびとは本当の姿を知られるのを良く思わないものですからね、そのために面倒に巻き込まれたことは一度や二度ではありませんでしたよ。見えたものを自分自身の内にとどめておくことを学びました。自分と同世代の人が理解し、気づき得る範囲でしか理解することはできませんでしたが、それに助けられた部分があったと思いますよ。でも成長するにつれてだんだんそれが嫌になりましてね。多すぎる知識は重荷です。十五歳のときにはじめて自分で眼帯を作って、それ以来、いつもつけています。当然のことですが、みんなは私が自分の目を恥じているんだと思っています。人は、私が眼帯をつけることで私の醜さを隠していると考えていますが、実際には、私が隠しているのは彼らの醜さなのです」

「なんて特殊な能力なんでしょう」リタは言った。「興味深いですね。それ以来、眼帯を外してその力を試したことはあるのですか？」

「二度ほど。でも家族に新しい一員が加わってからというもの、また試してみようと頻繁に思うようになりましたよ。あの子を見るために眼帯を外そう、そう考えるようにね」

「あの子が本当は誰なのかを知るために、ですか？」

「そこまではわからないでしょう。あの子がどんな気持ちでここにいるか、わかるのはそれだけでしょう」

「あの子が幸せかどうかはわかるんでしょうか？」

「わかるでしょうね」ベスは確信を持てぬというような表情でリタを見た。「やってみましょうか？」

ふたりは窓の外、少女たちが猫と遊んでいるほうに目をやった。アームストロング家の娘たちが、声を出して笑い、顔をほころばせながら、猫が跳びついて遊べるように紐を引っ張ってやっていた。少女は娘たちのそんな戯《おど》けた様子をぼんやりと眺めていた。時折笑みを見せようとしているらしかったが、それによって体力が奪われるようで、眠そうに目を擦っていた。

「そうですね」リタが言った。

ベスは庭に出ると、子どもたちを連れて戻ってきた。リタが少女を膝にのせ、ベスがその向かいに腰を下ろした。それから眼帯を横に移動させて良いほうの目を隠すと、心の準備が整うまで、少女から完全に顔を背けたままでいた。やがて顔を傾け、見える目を少女に向けた。

ベスの手が口を覆い、恐怖ではっと息をのむ音が聞こえた。

「いけないわ！　かわいそうにこの子、ひどく迷っているわ！　父親のもとに帰りたがっている。ああ、なんてかわいそうな子なんでしょう！」ベスは少女を腕に抱え上げると優しく揺らしてやり、できる限りの癒やしを与えてやろうとした。そして少女の頭越しにリタに向かって言った。「この子のいるべき場所は私たちのところではないわ。この子をヴォーン夫妻のところに戻してやってください。今日連れていってください！」

真実、嘘、そして川

「アームストロング夫人の見える目に関して、医学的な見地からはどう解釈できる？」ドーントが舵《かじ》を取りながら尋ねた。

「あなたのほうこそ視覚の科学者でしょう。あなたはどう思う？」

「人間でも機械でも、子どもの心の奥底をのぞくことのできる目なんてないよ」

「でもほら、私たちは今こうして、この小さな子をヴォーン家に連れて帰ろうとしている。ベスの反応に従ってね。だって私たちはベスを信じているから」

「どうしてぼくたちは、自分たちにも信じられないことを信じているんだろう？」

「私は信じてないなんて言ってないわ」

「リタ！」

「こういうことかもしれない。ベスは子どものときに病気にかかって、その不自由な脚と目のせいで、ほかの子どもたちから切り離された。そのためにほかの子たちよりも物事をじっと観察する機会が多くあった——そして観察したことについて考える時間もあった。だから人を見る力が驚くほど身について、他者と並んで生きながら、彼ら自身が気づいている以上に彼らのことを理解することができるようになった。でも他者の悲しみや願い、感情や企《たくら》みをそれほど近くで感じてしまえば、ひどく疲れてしまうに違いないわ。それで自分の才能に落ち着かなさを感じるようになって、この力を持つのは悪いほうの目なのだと自分自身を納得させて、それに覆いをかぶせるようにした」

　夫人はすでに、少女が幸せではないことに気づき始めていたのよね。私だってそう感じていた。あなたも、そうでしょう?」

ドーントは頷いた。

「夫人は子育ての経験が豊富よ。眼帯を外したとき、すでに知っていたことを直視することを自分に許したのね」

「そしてぼくたちも夫人の判断を信じた。それでこの子をバスコット・ロッジに連れて帰ろうとしている」

少女は甲板に立ち、手すりにつかまって川を見ていた。そして川の湾曲部にくるたびに前方を見据え、視界に入る全ての船にざっと目を通すと、再び水に視線を落とした。川を進む〈コロジオン〉の船体が水を動かし、水面を濁らせていた。しかし少女は水面を見ているというよりは、その向こう側、水面下に目を向けているようだった。

バスコットのボート小屋に到着し、〈コロジオン〉を係留した。ドーントが少女を地面に下ろすと、少女は急ぐ様子も驚く様子も見せず、家へと続く道を認め、ふたりを先導するように先に歩いていった。

使用人が驚いて息をのみ、すぐに三人を客間へと案内した。

客間に入ると、ヴォーン夫妻が寄り添ってソファに座っていた。夫の手は妻の腹に触れていた。人の気配を感じてふたりは顔を上げた。涙の跡の残るヴォーンの顔にも、ヘレナの大きく目を開いた蒼白《そうはく》な顔にも、強烈な感情の名残がまだ消えずに浮かんでいた。〈コロジオン〉で少女をバスコット・ロッジまで連れ帰ってきた時点で、リタとドーントは、自分たちが何か大切な出来事の中心にいると感じていた。そして今、屋敷の中に入ってくると、ここでも何やら重大な出来事が起こっていたらしいことに気づいて動揺した。しかしそれは事実だった。この部屋で非常に意味のある何ものかが現れ、消えていき、それがあまりに厳粛であったために空気そのものが、もう二度と元に戻ることはないことを知って振動していた。

しかし少女を目にするとヴォーンが立ち上がった。一歩、また一歩と足を出し、それからドアに駆け寄って少女を両腕に抱きかかえた。少女がここにいるのが信じられないというような表情を浮かべて両腕を伸ばして少女を見つめ、それから妻の膝に少女を座らせた。ヘレナは少女の頭に百回口づけ、千回「愛しい子」と呼びかけた。そうして夫婦は笑いながら泣いた。

ドーントは夫婦が興奮のあまり訊けずにいる質問に答えた。「今日の午後、アームストロング家で撮影をしていたんです。アームストロング家のひとびとは、この子がアリスではないことを確信しています。やはり、あなたがたの子どもだったのですね」

ヴォーンとヘレナは顔を見合わせ、静かになんらかの合意に達したようだった。ドーントとリタのほうに向き直ったふたりは、声を合わせて言った。

「この子はアミーリアではありません」

みな川岸に腰を下ろした。そうした話は、客間で伝えられるよりも川のそばで伝えられるほうがずっと良かった。室内で言葉は、壁や天井に閉じ込められてどんどん蓄積する。すでに発せられた言葉の重みが、これから発せられる言葉の上にのしかかり、窒息させてしまう。しかし川のそばでは、空気が物語を旅へと連れ出し、ひとつの言葉が流れ去った後には次の言葉が漂う空間が設けられる。

少女は靴を脱いで浅瀬に立ち、いつものように枝と石を手に何やら作業を始め、時折顔を上げては上流に下流に視線を向けた。ヴォーンはドーントとリタに、ヘレナに、それからヘレナの前にコンスタンタイン夫人にした話を打ち明けた。

ヴォーンが全てを話し終え、口を閉ざすと、ヘレナが言った。「あの子が生きていないことは、私にもわかっていたの。夫がひとりで帰ってきたあの夜、私にはわかった。この人の顔にそう書いてあったから。でも私はそれを知ることに耐えられなかったし、この人も何も言わなかった。だから私たちふたりのあいだで、そんな事実はなかったことにしたの。共謀したのね。一緒に嘘を作ったの。そしてそのために私たちは破滅しそうになった。真実なしには悲しむこともできなかった。真実なしには、慰め合うこともできなかった。私は、必死にしがみつこうとしてきた偽りの希望のためにひどく苦しむことになって、ついには川に身を投げる覚悟までしたわ。そこへあの子が現れて、私はあの子を見つけたの」

「幸せでした」ヴォーンは言った。「というよりむしろ、ヘレナは幸せでした。そしてヘレナが幸せであれば、私は幸せでした」

「かわいそうに、アンソニーの嘘は私の嘘よりも大きかったというのに、私の嘘ほど長続きするものではなかったのね。私はあの子の姿を見ていることを大いに楽しんだわ。辛い真実は全て葬り去って、あの子だけを見ていたの」

「そんな中、イーヴィス夫人に声をかけられたんです、〝こんにちは、アリス！〟と」

「でも、状況を変えたのはイーヴィス夫人ではなくてあなたなのよ、リタ」

「私？」

「あなたが、また赤ん坊が生まれてくると教えてくれたでしょう」

リタはその瞬間のことを思い返した。「あなたは〝まあ〟と言って、それからもう一度、〝まあ〟と言ったわね」

「最初の〝まあ〟は生まれてくる赤ん坊に対して。そしてもうひとつの〝まあ〟は、それに伴って訪れた気づきに対して。気づいたの、この子が私の子宮の中で動いたことなどなかったって。そしてそのときに確信した、この子はアミーリアじゃないって。それでも、この子が本当のアミーリアであるのと変わらず、この子が恋しかったわ。この子が私を生き返らせてくれたの、アンソニーを生き返らせてくれたの。愛さずにはいられないわ、この不思議なおチビさんのこと。この子が誰であったとしてもね」

「この子が私たちを変えてくれました。私たちはアミーリアのために涙を流しました。そしてこれからもまた流すでしょう。川になるほどの涙がこれから流れることになるでしょう。それでも私たち夫婦はこの子のことを、本当の娘のように愛していきます。この子は、やがて生まれてくる赤ん坊の姉になってくれるでしょう」

みな屋敷へと戻っていった。少女はバスコット・ロッジに戻ることを受け入れているようだった。ヴォーン夫妻が、アミーリアでもアリスでもない少女をあいだに挟んで先を歩いた。そこから連れ去られることを受け入れたときと同じように。

その後ろからリタとドーントがわずかに遅れてついていった。

「リリーの妹のはずはないんだ」ドーントは声を潜めて言った。「それに関しては、今でも納得できないよ」

「だったら、誰の子なのかしら？」

「誰の子でもないんだ。だったらヴォーン夫妻が彼女を引き取って何がいけない？ ふたりともあの子を愛している。あの夫婦といれば、良い生活を送ることができるよ」リタはドーントの声の中に、自分の胸に宿っているのと同じ後悔と慕情を感じ取った。リタは、〈白鳥亭〉の椅子に座ったまま眠りに落ちたあの夜のことを思い出していた。ドーントの呼吸音が部屋に響いていて、膝の上では少女が眠っており、少女の胸が、リタ自身の胸の動きと一致するように上下していた。私がこの子を引き取る、あのとき、そんな思いが胸をよぎったのだった。そしてその思いは、消えることなくずっとリタの胸に残っていた。しかしそれが良い考えのはずがなかった。リタは未婚で、しかも仕事を持つ女性だった。子どもを育てるという意味においては、ヴォーン家はずっとましな環境だった。リタは、遠くから少女を愛することに満足するよりほかなかった。

リタはひと呼吸置いてから、そんな考えを頭から追い出し、決意を持って別のことに意識を向けた。ヴォーンが暗に示していたことについて考え、その考えを小声でドーントに伝えた。「アミーリアを誘拐したのが誰であれ、その人物は……」

「……アミーリアを殺害した」ドーントが同じく小声で続けた。

「その罪から逃れることは許されないわ。誰かが何か知っているはずよ」

「いつだって、誰かは何かを知っているさ。でも誰が？　それに、何を知っているんだ？　その人物は、自分の知っていることの重要性を理解しているのだろうか？」

頭にある考えがひらめき、ドーントは動きを止めた。「いい方法があるかもしれない……」ドーントは訝しげに頭を掻いた。

ふたりはヴォーン夫妻に追いついた。そしてドーントがある考えを伝えた。

「でも、うまくいくかしら？」ヘレナが言った。

「それはわかりません」

「やってみればわかるでしょう」ヴォーンが言った。

四人は屋敷の前に立った。家政婦長のクレア夫人が足音を聞いてドアを開けたが、誰も入ろうとしないのを見て再びドアを閉めた。

「やってみる?」リタが尋ねた。

「ほかにいい方法が思いつかないもの」ヘレナは言った。

「よし、それなら」ヴォーンがドーントのほうに体を向けて言った。「どこから始めましょう?」

「クリックレードの竜から」

「竜?」ヴォーンは戸惑ったが、ヘレナにはドーントの言わんとしていることが理解できた。

「ルビーのお婆さま!」ヘレナは声を上げた。「それにルビー!」

クリックレードの竜

クリックレードは物語のあふれる町だった。四輪自転車で教会のそばを通過しながら、ドーントはその町のいくつかの物語をリタに話して聞かせた。

「言い伝えによると」ドーントはあらゆる写真機材を積んだ四輪自転車で町を通り抜けながら言った。「もしも不運にも塔から落下してしまうような人間がいれば、彼の友人や家族は、彼が墜落したその地面から、愛するその人物の石の彫像がむくむくと湧き上がってくるのを目にして悲しみから気をそらされることになるらしい。その瞬間を写真に収めることのできる可能性はほとんどないに等しい、ぼくはそのことを悔しく思うよ」

教会で止まることはせず、北に向かった。町を抜けてダウン・アンプニー村へと続く道の辺りまで来ると、ふたりは養蜂箱の置かれた茅葺《かやぶ》き屋根のコテージを見逃さないよう目を光らせた。

「あなたも行ってちょうだい、お願い」ヘレナはリタにそう懇願したのだった。「ドーントさんだけじゃ、ルビーから何も聞き出せっこないわ。ルビーもあなたのことなら信頼すると思うの。誰だってするわ」

そうしてリタはドーントについていくことになった。四輪自転車が田舎道を上下左右に揺れながら進む中、リタはドーントの後ろに、たくさんの箱に挟まれるようにして座り、じっと目を凝らしていた。「あそこ！」そして生け垣の向こうに見える、養蜂箱の特徴的な屋根を指さして言った。

白髪頭の女性が庭にいて、おぼつかなげな足取りで養蜂箱に向かって歩いていた。リタが「こんにちは」と声をかけると、女は透明な目をリタに向けて言った。「誰でしょう？　どこかでお会いしました？」

「リタ・サンデーと言います。蜂蜜を買いにきました。ウィラー夫人ですね。写真家のドーントさんも一緒です。ドーントさんが、制作中の本のために、竜についてあなたにお話を伺いたいそうなのですが」

「本？　なんのことだか……。でも竜についてお話しするのは構いませんよ。私ももう九十くらいになっているのでしょうけれど、竜のことなら昨日のことのように覚えています。こっちへ来てお座りなさい。質問を受けながら、パンと蜂蜜を食べましょう」

ふたりが庭の隅の雨よけの下に設置されたベンチに腰を下ろすと、女はドアのところへ行って中にいる誰かと短いやりとりを交わした。そして戻ってくると、竜について話し始めた。

竜がまさにこのコテージにやってきたのは、彼女が三歳か四歳のときだった。当時、クリックレードで竜の姿が目撃されたのは約百年ぶりのことで、それ以来今に至るまでその姿を目にした者は誰ひとりとしていなかった。彼女はクリッククレードで竜を目撃した、現存する唯一の人間となっていた。あの日、喉に熱を感じて咳き込んで目覚めると、天井に開いた穴から、いつもであれば茅葺き屋根だけが見えているところから炎が見えた。「ベッドを抜け出してドアに駆け寄りました。でもドアの向こうでは、地上に降り立った竜のうなり声が轟《とどろ》いて、ドアを開けてみようだなんて思いもしませんでしたよ。そこで窓のそばまで行ってみると、向こう側に父がいて、こちらをのぞき込んでいるではありませんか——父は木の枝に登っていたのです。竜たちが煙をシューシュー噴き出していて、今にも炎を吐き出さんばかりの様子でいるというのにですよ。それから父は足で窓ガラスを打ち砕いて、こちらに向かって手を伸ばしてきて、私を抱え上げて外に連れ出したんです。そこから地上までは這うように下りていきましたよ。ようやく地面に到着すると、近所の人たちが父の腕から私を引っ張り上げて、私を地面に横たえてころころと転がしたんです。一体何をされているのか、私には見当もつきませんでしたよ！　でも私の寝間着に火がついていたんですね、そのときの私にはわかりませんでしたけれどね、それでみんなが火を消すために私の体を転がしてくれていたんですよ」

女はその物語を穏やかな口調で伝えた。まるでそれはあまりに遠い昔に起こった出来事で、自分ではない全く別の誰かの物語であるかのように。リタかドーントが質問をすると、女の青白い率直な目が、慈愛を示すように、話しかけてきた相手に向けられることがあったが、彼女の目には何も見えていないことは明らかだった。やつれた表情を浮かべた痩せ細った少女がお盆を運んできて、テーブルにパンとバター、スプーンつきの蜂蜜の瓶を並べた。少女は客たちに向かってにこりともせずに頷くと、目を上げることなく家の中に戻っていった。

「パンにバターを塗りましょうか？」とリタが尋ねると、老ウィラーは「ありがとうね」と答えた。

「私のお婆さんがね、蜂蜜をあそこに保管していたんですよ」老ウィラーは石造りの離れのほうに向かって頷きながら言った。「浴槽くらいの大きさのある容器に入れていたんです。お婆さんはすぐにその蓋を取って、私を蜂蜜の中に落としたんです、丸裸の私をね。それでその夜の残り時間、私はずっとそこで過ごすことになりましてね。その年は売る蜂蜜がありませんでしたよ。私が首まで浸かった蜂蜜を食べたい人なんているはずありませんからね」

「それで、あなたは竜を見たのですか？　ドアの向こうでその声を聞いた竜たちの姿を？　竜を写真に収めることができるのであれば、ぼくはなんだって差し出すのになあ——金持ちになれるのだろうなあ！」

老ウィラーは笑った。「実際に彼らを見たら、ぼんやりと立って写真など撮っていられないでしょう！　ええ、見ましたとも。竜が飛び去っていくところを、蜂蜜の中に浸かりながら見ました。何百頭もいましたよ」そして今でも竜の姿を見ることができるかのように空を見上げた。「空を飛ぶ巨大なウナギ。想像してごらんなさい、心の目で見えてきますから。私のところからは、耳も目も見えませんでした。鱗《うろこ》も、お話しできるほどの翼も見えませんでした。絵で見たことのあるどんな竜とも少しも似ていなかったんですから。ただただ長く、黒く、ぬめらかで、俊敏でした。竜たちは身をうねらせ、よじらせていて、彼らで埋め尽くされた空を見上げると、鍋の中で煮えたぎる黒いインクを眺めているような気分がしたものです。さて、私の蜂蜜はお口に合いましたか？」

みながパンと蜂蜜を食べ終えた後、老ウィラーは竜の出現した夜についてさらに思い出を語った。

「あそこを見てごらんなさい！」屋根を指さして言った。「もう視力が良くなくて、私には見ることができないのですけど、あなたがたなら見えるでしょう。窓に残る黒い跡が」

嘘ではなかった。茅葺き屋根のすぐ下に、焦げ跡が残っていた。

「あの跡を入れればいい写真が撮れるでしょうね」ドーントが提案した。「あなたは養蜂箱のそばに座ったままで、背景に、炎が当たった部分を入れるんです。空も入れましょう――竜が飛んでいった空をね」

老ウィラーはほとんどためらうことなく写真に写ることを承諾した。ドーントが機材を準備するあいだ、リタは話を続けた。

「ひどい火傷《やけど》を負われたのではありませんか?」

老ウィラーは袖をまくり上げて腕を見せた。「背中全体がこんな感じですよ。首の下から腰の辺りまでね」皮膚の大部分が変色し、引きつり、皺がなかった。

「見たことがないほどの傷ですね」リタは言った。「こんなに広範囲に火傷を負うなんて。それ以来、この火傷に煩わされることはありませんか?」

「ええ、平気よ」

「蜂蜜のおかげかしら? 患者さんが火傷を負ったときは、私も蜂蜜を使うんですよ」

「看護師さんなの?」

「そうなんです、助産師でもあります。ここから十キロメートルほど下流で働いています。バスコットで」

老ウィラーは驚いて跳び上がった。「バスコット?」

一瞬、沈黙が流れた。リタはパンと蜂蜜を飲み込み、先に口を開くべきか決めかねて老女が続けるのを待った。

「二年前にそこで行方がわからなくなった少女について、多少なりともご存じでしょうね……」

「アミーリア・ヴォーンのことですか？」

「ええ、その子です。その子が戻ってきた、みんなそう言っていたんです——でも今度は、やはりその子とは別人だったと聞くじゃありませんか。今はどういう話になっています？　アミーリアなんですか？　違うんですか？」

「見つかった少女のことを、アミーリアではなく別の少女だと主張する女の人が現れたんですが、少女を新しく迎え入れた家族は、少女が自分たちの家族ではないと思うようになって、それで少女は今またヴォーン家にいます。その子が本当は誰なのか、誰にもわからないんです。でもアミーリアではありませんよ」

「アミーリアではない！　そう願っていたんだけれど……。ヴォーンさんたちのためにも、それに私自身の家族のためにもね。私の孫娘はヴォーン家で子守として勤めていました。あの幼い娘さんが誘拐されてからというもの、孫は大変な苦労をしてきました。ありとあらゆる雑言があの子に浴びせられましたよ。あの子を知っている人たちは、誰もそんな言葉を信じたりはしませんよ、でもね、その物語を最初に耳にして、色眼鏡であの子を見る人もたくさんいるんです。あの子が人生で求める唯一のものは、素敵な若者と出会って、自分の家族を築くことだけだったというのに、そんなごたごたに巻き込まれた女を妻にもらおうと思う男なんてそうそういやしませんよ！　そういった全てに気を揉《も》んで、あの子は病んでしまいましてね。眠ることもできないし、ほとんど何も口にしませんでした。誰かに辛辣な言葉をかけられることを恐れて外出もせず、何日も部屋から出ない日が続きました。もう何ヶ月もずっと、あの子の笑い声を聞くことがなくなって……。そんなある日、少女が戻ってきたという噂を耳にしたんです！　川のそばに戻ってきた、みんなそう言っていました。ルビーの噂話をしていた連中は口を閉ざしました。流れが変わったように思えましたね。ルビーは少しだけ心を開くようになりました。仕事まで見つけたんです。昔通っていた学校のお手伝いの仕事です。あの子らしさを少し取り戻して、もう一度人生に関心を持ち始めたんです。夜、学校の若い娘さんたちと一緒に街をうろうろすることがありましたが、あれほどの苦しみに耐えてきた後です、私には止めることなどとてもできませんでしたよ。あの子だって、ほかの若い子たちと同じように、少しぐらい楽しい時間を過ごしたっていいじゃありませんか。そしてアーネストに出会ったんです。ふたりは婚約しました。七月に結婚することになっていました。しかし夏至の後、嫉妬深い女の子がルビーを脇に呼んで、耳元でささやいたんです、バスコットで見つかった子は結局アミーリアではなかった、いなくなった少女はいなくなったままなんだ、ってね。また噂が持ち上がりました。ルビーはまだ疑われていたんです。

ルビーはその翌日、結婚をやめにしました。〝みんなが私のことをあれこれ噂しているというのに、結婚して子どもなんて生めるはずがない。きっと自分の赤ん坊にだって信じてもらえない！　それにアーネストが不憫《ふびん》だわ。彼には、私なんかよりもずっといい人がいる〟そんなようなことを言っていましたよ。アーネストはなんとかルビーを説得しようとしてくれたんです。彼は噂話になんて耳を傾けたりしないんです。結婚は延期になるだけで、婚約が解消されることはないと言ってくれているのですが、ルビーは彼に会うことすらしないんです。毎日あの子の様子を尋ねにきてくれているというのにね。学校はルビーに辞職を勧めましてね、それで今ではあの子はこの庭の壁から外には決して出なくなってしまいました」

盲目の女はため息をついて続けた。「もっと良い知らせを期待していたんですけど、あなたの話を聞いて、すでにわかっていたことを確認しただけになってしまいました」老骨のウィラーはゆっくりと立ち上がろうとした。「待っているあいだに、あなたに差し上げる蜂蜜を持ってきましょうね」

「もう少し座っていてください」リタは言った。「私はヴォーン夫妻を知っています。ふたりはルビーのことを信じていますよ。ルビーが何もしていないことを、ふたりは知っていますよ」

「それはいいことを聞きました」老ウィラーは喜び、再び椅子に腰を落ち着けた。「善良な人たちでした。ご夫婦は、一度だってルビーのことを悪く言わなかった」

「ヴォーン夫妻は、あの誘拐事件の真相に辿り着くことを何よりも望んでいます。あなたのお孫さんが何もしていないのであれば、別の誰かがやったんです――その人間はとらえられて、裁きを受けるべきです。そうなれば、ルビーを助けることにもなりますよね」

竜の目撃者は首を振った。「当時捜査が行われましたが、何も明らかになりませんでした。私はね、川のジプシーの仕業じゃないかと思っているんですけれど、今じゃもうつかまえることができませんものね」

「別の新しい方法で調べてみるというのはどうでしょう？」

老女は目を上げた。彼女の透明な目が困惑したようにリタを見つめた。

「あなたがルビーさんについて言ったこと、そして彼女が善良な人間だということを、私は信じますよ。だってもうすでに同じことをヴォーン夫妻から聞かされていますから。ルビーさんが結婚できないなんて間違ってます。子どもを欲しがっていて、しかも良い母親になりそうな子なのに、子どもを持てないなんて間違ってます。そこで教えてほしいんです、もしも真実を浮かび上がらせる方法があるとしたら、真犯人を暴いてルビーさんの汚名を雪《そそ》ぐ方法があるとしたら、ルビーさんは手を貸してくれるでしょうか？　ひと役買ってくれるでしょうか？」

老女の瞳が不安そうに揺れ動いた。

玄関のドアが開き、先ほどパンと蜂蜜を運んできた、痩せこけた若い女が出てきた。

「私は何をしたらいいでしょう?」

ドーントが老ウィラーを養蜂箱の隣、竜の炎によって変色した窓の下に配置しているあいだ、リタはルビーとベンチに座り、額を寄せ合って計画について説明した。

リタが説明を終えると、ルビーはリタを見つめて言った。「でもそれって、魔法みたいですね!」

「実際にはそうではないのだけれど、そのように見えるわ」

「それをすれば、真実を話す人が現れるんでしょうか?」

「可能性はあるわ。もし、まだ誰も話していない何かを知っている人がいたらね。まだ誰も知らない情報であることが重要になってくるのでしょうね。そういう人物がそこに来ていれば、そして私たちに運が向いていたら、ええ、話してくれるでしょう」

ルビーは再び視線を落とし、膝の上できつく握りしめた拳を見つめた。あまりに力んでいるために指の関節は白くなっていて、その爪には嚙まれた跡が残っていた。リタはそれ以上ルビーを説得しようとはせず、彼女が自分で結論を出すのを見守った。ルビーの両手がそわそわと動いたりねじれたりしていたが、ようやく動かなくなった。

「でも、私に何をしてほしいというのですか? 私にはそんな魔法、使えませんよ」

「あなたが魔法を使う必要はないの。あの夜バスコット・ロッジからあなたを誘い出したのは誰なのか、それを教えてくれさえすればいいの」

　微かな希望の光がルビーの目に宿っていたはずだった。しかし今、唇は震え、希望は死に絶えた。ルビーは頭を下げて、その頭を両手で抱えた。

「そんな人いないんです！　もう何度も繰り返しそう言ってきたのに、みんな信じてくれないんです！　誰にも誘い出されてなんていないんです！」

　リタはルビーの両手をつかみ、そっと頭から引き離した。そしてその両手をしっかりと握りしめて、ルビーの今にも泣き出しそうな顔を真っすぐに見つめた。

「それなら、どうしてあなたは外出したの？」

「あなただって私を信じないわ！　誰も信じてくれないもの。みんな私のことを分別のない嘘つき呼ばわりするの」

「ルビー、私はあなたが正直な人間だと知っているわ。この事件の根底に、何か信じがたいようなことが存在しているのだとしたら、私にこそ話してくれないかしら。ふたりの頭で考えれば、解決策が見つかるかもしれない」

　誘拐事件のあった日から数年のあいだに、ルビーは骨の髄まで疲弊してしまっていた。顔は青白く、目の下にはくっきりと黒いくまができていた。まだ二十歳にもなっていないなどとはとても信じられないほどだった。アミーリアが見つかったと思われ、婚約が決まったとき、未来がルビーのもとに戻ってきたように感じられた。しかし今、それは再び破壊された。

ルビーは、自分を救うと言ってくれたリタの力を信じる素振りを一切見せなかった。全て話してしまえば自分にとって良い結果が生じる、そんなことを納得できてはいなかった。それでも、自分はもう、これ以上自分の立場を維持することができないほどに疲れ切っている、そう結論づけた。ルビーは肩を落とし、抑揚のない声で、最後の力を振り絞って語り出した。

願いが叶う井戸

ケルムスコットに〝願いが叶う井戸〟があった。その井戸にはさまざまな魔法の力があると考えられていた。よく知られているような体の病気全般を治す力に加え、夫婦間あるいは家族間におけるあらゆる種類の問題を解決に導いてくれるとも言われていた。この井戸の力への信頼を強めていたのは、その井戸の、ある立証可能な独特の特徴だった。それは、どのような天候でも、どのような季節でも、ケルムスコットの井戸から湧き上がる水は常に氷のように冷たいという特徴だった。

木製の張り出し屋根の下に石を積み重ねて造っただけの井戸だったものの、絵になる井戸でもあり、ドーントはこれまでに数回、この井戸を撮影していた。春にはサンザシの花が素晴らしい背景になった。夏にはツルバラが柱を登るように上へと伸びていた。三度目の撮影では、冬らしい雪景色の中でひときわ美しく見えるその姿を写真に収めていた。四重奏を完成させるには、秋の写真が足りなかった。

「ここで止まろう」ドーントは井戸を指さして言った。井戸の周囲は常緑樹の葉で囲まれていて、村人たちがそこに飾り紐と藁《わら》の装飾を施していた。「光が出ている」

ドーントはカメラを設置してから〈コロジオン〉に戻り、ガラス板の準備を始めた。リタは井戸に寄りかかってつるべ桶《おけ》を引っ張り上げ、水の温度を確かめた。言い伝えの通りだった。水は肌を刺すほど冷たかった。

ドーントが戻ってきて、カメラにガラス板を設置した。

ドーントはここしばらくリタの写真を撮っていなかった。リタはその理由を知っていた。ふたりのあいだで行われる撮影は親密なものだった。ドーントはポーズを決めるためにリタの頭を両手で支え、あちらに傾けたりこちらに傾けたりした。一方リタは、ドーントがそうするあいだ、自分の骨の輪郭に従って変化する光の陰影を見守るドーントの顔をじっと見つめた。ドーントが最適な位置を見つけると、ふたりは言葉を交わすことなく視線を合わせるのだった。それからドーントはリタに触れる手を離してカメラに戻る。ガラス板がむき出しになり、ドーントが暗幕の下に姿を消し、全てが静かで、全ての動きが止まると、それだからこそなおのことリタには、ふたりのあいだの強烈な感情のつながりが感じられるのだった。言葉にしては伝えていない思い全てが、視線からあふれ出すようだった。ドーントがリタを撮影しなくなったのは当然のことだった。それは必然だった。

その日の撮影は唐突に決まったことで、不可解なことでもあった。それはつまり、ドーントが自分の心を解き放つことに成功し、リタに対して普通に振る舞えるようになったことを意味しているのかもしれなかった。リタは、ドーントがそれほどまでに簡単にそれを成し遂げたことに落胆せずにはいられなかった。彼女自身の彼への思いはまだ高ぶったままだったから。

「どこに立ったらいいかしら？」リタは戸惑いながら訊いた。

「カメラの後ろに」ドーントは暗幕を指して言った。

「私が写真を撮るの？」

「ぼくがガラス板の覆いを外して、レンズの蓋を取るところは、もう何度も見ているよね。暗幕の中に光を入れないようにね。十五秒数えてから、また覆いをかぶせて。ぼくが水を汲み上げて潜る前に数え始めちゃいけないよ」

「どういう意味？」

「ここの水に顔をつけると、願いが叶うと言われてるんだ」

リタは暗幕の下から、ガラス板を通して、ドーントが指先を水に浸し、身を震わせながら凍えるような水滴を振り落とすのを眺めた。その光景はリタに、ドーントがほとんど全裸の状態で首まで川に入り、実験を手伝ってくれた日のことを思い出させた。あの実験では、予想と正反対の結果が立証されたのだった。あの日、ドーントの青ざめた顔は寒さで硬直していたが、ドーントは不満を漏らすことなく、リタが六十秒数えるあいだ、喉仏まで川に身を沈めていた。

「どんなお願いをするつもり？」リタは声をかけた。

「人に話してしまったら、魔法は解けてしまうんじゃないの？」

「その可能性は大いにあるわね」

「ふん、だったら秘密だ」

リタには望みが多すぎて、どれから願うべきかわからなかった。アミーリアの誘拐犯が、その罪で罰せられるのをこの目で確かめること。あの少女の面倒を見て、常に危険から身を守ってあげること。この終わりの見えない往来から、ドーントを愛する気持ちと妊娠への恐怖とのあいだの往来から抜け出す方法を見つけること。あの冬至の夜、少女の心臓に何が起こっていたのかを解明すること。

「いいよ」ドーントは息を吸い込み、氷のように冷たい水の中に顔を突っ込んだ。

一秒、リタはガラス板の覆いを上げ、レンズの蓋を取り外した。

二秒、心の奥底から考えが湧き上がってきた。

三秒、考えが表面に浮上した瞬間、それが重要な意味を持つと悟った。そこには一点の疑いもなかった。

四秒、脳がものすごい速さで働き、自分でも追いつくことができないほどで、リタはカメラを置き去りにし、さっと跳ね上げられた暗幕からどれほど光が入ってしまうかを気にかけることもなく、ポケットから懐中時計を取り出しながら井戸に向かって走った。

五秒、リタは井戸のそばにいて、ドーントの手首をつかんで脈を測っていた。そして同時に、懐中時計の蓋を開けた。

六秒目は完全に忘れ去られた――リタは今、別の数を数えていた。

リタの指先の下でドーントの脈が動いていた。時計の秒針が文字盤を回っていた。リタの頭の中にはふたつの律動、時計仕掛けの律動と人間から発せられる律動以外には何もなかった。両者はそれぞれのリズムに従って各々に、互いに寄り添うように律動し、そして――衝撃。それが起こった瞬間、リタは動揺しなかった。それどころか、それはリタの注意をさらに狭め、それによってリタはドーントの心臓の働きと、それが意味するところを手に取るようにはっきりと理解した。この瞬間に宇宙に存在しているのは、この心臓の命と、それを数え、理解するリタ自身の心だけだった。

十八秒後、水から上げられたドーントの顔は凍っているようで、真っ青だった。硬いお面をかぶっているかのように表情が固まっていて、苦しそうな呼吸をし、よろめきながら腰を下ろすことがなければ、生きている人間というよりは死体に見えた。

リタはドーントの手首をつかんだまま、目を上げることもなく数え続けた。

一分後、リタは時計から目を離した。それからポケットから紙と鉛筆を取り出すと、震える指で数字を書き殴り、小さく驚いたような笑い声を上げた。それから目を見開いてドーントのほうを向き、その異常さに首を振った。

「どうした？」ドーントは言った。「大丈夫か？」

「私が大丈夫かって？ドーント――あなたこそ大丈夫なの？」

「顔が冷たいよ。なんだか――」

ドーントはそこで急に、吐き気を催したかのように顔をそらせてリタを驚かせたが、一瞬の間を置いてからまたリタに向き直った。「いや、治まった」

リタはドーントの手を握って、熱のこもった眼差しで彼を注意深く観察した。「ええ、でも――ドーント――どんな気分？」

ドーントも困惑したような熱のこもった視線を返したが、その視線はリタの視線よりも穏やかだった。

「実際、少し妙な気分だよ。寒気のせいだろうな。でも平気さ」

リタはドーントに数値を書いた紙を掲げた。

「あなたの心臓、止まったわ」

「なんだって？」

リタは紙に視線を落とした。「私がここに来たのが――そうね、あなたが水に顔をつけてから六秒後だということにしましょう。大体そのくらいだったわ。そのとき、あなたの心拍数に異常はなかった——一分間に七十回。でも水に入ってから十一秒後、心拍が丸三秒間ぴたりと止まってしまったの。また鼓動を始めたときの拍動数は一分間に三十回。水から顔を上げてからもさらに七秒間、その拍動数を維持していたわ。そしてその後、急上昇した」

リタはドーントの手を取って、再び脈を確かめた。そして数えた。「通常に戻っている。一分あたり七十回」

「止まった?」

「そうよ。三秒間も」

ドーントは自分の鼓動に意識を集中させた。考えてみれば、それははじめての経験だった。上着の中に手を滑り込ませて、心臓が規則的に手を打ち返してくる力強さを感じた。

「平気だけど」ドーントは言った。「本当なのか?」ばかげた質問だった。相手はリタだ。こうしたことに関して間違えるはずがなかった。「どうして測ってみようと思ったんだ?」

「水が冷たいんだって考えていたら、川で最初の実験を行った日のことを思い出したの。そこで急に気づいたの、あの日、あなたの体は完全には水に浸っていなかったなって。浸かっていたのは首までだったわよね。そして今日あなたが凍えるような水の中に浸した部分というのは、前回唯一水に入っていないところだったの。おそらく、その事実と、前に治療した頭のけがのことが結びついたのね。それに、私たちを人間たらしめるものの大部分がそこに含まれているという事実も……。そういう全てのことが同時にやってきて、気づいたときにはカメラを置いて走り出していて……」

それは発見だった。リタの体に喜びが駆け巡った。本能的にドーントの手に手を伸ばしたが、その手を握ることはしなかった。自分の大いなる喜びをドーントが共感できていないのが明らかだったから。地面から顔を上げたドーントは、疲れてやつれているように見えた。

「露光しすぎたガラス板を回収しないと」抑揚のない声でそうつぶやきながらカメラに向かった。

ふたりは張り詰めた沈黙の中で機材を解体し、まとめた。そして全てが片づくと、ドーントは動きを止めた。

「何も願わなかったんだ」ドーントは唐突に言った。「願いが叶う井戸なんて、ぼくは信じていない。どうやら君の願いは叶ったみたいだけどね。ぼくが願かけをするような人間だったら、君と子どもが欲しい、そう願っていただろうね。どちらも。一緒に。でも、君が望まないとわかっていることを、ぼくが願っていいものかわからなくて。思い描いてみたよ、リタ。ぼくたちふたりが感情に駆り立てられるまま、自然の成り行きに身を任せるうち、新しい命が宿っていることを知る……。でも、相手の絶望の上に成り立つ幸せに、どれほどの価値があるというのだろう？」

〈コロジオン〉はふたりをのせてリタのコテージに向かって川を上っていった。水を切り、音としぶきを上げて水をかき回し、通り過ぎた水面に長い波の筋を残していった。ふたりは無言を貫いた。リタのコテージに到着すると、ふたりは堅苦しい別れの挨拶を交わした。それからドーントは〈白鳥亭〉に向かった。

コテージに入ったリタは、机として使用しているテーブルの上にノートを置いてページをめくると、その日の記録を書き込んだ。二次的な高揚感に胸が高鳴った。なんという発見をしたことか！　しかしすぐに気分が沈んだ。願いをかけもしないのに何より求めていたものを授けてくれて、同時に、その他全ての、手に入れることの叶わぬものを痛いほどに痛感させるなんて、なんという井戸なのだろう。

幻燈機《マジック・ランタン》ショー

〈白鳥亭〉にて。夏が終わり、秋がきたというのに、雨は降り続けていた。もはやしかめ面で不作の心配が語られることもなくなった。そこにはもう疑いの余地がなかったから。これからいくら日が差そうとも、もう何も変わらないだろう。農作物の成長は止まり、黒く変色した状態で畑に植わっていたし、地面がこれほど水浸しなのにどうやって収穫するというのか。暇を出された作男たちは、砂利採取の仕事やほかの仕事を探さなければならなかった。

みな不安を忘れるために〈白鳥亭〉を訪れたが、冬の間には不安げな雰囲気が垂れ込めていた。

そんな雰囲気の中、あの少女がアームストロング家を出て、再びヴォーン夫妻と一緒に住むようになったという噂が広まった。つまり、どういうことだろう。少女は結局アリスではなかった。やはりアミーリアなのだ、みなそう考えた。しかし物語のこの逸脱が熱心に語られることはなかった。物語というものは、ある方向に向かって明確に進み、それからある際立った危機が訪れた後、別の方向へと歩みを変えるべきだった。静かに元の場所に立ち戻るというのは、物語に必要不可欠な劇的な盛り上がりに欠ける。そのうち、ヴォーン夫妻が少女のことを〝ミリー〟と呼んでいるという噂が広まった。この名が〝アミーリア〟の短縮形であるのか、あるいは全く別の名前であるかという議論が持ち上がった。しかしそれは、以前に交わされた、少女の目が何色であるかを巡る論争に匹敵するものではなく、何かが不可能であるという事実は、それが起こり得ないということを意味するのかを巡る白熱した議論に照らし合わせると、明らかに精彩を欠いていた。執拗《しつよう》な雨も、熱意をくじく一因となっていた。事実、語り聞かせは畑の作物と同じように弱りだしていた。語り手たちは時に、無言のままただ酒を飲んでいる自分に気づくこともあった。ジョナサンがある農夫の物語を始めて、彼は馬にのっていて、荷車が湖にはまってしまい、それから何やらよく覚えていられない出来事が起こって、ついに「彼は二度と姿を見られることはなかった！」と締めくくると、ちょっとした励ましの声が上がった。

ジョーも苦しんでいた。奥の部屋でぐったりと横になっていることが多くなり、まれに冬の間に現すその姿は、かつてないほどに弱々しく青ざめていた。呼吸をするのさえ苦しそうな状態だったが、ジョーは物語をひとつかふたつ——不思議な物語で、すぐに語り終えるにもかかわらず、聞く者の心を動かす物語を——していった。そうした物語の結末は無限の空間に向かって解き放たれているかのようで、誰もそれを説明することもできなければ、自身で語り直してみることもできなかった。

こうした状況の中、そして少女の正体が依然として不確かであるという事実に助長されて、数ヶ月前に植えつけられ、その時点では何も実らせることのなかった種が遅まきながら芽を出した。砂利採取人のひとりの大叔母が、少女の姿が川に映らなかったのを見た気がすると言い出したのだ。しかしクレソン栽培人のまたいとこが、それは間違いだと言った。自分は、川を見つめている少女を見かけたとき、不可解なものを目にしたのだと。水面には少女の姿がふたつ映っていて、それぞれが細部に至るまで酷似していたと。これに刺激されて、また別の物語が広がり始めた。少女には影がない、少女の影は老婆の形をしている、あるいは、少女のあの特異な目をあまりに長く見つめると、それに気を取られている隙をつかれて、少女に足の裏から影を切り離されて、その影を食べられてしまう、そんな物語まで作られた。

「それがあたしにも起こったのよ！」一現実でも空想でも病にかかっている年配の未亡人の女

が、自分の足を見つめて指さしながらリタに言った。「魔女の子どもがあたしの影を食べちまったの！」

「それじゃあ、空を見てみてください」リタは励ますように言った。「太陽はどこにあります？」

未亡人の女は空を見上げた。「隠れてるわ。ほとんど隠れてる」

「そうです。今日は太陽が出ていないんです、影がないのはそのためですね。それ以上のことはありませんよ」

未亡人の女は安堵したように見えたが、それも長くは続かなかった。次にその患者の口をついて出たのは、少女が太陽を食べてしまって、雨を降らせて収穫を台無しにしたのだ、という言葉だった。

〈白鳥亭〉でこれを聞いていたひとびとは肩をすくめた。そんなことがあるだろうか。少女は一度死に、そして蘇った。それは普通の人間にできることではない。だからといって魔女の子ども？　みなしばし考えた結果、その論を支持しないことにした。

九月初旬になると、新たに持ち上がった話題のためにこうした疑惑は全て脇に押しやられた。〈白鳥亭〉の壁のひとつにポスターが貼り出された。ポスターには、秋分の夜、〈白鳥亭〉にて幻燈機《マジック・ランタン》を用いたショーが行われる予定であると書かれていた。それはオックスフォード在住のドーント氏によって開かれる無料のショーで、九ヶ月前にけがをした際、村人たちの迅速な行動と冷静沈着さが大きな助けになったことへの感謝を示すべく開かれるショーだと記されていた。

「写真を使って物語を見せてくれるんだってさ」マーゴットがジョナサンに説明した。「ガラスに写った写真を使うんじゃないかと思うんだけどね、それからその写真に光を当てるんじゃないかな。どういう仕組みかなんて母さんにはわからないよ、ドーントさんに訊いてみるんだね」

「どんな物語なの？」

それは伏せられていた。

＊

秋分の日、〈白鳥亭〉は夕方七時になるまで客たちの――常連客たちでさえ――出入りが禁止されていた。常連客の中には、その決まりが自分にも適応されることが信じられないと訴える者たちもいた。彼らはとにかく行くだけ行ってみようと酒場に姿を見せたものの、やはり入店を拒否されてひどく腹を立てた。店内からは絶えず何やら音が聞こえてきていて、ドアがひっきりなしに開いたり閉まったりしては、屈強な若者たちが大きな箱やら木箱やらを運び込んでいた。それを見ていた常連客たちは酒場を離れ、ほかの連中に、入店を断られたこと、それから何やらただならぬことが起こっていることを伝えた。

ドーントは早めに準備に取りかかっていた。〈コロジオン〉と酒場のあいだを百度は行き来して、助手たちやアームストロングの息子たちに指示を出した。どの容器を、どの順番で、どの部屋に……。そのうち、六人がかりで、包みで覆われた巨大で重そうな長方形のものを店に向かって運び始めた。男たちは細心の注意を払って箱を運んでいた。汗を垂らし、緊張した面持ちで、ゆっくりと傾斜を上っていく彼らを見守るドーントは、瞬きもせずにじっと彼らを凝視していた。その長方形の箱が無事に店内に運び込まれると、一同は一斉に安堵のため息をつき、そこにいた全員に飲み物が配られ、それから再び通常の運搬作業に戻った。ドーントとオックウェル家のひとびとだけになるとようやく、荷物にかけられていた毛布や包装用の箱が取り外され、謎めいた物体の正体が大きなガラス板だということが明らかになった。

「ぼくはここで組み立て作業をしますね。誰もカーテンの後ろに来てはいけませんよ。暗くなればガラスは見えなくなりますけが人は出したくありませんからね。それはそうと、会場になる部屋で幻燈機のために塗っておいた塗装の渇き具合はどうでしょうね？」

午後になってリタが、ショールでしっかりと身を包んで顔を隠した女を伴って到着した。リトル・マーゴットたちのほとんど全員が手伝いに来ていて、そのうちのひとりが、三歳になる娘を連れてきていた。彼女には重要な役割が与えられることになっていた。

六時半になると、ジョナサンには、ドアの錠を開け、店内に入っていく物見高いひとびとのためにドアを押さえておくという大役が与えられた。客たちはみな右に進み、夏の間に入るよう誘導された。〈白鳥亭〉はすっかり変わってしまっていた。壁の一面はベルベットの幕で覆われ、冬の間へと続くアーチ形の入り口が隠されていた。別の壁は——並べられた椅子の前にある壁は——真っ白に塗り替えられていた。テーブルは取り払われ、代わりに、その白い壁に向き合うようにして椅子が何列かに分かれてぎっしりと並べられていた。椅子の後ろに置かれた小さな台に〈ヘンリー・ドーント〉が立っていて、不思議な機械装置とガラス板の入った箱が彼のそばに置かれていた。

非常に多くの人たちが集まっていて、あちらこちらで会話する声が聞こえて部屋中ががやがやとしていた。作男たち、砂利採取人たち、常連客たち全員、それにその妻や子どもが来ていたほか、このショーの噂を耳にして近隣の村から駆けつけた人たちも数え切れないほどいた。アームストロングは、妻のベスと年長の子どもたちと一緒に来ていた。アームストロングは深刻な表情をし、落ち着かなげな雰囲気を漂わせて座っていた。彼はショーの内容の一部に薄々勘づいていて、実際、準備の手伝いもしていた。ロビンも招待されていたが、彼の姿はどこにも見えず、それでも誰も驚くことはなかった。ヴォーン夫妻は来ていなかった。どのような物語が披露されるかを事前に知っていて、自分たちは参加しないほうが良いということで意見を一致させていたのだった。結局のところ、少しでも収穫があると断言はできなかった。夫妻はすでに必要とされたものを提供していたし、自分たちの存在が別の形で波及することになると予想もできた。リトル・マーゴットたちが全員にシードルを配り、七時きっかりに、ジョーとマーゴットに感謝を伝えるドーントの演説が行われた。ジョーがドアを閉めようとしたまさにそのとき、リリー・ホワイトが息を切らし、覆いをかぶせたかごを手に現れた。

椅子は全て埋まっていたため、リリーは後ろに置かれた木製の丸椅子に座らなければならなかった。膝に、赤い布をかぶせたかごをのせていて、その布の下で何かがもぞもぞとうごめいていた。その日の午後、アンへの贈り物として買ってきたばかりの子犬をそっとなで、静かにするようなだめてやると、子犬は落ち着いた。アンは一体どこなのだろう。見物客たちの頭越しにのぞき込み、ふたりの大人に挟まれた小さな子どもの頭を探したが、まだ二列も確かめないうちにランタンの灯りが消え、部屋中が暗闇に包まれた。

予期していた通りに観衆がざわつき、靴が床を擦る音やスカートを直す音、咳払いする音などが聞こえてきた。そしてそうしたあらゆる音を跳ね除《の》けるように、カチリという機械音が聞こえてきて――

おー！

白い壁にバスコット・ロッジが幽霊のように浮かび上がった。ヴォーン夫妻の屋敷だった。象牙色の正面部分に十七個の窓が規則正しく並んでいて、その上部にのせられた落ち着いた灰色の屋根との調和は誰がどう見ても美しいものだった。映像がどのようにして壁に飛ばされているのかを確かめようと、後ろを振り返ってドーントの機械を見る者も数人いたが、ほとんどの人たちが映像にすっかり魅了されていて、そんなことを考える余裕などなかった。

カチリ。バスコット・ロッジが消えた。と、同じ場所にヴォーン夫妻の姿が現れた。ふたりのあいだに、もぞもぞと体を動かす子ども——二歳のアミーリアの——姿がぼんやりと映っていた。女性たちがひそひそと感情を吐露する声が聞こえてきた。

カチリ。忍び笑い——これは誰も予期していなかった。光線の中に大きな文字で書かれた広告が浮かび上がった。すぐには文字を読むことができない人たちのために、ドーントが文字を読み上げた。そのあいだ、ひとびとは小声で何やら意見を交わし合った。

聡慧《そうけい》なる豚の

ステラ

この途方もなく非凡な生き物が

つづり《スペル》を答え、単語を理解し、計算し

トランプで遊び

ひとびとが身につけている時計を読んで

何時何分かを伝え

それだけでなく
そこにいる誰の年齢でも言い当てる
さらに驚くべきことに
人の頭の中をのぞき込み
これまで語られることのなかった秘密を嗅ぎつける
さらに
個人対面鑑定では
金銭的な成功や結婚成就を
含めた
未来を示してくれる

「祭りにいた豚だわ！」

「聡慧？　一体なんのこっちゃ？」

「頭のいいことを表す賢い言い方だよ。あんたが聡慧であればわかるようなことだがね」

「俺なんかよりも正確につづりが言えるんだぜ、あの豚！」

「あの豚、もっとトランプ遊びが下手くそだったら良かったのに。私、三ペンスも負けちゃったのよ」

「七十三って言ったんだ、あの豚、俺の年をよ！　腹が立って仕方ねえや！」

「あたしはね、あの豚に頭の中を読まれる前に立ち去ったのよ。あたしの頭の中を豚がごそごそ引っかき回すところなんて、想像するのも耐えられないよ！　絶対、絶対、絶対に嫌だね！」

「個人鑑定を望むなら一回一シリングだとよ。ばかにするなってんだ！　豚と対面するのに一シリング払える奴がこの辺りにいると思ってるのか？」

再び機械音が鳴り、広告が消えて、代わりに豚の姿が映し出された。実際にはそれはモードではなく彼女の娘のメイベルだったが、アームストロング以外の全員の目にはどちらも全く同じ豚に見えた。豚に向かい合うようにして、若い女が座っていた。誰もが彼女に気がついた。

「ルビー！」

がやがやとした話し声が唐突に消え失せた。

映像の中、ルビーが一シリング硬貨を差し出すと、黒っぽい服の袖に隠れた腕が伸びてきて硬貨を受け取った。ルビーは豚の目を見据えた。

すると突然、暗闇の中から声が響いてきた――それはルビー自身の声だった。

「ステラ、私の運勢を占ってちょうだい。誰と結婚するのかしら？　結婚の申し込みを受け入れてもいいと思える相手には、どこで出会うのかしら？」

観衆は息をのみ、椅子の上でそわそわと体を動かして声の聞こえてくるほうに顔を向けてみるのだったが、暗がりの中では誰も何も見ることができなかった。そして部屋の別の方向から、リトル・マーゴットのひとりが演じる豚の返答が聞こえてきた。「冬至の日の真夜中、聖ジョン水門に行き、水面をのぞきなさい。そこに、お前から結婚の承諾を得る男の顔が見えてくるだろう」

カチリ。時計の文字盤が暗闇の中で輝いた。確かに真夜中だ！

カチリ。聖ジョン水門。誰もが知っている。そして再びルビーの姿が。両手両膝をついて、一心に川をのぞき込んでいる。

「おい、たまげたな」誰かが言い、みなが「しーっ！」と言った。

カチリ。再び聖ジョン水門。ルビーは腰に両手を置き、苛立《いらだ》たしげに立っていた。「何も見えないじゃない！」ルビーの声がまた聞こえてきた。「何ひとつ見えやしない！これは悪質な悪戯《いたずら》だわ！」

今回は誰も音源を探そうとはしなかった。神秘的な暗闇の中、目の前で繰り広げられる物語にみな心を奪われていた。

カチリ。再びバスコット・ロッジ。

カチリ。子ども部屋の室内。毛布の下に、小さな子どもの形。

カチリ。同じ部屋。しかし、観衆に背を向けた、黒っぽい服を身にまとった何者かがベッドをのぞき込んでいる姿が映し出された。

足を動かす音も、指を揉み合わせる音も聞こえなかった。〈白鳥亭〉全体が息を潜めた。

カチリ。同じ部屋。しかし今、ベッドは空っぽだ。開け放たれた窓から空が見えている。

〈白鳥亭〉全体が縮み上がった。

カチリ。屋敷の横からの外観。開けっ放しの窓に、梯子《はしご》がかかっている。

〈白鳥亭〉を埋め尽くすたくさんの頭が非難を込めて横に揺れた。

カチリ。ふたりの人間を背後からとらえた映像。男の腕が女の肩を抱いている。ふたりは深い悲しみを分かち合うように頭を寄せ合っている。ふたりが誰なのかは疑いようもない。

ヴォーン夫妻だ。

カチリ。一枚の紙切れ。一度くしゃくしゃに丸められた後、真っすぐに伸ばされている。

ヴォーン氏へ

一千ポンドで娘の安全な帰還が確保される

〈白鳥亭〉全体が怒りのあまり息をのんだ。

「しっ！」

カチリ。机の上に、はちきれんばかりに金の詰まったバッグが。

カチリ。同じバッグが、今度はラドコット橋の向こう端、みなが今座っているところからそう遠く離れていないところに置かれている。

恐怖をささやき合う声。

カチリ。暖炉のそばで待つヴォーン夫妻の姿。ふたりのあいだに見えている時計は六時を指している。

カチリ。同じ写真。しかし時計は八時を指している。

カチリ。十一時。ヴォーン夫人は絶望した様子で、夫の肩に頭を預けている。

〈白鳥亭〉全体が熱狂し、同情からすすり泣いた。

カチリ。はっと息をのむ音！　再びラドコット橋の袂《たもと》――しかし、金は消えている！

カチリ。互いの腕の中に崩れ落ちるヴォーン夫妻を背後からとらえた映像。

〈白鳥亭〉全体が沸き立った。人目をはばからず泣き声を上げる者もいれば、憤慨と恐怖の叫び声が四方八方から聞こえてきて、犯人に対する脅し文句も叫ばれた。ひとりが犯人の首を絞めると言えば、別の人間は犯人を首から吊るしてやると言い、三人目は犯人を袋に詰め込んで口を縛り、橋の上から落としてやりたいと言った。

カチリ。誰が幼いアミーリアを誘拐したの？

〈白鳥亭〉全体が静まり返った。

カチリ。再び豚の写真が映し出された。ドーントは棒を手に取ると、光の流れの中、観衆たちが先ほど見逃していたものの輪郭をその棒でなぞった。そこには物影が。

押し殺したような「おー!」という声。

カチリ。同じ場面のように見えた。実際には、その豚はやはり、母親の代役を務めるメイベルだったが。今回は写真の不要な部分が切り取られていて、豚の体の大半は見えず、尻尾だけが見えていた——そしてその写真の真ん中には、長い外套の裾部分と、ズボンの足の部分が数センチメートルほど、それからブーツのつま革が見えていた。

驚きのあまり息をのむ音があちこちから聞こえてきた。「ルビーをだましたのは豚じゃない! あの男だ!」

誰かが立ち上がり、指さし、叫んだ。「アミーリアを連れ去ったのはあいつだ!」

〈白鳥亭〉中に理解の波が広がり、その理解は百もの声となって噴出した。

「背の低い男だったわ!」

「箒《ほうき》の柄《え》みたいに細かった!」

「露ほどの価値もない男だね!」

「あの外套——あの人の肩には大きすぎだったのよ」

「それに長すぎだった」

「ずっとあの帽子をかぶってたっけな、あいつ」

「一度も脱がなかったわ!」

みな男のことを思い出した。誰もがその男を覚えていた。しかし誰ひとりとして、男の外套と帽子、体の大きさ以外のことを描写することができない。最後に男の姿が目撃されたのはいつのことだったか。

「二年前」

「二年？　日数で言うなら三年近いわ」

「ああ、三年になるな」

合意に達した。豚と一緒にいたのは、大きすぎる外套を身にまとい、帽子を目深にかぶった小柄な男で、三年近く誰にも姿を見られていない。

ドーントとリタは話し合った。ふたりは一心に耳を傾けていたものの、すでに知られていること以上の情報を暴露する人間が現れる様子はない。

ドーントはリタに体を寄せて、リタの耳元でつぶやいた。「みんなの時間を無駄にしてしまっただけらしい」

「まだ終わってないわ。さあ、ほら。第二章よ」

激しい怒りが部屋中に充満する中、ドーントとリタはカーテンの背後に滑り込む。リタはリトル・マーゴットとその娘とともに指示を再確認し、ドーントは別の場所に隠してあった装置を確認する。それがどのような目的で設置されているかをその外観から計り知ることはできないが、舞台効果を担当する者や降霊術師には馴染《なじ》みのある装置だろう。「カーテンを引いてもらう準備ができたら、頷いて合図するから。いいね？」

部屋の後方の暗い隅にリリーはいた。壁にこれほどまでに大きな映像が映し出されるのを見たことがなかった。あまりに真に迫っていて、あまりに信じがたい。写真を使って物語が語られると聞いたとき、頭の中で子ども向けの聖書を思い描いた。母親が読んでくれて、リリーがページをめくったあの聖書を。その物語が白黒の現実で、押し花のように平たくて、縦にも横にも大きく壁に広げられるものだとは知らなかった。自らの人生につながりのあるものだとは知らなかった。リリーは片手で喉をつかんで目を見開く。全身で感じる鼓動、汗、震え。恐れおののく脳には、足がかりを見つけなければと考える余裕すらない。目覚めた状態で悪夢へと落ちていった。

フォークがグラスを打つ音に跳び上がる。空気中に甲高い音が鳴り響き、その音に観衆は静まり返る。そしてみな席に腰を落ち着ける。まだ続きがあるのだ。

カチリという機械音の代わりに、さーっという音が聞こえてきて、カーテンが片側に引かれる。ベルベットのカーテンのすぐ近くにいたひとびとはその動きを察知する。冬の間へと通じるアーチ形の入り口が姿を現し、そこにぱっと明かりがともる。

動揺したひとびとが振り返る。

緊張感が漂い、衝撃のあまり誰もが言葉を失う。

冬の間に子どもがいた。それも普通の子どもではない。写真でもない。少女の髪は波に流されているかのごとくゆらゆらと動き、白いドレスは薄絹のように揺れ、そして――何より奇妙なことに――その足は地面に触れていない。少女の姿は一定ではなく、ちらちらと揺らめき、見えたかと思うと消えてしまう。その顔には、わずかばかりの顔立ちの特徴も現れていない。微かに見える鼻、弱々しく見つめる目、あまりに不鮮明でそこから言葉が出てくるはずもない口。白いドレスのひだが流れるように体にまとわりつき、まるで空気ではなく水の中にいるかのように見える。そして少女は実体を持たぬもののように漂っている。

「少女よ」ルビーの声が聞こえてきた。「私を知っている？」

少女は頷く。

「私がルビーだということがわかるのね。あなたの子守で、あなたを愛し、あなたの面倒を丁寧に見ていたルビーだということが？」

少女はもう一度頷く。

誰ひとりとして動かない。観衆を椅子に縛りつけているのは、恐怖か、あるいはそれを見逃してしまうことへの恐怖か。

「あなたをベッドから連れ去ったのは私だったかしら？」

少女は首を振る。

「それじゃあ、別の人間ね？」

少女はおもむろに頷く。まるでその質問が、彼女自身が身を置く領域から遠く離れたところから届いているかのように。

「だったら誰なの？　あなたを川へ連れていって、溺死させたのは誰なの？」

「そうだ！　教えてくれ！」観衆から声が上がった。「誰だったか教えてくれ！」

ひどく透き通っているためにどんな子にでも見える顔をした少女が片手を宙に上げ、指さした先にあったのは……映像の映し出される壁ではなく、観衆たち自身だった。

大混乱。金切り声に、混乱した叫び声。あまりの衝撃に立ち上がるひとびと、ひっくり返る椅子。反射光の中、みな振り返って目を凝らす。あちら、こちら、四方八方に視線を移動する。ちらちらと揺れるように光るその指がさしている場所を探して。どこに目を向けても、自分たちと同じような顔が見えるのだった。愕然《がくぜん》とし、呆然とし、涙で濡れた顔が。気絶する者、泣き叫ぶ者、うめき声を上げる者もいた。

「わざとじゃなかったの」リリーが小声でつぶやいたが、混乱の中、その言葉を耳にした者は誰ひとりとしていなかった。手を震わせ、止めどなく涙を流しながら、まるで何ものかに追いかけられる幻覚を見ているかのような様子で、ドアを開け、逃げるように去っていった。

みなが帰ると、リトル・マーゴットたちとアームストロングの子どもたちは、酒場を元の状態に戻す作業に取りかかった。幼い幽霊は、マーゴットの末の孫娘という本来の姿に戻り、白い薄っぺらな衣類を頭から脱がされながらあくびをし、木靴で部屋を踏み鳴らして歩き回った。巨大な鏡はこれまた巨大な長方形の箱にしまい込まれ、細心の注意とうなり声とともに運び去られた。ベルベットのカーテンは取り外され、折り畳まれた。紗幕《しゃまく》は、鞄の中に落とされる際にさらさらと音を立て、そわそわと震えた。ガス灯は分解された。幻の幽霊の要素がひとつひとつ解体され、しまい込まれ、持ち去られた。全てがなくなり、いつも通りの晩の姿に戻った〈白鳥亭〉の室内で顔を見合わせた一同は、自分たちの希望も同時になくなってしまったことを知った。

ロバート・アームストロングは肩を落とし、マーゴットはいつになく無口だった。酒場と〈コロジオン〉を行き来して箱を運んでいたドーントはひどく落胆していて、誰も彼に話しかけることができないほどだった。リタは寝室にいるジョーの様子を見にいった。ジョーは期待するような眼差しをリタに向けたが、リタが首を振ると、悲しげに目を瞬《しばたた》かせた。

ジョナサンだけが、周囲の雰囲気に流されることなく、普段通りの陽気な気分のままでいた。「本物だってほとんど信じちゃうくらいだったよ」ジョナサンは繰り返した。「鏡のことも、紗幕のことも、ガス灯のことも知ってたのに。あれはポリーだって知ってたのに。それなのにほとんど信じちゃいそうだったよ！」

ジョナサンはみなと一緒に椅子を元の位置に戻していた。部屋の後ろに置かれた丸椅子の最後の数脚を戻そうとしたときだった。「驚いたなあ！　一体誰がお前を置いてっちゃったの？」

一匹の子犬が、部屋の隅、最後の丸椅子の下で縮こまっていた。ロバート・アームストロングが見にいった。かがみ込み、大きな手でその生き物を抱き上げた。「お前はひとりで外の世界に出るにはまだ小さすぎるよ」アームストロングが子犬に話しかけると、子犬はアームストロングの肌のにおいを嗅ぎ、もっと近くに抱き寄せてくれとせがむようにアームストロングの体をよじ登った。

「最後にやってきた女性が連れていたんです」ドーントが言った。記憶を遡り、できる限り詳細に女の風貌を説明していった。

「リリー・ホワイトだね」マーゴットが言った。「バスケットマンズ・コテージに住んでいてね。今日来てたことすらあたしは知らなかったよ」

アームストロングが頷いて言った。「私がこのおチビさんを家まで送りましょう。ここからそう遠くありませんし、息子たちもまだ帰る準備ができていないようなので」

マーゴットは孫娘のほうを向いて言った。「さあ、お嬢さん、今日のところは、心霊体験はもうたくさんだってみんな思ってるよ。寝る時間だよ！」そうして少女は寝室に連れていかれた。

「ちょっとした見世物にすぎませんでした」ドーントは言った。「大した成果はなかった」それから、部屋の隅に置かれた箱に腰かけ、涙をこらえているルビーを見て言った。「申し訳ない。もっと得るものがあると思っていたんだ。がっかりさせてしまったね」

「あなたたちは一生懸命やってくれました」ルビーはそう言ったが、あふれる涙を止めることはできなかった。「一番辛いと感じているのは、ヴォーン夫妻のはずです」

豚と子犬の話

アームストロングは、子犬が寒くないようにと、外套で包み込むようにして子犬を抱いていた。ボタンをひとつ外したままにして、そこから子犬が鼻先を出して夜の空気を嗅ぐことができるようにしておいた。子犬は心地良さそうにアームストロングの胸に自分の体を擦りつけてから、そこに身を落ち着けた。

「私も一緒に行ったほうが良さそうですね」リタが言った。「もう遅い時間ですし、なんとも不安な晩を経験して夜を迎えているでしょうから、見知らぬ人間がやってきたら、ホワイト夫人は警戒してしまうと思うんです」

ふたりは無言のまま橋へと向かった。互いに、その晩経験した絶望に思いを巡らせていた。あれほどまでの時間と努力を費やした晩だったというのに、全て無駄に終わってしまった。水面いっぱいに星をたたえた川を渡っていくと、すぐに、土手が崩壊して川幅がさらに広くなっているところに行き着いた。暗がりの中、節くれ立った根やアイビーの蔓《つる》に足を取られないように意識を集中させせなければならなかった。ちろちろこぽこぽ響いている川の音に紛れて、声が聞こえてきた。

「あの子、私がやったってわかってるのね！　悪いことをするつもりなんて、これっぽっちもなかったの！　誓ってもいいわ！　あの子の髪の毛一本だって傷つけるつもりはなかったわ！　私があの子を連れていって溺れさせたことに、あの子はひどく腹を立てているんだわ――指を突き出していたもの！　私を指していたわ！　犯人は私だってわかってるんだわ」

立ち聞きしていたふたりは暗闇に目を凝らした。そうすることで、もっとよく声が聞こえてくるかのように。そしてリリーの話し相手がそれに答えるのを待ったが、何も聞こえてこなかった。リタは前に歩み出ようとしたが、アームストロングが手を出してリタを制した。そのとき、ドーントの耳に別の音が聞こえてきた。鼻を鳴らすくぐもった音。動物の立てる音。豚の鳴き声。

脳がかき乱されるように感じた。

豚の声が聞こえなくなると、再びリリーの声が聞こえてきた。「あの子は絶対に私のことを許してくれないわ。どうしたらいいの？　私のしてしまったことの邪悪さといったら、それはぞっとするほどで、決して許されることなどないんだわ。神さまご自身が、私を罰するためにあの子を送ったのね。とても恐ろしいけれど、かご職人と同じ運命を辿らなければならないんだわ。ああ！　でもやらなきゃならないの、そして久遠の苦しみに耐えなきゃならないの。私はもうこの世界には、あと一日だって生きていく資格がないんだから……」

その声はすすり泣きへと変わった。

アームストロングは耳を澄まし、リリーの言葉に応えるように動物が鼻を鳴らす音を聞いた。あれはもしかして……？　いや、そんなはずがない。それでも……。

子犬が吠えた。リリーに存在を気づかれたふたりは、身を隠していたポプラの木の後ろから歩み出て、傾斜した土手をコテージに向かって進んでいった。

「ホワイト夫人、怪しい者ではありませんよ」リタが前方に向かって呼びかけた。「わんちゃんを返しにきました。幻燈機ショーの会場に置き去りにされていましたよ」リリーの苦悩が目で確認できるようになった。「危ない目には遭っていません。ちゃんとお世話していましたから」

リタが淀みなく話し続けながらリリーに近づいていく中、アームストロングは急に駆け出し、力強く傾斜を上っていった。真っすぐにリリーのそばを駆け抜けて豚小屋まで到着すると、その場に崩れ落ちて泥の中に膝をつき、柵の格子のあいだから手を差し出して叫んだ。

「モード！」

アームストロングは、もう二度と見ることはないと思っていた顔を、愛情と信じられぬという思いを込めた目でじっと見つめた。老いて体が細くなり、疲れ切って悲しげな雰囲気を漂わせてはいたものの、そしてその皮膚は薔薇《ばら》色の輝きを失い、毛は赤銅《しゃくどう》色の艶を失ってはいたものの、アームストロングにはモードがわかった。豚もアームストロングから視線をそらさなかった。たとえそこにわずかばかりの疑いがあったとしても、豚自身の歓迎ぶりがそんな疑いを一掃した。豚は急に立ち上がると、興奮して跳ね回るように速足で駆け出し、柵に鼻を押しつけた。そうすれば耳をなでてもらえるし、ごわごわした頬を擦ってもらえる、そうわかっているかのように。豚は柵を押し倒さんばかりの勢いで体を押しつけ、親愛なる旧友に近づこうとした。モードの目が再会の喜びに和らいだのを見て、アームストロングは込み上げる涙で喉の奥が痛くなるのを感じた。

「一体お前に何が起こったというんだい、愛しいモードよ？　どうやってここに来たんだい？」

アームストロングがポケットからドングリを取り出すと、モードはその手のひらに口づけるようにドングリを口にした。この方法を習得できる豚はほとんどおらず、アームストロングの胸は喜びでいっぱいになった。

そのあいだもリリーは、目を擦りながら同じ言葉を繰り返していた。「わざとじゃなかったの。知らなかったのよ！」

リタは、リリーからアームストロングへ、それから豚へ、そして再びリリーへと視線を走らせた。

どこから始めよう。

「リリーさん、私たちがここへやってきたとき、何を言っていたのです？　何がわざとじゃなかったんです？」

リリーは、何も聞こえていないかのように同じ言葉を繰り返した。「知らなかったの！知らなかったの！」

その後も何度かリタが同じ質問を繰り返してようやく、リリーの耳にその質問が届いたようだった。

「全て豚に話しました」リリーは鼻をすすって続けた。「次は牧師さんに告白しなければならない、豚はそう言っています」

姉妹と子豚の話

寝間着とガウンに身を包んだ牧師は、夜の訪問者たちを迎え入れて椅子に座らせた。アームストロングが壁際の椅子に、リタがソファに座った。

「私、牧師館で腰を下ろしたことは、これまで一度もないんです」リリーは言った。「でも今日は告白をしにきました。明日以降はもう二度とここを訪れることはないでしょうから、座ることにします」そしてそわそわした様子でリタの隣に腰を下ろした。

「それで、その告白というのはどのようなものなのですか？」牧師はリタをちらりと見やって言った。

「私がやったんです」リリーは言った。リリーは川に沿って歩きながら終始泣きじゃくっていて、牧師館に到着した今、声がかすれてしまっていた。「私なんです。あの子は川から戻ってきて、私を指さすんです。あの子は、私がやったと知っているんです」

「誰が指をさすんです？」

リタは〈白鳥亭〉で行われた幻燈について牧師に説明し、それがどのような目的で行われたかについても説明してからリリーのほうを向いた。「本物ではないのですよ、リリーさん。あなたを怖がらせるつもりなんてなかったんです」

「あの子はよく、バスケットマンズ・コテージに来ていました。あの子は川から上がってきて、私を指さすんです――本当にそこにいましたよ、私にはわかるんです、床板に水を滴らせて、水染みを残していきましたから。私が罪を告白せずに、邪悪な秘密を隠したままでいると、今度は〈白鳥亭〉に現れて、そこで私に向かって指を突き出したんです。やったのは私だと、あの子は知ってるんです」

「あなたがしてしまったことというのは、どんなことなんですか、リリーさん？」リタはリリーの前にしゃがみ込んでリリーの両手を握った。「はっきりおっしゃってください」

「あの子を溺死させたんです！」

「アミーリア・ヴォーンを溺死させたんですか?」

「アミーリア・ヴォーンではありません! アンです!」

「妹さんを、溺死させたんですか?」

リリーは頷いた。「私があの子を溺死させたの! 私が罪を告白するまでは、あの子は私を休ませてはくれない」

「そうでしたか」牧師が言った。「では告白なさい。何があったのか、話してください」

ついにそのときを迎えた今、リリーは冷静さを取り戻した。涙は乾き、こんがらがっていた頭の中がすっきりとした。ヘアピンの甲斐なくふんわり浮き上がった髪の毛、細面に大きな青い目。牧師館のろうそくの光に照らされて物語を語るリリーは、実際の年齢よりも若く見えた。

「十二歳のときだったと思います。十三歳だったかもしれません。私は母とオックスフォードに住んでいて、義理の父と兄も一緒に住んでいました。妹がいました、アンです。裏庭で何頭か子豚を飼っていて、太らせてから売ろうと考えていたんですが、義理の父が飼育を怠ったために病気にかかっていました。妹は体が強くありませんでした。あの子は体が小さくて、母と私はあの子に愛情を注いでいましたが、義理の父はあの子に失望していました。もうひとり息子が欲しい、そう考えていたんです。義父にとって重要なのは、息子という存在だったんです。義父は私や妹が食べ物を食べることに腹を立てていて、私たちは――母もでした――彼に怯《おび》えていました。私は食べる量を減らすようにしました、そうすれば妹がもう少し食べられると思って。でも妹は健康に成長することができませんでした。ある日、妹が病気で寝込んでいるとき、私は母から妹の面倒を見ているように言われました。母は妹の薬を買いに行かなければならなかったんです。食事の用意をして、妹が咳の発作を起こしていないか確認しているよう言われたんです。義理の父は、母が彼女のために薬を買いにいっているいることを知れば怒ったに違いありません。薬は高価なもので、女の子にその価値はないと考えていたのですから。私はひどく神経質になっていましたが、母だって同じでした。母が出かけているあいだ、義理の兄が何やら包みを手に台所にやってきました。それは麻袋で、紐でしっかりと口が閉じられていました。子豚が一頭死んだ、兄はそう言いました。私は義父から、死んだ動物は川に持っていって流すよう言いつけられていました。そうすれば穴を掘ってそれを埋める手間が省けるから。私は義兄に、自分は夕食の支度をしなければならないから、子豚を川に連れていってほしいと頼みました。しかし兄は言ったんです、もし私が父の言いつけに従わなければ、父は気を失うほど私を痛めつけるだろう、と。だから私は行ったんです。重い袋でした。川に着くと、私はそれを傾斜の大きい岸辺に置き、川に向かって押しました。そして家に帰りました。家のある通りまでくると、近所の人たちがみんな通りに出ていて、大きな騒ぎになっていました。母が私に駆け寄ってきて言いました。〝アンはどこ？　妹はどこにいるの？〟

〝寝室よ〟、私は答えました。すると母は大声を張り上げて涙をこぼし、また同じ質問をしてきました。〝アンはどこ？　あなたはどうして家にいなかったの？　アンはどこに行ってしまったの？〟

近所の人で、私がその少し前に、重そうな荷物を両手に抱えてどこかへ行くのを見かけた人がいました。その人は私に尋ねました。〝あの袋の中には何が入っていたの？〟

〝死んだ子豚よ〟、私は答えました。でもみんなが、その袋をどこへ持っていったのか、それをどうしたのかと次々に質問してきたので、私は頭が混乱して口が利けなくなり、何も答えることができませんでした。

近所の人たち数人が川まで下りていきました。母のそばにいたかったけれど、母は、私が妹のそばにいてちゃんと見ていてやらなかったことで私にひどく腹を立てていて、私を慰めてくれるような状態ではなく、ついに私はひとり身を隠すことにしました。

義理の兄は油断ならない相手でした。兄は、義父の腹の虫の居所が悪いときに私がどこに身を潜めていたかを知っていたのです。兄は私を見つけました。〝あの袋ん中に何が入ってたか、知ってんだろう？〟

〝子豚よ〟、私はそう言いました。だってそう信じていたから。

すると兄は、私が本当は何をしてしまったのかを私に話しました。〝袋ん中にいたのはアンだよ。お前はアンを溺死させたんだよ〟。

私は逃げ出しました。そしてあの日以来今日まで、妹についての真実は決して誰にも話さずにきました」

その後、リリーは牧師館の客間で夜を過ごすべきだとリタが提案し、牧師がそれに賛成した。リリーは幼い子どものように黙ってそれに従った。

ベッドの準備が整い、リリーが二階の寝室に向かおうとしたとき、そしてリタが牧師に別れの挨拶を告げようとしたとき、アームストロングが咳払いをして、ここに来てからはじめて口を開いた。

「お訊きしたいことがありまして――ここを出る前に……」

みなアームストロングを見た。

「非常に長い夜でしたし、ホワイトさんにとっては特に、とても大変な一日だったと思います。しかし、帰る前に、ひとつだけ質問をさせてはいただけないでしょうか?」

牧師は頷いた。

「リリーさん、私の飼い豚のモードは、どのようにしてバスケットマンズ・コテージに連れていかれたのでしょう?」

最大の罪を告白してしまった今、リリーのほかの秘密をつなぎ止めておくものはもう何もなかった。「ヴィクターが連れてきました」

「ヴィクター？」

「義理の兄です」

「名字はなんと言います？　お兄さんの？」

「ヴィクター・ナーシュです」

その名前を耳にした瞬間、アームストロングは、解体包丁を自分の指に走らせてしまったかのごとく跳び上がった。

川のあちら側

「工場にいるはずはありません」ヴォーンが言った。「ぼくたちは今、工場に置いてある物を売却しようとしているところで、何ヶ月ものあいだ、たくさんの人が工場に出入りしています。そこに身を隠している人間がいたら、見つけられていたでしょう。それに硫酸工場の窓は高い位置についています——日の光が、かなり離れたところまで届くようになっています。無理ですね。蒸留酒製造所と潜伏場所を兼ねられる程度に大きい場所で、しかも人目につかず、誰にも邪魔されない場所でなければならないとしたら、古い倉庫しかありませんね」

ヴォーンの人差し指が、ブランデー・アイランドの平面図の、ある一点をさした。

「上陸地点はどこになります?」ドーントが訊いた。

「誰かが来るならここからやってくるはず、相手はそう考えているでしょう。そいつが見張っているとすれば、この場所に目を光らせているはずです。でもですよ、島の反対側から上陸することだって可能です。そこなら、工場からも、ほかの建物からも離れています。不意打ちを食らわすんです」

「こちらは何人で向かうことになるでしょう?」アームストロングが訊いた。

「屋敷と農場から八人連れていくことができます。もっと数を増やすこともできますが、そうなるとボートの数も増えるわけで、それだと怪しまれる可能性が出てきますよね」

「〈コロジオン〉ならもっとたくさん運べるんですけど、それだと音が大きいうえに、すぐに目につきますよね。少ない人数で手漕ぎボートで、これしかありませんね」

「八人と、われわれ三人……」三人は顔を見合わせて頷いた。十一人。これで十分だろう。

「いつにしましょう?」ヴォーンが言った。


丑三《うしみ》つ時《どき》、手漕ぎボートの小艦隊がバスコット・ロッジの桟橋を出発した。誰も口を開かなかった。出たり入ったりを繰り返す櫂《かい》は、真っ黒なインクのごとき水面をほとんど乱すことがなかった。櫂がぎしぎしと音を立て、水がぴしゃぴしゃとボートの側面に打ちつけていたが、そうした音は、川から発せられる低いぼやき声のような音にかき消された。ボートの漕ぎ手たちは、人目につかないように陸から水の上に滑り込み、そこから再び陸に上がった。ブランデー・アイランドの裏側で、彼らはボートを川から引き上げてそのまま急斜面を上り、ヤナギの木のだらりと下がった枝の下にボートを隠した。輪郭だけで互いの姿を見分けることができていて、意思疎通のためには頷くだけで十分だった。ひとりひとりに役割が与えられていた。

男たちはふたりひと組になって散り散りになり、川岸に沿って別々の道を進みながら、草木の中を分け入って工場を目指した。その島に馴染みのない人間は、ドーントとアームストロングだけだった。ドーントはヴォーンと、そしてアームストロングはニューマン、ヴォーン家の使用人のひとりと行動を共にしていた。行く手を遮る枝を押しのけ、根っこにつまずきながら、暗闇の中をやみくもに進んだ。草木がまばらになって道が見えてくると、工場の近くまできたことがわかった。男たちは壁の周囲に沿って進み、ほとんど物音を立てることなく素早く空き地を通過した。

ドーントとヴォーンが倉庫に辿り着いた。その場所は片側を工場に、もう片側を木立に取り囲まれていて、窓から光が漏れていたとしても、川のどちらの岸からもそれを見ることはできなかっただろう。暗がりの中、ふたりは視線を交わした。ドーントが反対のほうを指さした。建物からこぼれる微かな光に照らされて、木立の中で何かがうごめく気配が感じられた。残りの男たちも到着していた。

最初に行動を起こしたのはアームストロングだった。ドアに向かって突進し、全体重をかけてドアを蹴った。蝶番《ちょうつがい》が半分外れ、ドアがぶらぶらと揺れた。ヴォーンがドアを押しやって開け放ち、ふたりが部屋の中を確認するあいだ、ドーントはヴォーンのすぐ後ろからついていった。大きな木桶、瓶、樽《たる》。部屋中に充満する酵母と砂糖の香り。最近手入れされたと思《おぼ》しき焚《た》き火《び》台。椅子には誰もいない。ドーントがクッションに手を当てた。温もりがあった。

ここにいたのだ。しかしどこかへ行ってしまったのだ。

ヴォーンは罵りの言葉が口からこぼれるに任せた。

音がした。外から。木立から。

「あっちだ！」叫び声が上がった。ドーントとヴォーン、アームストロングの三人は、ほかの男たちに合流した。男たちは下生えの中を必死で駆けていき、音の聞こえた方角を目指して追跡を開始した。枝をかき分け、小枝を踏みつけて進み、何かにつまずくたびに叫び声を上げた。そうしてやがて、自分たちの追いかけている音が、追跡の対象者から発せられている音なのか、追跡者である自分たちの立てている音なのかわからなくなった。

男たちは再結集した。みな落胆してはいたものの、諦めてはいなかった。男たちは島の隅々まで捜索した。全ての低木の茂みをかき分けて調べ、顔を上げて全ての木の枝のあいだにくまなく視線を走らせ、全ての建物の全ての部屋、全ての通路を捜索した。ヴォーンの使用人のふたりが、絡み合った棘《とげ》だらけの枝に近づき、重さのある枝でそこを執拗に叩いた。反対側で何かが動いた。人の姿だ。それは低く身をかがめ、突然飛び跳ねたかと思うと、水しぶきとともに姿を消した。

「おーい！」ふたりは残りの男たちに向かって叫んだ。「川に入ったぞ！」

すぐに全員がふたりのもとに集まった。

「あの辺にいるはずです。隠れていた場所から奴を叩き出したと思ったら、水が跳ね上がる音が聞こえてきたんです」

追跡者たちは黒い川をじっと見つめた。水面はちらちらと揺れながら光を放っていた。しかしそこには、獲物の影も形も見えなかった。

川に入った瞬間、その冷たさに、自分はすぐにでも死んでしまうのだろうと思った。しかし水面に浮上して、まだ自分が死んではいないことを、それどころか死には程遠い状態にあることを確認すると、川の水が致命的な冷たさではないということがわかってきた。衝撃的な飛び込みから再び顔を出した場所は、彼に有利になる場所だった。川そのものが、自分の協力者であるかのように思えた。川面を覆うように垂れ下がっている大きな枝にしがみついて川から半分体を引き上げ、そうしながらも次にどうするべきかを考えていた。島に戻るというのは論外だった。やはり川を渡らなければならないだろう。流れの中心に入ってしまえば、川が体を下流へと運んでくれるだろうし、ゆっくりと時間をかけて岸に向かって進んでいきさえすれば、やがて岸辺に辿り着いて陸に這い上がることができるだろう。そしてその後は……。

その後は、できる限りうまい解決策を考えよう。

枝にしがみついていた腕を離し、完全に川の流れに身を任せ、そして足で蹴った。島から叫び声が上がり——見られたのだ——彼は水中に潜り込んだ。水面下では、絶え間ない激しい動きと、頭上を照らす明かりに気が動転した。星群が頭上を流れていった。千もの小さな月が、稚魚の大群のように長く連なって、揺らぐ光を放ちながら通り過ぎていった。妖精たちのあいだを彷徨《さまよ》う巨人のような心地だった。

突如として、急ぐ必要は全くないのだと思い当たった。震えだってない、彼は思った。むしろあったかいくらいだ。

腕が重たかった。蹴っているのか、いないのか、もうわからなくなっていた。

冷たい川を冷たいと感じなくなったら、そのときは体が危険な状態に陥っているということだ、そんなことを耳にしたことがあった。いつのことだったろう。ずっと昔だ。そんな考えが彼を煩わせ、不吉な予感が胸にのしかかってきた。パニックに陥り、あがこうとするのだったが、手足が言うことを聞かない。

川を目覚めさせてしまった。流れが彼の体を支配していた。口には水が。頭には月の魚が。誤りへの気づき。手探りで水面を探していると、長くたなびく植物に両手が触れた。それにしがみついて体を引っ張り上げようとするものの、指が握るのは小石と泥ばかり。やみくもに腕を振り回し――ねじり――水面に出た！――しかしそれはまた手の届かないところへ。空気よりも水を吸い込み、助けを求めて叫ぶと――とはいうものの、誰がこれまでに彼に手を差し伸べてくれたというのだろう。彼こそが、人類において最も裏切られた男ではなかったか――助けを求めて叫ぶと、川がその唇を彼に押しつけてくるばかりで、指で鼻をつまんで鼻の穴を塞ぐよりほかなかった。

永遠と思われるほどのあいだ、そうした状態が続き……。

やがてもう抵抗する力も残っていない状態になったそのとき、体がつかまれ、まるでヤナギの葉ほどの重さしかないもののように軽々と水の中から引き上げられ、横たえられるのを、休息のためにパント船の床に横たえられるのを感じた。

静かなる人《クワイエットリー》だろうか。彼の物語なら知っていた。その時が来た人間をあちら側へ連れていき、まだその時を迎えていない人間を安全な場所に送り届けるという渡し守。そんな話など信じてはいなかった。しかし今、彼は目の前にいる。

背の高い、痩せたその男は、天を突くほど高く棹《さお》を持ち上げると、棹が握りしめた指のあいだをすり抜け、それが川床に突き刺さるところまで落下していくに任せた。するとパント船は、驚くほど優雅に、驚くほど力強く、黒い川を突き進んだ。ヴィクターは船の引っ張られる力を感じながらほくそ笑んだ。安全な場所に……。

男たちの半分が島に残り、ヴィクターが上陸してくれば見つけられる位置についた。残りの男たちはボートに戻り、川に出て捜索した。

「めちゃくちゃ冷たいじゃないか」ドーントがつぶやいた。

アームストロングは水に手を入れると、すぐさまその手を引っ込めた。

「私たちは生きている人間を探しているんでしょうか、それとも死体を？」アームストロングは言った。

「長く生きていられるはずがありません」ヴォーンが険しい表情で言った。

島の周囲を、一度、二度、三度漕いで回った。

「もうおだぶつでしょうな」ヴォーンの使用人のひとりが言った。

みな頷いた。

捜索は終わりだ。

数艘の手漕ぎボートが桟橋に向かって、そしてバスコット・ロッジに向かって戻っていった。

牧師は、リリーが母親と義父とともに暮らしていた教区の教区牧師に宛てて手紙をしたためた。すぐに返事がきた。その教会の会衆のひとりに、三十年前のその出来事について鮮明に記憶している者がいた。アンがいなくなったとわかった当初、ひどい混乱が生じた。彼女の姉が、嫉妬にかられて妹を川で溺死させたのではないかという噂が広まった。近所の人たちが大急ぎで川へ向かったが、袋はすぐには発見されなかった。母親が捜索隊とともに探索する中、長女は失踪した。

数時間後、妹は発見された。生きていたし、元気だった。発見された場所は家からだいぶ離れたところで、誰かの手を借りなければ、少女がひとりで歩いていけるような距離ではなかった。しかし少女はその後、高熱に侵された。どんな薬でも彼女を救うことはできず、それから数日後、少女は息を引き取った。

麻袋も発見された。そこには、子豚の死骸が入っていた。

リリーは見つからなかった。悲しみに打ちひしがれた母親は、それから数年後に亡くなった。義理の父親は、この一件とはまた別の事件に関わった罪でついに逮捕され、絞首刑になった。その息子は長く定職についていることのできない悪党で、もう何年もその消息はわからぬままになっていた。

「あなたに責任はありませんよ」牧師はリリーに言った。

リタはうろたえる女の肩を抱き寄せた。「あなたの義理のお兄さんが、あなたをだましたんです。嫉妬からということもあるでしょうし、彼が破滅的な魂の持ち主だからというのもあるでしょう。彼はあなたに罪がないことを承知していながら、あなたが自分に罪があると思い込むよう仕向けたんです。あの日以来ずっと、そう思い込んできたのでしょう。あなたは、あなたの妹さんを溺死させてなどいないのです」

「それなら、アンが川から上がってきて〈白鳥亭〉に姿を現したとき、あの子は何がしたかったというのでしょう？」

「アンではないのです。アンはもう生きてはいません。アンはあなたのことを怒ってなどいないし、安らかに眠っているのです」牧師が言った。

リタはリリーに言った。「バスケットマンズ・コテージで見たのは悪夢で、〈白鳥亭〉で見たのは幻燈です。煙や鏡で作り出した幻です」

「義理のお兄さんも溺死した今」牧師はリリーに言った。「もう彼に脅かされることもありませんよ。お金を隠しておく必要もないのですから、バスケットマンズ・コテージを出て、暖かいこの場所に、牧師館に越していらっしゃい」

しかしリリーは誰よりもよく川のことを知っていた。溺死するというのが、みなが思っているほど単純なことではないとわかっていた。ヴィクターが溺死したという情報は、ヴィクターが生きているのと変わらないほどリリーの心を怯えさせた——実際、そちらのほうが恐ろしいくらいだった。ヴィクターは、リリーが彼の秘密を暴露したことに腹を立てるだろう。

リリーを見つけられるはずの場所からリリーがいなくなったことに気づいたヴィクターが、怒りを増幅させるのだけは避けたかった。ホワイト氏と一緒に逃げたときに何が起こったか、そのことを覚えているだけで十分だった。ホワイト氏は遺体で発見され、リリーがヴィクターから受けた暴力といったら――自分自身も遺体で発見されなかったことに驚いたくらいだった。無理だ、ヴィクターを怒らせるわけにはいかない。

「これからも、バスケットマンズ・コテージで暮らそうと思います」リリーは言った。牧師が説得を試み、リタも説得を試みたが、リリーは静かな頑なさで自らの主張を貫いた。

モードを迎えにバスケットマンズ・コテージまでやってきたアームストロングは、モードが子を宿していることに気がついた。不安定な状態にあるモードを移動させたくはなかった。モードを見れば、ここで大切に世話されていたことがわかった。

「モードが子どもを生むまで、ここで面倒を見てくださいませんか、ホワイトさん？」

「私は構いません。モードはどうでしょう？　ここにいるの、嫌がっていません？」

モードもそれで構わなかった、これで決まりだ。

「私がモードを連れて帰るとき、代わりに子豚を置いていきますね」

第五章

ナイフ

鶏たちは慌てふためくように打ち羽振《はぶ》き、猫は自分をなでつけるその手から逃れて不満げにこそこそと壁際に体を寄せ、豚たちは不吉な何かを伝えるような目で見据えていた。アームストロングは眉根を寄せた。一体どうしたというのだろう。売り出し中の牛を見に、ほんの二時間ほど家を空けただけだというのに。

真ん中の娘が家から飛び出してきて自分にしがみついたとき、何か良くないことが起こっているのだと確信した。娘は言葉を発することができないほどに息を切らしていた。

「ロビンか？」アームストロングが訊いた。

娘は頷いた。

「母さんはどこだい？」

娘は台所のドアを指さした。

全てが大混乱の只中《ただなか》にあった。コンロの上のスープは誰にも見守られることなくぐつぐつと煮えたぎっていて、パイ生地は大理石ののし台の上に放置されていた。ベスが揺り椅子の背後に立っていて、必死に身構えるような様子で椅子の背もたれを握りしめていた。その揺り椅子には、最年長の娘スーザンが真っ青な顔をして背を丸めて座っていた。スーザンは不自然な形で胸の前で腕を交差させていて、両手を首に添えていた。彼女の周りには年少の三人がいて、不安げな様子で姉のスカートを引っ張っていた。

アームストロングが台所に入ると、ベスは安堵したように椅子を握りしめていた手を緩め、不安げな眼差しを夫に向けた。そして、何も言わないようにという警告を身振りで夫に伝えた。

「さあ」ベスは、姉にしがみついている小さな子どもたちに声をかけた。「これを豚に持っていってあげてちょうだいな」そして果物の皮を集めて深皿に入れると、三人の中で最年長の子にそれを手渡した。三人は、もう一度励ますように姉の膝をとんとんと叩いてから、ようやく言われた通りに部屋を出ていった。

「ロビンは何を要求していった？」ドアが閉まるとすぐにアームストロングが口を開いた。

「いつもと同じよ」

「今回は一体いくら？」

ベスが、ロビンの要求した金額を伝えると、アームストロングは体をこわばらせた。それはロビンがこれまでに自分たちからせしめた金額とは比べ物にならないほどの額だった。

「それほどの大金が必要だなんて、どんな面倒に巻き込まれているのだろうか？」

ベスは否定するような仕草をした。「あの子がどんな子だか、あなたも知っているでしょう。嘘の上に嘘を重ねて。いい投資先を見つけた、人生に一度きりの好機が訪れた、来週には返すから貸してくれ……。私はだまされてはいませんよ、あの子だってそれを知ってるんです。あの子の口先だけのやり方は、私には通用しない、もうずっとずっと前からね」ベスは顔をしかめて続けた。「でも今日は、私だけじゃなく誰だって、あの子の言うことを受け入れられなかったでしょうね。あの子は息を切らしていた。じっとしていることができなくて、とにかく必死で、すぐに金を手に入れてまたどこかへ逃げようとしていたんです。絶えずイライラしながら窓の外ばかり気にしていてね。弟を門のところに行かせて外を見張らせようとしていたけれど、私がさせなかったんです。あの子はそのうち嘘をつくのを諦めて、声を荒らげたの。〝いいから金をよこせって言ってるんだよ！　でなきゃ俺は死ぬことになるんだよ！〟拳をテーブルに叩きつけながら、全ては私たちのせいだ、あの少女をヴォーン家に返したりしなかったらこんな目に遭わずに済んだんだ、そう言っていましたよ。その声は震えていて。何かに怯えているんですよ。

〝こんな状況に追い込まれるなんて、一体何があったの？〟、そう尋ねると、何者かに追われているんだって、そう言ったんです。欲しいものを手に入れるためならどんなことでもやりかねない何者かに、追われているんだって」

「命が危ないんだって、そう言っていたわ」スーザンが揺り椅子に座ったまま付け加えるように言った。「〝金をくれないなら、俺はあの世行きだ〟って」

アームストロングは額を擦った。「スーザン、これはお前が参加するような会話じゃない。客間に行ってなさい、このことについては父さんと母さんで話し合うから」

スーザンは母親に目を向けて言った。「母さん、父さんに教えてあげて」

「私はお金をあげることを拒否したの。そしたらあの子は腹を立てて」

「兄さんは言ったの、母さんはいつだって兄さんの味方でいたことがないんだって。母さんのことを、〝不自然〟と呼んだのよ。それから、父さんと結婚する前のことで、母さんのことをあれこれ言って――」

「スーザンは聞いてしまったんです。ちょうどこの部屋に入ってきたところでね」

「私、そんなに母さんに腹を立てないでって、兄さんにそう言おうとしたの。私はただ――」

スーザンの目に涙があふれた。

ベスは娘の肩に手を置いた。

「あっという間に動いていたのね。気づいたときにはあの子、ドアの後ろにかけてあったあなたのナイフを鞘《さや》から引き抜いていたんです。そしてスーザンをつかまえて……」

アームストロングの体は凍りついた。ドアの後ろにかけてあったのは解体用のナイフで、鞘に納める前には必ず、獣の息の根を止められるくらいまでに刃を鋭く研いでいた。その新たな事実を理解した上で、改めて、娘の背を丸めた姿勢と打ちひしがれた表情を見た。

「兄さんから逃れることだってできたのよ」スーザンは言った。「できたの、でも……」

アームストロングは部屋を横切り、娘の手に触れ、その手を首から離させた。スーザンの手には血まみれの布が握られていた。柔らかい肌に曲線を描くように、赤い線がはっきりと走っていた。皮膚を切り裂くほど深い傷で、あとわずかにでもずれていたら、首の頸《けい》動脈を傷つけていたかもしれなかった。アームストロングの体内から、息という息がなくなった。

「母さんが叫び声を上げて、そしたら弟たちが入ってきたの。兄さんは彼らの姿を見てためらったわ――今では兄さんとそれほど変わらないくらい体も大きいし、ふたり同時にやってきたものだから。兄さんの握っていた手が緩んで、だから私、身をよじって逃げて……」

「今はどこに？」

「上流にあるナラの老木に向かったわ、ブランデー・アイランドのそばよ。父さんに、そこに自分を探しにくるように伝えろと言っていた。お金を持っていかなければ、兄さんの人生は終わりだって。そう言い残して言ったの」

アームストロングは台所を出て、家の奥に向かった。彼の書斎のドアが開き、閉じる音がした。書斎の中にいたのはほんのわずかのあいだで、すぐに外套のボタンを留めながら台所に戻ってきた。

「お願いだから行かないで、父さん！」

アームストロングは娘の頭にそっと手を置き、妻のこめかみに口づけると、何も言わずに家を出た。アームストロングが出ていった後、まだ閉まりきらないうちにドアが再び開いた。アームストロングはドアの後ろに手を伸ばしてナイフを探した。鞘はあったが、中は空っぽだった。

「まだ持ってるのよ」ベスが言った。

その言葉をかき消すようにドアの閉まる音が響いた。

日中の篠突《しのつ》く雨は、穏やかな、しかし執拗《しつよう》な雨に変わっていた。雨粒一滴一滴が、川に落ちようと、畑や屋根の上に落ちようと、葉や人間の上に落ちようと、それぞれに音を立てたが、どの音もほかの音と区別することができなかった。それらが一体となって織りなす音の毛布が、アームストロングとフリートを包み込み、ふたりを世界から隔絶させた。

「わかっているよ」乗り手は馬の背を軽く叩きながら言った。「すぐに屋内に入るさ。でも、やらなければならないのだよ」

道は凹凸があって石だらけで、フリートは穴のあいだをゆっくり進み、障害物を避けながら慎重に歩いた。時折顔を上げては空気のにおいを嗅ぎ、耳をそばだてた。

アームストロングは考えに沈んでいた。

「そんな大金で、何をしようと考えているのだろう?」アームストロングは疑念を声に出した。「それに、なぜ今なのだ?」

道のくぼんだところに差しかかると、そこにたまる水を跳ね上げて進んだ。

「妹だぞ! それも自分の妹!」アームストロングが頭を左右に振りながら叫ぶと、フリートは同情を寄せるようにいないいた。「時々思うのだよ、ひとりの人間にできることは、もうこれ以上ないのではないかと。子どもというのは、空《から》の器ではないのだよ、フリート。親の思いのままに形作られていいものなどではない。ひとりひとりが独自の心を持って生まれてきて、それを別のものに作り替えることなどできないのだよ。どれほどの愛を惜しみなく注いだところでね」

彼らは進み続けた。

「ほかに何ができたというのだろう? 私は何を見逃していたのだろうか?」

フリートが頭を振ると、手綱から水滴が吹き飛んだ。

「私たちはあの子を愛してきた。愛してきた、そうだろう? あの子をいろいろなところに連れていって、世界を見せてあげた。私にわかることを教えてあげた……。善悪の区別はついているはずだ。あの子はそれを私から学んだのだよ、フリート。知らなかったとは言えまいよ」

フリートは暗闇の中を進んだ。アームストロングはため息をついた。

「お前はあの子のことが好きになれなかった、違うかい？　私はそれに気づかないふりをしていたんだ。あの子が近づいてくると、お前は耳を後ろに伏せて、後退りしていたね。あの子はお前に何をしたんだい？　あの子のことを悪く思いたくはなかった。今だってそれに変わりはないがね、父親だって、永遠に目をつぶっているわけにはいかないのだよ」

アームストロングは手を顔に持っていき、目から冷たいものを拭った。

「ただ少し雨が入っただけさ」そう自分に言い聞かせたが、喉の奥の痛みはそうではないことを物語っていた。「それに、あの少女のこともある。どう考えたらいいのか、それを知りたいものだよ、フリート。ロビンはあの事件にどのような形で関わっているのだろうか？　ロビンのようにいい加減な対応をする父親などいるものか。自分の子どもかどうかの判断もできないなんて、そんな父親がいるだろうか？　少女はロビンの子どもではなかった。ロビンだって最初からそれを知っていたのだ。それなら、あの一連の小芝居は一体なんだったというのだろう？　どんな問題を抱えているか、あの子は私に話してくれるだろうか？　どう思うね？　それがわからない状態で、どうしたら物事を正しい状態に戻せるというのか？　あの子は私を後ろ手に縛っておきながら、私があの子のことを十分助けてやらなかったと文句を言っているのだ」

ポケットが重かった。アームストロングは金庫から出した金を財布いっぱいに詰めてきていて、それが今、重たく感じられた。

フリートが足を止めた。そしてその場で神経質そうに足を踏み鳴らし、苛立《いらだ》った様子で顔をあちこちに動かした。

アームストロングは顔を上げて原因を探そうとした。しかしその目に見えるのは暗闇ばかりだった。雨が空気中のあらゆるにおいを洗い流し、音をくぐもらせていた。人間の感覚では何も感じられなかった。

アームストロングは鞍《くら》から身をのり出した。「どうしたんだい、フリート？」

フリートは再び軽やかに走り出した。しかし今、フリートの足元で水が跳ね上がっていた。

アームストロングがフリートから下りると、ブーツの上まで水に浸かった。

「洪水だ。洪水がきたのだ」

〈白鳥亭〉で始まり、〈白鳥亭〉で終わる

もう何週間も雨が降り続いていた。洪水に備えるだけで手一杯だというのに、川のジプシーたちから身を守る準備をすることも覚えていなければならないなんて。今時分はジプシーたちが川に姿を現す時期であり、多少の洪水が彼らを止めることはなかった。事実、洪水は

彼らが人の財産に、つまりは家やコテージ、離れ家に納屋、家畜小屋などに近づくのを助けるだけだった。どれほど取るに足りぬ器具も機械も屋内にしまっておかなければならず、全てのドアに施錠しておかなければならなかった。川のジプシーたちは、まさかというものまで、防犯対策のされていないものであればなんでも盗んでいってしまう。窓辺に置かれた花瓶は安全ではないし、鍬《くわ》や熊手を勝手口のドアに立てかけておいた庭師は悲しみに暮れることになる。その上、その夜は冬至、あの少女がやってきてからちょうど一年経った日だった。

しかし何より重要なことは、ヘレナの様子に変化があったことだった。赤ん坊の誕生を待つこの数日のうちに、ヘレナの生き生きとした俊敏さが失われかけていた。ヴォーン家の使用人たちはできる限りのことをしてくれていた。ヴォーンは使用人たちに感謝を述べると、妻を探しに出た。

「とても疲れているの」ヘレナは言った。「でも上着を脱ぐ前に、私たちと一緒に庭へいらして。川が見たいの」

「川の水はもう、二十メートルくらい庭に上がってきてるんだ。こんな暗い中じゃ、子どもにとって安全とは言えないよ」

「川が庭まで上がってくるかもしれないって話したら、あの子すごく喜んだの。見たくてたまらないみたいよ」

「わかった。どこにいるんだい？」

「私、ソファで寝ちゃってて――クックに会いに台所へ行ったんじゃないかしら」

夫婦は台所へ行ったが、そこに少女の姿はなかった。

「奥さまとご一緒かと思っていましたよ」クックは言った。

ふたりは視線を合わせた。突如として不安に駆られた。

「川を見にいったんだわ――川に行けば見つかるわ。私たちより先に行ったのね」ヘレナははっきりとそう言い切ったものの、その声は震えていて、胸の内の疑念をあらわにしていた。

「君はここにいるんだ――ぼくひとりのほうが速い」ヴォーンはそう言うと走って部屋を後にしたが、ヘレナは夫の後を追った。

ヘレナの歩みは遅かった。芝はぬかるみ、道に敷かれた砂利は何週間も降り続いた豪雨で流されてしまっていた。もうずいぶん腹が大きくなっていて、雨外套の腹の部分を閉じることができなくなっていた。ワンピースが冷たい雨でずぶ濡れになると、自分の力を過信していたのではないかと不安になった。少し休んでひと息ついてから、また歩き出した。そしてこれから目にするはずの光景を思い描いた。魔法にかかったように水辺に立ち、川に心を奪われている少女の姿を。

生け垣の隙間から川が見通せるところまでやってきて足を止めた。夫の姿が見えた。首を振りながら、切羽詰まった様子で身振り手振りを交えて、庭師とほかのふたりの男たちと何やら話していた。男たちは真剣な表情で頷くと、指示を遂行すべく大慌てで走り出した。

全身がかっと火照り、心臓が激しく打った。ヘレナは突如として優雅とは言えぬ格好で駆け出し、走りながら夫の名前を叫んだ。振り返ったヴォーンの目に飛び込んできたのは、ぬかるみで足を滑らせて目を大きく見開く妻の姿だった。妻の体を受け止めどうにか転倒を防いだものの、妻は苦痛の叫び声を上げげた。

「大丈夫、みんなに伝えたから——みんなあの子を探してくれているよ。あの子は見つかるさ」

ヘレナは息を切らしながら頷いた。その顔は青ざめていた。

「どうしたんだ？ 足首を痛めた？」

ヘレナは頭を左右に振った。「赤ちゃんよ」

ヴォーンは庭に目をやって、使用人全員を少女の捜索に行かせた自分を呪った。屋敷までの距離、道の滑りやすさ、暗さ、そういったもの全てを、妻の目に宿る陰鬱な苦しみに突き合わせてみた。できるだろうか？ しかし、やるよりほかなかった。両腕にヘレナの全体重を感じ、歩き出す覚悟を決めた。

「おーい！」声が聞こえた。そしてもう一度、今度はより大きく聞こえてきた。「おーい！」

〈コロジオン〉が大量の水の上を、こちらに向かって静かに漂ってきた。

ヘレナをボートにのせて再び動き出したところでドーントがヴォーンに言った。「〈白鳥亭〉にリタがいるんだ。奥さんをそこに運んでから、もう一度〈コロジオン〉に戻ってきて少女を探しに出ましょう」

「リタのコテージが浸水でもしたんですか？」

「ええ、でもそれどころじゃなくて……。ジョーが」

〈白鳥亭〉にはほとんど客がいなかった。冬至の日ではあったものの、洪水は無視できぬもので、若者たちはみなさまざまな場所に駆り出されていた。ドアに板を打ちつける作業を行ったり、家具を二階へ運んだり、牧畜を高台へ移動させたり……。酒場にいたのは、川からの衝撃を抑え込む任務を果たせそうにない男たち——つまりは老人と虚弱な男たち——か、洪水がきたときにはすでに酔っ払っていた男たちだけだった。客たちは物語を語らなかった。語り手のジョーが死にかけていたのだから。

〈白鳥亭〉内にありながら、川の手が届き得ない、できるだけ川から遠く離れた小さな部屋のベッドに横たわり、ジョーは溺れかけていた。苦しそうに息をし続ける合間に、口から何やら音を発していた。唇が絶え間なく動き続けているのだが、水中から聞こえるようなその音は、人に理解できるような言葉にはならなかった。顔が歪み、眉が感情を伝えるかのように引きつっていた。それは人を魅了する物語に違いないのだったが、ジョー以外の人間の耳には届かない物語だった。

ジョーの娘たちが、病床と冬の間を行ったり来たりしていた。リトル・マーゴットたちは、今日はいつもの陽気な笑顔を忘れ、母親と同じ厳粛な悲しみをたたえてベッドのそばに座り、父親の手を握っていた。

ほんの束の間、ジョーの意識が戻ったように思えた瞬間があった。目を開け、二言三言発し、再び沈んでいった。

「なんて言ったの？」ジョナサンがうろたえて訊いた。

「クワイエットリーを呼んでいたんだよ」母親が穏やかに答えると、姉たちも頷いた。娘たちもそれを聞いた。

「僕が呼びにいってあげようか？」

「いいんだよ、ジョナサン、その必要はないんだ」マーゴットは言った。「もうこっちに向かってるからね」

リタは窓辺に立ち、〈白鳥亭〉の周囲を取り囲む、空白のページのごとき広大な池を眺めながらこうしたやりとりを全て聞いていた。水は四方の壁から数十センチメートルのところまで迫っていて、酒場を孤立させ、孤島にしていた。

〈コロジオン〉の姿が視界に入ってきた。深い水の中、ドーントが手漕ぎボートを下ろすのが見えた。ドーントはヘレナがボートにのり込むのを手伝い――ヘレナは黒い人影でしかなかった――それから〈白鳥亭〉の入り口に向かって漕ぎ始めた。ドーントのヘレナを気づかう様子から、ヘレナが突然やってきたのには重要な意味があるのだということがわかった。

「マーゴット――ヴォーン夫人がきたわ。どうやらお産が近いみたいね」

「ここにたくさん人がいてよかったよ。娘たちも手を貸せるわ」

ヘレナが到着してみなが慌ただしく動く中、ドーントはリタを脇に連れていった。

「少女がいなくなった」

「そんな！」リタは腹が収縮するような感覚を覚えて身を抱えた。

「リタ――大丈夫か？」

リタはなんとか気持ちを立て直そうと努めた。ひとりの男が死にかけていた。ひとりの赤ん坊がこの世に誕生しようとしていた。

「いなくなってからどのくらい経つの？　最後に姿が見られた場所は？」

ドーントは自分が知っているわずかばかりの情報をリタに伝えた。

リトル・マーゴットのひとりが、指示を求めてリタを呼んだ。

リタの顔は青ざめていた。あまりに恐怖に満ちた表情を浮かべていて、ドーントもこのときばかりは彼女を写真に収めたいとは思わなかった。

「行かなくちゃ。ジョーとヘレナが私を必要としている。でもドーント――」背を向けて立ち去ろうとしたドーントの耳に、リタが力を込めて発した言葉が届いてきた。「あの子を見つけて！」

その後、時間はとても長く、とても短く感じられた。四方八方を取り囲む水が穏やかに無関心に漂う中、〈白鳥亭〉にいる女たちは、死と誕生という人間にとって不可避な出来事に従事していた。壁のこちら側では、ヘレナが赤ん坊をこの世に生み落とそうともがいていた。壁のあちら側では、ジョーがこの世に別れを告げようともがいていた。リトル・マーゴットたちは、人生を始めるために、そして終わらせるために必要となる準備を全て整えていた。水と清潔な布を運び、薪かごを満たし、暖炉に薪をくべ、ろうそくをともし、誰も食べる気が起こらないものの良識に従ってとにかく口に入れるための食べ物を皿に盛り、そうするあいだも涙を流しては自分をなだめ、気持ちを落ち着かせ、心を慰めた。

リタはふたつの部屋を行き来して必要なことを行った。ふたつの部屋のあいだの廊下にジョナサンがいて、落ち着かなげな、不機嫌そうな様子で立っていた。

「あの子見つかったの、リタ？　どこなの？」リタが部屋を出るたびにジョナサンはそう尋ねた。

「みんなが戻ってきて教えてくれるまでは何もわからないのよ」リタはそう答えると、再びジョーの部屋に入っていった。

みな時間の経過に身を委ねた。数分に感じられるような数時間が経過した。リタの耳にマーゴットの言葉が聞こえてきた。「クワイエットリーが来るよ、ジョー。さようなら、愛《いと》しい人」

リタは、一年前に〈白鳥亭〉で耳にした言葉を思い出した。〝そいつが生きてるのか死んでるのか判断するには、目を見るだけでいいんだ。見えてる感じだよ、わかるだろ、目から消えちまうのはよ〟ジョーの目から見えている感じが消えるのを、リタは見た。

「リタ、あたしたちのために祈ってくれない?」マーゴットが言った。

リタは祈りを捧げた。それが終わるとマーゴットは、ジョーの手を握っていた手を緩めた。それからジョーの両手を組み合わせ、自分の両手を膝の上に置いた。涙が二滴、それぞれの目から一滴ずつこぼれた。

「あたしのことは気にしないで」マーゴットはリタに言った。「仕事を続けて」

壁の反対側では、数時間にも感じられるような数分が経過した後、子宮の収縮によって赤ん坊が生み落とされた。それは勢いよく滑らかにリタの手に滑り落ちた。

「まあ!」リトル・マーゴットたちは驚きに満ちた喜びに小さな声を上げた。「それは一体なあに?」

リタは驚いて目を瞬かせた。

「聞いたことはあったけど、実際に見たことはなかったわ。ほとんどの場合、羊膜《ようまく》は赤ん坊が出てくる前に破れるものなの。つまりは破水ね。でもこの羊膜は破れなかったのだわ」

水の中の世界に完璧な赤ん坊がいた。目がぱちりと閉じ、液体の中で小さな拳が夢心地で開いたり閉じたりしていて、水で満ちた透明な皮膜の中、赤ん坊は眠ったまま泳いでいた。

リタがナイフの先でその真珠のように輝く袋に触れ、大きな裂け目を入れた。

水が飛び散った。

小さな男の赤ん坊は目と口を同時に開くと、大いなる驚きをもって空気と世界を発見した。

父と息子

フリートの蹄《ひづめ》が水を跳ね上げながら進んだ。夜の薄暗さの中、周囲は白目《ピューター》のように平坦な輝きを放っていて、それを乱すのは彼らの動きだけだった。アームストロングは陸上で生活する全ての小さな生き物たち、ハツカネズミにハタネズミ、イタチのことを思った。そして彼らが安全な避難場所に辿り着いていることを願った。通常の餌場から放り出された、夜の狩人《かりゅうど》である鳥たちのことを思った。知らず知らずのうちに本流からそれ、いつの間にか地面から数センチメートル上の草の中を泳いでいて、アームストロングとフリートと縄張りを共有している魚たちのことを思った。もはや地上に属しているとも水中に属しているとも明確には言えないこの景色の中で迷子になっている生き物を、フリートが踏みつけてしまわないことを願った。みなが無事であるようにと願った。

ブランデー・アイランドに程近いナラの木の辺りまでやってきた。

物音がした。振り返ってみると、木の幹の背後の暗がりから人影が姿を現した。

「ロビン！」

「遅かったな！」

アームストロングは馬から下りた。薄暗がりの中、薄い上着に身を包んだ息子は寒さに背中を丸め、身を震わせていた。ロビンは尊大な態度でぶっきらぼうに言葉を発したものの、体の震えのせいで言葉が途切れ、威勢の良さが台無しになっていた。

本能的にアームストロングの中で息子に対する深い同情が燃え上がったが、娘の首につけられた赤い曲線のことを忘れてはいなかった。「お前の妹だぞ」アームストロングは重々しい口調でそう言うと、首を振った。「信じられないよ……」

「母さんのせいさ」ロビンは言った。「あの人が俺の言った通りにしていれば、あんなことにはならなかったんだ」

「お前は母さんを責めるのか？」

「俺はいろんなことの責任があの人にあると思ってる、だからそうだな、これもそのうちのひとつだ」

「どうしたら母さんの責任にできるのだ？　母さんは世界一の女性だ。スーザンの喉にナイフを突き立てたのはどの手だ？　まだそのナイフを持っているのはどの手だ？」

一瞬の沈黙。そして。

「金は持ってきたのか？」

「お金のことについては後で話そう。先に話し合わなければならないことがある」

「時間がないんだ。金をよこして、行かせてくれ。一分だって無駄にできないんだ」

「なぜそんなに慌てているのだい、ロビン？　誰に追われている？　一体お前が何をしたというのだ？」

「借金だよ」

「自分でどうにか借金から抜け出すんだ。農場に戻ってきて、弟たちと同じように働くんだ」

「農場だって？　朝の五時に起きて、寒くて暗い中、豚に餌をやるのはあんたのやることだろ。俺には、もっとましな人生が向いてるんだよ」

「お前にお金を貸している人間と話をつけなくてはならないよ。父さんにも全額は払えない。額が大きすぎる」

「俺の言ってるのは、紳士的に貸しつけられた類の借金のことじゃないんだよ。いつでも返済期日の交渉に応じてくれるような銀行家とはわけが違うんだよ」すすり泣きにも笑い声にも聞こえる音がした。「いいから金をくれ――でなきゃあんたは、俺を絞首台に送ることになるんだよ。しーっ！」

ふたりは暗闇の中で耳を澄ました。何も聞こえない。

「金だよ！　もし今夜逃げることができなかったら――」

「どこに逃げるつもりだ?」

「遠くにだよ。どこだっていい。俺のことを知っている人間のいないところに」

「たくさんの疑問を残したまま?」

「時間がないんだ!」

「お前の奥さんだった人について、本当のことを教えてくれ。アリスについて、本当のことを教えてくれ」

「そんなことどうだっていいだろ。どっちもも う死んでるんだ! それでおしまいだよ。もういないんだ」

「悲しみの言葉のひとつもないのか? 自責の念も?」

「あの女が金を持ってくると思ってたんだよ! 両親は考え直すだろうって、あいつはそう言ってたんだ。俺たちに人生を始めさせてくれるって。でも実際には、あの女は、俺の首にくくりつけられた石臼《いしうす》みたいな存在になった。あいつは死んで、子どもを溺死させた。ふたり一緒にいなくなってせいせいしたよ」

「どうしたらそんなことが言えるんだ?」

震える細い人影が急に固まった。

「何か聞こえたか?」ロビンは低い声でささやいた。

「何も」

息子は少しのあいだ一心に耳をそばだてていたが、やがてアームストロングに視線を戻して言った。「まだここに来ていなかったとしても、すぐに来るはずだ。金を渡してくれ、そして俺を行かせてくれ」

「〈白鳥亭〉の少女については？　自分の娘だと主張することも、かといって手放すこともしなかったあの子についてはどうなんだ。夏至祭りでの茶番劇については？　どういうことだったのか教えてくれ」

「これまでと同じだよ！　まだ俺のことがわからないっていうのか？　あんたのベルトにぶら下がってる革袋の中のもののためだよ」

「あの子を利用して金儲けをしようとしていたのか？」

「ヴォーン家からな。あの晩、〈白鳥亭〉に足を踏み入れた瞬間にはっきりとわかったんだ、ヴォーンはあの子が自分の娘じゃないと知っているってな。娘のはずないんだ。それは俺も知っていたし、あの男も知っていた。じっくり考える時間さえあれば、金をせしめることができるとわかってた。だから気絶したんだよ、というか、みんな俺が気絶したと思ったんだ。そうやって床板の上に寝そべって、うまくあの場を切り抜けた。ヴォーンの夫婦は少女を欲しがっていて、金を持っていた。俺は金を欲しがっていて、少女が自分の子だと主張できる立場にあった」

「あの子が自分の子だと主張するふりをしておいて、後で売ろうと考えていたのか？」

「ヴォーンはもう少しで金を払うところだったんだ。それなのに母さんがあの子を送り返したせいで、ヴォーンにはその必要がなくなった。それで俺は借金さ、あの人のせいでな」

「母さんのことを悪く言うな。お前に善悪を教えてくれた人じゃないか。母さんの言葉にもっとよく耳を傾けていたら、お前も今ごろはもう少しましな人間になっていただろうよ」

「でもあの人の行いは正しくなかったよな、違うか？　正しいことをしろだなんて、口先ばっかりじゃないか！　俺だってましな人間になっていただろうよ、母親がもっとましな人間だったらな。責任はあの人にあるんだよ」

「口を慎むんだ、ロビン」

「俺たち三人を見てみろよ！　あの人は真っ白で、あんたは真っ黒じゃないか！　俺を見てみろ！　あんたが俺の父親じゃないってことはわかってるのさ。俺があんたの息子じゃないってことは、子どものころからずっとわかってるのさ」

アームストロングは時間をかけて言葉を探した。

「私はお前のことを、父親が息子を愛するように愛してきた」

「あの人があんたをだましたんだろう？　別の男の赤ん坊を宿してて、結婚してくれる誰かを探していたんだろう？　でも一体誰が、脚にも目にも問題のある女を妻にもらいたがる？　赤ん坊の父親が結婚したがらなかったのは明らかだよな。そんなところへあんたが現れた。黒人の農場主。それであの人はあんたの気を引こうとした、そうだろう？　なんて取引だ。

黒い農夫に白い花嫁――それで八ヶ月後には俺だ」

「お前は思い違いをしているよ」

「あんたは俺の父親じゃない！　俺はずっと知ってたんだ。本当の父親が誰なのか、それも知ってるんだ」

アームストロングはたじろいだ。「知っているって？」

「俺が書き物机の引き出しをこじ開けて、金を盗んだときのことを覚えてるか？」

「忘れたいぐらいだがね」

「そのときに手紙を見たんだよ」

アームストロングは思案した。そして思い当たった。「エンベリー卿《きょう》からの手紙のことか？」

「俺の父親からの手紙だ。手紙には、血のつながりのある息子が受け取るべきものについて書かれていた。あんたと母さんが俺から隠していた金、俺がこっそりあんたたちから盗んでいた金のことさ」

「お前の父親だって……？」

「そうだ。エンベリー卿が俺の父親だってことはわかってるんだ。八歳のころからずっと知ってるんだ」

アームストロングは頭を左右に振った。「お前の父親ではないのだよ」

「俺は手紙を読んだんだ」

アームストロングはもう一度首を振った。「お前の父親ではない」

「手紙を持ってるんだよ！」

アームストロングは三度目に首を振ってから口を開き、同じ言葉を繰り返そうとした。と、湿った空気の中、その言葉が響いてきたが――お前の父親ではない！――、それを発したのはアームストロングではなかった。

ロバート・アームストロングはその声に不意打ちを食らったように驚いた。その声には微かに聞き覚えがあった。

ロビンの顔が絶望に引きつった。

「ここにいるんだ！」ロビンは低くうめくような声で言った。

アームストロングは振り返って周囲を見渡したが、暗闇の先を見通すことはできなかった。どの幹にも低木にも人影が隠れている可能性があったし、幻影の群れが真っ黒な湿り気の中をぼんやりと漂っていた。じっと目を凝らしていると、ついに形が見えてきた。半分水に浸かり、半分夜に紛れ、水の中をやっとのことでこちらに向かって歩いてきているのは、幅広の衣服を水中で引きずり、目深にかぶった帽子で顔を隠している小作りな何ものかの姿だった。

それは水をぱしゃぱしゃと跳ね上げながらロビンに近づいてきていた。

若者は一歩後退りした。近づいてくる姿から恐怖に怯える目を離すことができずにいるものの、同時にその姿に縮み上がってもいた。

その男は——それは男だった——ロビンから一・五メートルほど離れたところまで来て足を止めた。突如として、月の光が男の顔を照らし出した。

「俺がお前の父親なんだよ」

ロビンは首を振った。

「俺のことを知らないのか、息子よ？」

「知ってる」ロビンの声が震えた。「生まれの卑しい悪党で、ナイフと犯罪の力を借りて生きている、社会の底辺にいる男だ。お前がペテン師で、盗人で、大ぼら吹きで、それだけじゃない、もっと最低な人間だってことを知ってる」

男の顔に皺が寄って、誇らしげな笑みが浮かんだ。

「彼は俺を知ってるってよ！」男はアームストロングに向かって言った。「それから、あんたも俺のことを知ってると思うけどな」

「ヴィクター・ナーシュ」アームストロングは重々しい口調で言った。「ずっと昔に、お前を私の農場から追い出したとき、もう二度とお前の顔を見ることがないようにと願ったよ。悪貨は必ず戻ってくると言われるが、お前もやはり戻ってきたのだな。お前がブランデー・アイランドから飛び込んで溺れ死んだかもしれないと考えたが、気の毒だとは思わなかったよ」

ヴィクターは腰をかがめた。「溺れ死んだ？　俺にはまだその時が来てなかったんだよ。俺は生き続けて、自分の所有物を主張していくんだ。あんたには礼を言わねえとな、アームストロング、俺の息子を育ててくれて、教育してくれてよ。上品にしゃべるよなあ、こいつ。いろいろと教えを受けてな？　こいつの口から出てくる言葉を聞いてみろよ――時にはこいつのことがほとんど理解できねえことだってあるんだ。ラテン語やらギリシャ語やら、誰にもわからねえような長ったらしい言葉を使い出すようなときにはな。それになんとも上手に書くこともできるんだよ。手にペンを持つところを見てたらよ、なんとも素早い動きで相手の口から出てくる考えをとらえて、それをインクで書き記していくんだよ。染みひとつ落とさないでな！　全てがきれいな曲線とひねりで書かれていて、絵みたいに見えるんだよ、実際な。それにこいつの立ち振る舞いといったら！　こいつの身のこなしに文句を言える奴なんていないはずねえんだ――上品この上ない、どこぞの領主かと思うよな。俺は息子を誇らしく思うよ、心から思う。こいつん中で、俺の一番いい部分――俺のずるさと悪賢さのことだ――と、お前の奥さまの一番いいところが――この柔らかい髪の毛と白い肌、美しいと思わないか、こいつ？――混ざってるんだからな。それにあんたもしっかり役割を果たしたんだ、アームストロング。あんたの一番いいところでこいつに磨きをかけてくれた」

ロビンは身震いした。

「そんなのは嘘だ！」ロビンはヴィクターにそう言うと、アームストロングのほうを見た。「そんなのは嘘だよな？　言ってやってくれ！　俺の父親が誰なのか、言ってやってくれ！」

ヴィクターはせせら笑った。

「本当なんだ」アームストロングはロビンに言った。「この男が、お前の父親なんだ」

ロビンは目を見開いた。「でも、エンベリー卿は！」

「エンベリー卿！」男が嘲笑しながらロビンの言葉を繰り返した。「エンベリー卿！　確かに誰かの父親なんだろうよ、なあ、アームストロング？　なんだってこいつに教えてやらねえんだ？」

「エンベリー卿は私の父親なんだよ、ロビン。父はまだとても若かったときに私の母と恋に落ちたんだ。母は若い使用人だった。書き物机に入っていた手紙の中で言及されていたのはそのことだよ。父は亡くなる前、私が将来金銭的に困らないことを保証する取り決めをしてくれたんだ。手紙の中に書かれているロバート・アームストロングというのは、私のことなのだよ」

ロビンはひどく衝撃を受けた表情でアームストロングの顔を見た。

「だったら、母さんは……」

「このろくでなしが、卑劣極まりないやり方で母さんの純真を利用したんだ。私は、彼女にとって事態が良くなるようにできる限りのことをした。そしてお前にとって事態が良くなるようにね」

「そうだ、でもまあ、そのくらいにしてくれ。こいつは俺のものだってことを主張しにきたんだ。そろそろ俺にこいつを引き渡してもいいころだろ。あんたはこいつを二十三年間も手元に置いてたんだ、もうそろそろ本当の父親のところに来ないとな。そうだろう、ロブ?」

「あんたのところに行く? 俺があんたのところに行くと思うのか?」ロビンは笑った。

「あんた、どうかしてる」

「ああ、でも来なきゃならねえんだよ。家族は家族だからな。血がつながってるんだ、お前と俺は。俺のさもしい策略とお前のきれいな見た目、俺の下品な知識とお前の上品な身のこなしがありゃ、どんなことが可能か考えてみろよ! 俺たちはまだ始めたばっかりじゃねえか! 始めたなら続けなきゃならねえ! ふたりならな、息子よ、ものすごいことが成し遂げられるぜ! ずっと待ち続けてきたけど、やっとこさ俺らの時代が来たんだよ!」

「あんたとはなんの関わりも持つつもりはない!」ロビンは嚙みつくように言った。「いいか、放っておいてくれ! 俺があんたの息子だなんて、そんなことは言わせない。このことを誰かに話したりしたら、俺は……俺は……」

「そうしたらお前はどうするっていうんだ、ロビン? 息子よ、何をするって?」

ロビンの息づかいが荒くなった。

「ロビン、俺は何を知っているんだった? 教えてくれよ。俺以外の誰も知らないことで、お前について俺だけが知ってることってどんなことだ？」

ロビンは凍りついた。「何を言ったところで、あんたも俺と一緒に破滅することになるぞ！」

ヴィクターはおもむろに頷いた。「そんときはそんときだ」

「あんたは自分の不利になるようなことは話さない人間だ」

ヴィクターは水面を見つめた。「自分の息子に拒否された男が何をするかしないかなんて、誰にもわかりっこねえさ。これは家族についての問題なんだよ、ロビン。俺はな、物心つく前にお袋を亡くしてる。俺が知ってることは全て親父から教わったことだが、その親父も俺が成人する前に首を吊られたよ。一度は妹が――少なくとも、〝妹〟って呼んでた奴が――いたんだがな、そいつまで俺を裏切りやがった。俺に残されたのはお前だけなんだよ、俺のロビン。柔らかい髪に洗練された言葉、傲慢な態度のロビンよ……。お前は俺の世界の全てだ。もしお前を手元に置けないんだとしたら、俺の人生は一体なんのためにある？　いいや、俺たちの未来はひとつだよ、ロビン。どの道を選ぶかはお前次第だ。これまでと同じように一緒に仕事をやっていくか、それとも、俺を拒否することだってできる。そうすりゃ俺がお前を訴えて、俺たちは一緒に牢屋《ろうや》に鎖でつながれることになるんだ、そして絞首台に連れてかれる。父と息子、ともにな。それが物事の自然なあり方ってもんだがな」

ロビンは涙を流した。

「この男は、どんなことを材料にお前を脅しているのだ?」アームストロングが訊いた。「お前とこの男は、どんな悪事で結びついているというのだ?」

「教えてやろうか?」ヴィクターが言った。

「だめだ!」

「いや、話そう。これがたったひとつの避難場所で、俺はそれをこれから封鎖しようと思う。それがなくなりゃ、お前に残される唯一の救いは、俺のそばにいることだけになる」ヴィクターはアームストロングのほうを見て続けた。「俺は、この立派な若者がオックスフォードの外れのとある場所でよく酒を飲んでるのを知っていてな。そこでこいつと知り合いになったんだ、時間をかけて、ちょっとずつな。俺はこいつの頭ん中に策略の種をまいておいて、こいつがそれを自分の思いつきだと思うように仕向けたのさ。こいつは、俺がいつも自分の一歩後ろからついてくると思ってたんだろうが、実際には、その道筋は全て俺がつけたものだったんだ。俺たちはふたりでお前んとこの豚を盗んだんだよ、アームストロングさんよ──それが手始めだった! あの夜、俺は腹ん中で笑いに笑ったね、二十三年前にお前に言われた言葉を思い出してな。お前とベスのもとから姿を消して、二十キロ圏内に近づくな、そう言われたんだったよな。それがどうだ、二十三年経った今、俺はお前んちの庭に入り込んでお前のお気に入りの豚を盗んだ。しかもその門の掛け金を外して、ラズベリーで雌豚を誘惑して俺の手助けをしてくれたのが、俺の息子ときてる! こいつは俺と一緒に逃げて、しばらくふたりでちょっとしたいい仕事をしたよな。どういうお膳立てをすりゃいいかはわかってたんだ。未来を占う豚を使ってな。祭りのおかげでなかなかいい儲けができたよな——俺たちは、卑しい類の人間にしちゃ裕福になったのさ。ただな、お前さんの息子はそれじゃ満足できなくってよ。もっと欲しくなったんだ。だから俺たちは手元にあるものを利用することにした——豚と祭りと——そいでもっとでっかい獲物に飛びついたんだ。そうだったよなあ、ロブ、息子よ？」

ロビンは身を震わせた。

「ヴォーン家の子ども……」アームストロングは愕然としてつぶやいた。「誘拐……」

「ご名答！　ロブはお得意のうまい言葉を使ってあのばかなルビーって娘の気を引いて、一シリング出させたんだ。お前の赤毛の豚は柔らかい目で、あの娘のまん丸で間抜けな目をじっと見つめたよ。後ろのカーテンに隠れていたロビンが、極上の甘ったるい豚の声で娘に伝えた。運命の人の顔を確認するために夜の川に行けってな。そうだったよなあ、息子よ？」

ロビンは両手で顔を覆い、アームストロングのほうに顔を向けた。アームストロングはロビンの両手首をつかんで自分の目を直視させた。

「本当なのか？」

ロビンは縮み上がり、顔を歪ませた。

「でもそれだけじゃあねえ、そうだよな、ロブ？」

「あいつの言うことを聞かないでくれ！」ロビンは泣きながら訴えた。

「聞くんだよ、ここまでは序章にすぎねえんだ。最初に思いついたのは誰だった、ロブ？　ヴォーン家から幼い娘を連れ去るってのは、誰の考えだった？　どうやってやるかは誰が考えたんだった？」

「お前の考えだ！」

「ああ、それも俺の考えだったたな。でもな、最初にこれを言い出したのは誰だと思ってるんだ？」

　ロビンは顔を背けた。

「自分がどれほど賢いかって得意げに話してたのは、一体誰だった？　ボートにのった男たちに命令したのは、身代金要求の手紙を書いたのは、男たちをそれぞれの隠れ場所に配置したのは誰だった？　事件のあの晩、ふんぞり返って偉そうに歩きながら、男たち全員が指示をしっかり理解してるかを確かめてたのは誰だった？　あんとき俺はお前を誇らしく思ったね！　見た目はただの青年にすぎないが、それでもお前という人間の本性が、お前の極悪さが俺にははっきりとわかったよ。こいつはやっぱり俺の息子だ、そう思ったたね。こいつの血管には俺の血が流れてる、心には俺の邪悪さが宿ってる。どうあがいたってアームストロングには、こいつをきれいにすることなんてできねえ。こいつは俺のものだ、身も心も全て」

「あいつに金をやってくれ」ロビンはアームストロングの耳にささやいたが、それでも十分には声を落とし切れておらず、その言葉は水かさを増した川の上空を越えていった。男は声を上げて笑った。「金だって？　ああ、その金はちゃんともらってくことにするよ、なあ、息子？　山分けしようじゃねえか。お前と分け合うよ、ロブ、我が息子よ。五分五分だ！」

　水は三人の膝の辺りにまで達していて、雨が帽子に染み込んで、首を伝ってシャツの中にまで流れ込んだ。すぐにでも上半身が下半身と同じくらいずぶ濡れになりそうな勢いで、そうなればもう、川の中にいても外にいてもなんら変わりはなくなるだろう。

「まだ続きがあるんだよな、ロブ」ヴィクターは続けた。「続きが！」

「よしてくれ……」ロビンは絞り出すように言ったが、その声は、激しく水面を打ちつける雨の音に紛れてほとんど聞こえなかった。

「そうだ、続きだよ……。俺はあの小さい娘を連れ出した、そうだよな、ロブ？　あの娘を手に入れたんだよ。窓から出て梯子《はしご》を下りて、庭を全速力で駆け抜けて、ボートが待機していた川に向かった」

　ヴィクターはアームストロングを見やった。「抜け目のない男だよ！　こいつは庭に侵入したか？　梯子を上ったか？　家に侵入したか？　どれもしてねえ！　危険な仕事は何もかも、ほかの男たちがやったんだ。こいつはボートで待ってただけさ。組織することにひどく優れた頭は、自分で行動する危険を冒さないもんさな、わかるだろう。狡猾《こうかつ》だよなあ？」それから再びロビンのほうに向き直った。「それで、俺たちは庭を駆けてったよな、クロロホルムで気絶させて袋に入れた娘を抱えて。俺が娘を運んだんだ。俺は体こそちっちゃいかもしれないが、ものすごい力があるからな。それで娘を、クレソンの入った袋みてえに、このロブの両腕に向かって放り投げたんさ」

ロビンはむせび泣いた。

「俺は川ん中のボートで待ってる息子目がけてその娘を放った。そしたらどうなったんだった、ロブ？」

ロビンは肩を震わせて頭を左右に振った。

「まさか！」アームストロングは声を上げた。

「そのまさかだよ！」ヴィクターは言った。「そのまさか！ ボートが傾いて、ロビンは娘をもう半分落としそうになった。ボートの側面にひび割れが入って、ロビンが娘を改めてしっかりつかみ直そうとしたところで、その手が娘から離れたんだ。そうして娘は川の中。石が詰まった袋みてえに沈んでった。ロビンは男たちに櫂《かい》で突ついて探させて、どうやったかは俺にもわからねえが、あいつらはやっと娘を見つけたよ。どれくらい経った後だった、ロビン？ 五分だったか？ 十分？」

暗闇に白く浮かぶロビンの顔。ロビンは何も答えなかった。

「ともかく、俺たちは娘を見つけた。それでその場を後にして、ブランデー・アイランドに戻った。そこで娘を地面に下ろして、袋の口を開けた、そうだよな、ロブ？ そこで全てがおじゃんになる可能性だってあった」ヴィクターは重々しい口調で、憂鬱そうに首を振りながら続けた。「そこが全ての終わりになってたかもしれねえ。でもだ、ここにいる頭脳明晰なこのロブがだ、その一日を救ったんだよ。〝この子が生きていようが死んでようが関係ない〟、こいつは言ったんだ。〝ヴォーン夫婦がこのことに気づくのは、金を引き渡した後なんだから！〟それからロビンは手紙を書いて——見たことねえほどに美しい手紙だぜ——それを送った。俺たちのほうじゃもう物《ぶつ》を持ってなかったんだが、万全の状態ではって意味だがな、それでも構わず請求する手紙を送りつけたってわけだ。当然だろう、ロビンは言ったよ、だって俺たちは汗を流したんだし、危険も冒したんだからってな、そうだったな、ロブ？そんときにも思ったもんさ、こいつは俺の息子だってな」

アームストロングは話を聞きながら少しずつ傾斜を上り、渦巻く水から遠ざかっていたが、ロビンはじっとその場に立ち尽くしていた。水はロビンを取り囲んで渦巻いていたが、ロビンはそれに気づいていない様子だった。

「それで、俺たちはヴォーンから身代金を受け取った。それを受け取ったから、俺たちも奴の娘を返してやった、そうだったよな？　それでも奴は、俺たちが娘を返さなかったって主張したがな。かなり長いこと持ったよな、あの金。ロブはいい家を持ってな。俺も見たよ。俺の胸は誇らしさでいっぱいだったなあ。この俺の息子が、オックスフォードの大都会で上等な白い家に住んでるんだからな。いや、念のため言っとくと、こいつは俺のことを招待してくれたことがねえんだ。一度だってな。全部一緒にやってきたってのによ。豚泥棒に祭りでの詐欺、誘拐に殺人――そういうのは、ひとりの男と別の男を同志としてつなぐ道楽だって、そう思うだろう普通？　俺の心は痛んだよ、本当に痛んだんだよ、ロブ。その金が尽きると、今度は賭博師になっちまったんだよ、アームストロングさんよ、俺たちの息子がだよ、知ってたか？　俺はこいつに忠告したんだが、こいつは聞く耳を持ちやしなかった――そうさな、あの金が尽きてからは、俺がこいつを破産させないようにしてやってたのさ。俺が手に入れた金はそっくりそのままこいつのポケットに入れてやったんだからな。身を粉にして働いて、こいつが、我が息子が、きれいなおべべを着続けられるようにしてやってた。そこまでしてきたんだ、ロビンは俺のものだって言えるだろうよ。

さあ、もう俺がお前の父親だってわかったんだ、これまでみたいに俺にひどくつれない態度を取ったりはしねえんだろう？　お前は散々俺に借りがあるんだ、あの白い家は俺の家も同然だな。でもだ、俺の物で、お前と共有するつもりのない物なんてひとつもないんだぜ、息子」

ロビンは男を見た。その目は暗く、穏やかで、体の震えは止まっていた。

「見てみろよ」ヴィクターはため息をついた。「なんとも上品に見えるじゃねえか、こいつが俺の息子だよ。さあ、金はもらってくぜ、アームストロング、俺たちはもう行くからよ。ロブ、準備はいいか？」

ヴィクターは手を差し出しながらロビンのほうに歩み寄った。ロビンが手で空を切るように腕を振り回すと、ヴィクターはぎこちない足取りで後退りしてよろめいた。それから片手を上げ、驚いたようにその手を見つめると、そこから黒っぽい液体が流れていた。

「ロビン？」ヴィクターはおぼつかなげにつぶやいた。

ロビンは一歩前に進み出た。そして再び腕を振り上げると、今度は、光がアームストロングの解体ナイフの刃に反射した。

「だめだ！」アームストロングの声が轟《とどろ》いた。しかしロビンの手は再び振り下ろされ、素早く空中に線を描いた。そしてヴィクターは再び後退りした。しかし今回は、ヴィクターの予期していた場所に地面はなかった。足が川の縁《へり》を踏んで体がよろめき、息子のコートを握りしめたが、その息子は彼に向かってナイフで切りつけた——一回、二回、三回。ふたりは川岸のぎりぎりのところに立っていた。そして激しく流れる川に落ちていった——ともに。

「父さん！」落ちながらロビンは叫んだ。川にのみ込まれる直前、ロビンはアームストロングに向かって必死で腕を伸ばした。そしてもう一度、叫び声を上げた。「助けて、父さん！」

「ロビン！」アームストロングは息子が川にのみ込まれた地点まで水の中を歩いていった。流れに脚が引っ張られるのを感じた。ロビンが沈むのが見えた。ロビンが再び浮上してくるのを確認しようと、無我夢中で水面に目を走らせた。激しく振り回される手足が見えてきたとき、息子の体がすでに遠く下流まで運ばれてしまっていることを知って愕然とした。荒々しい流れに飛び込む心づもりでいたものの、自らの非力に気づき、動きを止めた。

雨の中、パント船が姿を現した。長身の人影が空に向かって棹《さお》を上げた。棹が下ろされ、川床を突いた瞬間、その細長い船は水の中を驚くべき力で動き、力むことのない優雅さで水面を滑った。渡し守は水に手を入れると、ほっそりとした裸の腕で、丈の長いずぶ濡れの外套に身を包んだ男を、いとも容易《たやす》く引き上げた。それからその体をパント船の床に横たえた。

「息子よ！」アームストロングは叫んだ。「なんということだ、息子はどこなのだ？」

渡し守はもう一度水に手を入れると、先ほどと同じように軽々と、ふたり目の体を引き上げた。渡し守がその体を船に引き入れる瞬間、アームストロングはロビンの顔をちらりと見ることができた。動かず、生気がなく、もうひとりの男と――とてもよく――似ていた。

アームストロングは痛々しい叫び声を上げた。心が張り裂けるというのがどういうことか、よくわかった。

渡し守は棹を空に上げてから、それが指のあいだをすり抜けて落ちていくに任せた。

「クワイエットリー！」アームストロングは背後から呼びかけた。「息子を私のところに戻してくれ！　お願いだ！」

渡し守にはその言葉が届かないようだった。パント船は雨の中、あっという間に姿を消した。

アームストロングはフリートにのらなかった。男と獣は、降りしきる雨の中を歩き、川から出て、雨宿りのため〈白鳥亭〉に向かった。ずっと無言のまま進んだ。アームストロングは悲しみの耐えがたいほどの重さに打ちひしがれていた。しかし時折フリートに二言三言話しかけた。するとフリートは優しくいなないた。

「誰が想像していただろう？」アームストロングはつぶやいた。「クワイエットリーの物語なら聞いたことがあったけれど、それを信じたことはなかったよ。人の心にはそういう幻覚を作り出す力があるのだろう、そう考えていた。でもさっきのは現実のように見えた。そうは思わないか？」

そしてしばらくして独りごちた。「物語には、人が思っている以上の意味が潜んでいるのだろう」

それからずっと後になって、もう間もなく到着するというところまできたときだった。

「誓ってもいい、別のものも見えたんだ……パント船の中に――渡し守の後ろにいたんだ……。私はどうかしているのだろうか？　フリート、お前は何を見た？」

フリートは、落ち着かなげで神経質そうな声でいなないた。

「あり得ない！」アームストロングは頭を左右に振って、脳裏に浮かぶ映像を消し去ろうとした。「私の心が、私に悪戯《いたずら》をしているのだな。そんなのは、絶望から生じた幻覚に違いない」

リリーと川

寒い。寒かった。寒いということがわかるということは、目が覚めているということ。部屋から暗闇が薄れていき、夜明けとそれから――疑いようもなく――別の何かが訪れようとしていた。目を開けると、冷気を浴びて目玉が痛んだ。何かがおかしい、でも何が？

彼だろうか？　川から戻ってきたのだろうか？

「ヴィクター？」

返事はない。

であれば、考えられるのはただひとつ。喉の奥がぎゅっと締めつけられるように感じた。

その日の午後、リリーは台所の床のタイルが一枚、上に突き出ていることに気づいた。タイルの縁はいつだってそこここから突き出て、歩くたびにタイルがわずかに動くことには慣れていた。しかしこのタイルは、いつもよりも余計に浮き上がっているように見えた。浮き上がった縁部分を平らにしようとつま先で突くと、タイルが沈むとき、銀色の水が線のように周囲に湧き出てきた。無理やりタイルを持ち上げると、そこに水がたまっているのがわかった。リリーは急いで忘れようとした。しかし今になってそのことが思い出された。

片肘をついて体を起こすと、台所のほうをのぞき込んだ。

おぼろげな光の中、最初、全てが縮んでしまったかのように思えた。テーブルが本来あるべき位置よりも低い位置にあり、流し台は床に近づいていた。椅子はなんともこぢんまりとしていた。そして視界があるものの動きをとらえた。ブリキのたらいが揺りかごのように緩やかに揺れているのだ。赤褐色の床のタイルが消え去り、代わりにそこには、意を決した何ものかのように揺れ動き、ちらちらと光を放つ平面の広がりがあった。

リリーの目にはそれが増えているようには見えていなかった。しかし実際には増えていた。最初は梯子の一番下の段から数センチメートルほど下にあったのが、そこに到達し、やがてそれを全てのみ込んでしまっていた。ゆっくりとではあるものの執拗に壁を這い上がり、ドアを圧迫していた。

やはり一陽来復《いちようらいふく》とはいかなかったのだ、リリーはふとそんなことを考えた。「外に出る道を探しているんだわ」リリーは思った。それが梯子の下から二番目の段に近づいたとき、行動を起こさないことへの恐れが、行動を起こすことへの恐れを上回った。

「浴槽の中に立つのと変わりはないわ」梯子を下りながら自分自身にそう言い聞かせた。

「少し冷たいだけ、それだけよ」

梯子を四分の三進んだところでシュミーズの裾をたくし上げてひとつに束ね、片方の脇の下に挟み込んだ。もう一段下り、それからもう一段下りたところで——入った！

それは膝上まできていて、苦労しながら進むリリーに圧力をかけてきた。なんとか水をかき分けて進むと、その動きによって水が渦を巻き、体にまとわりついてきた。

ドアはなかなか開こうとしなかった。木は水を吸って膨張し、ドアがたわみ、ドア枠につかえてしまっていた。全体重をかけて押してみたが何も起こらなかった。ひどくうろたえ、肩から激しくぶつかってみた。ドアが枠からずれてわずかに開いたものの、そこでまた固まってしまった。シュミーズを脇から放すと、それは水面にたなびいた。力を込めて両手でドアを押しやった。そして抵抗に抗ってドアを大きく押し開けた――新世界が広がっていた。

空が、リリーの庭に落ちてきていた。夜明けの灰色の空が地上に下りてきて、芝の上、岩の上、道や雑草の上にその体を広げていた。雲は膝の辺りを漂っていた。リリーは困惑して目を見張った。かご職人の立てた杭《くい》はどこだろう。二本目の杭はどこだろう。目が自然に川を探したが、その姿はどこにも見えなかった。平坦な銀色の静けさが全てをのみ込んでいた。そこここに木が突き出ていて、艶出し加工を施された逆さまの姿が、空とともにその鏡のような平面に映し出されていた。辺り一帯のくぼみや割れ目はことごとく平坦化され、細部は残らず覆い隠され、傾斜は全て消し去られていた。全てが単純で、殺風景で、真っ平らで、空気は光を放っていた。

リリーはその光景を吸い込んだ。涙が湧き上がってきた。こんなふうになろうとは思いも寄らなかった。うねる水の塊を、激流を、殺人的な波を思い描きはしたが、このような果てのない静けさなど想像だにしなかった。動くことができず、リリーは戸口に立ち尽くした。恐ろしいまでの愛おしさをじっと見据えて。それはほとんど動くことなく、時折ちらちらと輝きながら揺らめくだけだった。安らかに、生きていた。一羽の白鳥が水の上を滑ってきた。白鳥が雲に残していった跡はすぐに消え、また平らな静けさが広がった。

魚もいるのかしら？　リリーは考えた。

できる限り水を波立てないよう慎重にコテージから一歩踏み出した。ナイトガウンの裾はすでにずぶ濡れだったが、今では水位が上昇して、水は脚にまとわりついていた。

もう二歩、傾斜を下ってみた。水が太ももの辺りまで上がってきた。

前進し続けた。水が腰の辺りまできた。

水の中に何かの姿が見えた。水面下で生きる物たちが、ちらちらと動いていた。どんなものが見られると期待すべきか、一度それがわかってしまえば、そこら中にささやかな動きが見えてきた。リリーはぞくぞくする興奮とともに、同じような動きを自らの血管の中に感じた。もう一歩。さらに一歩。そしてある地点まで来て考えた、古い杭はここにあるんだわ。水の中に杭が見えた。この古い杭が生まれてこの方経験したことがないほどに川の水位が上昇しているこの瞬間に、こうして川岸に立っているというのは、妙に感動的だった。畏敬の念だろうか。リリーは何か大きな感情にとらわれていた。恐怖よりも何倍も広大な何か――

しかしリリーは恐れてはいなかった。

私ったら、どんなに奇妙に見えていることかしら、リリーは思った。水から胸と頭だけを出して、顎の下の水面には、上下逆さまの影を映していて。

水面下の新世界の中、草木が夢見心地で身を揺らしていた。前方に目をやると、銀色の広がりが姿を消し、代わりに、より色の暗い、影のような一帯が広がっていた。その辺りは岸から最も大きく傾斜しているところだった。その辺りの水面下には、今でも流れが存在するはずだった。これ以上先には行かないわ、リリーは思った。ここまでよ。

そこにはより多くの魚がいて、それから——まあ！——もっと大きくて、ピンク色で、肉づきの良いものもいた。それは重たそうな体をゆっくりと水に浮かばせながらリリーのほうに向かって流れてきていたが、わずかに手が届かないところにいた。

リリーはその体に向かって腕を伸ばした。脚一本だけでもつかむことができれば、こちらに引き寄せることができるのに……。

遠すぎるだろうか。その小さな体はリリーのほうに近づいてきていた。すぐにでもリリーに最も近づく瞬間がやってくるだろう。それでもまだ届きそうになかった。

考えることなく、恐れることなく、リリーは体を前に投げ出した。

指がピンク色の脚に近づいた。

リリーの足の下には、水以外、何もなかった。

ジョナサンが物語る

「我が息子よ！」話を終えると、アームストロングは頭を振って取り乱し、うなるような声を絞り出した。

「でもあなたの息子さんじゃないんですよ」マーゴットは思い出させるように言った。「彼には本当の父親がいたんだから、残念なことだけれどね」

「私は償いをしなくてはなりません。どのようにしてやるかはわかりませんが、方法を見つけなければなりません。でもその前に、恐ろしくて気が進みませんが、先延ばしにするわけにはいかないある務めを果たさなくてはなりません。ヴォーン夫妻に、娘さんに本当は何があったかを、そして我が息子がそれにどのように関与していたかを話さなければなりません」

「今はヴォーン夫妻にその話をする時ではありませんよ」リタが穏やかな口調で言った。

「ヴォーンさんが戻ったら、一緒に伝えましょう」

「なぜヴォーンさんはここにいないのです？」

「ほかの男の人たちと一緒に少女を探しに出ています。あの子の行方がわからないんです」

「行方がわからない？　それなら私も一緒に探さなければ」

アームストロングの呆然とした表情と震える手を見て、女たちは彼を思いとどまらせようと説得を試みたが、アームストロングは聞く耳を持たなかった。「今この瞬間に私が夫妻のためにできることといったら、それくらいしかありません。だから私はやらなければならない」

リタは赤ん坊に乳をあげているヘレナのところへ戻った。

「何かわかった？」ヘレナは訊いた。

「まだ何も。アームストロングさんが捜索に加わったわ。気を揉《も》まないようにね、ヘレナ」

若き母親は生まれたばかりの我が子に視線を落とした。小指で赤ん坊の頬に触れ、そっとなでてやると、母親の顔から不安の表情がわずかに薄らいだように見えた。ヘレナは顔をほころばせた。「この子の中に、大好きなお父さまの面影が見えるのよ、リタ！　これって素晴らしい贈り物だと思わない？」

応答がないことがわかるとヘレナは顔を上げた。「リタ！　一体どうしたっていうの？」

「私は、自分の父親がどんな顔をしていたか知らないの。母だって同じよ」

「泣かないで！　ああ、愛しいリタ！」

リタはベッドの上の友人の隣に腰を下ろした。

「あの子がいなくなったことに、耐えられないのよね？」

「ええ。一年前のあの夜、あなたがあの子の母親だと言いにやってくるまで――アームストロングさんが姿を現すまで――リリー・ホワイトがやってくるまで――あの長い夜のあいだ、ドーントさんがまさにこのベッドの上で意識を失っていたとき、私はあそこにある椅子に座って、あの子を膝の上に抱えていたの。一緒に眠りに落ちたわ。あのとき思ったの、もしもこの子がドーントさんの子でないことがわかったら、もしもこの世にこの子が頼れる人間がいないのだとしたら、私が……」

「知っていたわ」

「知っていた？　どうして？」

「あなたがあの子と一緒にいる姿を見ていたもの。あなたは、私たちみんなが感じていたように感じていたのよ。ドーントさんだって同じ気持ちよ」

「ドーントさんが？　私はただ、あの子がどこにいるか知りたいの。あの子がここにいないなんて、耐えられないわ」

「私も同じよ。でも、あなたのほうが辛いのでしょうね」

「私のほうが辛い？　でもあなたは――」

「私、自分があの子の母親だと思っていたのかしら？　私、自分があの子という存在を想像しているだけなんじゃないかって思ったりもしたわ。時々あの子が本当に存在するのかどうかわからなくなることがあるってあなたに話したことがあったけど、覚えていない？」

「覚えているわ。どうして私のほうが辛いと思うの？」

「だって私にはこの子がいるから」ヘレナは赤ん坊に向かって頷いた。「私の本当の子ども。ほら、抱っこしてあげて」

リタが両腕を前に伸ばすと、ヘレナがその腕に赤ん坊をのせた。

「そうじゃないわ。看護師みたいにじゃなく。私がするようにその子を抱いてあげて。母親がするように」

リタはその腕で赤ん坊を包み込んだ。赤ん坊は眠りについた。

「ほら」しばしの静寂の後、ヘレナがそっとささやいた。「どんな気分？」


氾濫した水は〈白鳥亭〉の周囲を取り囲んでいた。水はドアのすぐそばまで達していたが、それ以上は近づいてきていなかった。

〈コロジオン〉が戻ってきて、そのすぐ後でアームストロングも戻ってきたが、男たちは険しい表情で首を振った。ヴォーンはすぐに妻と赤ん坊に会いに向かった。ふたりとも眠っていた。リタがそばにいた。

「何かわかりました？」リタが小声で訊いた。

ヴォーンは首を振った。

息子を起こさぬよう、音を立てないように注意して、十分に時間をかけて息子を見つめると、眠る妻の頭にそっと口づけ、それからリタと一緒に冬の間へ向かった。ブーツを脱ぎ、暖炉に向かって足を伸ばすと、靴下から湯気が上がった。リトル・マーゴットたちがさらに薪をくべ、みなに温かい飲み物を配った。

「ジョーは？」答えは想像できていたものの、ヴォーンは訊いた。

「亡くなりました」娘のひとりが答えた。

誰も口を開かなかった。みな息を吸っては吐き出し、そうして数分が経過し、やがて一時間が経過した。

ドアが開いた。

それが誰であれ、客はすぐには店に入ってこないらしかった。冷気がろうそくの炎をちろちろと揺らし、部屋中に漂っている川特有の鼻を突くにおいをさらに強くさせた。みな顔を上げた。

全ての目がそこに向けられた、にもかかわらず、誰も反応を示さなかった。みな自分が目にしているものを、開け放たれたドアのところに見えるその光景を理解しようとしていた。

「リリーさん！」リタが声を上げた。リリーは夢から出てきたかのような姿をしていた。白いナイトガウンからは水が滴り、髪の毛は頭皮にぴったりと貼りつき、目は驚いたように見開かれていた。そしてその腕に、何ものかの体を抱えていた。

一年前の冬至の夜に〈白鳥亭〉にいた者たちはみな、その光景に度肝を抜かれた。最初は、遺体を抱えたドーントがその戸口に姿を現した。同じ夜の少し時間が経過したころ、今度はリタが、その腕に少女を抱えて同じ場所に姿を現した。そして今、同じ光景が三度目として繰り返されていた。

リリーの体が戸口で前後に揺れ、瞼《まぶた》が痙攣《けいれん》した。この日、とっさに前に飛び出して倒れ込む到来者を受け止めたのはドーントとヴォーンだった。そしてアームストロングが、両腕を伸ばし、溺死しかけて身悶《みもだ》える子豚の体をその腕に受け止めた。

「なんということだ！」アームストロングは声を上げた。「メイズィーじゃないか！」

それはメイズィー——モードの生んだ子豚の中でも一番愛らしい子豚だった。アームストロングがモードを迎えにバスケットマンズ・コテージを訪れた際、約束していた通りリリーのもとに置いていった子豚だった。

リトル・マーゴットたちが優しくリリーを介抱した。乾いた服に着替えるのを手伝い、震えを止めるために温かい飲み物を作った。そしてリリーが冬の間に再び姿を見せると、アームストロングは、洪水の中から子豚を救い出したリリーの勇敢さを褒めたたえた。

子豚はアームストロングの膝の上で身を温め、元気を取り戻すと、甲高い鳴き声を上げて生き生きとした様子で身をよじらせた。

騒々しさに驚いたジョナサンが、父親の体を見守るためにしばらく籠《こも》っていた部屋から出てきた。リトル・マーゴットのひとりが、あくびをしながらジョナサンに続いて出てきた。

「あの子、まだ見つかってないんですか?」ジョナサンの姉は尋ねた。

ドーントは首を振った。

「見つかるって、誰のこと?」ジョナサンが不思議そうに尋ねた。

「いなくなった、あの少女のことよ」リタが思い出させるように言った。もう遅い時間だわ、リタは思った。疲れていて、覚えていないのね。そろそろ寝かせなくちゃ。

「でも、もう見つかってるよ」ジョナサンは驚いたように言った。「知らなかったの?」

「見つかってる?」みな訝《いぶか》しげに顔を見合わせた。「いいえ、ジョナサン、まだ見つかっていないわ」

「見つかってるって」ジョナサンは間違いないというように首を縦に振った。「見たんだもん」

みな目を丸くした。

「ちょうどさっき来たんだよ」

「ここに?」

「窓の外」

リタは跳び上がると、さっきまでジョナサンがいた部屋に向かって駆けていき、ひどく動揺した様子で窓からあちらこちらに視線を走らせた。「どこなの、ジョナサン? どこにいたの?」

「パント船の中だよ。父ちゃんを迎えにきたやつ」

「ああ、ジョナサン」リタは落胆した様子でジョナサンと一緒に冬の間へ戻った。「何を見たと思ったか、話してくれない？　はじめから、順番に」

「えっと、父ちゃんが死んで、父ちゃんはクワイエットリーが来るのを待っていたの。そしたらクワイエットリーが来たの。母ちゃんが言ってたみたいに、来たの。クワイエットリーは窓のすぐそばまで来たんだよ、パント船にのってね。父ちゃんを川の向こう側に連れていくのに迎えにきたの。ぼくが窓の外を見たらね、そこにあの子いたんだ。パント船の中にね。ぼく声をかけたんだ、〝みんな外に出て、君のことを探してるよ〟って。そしたらあの子は言ったんだ、〝みんなに伝えておいて、お父さんが迎えにきてくれたの〟って。そして行っちゃったんだ。あの人、すっごい力なんだ、あの子のお父さんね。ぼく、パント船があんなに速く進むの見たことないよ」

長すぎるほどのあいだ、沈黙が流れた。

「あの子は話すことができなかったじゃないか、ジョナサン。覚えていないかい？」ドーントが優しく訊いた。

「今は話すんだよ」ジョナサンは言った。「いなくなっちゃう直前にね、ぼく、言ったんだ、〝まだ行かないで〟って。そうしたらあの子、〝また来るよ、ジョナサン。そんなに長く待たせたりしないよ、また来るから。そのときまた会おうね〟って言ったんだ。そしていなくなっちゃった」

「君はきっと眠ってしまっていたんじゃないかな……。夢を見ていたんじゃないか？」

ジョナサンは一瞬真剣に考えてから、きっぱりと頭を左右に振った。「姉ちゃんは眠ってたよ」——姉を指さしながら言った。「ぼくは眠ってなかった」

「男の子が語る物語にしては、すごく現実的で難しい話だね」ヴォーンが言った。

そこにいた全員が口を開き、同時に言った。「でも、ジョナサンは物語を語ることができない」

部屋の隅にいたアームストロングは、驚きを感じながらも静かに首を振った。アームストロングも少女を見ていた。彼女の父親である渡し守が、生けるものと死せるものの世界の狭間に、現実と物語の狭間に立ち、パント船を強靭《きょうじん》な力で漕ぎ進める中、その背後に座る少女の姿を見ていた。

ふたりの子どもにまつわる物語

ケルムスコットにある農場の母屋の暖炉では炎が赤々と燃えていた。しかし暖炉の両側にひとつずつ置かれた肘掛け椅子にそれぞれ腰かけていたふたりを温められるものは何もなかった。

ふたりの目にもう涙はなく、今は、これ以上なく深刻な悲しみをたたえた表情で炎をじっと見つめていた。

「あなたは努力したわ」ベスは言った。「これ以上のことはできなかったの」

「川でのことを言っているのかい？　それとも、あの子の人生そのもののことだろうか？」

「どちらもよ」

アームストロングは、炎の中、妻の視線が見つめる先を見つめた。「はじめから、私がもっとあの子に厳しく接していれば、何か違ったのだろうか？　あの子が最初に盗みを働いたとき、あの子を鞭《むち》で打つべきだったのだろうか？」

「何か違っていたかもしれないし、何も変わらなかったかもしれません。誰にもわからないわ。違っていたところで、それが良いほうに変わっていたか、もっと悪いほうに変わっていたかはわからないわ」

「これ以上、どう悪くなるというのだ？」

ベスは、影に隠されたその顔を夫に向けた。

「私、あの子を見たんですよ」

アームストロングは驚いたように顔を上げた。

「書き物机の一件があった後のことよ。それはしないということであなたと意見を一致させたことはわかっているけれど、確かめずにはいられなかったの。そのころにはほかの息子たちも誕生していたわよね。何もないほうの目であの子たちを見るだけで、あの子たちがどんな子どもであるかがわかったわ。赤ん坊のころの顔がそのままそこに残っていて、彼らがどんな人間であるかはすぐにわかった。でもロビンは違ったの。ほかの子たちのようにはいきませんでしたよ。いつも本当の姿を隠していた。弟や妹たちに優しくなかったじゃない。あの子が下の子たちをつねったりいじめたりしていたのを覚えていない？　ロビンがいるといつだって誰かの泣き声が聞こえるのに、ロビンがいないところでは、子どもたちはとてもお行儀よく遊んでいたわ。だからそれまでにも何度も考えたんですよ。でも、私のこの目は使わないと約束していたから、その約束を守るべきだって、そのたびに思い直していたんです。でもそうやって我慢できたのも、書き物机の一件があった日までのこと。あの子の仕業だって、私にはわかったの――そのころはあの子も、今ほど嘘が上手じゃなかったから。あのころはまだましだったということね――あの子が、走って逃げていく男を見た、そして書き物机がこじ開けられているのに気づいたと言ったとき、それを信じることができなかった。それで私、眼帯を外して、あの子の両肩をつかんでね、そしてあの子を見たんです」

「何が見えたのだい？」

「今夜あなたが目にしたこと以上でも以下でもありませんよ。あの子が嘘つきで、ずるい人間だということ。この世の中で、自分以外のどんな人間に対しても、わずかばかりの配慮もないということ。あの子が人生の中で最初に、そして最後に思いつくことといえば、あの子自身の快適さや気楽さばかりで、そうすることであの子にとってわずかにでも利益があるとわかれば、たとえそれが弟妹《きょうだい》であれ父親であれ、誰のことだって傷つける人間だということ」

「それなら、これまでに起こったどんな出来事も、お前を驚かせはしなかったというのだね」

「そうね」

「お前は言ったね、事態が良いほうに変わっていたか、悪いほうに変わっていたかはわからないと……。しかし今以上に悪くなるなどあり得ないよ」

「今晩、私はあなたにあの子を追ってほしくはなかった。あの子がナイフを持っていると知っていたしね。スーザンにあんなことをした後だったもの、あなたに何をするかわからないと思うと怖かったわ——あの子は私の血を分けた息子だったけれど、そして私はどんなことがあってもあの子を愛さずにはいられなかったけれど、それでもね、正直に言うとね、あなたを失っていたほうが悲劇だったわ」

ふたりはしばらくそうして静かに座っていた。各々の考えにふけっていたものの、ふたりの考えにそれほど大きな違いはなかった。

そのとき、微かな物音が、遠くで小さくこつこつと何かを叩くような音が聞こえてきた。思案に没頭していたふたりは、最初その音を気に留めずにいた。しかしその音はまた聞こえてきた。

ベスは顔を上げて夫を見やった。「玄関かしら？」

アームストロングは肩をすくめた。「こんな夜遅くに、誰も訪ねてこないだろう」

ふたりは思案に戻った。しかしまた聞こえてきた。音が大きくなることはなかったが、先ほどより長く続いた。

「確かに玄関だ」アームストロングは立ち上がりながら言った。「なんという夜だ。誰であれ、今夜は帰ってもらおう」

アームストロングはろうそくを手に取ると、玄関ホールを横切ってナラの木でできた大きなドアのところまで行き、閂《かんぬき》を抜いた。ドアをわずかに開いて外を見た。誰の姿も見えなかった。ドアを閉めようとしたそのとき、小さな声がアームストロングの動きを止めた。

「お願いです、アームストロングさん……」

視線を落とすと、アームストロングの腰くらいの背丈の少年がふたり、そこに立っていた。

「今夜は勘弁しておくれ」アームストロングは言った。「我が家は喪に服していてね……」

目を凝らしてみた。ろうそくを掲げて、大きいほうの少年の顔をのぞき込んだ。ぼろぼろの服を身にまとい、痩せこけて震えてはいたものの、その少年には見覚えがあった。「ベン？

肉屋の息子のベンなのか？」

「はい、そうです」

「さあ、お入り」アームストロングはドアを大きく開けた。「客を迎えるのに最高の夜とは言いがたいが、それでもお入り。こんな寒さの中、外にいさせるわけにはいかないよ」

ベンはもうひとりの少年を先に通し、背後からその子を導くように気を配っていた。小さいほうの少年がろうそくの灯りの中を通過した瞬間、アームストロングははっと息をのんだ。

「ロビン！」そして叫んだ。

かがみ込んでろうそくを持ち上げると、少年の顔に光が当たった。空腹のせいで瘦《こ》けてはいるものの、整った上品な顔立ちで、ロビンのような面長な輪郭を持ち、小鼻はロビンと同じように優美に広がっていた。

「ロビン？」アームストロングの声が震えた。

それはどれほど絶対に起こり得ないことか。ロビンは成人した男だった。ロビンは今夜、まさに今日この夜に死んだばかりだった。そして自分はそれを目撃したではないか。この子はロビンであるはずがない、ないのだが……。

その目が瞬《しばた》いたとき、アームストロングには、ロビンのように見える顔をしたその子どもが実際にはロビンではなく、別の少年であることがわかった。その子の目は穏やかで、臆病そうで――そして灰色だった。驚きのただ中にいるアームストロングの耳に、ベンの何やらつぶやくような声が聞こえてきた。ベンのほうに顔を向けると、ベンの体がよろよろと揺り動いた。アームストロングは倒れ込むベンを受け止めると、大声でベスを呼んだ。

「バンプトンからいなくなっていた肉屋の息子だ」アームストロングはベスに説明した。

「あまりに長いこと外にいたせいで、この家の暖かさにやられたんだろう」

「それに、しばらくはまともに食べていなかったように見えますよ」ベスがそう言いながらひざまずいてベンの体を支えると、ベンは意識を取り戻した。

アームストロングは、妻がベンの連れの姿を見ることができるように脇によけ、手でその子を示しながら言った。「ベンはこの小さな子を連れてきたんだ」

「ロビン！　でも――」ベスはその子をじっと見据えた。その子から目を離すことができなかった。ようやく目を離したベスは、夫を見て言った。「どうして……？」

「ロビンじゃないよ」そう言ったベンの声は弱々しかった。しかし、間を置くことなく一気に言葉を続ける癖は失われてはいなかった。「アームストロングさん、この子はあなたが探していた子どもです、アリスです、でもぼく、この子の髪を切っちゃったんです――ごめんなさい、そんなことしたくはなかったんだけど、ぼくたち、すごく長いこと外を歩き続けなきゃならなかったものだから、男の子ひとりに女の子ひとりでいるよりは、兄弟でいると思われたほうが安全だと思ったんです、間違ったことをしてしまっていたらごめんなさい」

アームストロングは目を見張った。目の前で、ロビンの顔の特徴が新たな配置につき、別の顔を形作った。震える手を伸ばし、その子の短髪の頭の上にのせた。

「アリス」そして息を吐き出した。

ベスは夫のそばに立った。「アリスなの？」

子どもはベンを見た。ベンは頷いた。「ここでは大丈夫だよ、アリスに戻っていいよ」

少女はアームストロング夫妻にその顔を向けた。少女が顔をほころばせるかのように思われたそのとき、少女の口が大きく開き、笑みの代わりに疲れ切ったあくびが出てきた。祖父は少女を腕に抱き寄せた。


その後、スープとチーズ、りんごパイによる真夜中の饗宴《きょうえん》が終わると、みなは台所のテーブルに着いていた。アリスは祖母の腕の中で眠っていて、小さな叔父叔母たちは家中に漂う興奮に目を覚ましてベッドから起き出し、寝間着姿のまま台所の暖炉のそばに集まっていた。そしてどうやって少女を見つけ出したかというベンの説明に耳を傾けていた。

「アームストロングさんに会ったすぐ後、父さんがぼくを鞭で打って、あんまりにも長い時間、あんまりにもひどく打たれたから、目の前が真っ暗になっちゃって、目を覚ましたときには自分は天国にいるんだってそう信じ込んでいるほどでしたが、違ったんです、ぼくは台所の床の上に倒れていて、骨の髄まで痛んでいたんだけれど、母さんがこっそりぼくのところにやってきて、まだ死んでいなかったのかと驚いて、でも次は絶対に殺されてしまうよと言うものだから、ぼくはそろそろ逃げ出す計画を実行に移すときがきたのだと感じて、その計画っていうのはもうずっと前から練っていたもので、準備しておいたほうがいいってわかっていたから、もうしっかり計画は考え抜いてあったんです、それっていうのは、橋まで行って欄干に登って、ボートが来るのを待つことだったんですけど、暗闇の中ではいつもそう簡単にボートを見つけられるわけじゃなくて、でもいつだって音は聞こえてくるんです、それでぼくはそこにずっと立っていたんです、眠ってしまうのが怖くて座ることはできなかったんです、でもぼくの体は震えていて、だってああいうひどい鞭打ちっていうのは体に震えを走らせるものですからね、それでようやく暗闇の中、ボートが流れにのってやってきたから、ぼくは欄干の一番高いところに登って、その上で身を低くして指先でぶら下がったんですけど、散々打たれてあざだらけになってた肩とか腕がもうひどく痛んでいて水の中に落ちてしまうんじゃないかと思いましたよ、でも落ちませんでした、だってぼく、ボートがちょうど真下に来るまでしっかりしがみついていましたからね、手を離して落ちるとき、お酒の入った樽なんかじゃなく、羊毛のような柔らかいものの上に落ちますようにって願ったんですけど、結局は想像していたほどにはいいとも悪いとも言えませんでしたよ、だってチーズの上に落ちちゃったんですからね、それって柔らかいものと堅いものの中間と言えるものですからね、それでもやっぱりそれはぼくの骨をがたがた揺らして、もうすでに痛んでいたところを痛めましたよ、でも声を出して泣いたりはしませんでしたよ、ボートにこっそり忍び込んだことがばれてしまうのが怖くてね、その代わりに静かに涙を流して、できる限りうまく身を隠して、眠ってしまわないようにしていました、でも結局は眠ってしまって、荒々しく体を揺さぶられて目が覚めたんです、そしたらすごく怒った船頭さんがすぐそばに立ってぼくを見下ろしていて、おんなじ言葉を何度も大声で繰り返したんです、〝孤児院の奴ら！俺のことをなんだと思ってやがる？ 俺はクソ孤児院の人間じゃねえってんだ！〟って、最初はぼく、まだ寝ぼけていて、その人が何を言ってるのかわからなかったんです、でもだんだんその言葉は鈴の音みたいにはっきりと聞こえてきて、耳から入って、頭の中の考えの中に入っていって、そこにもともとあった言葉、川で姿を消したアリスについての言葉と出会ったような感じでした、それでぼく、訊いたんです、ぼくの前にこのボートに落ちてきたのは小さな女の子でしたかって、そしてその子はどうなったんですかって、でも船頭さんはあんまり腹を立てていてぼくの質問に答えるどころか、その質問を聞いてさえくれなくて、ぼくのことを船から川に落として、必死で泳がなければならないようにするぞと脅してきたんです、それでぼく思ったんです、〝アリスはそうなっちゃったのかな？〟って、だからぼく訊いたんですけど、その後もしばらく船頭さんはずっと怒っていて、でも突然お腹が減ったようで、チーズを開けて食べ始めたんですけど、ぼくには少しもくれませんでしたよ、でも食べ終わると船頭さんは静かになったんで、ぼくもう一度尋ねてみたんです、そうしたら今度は答えてくれたんです、そうだ、この前落ちてきたのは小さな女の子だった、でも違う、自分はその子を命がけで泳がせるようなことはしていないって、そしてロンドンに着いたら、望まれない子どもを引き取る孤児院に預けたと教えてくれました、だからぼく、〝その孤児院はなんて名前ですか？〟って訊いたんですけど、船頭さんは知らないと言っていて、でも町のどの辺りにあるかを教えてくれて、それからぼくは船頭さんと一緒にいるようになって、船頭さんが荷物を下ろしたり積んだりするのを手伝っていたら、チーズをもらえるようになりました、ちょっとですけどね、それでロンドンに着いたら急いでボートから逃げ出して、たくさんの人たちに道を尋ねました、みんなあっちだよ、こっちだよっていろんな方向を教えてくれて、ようやくその場所に辿り着くことができたんです、それでアリスはどこかって訊いたんですけど、アリスなんて子はここにはいない、それに孤児たちを引き取ることは誰にもできないのだよと言われました、それで最後にはドアを閉められちゃったんです、それで次の日、今度は違う時間帯にもう一度孤児院のドアを叩いてみました、そうしたら別の人が出てきたので、ぼくには家がなくてお腹が空いていて、お母さんもお父さんもいないんですって言ったら、その人はぼくを中に入れてくれて仕事をくれました、それからずっとぼくはアリスがいないかって目を光らせていて、ほかの男の子たちにも訊いてみたんですけど、女の子たちは男の子たちから離れた部屋に入れられていたから、あの子の姿を見つけることができなかったんです、でもある日、孤児院長の事務所をペンキで塗りにいけと言われて、そのとき窓から、壁の向こうの女の子たちの中庭が見えて、そこにあの子の姿があったんです、それでようやくこの場所で間違いなかったんだってわかったんです、だから、時間を無駄にしたわけじゃなかったんだって知って嬉しくなりましたよ、とりあえずそれまでのところってことですけどね、それでぼく、考えに考えたんです、どうしたらあの子を連れ戻せるかって、そうしたらね、それって朝飯前じゃないかって気づいたんです、だって孤児のために何かをすることがとても大好きなある貴婦人がいて、その人が山盛りの食べ物を孤児たちに分けるために送ってくれていたんです、結局は孤児院長と彼の仲間だけがそれを食べちゃって、ぼくたちは少しも食べられなかったんですけどね、それでその後はみんな教会に行かされて、ぼくたちのためにしてくださった大変な善行に感謝しますと伝えなきゃならなかったんですけど、ぼくたちは座って、立って、もう一度座って、その高潔な淑女のために祈ってから、また一斉に教会を出ていくことになって、女の子たちは信者席のこっち側から、男の子たちは反対側から出ていくことになっていて、そのときにアリスがいたんです、アリスが、ぼくのすぐ隣に、それでぼく、小さな声で言いました、〝ぼくのこと覚えてる?〟、そしたらアリスが頷いたので、ぼくは言ったんです、〝ぼくが走れって言ったら、走るんだよ、いい?〟って、それからアリスの手を取って、ぼくが走ったらアリスも走りました、でもそんなに長くは走りませんでした、だって彫像の後ろに隠れたら、誰もぼくたちがいなくなったことに気づいていなかったから、だからみんなが教会からいなくなるのを待って、ぼくたちも出発しました、毎日歩きました、川に沿って、できるときには荷物の積み下ろしの仕事をして、手に入るものを食べました、そして悪い女がアリスのことを連れていこうとしたのを見てぼくはこの子の髪の毛を切ったんです、男の子ふたりで歩いているほうが安全なんじゃないかって考えてね、でもここまで辿り着くのにはものすごく長い時間かかりましたよ、だってボートの船頭さんたちがね、ぼくたちふたり一緒にはのせてくれなかったんです、ぼくだけが働くのに十分大きいって言って、それでもふたり分の食料が必要になるだろうからって、だからぼくたちは足が痛くて、それにお腹が空くこともあったし、寒さに凍えることもあったし、空腹と寒さが同時にくることもあったし、そうして今こうして……」

ベンはそこで言葉を切るとあくびをした。そのあくびが終わるのを見届けたとき、みなは突然はっとして、ベンの目がひどくぼんやりしていて、今にも眠りに落ちそうになっていることに気づいた。

アームストロングは目から涙を拭った。

「よくやったね、ベン。これ以上ないくらいに、よくやってくれたよ」

「ありがとうございます、それに、スープもチーズもりんごパイにも感謝します、食べたことがないくらいおいしかったです」そう言うとベンは椅子から滑り降りて家族に会釈した。

「じゃあ、ぼくはそろそろ行きますね」

「でも、どこに行くつもりなの？」ベスが訊いた。「あなたのおうちはどこなの？」

「家出することに決めたんですから、どこかに行かなくちゃ」

ロバート・アームストロングはテーブルに両手をついて言った。「そうさせるわけにはいかないよ、ベン。ここに残って、家族の一員になっておくれ」

ベンは暖炉の周りに集まる少年少女を見やった。「でもここには、あなたの儲けを食い尽くす子たちがもうこんなにたくさんいるじゃありませんか、今じゃアリスだっているし、お金っていうのは木になるものではないんですよ、わかってますよね」

「わかっているよ。でも私たちみんなで力を合わせて働けば、余分の利益だって得られるさ。それに、見たところ君は、自分の仕事に精一杯向き合うことのできる働き者のようだ。ベス、この子の眠るベッドはあるかな?」

「真ん中の男の子たちと一緒に眠るといいわ。ジョーやネルソンと同じ年ごろに見えますよ」

「ほら、ごらん? 豚の飼育の手伝いをしておくれ。いいね?」

こうしてそのように決まった。

その昔、ずっと昔

その後、といってもまだ洪水が完全に引く前に、ドーントは〈コロジオン〉でリタを彼女の浸水したコテージに送っていった。ふたりは小さな手漕ぎボートを使ってドアに近づいた。ドーントがボートから出て、たわんだドアを力いっぱい押したとき、水はドーントの膝の辺りまできていた。室内に目をやると、壁に線が残っていて、水が一度は一メートルほどの高さまで上昇していたことがわかった。部屋中の壁の塗装が剝がれかけていた。引いていく水は、リタの書き物机の椅子の座面に小枝や小石、そのほかの何やら特定しがたい物体を、意味ありげな配置で残していっていた。青い肘掛け椅子は箱の上にのせてあった。その脚は水に浸かっていたが、クッションは無事だった。赤い敷物《ラグ》は浮くか沈むか意を決しかねているようで、水のいかなる動きにも影響され、重たそうにためらうように動き続けていた。湿り気と不快なにおいがそこら中から感じられた。

　ドーントは、リタがコテージの中を見られるように脇に寄った。リタは水の中を進み、玄関のドアから居間へと入っていった。ドーントは家の様子を確認するリタの顔に視線を向け、被害をじっと見据えるその冷静さを惚れ惚れと眺めた。

「完全に乾くには数週間かかるだろうね。数ヶ月かかる可能性だってある」ドーントは言った。

「そうね」

「そのあいだどこにいるつもりなの？　〈白鳥亭〉？　娘たちが家に帰った後じゃ、マーゴットもジョナサンも君が来てくれたら喜ぶだろうね。それとも、ヴォーン夫妻のところ？

ふたりとも喜んで君を迎えてくれるだろうね」

リタは肩をすくめた。リタの思考はもっと根本的な問題に向けられていた。家の荒廃など、取るに足りぬ小さな問題にすぎなかった。

「まずは本ね」リタは言った。

ドーントが水の中を歩いて本棚のところまで行くと、一番下の段は空《から》だった。水が残していった線より上の棚には、本が二段に重ねられて並んでいた。

「備えていたんだね」

リタは肩をすくめた。「川のそばに住んでいればね……」

ドーントが一度に数冊ずつリタに本を渡すと、リタはその本を窓から外に出し、ちょうど窓台の下辺りでゆらゆらと浮かんでいるボートにのせた。ふたりは無言で作業を続けた。リタはある一冊の本だけを、青い肘掛け椅子のクッションの上に置いた。

最初の本棚が空になり、ボートが重みでわずかに沈むと、ドーントは〈コロジオン〉まで漕いでいって本を船内に移した。コテージに戻ると、リタが箱の上に置かれたままの青い肘掛け椅子に座っていた。スカートから吸い込まれる水が、生地を黒っぽく染めていた。

「その椅子に座る君を撮りたいって、いつも思ってたんだ」

リタは本から目を上げた。「捜索を打ち切ったんでしょう？」

「うん」

「あの子はもう、戻ってこないのね」

「ああ」ドーントは確信していた。少女なしでは、世界はすぐにでも回転をやめてしまうような気がしていた。一時間が経過するのがひどく長く感じられ、それが終われば、また次の一時間が経過するのを全く同じように耐え始めることになる。自分は一体どれだけ耐えることができるのだろう、ドーントにはわからなかった。

「ねえ」ドーントは言った。「君はわざわざその青い椅子を水から守るためによけておいたっていうのに、今になって、濡れたワンピースのせいで濡れてしまっているよ」

「構わないわ。あの子が現れる前、世界は完璧だって思えていた。それからあの子がこの世界にやってきて、そしていなくなった。今、何かが足りないって、そう感じるの」

「ぼくはあの子を川で見つけたんだ。もう一度、あの子を見つけられるような気がしているよ」

リタは頷いた。「あの子が死んでいると思ったとき、生きていてほしかったって心から思ったの。あの子をひとり残して部屋を出ることができなくて、そこに残った。私、あの子の手首をつかんだの。そしたらあの子は生きていた。今も同じことができたらって思うの。クワイエットリーの物語ばかり頭に浮かんできて、クワイエットリーが娘を救うために何をしたかということばかり考えてしまうの。今ならわかるわ。私、どこにだって行くわ、ドーント、どんな痛みにだって耐えるわ、もう一度自分の子どもをこの腕に抱くためなら」

リタは濡れたスカートのまま、脚が水に浸かった青い椅子に腰かけていた。ドーントは水の中に立ち尽くしていた。自分たちの悲しみを癒やす方法を、どちらも知らずにいた。言葉を交わすことなく、ふたりは再び本を運ぶ作業に戻った。

ふたつ目の本棚も空になり、ドーントは再び本を下ろすために〈コロジオン〉に漕いでいった。

ドーントがコテージに戻ると、リタは先ほど脇によけておいた本を読んでいた。

空はどんよりとしていてほとんど光を放っていなかったにもかかわらず、果てしなく広がる水に反射してちらちらと揺れながら放たれる銀色の光のために、その灰色の世界さえも華やいで見えた。部屋の中にも銀色の光は届いていて、リタの顔にさざ波のような光を投げかけていた。ドーントはリタの顔がその変化し続ける光の中で、明るくなったり、暗くなったりするのを眺めていた。それから、変わり続ける表面の向こう側、光の下にある彼女の表情の静けさを観察した。カメラではこれをとらえることができない、そうわかっていた。人間の目でしか本当の意味で見ることのできないものが存在する。一生のうちで何度も出会えるわけではない映像だった。ドーントは網膜をむき出しにすると、揺らめきながら光を放ち、一心に本を見つめる彼女のその顔を、自らの魂に焼きつけた。

リタはおもむろに本を脇に置いたが、その視線は本のあった場所を見つめたままだった。あたかも水に漂う光の上に本の続きが綴られているかのように。

「どうした？」ドーントは言った。「何を考えてる？」

リタは動かなかった。「クレソン栽培人」まだじっと何もない場所を見つめていた。

ドーントは困惑した。クレソンの栽培人に、これほどまでの情熱を引き起こす力があるとは思えなかった。「〈白鳥亭〉の？」

「そう」リタはドーントに視線を向けた。「この前の夜、思い出したの。赤ん坊がね、羊膜に包まれた状態で生まれてきたの」

「羊膜？」

「液体の詰まった袋よ。妊娠期間中ずっと、赤ん坊はこの袋の中で成長するの。たいていは分娩の際に破裂するものなんだけど、時々——というか滅多に起こらないことだけれど——分娩に耐え抜く羊膜もあって、無傷の羊膜をかぶった状態で赤ん坊が生まれてくることもあるの。昨日の夜、私はそれに切り目を入れて開いたの、そうしたらあの子が波にのって流れ出てきたわ」

「でも、そのこととクレソン栽培人のあいだにはどういう関係が？」

「〈白鳥亭〉であの人たちが妙な話をしているのを耳にしたからよ。みんなダーウィンについて話していて、人間はかつて猿だったっていう話をしていたんだけれど、クレソン栽培人のひとりがね、人間はかつて水中に生息する生き物だったっていう話を聞いたことがあるって話していたの」

「ばかげてる」

リタは頭を左右に振ると、脇に置いた本を持ち上げて手のひらで叩いた。「ここに書いてあるの。その昔、ずっと昔、猿が人間になったって。そしてその昔、猿が人間になるよりもっと昔、水生生物が陸に上がってきて空気を吸い込んだって」

「本当に?」

「本当に」

「それで?」

「その昔、十二ヶ月前、溺死していたはずの少女が死ななかった。少女は水に入って、そこで死んだように見えた。あなたがその子を引き上げて、私がその子の脈と呼吸がないこと、それから瞳孔が大きく開いたままだということを確認した。あらゆる兆候が、その子は死んでいると示していた。でも死んではいなかった。どうしたらそんなことが起こり得るの?死んだ人間は生き返ったりしない。

冷たい水に顔をつけると、心拍数が劇的に下がるわ。とても冷たい水に、急に顔を浸すと、心拍数が下がって、血流がすっかり妨げられて、死んでいるように見えることもあり得るのかしら?　あんまり妙な話で、とても本当だとは思えないけど。でも、私たちがこの世に存在してから最初の九ヶ月間を液体の中で浮かんで過ごすんだっていうことを考えれば、それほど信じられない話じゃないのかもしれない。それから、私たちの陸上生活と酸素呼吸そのものが、水中での生活から派生しているのだと——今こうして空気の中で生活しているように、かつては水の中で生活していたのだと——考えれば、そんなことも可能だろうなっていうふうに、少しずつでも考えられるようにならないかしら？」

リタはポケットに本を押し込むと、ドーントに手を差し出して椅子から下りるのに手を貸してもらった。「あんまり行きすぎないことにするわ。もう理解できるぎりぎりのところまで想像しちゃった。考え、概念、理論」

それからリタが薬、ひと抱えの服に布製品、よそ行きの靴などを鞄《かばん》に詰め込むと、ふたりはドアを閉める素振りさえも見せずにコテージを後にした。そして〈コロジオン〉にのり込んだ。

「さて、どこに向かおう？」

「どこにも」リタはベンチに体を投げ出して目を閉じた。

「それっていうのは、川のどっち側？」

「ここよ、ドーント。ここにいたいの」

その後、〈コロジオン〉の狭いベッドの上で川に揺られながら、ドーントとリタは愛し合った。暗がりの中、ドーントの両手は目には見えないものを見た。彼女のほどけた巻き毛、胸の丸みと先端、背中にできた浅いくぼみ、外側に向かって広がる腰。両の手は彼女の太ももの滑らかさに触れ、それらに挟まれたところに潜む入り組んだ肉の感覚に触れた。彼の手が彼女に触れ、彼女の手が彼に触れた。彼女の中に入ったとき、自分の中で川が増水するのを感じた。しばらくのあいだは川を操ることができていたものの、川はさらに水かさを増し、ドーントは流れに身を任せた。もう川しか存在しなかった、川だけだった、川こそが全てだった——ついに大波が押し寄せ、弾け、引いていった。

ふたりは横たわり、数々の不思議な出来事について静かに語った。ドーントはいかにして悪魔の堰から〈白鳥亭〉まで辿り着いたのか、最初に少女を見たとき、どうしてみな少女のことを人形だと思い込んだのか。どうして少女の足は、これまでに一度も地を踏んだことがないかと思われるほど傷ひとつなく美しいままだったのか、父親は娘を家へ連れ帰るためにいかにしてこちら側の世界にやってきたのか。そしてふたりは思い当たった、考えてみれば、両親を探すために別世界にやってくる子どもの話というのは存在しないではないか。なぜだろう。亡くなった父親の横たわる部屋の窓から、ジョナサンは正確には何を見たのだろう。一時的な衰弱に陥ったときにジョーがしていた物語について、それから〈白鳥亭〉で語られたさまざまな物語についても話し合った。そしてふたりは考えた、こうしたこと全てに、あるいはその一部に、夏至と冬至はどのように関係しているのだろう。ふたりは何度もふたつの質問に舞い戻った。少女はどこから来たのか。少女はどこへ行ったのか。答えは出なかった。取るに足りぬこと、重要なこと、さまざまなことに思いを巡らせた。川は淡々と水かさを増し、そして引いていった。

そのあいだずっとドーントの片手はリタの腹の上に置かれていて、リタはその手の上に自らの手を重ねていた。

ふたりの手の下、リタの腹部の血管が取り囲むその中で、命が猛烈な勢いで流れに逆らって泳いでいた。

何かが、ふたりともそう感じていた、起こる。

幸せな結末

数ヶ月後、ルビー・ウィラーはアーネストと結婚した。ルビーの祖母は教会でドーントとリタの手を握って言った。「あなたがたにも神のご加護がありますように。おふたりがともに幸せになることを祈っています」

ケルムスコットの農場では、アリスの髪が長くなっていた。小さいころの父親の面影はだんだんと薄れていき、本来あるべき小さな少女の姿が強く表れるようになっていた。ベスは眼帯を外して断言した。「この子の中には、ロビンの要素が一切見られませんよ。あの子が結婚した相手は、善良な女性だったのでしょう。この子は素晴らしい子よ」アームストロングは応えた。「お前からもいくらか受け継いでいるのだと思うよ、愛しいベス」

バスケットマンズ・コテージは洪水の後、人の住めない状態となり、この先もずっとその状態が続くだろうと思われた。リリーは牧師館に移り住んだ。畏敬の念を抱いて家政婦部屋を見回し、ベッドの頭部の板やベッド脇に置かれた小さなテーブル、それにマホガニー材のたんすに触れた。そして、どんなに取るに足らぬものでも自分が持つと〝なくしてしまいますから〟と言っていたころのことを思い出し、そうした日々はもう終わったのだと自分に言い聞かせた。子犬は台所のかごの中を寝床にし、今では牧師はリリーと同じくらいにその子犬に愛着を抱くようになっていた。しかし考えてみれば、子どものころにそれほど熱烈に子犬を欲しがっていたのは自分ではなかっただろうか。あるいは、自分と妹、ふたりともであっただろうか。

水がようやく引いたとき、それは氾濫原に一体の小さな骸《むくろ》を残していった。金のチェーンが首から下がっていて、銀の錨《いかり》が肋骨のあいだにかかっていた。ヴォーン夫妻は娘の亡骸《なきがら》を埋葬し、娘の死を悼み、そして息子を授かった喜びを嚙みしめた。ふたりは連れ立ってオックスフォードのコンスタンタイン夫人の家を訪れ、静けさに包まれた夫人の部屋で、夫人がふたりの話に耳を傾ける中、涙を流しながらこれまでの出来事を全て語った。語り終えると顔を洗い、屋敷を後にした。程なくして、バスコット・ロッジと農地の全て、それからブランデー・アイランドが売りに出された。ヘレナとアンソニーは友人たちに別れを告げ、小さな息子を連れてニュージーランドの新たな川に向けて旅立った。

ジョーがいなくなり、マーゴットは、そろそろ〈白鳥亭〉の舵《かじ》を次の世代に任せる時が来たと確信した。一番上の娘が夫と子どもたちとともに〈白鳥亭〉に移り住み、店を繁盛に導いた。マーゴットはこれまで通り酒場にいてシードルを作ったりしていたが、薪割りや樽を運ぶ作業は義理の息子――力の強い男だった――に任せた。ジョナサンは、それまで母親を手伝っていたように姉を手伝い、ある冬至の夜に川から引き上げられた女の子の物語を頻繁に語った。その子は最初溺死していたにもかかわらず蘇り、ひと言も言葉を発することがなかったが、ちょうど一年後の冬至の日、川がその子を取り戻すために岸を越えてあふれ出し、その子がパントの船頭である父親との再会を果たしたとき、少女は言葉を発した、という物語だった。誰かが別の物語をせがんでも、ジョナサンにはそれ以外の物語を語ることができなかった。

語り手ジョーのことは、それからも非常に長いあいだ〈白鳥亭〉を訪れるひとびとの記憶にとどまった。やがて語り手本人のことが忘れ去られた後も、彼の物語は生き続けた。

ドーントは写真集を完成させ、まずまずの成功を収めた。当初は全ての町、全ての村、ありとあらゆる神話や民話、全ての栈橋に全ての水車、川の全ての紆余曲折《うよきょくせつ》を収めた、全五巻に及ぶ立派な作品を作り上げようと考えていた。しかしその野望は達成し得なかった。それでも本はすでに百部以上売れていて、増刷を注文するのに十分な売れ行きだった。その本は、リタも含め多くのひとびとを喜ばせた。

川を進んでいく〈コロジオン〉の先頭に立ち、ドーントは認めざるを得なかった。川の広大さは計り知れず、どんな本にも収めることなどできないと。壮大で、力強く、不可知な川、寛大な態度で人間のなすことに適応するかと思えば、ある日突然その態度を一変する。そうなるとどんなことでも起こり得る。あるとき水車を回して麦を挽《ひ》くのに手を貸してくれたかと思えば、次の瞬間には作物を水浸しにする。ドーントが見つめる中、水が焦《じ》らすようにゆっくりとボートのそばを滑っていき、反射した光の中に過去と未来の断片を宿しているかのように見えていた。昔からずっと、川は多くのひとびとにとって多くの意味を持ってきた——ドーントはそのことについての随筆を写真集に収めた。

ドーントは空想に浸って考えた。川の精霊をなだめる方法はあるのだろうか。自分の味方でいてくれるよう、敵として牙を剝《む》かないよう働きかける方法は。川床には、犬の死骸や密造酒、早まって投げ捨てられた結婚指輪や盗品などに紛れて、金や銀のかけらも散らばっていた。何世紀も経った今となっては、その意味を理解することの難しい宗教儀式の捧げ物もあった。自分も何か投げてみようか、ドーントは思った。自分の本？　とくと考えてみた。本は五シリングの価値があり、今自分にはリタがいた。維持しなければならない家と、ボートと、仕事があり、子ども部屋の装飾だってやらなければならなかった。五シリングというのは、ろくに信じてもいない女神をなだめるために犠牲にするにはあまりに大きかった。写真に収めることにしよう。人は一生のうちにどれほどの写真を撮ることができるのだろう。十万枚だろうか。そのくらいだろう。一生の中の十万の瞬間――それぞれの瞬間に十秒から十五秒が付随する――が、光の力でガラス板の上に閉じ込められる。写真の撮影を通して、何らかの形で川をとらえる方法が見つかるだろう。

数ヶ月が経過し、腹の中の赤ん坊が大きくなるにつれ、リタの腹は丸みを帯びてきた。リタとドーントは生まれてくる子どもの名前について話し合った。〝アイリス〟がいい、ふたりは考えた、川辺に咲くアイリスの花のように。

「男の子だったらどうするつもり？」マーゴットが訊いた。

ふたりは首を振った。女の子が生まれてくる。ふたりにはわかっていた。

リタは時折、出産で命を失った女たちについて考えた。何度も繰り返し、自分の母親のことを思った。赤ん坊が自分の中の水中の世界で回転するのを感じるとき、クワイエットリーのことを思った。一度は姿を消してしまった神が、それほど遠くないところにいるように感じられることもあった。未来は計り知れないが、それでもなお、リタは自らの心臓の拍動とともに娘を未来へと運んでいく。

そして少女は？　あの少女はどうしたのだろう。川のジプシーたちと一緒にいる姿を目撃したという噂が広まり始めた。少女はそこで安心しているように見えていたという。あの冬至の夜、少女は船から暗い川に転落したが、両親は次の日になるまで少女がいなくなったことに気づかなかった。両親は娘が死んだものと思って諦めたが、ある日、ある少女がバスコットの裕福なひとびとに面倒を見てもらっているという噂が耳に届いた。どうやら少女は元気でいるらしい。急ぐには及ばない。次の年の同じ時期にも同じ道を通るのだから。少女は、一年間の空白を経て再びジプシーの生活に戻れたことに満足しているように見えた、そう噂された。

こうしたジプシーにまつわる物語は、遥か遠くから、詳細な情報に欠ける、色も面白みもない一行か二行の説明として伝わってきた。そうして〈白鳥亭〉の常連客たちのあいだでざっと取り上げられ、思案され、捨てられた。それらは物語と呼べるほどのものではない、そう彼らは判断したし、そもそも彼らは他人の物語を自分たちの物語と同じように好きになることができなかった。少女はクワイエットリーの娘だったというジョナサンの物語のほうがよっぽど好みだった。

今でも川で少女の姿を見る人たちがいる。天気の良い日、悪い日、流れが不安定で危険なとき、穏やかなとき、靄《もや》が視界を遮るとき、水面がちらちらと光を放つとき。酒飲みたちは、一杯余計に飲んでしまってべろべろに酔っ払い、足を踏み外したようなときに少女の姿を目撃する。向こうみずな少年たちは、よく晴れた夏の日、橋の上から飛び出した瞬間に、そして澄み渡った水面の静けさは水面下の力強い流れとどれほど矛盾するかということに気づいた瞬間に、少女の姿を見る。黄昏時を過ぎてもまだ自分が川に出ていたことに気づく瞬間、ボートにたまった水を思うようにかき出すことができずにいるとき、ひとびとは少女の姿を目にする。しばらくのあいだは、パント船にのった男と小さな少女が一緒にいるところが目撃されていた。しかし月日の経過とともに、目撃される少女は成長し、自分でパント船を漕ぐようになり、そのうち——正確な時期を覚えている者はいない——ふたりが一緒にいる姿が見られなくなり、彼女ひとりだけが目撃されるようになった。威厳に満ちている、みな口をそろえてそう言った。男三人が束になったほど力強く、靄のように淡い。しなやかな優美さでパント船を操縦し、水を支配する技術を父親から譲り受けていた。彼女はどこに住んでいるのかと誰かに尋ねれば、みな息を吐き出しながら困惑して頭を左右に振るだろう。「おそらくラドコットだろう」バスコットではそんな答えが返ってくるが、ラドコットではみな肩をすくめ、バスコットではなかったかと言うのだった。

〈白鳥亭〉で同じ質問をすれば、正確にはどこかはわからないものの、彼女は川のあちら側に住んでいるのだと教えてくれるだろう。しかし彼女がどこに住んでいようと——彼女がどこかに住んでいればの話で、私はそのことを疑い始めているのだが——決して遠く離れたところにいるのではなく、魂が危険にさらされるようなときにはいつでもそこに現れる。まだその境界線を越える時が訪れていなければ、川の安全な場所に辿り着くよう取り計らってくれる。しかしその時が来ていれば、そう、確実に別の目的地へ送り届けられる。どこへ連れていかれるのかは当人にもわからない。少なくとも、その瞬間にはまだ。

さて、読者のみなさん、物語はこれでおしまいだ。もう一度橋を渡って、元の世界に戻ってくる時が来た。この川は、テムズ川でありテムズ川でないこの川は、あなたなしに流れ続けなければならない。あなたはもう、十分すぎるほど長くここにいたではないか。それにあなたのそばにも、あなたが関心を向けるべき別の川が複数存在するのではありませんか。

著者あとがき

テムズ川は、周囲の土地に水を引き、潤すだけでなく、想像にも水を引き、潤し、そうする中で姿を変えていく。時折、物語のほうから、旅行時間に手を加えよ、舞台を少し上流に、少し下流に移動せよと私に呼びかけてきた。もしも本書を読んでいて川沿いの散歩に出ようと思い立った方がいらっしゃれば（それは私が心からお勧めすることなのだが）、ぜひとも本書をおともに持っていっていただきたい――それから、地図か案内書《ガイドブック》も必要になるかもしれないが。

本書の登場人物ヘンリー・ドーントは、実在した偉大なるテムズ川の写真家ヘンリー・トーントから着想を得て生み出された。我がヘンリーと同様、ヘンリー・トーントも暗室として整備された宿泊設備付きのボートを所有していた。彼は生涯を通じて、コロジオン湿板法を用いて五万三千もの写真を撮影した。トーントの死後、彼の家が売却され、庭にあった工房が解体される際、彼の作品は破壊される寸前だった。その工房に保管されていた何千枚ものガラス板がすでに打ち砕かれたか、あるいはガラス温室に使用するためにきれいに表面が拭き取られてしまったことを知った郷土史研究家のハリー・ペインティンは、オックスフォードの市立図書館長E・E・スキューズに警告した。スキューズは作業を停止させ、生き残ったガラス板を保管用に持ち去る手はずを整えた。彼らの迅速な行動に謝意を示すべく、ここに彼らの名前を記しておく。私がヴィクトリア時代のテムズ川を視覚的に探索し、トーントのイメージを通してこの物語を紡ぎ出すことができたのは、彼らのおかげだ。

溺死した人間が再び息を吹き返すなどということが本当にあるのだろうか。まあ、実際にはないだろうが、そのように見えることもある。哺乳類の潜水反射は、非常に冷たい水に急激に顔と体をつけたときに引き起こされる。反射作用によって手足への血流が抑制され、心臓と脳、肺に血流が集中するようになると、体の代謝が低下する。できる限り生命を維持するため、心拍数が低下し、必要不可欠な身体作用維持のために酸素が保たれる。水から出た直後、溺水しかけた人間は死んでいるように見える。この生理現象は二十世紀の半ばにはじめて医学雑誌に掲載された。潜水反射は陸生、水生、全ての哺乳類に起こり得る現象だと考えられている。成人した人間にこの反応が起こることは確認されているが、小児の場合はより劇的な変化が生じると考えられている。

謝辞

友人が非常に大きな変化をもたらしてくれることがままある。ヘレン・ポッツ、この本はあなたの恩恵を大いに受けました。ジュリー・サマーズ、作家としてともにテムズ川沿いを散歩したことは大変有意義でした。二人に感謝します。

グレアム・ディプローズは写真の歴史に関して有益な助言を提供してくれた。ジョン・ブルーワーは写真現像のコロジオン湿板法に関して辛抱強く私に説明してくれた。

ウォリンフォードにある生態水文学研究所のニック・レイナードは、言語の洪水に対する私の考えを正してくれて、科学というものがいかに詩に近いものであるかということを証明してくれた。

テムズ川伝統ボート協会《トラディッショナル・ボート・ソサエティ》のキャプテン、クリフ・コルボーンはドーントに起こったような事故がどのような状況であれば起こり得るかということを考え出すのに手を貸してくれた。

キングストン大学のスーザン・ホーキンス博士は看護師と、十九世紀における温度計の使い方に関する有益な情報を提供してくれた。

ジョシュア・ゲッツラー教授とレベッカ・プロバート教授は、十九世紀における、発見された子どもの所有権を法的に主張することに関して役に立つ提案をしてくれた。

サイモン・スティールは酒の蒸留にまつわる部分を明るく生き生きとしてくれた。

ネイサン・フランクリンは、豚に関して人間が知り得る限りのことを教えてくれた。

非常に多くの方々が、私に、手漕ぎボートのさまざまな側面を説明してくれた。彼らが説明に最善を尽くしてくれたにもかかわらず、私にはまだ本当の意味では理解できていないのだが。ともあれ、サイモン、ウィル、ジュリー、ナオミ、ありがとう。

そして、メリー&ジョン・アクトン、ジョー・ポーウェル・アンソン、マイク・アンソン、マーゴット・アレンゼ、ジェイン・ベイリー、ガイア・バンクス、アリソン・バロウ、トッペン・ベック、エミリー・ベスラー、カリ・ボウリン、ヴァレリー・ボーチャード、ウィル・ボーン・テイラー、マギー・バデン、エマ・バートン、エリン、ファーガス、ポーラ&ロス・キャットリー、マーク・コッカー、エマ・ダーウィン、ジェイン・ダーウィン、フィリップ・デル・ネヴォ、マーガレット・デンマン、アスリー・エルヴィンス、ルーシー・フォーセット、アナ・フランクリン、ヴィヴィアン・グリーン、ダグラス・ガー、クローディア・ハマー＝ヒューストン、クリスティーン・ハーランド＝ラング、アーシュラ・ハリソン、ピーター・ホーキンス、フィリップ・ハル、ジェニー・ジェイコブズ、マギー・ジュー、メリー&ロバート・ジュリア、ティム・ジュリア、ホカン・ラングバレ、ユニス・マーティン、ゲリー・マックギボン、メリー・ミューア、サリー・リード、ケイト・サマノ、マンディ・セッターフィールド、ジェフリー&ポーリーン・セッターフィールド、ジョー・スミス、バーナデッテ・ソアレス・デ・アンドラーデ、キャロライン・ストゥーヴィ・レマルカル、ウッドストック書店のレイチェル・フィップス、クリス・スティール、グレッグ・トーマス、マリアン・ヴェルマンズ、サラ・ウィッタカー、アン・ウィザーズ、あなた方にも謝意を捧げる。

参考文献

ピーター・アクロイド　*Thames: Sacred River*（『テムズ川　神聖なる川』）
グレアム・ディプローズ、ジェフ・ロビンズ　*The River Thames Revisited*（『テムズ川再訪』）
ロバート・ギービングス　*Sweet Thames Run Softly*（『優しきテムズ川はゆるやかに流れる』）
マルコム・グレアム　*Henry Taunt of Oxford: a Victorian Photographer*（『オックスフォードのヘンリー・トーント　ヴィクトリア時代の写真家』）
スーザン・リード　*The Thames of Henry Taunt*（『ヘンリー・トーントのテムズ川』）
ヘンリー・トーント　*A New Map of the Thames*（『テムズ川の新しい地図』）
アルフレッド・ウィリアムズ　*Round About the Upper Thames*（『テムズ川上流を巡る』）

本書を執筆中に千回は訪れた、私にとってかけがえのないウェブサイトがある。このウェブサイトは訪れる者を、テムズ川沿いを舞台とする空間と時間の旅に連れていってくれる。Where Thames Smooth Waters Glide（www.thames.me.uk）はジョン・イードが立ち上げ、献身的に維持している。ご自身でテムズ川に赴くことができない場合は、このウェブサイトを訪れることが次善の策と言えよう。

訳者あとがき

高橋尚子

舞台は十九世紀イギリス、テムズ川沿いに佇《たたず》む酒場〈白鳥亭《ザ・スワン》〉。ある冬至の夜、〈白鳥亭〉のドアが突然開け放たれ、真冬の冷気と川の臭気が部屋に流れ込む。戸口に目を向けた常連客たちがそこに見たものは、鼻の下にぽっかりと穴が開いているように見えるずぶ濡《ぬ》れの怪物のごとき何ものかの姿。濡れそぼった少女のろう人形を腕に抱えた怪物は雄叫《おたけ》びを上げて……。

物語はゴシック小説のような不気味な空気の中で幕を開け、怪奇的で重苦しい雰囲気が作品全体を通して漂う。本作の舞台であるヴィクトリア朝のイギリスといえば、産業革命に伴って生じた政治的、社会的混乱の中、ロンドンで切り裂きジャック事件が起こり、『ジキル博士とハイド氏』や『ドラキュラ』、『嵐ヶ丘』などといったゴシック・ロマンスが生み出された時代であった。またダーウィンが『種の起源』を発表したことにより、神の存在が根底から揺らいだ混沌《こんとん》に満ちた時代でもあった。作中、エミリ・ブロンテの『嵐ヶ丘』や姉シャーロットの『ジェイン・エア』、ヘンリー・ジェイムズの『ねじの回転』、チャールズ・キングズリーの『水の子どもたち』などといった作品（いずれも十九世紀イギリスの小説）から着想を得た、あるいはそうした作品へのオマージュと思われる場面や流れがある。この時代の作品が好きな読者であれば（私もその一人だが）、本作を読みながら、ストーリーを追うのとは別の楽しみを見つけられるはずだ。物語は、この時代特有の暗い雰囲気を漂わせながら、残酷な殺人や人間の利己的な心の闇を描くと同時に、所属と愛を求める、人間の普遍的で純粋な欲求をも描いている。陰鬱さと美しさを併せ持つ、まさにイギリス的な作品だ。

舞台が酒場というのがこれまたいい。酔っ払いたちがくだを巻く、たばこと酒の臭い漂う無秩序でむさ苦しい空間。しかしここには酒臭さとともに人間臭さも充満していて、酔って饒舌《じょうぜつ》になった人間は本音を吐き、厄介ごとを起こすこともあれば、真理をつくこともある。〈白鳥亭〉での酒飲みたちのやりとりには、切ない可笑《おか》しさや深刻ゆえの滑稽さというものがあって、物語全体に流れる暗く重い空気をいっとき忘れさせてくれる力がある。物語が動くきっかけとなる重要な会話が生まれるのもこの場所だ。この酒場で奇跡が起こり、人が死に、人が生まれる。

〈白鳥亭〉は語り聞かせで有名な店という設定で、「語る」という行為がこの物語の最も重要な要素のひとつとなっている。人が何かを「語る」様子がテムズ川の流れ――本流や支流があり、分岐したり合流したりする――に喩《たと》えられる。「語る」という行為は厄介なもので、語り手が意図するとしないにかかわらず、事実は人を介した途端に姿を変えて伝わる。読者は何度となくそのことを確認させられる。人が使う言葉もさることながら、言葉を発するときの声や視線、姿勢や仕草までもが聞き手に与える印象を左右するのだということも随所で示される。「語り」を重要視する作者の「語り」はやはり巧みで、温かさと善良さをもってある人物に寄り添い、時には彼らの心情を代弁したかと思えば、次の瞬間には彼らから離れた場所に移動していて、不真面目で意地の悪い視点で彼らを滑稽に、あるいは信用ならない人間に見せたりもする。川の流れのごとく奔放に紡がれる作者の言葉は読者の関心を離さない。

登場人物たちが魅力的であることも忘れてはならない。娘の身代わりに命を差し出す父親、何度裏切られようと人間の善性を信じようとする黒人農場主、自然の偉大さと残忍さを写真に収め続ける写真家、生命の神秘を知り生命の誕生に怯《おび》える看護師、孤独にのみ込まれて悪魔と化す男たち。さまざまな事情を抱えた人物が登場するが、運命を憎む悪魔的な男たちと、運命に翻弄されながらも利他的であり続ける聖人のごとき者たちの対比が特に印象的だ。悪魔の心にも家族への強い愛があり、聖人は取り返しのつかない過ちを犯す。頑《かたく》なまでの善への意志が、かえって周囲の人間を不幸にすることもある。人間は複雑で難しい。残酷で破壊的、しかしながら純粋で愛すべき生き物だ、そう感じずにはいられない。

個人的には、この物語は看護師リタと写真家ドーントの恋物語として強く心に残った。互いに惹《ひ》かれながらもそれに気づかぬふりをし、気持ちを抑えようとすればするほど、ふたりの関係は色香を放つ。表面的な美しさに永遠性を与える写真。しかしリタにカメラを向けたドーントは、本当の美しさは自分の目や指先でしかとらえられないことを知る。そして医学的な目で人間の体を見ることに長《た》けているはずのリタの目に見えてくるのは、ドーントの心だった。撮影のためにレンズ越しに見つめ合うふたりの場面は、その関係が純粋であるが故に余計に官能的だ。そして最後には、伝説の船頭クワイエットリーの娘がふたりを選んで生まれ変わることが示唆される。互いに〝科学者〟と呼び合うふたりこそ、ほかの誰よりも、非科学的なもの、超自然的なものを受け入れる心を有していたのだろう。ここには、自然や霊的な力を打ち負かすことは不可能だが、科学を用いることによって正しく恐れ、正しい希望を抱き、共存することが可能だというメッセージが暗示されているように思う。

著者ダイアン・セッターフィールドはイギリスのバークシャー州で生まれ、現在はオックスフォードに住んでいる。デビュー作 *The Thirteenth Tale*（二〇〇六年）は邦訳も含めて三十八カ国で翻訳されており、イギリスではドラマ化もされている。二作目に *Bellman & Black*（二〇一三年）、本作 *Once Upon a River*（二〇一八年）が三作目の小説となる。セッターフィールドはブリストル大学でフランス文学を学び、アンドレ・ジッドの研究を行った。イギリス文学に造詣が深く、愛着のある作家なのだろうと思っていたため、フランス文学の研究者であると知って少々驚いた。しかしこれを知った上で考えてみると、ジッドの『狭き門』のアリサと本作のリタに共通点を見いだせるような気がしてくる。神への、あるいは医学への献身を心に誓い、自分は幸福になってはいけない人間なのだと信じ込む清らかな頑なさが、どこか似ているように思えた。文学愛に溢《あふ》れるこの著者の魅力を、少しでも多くの読者に伝えることのできる訳になっていればと心から願う。

目まぐるしく変化する忙《せわ》しない日々の中、少しだけ効率や合理性を忘れ、彼女の「語り」に耳を傾け、川のごとき予測不可能な流れに身を任せ、翻弄されてみてはいかがでしょうか。

〈読者のみなさまへ〉

本書の一部には、現在では使用をひかえるべき言葉や表現が含まれておりますが、作品の舞台設定と作者の意図を尊重し、あえて原文を生かした翻訳文としました。本書が決して差別の助長や温存を意図するものではないことをご理解のうえ、お読みください。

―――本書のプロフィール―――

本書は、二〇一八年にイギリスで刊行された小説『ONCE UPON A RIVER』を本邦初訳したものです。

小学館文庫

テムズ川《がわ》の娘《むすめ》

著者　ダイアン・セッターフィールド
訳者　高橋尚子《たかはしなおこ》

二〇二一年九月十二日　初版第一刷発行

発行人　飯田昌宏
発行所　株式会社 小学館
〒一〇一-八〇〇一
東京都千代田区一ツ橋二-三-一
電話　編集〇三-三二三〇-五七二〇
販売〇三-五二八一-三五五五
印刷所 ―― 中央精版印刷株式会社

ISBN978-4-09-407059-0